COLLECTION FOLIO

Jack Lang

Une école élitaire pour tous

Gallimard

PRÉFACE

Pourquoi ce livre ?

La rentrée scolaire et universitaire 2003 est placée sous deux signes contradictoires : la nouveauté et la régression.

La nouveauté d'abord. Les réformes de l'éducation décidées par le gouvernement de Lionel Jospin entreront cette année en pleine application et transformeront profondément le visage de notre instruction publique : la refondation des programmes de l'école maternelle et élémentaire, la réforme du collège, le parachèvement de la rénovation du lycée d'enseignement général et technologique et du lycée professionnel, la nouvelle architecture des diplômes universitaires, la modernisation de la formation des maîtres... Au total, plus de 500 mesures nouvelles contribueront à la métamorphose de l'école républicaine. À quelques nuances près, j'aurais pu apposer ma signature à la circulaire ministérielle de la rentrée 2003 qui présente un exposé clair de l'ensemble de ces changements.

D'où l'idée de Yvon Girard, directeur de la collection Gallimard Folio, de me proposer de publier une synthèse de ces réformes, désormais indissociables de la réalité vivante de notre système d'instruction publique. Cet ouvrage volontairement austère veut être un outil de travail à la disposition de ceux qui aiment juger sur pièce et souhaitent s'informer sur l'état présent de notre école. Il comporte deux parties. La première recense les principales décisions et analyse leur contenu, la deuxième vise, sous la forme d'un entretien, à expliciter la philosophie des actions de transformation engagées.

Cette œuvre de rénovation de notre éducation est le fruit d'un travail collectif que j'ai eu l'honneur et le bonheur de conduire sous l'autorité de Lionel Jospin avec le plein appui de Laurent Fabius et en liaison étroite avec Jean-Luc Mélenchon qui a su redonner foi, fierté et ambition à l'enseignement professionnel, et Roger-Gérard Schwartzenberg qui fut un excellent ministre de la recherche. Ensemble, nous nous sommes battus pour faire bouger les choses et servir notre idéal commun : l'école républicaine de l'égalité des chances.

Cette transformation s'est opérée dans un climat de sérénité. Elle tord ainsi le cou à un cliché tenace selon lequel l'éducation serait irréformable. Comme si en trente ans notre école était restée inerte et figée. Comme si chaque ministre n'avait pas apporté sa pierre, avec plus ou moins de bonheur, à la métamorphose de notre éducation. De la loi Edgar Faure sur l'enseignement supérieur aux plans Lionel Jospin et Claude Allègre de rénovation des universités, en passant par la loi René Haby sur le collège, la création par Alain Savary des zones d'éducation prioritaire, le plan Handiscol de Ségolène Royal ou le lycée des métiers de Jean-Luc Mélenchon, la liste est longue et riche des réformes positives et constructives — certes, plus nombreuses et plus transformatrices à gauche qu'à droite — qui ont façonné le paysage de l'éducation et permis aux enfants, les garçons comme les filles, d'accéder de plus en plus nombreux à un savoir élevé. Pourquoi ne pas être collectivement fiers ?

Ce livre a également pour objectif de redonner une modeste boussole à une école depuis un an en perdition. Pour la première fois dans l'histoire de la politique éducative, un gouvernement, l'actuel, réussit un tour de force encore inégalé : jeter dans la rue, des mois durant, la communauté éducative, sans avoir accompli la moindre réforme concrète. Pour maquiller son échec, l'actuel ministre de l'éducation nationale s'en prend avec une rare véhémence à l'école, à ses maîtres et à ses prédécesseurs et soumet les serviteurs de l'école à une avalanche de mesures punitives : coupes budgétaires sans précédent, liquidation des aides éducateurs et des surveillants, suppression de milliers de postes de professeurs, dénationalisation de 100 000 personnels non enseignants, mise en péril des retraites... Le budget 2004 s'annonce catastrophique. Il sera en vérité le plus mauvais depuis 25 ans. Plus grave encore : l'équipe ministérielle paraît avoir perdu tout crédit.

Pourtant, les chantiers à ouvrir ou à poursuivre ne manquent pas : la mixité sociale, la rénovation du lycée, la formation tout au long de la vie, le renforcement de l'enseignement supérieur et de la recherche scientifique... Ces nouvelles transformations sont à portée de la main pour peu que l'on s'y attache vigoureusement. Avec humilité et ambition. Avec courage et imagination. En leur accordant une priorité budgétaire absolue.

Malgré ses lacunes, notre système de l'éducation est sans aucun doute un des meilleurs du monde. Les experts américains et européens se pressent nombreux dans nos établissements scolaires pour y puiser des enseignements transposables à leur pays. Chaque fois que je visite une école, j'en sors plus heureux. Et je fais souvent ce rêve. Puisse un jour notre société se façonner sur le modèle même de notre éducation : le respect des règles, la passion d'élever l'esprit, la volonté d'assurer la réussite de chacun, la préservation de l'harmonie de lieux. Ainsi réussirait-on en s'inspirant des réussites de notre éducation à changer vraiment la vie.

À rebours des prudhommeries propagées par les cafés du commerce de la politique, ce n'est donc pas l'école qui est malade, mais la société. Elle souffre moins de ses imperfections que des violences que lui inflige le monde extérieur : l'accroissement des inégalités sociales et culturelles, l'apartheid territorial, le culte de la marchandisation, l'exaltation du chacun pour soi. Seule une transformation sociale permettra de réduire certaines fractures sociales. Aussi bien ne doit-on rien attendre d'un débat national organisé par un gouvernement qui mène une politique de régression. Lorsque plus de la moitié des membres du gouvernement inscrit ses enfants dans des écoles de privilégiés ou des établissements privés ou riches, l'école de la République leur est étrangère. Leur ambition inavouée est de construire une école de classe et de caste. Notre utopie concrète est inverse : édifier une école élitaire pour tous. J'emprunte, en les transposant, ces mots à Jean Vilar et à Antoine Vitez qui rêvaient d'une culture élitaire pour tous : offrir à chaque citoyen le meilleur de la création, du savoir et de la beauté en éveillant la part de lumière qu'il porte en lui. Le contraire de la privatisation de l'imaginaire collectif par une culture au rabais à laquelle l'ordre marchand livre aujourd'hui la jeunesse.

Est-ce mon optimisme inaltérable ? J'ai confiance dans notre école. On ne peut la faire progresser sans l'aimer. Et sans accomplir d'abord une vraie révolution sociale. Tout le reste n'est que poudre aux yeux et imposture.

Jack LANG

Première partie

LES ACTES DU CHANGEMENT

Cette première partie recense et analyse les réformes qui entrent en application à la rentrée 2003 et qui ont ponctué les deux années (avril 2000-mai 2002) durant lesquelles Jack Lang et Jean-Luc Mélenchon ont exercé respectivement les fonctions de ministre de l'éducation nationale et de ministre délégué à l'enseignement professionnel.

Les mesures concrètes s'ordonnent autour de cinq axes :

— Une école de l'excellence et de l'égalité des chances.

— Une école ouverte sur le monde.

— Une école tournée vers les horizons artistiques et culturels.

— Une école rassemblée autour des valeurs de laïcité, de respect et de solidarité.

— Une école orientée vers le futur.

CHAPITRE I

Une école de l'excellence et de l'égalité des chances

Les changements concrets portent sur trois grands domaines :

— La rénovation du parcours de formation de la maternelle à l'université.

— La création de nouveaux espaces d'initiatives et l'enrichissement de la pédagogie.

— La modernisation des diplômes.

A

La rénovation du parcours de formation de la maternelle à l'université

Entre mars 2000 et mai 2002, le gouvernement engage **une rénovation progressive, cohérente et en profondeur, du système éducatif français** touchant tous les niveaux d'enseignement, de l'école maternelle à l'enseignement supérieur.

Les actions décidées, toutes **au service de la réussite scolaire des élèves et des étudiants**, visent à diversifier les chemins de la connaissance, à renforcer l'égalité des chances, à encourager les talents et l'esprit d'initiative.

L'impératif d'exigence est au cœur des réformes : exigence de réussite, exigence d'adaptation et d'intégration, exigence de qualité et d'efficacité, exigence d'ouverture sur d'autres cultures, exigence de justice sociale. **La priorité budgétaire**, reconnue à l'éducation nationale, permet de soutenir, sur le plan des emplois, des crédits et des personnels, les impulsions, les orientations et les actions menées pour rénover le parcours éducatif.

I

UN NOUVEL IDÉAL ÉDUCATIF POUR L'ÉCOLE PRIMAIRE

> « *Le maître-mot des nouveaux programmes de l'école primaire est celui d'exigence. Dans une société complexe, dans un monde de plus en plus difficile, caractérisé par la nécessité d'une scolarité longue, il faut assurer, dès l'école primaire, une formation solide et structurée, avec des exigences fortes.* »
>
> Jack Lang — Extrait de la conférence de presse sur les nouveaux programmes de l'école primaire du 20 février 2002.

L'école primaire est aujourd'hui la première étape d'un long parcours qui se poursuit obligatoirement jusqu'à 16 ans et, pour une bonne partie des élèves, jusqu'à 21 ou 22 ans. Elle constitue donc le socle indispensable aux apprentissages du collège et du lycée, mais aussi de la formation tout au long de la vie.

C'est à ce stade de la scolarité que bien souvent se dessinent les premières difficultés et que s'impriment les inégalités. L'école ne peut donc se résigner à laisser des élèves dans la souffrance de l'échec. Elle doit rester fidèle à la grande inspiration républicaine : **offrir à tous des chances égales et une intégration réussie dans la société française**.

L'école primaire a aussi pour mission d'**assurer l'épanouissement harmonieux et complet de l'enfant**. À l'issue du CM2, l'élève doit bien sûr avoir acquis les savoirs fondamentaux : lire, écrire, compter. Il doit également disposer de compétences nouvelles, telles que comprendre et parler une langue vivante, utiliser l'ordinateur pour écrire des textes et trouver des informations. L'école a pour rôle de favoriser l'éclosion de l'intelligence sensible, de faire jaillir le plaisir de contempler la beauté, d'encourager l'observation concrète et l'expérimentation scientifique. Elle est enfin le lieu de la socialisation appelant l'élève à se montrer respectueux d'autrui, à prendre goût à l'initiative, à la responsabilité, au travail en équipe. L'école doit préparer l'enfant à sa vie de futur citoyen en lui permettant de découvrir les valeurs universelles qui constituent notre citoyenneté.

C'est pour répondre à ces enjeux que, très tôt, a été élaboré un **plan pour l'école maternelle et élémentaire**, présenté en juin 2000. Ce plan, suivi au sein du cabinet du ministre de l'éducation nationale par André Hussenet et Jean-Pierre Villain, allie **rigueur et créativité** et dessine un nouvel idéal éducatif pour l'école, redéfinit des priorités et fixe de nouveaux modes d'action :

— Priorité absolue à la maîtrise de la langue française, colonne vertébrale de l'enseignement à l'école primaire.

— Détection précoce des difficultés, notamment en grande section de maternelle et en cours préparatoire.

— Introduction, dès le plus jeune âge, de l'apprentissage d'une première langue vivante.

— Généralisation d'un enseignement des sciences fondé sur l'observation et la manipulation, et conçu pour permettre aux élèves de discuter, de s'exprimer oralement et par écrit.

— Renforcement de l'éducation artistique et culturelle.

— Accès généralisé aux technologies de l'information et de la communication.

Parallèlement est engagée, sur ces mêmes principes, la réécriture des programmes.

Des mesures d'accompagnement

— Les moyens humains sont renforcés grâce à un plan pluriannuel prévoyant le recrutement de **62 000 enseignants du premier degré en cinq ans.**

— La rénovation de la **formation des maîtres** est centrée sur la pratique et l'expérience du métier en seconde année d'IUFM. L'accent est mis sur les modes d'apprentissage de la lecture, la maîtrise orale et écrite de la langue, la conduite de la classe et l'exercice du métier dans toutes les situations, y compris les plus difficiles.

— Des outils pédagogiques et, en particulier, **des documents d'accompagnement adaptés sont mis à la disposition des enseignants dès la rentrée 2002.**

Les nouveaux programmes de l'école primaire : une exigence élevée

Approuvés en janvier 2002 par le Conseil supérieur de l'éducation, les nouveaux programmes de l'école maternelle et élémentaire entrent en application à la rentrée 2002 pour la première année de chacun des trois cycles : la petite section de maternelle, la grande section de maternelle et le cours élémentaire deuxième année (CE2). La rentrée 2003 marquera une nouvelle étape par l'entrée en application en moyenne section maternelle, en cours préparatoire et en CM1. La complète mise en œuvre se parachèvera en 2004 et portera sur le cours élémentaire 1re année et le cours élémentaire 2e année.

Une rénovation de cet ampleur n'avait pas été effectuée depuis 1923 et l'ensemble des acteurs s'accordent pour considérer que la principale caractéristique de ces nouveaux programmes est leur ambition élevée. Cette ambition se veut à la hauteur de ce que l'on attend de l'école aujourd'hui : au-delà de sa mission première qui reste, depuis plus d'un siècle, l'apprentissage du « lire-écrire-compter », elle doit transmettre à chaque enfant une véritable culture commune (littéraire, scientifique, humaine et artistique) et se fixer des exigences élevées alliant mémoire et faculté d'invention, rigueur et imagination, et conquête de l'autonomie et de l'apprentissage des règles de la vie collective.

L'ambition des nouveaux programmes de l'école primaire est de fournir **une culture scolaire partagée** qui soit accessible à tous, quelles que soient les origines sociales et culturelles, et de tirer l'enfant vers le haut, pour qu'il s'épanouisse et se prépare à une vie adulte autonome.

• **La première nouveauté** réside dans la méthode adoptée pour l'élaboration de ces programmes. **Fruit d'un travail collectif** sans précédent reposant sur la concertation et le dialogue : ils sont nés, non pas de l'administration, mais de la réflexion de maîtres et de professeurs expérimentés, d'inspecteurs et d'universitaires.

Les projets de programmes ont été élaborés par un groupe d'experts (une procédure qui ne concernait jusque-là que le secondaire) placé sous la présidence du recteur Philippe Joutard, et composé de personnalités très diverses, professeurs des écoles, professeurs d'IUFM, membres de l'Académie des sciences, conseillers pédagogiques et inspecteurs (dont l'inspecteur général Jean Hébrard). Après consultation du Conseil national des programmes et de l'Observatoire de la lecture, ce projet a été soumis à la réflexion des **330 000 maîtres d'écoles** qui ont fait remonter leurs observations, leurs inquiétudes, leurs motifs de satisfaction et leurs interrogations. Cette consultation nationale a permis d'éclairer certains points, de dissiper des malentendus, mais surtout elle a été l'occasion pour les maîtres de s'approprier les programmes. Le groupe d'experts a, dès lors, repris et amendé les projets initiaux à la lumière des remarques formulées par les personnels qui sont ainsi devenus les coauteurs de textes novateurs qu'ils ont rendus plus ambitieux et plus exigeants.

Ce souci de concertation explique sans doute la large et exceptionnelle approbation recueillie au Conseil supérieur de l'éducation, le 10 janvier 2002.

• **Nouveaux dans leur formulation, ces programmes le sont aussi dans leur conception : véritables instruments de travail** et non seulement liste de notions à acquérir ou catalogue de points à traiter. Ils ont le souci d'expliciter les enjeux et les démarches à mettre en œuvre ainsi que les objectifs poursuivis, les contenus des apprentissages et les méthodes qui seront les mieux appropriées pour y parvenir. Tout en étant précis, ils ont évité un langage par trop technique et jargonnant.

Ils donnent, pour la première fois, des repères aux maîtres et aux parents **en termes de compétences exigibles à la fin de l'école maternelle et à la fin de chacun des cycles de l'école élémentaire.** Ces compétences attendues sont, d'une part, des comportements ou des savoir-faire, d'autre part, des connaissances. Ainsi, à chaque étape, le maître peut apprécier les connaissances de ses élèves, s'appuyer sur les réussites, repérer les éventuelles défaillances et proposer les solutions les mieux adaptées à chacun.

Les programmes sont complétés par des **documents d'accompagnement** qui donnent aux maîtres les ressources nécessaires à leur mise en œuvre, en particulier dans les parties les plus novatrices.

• Les programmes sont conçus comme **un ensemble cohérent**, suivant cycle par cycle la maturation des enfants, et structurés par des priorités.

— Résolument tournés vers **la maîtrise de la langue française** (voir p. 27), clé d'accès à tous les enseignements et préalable sans lequel il ne saurait y avoir ni réussite scolaire ni épanouissement personnel.

— **Les langues vivantes** (voir pp. 37 et 249) sont désormais une discipline à part entière de l'école primaire et sont introduites selon un calendrier progressif.

— Prenant en compte l'ensemble des formes d'intelligence, les nouveaux programmes ne négligent aucun contenu disciplinaire, qu'il s'agisse de la rénovation de l'enseignement des **sciences** (voir p. 168), de la place accordée aux **arts** (voir p. 309), de l'apprentissage de la **vie sociale** ou encore de **l'éducation physique et sportive** (voir p. 200). Ils confirment la place **des technologies de l'information et de la communication** (voir p. 187) en tant qu'outils au service des enseignements, dont la maîtrise est valorisée par le brevet informatique et Internet (B2i). Ils s'inscrivent également dans **une dimension européenne** : l'éducation civique, l'histoire, la géographie, la littérature, font une place conséquente à l'Europe, nouvel horizon de la citoyenneté.

Point sur l'éducation civique en primaire

L'éducation civique, qui vise moins l'acquisition d'un savoir que l'acquisition d'un comportement respectueux, se construit à chaque instant de la vie scolaire. Cet apprentissage n'est donc pas lié à un enseignement spécifique, mais concerne l'ensemble des champs disciplinaires. Ainsi, la lecture d'un texte littéraire, une notion d'histoire ou une découverte en sciences doivent être prétextes à des discussions, à des échanges, à des confrontations qui permettront de mieux comprendre les valeurs qui fondent notre société.

L'objectif est d'amener chaque élève à réfléchir sur les problèmes concrets posés par sa vie d'écolier et de lui faire prendre conscience de l'articulation entre liberté personnelle, contraintes de la vie sociale et affirmation de valeurs partagées. C'est aussi l'occasion d'engager une réflexion plus large sur la commune, la nation, l'Europe et le monde.

L'introduction, dans les programmes de CE2, CM1 et CM2, **d'un débat hebdomadaire d'éducation civique de trente minutes** renforce l'apprentissage de l'écoute, première forme de respect et d'acceptation de la différence.

• **L'école maternelle** se voit reconnaître un rôle déterminant dans les premiers apprentissages, notamment dans le développement du langage oral. Son rôle spécifique est réaffirmé et elle est pour la première fois dotée d'un vrai programmes. Étape initiale du parcours scolaire de l'élève, elle a plus que jamais le statut d'une école à part entière. En même temps, elle est reconnue dans son identité propre, avec son cadre, son climat, ses organisations pédagogiques adaptées. Les programmes donnent une cohésion plus grande à l'ensemble des activités proposées aux enfants, explicitent de manière beaucoup plus détaillée ce qui est attendu des maîtres et placent le langage au cœur des apprentissages. L'école maternelle est d'abord celle de la parole, puis, en grande section, de la préparation à la lecture et à l'écriture.

• **Dernier aspect innovant de ces programmes : leur mode de diffusion à l'ensemble des personnels et des parents**. Indépendamment de leur publication officielle (*Bulletin officiel de l'éducation nationale* n° 1 du 14 février 2002), ils ont été édités dans un format et selon des modalités de mise en page et de lisibilité qui sont celles de l'édition grand public.

Intitulés *Qu'apprend-on à l'école maternelle ?* et *Qu'apprend-on à l'école élémentaire ?*, ces deux livres au format de poche, coédités par le CNDP et les éditions XO, ont été adressés aux 330 000 maîtres, aux professeurs de 6e, aux conseillers pédagogiques et aux inspecteurs de l'éducation nationale. Ils ont par ailleurs été mis en vente à l'attention du grand public et ont connu un important succès de librairie (250 000 exemplaires vendus).

CALENDRIER DE MISE EN ŒUVRE DES PROGRAMMES

Compte tenu de l'organisation en cycles de la scolarité primaire qui prévaut depuis 1990 et de la programmation pluriannuelle qu'elle requiert, la mise en application des nouveaux programmes est étalée sur trois ans à compter de la rentrée 2002 qui concerne la première année de chaque cycle.

	Rentrée 2002	*Rentrée 2003*	*Rentrée 2004*
Cycle des apprentissages premiers			
Petite section maternelle	•		
Moyenne section maternelle		•	
Cycle des apprentissages fondamentaux			
Grande section maternelle	•		
Cours préparatoire		•	
Cours élémentaire 1re année			•
Cycle des approfondissements			
Cours élémentaire 2e année	•		
Cours moyen 1re année		•	
Cours moyen 2e année			•

Cas particulier des langues vivantes

La mise en œuvre du programme de langues vivantes obéit à un calendrier spécifique : obligatoires en CE2 à la rentrée 2002 puis au CM1 et au CM2 les années suivantes, ces programmes ne le seront qu'à partir de 2005 pour les classes du cycle 2 (GS mat., puis CP et CE1). Ce décalage sera mis à profit pour préparer et former tous les maîtres du cycle 2 à cette échéance. Pendant cette période transitoire, l'expérimentation de cet enseignement au cycle 2 sera encouragée.

Programme aménagé pour la période transitoire 2002-2010 en cycle 3 :

Échéances	*Mise en œuvre*
Rentrée 2002	CE2
Rentrée 2003	CM1
Rentrée 2004	CM2

Programme définitif pour les langues vivantes (calendrier non confirmé par le ministre suivant)

Échéances	*Mise en œuvre*
Rentrée 2005	Grande section de maternelle
Rentrée 2006	Cours préparatoire
Rentrée 2007	CE1
Rentrée 2008	CE2
Rentrée 2009	CM1
Rentrée 2010	CM2

Références réglementaires

— Arrêtés du 25 janvier 2002, relatifs aux horaires et aux programmes d'enseignement de l'école primaire — *Bulletin officiel hors-série* nº 1 du 14 février 2002.

Priorité à la maîtrise du langage et de la langue française

Il faut inlassablement le rappeler : la maîtrise du langage et de la langue française sous ses différentes formes écrites comme orales, et dans la variété des approches qu'elle suppose, de la grammaire à la littérature, est **la priorité absolue.**

Mère des disciplines, la langue française est en effet la véritable colonne vertébrale des apprentissages, le savoir des savoirs, la porte qui ouvre aux autres disciplines. Elle conditionne l'accès à cette culture partagée qui permet de mieux communiquer avec autrui et de mieux comprendre le monde dans lequel on vit.

Or c'est au moment des premiers pas dans l'acquisition de la langue que se dessine en partie l'avenir d'un enfant et que s'impriment les inégalités. Tout se joue là : la promesse de la réussite comme les premiers signes de l'échec.

Le devoir absolu de l'école républicaine est donc de donner à chaque enfant les clés de la maison commune : le français. D'où une action résolue en faveur de la maîtrise de la langue orale et de l'apprentissage de la lecture. *A fortiori*, pour ceux n'ayant pas le français comme langue maternelle.

Aujourd'hui, **apprendre la langue française passe par les activités traditionnelles pleinement réhabilitées par les nouveaux programmes (orthographe, grammaire, conjugaison...), mais aussi par toutes les autres disciplines qui viennent nourrir et renforcer cet apprentissage**. La prise de parole et les occasions d'échanges et de débats sont encouragées. En outre, des horaires spécifiques sont pour la première fois réservés à la lecture et à l'écriture : au moins deux heures et demie quotidiennes du CP au CE1, au moins deux heures du CE2 au CM2.

À L'ÉCOLE MATERNELLE

Tous les niveaux de la scolarité sont concernés, et en premier lieu l'école maternelle lorsque l'on sait que le nombre de mots compris par un enfant, à l'entrée du cours préparatoire, varie, suivant les cas, de 600 à 1 800. De tels écarts sont porteurs d'inégalités d'autant plus graves qu'elles sont précoces et que la pauvreté du vocabulaire perturbe l'apprentissage de la lecture. Éducation artistique, éducation physique, chant, jeux rythmés, jeux codifiés (de société, d'imitation...) : tous les domaines d'activités de l'école maternelle doivent servir la conquête du langage et offrir au jeune enfant des occasions de dialoguer, de questionner, d'exprimer ses émotions et ses capacités de création.

L'entrée dans la culture de l'écrit suppose également de mettre les élèves en contact régulier avec de multiples supports de lecture, du livre à l'écran d'ordinateur, du poème au magazine. Cette appropriation de la « langue des livres » et des langages écrits inclut notamment la lecture à haute voix faite par un adulte.

Il s'agit bien de familiariser les élèves avec le langage écrit avant même qu'ils sachent lire. Pour cela, on leur fait fréquenter aussi souvent que possible les innombrables albums d'excellente qualité publiés à leur intention par les éditeurs de littérature de jeunesse (des listes sont proposées pour aider les maîtres dans leurs choix). Par ailleurs, on initie les élèves à dicter au maître des textes qui se rapprochent de plus en plus de la langue écrite. Ils sont ainsi à même, en arrivant au cours préparatoire, de reconnaître dans les mots écrits des textes une langue qu'ils connaissent déjà.

Il faut également, avant d'entrer dans l'apprentissage systématique de la lecture, permettre aux enfants de comprendre comment fonctionne le code alphabétique dans la langue française. Cela passe par le difficile repérage des sons qui constituent les mots : les jeux avec des poésies, des comptines, des chansons, c'est-à-dire avec du langage rythmé et rimé, facilitent ces premiers pas. Ces activités ont été réactivées. Enfin, le rôle de l'écriture devenant plus décisif encore que celui de la lecture dans ces premières découvertes de l'écrit, un effort tout particulier est fait sur le graphisme.

De nouvelles évaluations en grande section de maternelle et au CP

Tout au long de son parcours, jusqu'à la fin de l'école primaire, l'enfant doit être en permanence guidé, épaulé, accompagné. C'est pourquoi les transitions font l'objet d'un soin particulier : premier accueil à l'école maternelle, passage de l'école maternelle à l'école élémentaire, passage de l'école élémentaire au collège.

Les évaluations diagnostiques mises à la disposition des maîtres aux moments cruciaux jouent un rôle décisif dans cet accompagnement.

Depuis septembre 2001, deux **nouvelles évaluations diagnostiques** (voir p. 357) sont mises en place, l'une à l'entrée de la grande section de maternelle, l'autre au début du cours préparatoire. Ainsi, les enseignants peuvent faire le point sur les acquisitions de leurs élèves, notamment en ce qui concerne la maîtrise de l'oral, dans la toute première étape de l'alphabétisation, avant même que commence l'apprentissage de la lecture. Ces évaluations permettent de détecter et de mieux comprendre les difficultés passagères ou durables d'un enfant et de construire des progressions d'apprentissage qui tiennent compte des besoins de chacun.

Ce dispositif, qui n'est en aucun cas marqué par un esprit de compétition scolaire, doit aider les enseignants à dépister les difficultés de langage des enfants pour mieux y remédier afin de ne pas laisser s'installer des situations génératrices d'injustice et de souffrance.

AU CYCLE 2 (GRANDE SECTION DE MATERNELLE, COURS PRÉPARATOIRE, CE1)

La France est l'un des pays qui proposent tôt l'apprentissage de la lecture et de l'écriture. Il n'est pas utile de l'anticiper mais, en revanche, il est nécessaire de bien le préparer dès l'école maternelle.

Pour la première fois, en France, les programmes du cycle 2 proposent aux maîtres des indications précises sur la manière de conduire cet apprentissage. La méthodologie indiquée tourne résolument le dos aux méthodes globales. Deux grands axes de travail sont privilégiés :

— **l'un porte sur l'entraînement à l'assemblage des mots**, qui doit devenir automatique (lecture courante). Cela implique un entraînement rigoureux passant par des exercices de lecture et d'écriture ;

— **l'autre porte sur la compréhension des textes** et, plus généralement, du langage. Donner du sens aux mots suppose que la littérature de jeunesse appropriée à l'âge des enfants soit fréquentée quotidiennement, sur les mêmes modèles qu'en maternelle, c'est-à-dire en grande partie à l'oral. La lecture à haute voix des maîtres est ici essentielle, tout comme l'activité par laquelle les enfants reformulent, dans leurs propres mots, les textes entendus. C'est le débat sur ce qui a été lu qui permet de s'assurer que la compréhension a été correcte.

Ce n'est que progressivement, dans le cours du cycle 2, que l'enfant passe de la compréhension des textes entendus à la compréhension des textes lus de manière autonome.

Pour la première fois également un horaire quotidien minimal est défini pour les activités de lecture et d'écriture.

Les horaires en grande section de maternelle,
cours préparatoire et CE1 (cycle 2)

Activités quotidiennes [1]	*horaire minimal*
Lecture et écriture (rédaction ou copie)	2 h 30

1. Les activités quotidiennes de lecture et d'écriture sont mises en œuvre dans les différents domaines disciplinaires ; le temps qui leur est consacré s'inclut donc dans la répartition horaire définie pour ceux-ci.

Domaines	*horaire minimal*	*horaire maximal*
Maîtrise du langage et de la langue française	9 h	10 h
Vivre ensemble	0 h 30 (débat hebdomadaire)	
Mathématiques	5 h	5 h 30
Découvrir le monde	3 h	3 h 30
Langue étrangère ou régionale	1 h	2 h
Éducation artistique	3 h	
Éducation physique et sportive	3 h	

AU CYCLE 3 (CE2, CM1, CM2)

C'est au cycle 3 que la maîtrise du langage prend une dimension décisive : ce ne sont pas moins de **10 heures hebdomadaires** qui sont consacrées à la lecture et à l'écriture.

La maîtrise du langage s'acquiert pendant les heures qui lui sont réservées dans les emplois du temps, comme l'observation réfléchie de la langue française, la lecture de la littérature et les ateliers de lecture... Ainsi, les activités traditionnelles — grammaire, orthographe, conjugaison et vocabulaire —

sont totalement réhabilitées et retrouvent une place qui s'était progressivement érodée.

Y concourent également les activités menées dans le cadre de tous les autres apprentissages chaque fois que le parler, le lire et l'écrire sont engagés : débat réglé d'éducation civique, tenue du cahier d'expériences en sciences, apprentissage d'une seconde langue... Des compétences de maîtrise du langage sont définies dans tous les champs disciplinaires.

Autre nouveauté : pour la première fois, **la littérature fait son entrée dans les programmes rénovés de l'école** avec 4 heures 30 à 5 heures 30 consacrées chaque semaine à la lecture de textes littéraires en vue de familiariser les élèves avec la langue des grandes œuvres et de leur faire approcher les valeurs qui imprègnent ces textes.

Des ateliers de lecture ont pour missions prioritaires de soutenir les enfants de cycle 3 qui connaissent encore des difficultés de lecture. Ils doivent les aider à lire rapidement et efficacement des textes complexes.

En alternant lecture à haute voix des enfants, lecture silencieuse, lecture à haute voix du maître, résumés, il est possible de « lire » un court roman en une semaine (dans les 5 heures dévolues à la littérature), pour arriver aisément aux **10 œuvres exigées par les programmes**. L'important est qu'ainsi nourri de nombreux textes, l'enfant se constitue une culture de référence qui lui permette de lire seul des œuvres littéraires en comprenant leurs enjeux et leur subtilité, de retrouver dans une nouvelle lecture les thèmes ou les débats d'une lecture précédente, de prendre plaisir à la découverte de tout cet implicite qui fait la littérature.

Une liste d'œuvres littéraires de référence associée aux nouveaux programmes

Un enseignement de littérature figure pour la première fois dans les programmes de l'école primaire en CE2, CM1 et CM2. Pour aider les maîtres, une liste d'œuvres littéraires de référence leur a été proposée afin de faire découvrir aux enfants les grands textes de la littérature jeunesse du patrimoine français, européen et mondial.
Cette liste comprend tous les genres, du conte traditionnel à la pièce de théâtre, en passant par la poésie, le roman de fiction ou la bande dessinée.

Les horaires en CE2, CM1, CM2 (cycle 3)

Domaines	*Champs disciplinaires*	*horaire minimal*	*horaire maximal*	*horaire du domaine*
Langue française Éducation littéraire et humaine	Littérature (dire, lire, écrire)	4 h 30	5 h 30	12 h
	Observation réfléchie de la langue française (grammaire, conjugaison, orthographe, vocabulaire)	1 h 30	2 h	
	Langue étrangère ou régionale	1 h 30	2 h	
	Histoire et géographie	3 h	3 h 30	
	Vie collective (débat réglé)	0 h 30	0 h 30	

Domaines	*Champs disciplinaires*	*horaire minimal*	*horaire maximal*	*horaire du domaine*
Éducation scientifique	Mathématiques	5 h	5 h 30	8 h
	Sciences expérimentales et technologie	2 h 30	3 h	
Éducation artistique	Éducation musicale Arts visuels	3 h		3 h
Éducation physique et sportive		3 h		3 h

Domaines transversaux	*horaire*
Maîtrise du langage et de la langue française	13 h réparties dans tous les champs disciplinaires dont 2 h quotidiennes pour des activités de lecture et d'écriture
Éducation civique	1 h répartie dans tous les champs disciplinaires 0 h 30 pour le débat hebdomadaire

REDONNER TOUTES SES LETTRES DE NOBLESSE À L'ÉCRITURE

L'enseignement de l'écriture, qui fait partie des apprentissages de base de l'école primaire, a été l'objet d'une moindre attention ces dernières années. Un phénomène renforcé par l'arrivée en force de l'informatique qui ne dispense pourtant pas l'école de s'interroger sur la nécessité de développer, chez tous les enfants, le geste graphique et l'écriture manuscrite.

Résultat : on a constaté que de très nombreux enfants, droitiers ou gauchers, éprouvaient de plus en plus fréquemment de réelles difficultés dans l'acte d'écrire, qu'il s'agisse de former des caractères réguliers et lisibles, de tenir correctement un crayon ou un stylo, ou encore d'accéder à une écriture cursive suffisamment automatisée pour permettre la copie ou la prise de notes. Or les élèves qui écrivent trop lentement ou de façon peu lisible rencontrent des difficultés grandissantes au fil de leur scolarité. De la même manière que la possession d'un vocabulaire plus ou moins étendu à l'entrée en cours préparatoire conditionne la réussite scolaire des écoliers, la maîtrise de l'écriture (lisibilité, fluidité, rapidité) est un élément décisif dans la poursuite d'une bonne scolarité au collège et au lycée.

Volet déterminant de l'appropriation, par tous les élèves, de la langue française, **l'écriture cursive est donc au centre des programmes de l'école primaire**. L'accent est mis sur l'apprentissage du geste graphique. Une progression est instaurée afin de permettre aux élèves de passer d'une activité graphique spontanée à une activité intentionnelle d'écriture.

Afin de **redonner toutes ses lettres de noblesse à l'activité d'écriture à l'école**, le ministère de l'éducation nationale a organisé un concours public pour la création de modèles d'écriture cursive. Objectif : proposer aux enseignants des écoles maternelles et élémentaires des modèles d'écriture au traçage parfaitement explicité et leur fournir une aide pour enseigner aux élèves une écriture lisible, harmonieuse et facile à réaliser.

Présentés le 23 janvier 2002, les deux modèles d'écriture manuscrite sélectionnés sont mieux adaptés aux usages et aux instruments contemporains, et ne comportent plus de majuscules ornées pour fa liter un tracé rapide et aisé. Leur diffusion a é prévue dans les écoles et numérisée, sous la respon sabilité du ministère de l'éducation nationale, afin qu'ils puissent être utilisés dans les logiciels de traitement de textes.

Le plan « Langues vivantes à l'école primaire »

L'apprentissage d'une première langue vivante dès le plus jeune âge et d'une deuxième dès la 6e répond à quatre impératifs :

— **L'enfant a une oreille musicale qui est à son zénith au plus jeune âge.** C'est donc dès la maternelle qu'il faut lui permettre de s'approprier une autre langue en plus de la langue nationale. L'expérience de pays comme le Luxembourg montre que cela est non seulement possible, mais heureux.

— On sait, par ailleurs, que **plus un enfant a la chance d'apprendre des langues, mieux il les maîtrise.** Non seulement l'apprentissage d'une langue vivante ne nuit pas à la maîtrise du français, mais il contribue au contraire à aiguiser la capacité de l'enfant à voyager à l'intérieur de la langue nationale et à en mieux comprendre la singularité et les similitudes avec les autres langues.

— **Deux langues vivantes sont aujourd'hui nécessaires** pour ouvrir l'horizon professionnel et culturel des jeunes et construire une Europe de la jeunesse et de la culture.

— Il s'agit enfin de **préserver notre langue nationale dans une Europe plurilingue.** Favoriser l'apprentissage précoce et diversifié d'une langue vivante est une manière efficace de servir l'avenir du français à l'extérieur de nos frontières.

Pour toutes ces raisons, et face à la nécessité de préparer davantage les élèves à affronter le monde et les échéances de l'avenir, priorité est donnée, dès le mois de juin 2000, au développement des langues vivantes dans le système éducatif.

Un plan de généralisation de l'enseignement des langues vivantes à l'école primaire, du CM2 à la grande section de maternelle, est engagé jusqu'en 2005.

Le plan de généralisation de l'enseignement des langues vivantes

Le plan pour l'introduction généralisée des langues vivantes à l'école primaire tient compte de trois impératifs dictés par l'expérience française et internationale : mobiliser l'ensemble du système éducatif par des objectifs clairs et des échéances précises ; ne pas laisser s'installer dans les esprits l'illusion que la maîtrise de la seule langue anglaise serait nécessaire ; profiter de la période de fort recrutement de professeurs pour créer l'obligation d'une compétence en langue chez tous les futurs enseignants.

La généralisation de l'introduction de cette discipline s'effectue selon **un calendrier différent de celui de l'application des programmes**. Il tient compte de la dynamique mise en place par la formation continue des enseignants, l'organisation de services et les projets d'école.

À la rentrée 2000, cet enseignement est généralisé en CM2. Il est ensuite étendu en CM1 à la rentrée 2001, puis en CE2 à la rentrée 2002.

Les élèves entrant en 6e en 2005 auront donc suivi l'enseignement d'une langue pendant l'ensemble du cycle 3. Ils débuteront l'apprentissage d'une seconde langue vivante dès l'entrée au collège.

Le plan de généralisation prévoit l'extension de cet enseignement au CE1 en 2003, au cours préparatoire en 2004 et en grande section de maternelle en 2005.

À partir de l'annonce de ces objectifs très ambitieux pour l'école primaire, une impulsion forte a été donnée par toutes les directions du ministère pour la mise en œuvre de ce plan. Les professeurs du premier degré et les instituteurs, les enseignants de langue du second degré, tous les autres intervenants, ainsi que les inspecteurs d'académie et les inspecteurs de l'éducation nationale, se sont mobilisés autour de cette nouvelle mission de l'école.

Ainsi, en 2001-2002, l'enseignement d'une langue vivante était assuré dans 94 % des CM1 et CM2, contre 80 % l'année précédente.

Une consolidation de la diversification a été obtenue : si la langue la plus enseignée est l'anglais (76,4 %), 23,6 % des élèves apprennent une autre langue contre moins de 10 % en 6e où la continuité des apprentissages linguistiques n'est pas encore la règle.

Classes de cours moyen assurant un enseignement de langues vivantes (en %)

	Secteur public [1]		*Secteur privé sous contrat* [2]	
	2000-2001	2001-2002	2000-2001	2001-2002
CM2 homogènes et CM1-CM2	96,1	97,1	86,0	88,9
CM1 homogènes et CE2-CM1	58,7	90,2	63,0	74,1
Autres classes avec élèves de cours moyen	76,8	91,6	71,8	74,0
TOTAL classes de cours moyen	80,2	93,9	76,0	81,8

1. Sur 98 IA en 2001/2002 et 100 IA en 2000/2001 pour le public.
2. Sur 81 IA en 2001/2002 et 97 IA en 2000/2001 pour le privé sous contrat.

Répartition des classes de cours moyen selon la langue enseignée (en %)

	Secteur public [1]		*Secteur privé sous contrat* [2]	
	2000-2001	2001-2002	2000-2001	2001-2002
allemand	19,2	18,7	11,2	10,7
anglais	75,9	76,2	85,6	86,4
espagnol	1,8	2,0	0,9	0,9
italien	1,0	1,1	0,2	0,1
autres langues étrangères	0,7	0,5	0,1	0,4
langues régionales	1,5	1,5	2,1	1,5

1. Sur 96 IA en 2001/2002 et 100 IA en 2000/2001 pour le public.
2. Sur 78 IA en 2001/2002 et 97 IA en 2000/2001 pour le privé sous contrat.

Pour la première fois dans l'histoire de ces programmes, l'enseignement d'une langue vivante étrangère (ou d'une langue régionale) accède à **une légitimité qui se traduit par un horaire spécifique et par des contenus précis.**

Ces programmes indiquent :

— les compétences à atteindre à la fin de l'école primaire, en compréhension et en expression ;

— les contenus d'enseignement pour chaque cycle de l'école primaire : énoncés permettant de communiquer dans la langue, éléments de syntaxe et de morphologie, lexique, contenus culturels ;

— la déclinaison de ces contenus dans 8 langues étrangères : anglais, allemand, espagnol, italien, portugais, mais aussi russe, chinois et arabe. Les contenus spécifiques à ces langues ont fait l'objet d'un BO hors-série, publié le 29 août 2002. La même déclinaison est opérée pour les langues régionales : basque, breton, catalan, alsacien-mosellan, corse, occitan langue d'Oc (BO hors-série à paraître);

— le volume horaire : entre 1 heure et 2 heures hebdomadaires au cycle 2; entre 1 heure 30 et 2 heures hebdomadaires au cycle 3.

Ces mesures, destinées à installer de façon définitive l'enseignement des langues vivantes dans l'école primaire française, ne sont pas allées sans **un plan d'action en faveur de la formation linguistique des maîtres** (voir p. 449). Elles poursuivent un objectif à la fois ambitieux et impératif : faire accéder l'ensemble des Français à la maîtrise des langues vivantes. Elles sont également une contribution importante de la France à l'Europe, dont l'avenir passe par le respect des diversités culturelles et linguistiques et par la promotion du plurilinguisme.

Répartition des personnels chargés de l'enseignement des langues vivantes en cours moyen (en %)

	Secteur public [1]		*Secteur privé sous contrat* [2]	
	2000-2001	2001-2002 (estimations)	2000-2001	2001-2002 (estimations)
Enseignants du 1er degré	54,3	57,9	38,6	44,1
Enseignants du second degré	23,0	20,0	40,1	38,3
Intervenants extérieurs État	11,5	10,9		
Intervenants ext. Collectivités locales	4,6	3,4	4,5	3,9

	Secteur public [1]		*Secteur privé sous contrat* [2]	
	2000-2001	2001-2002 (estimations)	2000-2001	2001-2002 (estimations)
Assistants de langues vivantes	4,1	5,0		
Autres personnels	2,5	2,9	16,8	13,7

1. Sur 100 IA en 2001/2002 et 100 IA en 2000/2001 pour le public.
2. Sur 72 IA en 2001/2002 et 88 IA en 2000/2001 pour le privé sous contrat.

L'enseignement des langues vivantes incombe aux instituteurs et aux professeurs des écoles. En 2001-2002, il est dispensé dans 57,9 % des cas par ces maîtres, dans leur classe, en échange de services ou comme maîtres itinérants.

Les maîtres du premier degré sont aidés par d'autres intervenants : professeurs de langue du second degré, intervenants extérieurs, assistants de langues (1 900 postes en 2001-2002).

Des améliorations importantes sont apportées aux conditions d'intervention de ces personnels :

— doublement du volume horaire pouvant être confié aux intervenants extérieurs : 640 heures année (depuis l'année scolaire 2001-2002);

— allongement à 9 mois de la durée du séjour des assistants de langue effectuant leur service à l'école primaire; amélioration de leur préparation pédagogique et de leur accompagnement (à partir de la rentrée scolaire 2002).

Il faut en finir avec cette hiérarchisation qui laisse à penser que l'art est le supplément d'âme du système éducatif, la matière à pratiquer après toutes les autres, la matière sacrifiée aux savoirs plus « fondamentaux » comme les mathématiques ou le français.

Le système éducatif doit offrir aux élèves la possibilité de développer toutes les formes d'intelligence : l'intelligence conceptuelle et formelle qui passe par la maîtrise des langages et la formulation d'hypothèses, l'intelligence concrète qui mobilise le sens de l'observation, de l'action et le goût de l'expérimentation, **l'intelligence sensible** qui ouvre aux arts et à la culture. Il va de soi que ces trois formes d'intelligence s'entrelacent, s'imbriquent, se nourrissent mutuellement.

Le temps était venu d'une action de grande ampleur qui accorde plein droit de cité aux arts et à la culture dans le système éducatif français, notamment à l'école maternelle et élémentaire qui a **un devoir d'alphabétisation culturelle et artistique**.

Le renforcement de l'éducation aux arts et à la culture répond à une triple exigence :

— **L'épanouissement de l'enfant :** l'école doit aider les jeunes à se construire en assurant à parité l'éveil des aptitudes rationnelles et le développement de la sensibilité.

— **L'égalité républicaine :** l'école doit combattre les inégalités sociales ou géographiques et offrir à tous les enfants un accès démocratique aux arts et à la culture.

— **L'accès aux autres savoirs fondamentaux :** l'expérience montre que l'éveil artistique est un sésame pour les autres formes d'intelligence (la musique introduit au calcul, le théâtre à la lecture, et les arts plastiques ne sont pas sans lien avec la géométrie et la perspective).

Principales mesures en faveur de l'éducation aux arts et à la culture :

Fruit d'un partenariat entre le ministre de l'éducation nationale Jack Lang et la ministre de la culture et de la communication Catherine Tasca, **le plan national pour le développement de l'éducation artistique et culturelle à l'école** (voir p. 313), est annoncé en décembre 2000. L'ambition de ce plan est de réduire les inégalités d'accès à l'art et à la culture en favorisant la rencontre précoce de tous avec l'art et en multipliant les occasions de partenariat culturel, notamment avec les collectivités locales et les associations. Il s'agit de faire venir des artistes dans les écoles et d'inciter les élèves à se rendre dans les lieux culturels en s'appuyant sur la mise en place de classes à projet artistique et culturel.

Trois objectifs sont visés : la généralisation à l'ensemble des élèves de pratiques jusqu'ici trop expérimentales ou confidentielles ; la diversification des domaines artistiques ; la continuité des actions de l'école maternelle à la terminale.

• Mesure phare du plan national pour le développement de l'éducation artistique et culturelle, **la classe à projet artistique et culturel** (classe à PAC) est lancée à la rentrée 2001, en priorité à l'école primaire (mais aussi en 6e et dans les lycées professionnels). La classe à PAC est une année privilégiée pour approfondir un thème, rencontrer des créateurs, découvrir d'autres expressions artistiques. Elle permet de faire venir au sein des classes, dans le cadre d'un projet pédagogique concerté, des artistes ou des professionnels de la culture, dans une relation vivante entre l'école et son environnement culturel.

Deux classes de ce type doivent être obligatoirement organisées, l'une à l'école maternelle, l'autre à l'école élémentaire. En 2002-2003, on recensait près de 25 000 classes à PAC à l'école primaire.

• **Les nouveaux programmes de l'école primaire** accordent une place centrale aux arts et à l'éveil artistique qui font appel à l'affectif, à l'intelligence sensible, à l'émotion.

Deux approches de la culture artistique sont privilégiées :

— une formation de base en arts visuels et en musique, avec des programmes spécifiques et des horaires clairement identifiés et portés à trois heures par semaine. L'enseignement des arts visuels s'appuie sur la pratique régulière du dessin, et s'ouvre aux autres expressions visuelles : compositions plastiques, photographies, vidéos... Il joue un rôle privilégié dans l'initiation à la lecture de l'image. L'éducation musicale repose prioritairement sur les pratiques de la voix et le chant choral;

— des pratiques et des connaissances artistiques intégrées dans d'autres enseignements. Ainsi, le théâtre a sa place en littérature, la danse en éducation physique et sportive, la connaissance du patrimoine artistique et culturel en histoire, l'approche du paysage en géographie;

• Une chorale par école : dans le domaine de la

musique, la priorité ministérielle concerne le chant choral et la pratique vocale sans pour autant exclure les autres formes musicales. Le plan de généralisation des chorales scolaires démarre en 2001, avec l'ouverture de **1 000 chorales supplémentaires,** grâce au concours de chefs de chœurs et pratiquants extérieurs invités à participer à ce vaste projet. D'autre part, les départements sont incités à se doter d'une charte de développement de la pratique chorale et vocale permettant, sur un territoire bien défini, de nouer des partenariats avec les institutions culturelles et les collectivités locales.

Par ailleurs, un CD — proposant quatorze versions de *la Marseillaise* — encarté dans un livre pédagogique est distribué gratuitement, en mars 2002, dans les écoles, collèges et lycées.

• Comme le chant choral, **la diction poétique** met la pratique de la langue au cœur du projet artistique de l'école. Dire, écouter de la poésie est aussi une façon de partager la langue. Ces pratiques permettent à l'enfant de construire son intelligence sensible et de comprendre, à travers la littérature, la diversité humaine en la frottant à la langue.

L'école doit permettre à l'élève de fréquenter les œuvres littéraires et poétiques les plus riches, les plus exigeantes, les plus diversifiées et de rencontrer des écrivains, poètes, comédiens et autres « passeurs » de littérature. À cette fin, les **ateliers d'écriture** animés par des écrivains, des poètes, et les **ateliers de lecture**, auxquels participent des comédiens, sont développés.

L'**enrichissement des bibliothèques** des écoles accomplit un bond en avant par une dotation nationale de 500 000 ouvrages.

• Un programme d'**équipement des classes en matériel DVD** est mis en place en collaboration avec les collectivités locales.

• Un délégué académique à l'éducation artistique et à l'action culturelle est nommé dans chaque académie et un coordonnateur pour l'éducation artistique et l'action culturelle est nommé dans chaque inspection académique. Cette initiative vise à :

— unifier les appellations et attributions ;

— conférer permanence et continuité aux missions qui leur seront confiées ;

— clarifier le dispositif académique ;

— faciliter le développement d'une politique de déconcentration, en confiant au niveau académique la conduite générale des actions menées ensuite au niveau des départements, des circonscriptions du premier degré et des établissements scolaires.

La rénovation de l'enseignement des sciences : la nouvelle leçon de choses

On a souvent reproché à l'école de dispenser aux élèves des savoirs académiques sans qu'ils en perçoivent la réalité ou la traduction concrète.

Afin de confronter les jeunes au réel et à l'action, l'expérimentation scientifique (sur le modèle de l'opération « La main à la pâte », impulsée par le prix Nobel Georges Charpak) est généralisée. Cette opération de grande ampleur consiste à étendre à l'ensemble des élèves le travail de grande qualité réalisé dans quelques centaines d'écoles.

D'où la mise en œuvre **d'un plan de rénovation**

de l'enseignement des sciences à l'école primaire (voir p. 168) privilégiant les méthodes expérimentales, domaine privilégié du développement de l'intelligence concrète. Objectifs de cette rénovation : développer le sens et le goût de l'observation du monde réel ; offrir des occasions de manipuler, d'expérimenter, de questionner, d'argumenter ; faire découvrir la démarche scientifique ; développer chez les élèves la capacité de formuler des hypothèses et d'exprimer leur pensée.

Plusieurs mesures sont prises, notamment la création d'un comité national de suivi présidé par l'inspecteur général Jean-Pierre Sarmant et l'attribution, dès la première année, de 3,2 millions d'euros (21 MF) de crédits pour équiper les écoles et former les maîtres. Au total, ce sont plus de 6 millions d'euros (41 MF) qui sont délégués aux académies en deux ans pour la mise en place d'un enseignement des sciences rénové.

Les nouveaux programmes de l'école primaire soulignent la place qu'il convient d'accorder à l'investigation raisonnée des élèves, à la démarche pratique et expérimentale et rappellent notamment que les activités scientifiques sont des occasions d'écrire et d'échanger.

Ils visent à former de futurs collégiens ayant appris les sciences en les pratiquant, et ayant développé des aptitudes à raisonner et des capacités à échanger de manière argumentée avec les autres. Il s'agit aussi de redonner aux jeunes « le goût de la science » (on constate actuellement une désaffection préoccupante des étudiants pour les études scientifiques) et, ainsi, de mieux préparer une relève indispensable.

Une plus grande participation des parents

Au sein de la collectivité scolaire, la qualité des relations qu'entretiennent les parents et l'école constitue un enjeu majeur pour la réussite scolaire des jeunes. C'est pourquoi l'initiative de Ségolène Royal visant à instaurer un nouveau contrat moral entre les parents et l'école sous le signe d'un engagement réciproque et à établir un véritable dialogue avec les familles afin de les impliquer davantage dans la scolarité de leurs enfants est poursuivie et amplifiée.

Les apprentissages scolaires doivent susciter puis structurer des comportements responsables et solidaires autant que des acquisitions formelles. Pour soutenir efficacement leurs enfants dans l'ensemble de ces apprentissages, **les parents sont associés aux projets que développe l'école**. Ainsi seront mieux assurées l'unité et la cohérence dans la formation des enfants.

— Nécessaire tout au long de la scolarité avec tous les parents d'élèves, pour la réussite de leurs enfants et pour l'élaboration de références culturelles partagées, **la communication est renforcée** lors de l'entrée en application des nouveaux programmes : les réunions collectives de parents par classe ou par école peuvent être l'occasion de présenter le calendrier de mise en œuvre et, surtout, les implications concrètes de l'évolution des programmes.

— Les formes diverses de **valorisation des activités et des productions des élèves** (expositions, concerts, etc.), les fêtes scolaires, qui contribuent à améliorer les liens sociaux entre l'école et son environnement, sont également encouragées pour renforcer la liaison entre l'école et son environnement, au-delà même des familles des élèves.

— Afin de mieux répondre aux interrogations des parents concernant la scolarité de leurs enfants — qu'il s'agisse d'une demande de scolarisation adaptée, d'une intégration ou encore d'une avancée plus rapide dans un cycle d'apprentissage —, **des lieux d'accueil et d'échanges peuvent être aménagés** pour les parents d'élèves, partout où la configuration des lieux le permet (circulaire et note technique d'accompagnement parues le 12 juillet 2001 sous la signature des ministres de l'éducation, de l'enfance et de la famille, et de la ville).

— En cas de difficultés des élèves, **la recherche de relations personnalisées avec les familles** est privilégiée ; c'est en particulier le cas quand un programme personnalisé d'aide et de progrès s'impose après l'évaluation du début de CE2. Les parents sont également impliqués dans l'élaboration des projets d'aide spécialisée avec l'enseignant de la classe et les personnels spécialisés, et ont aussi communication des bilans, des propositions de modification, de poursuite ou d'arrêt du projet.

L'implication des parents dans l'accompagnement du travail de leurs enfants, la participation de partenaires, artistiques, scientifiques..., constituent une condition, mais aussi un signe, de bonne intégration de l'école dans son environnement.

Les mesures d'accompagnement de la modernisation de l'école primaire

Des outils pédagogiques et, en particulier, **des documents d'application adaptés sont mis à la disposition des enseignants**. Ces documents, compléments indispensables des programmes, donnent aux maîtres des repères et suggèrent des activités pour les élèves. Ils précisent, pour chaque point du programme, les connaissances et les compétences que chaque élève doit acquérir et pouvoir mettre en œuvre.

Afin d'aider les enseignants du cycle 3 concernés par l'introduction d'un enseignement de la littérature, **des œuvres littéraires de référence sont recommandées** (contes traditionnels et modernes, albums, romans de fiction, poésie, bandes dessinées, pièces de théâtre). Les maîtres peuvent choisir, parmi une centaine de titres, dix œuvres par an du CE2 au CM2.

Le programme 2002 des **universités d'été** (voir p. 303) réserve une place conséquente à la rénovation des contenus de l'école primaire, notamment en ce qui concerne l'enseignement des langues vivantes, la lecture littéraire et la culture au cycle des approfondissements, et l'évaluation des élèves.

Le programme du concours de professeur des écoles est désormais national. Il est entièrement conçu à partir des nouveaux programmes de l'école primaire.

— **La formation des maîtres de l'école maternelle et élémentaire est rénovée** (voir p. 449). Les futurs professeurs des écoles sont encadrés par des « maîtres en service partagé » qui possèdent une vraie expérience de terrain; la formation intellectuelle et disciplinaire ainsi que la préparation au métier sont renforcées; des dominantes en arts, langue vivante et éducation physique sont introduites; les enseignants bénéficient d'un meilleur accompagnement pendant les deux premières années de titularisation ; la formation continue est renforcée.

— **La formation initiale des professeurs des écoles** intègre désormais la formation linguistique et la préparation à l'enseignement des langues vivantes. Depuis l'année scolaire 2001-2002, tous les IUFM organisent une formation à dominante langue vivante qui offre la possibilité, aux futurs professeurs des écoles ayant un intérêt particulier pour cette discipline, d'approfondir et d'élargir leurs connaissances.

De plus, la formation continue en langues vivantes a fait l'objet d'une priorité dans les plans départementaux ou académiques de formation : 10 % du volume global de formation est consacré aux langues vivantes dans le cycle 3.

Il est également prévu que, à la rentrée 2003, tous les professeurs des écoles devraient avoir acquis la compétence nécessaire dans une langue vivante, attestée par le niveau 2 du certificat de compétences en langues de l'enseignement supérieur ou l'équivalence du niveau B2 de l'échelle de niveaux du cadre européen commun de référence.

La formation initiale met aussi l'accent sur l'intégration des technologies de l'information et de la communication dans l'enseignement de toutes les disciplines. Cette dimension de la formation est présente dans l'élaboration du mémoire professionnel comme dans les exercices de conduite de la classe effectués au cours des différentes périodes de stages (en pratique accompagnée, en responsabilité).

Enfin, les moyens humains sont renforcés grâce au plan pluriannuel (voir p. 492) prévoyant le recrutement de **62 000 nouveaux enseignants du premier degré** entre 2001 et 2005.

La carte scolaire du 1er degré : vers plus d'équité, de transparence et de concertation

Un groupe de travail national est chargé, dès juillet 2000, d'établir des propositions afin d'améliorer durablement les conditions d'élaboration de la carte scolaire dans le premier degré. Cette instance regroupe les principaux partenaires de l'école (organisations professionnelles, fédérations de parents d'élèves, élus locaux, représentants d'associations) et a pour mission de redéfinir les critères objectifs de répartition des moyens de rentrée et des modalités de la concertation.

Les résultats de ces travaux sont rassemblés dans un rapport qui, publié en février 2001, prône davantage d'équité, de transparence et de concertation dans la répartition des moyens, l'idée étant de concevoir un outil d'aide à la décision permettant d'anticiper sur les besoins des départements et non pas y répondre *a posteriori* sous forme de « plan de rattrapage ».

Les propositions portent : d'une part, sur les critères de répartition et d'affectation des moyens à privilégier aux différents niveaux, national, académique et départemental ; d'autre part, sur les procédures qui privilégient et organisent la concertation à tous les niveaux.

Ce nouveau dispositif — qui contribue à corriger les inégalités sociales ou géographiques sur des bases transparentes — inspire la préparation de la rentrée 2001 et s'applique pleinement depuis la rentrée 2002.

Dans le second degré un effort comparable est fourni pour élaborer des critères de répartition simples et transparents.

DE NOUVEAUX CRITÈRES DE RÉPARTITION PRENANT EN COMPTE LES DIFFICULTÉS SOCIALES ET LES CONTRAINTES TERRITORIALES

Jusqu'alors, le nombre d'enseignants affectés dans les départements était calculé en fonction des évolutions démographiques et du nombre d'élèves scolarisés (pondéré par la catégorie socioprofessionnelle des parents et le caractère plus ou moins rural de l'école).

Sont désormais pris en compte **de nouveaux indicateurs**, tels que le taux de chômage, la proportion de bénéficiaires du RMI, la densité de population entre 2 et 16 ans, la proportion de population résidant en zone rurale ou en zone isolée, la structure du réseau scolaire ou encore le taux de scolarisation à deux ans. Une méthode plus précise qui permet de faire face aux évolutions de la démographie scolaire (il faut mettre des enseignants là où se trouvent les élèves) et qui permet de prendre en compte à la fois la situation de régions en régression démographique (Nord, Est) et celle des régions en forte expansion (littoral méditerranéen, par exemple).

DES PROCÉDURES QUI PRIVILÉGIENT LE DIALOGUE ET LA CONCERTATION À TOUS LES NIVEAUX

À chaque niveau, national, académique et départemental, une instance tripartite associant, autour de l'administration, les élus, les parents et les personnels constitue le lieu de concertation et de réflexion stratégique sur la politique éducative dans le premier degré et ses conséquences sur la carte scolaire : il s'agit respectivement, au niveau national du Conseil supérieur de l'éducation (CSE), au niveau académique du Conseil académique de l'éducation nationale (CAEN) et, au niveau départemental, du Conseil départemental de l'éducation nationale (CDEN). La volonté est de permettre à ces instances consultatives de jouer pleinement leur rôle, bien en amont des décisions de répartition des moyens. Ainsi est-il demandé que ces instances soient réunies dès le début de l'année scolaire pour qu'à partir du bilan de la rentrée soient envisagées ou ajustées les orientations à privilégier à moyen terme (pour les trois ou quatre ans à venir).

Ce n'est qu'ensuite, une fois les moyens disponibles connus, que les comités techniques paritaires ministériel, académique et départemental peuvent, à chaque niveau, examiner la traduction concrète de ces orientations sous forme de « mesures de rentrée ».

UNE MEILLEURE ANTICIPATION DES OPÉRATIONS DE PRÉPARATION DE LA RENTRÉE

Jusqu'à l'année 2000-2001, la tradition était de déléguer les emplois en plusieurs étapes. Pour la rentrée 2001, les recteurs ont reçu la totalité de leur dotation en emplois du premier et du second degré dès décembre 2000, ce qui constitue une première dans la préparation d'une rentrée. Après un dialogue approfondi avec les établissements pour dresser l'état des manques, les services rectoraux ont pu implanter les postes nécessaires au bon fonctionnement des écoles, des collèges et des lycées. Les rentrées 2002 et 2003 bénéficient de la même procédure.

En outre, le mouvement des personnels, au sein de chaque académie, est désormais achevé dès le mois de juin. Les recteurs disposent ainsi avant les vacances d'été des autorisations de recrutement nécessaires pour que tous les postes soient pourvus avant la rentrée.

Cette nouvelle procédure a un effet positif en termes d'efficacité :

— l'accélération des opérations de gestion qui se terminent plus tôt ;

— une meilleure couverture des postes à pourvoir dès le début du mois de septembre.

II

LE COLLÈGE POUR TOUS ET POUR CHACUN

> *« Les principes qui m'ont habité pour élaborer les propositions pour ce nouveau collège républicain sont les mêmes que ceux qui ont sous-tendu toutes les autres réformes engagées, notamment celle de l'école primaire : l'exigence de haute qualification et de rigueur et la nécessité de soutenir et d'encourager la liberté créatrice. »*
>
> Jack Lang — Extrait de la conférence de presse du 5 avril 2001.

Véritable **creuset social**, le collège républicain est ouvert sans discrimination d'aucune sorte à tous les jeunes de France depuis 1975 (la loi Haby a supprimé les filières au collège). Ce principe répond à la volonté de démocratiser l'accès aux savoirs et d'ouvrir à tous les portes de la connaissance afin de mieux préparer à la vie sociale et professionnelle.

Depuis un quart de siècle, le collège unique, tel qu'il s'est progressivement mis en place, a su répondre au défi de la scolarisation de masse et a largement contribué à l'élévation du niveau de qualification de la population française : aujourd'hui, près de 80 % des enfants de 15 ans sont en 3e ou dans des classes supérieures et, en vingt ans, la proportion de bachcliers dans une génération est passée de 25 % à 62 %. Néanmoins, des problèmes ont surgi, liés pour l'essentiel à la forte hétérogénéité des élèves : hétérogénéité des niveaux, mais aussi des comportements. Ces difficultés, n'ayant pas été toujours traitées de façon satisfaisante, ont parfois généré des situations de souffrances et de désenchantement, aussi bien de la part des élèves que des enseignants.

Le nouveau collège, mis en place à partir de 2001, réaffirme le principe d'**un parcours de formation commun à tous les élèves**. Lieu de brassage social et culturel, il accueille les jeunes « sous un toit unique » afin de leur transmettre selon l'idéal énoncé par François Dubet un bagage commun de connaissances, de les doter d'une même culture, conforme aux idéaux républicains et démocratiques.

Ce collège pour tous est aussi un collège pour chacun : lieu d'épanouissement individuel, il est respectueux des **diversités** et encourage la **liberté créatrice**, l'esprit d'équipe, le sens de l'initiative, la volonté d'expérimenter et d'innover.

Ses objectifs sont ambitieux : allier culture commune et valorisation des talents de chacun, tout en maintenant un haut niveau d'exigence et en préservant l'excellence.

La réforme du collège : une double exigence de rigueur et de créativité

Le recteur Philippe Joutard, qui a présidé le groupe d'experts sur les nouveaux programmes de l'école primaire, est chargé en 2000 par le ministre de l'éducation nationale d'animer une Commission de réflexion pour la réforme des collèges. Ainsi est assurée la cohérence entre les deux démarches de transformation de l'école primaire et du collège.

La réforme du collège entre progressivement en application à partir de la rentrée 2001.

Calendrier de mise en œuvre de la réforme du collège

Rentrée 2001 : renforcement de l'accueil et de l'accompagnement des élèves en 6ᵉ.
Janvier 2002 : diffusion du cahier des exigences du collégien.
Rentrée 2002 : généralisation des itinéraires de découverte en 5ᵉ qui peuvent être mis en place de façon anticipée en 4ᵉ; mise en place des nouvelles grilles horaires en 6ᵉ et en 5ᵉ.
Rentrée 2003 : généralisation des itinéraires de découverte en 4ᵉ; expérimentation des enseignements choisis en 3ᵉ; mise en place des nouvelles grilles horaires en 4ᵉ.
Rentrée 2004 : généralisation des enseignements choisis en 3ᵉ.
Juin 2005 : le brevet d'études fondamentales remplacera le diplôme national du brevet.

La priorité à **la langue française écrite et orale**, qui donne accès aux autres langages, et notamment aux langages mathématiques, scientifiques et techniques, est réaffirmée.

Un cahier des exigences est élaboré afin de préciser les compétences exigibles à la fin du collège. Pour autant, il ne saurait y avoir un haut niveau d'exigences au collège sans **une évaluation régulière** qui permette d'établir des repères de progression pour les élèves. À cette fin, plusieurs évaluations sont introduites tout au long du parcours scolaire du collégien : à l'entrée de la 6e, au début de la 5e et en fin de 4e (voir p. 358). Quant au futur brevet d'études fondamentales (voir p. 229), il constituera, en 2005, la dernière étape du contrôle des acquisitions à l'issue de la 3e. Il comportera des épreuves communes, auxquelles viendront s'ajouter des épreuves au choix dotées d'un fort coefficient de façon à prendre en compte l'engagement personnel.

Ces différents paliers d'évaluation permettent de mieux connaître le niveau des élèves, de détecter les lacunes afin d'y remédier, de repérer les méthodes de travail acquises et de construire des activités pédagogiques mieux adaptées aux besoins de chacun.

La possibilité de choix est au cœur des apprentissages. Le parcours du collégien est redéfini en laissant notamment une plus grande liberté d'initiative aux élèves et aux enseignants. Ainsi les collégiens participent davantage à la construction de leur parcours scolaire, ce qui est une source importante de motivation et d'intérêt. Ils peuvent désormais, outre les options, choisir les domaines d'études et les sujets de leurs itinéraires de découverte (voir p. 158) et, en classe de 3e, se déterminer sur un certain nombre d'enseignements.

Ligne de force constamment réaffirmée à tous les niveaux de la scolarité, **l'aide accrue aux élèves en difficulté** est au cœur de la réforme du collège (accueil personnalisé en 6e, évaluations, mise en place de solutions individualisées, préparation d'une orientation positive en 3e...). La pédagogie est au service des élèves : quels que soient les handicaps, les origines sociales ou les difficultés rencontrées en route, le rôle du collège est d'épauler, de guider, d'instruire, d'aider à grandir, d'apprendre à vivre ensemble.

Par ailleurs, la spécificité des sections d'enseignement général et professionnel adapté (SEGPA), qui reçoivent des élèves en grande difficulté scolaire, est renforcée. Une enquête portant sur les élèves sortant de 3e de SEGPA indique une progression constante du nombre d'élèves accédant à une qualification. Il n'en demeure pas moins que les résultats restent très hétérogènes et que les efforts doivent être poursuivis pour favoriser l'accès de ces élèves en grande difficulté à une formation qualifiante et diplômante de niveau V (CAP, BEP, seconde générale et technologique).

Enfin, les collèges sont directement concernés par **le plan de cinq ans pour le développement des arts et de la culture** (voir p. 313), mis en place en décembre 2000. Ce plan qui renforce l'éducation artistique est prioritairement mis en œuvre dans les classes de 6e à la rentrée 2001, en particulier dans les collèges situés en zone d'éducation prioritaire (ZEP) et en zone rurale. Dans le cadre de ce plan, 3 732 classes à projet artistique et culturel sont créées en 2001-2002.

Références documentaires

— Rapport sur « L'évolution du collège », Philippe Joutard, mars 2001.

— Rapport sur « La mixité sociale à l'école et au collège », Jean Hébrard, mars 2002.

Le cahier des exigences pour le collégien

Réalisé par le Conseil national des programmes, présidé par Luc Ferry, le « cahier des exigences » fixe l'idéal éducatif du collégien qui est au centre de la réforme du collège mise en place à partir de la rentrée 2001. Sorte de charte du collège, ce document intitulé *Qu'apprend-on au collège ?* [1] présente de façon simple et accessible la totalité des programmes du collège en soulignant la cohérence entre les disciplines. Il fixe également les contours de ce que doit être **la culture scolaire partagée** par tous les élèves au terme de la scolarité obligatoire.

Pour définir ce socle commun de connaissances, de savoir-faire et de compétences attendus en fin de collège, le cahier des exigences ne s'en tient pas à la seule logique disciplinaire, mais se place à un niveau plus global de façon à montrer l'interaction entre les savoirs. De là l'idée d'une structuration autour de trois pôles qui regroupent chacun plusieurs disciplines : la maîtrise des langages, la culture des humanités, la culture scientifique et technique.

Destiné aux parents, aux enseignants, aux élèves,

1. *Qu'apprend-on au collège ? Pour comprendre ce que nos enfants apprennent*, préface de Jack Lang et introduction de Luc Ferry, XO éditions et CNDP, 192 pages, 9,90 euros.

aux acteurs de la vie politique, économique et sociale — bref, à chaque citoyen —, il est diffusé en janvier 2002 à plus de 200 000 exemplaires et mis en vente en librairie.

Une progression des élèves redéfinie niveau par niveau

La réforme du collège entre progressivement en application depuis la rentrée 2001. C'est la classe de 6e qui est la première concernée.

LA CLASSE DE 6e : PRIORITÉ À L'INTÉGRATION

Le passage de l'école élémentaire au collège peut se révéler un cap difficile et déstructurant malgré les efforts importants, la qualité professionnelle et l'engagement des enseignants. Le passage du maître unique à la dizaine de professeurs du collège, les nouvelles conditions d'enseignement, la gestion quotidienne du temps, le travail personnel à fournir sont autant d'obstacles potentiels que trop d'élèves ont du mal à surmonter. Or cette transition mal vécue peut entraîner un désinvestissement du travail scolaire qui touche de plein fouet les collégiens les plus fragiles, c'est-à-dire ceux ayant atteint avec difficulté les objectifs de l'école primaire.

À partir de la rentrée 2001, l'accent est donc mis sur **l'accueil et l'intégration des nouveaux arrivants**, dès les premières semaines de l'entrée en 6e. Il s'agit pour les équipes pédagogiques de donner des repères aux collégiens, d'expliquer les attentes du collège en termes de savoirs, de méthodes, de comportements, de règles de vie... afin de faciliter la liaison entre l'école et le collège et de favoriser la continuité entre les deux niveaux d'enseignement.

Cet objectif d'intégration se traduit par un horaire explicite dans l'emploi du temps et par un inventaire des initiatives originales mises en place dans de nombreux établissements (le ministère a diffusé une brochure qui recense quelques-unes de ces démarches illustrant la créativité des équipes pédagogiques).

Au-delà de cette période d'accueil, l'établissement poursuit **l'accompagnement de l'élève dans son travail personnel**.

Parallèlement, des nouveautés sont introduites dans le but de mieux globaliser les moyens des établissements. L'arrêté du 14 janvier 2002 porte la dotation horaire minimale attribuée à chaque classe de 6e de 26 à 28 heures minimum par semaine. Quant à l'horaire-élève, il sera désormais de 25 heures, au lieu de 23-24 heures. Les établissements disposent donc d'une marge de manœuvre appréciable pour mettre en place des actions d'aide individualisée et de suivi des élèves. En outre, cette nouvelle grille permet aux établissements d'organiser des travaux en groupes allégés dans les disciplines expérimentales (sciences de la vie et de la Terre) et la technologie. Autre nouveauté : l'introduction dans l'emploi du temps des collégiens de dix heures annuelles de vie de classe afin de poursuivre les actions engagées au moment de l'accueil et de mettre l'élève en situation d'exercer son « intelligence sociale ».

Instrument de diagnostic, mais aussi outil de liaison entre l'école et le collège, **l'évaluation à l'entrée de la 6e** est un autre moment fort de l'intégration du jeune collégien. Une bonne exploitation des résultats permet en effet d'adapter les progressions d'enseignement à la diversité des élèves. Des réponses différenciées peuvent être mises en place en fonction des difficultés rencontrées, qu'il s'agisse de groupes de besoins à effectifs et à durée variables, ou de dispositif de tutorat pour les élèves les plus fragilisés...

> **Référence réglementaire**
>
> — Arrêté du 14 janvier 2002 relatif à l'organisation des enseignements dans les classes de 6e de collège — *Bulletin officiel* n° 8 du 21 février 2002.

LES CLASSES DE 5e et 4e : RECONNAISSANCE DE LA DIVERSITÉ DES GOÛTS ET DES TALENTS

Ces deux années, 5e et 4e, que la loi de 1995 a dénommées « cycle central », doivent offrir des enseignements communs et des parcours plus individualisés donnant aux élèves l'occasion d'exprimer leurs goûts, leurs talents et leurs aptitudes. C'est cette volonté de mieux prendre en compte la diversité qui a présidé à la mise en place, à partir de la rentrée 2002, **des itinéraires de découverte** (voir p. 158) en classe de 5e.

Au cœur de la réforme des collèges, les itinéraires de découverte valorisent, chez les élèves, le travail autonome sur projets et favorisent le travail en équipe des enseignants. Ils sont innovants à plus d'un titre. D'abord, ils conduisent à traiter les programmes scolaires d'une autre manière, dans une optique interdisciplinaire. Ensuite, en offrant aux élèves un éventail de possibilités, ils permettent la valorisation de leurs talents et constituent un élément essentiel de « l'éducation au choix ». Ils sont enfin une occasion de s'approprier des savoirs et de développer les aptitudes au travail collectif, à la prise de responsabilité, à l'initiative. Chacune des réalisations issues de ces itinéraires fera l'objet d'une évaluation qui sera l'une des composantes du futur brevet d'études fondamentales.

Les itinéraires de découverte, qui ne sont ni une option ni une discipline nouvelle, mais une manière différente de parcourir et d'approfondir les programmes, sont, pour les uns, un moyen de remotivation et, pour les autres, une voie d'approfondissement. En ce sens, ils constituent, pour les collégiens comme pour les enseignants, un espace de liberté, un lieu d'expérimentation et d'innovation.

Dans le même esprit, **un séjour individuel ou collectif en milieu professionnel** centré sur la connaissance des métiers est mis en place de façon systématique, dès la classe de 4e.

Les nouvelles grilles horaires en 5e à la rentrée 2002 et en 4e à la rentrée 2003

La nouvelle organisation des enseignements est applicable en 5e à la rentrée 2002 et en 4e à la rentrée 2003. Pour chaque discipline est défini un horaire-élève minimal et un horaire-élève possible qui fait apparaître la contribution aux itinéraires de découverte.
Par exemple, un élève de 5e qui choisirait un itinéraire dans le domaine « Arts et humanités » intégrant les disciplines français et arts plastiques verrait son horaire de français passer de 4 à 5 heures par semaine et son horaire d'arts plastiques de 1 heure à 2 heures.
La dotation globale attribuée aux collèges, qui est fixée à 26 heures en 5e, est augmentée d'une demi-

heure par rapport à l'ancienne dotation. Elle est de 29 heures en classe de 4e.
Répondant aux mêmes principes de globalisation, une heure non affectée est désormais mise à disposition des établissements pour répondre aux difficultés scolaires.
Les élèves conservent la possibilité de choisir des enseignements optionnels facultatifs (latin, langue régionale).
Comme pour la classe de 6e, des heures de vie de classe figurent désormais sur la grille horaire (dix heures annuelles).

Référence réglementaire

— Arrêté du 14 janvier 2002 relatif à l'organisation des enseignements du cycle central de collège (classes de 5e et de 4e)
— *Bulletin officiel* n° 8 du 21 février 2002.

LA CLASSE DE 3e : UNE PRÉPARATION AUX PREMIERS CHOIX D'ORIENTATION

Étape importante dans le parcours scolaire de l'élève, la classe de 3e est le moment du bilan des acquisitions et de la préparation aux premiers choix d'orientation.

La future classe de 3e, qui sera mise en place à la rentrée 2004, doit mieux préparer aux « années lycée » et faciliter les choix ultérieurs d'orientation. Elle verra l'introduction, à côté des enseignements communs, de 4 heures hebdomadaires consacrées à **des enseignements choisis par l'élève.**

Cette part d'initiative laissée à chacun pourra s'exercer à travers six domaines d'enseignement : langues et cultures de l'Antiquité; langues et cultures du monde (langues étrangères et langues régionales) ; arts ; sciences expérimentales ; technologie ; découverte professionnelle.

Ces enseignements choisis permettront aux collégiens de valoriser leurs points forts. Ils favoriseront aussi une orientation raisonnée et motivée. Toutefois, il ne s'agit pas d'enfermer les élèves dans une voie ou une spécialité irréversibles. C'est pourquoi ces enseignements ne détermineront en rien les choix ultérieurs et ne constitueront en aucun cas une pré-orientation.

Ainsi, le choix du domaine d'enseignement « découverte professionnelle » contribuera à préparer une orientation positive vers la voie professionnelle. On sait en effet combien il importe de réfléchir le plus en amont possible à ce type d'orientation afin d'éviter les redoublements inutiles et de prévenir les sorties précoces sans aucune qualification. Ce choix pourrait également justifier que les élèves concernés suivent tout ou partie de leur classe de 3e en lycée professionnel. Expérimentée dans plusieurs académies, la scolarisation complète en lycée professionnel réconcilie souvent les élèves avec le travail scolaire et peut favoriser un nouveau départ. Même s'ils effectuent leur scolarité en lycée professionnel, les élèves resteront néanmoins collégiens et se présenteront au brevet d'études fondamentales.

Les enseignements choisis seront affectés d'un fort coefficient au **brevet d'études fondamentales** (voir p. 229) qui remplacera l'actuel brevet des collèges à compter de la session de juin 2005.

Le brevet informatique et Internet (B2i) obligatoire en 3e à la rentrée 2002

Créé en 2000, le brevet informatique et Internet (voir p. 230) valide les compétences acquises par les

élèves dans la maîtrise des technologies de l'information et de la communication.
Le B2i se généralise, grâce à l'équipement informatique et à la connexion Internet des établissements : 50 000 brevets ont déjà été délivrés dans le primaire et près de 20 % des collèges l'ont mis en place dès 2001. Il a été rendu obligatoire en 3e, à la rentrée 2002.

Une aide accrue aux élèves en difficulté

Réduire le pourcentage d'élèves en situation d'échec est une obligation absolue inscrite au cœur de la réforme du collège. Cela passe par un accueil personnalisé des élèves en 6e, la mise en œuvre d'une évaluation régulière et rigoureuse tout au long du parcours du collégien, l'exploitation pédagogique des résultats des évaluations, l'individualisation des solutions, la préparation d'une orientation positive en 3e.

Depuis la rentrée 2002, trois voies de remédiation sont clairement identifiées :

— **La voie prioritaire** consiste à prendre en compte la difficulté scolaire dans le cadre des enseignements communs et, pour cela : adapter les progressions en fonction des résultats des évaluations, organiser des emplois du temps regroupant autrement les élèves pour les mobiliser de façon différenciée, développer le travail en équipe des enseignants.

— **La seconde voie** permet de regrouper les élèves qui ne maîtrisent pas totalement les compétences exigibles pour réussir en 6e afin de leur proposer des actions spécifiques. Il s'agit de mettre en place diverses formes d'ateliers de soutien ou de remise à niveau, pour lesquelles les établissements bénéficient d'une large autonomie. La seule exigence étant que les activités soient directement liées aux contenus des enseignements.

— **La troisième voie** est réservée aux collégiens dont les difficultés sont beaucoup plus lourdes, sans pour autant justifier une orientation vers une section d'enseignement général et professionnel adapté (SEGPA). Ces élèves, qui ne maîtrisent pas les compétences de base en français et en mathématiques, ont besoin d'une action déterminée et concentrée dans le temps pour consolider les acquis nécessaires à une scolarité réussie dans le second degré. Dans cette optique, les équipes pédagogiques peuvent mettre en place des dispositifs plus spécifiques, temporaires, le cas échéant dérogatoires par rapport aux programmes en vigueur, sur la base d'un projet pédagogique.

Le collège doit **mieux traiter la grande difficulté** et mettre en place les dispositifs de rattrapage les plus souples possible pour aider les collégiens qui ont des problèmes d'ordre comportemental. C'est donc vers une pédagogie sur mesure qu'il faut aller. Pour chaque élève en voie de rupture avec le système scolaire, les collèges sont encouragés à mettre en place des dispositifs adaptés au cas par cas. En effet, seules des solutions originales et souvent inédites peuvent permettre à ces élèves de sortir de l'impasse, tout en ne compromettant pas la réussite de tous. En outre, dans les cas de manquement au règlement intérieur, les pratiques dites « d'inclusion » doivent être préférées à l'exclusion de l'établissement. Dans ce cas, l'élève est exclu de sa classe mais pas du collège où il est pris en charge, sur les plans scolaire et éducatif, par une équipe réduite.

La question de la grande difficulté passe par une meilleure utilisation des possibilités offertes : 3e d'insertion au sein du collège, séjour court dans un établissement voisin, choix d'un collège expérimental, passage dans un lycée professionnel par anticipation (surtout lorsque l'élève approche 16 ans).

À cela s'ajoute le dispositif **« classes relais »** (voir p. 423), fondé sur un partenariat avec la protection judiciaire de la jeunesse et les collectivités locales, qui offre une réponse adaptée à des problèmes graves (les deux tiers des élèves accueillis dans ces classes réintègrent un cursus de formation). Enfin, **l'internat** propose un cadre structurant et stimulant, propice à une meilleure intégration et à une amélioration des résultats scolaires (voir plan de relance des internats, p. 425).

L'intégration de tous les élèves concerne aussi les publics scolaires spécifiques : élèves handicapés (voir p. 373), élèves nouvellement arrivés en France (voir p. 387), élèves intellectuellement précoces (voir p. 394).

Mieux connaître l'imaginaire de l'enfance et de l'adolescence

Toutes les études le confirment : la qualité des relations de l'enfant avec sa famille, l'école, ses amis a une influence très importante sur sa future vie d'adulte. La période de croissance entre l'enfance et le début de l'âge adulte se présente comme un processus continu à multiples facettes, différent pour les filles et les garçons, et qui concerne autant les aspects physiques que les aspects psychologiques et sociaux.
La santé somatique, psychologique et sociale des enfants et des adolescents fait l'objet de multiples analyses souvent très alarmistes. Il en est ainsi de la consommation de substances psycho-actives, des conduites violentes et à risque, cibles privilégiées des discours et des actions de prévention.

De ce constat, résulte une mosaïque d'écrits, d'actions et de messages qui ne permettent pas toujours de comprendre ce qui se passe et d'y remédier.
Il était donc temps de s'interroger sur l'imaginaire des adolescents. Telle est la finalité du **Comité de l'enfance et de l'adolescence**, dirigé par Marie Choquet, directeur de recherche à l'INSERM. Cet observatoire, créé en mars 2001, comprend des personnalités reconnues comme Catherine Dolto, médecin, haptopsychothérapeute, Philippe Jeammet, pédopsychiatre, professeur à l'université de Paris 6; Xavier Pommereau, responsable du centre Abadie (CHU de Bordeaux), Patrick Baudry, sociologue, professeur à l'université de Bordeaux 3.

De nouveaux outils en faveur d'une responsabilité et d'une autonomie accrues des établissements

Ces nouvelles dispositions ont des implications pour les établissements, en termes de moyens, d'autonomie, de locaux et de vie scolaire.

UNE UTILISATION PLUS SOUPLE DES MOYENS PÉDAGOGIQUES DONNÉS AUX ÉTABLISSEMENTS

Un effort a été engagé pour donner à tous les collèges les moyens d'une « respiration budgétaire » destinée à leur permettre de développer un projet pédagogique spécifique. C'est ainsi que toutes les divisions bénéficient aujourd'hui, au-delà des besoins déterminés par les grilles horaires disciplinaires et les itinéraires de découverte, d'**une heure-année** non affectée permettant de mettre en œuvre les aspects les plus originaux du projet d'établissement.

Par ailleurs, depuis la rentrée de septembre 2001, **l'ensemble des moyens mis à la disposition des collèges est inclus dans la dotation globale**. Cette globalisation a concerné en premier lieu la classe de 6e, pour s'étendre progressivement à toutes les autres classes.

Ainsi, par exemple, pour chaque division de 6e c'est une dotation moyenne de 29 heures qui est attribuée, soit 4 heures de plus que l'horaire-élève réglementaire. Une partie de ce volume horaire est répartie entre les actions destinées à favoriser l'accueil et l'accompagnement au travail personnel des élèves de 6e et celles s'adressant aux élèves les plus en difficulté.

DU PROJET D'ÉTABLISSEMENT AU CONTRAT D'ÉTABLISSEMENT

Chaque collège fait désormais figurer de manière explicite, dans son projet d'établissement, les actions qu'il compte engager pour démocratiser la réussite au collège. Le projet d'établissement intègre donc les nouvelles mesures en termes d'accueil, d'accompagnement, d'évaluation, d'aide aux élèves en difficulté et de mise en place de solutions individualisées pour les élèves en rupture avec le système scolaire.

Le projet d'établissement est un outil de pilotage, au sens où il doit exprimer les priorités de la politique pédagogique de l'établissement, compte tenu du contexte qui est le sien et de ses résultats.

C'est pourquoi il est essentiel que toute la communauté éducative du collège soit partie prenante à l'élaboration du projet. Dans cette perspective, le conseil d'administration est le lieu normal de mise en forme de cette autonomie à la fois financière et plus encore pédagogique. Ce projet est ensuite soumis pour validation aux autorités académiques.

Au-delà de ce rôle essentiel du projet d'établissement comme fédérateur d'énergies diverses, **une dynamique de contractualisation** entre les établissements et les autorités académiques est engagée. Le contrat, d'une durée de trois ans, peut concerner les modes de suivi et d'évaluation, les formations adaptées comme les moyens susceptibles de s'ajouter à ceux que l'établissement reçoit normalement.

La liberté d'action des acteurs de terrain est ainsi accrue. Elle suppose, en contrepartie, une évaluation des résultats obtenus en référence aux priorités du projet d'établissement.

Il s'agit d'un encouragement à la responsabilité mutuelle, mais aussi, car le contrat comporte des obligations pour les autorités académiques, d'un document de référence pour des actions d'accompagnement de l'établissement dans la mise en œuvre de son projet.

DES LOCAUX ADAPTÉS AUX EXIGENCES DU COLLÈGE COMME À LA PLURALITÉ DES ITINÉRAIRES

L'environnement et l'architecture des collèges doivent favoriser le développement d'une vie scolaire équilibrée et l'adaptation de la pédagogie à des objectifs éducatifs renouvelés. La rénovation du collège ne peut donc aller sans une évolution des locaux scolaires.

Ce n'est pas empiéter sur l'autorité et sur l'indépendance des conseils généraux, maîtres d'ouvrage depuis 1986, que d'évoquer l'influence déterminante de l'architecture des collèges en matière de réussite scolaire. Tout le monde reconnaît que, sous l'impulsion des conseils généraux, l'architecture scolaire a fait de grands progrès ces dernières années. Cependant, ce n'est pas partout le cas.

— Les élèves doivent disposer, selon les besoins ou les projets, à côté des salles de classe classiques, de petites salles pour les travaux en groupes restreints et d'auditoriums pour le regroupement de plusieurs classes. Des lieux spécifiques pour la vie scolaire et pour les activités artistiques et culturelles sont également nécessaires : un foyer, des espaces pour accueillir les répétitions de la chorale, de l'orchestre comme les activités de théâtre, de cinéma ou de danse.

— Pour les professeurs, il faut aussi, à côté de la salle des professeurs, des salles qui permettent de se réunir en petits groupes, par discipline ou par équipe pédagogique, ou de recevoir les parents d'élèves.

— Enfin, tous doivent avoir accès à des locaux équipés pour l'utilisation des technologies d'information et de communication.

On sait par ailleurs que la taille du collège a une influence sur le climat général de l'établissement, surtout dans les zones sensibles. En fait, **la taille d'un collège ne devrait pas excéder 600 élèves**. Or il existe encore en France trop de gros collèges, notamment dans la banlieue parisienne, dans la région Rhône-Alpes et dans les académies du Midi méditerranéen : un élève sur douze est dans un établissement de plus de 900 élèves. Le travail de partition des collèges de taille importante engagé par les ministres précédents est donc poursuivi.

Parce que le ministère de l'éducation nationale a une position privilégiée d'observation et d'animation, **une mission de l'architecture scolaire** est mise en place pour préciser, en liaison avec les conseils généraux, ce que doit être le collège de demain. Elle intervient dans le débat sur les espaces d'enseignement ou sur les espaces spécialisés ; sur le centre de documentation et d'information (CDI), dont l'articulation avec des salles d'étude pour les élèves et des salles de travail personnel pour les professeurs devient un enjeu essentiel ; sur la forme urbaine même de l'établissement et sur son inscription dans la ville.

UNE ATTENTION ACCRUE PORTÉE AUX QUESTIONS DE VIE SCOLAIRE

La vie scolaire est essentielle au collège. Elle ne se réduit pas à ce qui se passe à l'extérieur de la classe, mais concerne l'ensemble du fonctionnement de l'établissement. La vie scolaire repose sur quelques points clés :

— le travail sur le règlement intérieur qui doit être présenté, expliqué et commenté aux élèves ;

— la formation des délégués de classe qui doit être systématisée et prise en charge par les différents personnels ;

— le respect de tous les personnels, y compris les personnels administratifs et de service qui sont partie prenante du projet pédagogique ;

— l'accueil et l'information des parents qui doivent être associés, dans le respect des compétences réciproques, à la vie de l'établissement, à ses choix fondamentaux, à ses manifestations de tous ordres.

III

LA GÉNÉRALISATION PROGRESSIVE DE LA RÉFORME DU LYCÉE

> *« L'égalité des chances et l'exigence intellectuelle marchent d'un même pas. Chaque citoyen doit pouvoir accéder au meilleur de la culture et du savoir. Pour donner à chacun le droit de trouver son chemin dans la vie, de donner la mesure de ses talents, d'accéder à la réussite personnelle, il n'est qu'une voie possible : celle de la plus haute ambition intellectuelle, culturelle et scientifique. »*
>
> Jack Lang
>
> Extrait de la conférence de presse du 27 avril 2000.

À la rentrée 2003, la réforme du lycée d'enseignement général et technologique entre dans sa cinquième année d'application. Engagée à la rentrée 1999, en classe de seconde générale et technologique et à la rentrée 2000 en classe de première des séries générales, la réforme du lycée s'est poursuivie, en 2001 et 2002, dans les classes terminales de ces mêmes séries. L'esprit de la réforme proposée par Claude Allègre est préservé, tout en assouplissant les modalités de son application et l'accompagnant d'un soutien technique et financier.

Deux principes se trouvent au cœur de cette réforme : d'une part, encourager l'innovation pédagogique centrée plus étroitement sur les besoins des élèves et, d'autre part, mettre l'innovation au service d'une haute exigence scientifique, intellectuelle et culturelle.

La réforme contient, à cet égard, deux nouveautés pédagogiques riches de promesses : **l'aide individualisée en seconde et les travaux personnels encadrés**. Reposant sur un dialogue permanent avec les jeunes, et donc sur une approche différente de l'enseignement, ces deux modalités pédagogiques procèdent d'une même logique. Elles permettent, peu à peu, de transformer en profondeur la nature de la relation entre les enseignants et les lycéens, par une personnalisation des méthodes et des approches, par une attention accrue portée à l'élève, à ses difficultés, à ses projets, à ses goûts.

La réforme du lycée inclut en outre **un renouvellement progressif des programmes** et des modifications dans les horaires d'enseignement (arrêté du 19 juin 2000 paru au *Bulletin officiel* n° 29 du 27 juillet 2000), avec notamment l'introduction de l'éducation civique, juridique et sociale et des travaux personnels encadrés.

Il s'agit également de permettre aux jeunes de faire des choix d'orientation plus raisonnés. C'est la raison pour laquelle **une attention toute particulière est portée à la classe de seconde générale et technologique**.

Une réflexion sur les évolutions à conduire au lycée

Face à la stagnation, depuis le milieu des années quatre-vingt-dix, de la proportion de jeunes Français atteignant le niveau du baccalauréat général et technologique, Nicole Belloubet-Frier, rectrice de l'académie de Toulouse, est chargée par le ministre de conduire une mission de réflexion et de propositions sur les évolutions nécessaires au lycée. Son rapport

intitulé « 30 propositions pour l'avenir du lycée », fruit du travail collectif d'une commission d'experts, est remis en mars 2002. La rectrice analyse les dysfonctionnements et fait des propositions visant à recentrer les missions de l'enseignement secondaire — tant dans la filière générale et technologique que dans la voie professionnelle.
Ces propositions portent notamment sur les interfaces collège-lycée et lycée-enseignement supérieur, sur la structure du cycle terminal du lycée et sur les moyens d'assurer une réelle fluidité des parcours scolaires.
« 30 propositions pour l'avenir du lycée », Nicole Belloubet-Frier, mars 2002.

Les enseignements de détermination en classe de seconde

Pour créer les conditions d'une meilleure réussite des élèves, il faut que la classe de seconde joue pleinement son rôle de classe de détermination en permettant aux élèves de faire des choix de poursuite d'études plus réfléchis et moins irréversibles. Pour cela, **leurs choix d'enseignements de détermination doivent reposer sur une connaissance réelle de la nature de l'offre d'enseignements nouveaux que propose le lycée**, notamment dans le domaine technologique. Il faut également leur donner la possibilité de revenir sur leurs choix initiaux et de les corriger dans les premières semaines de l'année de seconde, leur reconnaître en quelque sorte un « droit à l'erreur », afin de rendre plus positifs les choix faits et de limiter les décisions de redoublement ou d'orientation par défaut.

De là l'idée d'expérimenter, en 2002-2003, dans des établissements volontaires, un dispositif permettant aux élèves de seconde générale et technologique d'arrêter définitivement leur choix d'enseignements de détermination, en le confirmant ou en le modifiant, après une période d'information et d'initiation. Ainsi, les élèves sont informés, durant les premières semaines de l'année scolaire, sur les enseignements qui leur sont moins familiers de façon à ce qu'ils puissent réviser leur décision initiale.

Cette expérimentation, qui s'inscrit dans le prolongement de l'éducation à l'orientation conduite au collège, doit contribuer à mieux identifier et comprendre la problématique de l'orientation des jeunes en classe de seconde.

Référence réglementaire

— Note de service n° 2002-122 du 30 mai 2002, relative à l'expérimentation sur les choix d'enseignements de détermination en classe de seconde générale et technologique pour l'année 2002-2003 — *Bulletin officiel* n° 23 du 6 juin 2002.

L'aide individualisée en classe de seconde

L'aide individualisée en classe de seconde générale et technologique, mise en place en 1999 (voir le *Bulletin officiel* n° 25 du 24 juin 1999) est maintenue et confortée.

Cette pratique permet de prendre en compte la diversité des élèves et d'aider ceux qui éprouvent des difficultés d'adaptation lors de leur entrée en seconde. L'aide individualisée vise en effet à remobiliser un public de lycéens en situation de difficulté ponctuelle ou plus profonde grâce à des structures spécifiques adaptées à un suivi individualisé. Elle constitue de ce fait **un lieu privilégié d'acquisition progressive de méthodes de compréhension et de raisonnement** et rend les lycéens plus autonomes dans l'organisation de leur travail et l'élaboration de leur projet d'études.

Cette aide est prévue dans l'emploi du temps de la classe de seconde à raison de 2 heures hebdomadaires, dont 1 heure en français et 1 heure en mathématiques. L'enseignant peut, par petits groupes de huit élèves maximum, revenir sur les cours, proposer de nouvelles approches, bref, travailler différemment avec les élèves.

Les groupes d'élèves qui bénéficient de l'aide individualisée sont constitués en fonction des types de difficultés individuelles mises en évidence par l'évaluation, complétée par des entretiens avec les enseignants. Ces séances d'aide peuvent durer, de quelques semaines consécutives ou non, à la totalité de l'année scolaire selon le degré de difficultés.

Des moyens viennent en appui de cette pratique nouvelle d'enseignement, en termes d'horaires (72 heures au moins en seconde) ou d'actions de formation offertes aux professeurs de lycée.

Aide individualisée : un bilan positif

Les bilans réalisés dans les académies montrent que l'aide individualisée a, dans la plupart des cas, un impact positif sur le comportement scolaire des élèves qui en bénéficient : plus grande confiance en eux, prise de parole facilitée, meilleure attitude générale en classe entière, prise de conscience de la nécessité du travail personnel.

Les lycéens apprécient par ailleurs la disponibilité de l'enseignant, le contact plus facile avec lui. Cependant, il convient de veiller à ce que l'aide individualisée soit bien réservée aux lycéens qui en ont le plus besoin, c'est-à-dire à ceux présentant des lacunes importantes. L'intégration du dispositif dans le projet d'établissement est aussi l'occasion d'une réflexion d'ensemble permettant d'adapter les spécificités de l'aide aux différents contextes locaux et aux particularités du public scolaire.

Référence réglementaire

— Circulaire n° 2002-076 du 11 avril 2002, relative à la préparation de la rentrée 2002 dans les lycées d'enseignement général et technologique — *Bulletin officiel* n° 16 du 18 avril 2002.

— Circulaire n° 2001-083 du 11 juin 2001, relative à la préparation de la rentrée 2001 dans les lycées d'enseignement général et technologique — *Bulletin officiel* n° 24 du 14 juin 2001.

Les travaux personnels encadrés (TPE)

Après la décision prise par le ministre Jack Lang en avril 2000 d'appliquer cette réforme, les travaux personnels encadrés (voir p. 160), qui constituent l'une des innovations majeures de la réforme des lycées, sont mis en place de façon souple et progressive. Leur généralisation intervient, en janvier 2001, en classe de première des séries générales (S, L, ES). Ils sont ensuite introduits, durant l'année scolaire 2001-2002, à titre facultatif, en classes terminales de ces mêmes séries et mis en place, de manière expérimentale, dans les classes de première des séries technologiques.

Une deuxième étape est engagée avec la circulaire du 30 avril 2002 (*Bulletin officiel* du 9 mai 2002) qui rend obligatoires les TPE dans les séries générales et les valorisent au baccalauréat en les assimilant à une épreuve facultative avec un coefficient 2.

Il s'agit de proposer aux élèves un travail pluridisciplinaire de recherche documentaire, de synthèse, de mise en forme et de restitution orale à partir de thèmes définis au niveau national. Effectués sous la direction de professeurs d'au moins deux disciplines différentes, les TPE favorisent l'autonomie et encouragent le travail personnel des élèves.

D'après un premier bilan statistique, effectué en 2001-2002, les TPE suscitent l'adhésion d'un fort pourcentage de lycéens : ils ont été choisis par environ 40 % d'élèves de terminale, malgré leur caractère facultatif. À la session 2003 du baccalauréat, près de 80 % des candidats ont choisi de présenter leur TPE.

Les points forts des TPE

— Cette activité est surtout appréciée en ce qu'elle modifie et **améliore les relations au savoir**. Les élèves ont en effet plus d'initiative dans leur démarche tout en bénéficiant de l'encadrement et des conseils des enseignants dans le cadre de leurs recherches, ce qui contribue à modifier les relations entre enseignants et élèves.

— Du fait de leur caractère **pluridisciplinaire**, les TPE favorisent également un changement dans le rapport au savoir et à la connaissance. Ils facilitent les échanges entre enseignants de diverses disciplines qui apprécient de travailler en équipe.

— Ils constituent en outre **une bonne préparation à la poursuite d'études ultérieures** : les capacités d'autonomie et d'initiative mises en œuvre lors des recherches conduisant à la réalisation des TPE préfigurent en effet, par bien des aspects, ce qui sera demandé aux élèves dans l'enseignement supérieur.

Dès la rentrée 2000, des mesures d'accompagnement sont mises en place afin de soutenir l'aide individualisée en seconde et les travaux personnels encadrés :

— mise à niveau des équipements informatiques et documentaires des centres de documentation et d'information (CDI) les plus démunis (18,3 millions d'euros soit 120 millions de francs) ;

— affectation d'une partie significative (7,6 millions d'euros soit 50 millions de francs) des crédits de formation supplémentaires pour la formation des professeurs de lycée impliqués dans l'aide individualisée et dans les TPE ;

— incitation des lycées à mettre en commun leurs ressources documentaires et à engager des partenariats avec des bibliothèques municipales, des centres documentaires spécialisés... ;

— instruction donnée aux inspecteurs pédagogiques régionaux d'épauler en priorité les enseignants impliqués dans la mise en œuvre des TPE ;

— réalisation d'un site Internet pour permettre aux professeurs de mieux s'informer et de dialoguer entre eux ;

— diffusion à tous les établissements d'une brochure intitulée « Mise en œuvre des TPE à la rentrée 2001 », éditée par la direction de l'enseignement scolaire du ministère de l'éducation nationale.

L'éducation civique, juridique et sociale (ECJS)

À l'initiative de Claude Allègre et de Ségolène Royal, l'enseignement d'éducation civique, juridique et sociale (voir p. 180) est dispensé, en seconde générale et technologique, depuis la rentrée 1999. Il est ensuite introduit en première générale à la rentrée 2000, puis en terminale à la rentrée 2001.

L'ECJS se généralise, en 2001, dans l'ensemble des classes de secondes professionnelles et de premières de baccalauréat professionnel. En 2002, ce sont les classes de terminales de BEP et de baccalauréat professionnel qui sont concernées.

Cet enseignement parachève une démarche initiée dès le primaire et qui s'est poursuivie au collège avec la rénovation des programmes d'éducation civique entre 1996 et 1999.

L'objectif : proposer **un parcours civique complet à chaque élève, de l'école primaire à la sortie du système éducatif.**

L'ECJS prépare les lycéens à l'exercice actif de leur citoyenneté grâce à l'apprentissage des droits et des règles qui régissent la vie collective en République. Comme les travaux personnels encadrés, l'éducation civique, juridique et sociale (ECJS) est un espace d'initiative qui permet d'initier les élèves à la pratique du débat oral argumenté.

Il convient de rappeler le caractère pluridisciplinaire de l'ECJS, qui concerne, au-delà des professeurs d'histoire-géographie, ceux des autres disciplines, notamment les enseignants de sciences économiques et sociales et de philosophie.

La rénovation des programmes

Par ailleurs, une rénovation progressive des contenus des enseignements disciplinaires a été engagée sous la conduite du Conseil national des programmes présidé par Luc Ferry. Les nouveaux programmes préparés par de nouveaux groupes d'experts, plus ouverts à toutes les compétences — celles des inspecteurs généraux, des inspecteurs pédagogiques régionaux, des professeurs de lycée —, font l'objet d'une large consultation par décision de Jack Lang à laquelle l'ensemble des enseignants sont désormais associés.

EN CLASSE DE SECONDE

— Les nouveaux programmes applicables à la **rentrée 2000** concernent les disciplines suivantes : français, éducation physique et sportive, physique-chimie, sciences de la vie et de la Terre, mathématiques, sciences économiques et sociales, enseignements artistiques, informatique de gestion et de communication.

— Les nouveaux programmes applicables à la **rentrée 2001** concernent l'histoire-géographie, les langues anciennes (latin et grec), l'initiation aux sciences de l'ingénieur, l'informatique et les systèmes de production, les mesures physiques et informatiques.

EN CLASSE DE PREMIÈRE

— Les nouveaux programmes entrés en vigueur à la **rentrée 2000** concernent l'éducation civique, juridique et sociale dans toutes les séries générales, les mathématiques-informatique en série L (littéraire), l'enseignement scientifique en série économique et sociale (ES) et littéraire (L).

— Les nouveaux programmes applicables **à la rentrée 2001** concernent l'éducation physique et sportive, les enseignements, le français, les mathématiques, la physique-chimie, les sciences de la vie et de la Terre, les sciences économiques et sociales et les sciences de l'ingénieur.

EN CLASSE TERMINALE

À la rentrée 2001, les nouveaux programmes de philosophie, d'éducation civique, juridique et sociale (ECJS) et de danse entrent en vigueur.

Pour la majorité des autres disciplines, ils s'appliquent depuis la rentrée 2002.

Les enseignements artistiques et l'éducation culturelle

Six domaines artistiques sont désormais proposés aux élèves des lycées généraux et technologiques, la danse ayant rejoint les arts plastiques, le cinéma et audiovisuel, l'histoire des arts, la musique et le théâtre, pour certains en partenariat avec des structures culturelles locales. **La rénovation des programmes de ces enseignements est achevée.**

La nouvelle structure de la série littéraire (série L) donne une place plus grande aux arts, qui deviennent un enseignement de spécialité.

Dans les autres séries, générales ou technologiques, les arts peuvent être choisis en option dans un nombre croissant d'établissements.

• Dans le cadre du plan de cinq ans pour le développement de l'éducation artistique et culturelle (voir p. 313), l'offre d'enseignement s'élargit, grâce au nouveau souffle donné aux **ateliers artistiques** en lycée qui permettent de diversifier les voies de rencontre avec les arts. En 2000-2001, les ateliers artistiques concernent 31 000 élèves dans 964 lycées généraux, technologiques et professionnels et 1 030 ateliers artistiques sont créés dans les lycées, durant cette même année scolaire.

• Parallèlement, des **classes à projet artistique et culturel** (voir p. 321) – qui concernent prioritairement l'école primaire (15 000 classes à PAC en 2001-2002), le collège (3 800 classes à PAC) et le lycée d'enseignement professionnel (2 200 classes à PAC) — font leur apparition dans les lycées d'enseignement général et technologique (425 classes à projet artistique et culturel créées en 2001-2002).

Les langues vivantes

La réforme des lycées introduit pour la première fois de manière systématique un horaire en classe dédoublée en langues vivantes 1 et 2 en seconde générale et technologique et en première et terminale des séries générales (voir les arrêtés du 19 juin 2000 — *Bulletin officiel* n° 29 du 27 juillet 2000).

Ces groupes à effectifs réduits visent à renforcer la compétence de communication orale des lycéens et permettent un travail plus individualisé.

L'organisation des dédoublements dans les meilleures conditions pour les élèves ne doit cependant pas se traduire par une rigidité excessive dans l'organisation des groupes de langues : la possibilité est laissée aux chefs d'établissements, en concertation avec les équipes pédagogiques et en fonction des effectifs de chaque langue, de disposer d'une certaine marge de manœuvre dans ce domaine. La répartition de l'enveloppe horaire globale consacrée aux langues à chaque niveau de classe (calculée sur la base de l'horaire-professeur actuel) peut être modulée, ce qui se traduit soit par l'application intégrale des dédoublements prévus, soit par une répartition différente entre enseignements en classe entière et enseignements en classe dédoublée, soit, le cas échéant, par le retour à un horaire en classe entière.

L'expérimentation de nouveaux modes d'organisation de l'enseignement des langues vivantes en lycée engagée dans des lycées volontaires dès la rentrée 2001 est progressivement étendue durant l'année scolaire 2002-2003.

Cette expérimentation repose sur une utilisation souple de l'enveloppe horaire globale. Elle s'inscrit dans le cadre du plan de développement des langues vivantes, tant dans le premier que dans le second degré, et répond à l'ambition d'**amener tous les élèves à la maîtrise d'au moins deux langues vivantes**.

Il s'agit d'améliorer le niveau des lycéens en faisant évoluer les modalités d'organisation actuelles qui, de fait, introduisent une grande rigidité dans la gestion des groupes d'élèves et une hiérarchie entre les langues enseignées, sans prise en compte des niveaux de compétence des élèves.

Les établissements impliqués dans cette expérimentation doivent constituer des groupes de langues vivantes en tenant compte de quatre objectifs indissociables :

— rechercher une plus grande homogénéité des niveaux de compétence dans chaque groupe de langue avec des effectifs de 30 élèves au maximum ;

— rapprocher progressivement les niveaux de compétence dans les deux langues dont les élèves ont engagé l'étude avant d'arriver au lycée ;

— permettre au plus grand nombre possible d'élèves de commencer l'étude d'une troisième langue vivante au lycée et de la continuer, quelle que soit la série suivie ;

— maintenir et étendre la diversification de l'offre de langues vivantes proposée dans l'établissement.

L'inspection générale de l'éducation nationale (IGEN) est chargée d'établir un bilan en vue d'une généralisation des dispositifs les plus performants à la rentrée scolaire 2003.

Référence réglementaire

— Note de service n° 2001-158 du 24 août 2001 — *Bulletin officiel* n° 31 du 30 août 2001.

L'ouverture internationale

L'importance croissante des enjeux internationaux, et plus particulièrement européens, impose au système éducatif français de renforcer sa dimension d'ouverture internationale et de se doter d'une véritable stratégie en la matière.

L'ouverture à l'international des établissements, en permettant aux élèves de découvrir d'autres cultures, de prendre une distance critique par rapport à leurs propres systèmes de références culturelles, historiques et linguistiques, constitue une chance pour l'extension de leur compétence linguistique et interculturelle.

C'est pourquoi **tout projet d'établissement doit désormais comporter un volet international** axé sur le développement des activités dans les langues étrangères et des échanges internationaux. Une attention toute particulière est accordée aux initiatives visant à favoriser, sur la base de partenariats avec des établissements étrangers, la mobilité des élèves et celle des enseignants (de langues vivantes, mais aussi d'autres disciplines).

Depuis la rentrée 2001, des correspondants de bassin pour la coopération internationale accompagnent l'ensemble de l'action internationale de l'académie.

La réforme du lycée
dans la voie technologique

Les principales innovations de la réforme du lycée sont progressivement introduites, à compter de la rentrée 2001, dans les séries de la voie technologique : sciences médico-sociales (SMS), sciences et technologies industrielles (STI), sciences et technologies de laboratoire (STL), sciences et technologies tertiaires (STT).

- Remise en juin 2001 au ministre de l'éducation nationale par Bernard Decombes d'un rapport sur la voie technologique au lycée.
- Mise en place des ateliers artistiques dans les mêmes conditions et selon les mêmes modalités que dans la voie générale.
- Inscription des heures de vie de classe dans l'emploi du temps des élèves de toutes les classes de première technologique pour favoriser le dialogue entre les élèves et les membres de la communauté éducative.
- Expérimentation dans quelques établissements de nouvelles modalités de choix d'enseignements de détermination en seconde pour favoriser l'orientation ultérieure des élèves vers les séries technologiques.
- Mise en œuvre, à titre expérimental durant l'année 2001-2002, en classe de première, des travaux person-

nels encadrés et de l'éducation civique, juridique et sociale :
— réalisation par les élèves d'un TPE portant sur un projet interdisciplinaire associant au moins une discipline technologique et une discipline d'enseignement général sur une durée de 2 heures hebdomadaires ;
— apprentissage par la pratique du débat argumenté dans le cadre de l'éducation civique, juridique et sociale (ECJS) à raison d'une demi-heure hebdomadaire en classe dédoublée et sur les bases du programme en vigueur dans la série générale.

IV

LA MODERNISATION DE LA VOIE PROFESSIONNELLE

« La qualité de l'enseignement professionnel proposé aux jeunes doit être optimale. C'est affaire de moyens. C'est aussi une question d'aménagement qualitatif du système où l'innovation pédagogique et la généralisation des expériences réussies sont les priorités. »

Extrait du bilan d'étape de Jean-Luc Mélenchon — décembre 2000.

La création, en mars 2000, au sein du gouvernement, de la fonction de **ministre délégué à l'enseignement professionnel,** confiée à Jean-Luc Mélenchon, traduit la volonté du Premier ministre de rénover la voie des métiers et de traiter l'ensemble des questions de fond posées à l'enseignement professionnel : sa place dans le système éducatif, la réponse qu'il doit apporter aux besoins nouveaux et massifs de main-d'œuvre qualifiée.

Souvent méconnu et injustement décrié, l'enseignement professionnel occupe une position centrale dans le dispositif d'enseignement, assure la formation des ouvriers, des techniciens et de certains cadres de notre pays. Dans la société de l'information qui est désormais la nôtre et face à l'extrême mobilité des structures de nos entreprises, la voie professionnelle joue un rôle déterminant dans le développement économique du pays.

Le programme de travail mis en œuvre par Jean-Luc Mélenchon répond pleinement aux principes d'action fixés pour l'ensemble de l'éducation nationale, à savoir **un haut niveau d'exigences et une volonté de réussite pour tous**. L'enseignement professionnel est donc intégré dans les nombreux plans de rénovation et de modernisation engagés entre avril 2000 et mai 2002. En parallèle, des mesures spécifiques sont lancées avec un double objectif : réduire les sorties du système scolaire sans qualification et offrir des possibilités d'accès aux diplômes à tous les âges de la vie.

Aujourd'hui, les métiers exigent des savoirs fondamentaux et technologiques soumis à une évolution accélérée. Si **l'adaptabilité tout au long de la vie** devient une évidence, sa condition préalable est l'acquisition d'un solide niveau de formation initiale. Tel est l'esprit de la **« professionnalisation durable »**, cœur du modèle éducatif français.

Suivis au sein du cabinet du ministre de l'éducation nationale par Daniel Vimont et Jean Pigeasson, les chantiers engagés pour valoriser l'enseignement professionnel répondent au triple souci de **crédibilité, de lisibilité et de fluidité de l'ensemble des formations à vocation de professionnalisation.**

L'EXIGENCE DE CRÉDIBILITÉ

La voie professionnelle doit toute sa fiabilité à **la valeur qualifiante des diplômes qu'elle délivre**. En effet, le haut niveau de qualification exigé, aussi bien dans les domaines fondamentaux que techniques et professionnels, constitue une double sécurité pour le futur salarié comme pour l'employeur.

Cette exigence de crédibilité implique que les contenus soient absolument garantis à la fois pour les formations existantes et pour celles mises en place en fonction de l'émergence de nouveaux besoins.

Cette tâche est prise en charge, en partenariat avec les entreprises, par les 17 commissions professionnelles consultatives chargées de donner leur avis sur les **diplômes professionnels** de l'éducation nationale (on en compte plus de 700). Ainsi, depuis la rentrée 2000, **134 diplômes sont rénovés, créés ou supprimés**, parmi lesquels 55 CAP, 18 BEP, 12 bacs professionnels, 25 BTS. Objectifs : revaloriser le contenu des référentiels des diplômes et donner aux jeunes une formation élargie en renforçant les enseignements généraux et les apprentissages fondamentaux qui améliorent la capacité d'adaptation et de promotion professionnelle.

La formation doit donner toute sa place au développement humain des jeunes comme citoyens et personnes ouvertes aux différents domaines de la culture, à la compréhension du monde dans lequel ils vivent. La mise en place **des projets pluridisciplinaires à caractère professionnel** (PPCP) répond à cet objectif (voir p. 163).

FLUIDIFIER LES PARCOURS SCOLAIRES

L'un des premiers obstacles psychologiques qui se présentent au moment de la décision d'inscrire un jeune dans l'enseignement professionnel est le sentiment que cette voie ne lui permettra pas, s'il en a le goût et le talent, de **poursuivre une progression vers les plus hauts niveaux de qualification**. C'est affaire de passerelles entre les différentes voies d'enseignement, mais aussi entre les différents paliers de formation, notamment entre le secondaire et le supérieur.

Sur ce point, un pas significatif est franchi avec la publication d'un arrêté autorisant la conservation du bénéfice des notes acquises au baccalauréat dans les matières générales par un élève qui choisirait de passer ensuite un autre baccalauréat. La mesure est naturellement d'application générale pour les trois voies d'enseignement, mais elle prend un sens tout particulier pour les bacheliers professionnels qui peuvent, par ce biais, passer en terminale technologique, et donc accéder à l'enseignement supérieur.

Les filières en impasse à l'intérieur même du parcours dans l'enseignement professionnel sont supprimées, par exemple les BEP sans ouverture sur un baccalauréat professionnel dans la même spécialité. La formule se prolonge avec le baccalauréat professionnel qui doit offrir des passerelles vers l'enseignement supérieur (BTS, DUT...).

RENDRE LES PARCOURS PLUS LISIBLES

Un autre obstacle au choix des jeunes pour la voie professionnelle est l'opacité des parcours proposés et des dénominations attribuées aux qualifications, ainsi que la très faible visibilité des progressions qu'elle offre vers les niveaux supérieurs de qualifications professionnelles. D'où un renforcement de la **lisibilité des parcours** afin que les jeunes, mais aussi leurs futurs employeurs, aient une compréhension claire de l'offre disponible.

Plus largement, il s'agit de **baliser « une voie des métiers »** par une structuration nouvelle des établissements dans le secondaire. Tel est l'objectif des **lycées des métiers** qui réunissent les filières professionnelles et technologiques centrées sur une même famille de métiers.

Repères

La rentrée scolaire 2001 se caractérise par une augmentation des effectifs affectés dans les lycées professionnels, marquant ainsi une rupture de tendance par rapport aux rentrées précédentes.
Les indicateurs montrent une forte capacité réactive de l'institution et témoignent d'une évolution favorable des comportements à l'égard de l'enseignement professionnel, aussi bien de la part des équipes pédagogiques que des familles et des jeunes :

— le développement des classes de 3ᵉ à projet professionnel (+ 8 %);

— l'augmentation de l'orientation en seconde professionnelle à l'issue de la 3ᵉ générale (+ 0,6 %), qui engendre une augmentation du flux d'entrée en BEP (+ 1 800 élèves);

— l'augmentation de l'accueil en CAP (+ 1 700 élèves en première année et + 1 450 en deuxième année);

— la progression du taux de passage de BEP en baccalauréat professionnel (+ 1,7 %).

La rénovation du certificat d'aptitude professionnelle (CAP)

Jean-Luc Mélenchon, soucieux du « retour en force du certificat d'aptitude professionnelle » (voir p. 224), engage une rénovation de ce diplôme. Objectifs visés par cette rénovation : répondre à un besoin d'une main-d'œuvre toujours mieux qualifiée (en haussant le niveau de qualification) et mieux adapter le CAP aux exigences des métiers.

Dorénavant, le CAP est positionné comme le **premier niveau de qualification** devant assurer à chacun une insertion professionnelle réussie.

Le CAP est ouvert à un public extrêmement diversifié, puisqu'il concerne non seulement les élèves, les apprentis, les diplômés de l'enseignement général, mais également les adultes en formation continue qui souhaitent se qualifier ou se requalifier. Le CAP rénové est accessible à un public encore plus large, dans le cadre de l'objectif fixé par la loi d'orientation sur l'éducation de 1989 visant à mener 100 % d'une classe d'âge à un diplôme qualifiant. Découpé en unités (susceptibles d'être obtenues de manière disjointe), le diplôme est aujourd'hui adapté à des modalités d'obtention très différentes : sous statut scolaire, en formation continue ou par la validation des acquis de l'expérience.

Les programmes des enseignements généraux, profondément repensés, sont conçus pour faire accéder les titulaires du CAP à un niveau compatible avec une première qualification orientée vers l'insertion tout en ménageant une possibilité de poursuite d'études.

Les nouvelles grilles horaires illustrent également cette démarche. Ainsi, l'apprentissage d'une langue vivante est étendu à tous les CAP alors qu'il n'était précédemment prévu que pour les CAP du tertiaire. Dans les matières générales, les dédoublements horaires sont renforcés (les classes sont dédoublées à partir du 19e élève dans plusieurs disciplines et à partir du 16e élève en langue vivante).

La 3e à projet professionnel

La mise en place des classes de 3e à projet professionnel est encouragée. Sont concernés par ces classes les élèves qui n'envisagent pas *a priori* de poursuivre des études longues et qui ont besoin d'une aide pour construire leur projet professionnel et préparer un choix d'orientation. La finalité des classes de 3e à projet professionnel est double : permettre aux élèves d'atteindre les objectifs terminaux du collège pour les enseignements fondamentaux et mettre en place une orientation facilitant une réelle appropriation des réalités professionnelles.

La licence professionnelle, un diplôme de type nouveau

La création, aux rentrées 2000 et 2001, de **377 licences professionnelles — on en compte plus de 600 en 2002** (voir pp 242 et 291) — permet d'assurer la fluidité des parcours professionnels en offrant à chacun les possibilités d'accès aux plus hauts niveaux. Il s'agit là d'une avancée significative dans le mouvement de démocratisation et de professionnalisation de l'enseignement supérieur.

La licence professionnelle imaginée par Claude Allègre se justifie par l'émergence de nouveaux métiers, de nouveaux domaines de qualification, de nouveaux emplois intermédiaires entre tech-

niciens supérieurs et ingénieurs ou cadres supérieurs.

Liées à l'évolution de plus en plus rapide des savoirs et des techniques, les formations à ces nouvelles qualifications exigent l'implication des universités et des autres établissements d'enseignement supérieur. Elles s'appuient également sur le partenariat université-professions, condition indispensable pour assurer l'insertion professionnelle des étudiants.

En formation initiale, le cursus est ouvert aux titulaires de DEUG et aux diplômés des formations professionnalisées en deux ans (DUT, BTS...). Il est également largement ouvert à la formation continue.

Enseignements théoriques et pratiques, stages de 12 à 16 semaines, projets tutorés, formations alternées, appels aux technologies de l'information et de la communication.... sont articulés pour conduire les étudiants à la maîtrise des nouvelles qualifications visées.

À cette fin, une large capacité d'initiative est laissée aux établissements pour construire leurs projets, définir les créneaux professionnels, élaborer les partenariats, tant avec les milieux professionnels qu'avec d'autres établissements de formation (lycées, écoles supérieures...), et inventer les parcours pédagogiques les plus pertinents.

Autre originalité : la licence professionnelle est **conçue pour la certification de l'éducation tout au long de la vie.** C'est en effet la première fois qu'un diplôme universitaire intègre d'emblée l'objectif de formation continue en recourant largement à la validation des acquis, notamment de l'expérience professionnelle. La licence professionnelle offre ainsi aux techniciens en situation d'activité la possibilité d'obtenir un niveau supérieur de qualification permettant une évolution de leur carrière.

L'éducation nationale en général, et l'université en particulier, n'est plus seulement une institution de formation initiale qui développe accessoirement une activité de formation continue. Elle devient le moteur de l'éducation tout au long de la vie en proposant aux jeunes ayant interrompu leur scolarité et aux adultes en reprise d'études des parcours diplômants et qualifiants.

L'attestation Europro

Pour être attractifs et reconnus par les employeurs, les parcours européens de formation accomplis dans le cadre de la préparation d'un diplôme professionnel (CAP, BEP, mention complémentaire, baccalauréat professionnel, brevet des métiers d'art, BTS, diplôme des métiers d'art) font désormais l'objet d'une reconnaissance officielle.

Le dispositif communautaire **Europass formation** est renforcé en joignant **une attestation nationale « Europro »** aux diplômes professionnels afin de valoriser officiellement l'expérience acquise par les élèves dans un des États de l'Union européenne autre que la France. Ces mesures visent à encourager la mobilité, qui contribue à élever le niveau des qualifications linguistiques, culturelles et professionnelles, et à favoriser l'attractivité des filières professionnelles.

L'attestation Europass formation

Il s'agit d'un dispositif communautaire attestant que l'élève ou l'étudiant a accompli un ou plusieurs parcours européens dans le cadre de la formation professionnelle en alternance. Ce dispositif a été mis en place en France dans le cadre d'une charte de coopération nationale, impliquant les ministères chargés de l'éducation nationale, de l'emploi et de la solidarité, de l'agriculture et de la pêche. L'attestation Europass formation est délivrée par l'établissement ou l'organisme responsable de la formation.

L'attestation « Europro » est un pas en avant dans la reconnaissance des expériences effectuées à l'étranger. Expérimentée dans trois académies pilotes à partir de la rentrée 2001, elle est désormais jointe au diplôme professionnel obtenu.

Cette attestation constitue une reconnaissance officielle des acquis des élèves en termes de compétence linguistique et d'acquisition d'une culture professionnelle européenne. Son évaluation est prévue dans le cadre des examens de langue ainsi qu'en éducation civique, juridique et sociale (les exigences pour obtenir l'attestation sont définies en fonction du niveau de diplôme, contrairement au document Europass qui ne définit pas d'exigences particulières d'obtention).

Elle permet à son titulaire de faire valoir son expérience à l'étranger à tout moment de sa carrière.

Référence réglementaire

— Arrêté du 16 avril 2002, relatif à la création de l'attestation EUROPRO — *Bulletin officiel* n° 22 du 30 mai 2002.

Des diplômes professionnels communs à plusieurs pays européens

Le projet pilote de professionnalisation durable, proposé par la France et Jean-Luc Mélenchon au cours de sa présidence de l'Union européenne, reçoit, lors des conseils des ministres de l'éducation de l'Union européenne des 29 novembre 2001 et 14 février 2002, le soutien des États membres et de la Commission européenne, qui soulignent l'importance de développer des initiatives concrètes dans le domaine de l'enseignement professionnel. Sept États sont associés au départ, on en compte douze à l'issue du processus.

Ce projet consiste à élaborer en commun une méthode de construction de diplômes professionnels européens. Dans un premier temps, deux secteurs sont concernés, l'hôtellerie-tourisme et l'automobile. D'autres pays européens doivent rejoindre le processus et l'extension à d'autres domaines est prévue.

Naissance de l'espace européen de l'enseignement professionnel

Le 21 février 2002, les représentants des douze États européens partenaires du projet pilote de professionnalisation durable valident les deux premiers diplômes professionnels communs européens ainsi que la méthode de coproduction de ces diplômes, généralisable à d'autres secteurs d'activité et d'autres pays. Ils s'engagent également, avec le soutien de la Commission européenne, à pérenniser le dispositif intergouvernemental. L'espace européen de l'enseignement professionnel est désormais une réalité.

Sont ainsi créés deux diplômes de niveau bac + 2, l'un de responsable de l'hébergement dans le domaine de l'hôtellerie et l'autre de technicien logistique dans le domaine de l'automobile.

Les projets pluridisciplinaires à caractère professionnel

Introduits dans les pratiques pédagogiques en lycée professionnel à partir de la rentrée 2000, les projets pluridisciplinaires à caractère professionnel (voir p. 163) sont généralisés en 2001. Cette nouvelle modalité pédagogique privilégie **une démarche de projet** fédérant plusieurs enseignements, aussi bien généraux que techniques et professionnels. Elle permet aux élèves d'acquérir une partie des compétences du diplôme, dans toutes les disciplines, par la mise en œuvre d'activités concrètes. Elle vise également à développer la motivation de l'élève — en renforçant ses capacités d'initiative, de créativité et son sens de l'organisation — et à l'aider à mieux définir son projet professionnel.

Les projets pluridisciplinaires à caractère professionnel (PPCP) peuvent se présenter comme :
— des activités liées à un thème ;
— la réalisation d'un produit, d'un service ou d'un ensemble de tâches professionnelles ;
— la mise en œuvre d'un chantier.

Un volume horaire global est affecté aux PPCP : entre 100 et 125 heures en terminale de BEP et entre 150 et 180 heures en baccalauréat professionnel. 10 % de cet horaire est mis à disposition de l'équipe pédagogique pour la phase de concertation. Le reste est réparti entre les différents enseignements sur la base de 50 % pour les enseignements généraux et de 50 % pour les enseignements techniques et professionnels.

Afin de lever les inquiétudes exprimées par certains enseignants relatives à leurs responsabilités dans la mise en œuvre des PPCP, une circulaire (n° 2001-172 publiée au *Bulletin officiel de l'éducation nationale* n° 33 du 13 septembre 2001) apporte des précisions sur les activités des élèves dans et hors de l'établissement, sur le respect de la propriété intellectuelle, de la neutralité commerciale et de la vie privée, ainsi que sur les responsabilités encourues en cas d'accident.

Pour aider les professeurs dans leur démarche, les académies organisent des groupes ressources ainsi que des actions de formation et d'animation. Elles recensent également sur leur site Internet les initiatives particulièrement réussies.

L'entretien de plan de carrière

En fin de seconde générale, tous les élèves ont droit à un choix d'orientation vers une des filières menant au baccalauréat. Or les élèves âgés de 15 ans mais toujours au collège n'avaient pas réellement accès à cette orientation choisie. Le ministre délégué à l'enseignement professionnel a donc souhaité rétablir l'égalité de tous dans l'accès au droit à l'information et au conseil en orientation à 15 ans. C'est le sens de **« l'entretien plan de carrière à 15 ans »** expérimenté en 2001 dans cinq académies pilotes (Aix-Marseille, Amiens, Lille, Orléans-Tours et Toulouse), puis étendu à d'autres académies l'année suivante.

Ces entretiens approfondis correspondent à une aide individualisée apportée aux élèves, un an avant la fin de l'obligation scolaire et quelle que soit la classe fréquentée. L'« entretien plan de carrière à 15 ans » consiste en une série d'entretiens qui doit aider les jeunes à réfléchir à leur avenir scolaire et professionnel, et à se construire un projet raisonné de poursuite d'études.

Ce dispositif, qui vient en complément des actions d'éducation à l'orientation, a pour ambition de favoriser l'orientation choisie vers la voie des métiers, mais également vers d'autres voies de réussite auxquelles les élèves n'auraient peut-être pas songé.

Un bilan positif

L'« entretien plan de carrière à 15 ans » remporte un remarquable succès tant auprès des jeunes et de leurs familles que des équipes pédagogiques et éducatives. Les élèves se sentent valorisés, notamment les élèves en difficulté scolaire qui ont besoin de retrouver l'estime d'eux-mêmes. Les parents d'élèves ainsi que leurs associations se montrent également satisfaits de la démarche engagée.

Les enseignants, quant à eux, découvrent leurs élèves sous un jour différent et cet entretien est l'occasion de réfléchir à leurs pratiques d'évaluation.

Il permet aussi de renforcer la connaissance de l'enseignement professionnel dans les collèges et de relancer le travail d'équipe entre les différents acteurs qui entourent le jeune (enseignants, conseillers principaux d'éducation, conseillers d'orientation-psychologues). La généralisation progressive de cet entrctien à 15 ans sur l'ensemble du territoire est donc envisagée.

Le lycée des métiers : une offre de formation organisée autour d'un ensemble cohérent de métiers

Fluidifier les passerelles entre filières technologiques et professionnelles. Clarifier l'offre de formation académique et la rendre plus cohérente. Mieux coller à la demande locale et améliorer la qualité de l'offre de formation et des qualifications. Contribuer au développement de l'éducation tout au long de la vie dans une perspective de professionnalisation durable. Telles sont les finalités des lycées des métiers qui voient le jour début 2002.

La première vague de labellisation concerne 64 établissements (voir *Bulletin officiel* n° 11 du 14 mars 2002).

• Le concept de lycée des métiers repose sur un principe simple : regrouper au sein d'un même établissement tous les élèves des filières professionnelles et technologiques se destinant à une même famille de métiers, avec en arrière-plan la volonté d'aider les futurs élèves et leurs parents, ainsi que les salariés, à acquérir **une véritable visibilité sur des filières** menant à tel ou tel métier.

• Le lycée des métiers, qui n'implique ni changement de structures ni modification dans le statut des personnels, favorise également **la poursuite d'études** (liaisons entre formations scolaires et supérieures), mais aussi **la fluidité,** puisqu'un jeune peut passer de l'apprentissage au statut scolaire ou de la voie professionnelle à la voie technologique.

• Le lycée des métiers permet également de former **des professionnels hautement qualifiés**. Il garantit les sorties qualifiées à tous les niveaux et met en place un service d'accompagnement vers l'emploi pour faciliter l'insertion professionnelle des élèves.

• Enfin, en organisant un nouveau modèle éducatif, global et cohérent, englobant formation initiale, formation continue et validation des acquis professionnels, le lycée des métiers est un **élément essentiel de l'éducation et de la formation tout au long de la vie**.

> **Conclusions du sommet européen de Lisbonne (mars 2000)**
>
> « La diffusion du savoir est la ressource stratégique essentielle du développement européen. L'évolution vers l'éducation et la formation tout au long de la vie doit accompagner cette transition réussie vers une économie et une société fondées sur la connaissance. »

Qu'est-ce qu'un lycée des métiers ?

Le lycée des métiers est un établissement dont l'identité est construite autour d'**un ensemble cohérent de métiers**. Ces métiers peuvent se regrouper autour d'un même secteur professionnel (vente, hôtellerie, automobile...), autour d'un ensemble de métiers connexes (habillement/industrie textile, art textile et mode ; maintenance de véhicules et d'engins divers...) ou autour d'un ensemble de métiers complémentaires (de la mer, de l'habitat ...). On parle ainsi du lycée des métiers de l'hôtellerie, de l'automobile ou du bâtiment.

Dans son champ de métier, il a vocation à préparer à **une gamme étendue de diplômes** et titres nationaux technologiques et professionnels : CAP,

BEP, baccalauréat professionnel, mention complémentaire, baccalauréat technologique, brevet de technicien supérieur, licence professionnelle (en liaison avec les universités) et formations complémentaires d'initiative locale.

Il offre aussi des formations au titre de la formation continue, un accueil pour la validation des acquis de l'expérience et, éventuellement, un centre de formation des apprentis (CFA).

Ainsi le lycée des métiers accueille **des publics aux statuts multiples**, lycéens, étudiants, apprentis, jeunes et adultes sous contrat de formation par alternance, salariés en formation continue, adultes souhaitant faire valider les acquis de leur expérience.

7 exigences pour devenir lycée des métiers

— Proposer des formations autour d'un ensemble cohérent de métiers.

— Présenter une offre de formations la plus large possible.

— Être ouvert à un public mixte (élèves, apprentis, stagiaires...).

— Établir un partenariat avec la région.

— Établir un partenariat avec le monde professionnel.

— Proposer la certification et la validation des acquis professionnels.

— Offrir une vie lycéenne et des services associés (internat, par exemple).

Le lycée des métiers fait l'objet d'un label. Gage d'excellence, **le label « Lycée des métiers »** est une appellation attribuée aux établissements répondant à un cahier des charges rigoureux correspondant à une marque déposée.

Le label est attribué pour une durée de cinq ans pendant laquelle l'établissement s'engage à se conformer aux exigences du cahier des charges et à mettre en œuvre les axes de progrès retenus. Le label peut être attribué à l'établissement pour l'ensemble de ses formations ou pour une de ses filières. De même, un établissement qui ne répond pas seul aux caractéristiques du cahier des charges peut être labellisé, dès lors qu'il présente un accord de coopération avec un autre lycée ou un établissement d'enseignement supérieur.

Le lycée des métiers associe trois partenaires à la démarche de labellisation : l'autorité académique, la région et la ou les branches professionnelles concernées. Ce partenariat se conclut par la signature d'une charte de qualité.

Le lycée des métiers inscrit son projet dans une dynamique locale, pilotée au niveau académique. Il est ainsi appelé à devenir un acteur majeur du développement local et régional.

Il a vocation à disposer d'une plate-forme technologique de pointe. Celle-ci constitue **un centre de ressources pour le transfert de technologie**, l'expérimentation des matériels et matériaux et la recherche appliquée.

Il développe **des relations étroites avec le monde professionnel et les partenaires locaux** en matière de veille et de coopération technologiques, de connaissance des évolutions des métiers et du marché de l'emploi, de gestion de l'alternance en formation, d'accompagnement vers l'emploi et de développement local.

Références réglementaires

— Décision du 6 mars 2002, relative à la liste des lycées labellisés « lycées des métiers » au 1er février 2002 — *Bulletin officiel* n° 11 du 14 mars 2002.

— Circulaire n° 2001-261 du 17 décembre 2001, relative au lycée des métiers — *Bulletin officiel* n° 47 du 20 décembre 2001.

Former des personnels hautement qualifiés dans la restauration et l'hôtellerie

Dans le cadre de la politique de rénovation et de réhabilitation des arts du goût voulue par Jack Lang, des partenariats créatifs entre l'éducation nationale et les professionnels de la restauration française sont développés.

À noter, l'initiative prise par le chef Alain Ducasse qui a organisé des stages de formation pour les chefs de travaux, les professeurs d'IUFM et les enseignants de lycées hôteliers. Il milite en effet depuis de nombreuses années pour que les professeurs de l'éducation nationale, qu'il juge les plus compétents, puissent comprendre, analyser et traduire pédagogiquement les grandes évolutions technologiques et culturelles dans le monde de l'hôtellerie et de la restauration.

La validation des acquis de l'expérience (VAE)

Lors du Conseil européen de Lisbonne, en mars 2000, les chefs de gouvernement des Quinze ont désigné la diffusion du savoir comme ressource stratégique essentielle du développement économique et social de l'Europe. L'objectif fixé à l'Union européenne pour la décennie à venir étant de « devenir l'économie de la connaissance la plus compétitive et la plus dynamique du monde, capable d'une croissance économique durable accompagnée d'une amélioration quantitative et qualitative de l'emploi et d'une plus grande cohésion sociale ».

L'éducation et la formation tout au long de la vie sont les éléments clés de cette stratégie.

Initiée par les lois de 1984 et 1992, **la validation des acquis professionnels** est désormais bien ancrée dans le paysage. La loi de 1984 permet à un candidat de faire valider ses acquis professionnels pour obtenir une dispense afin de se présenter à une formation de l'enseignement supérieur même s'il ne détient pas les titres requis. La loi de 1992 permet, quant à elle, de dispenser un candidat des épreuves menant à un titre ou un diplôme par la validation de son expérience professionnelle.

La loi de modernisation sociale de janvier 2002 (voir encadré) propose un renforcement de ce dispositif, désormais intitulé **validation des acquis de l'expérience (VAE).** Quelque 350 000 personnes pourraient en bénéficier d'ici à 2007.

Véritable révolution pédagogique, la validation des acquis de l'expérience postule que l'expérience est source d'acquisition de savoirs devant mener à une qualification reconnue. Ainsi, toute personne peut faire reconnaître ses compétences professionnelles ou bénévoles et décrocher un diplôme à finalité professionnelle ou un certificat de qualification sans forcément repasser par une formation.

La loi de modernisation sociale

« Toute personne engagée dans la vie active est en droit de faire valider les acquis de son expérience, notamment professionnelle, en vue de l'acquisition d'un diplôme, d'un titre à finalité professionnelle ou d'un certificat de qualification figurant sur une liste établie par la commission paritaire nationale de l'emploi d'une branche professionnelle, enregistrés dans le répertoire national des certifications professionnelles visé à l'article L. 335-6 du code de l'éducation. »

« Peuvent être prises en compte, au titre de la validation, l'ensemble des compétences professionnelles acquises dans l'exercice d'une activité salariée, non salariée ou bénévole, en rapport direct avec le contenu du diplôme ou du titre. La durée minimale d'activité requise ne peut être inférieure à trois ans. »

« La validation est effectuée par un jury dont la composition garantit une présence significative de représentants qualifiés des professions concernées. »

« Le jury peut attribuer la totalité du diplôme ou du titre. À défaut, il se prononce sur l'étendue de la validation et, en cas de validation partielle, sur la nature des connaissances et aptitudes devant faire l'objet d'un contrôle complémentaire. »

Extraits de la loi de modernisation du 17 janvier 2002.

Le champ d'application de la validation des acquis de l'expérience (VAE) est beaucoup plus étendu que celui de la validation des acquis professionnels (VAP) à laquelle elle doit se substituer :

— La VAE est étendue à **l'ensemble des diplômes et titres à finalité professionnelle** délivrés par l'État ou par des organismes privés et aux certificats de qualifications professionnelles (CQP) des branches professionnelles (la VAP était limitée aux diplômes délivrés par les ministères de l'éducation nationale, de l'agriculture, de la jeunesse et des sports).

— Elle prend en compte les compétences professionnelles acquises au travers d'**activités salariées, non salariées et bénévoles**, en rapport direct avec le contenu du titre ou diplôme.

— La durée de l'expérience exigible pour prétendre à la VAE est de **trois ans**, contre cinq ans dans la loi de 1992 ;

— Le nouveau dispositif permet l'**acquisition totale** (et non plus partielle) d'un diplôme ;

— Le jury détermine les épreuves complémentaires auxquelles le candidat devra se soumettre.

LES DIPLÔMES DE L'ÉDUCATION NATIONALE ACCESSIBLES PAR LA VAE

La validation des acquis de l'expérience s'applique aux diplômes technologiques et professionnels relevant du ministère de l'éducation nationale.

Sont concernés les certificats d'aptitude professionnelle (CAP), les brevets de technicien (BT), les brevets d'études professionnelles (BEP), les mentions complémentaires (MC), les brevets professionnels (BP), les baccalauréats professionnels, les baccalauréats technologiques, les brevets de technicien supérieur (BTS), les brevets des métiers d'art (BMA), les diplômes de technicien supérieur (DTS).

S'agissant de l'enseignement supérieur, la validation diplômante des acquis concerne, notamment, le diplôme d'études universitaires générales (DEUG), le diplôme universitaire de technologie (DUT), le diplôme d'études universitaires scientifiques et techniques (DEUST), le diplôme national de technologie spécialisée (DNTS), la licence, la licence professionnelle, la maîtrise, la maîtrise des sciences et techniques (MST), la maîtrise des méthodes informatiques appliquées à la gestion (MIAGE), la maîtrise des sciences de gestion (MSG), le diplôme d'études approfondies (DEA), le diplôme d'études supérieures spécialisées (DESS), les formations d'ingénieurs et les diplômes délivrés par les grandes écoles...

La validation des acquis de l'expérience ne s'applique ni à des diplômes généraux (baccalauréat général) ni aux diplômes propres aux universités et aux autres établissements d'enseignement supérieur, publics ou privés.

L'ENSEIGNEMENT PROFESSIONNEL EN POINTE DANS LA VALIDATION DES ACQUIS

Forte de son expérience, puisqu'elle réalise 70 % des validations, l'éducation nationale avec le plein appui du ministre Jean-Luc Mélenchon s'est attachée tout au long de la phase préparatoire à garantir la crédibilité du processus de certification. L'élaboration des quatre décrets d'application (décret général, décret enseignement supérieur, commission nationale et répertoire national) conforte les orientations défendues par le ministre délégué à l'enseignement professionnel. Citons, parmi les plus importantes :

— la référence permanente au concept de qualification, structurant l'objectif de professionnalisation durable ;

— la prise en compte de la place et du rôle particuliers des diplômes d'État dans le paysage de la certification, par différenciation avec les titres et les certificats ;

— la mission et la responsabilité des ministères valideurs, notamment ceux s'exerçant dans le champ de l'action éducatrice, porteurs des valeurs du service public ;

— la composition paritaire de la Commission nationale entre les représentants de l'État et les partenaires (sociaux, collectivités territoriales...) ;

— le recours aux services déconcentrés de l'État, et en particulier aux corps d'inspection de l'éducation nationale, pour participer en région à l'instruction préalable des dossiers de demande d'inscription des titres et certificats dans le registre national.

En 2001, les ministres décident de consacrer **2,16 millions d'euros** (14,2 millions de francs) à l'accueil et à l'accompagnement des candidats à la validation d'acquis professionnels. Pour accompagner l'augmentation du nombre et de la diversité des candidats résultant de la mise en œuvre de la loi de modernisation sociale, ces moyens financiers sont renforcés. Une dépense supplémentaire de plus de 762 245 euros (5 millions de francs) est inscrite à cet effet dans la loi de finances pour 2002. **En 2002, les académies voient leurs moyens destinés à la validation des acquis augmenter de plus de 35 %.**

Bilan de la validation des acquis professionnels dans l'enseignement supérieur

En 2001, 16 000 personnes ont bénéficié de la validation de leurs acquis professionnels (VAP) à l'université et au Conservatoire national des arts et métiers (CNAM), soit une progression de 19,6 % par rapport à 2000. On note que le dispositif de 1984 (qui dispense le candidat du diplôme requis pour s'inscrire à une formation) est plus utilisé que celui de 1992 (qui dispense le candidat d'une partie des épreuves aux examens).

— Les bénéficiaires de la validation des acquis professionnels sont en majorité des actifs ayant un emploi (plus de deux sur trois). Les femmes sont majoritaires parmi les candidats à une validation sous forme de dispense d'épreuves. En revanche, les demandes de dispenses de diplôme pour accéder à une formation se répartissent également entre les deux sexes.

— Les formations suivies dans le cadre de la VAP 1984 sont en majorité des licences classiques (32 % des cas). Les formations spécialisées sont également très recherchées : 26 % de ceux qui ont bénéficié de dispense de diplôme préparent un DESS ou un DEA. Parmi les 2 200 dispenses d'épreuves délivrées pour préparer un diplôme, 16 % préparent un DUT, un DEUST ou un DNTS.

— 4 bénéficiaires sur 5 sont des professions intermédiaires et des cadres. Les employés, et surtout les ouvriers, sont peu nombreux. La tranche d'âge 30-45 ans est majoritaire.

Source : Note d'information de la direction de la programmation et du développement.

Références législatives et réglementaires

— Loi de modernisation sociale n° 2002-73 du 17 janvier 2002 se rapportant à la validation des acquis de l'expérience — *Journal officiel de la République française* du 18 janvier 2002.

— Code du travail : articles L900-1, L900-2, L900-4-2, L934-1, L951-1.

— Code de l'éducation : articles L335-5, L335-6, L613-3 à L613-6.

— Décret n° 2002-529 du 16 avril 2002, relatif à la validation d'études supérieures accomplies en France ou à l'étranger — *Journal officiel de la République française* du 18 avril 2002.

— Décret n° 2002-590 du 24 avril 2002, relatif à la validation des acquis de l'expérience par les établissements d'enseignement supérieur — *Journal officiel de la République française* du 26 avril 2002.

— Décret n° 2002-615 du 26 avril 2002, relatif à la validation des acquis de l'expérience pour la délivrance d'une certification professionnelle — *Journal officiel de la République française* du 28 avril 2002.

— Décret n° 2002-616 du 26 avril 2002, relatif au répertoire national des certifications professionnelles — *Journal officiel de la République française* du 28 avril 2002.

— Décret n° 2002-617 du 26 avril 2002, relatif à la commission nationale de la certification professionnelle — *Journal officiel de la République française* du 28 avril 2002.

— Décret n° 2002-795 du 3 mai 2002, relatif au congé pour validation des acquis de l'expérience — *Journal officiel de la République française* du 5 mai 2002.

— **Loi du 20 juillet 1992** : toute personne ayant exercé une activité professionnelle pendant 5 ans peut demander la validation de ses acquis en vue d'être dispensée d'une ou plusieurs épreuves d'un diplôme, décret du 26 mars 1993 et arrêté du 20 juillet 1993.

— Le décret du 22 février 1999 par lequel le ministère de la jeunesse et des sports ouvre à la VAP les titres qu'il délivre.

— La note de service du 30 juin 1997 ouvrant à la VAP les diplômes délivrés par le ministère de l'agriculture.

— **Loi du 26 janvier 1984** et décret du 23 août 1985 sur la validation d'acquis permettant d'accéder aux formations post-baccalauréat délivrées par un établissement d'enseignement supérieur : un candidat ne possédant pas les titres requis pour accéder à une formation peut voir valider son expérience professionnelle et s'inscrire à cette formation.

V

LA RÉNOVATION DE L'ENSEIGNEMENT SUPÉRIEUR

Dans un monde qui évolue avec une très grande rapidité, l'université doit sans cesse s'adapter et innover. Elle a su, après la démocratisation des années 60 puis celle des années 80, faire face au défi du nombre d'étudiants : celui-ci a été multiplié par 5 en trente ans pour atteindre aujourd'hui 1,5 million d'étudiants. Elle a été aidée en cela par la politique menée entre 1988 et 1993 qui a conduit à une augmentation sans précédent du nombre de postes et qui a permis la réalisation d'un plan ambitieux de constructions universitaires : Université 2000. Elle a su, grâce au travail de l'ensemble de ses personnels, grâce aussi à la politique de contractualisation lancée en 1989, assurer un développement dynamique de l'ensemble de ses activités.

Le moment était venu de favoriser des **ambitions nouvelles** : la construction de l'Europe comme grande puissance commerciale incitait à constituer aussi une Europe de la culture et de l'intelligence; l'évolution de la société poussait à créer les conditions d'un accueil de publics nouveaux et bien plus diversifiés qu'auparavant sur les bancs des facultés; enfin l'organisation des formations méritait d'être repensée. Il fallait aider les universités à relever ces nouveaux défis : la politique menée d'abord par Claude Allègre puis par Jack Lang, notamment grâce à l'action de Christian Forrestier et de Francine Demichel — directrice de l'enseignement supérieur —, de Bernard Alluin, conseiller pour l'enseignement supérieur, et de Philippe Lauret conseiller pour les études médicales au cabinet du ministre Jack Lang — vise à accroître de façon décisive son ouverture européenne, son ouverture sociale, son ouverture pédagogique. Cette nouvelle politique est accompagnée par une augmentation importante de ses moyens.

L'ouverture européenne : la construction de l'espace universitaire européen

La construction d'un espace universitaire européen passe par une harmonisation des diplômes et de leur validation ainsi que par des mesures visant à favoriser la mobilité des étudiants. Cette politique est menée sous l'impulsion d'une équipe, comprenant d'abord Sylvain Kahn, Thierry Simon — directeur de la DRIC — et Catherine Bizot, puis Bernard Alluin et Jean-Pierre Korolitski.

L'HARMONISATION EUROPÉENNE DES DIPLÔMES

Le mouvement d'harmonisation des études à l'échelle de l'Europe, lancé par Claude Allègre, à la Sorbonne (mai 1998), s'est progressivement étendu à tous les pays de l'espace européen. Les colloques de Bologne (juin 1999) et de Prague (mai 2001) ont amplifié cette dynamique. En mai 2001, à Prague, sous la présidence de Jack Lang, président du Conseil des ministres européens de l'enseignement supérieur, tous les ministres de l'éducation des pays européens ont pris l'engagement d'harmoniser leurs cursus et de généraliser le système européen de transfert des crédits.

Les universités bénéficient désormais de nouvelles possibilités d'initiatives pour organiser leurs formations et leurs diplômes en cohérence avec l'Europe de l'enseignement supérieur. En vue d'une harmonisation européenne (voir p. 289), trois grades structurent désormais les filières de formation : **la licence (bac + 3),** ou le grade correspondant dans les autres pays, **le master (bac + 5) et le docto-**

rat (bac + 8). Les diplômes intermédiaires, DEUG, DUT, maîtrises, sont maintenus.

— Le cursus licence offre désormais aux étudiants la possibilité de suivre des études pluridisciplinaires comme des études monodisciplinaires, de s'engager dans des parcours professionnels (comme la licence professionnelle, voir pp. 242 et 291) ou des parcours généralistes à composante professionnalisante, de rentrer dans la vie active ou de poursuivre des études jusqu'au master et éventuellement jusqu'au doctorat.

— Le cursus master propose aux étudiants en quatrième et cinquième années d'études supérieures une palette de parcours facilitant une orientation progressive soit vers le master recherche (ancien DEA), soit vers le master professionnel (ancien DESS). Il débouche sur le diplôme de master dont la dénomination constitue un élément fort de lisibilité internationale. Par ailleurs, le grade de master a vocation à valider tous les diplômes obtenus à bac + 5.

LE SYSTÈME EUROPÉEN DE CRÉDITS

En avril 2001, le ministre de l'éducation nationale propose à la communauté universitaire française de généraliser à tout l'enseignement supérieur **le système des crédits européens, dit « ECTS »** (*European Credits Transfer System*). Un système qui permet d'organiser les formations supérieures sous forme de modules ou d'unités d'enseignement avec une référence commune définie au niveau européen, les crédits (voir p. 295) : à chaque unité d'enseignement (dès lors que l'étudiant la suit avec succès) est affecté un certain nombre de points appelés crédits, étant entendu que l'ensemble des unités d'un semestre doit correspondre, en France comme partout en Europe, à 30 crédits.

Depuis la rentrée 2002, toutes les universités sont invitées à généraliser l'organisation des études en semestres et à offrir des parcours de formation modulaires selon le système de crédits reconnu partout en Europe.

Il faut **180 crédits** après le baccalauréat pour obtenir une licence et 120 après la licencc pour être titulaire d'un master. Grâce au système de crédits, les étudiants pourront établir des correspondances avec des diplômes européens : ils pourront faire valider de façon automatique à l'étranger les unités déjà obtenues en France et faire reconnaître dans les mêmes conditions dans une université française les unités obtenues dans une autre université française ou européenne.

LA MOBILITÉ ÉTUDIANTE : DE NOUVELLES INCITATIONS

La généralisation de l'organisation semestrielle des enseignements et celle du système des crédits facilitent la mobilité des étudiants. Il convenait de lever certains obstacles financiers : c'est ainsi que sont créées 12 000 bourses trimestrielles de mobilité (voir p. 371) d'un montant mensuel de 384 euros permettant à des étudiants par ailleurs déjà boursiers de compléter leur bourse et d'aller suivre des études pendant au moins trois mois dans une université d'un autre pays. Cette mesure ne constituait qu'un début.

Par ailleurs, la présidence française de l'Union européenne prend l'initiative de proposer aux États membres l'élaboration d'un plan d'action attestant de leur engagement politique en faveur de la mobilité et proposant une palette de mesures concrètes.

Le plan d'action pour la mobilité (voir p. 299), conçu comme une « boîte à outils » dans laquelle chaque État puise librement, joue un rôle d'impulsion et d'incitation. Ce plan propose 42 préconisations concrètes que les États membres appliquent à leur rythme et en fonction de leurs possibilités.

L'ouverture sociale : l'accueil de nouveaux publics

Accueillir un plus grand nombre d'étudiants d'origines très diverses, socialement ou culturellement, est l'une des ambitions de l'université française qui remplit là son rôle intellectuel et culturel, mais aussi social. C'est le but d'un certain nombre de mesures importantes.

LE PLAN SOCIAL ÉTUDIANT

Le plan social étudiant (voir p. 370), lancé en 1998 par Claude Allègre, a permis d'augmenter considérablement, en 4 ans, le nombre des boursiers.

En 2001-2002, **30 % des étudiants bénéficient d'une bourse** dont le montant a été en outre augmenté de 15 %. Le nombre total des boursiers passe de 395 000 à la rentrée 2000 à 500 000 en 2001-2002.

Des mesures spécifiques viennent renforcer cet effort sans précédent :

• **les bourses de mérite** au profit, chaque année, de 200 étudiants bacheliers mention très bien, issus de milieux modestes ;

• la création de **12 000 bourses trimestrielles de mobilité européenne et internationale** proposées aux étudiants par les universités ;

• l'extension, aux étudiants inscrits en DESS, du système des **bourses sur critères sociaux** ;

• la mise en place **d'allocations d'études** (11 000

en 2001), destinées à répondre à des situations particulières ne trouvant pas de réponse rapide et efficace dans le cadre du dispositif boursier général.

LA VALIDATION DES ACQUIS DE L'EXPÉRIENCE

Les mesures prises concernant la validation des acquis de l'expérience (voir p. 109) permettront à des hommes et des femmes d'entreprendre ou de reprendre des études en validant certains des acquis de leur expérience sous forme de crédits voire de diplômes complets. Sont ainsi ouvertes de grandes possibilités de promotion sociale.

LA CRÉATION DE NOUVELLES IMPLANTATIONS UNIVERSITAIRES

C'est à un objectif social en même temps qu'à une volonté d'aménagement du territoire que répond le gouvernement en implantant de nouveaux départements d'IUT dans des villes moyennes et en créant deux nouveaux centres universitaires à Albi et à Nîmes. Ces formations de proximité permettent à des jeunes qui n'avaient pas la possibilité de partir vers une grande ville universitaire de suivre des études supérieures qu'ils n'auraient pu entreprendre si ces opérations volontaristes n'avaient pas été menées.

L'AIDE À LA RÉUSSITE : LE DISPOSITIF DES « ÉQUIPES DE FORMATION RECONNUES »

Pour tenir compte d'une situation récente — l'arrivée à l'université de publics hétérogènes devant être soutenus — il convenait de **renforcer l'efficacité de la formation**, en particulier dans les premières années d'études, et de **valoriser l'investissement pédagogique des enseignants** sur le plan de leur carrière.

Dans ce cadre, François Petit, président de l'université Grenoble 2, réalise un rapport sur les améliorations pédagogiques à l'université dont les conclusions nourrissent en partie l'arrêté du 23 avril 2002 relatif au cursus licence. **Un système officiel de reconnaissance d'équipes pédagogiques** est alors mis en place : ce dispositif d'« équipes de formation reconnues » est l'équivalent pour les formations de ce qu'est le dispositif des « équipes d'accueil » pour la recherche. La création des équipes d'accueil, il y a une dizaine d'années, a été un véritable succès et a notamment contribué à renforcer la vitalité et l'efficacité de la recherche dans les universités françaises.

La création du dispositif des « équipes de formation reconnues » doit permettre de reconnaître officiellement l'existence ou d'inciter à la création d'« équipes de formation » encadrant une promotion d'étudiants ou tous les étudiants d'un cursus, selon les cas. Ces « équipes de formation » répondent à un certain nombre de critères : l'animation de l'équipe par un directeur des études, la programmation d'exercices d'entraînement, l'organisation de permanences d'enseignants, la coordination des emplois du temps et des travaux demandés, la coordination des enseignements, le dispositif d'évaluation des enseignements et son utilisation...

Ce dispositif — qui permet, entre autres, de donner corps aux propositions du rapport Petit — a pour objectif d'améliorer encore l'accueil et la formation des étudiants, notamment des premières années, et de mieux prendre en compte la spécificité des « nouveaux publics ». Autre but visé, à terme : **la reconnaissance effective de l'investissement pédagogique** dans la carrière des enseignants et des enseignants-chercheurs. Ainsi, leur progression de la carrière s'effectuera non seulement sur la base de critères fondés sur la recherche (qui constituaient jusqu'ici des éléments d'évaluation presque exclusifs), mais intégrera également l'action menée dans le cadre des « équipes de formation reconnues ». Il s'agit, à travers ce nouveau dispositif, d'aider les enseignants-chercheurs qui, à côté de leur travail de recherche, s'investissent de façon importante dans des tâches d'encadrement pédagogique, mais aussi de conforter les universités dans leur rôle de formation et leur rôle social.

Un appel à projets est lancé pour la rentrée 2002, assorti d'une aide financière de 750 000 euros (5 millions de francs).

Dans le même esprit, ont été élaborés des textes réglementaires (arrêté d'avril 2002) permettant la nomination dans l'enseignement supérieur de professeurs agrégés partageant leur service entre le deuxième cycle des lycées et la première année de l'université : ces enseignants en service partagé seront précieux pour les étudiants nouveaux venus, en assurant, au sein des équipes pédagogiques de chacune des institutions, une fonction de relais ainsi qu'une fonction d'information concernant les évolutions du lycée et celles de l'enseignement supérieur. Ils faciliteront, par leur travail commun avec les enseignants-chercheurs de l'équipe pédagogique universitaire, l'initiation aux études supérieures des étudiants qui sortent tout juste du lycée et qu'ils connaissent particulièrement bien.

L'ouverture des formations

Les mutations de la société, l'arrivée de nouveaux publics à l'université, les évolutions culturelles imposaient de réfléchir à une caractéristique de notre enseignement universitaire : une hyperspécialisation des premières années d'enseignement supérieur. C'est ainsi que sont prises des mesures favorisant l'ouverture des disciplines et des formations :

DES MESURES INCITATIVES

Une mission d'étude concernant l'enseignement des sciences économiques est confiée au professeur Jean-Paul Fitoussi. Celui-ci public un rapport préconisant, exemple de mesure proposée parmi beaucoup d'autres, que la première année de sciences économiques ne se restreigne pas aux seules sciences économiques

Dans le même esprit, Alain Renaut, dans son rapport, constate que les étudiants ne disposent plus de la culture générale indispensable à la compréhension des enjeux de leur propre spécialité et recommande d'ouvrir le champ de la formation des étudiants en début de cursus.

En effet, l'université doit être, aussi, un lieu d'acquisition d'une culture générale ; elle doit former des étudiants qui soient des spécialistes, certes, mais des spécialistes cultivés ; il faut proposer à des scientifiques ou de futurs médecins des champs de réflexion plus diversifiés que ceux qu'impliquent leurs savoirs théoriques ou techniques, mais aussi ouvrir les littéraires à la diversité des sciences humaines et pourquoi pas à la culture scientifique et technique.

UNE RÉFORME EN PROFONDEUR : L'ORGANISATION DU CURSUS LICENCE

L'arrêté du 23 avril 2002 qui organise le cursus licence ouvre la voie à la possibilité de construire des parcours diversifiés, bi- ou pluridisciplinaires, permettant à la fois l'acquisition d'une solide culture générale, des processus d'orientation progressive, de compétences diversifiées favorisant l'insertion professionnelle (tout en sauvegardant, pour ceux qui le souhaitent, des parcours très spécialisés).

LA RÉFORME DES ÉTUDES MÉDICALES

La réforme des études médicales vise plusieurs objectifs : faire partager une culture commune à l'ensemble des métiers de la santé; permettre, étape après étape, des choix professionnels éclairés, fondés et adaptés aux performances de chaque étudiant en médecine; faire de la médecine générale une spécialité comme les autres.

• **Premier cycle :**

Donner un caractère plus humaniste et plus global à la formation des futurs professionnels de la santé : tel est l'objectif, assigné conjointement par le ministre de l'éducation nationale Jack Lang et le ministre délégué à la santé Bernard Kouchner, de la réforme visant à instaurer une première année universitaire commune pour les études conduisant vers les professions de santé. Cette année doit ouvrir l'accès aux études de médecine, odontologie, pharmacie, sages-femmes, mais aussi aux professions paramédicales ainsi qu'aux nouveaux métiers de la santé. Elle doit faire partager une culture commune à l'ensemble de ces disciplines, sans allonger exagérément des études déjà très longues.

Une telle réforme impose de repenser complètement les programmes et l'organisation de cette première année : un équilibre doit être trouvé entre l'enseignement des sciences biologiques et de la vie et celui des sciences humaines et sociales; la maîtrise des moyens de communication et d'information, ainsi qu'une bonne connaissance des métiers, doivent être organisées. Pour cela, il faut à la fois changer les méthodes d'enseignement, fixer des objectifs pédagogiques à l'étudiant, lui permettre d'être évalué et de s'évaluer pour choisir une filière professionnelle et, le cas échéant, de se réorienter sans heurt. Il faut également mettre en place de véritables passerelles permettant éventuellement de reprendre plus tard des études de santé inaccessibles dans un premier temps.

- **Deuxième cycle :**

En ce qui concerne le deuxième cycle des études médicales, les enseignements de la deuxième partie de ce cycle d'études sont complètement repensés et construits de façon transdisciplinaire. Au terme de ce deuxième cycle validé, l'étudiant se verra délivrer **un diplôme national de fin de deuxième cycle des études médicales**. Il offrira de nouvelles et réelles possibilités à ceux qui ne désireraient pas entrer dans le troisième cycle de formation à la médecine praticienne.

Le concours de l'internat deviendra, à partir de 2004, un examen classant pour tous, y compris la médecine générale. Il permettra aux étudiants ayant validé le deuxième cycle des études médicales d'accéder au troisième cycle consacré aux études des spécialités. Ce concours, remanié lui aussi, accordera une plus grande part au savoir assimilé et aux capacités de réflexion et de démonstration.

La médecine générale devient une spécialité et les étudiants qui la choisiront bénéficieront d'un cycle d'études accompli conformément à une maquette de diplôme d'études spécialisées à l'instar des étudiants des autres filières d'internat.

• **Troisième cycle :**

Vingt et une maquettes du diplôme d'études spécialisées (DES) sont créées ou rénovées. La durée passe de 4 à 5 ans pour six d'entre eux : oncologie médicale, hématologie, anesthésie-réanimation, radiologie et imagerie médicale, anatomie et cytologie pathologique.

Par arrêté du 17 août 2000, le DES de gynécologie obstétrique et gynécologie médicale (deux options) est le premier DES médico-chirurgical créé.

À noter, également, la nouvelle maquette de médecine générale qui voit sa durée allongée de 5 à 6 semestres préfigurant le **DES de médecine générale** prévu en 2005.

L'OUVERTURE DES FORMATIONS AUX ÉTUDIANTS ÉLOIGNÉS : LES CAMPUS NUMÉRIQUES

Dans un contexte de concurrence internationale accrue, le ministère de l'éducation nationale et le ministère de la recherche, soucieux de préserver l'excellence de l'enseignement supérieur et de le moderniser, soucieux aussi de toucher de nouveaux publics, notamment des salariés souhaitant reprendre des études ou des étudiants éloignés, pour des raisons financières, de l'université, lancent successivement, en 2000, 2001 et 2002, trois appels à projets pour la constitution de « campus numériques français » (voir p. 195).

Les campus numériques proposent **une offre de formation post-baccalauréat ouverte et à distance, utilisant les nouvelles technologies**. Il s'agit d'un dispositif de formation en modules, combinant les ressources du multimédia, l'interactivité des environnements numériques et l'encadrement humain et administratif nécessaire aux apprentissages et à leur validation.

La création de campus numériques constitue un enjeu majeur pour les années qui viennent.

— Ils contribuent à abolir certaines frontières sociales en permettant à des étudiants qui n'ont pas les moyens de fréquenter l'université, à des publics éloignés, salariés ou en reprise de formation, de bénéficier des enseignements de l'université grâce à la mise en ligne de toute une série de formations.

— Ils permettent une individualisation des formations en apportant une réponse à l'hétérogénéité des publics.

— Ils offrent de nouveaux services qui s'ajoutent et complètent les offres de formation plus traditionnelles.

— Ils rendent plus flexibles les parcours de formation, en liaison avec le développement du système européen de crédits. Ils favorisent également les passerelles entre formation initiale et continue, et les liens avec la validation des acquis de l'expérience.

— Ils favorisent le rayonnement international de l'université française par l'offre proposée aux étudiants étrangers.

Le premier appel à projets a permis de retenir 49 projets, le second, 66 et le troisième, 36 supplémentaires. Ce dernier, doté de 9,15 millions d'euros (60 millions de francs), est lancé en 2002 avec pour objectifs de consolider les opérations existantes, d'augmenter le nombre de formations organisées à distance et d'offrir de nouveaux services aux étudiants (bureau numérique personnalisable, outils de recherche documentaire, accès à toutes les informations sur la formation ou la vie étudiante, possibilités de démarches administratives en ligne...).

Près de 400 partenaires sont associés dans les consortiums qui se proposent de développer une offre de formations supérieures, ouvertes et à distance. Certains de ces campus numériques regroupent jusqu'à une vingtaine d'institutions.

2,74 millions d'euros sont consacrés à la formation à distance en 2000 (18 MF) et 8,38 millions d'euros en 2001 (55 MF).

Références documentaires

— Rapport d'étape de la mission d'études et de propositions sur la culture générale dans les formations universitaires, Alain Renaut, février 2002.

— Rapport de la commission « Améliorations pédagogiques à l'université », François Petit, mars 2002.

— Rapport sur la nouvelle définition des tâches des enseignants et des enseignants-chercheurs dans l'enseignement supérieur français, Éric Espéret, juillet 2001.

— Rapport sur les missions des enseignants exerçant dans l'enseignement supérieur technologique, Guy Gautherin, juillet 2001.

— Rapports sur les bibliothèques en Île-de-France, Daniel Renoult, décembre 2000 et novembre 2001.

— Rapport sur l'enseignement supérieur de l'économie, de Jean-Paul Fitoussi, qui préconise, entre autres, un élargissement du spectre des disciplines enseignées en première année d'économie.

Des moyens nouveaux mis à la disposition de l'enseignement supérieur

Ces nombreuses mesures demandaient des moyens qui sont attribués aux universités, en cette période où l'éducation, de la maternelle à l'université, constitue une priorité nationale.

Un effort exceptionnel en termes de moyens

— Le budget 2001 pour l'enseignement supérieur s'élève à 8,54 milliards d'euros, soit une progression de 2,73 % par rapport à 2000.

— Le budget 2002 s'élève, quant à lui, à 8,73 milliards d'euros, soit une hausse de 2,23 % par rapport à 2001. Le budget de fonctionnement de l'enseignement supérieur connaît une augmentation sans précédent en 2002 (+ 7,8 %) : + 83,9 millions d'euros (voir « L'éducation : piorité budgétaire » p. xx).

— Au total, 3 500 emplois sont créés en 2002 afin d'assurer la mise en œuvre des réformes et la modernisation des établissements d'enseignement supérieur (voir plan pluriannuel, p. 492).

— Le plan U3M (Université du troisième millénaire) représente un effort de 8 milliards d'euros sur la période 2000-2006, dont 580 millions d'euros pour les bibliothèques universitaires.

Le plan U3M (Université du 3e millénaire)

L'amélioration des conditions de travail des étudiants implique le développement, la rénovation et la mise en sécurité les locaux universitaires et de recherche. Cette volonté est affirmée avec force dans le plan U3M (Université du troisième millénaire) associant l'État et les collectivités territoriales. Ce plan ambitieux, lancé dès 1998, qui contribue à l'ouverture et à la démocratisation de l'enseignement supérieur, représente un effort de l'ordre de **8 milliards d'euros (52,4 milliards de francs) sur la période 2000-2006**.

Le plan U3M s'inscrit dans la démarche d'ensemble du schéma de services collectifs de l'enseignement supérieur et de la recherche prévu par la loi d'orientation et d'aménagement durable du territoire. Son application relève à la fois du ministère de l'éducation nationale et du ministère de la recherche. Cette politique lancée par Claude Allègre a été poursuivie par Jack Lang avec notamment le concours de Dang Tran et de Jean-Richard Cyterman.

DEUX TYPES D'OPÉRATIONS

— **Les contrats de plan État-région** (CPER) 2000-2006, pour plus de **6,4 milliards d'euros** (42 milliards de francs), répartis à parité entre l'État et les collectivités territoriales, sont abondés par des fonds européens. Pour la première fois, **ces contrats de plan couvrent tous les domaines d'activité de l'enseignement supérieur et de la recherche**. Ils associent l'ensemble des collectivités territoriales, y compris la région Île-de-France et la ville de Paris.

L'effort de l'ensemble des acteurs publics pour les projets d'aménagement universitaire marque une progression de plus de 40 % par rapport à la précédente période 1994-1999. Par ailleurs, les projets inscrits pour les bibliothèques, les logements étudiants, les restaurants universitaires, les équipements... bref, la vie étudiante, totalisent 24 % des investissements, atteignant ainsi l'objectif fixé par Claude Allègre.

— **Les opérations qui relèvent du seul effort de l'État**, pour **1,22 milliard d'euros** (8 milliards de francs), concernent :

— le désamiantage et la mise en sécurité du campus de Jussieu (580 millions d'euros, soit 3,8 milliards de francs) ;

— la mise en sécurité des établissements d'enseignement supérieur et des résidences universitaires (411,6 millions d'euros, soit 2,7 milliards de francs) ;

— la rénovation du Muséum national d'histoire naturelle (152 millions d'euros pour la première tranche) et la participation de l'éducation nationale à la réalisation du musée du quai Branly (91 millions d'euros).

La mission architecture et urbanisme universitaire

En liaison avec les responsables d'établissement, la mission architecture et urbanisme universitaire créée par Jack Lang veille, dans le respect des normes de sécurité, à la qualité de la conception architecturale, à l'esthétique des bâtiments et à l'amélioration des conditions de vie des étudiants et des enseignants sur l'ensemble des sites universitaires parisiens et provinciaux.

L'université est un lieu de culture et de vie : place doit y être faite à des locaux pour les organisations et associations étudiantes, à des espaces conviviaux pour les enseignants, à des salles de spectacles, à des lieux d'exposition. Le rayonnement intellectuel et culturel de l'université française passe aussi par là.

LES DOMAINES PRIORITAIRES DU PLAN U3M

Les plans précédents, notamment le plan Université 2000, étaient avant tout orientés vers l'accueil de générations d'étudiants toujours plus nombreuses et donc vers la construction de locaux supplémentaires. **Le plan U3M, du fait de la stabilisation des effectifs étudiants, comporte quant à lui des axes plus qualitatifs, conformes aux grandes orientations du schéma de services collectifs.**

1. Une importance toute particulière est accordée à **la vie étudiante** qui représente environ 25 % du total des contrats de plan. Les opérations concernent notamment la construction de restaurants universitaires, la réhabilitation et la construction de logements étudiants et d'équipements sportifs et culturels. L'accent est mis sur le développement des bibliothèques universitaires : en complément des 300 000 m^2 de bibliothèques créés entre 1992 et 2000, ce sont 230 000 m^2 qui sont prévus entre 2000 et 2006 par les CPER. L'effort porte notamment sur l'Île-de-France où la capacité d'accueil va augmenter de plus de 30 %, soit 70 000 m^2 supplémentaires, l'équivalent de 7 000 places.

2. Il vise à **améliorer les conditions de vie et de travail des étudiants et des personnels** à la fois en construisant des surfaces nouvelles pour les universités les plus surpeuplées et notamment celles de lettres et de sciences humaines et sociales et en s'attaquant énergiquement à la remise en sécurité du patrimoine universitaire. En incluant les crédits prévus pour le désamiantage et la remise aux normes de sécurité du campus de Jussieu, c'est au total plus de **900 millions d'euros** qui seront consacrés à cette

rénovation du patrimoine immobilier de l'enseignement supérieur.

3. Il favorise le **développement de la recherche universitaire**, en l'associant plus étroitement aux grands organismes de recherche, en organisant la mise en réseau d'équipements collectifs de recherche (génopoles, maisons des sciences de l'homme...) et l'ouverture à l'environnement économique (créations de plates-formes technologiques et de réseaux de développement technologiques).

4. Le plan U3M traduit également la volonté de voir l'enseignement supérieur et la recherche **contribuer au développement économique local et régional**, notamment grâce à la mise en place de plates-formes technologiques, situées principalement dans les villes moyennes. Celles-ci doivent favoriser le transfert de technologie et la collaboration entre les structures d'enseignement (universités et leurs IUT, sections de techniciens supérieurs, écoles d'ingénieurs) et le tissu économique local des PME et PMI. De nombreux centres nationaux de recherche technologique (CNRT) ont également été créés.

5. Il participe à l'**amélioration de l'accueil des étudiants étrangers**, mais aussi d'enseignants et de chercheurs étrangers. Plusieurs opérations des contrats de plan sont consacrées à cet objectif.

6. **Le secteur des sciences humaines et sociales** bénéficie plus largement du plan U3M par la structuration de la recherche à travers le réseau des maisons des sciences de l'homme. Les formations de ce secteur sont notamment les premières bénéficiaires de l'effort en faveur des bibliothèques.

7. Enfin, le plan U3M participe à l'adaptation de l'enseignement supérieur aux **nouvelles technologies éducatives,** ainsi qu'aux **nouveaux publics** (formation continue, reprise d'études, etc.)

Les crédits mis en place (autorisations de programmes) en 2000 (302,6 millions d'euros), en 2001 (313,6 millions d'euros) et ceux prévus au projet de loi de finances 2002 (363,6 millions d'euros) respectent totalement les engagements de l'État. Les deux premières années sont avant tout consacrées au lancement des projets. En 2002, des projets majeurs, tant en Île-de-France qu'en province, entrent en phase de réalisation : transfert de l'université Paris 7 sur la ZAC Paris-Rive gauche, restructuration du centre Assas, réhabilitation ou construction à Paris 1, Paris 12, dans les universités d'Aix-Marseille, de Tours, de Strasbourg...

Le processus de mise en sécurité des bâtiments universitaires, prévu initialement sur sept ans, est accéléré par Jack Lang qui débloque dès 2001 la totalité des 411,6 millions d'euros d'autorisations de programme et en les déléguant aux établissements d'enseignement supérieur.

L'émergence d'un nouveau Quartier latin : L'université Paris-Rive gauche, un nouveau pôle universitaire de 210 000 m²

À la demande de Jack Lang, l'État, la ville de Paris et la région Île-de-France arrêtent en 2001 un plan ambitieux pour intégrer à l'aménagement en cours de la ZAC Paris-Rive gauche, au nord du XIIIe arrondissement, un nouveau pôle universitaire occupant au total 210 000 m². Paris confirme ainsi sa vocation de capitale intellectuelle et scientifique.

La prestigieuse université Paris 7 Denis-Diderot rassemblera, sur 150 000 m², 20 000 étudiants et 4 000 enseignants et chercheurs actuellement dispersés sur de nombreux sites. Elle sera notamment dotée, aux côtés de l'École pratique des hautes études, d'un pôle consacré aux langues et aux civilisations du monde et d'une école d'architecture. S'ajoute à l'ensemble un programme de logements étudiants que le maire de Paris propose de porter de 600 à 1 000.

Une équipe nouvelle est mise en place pour donner un nouvel élan à ce projet. Le recteur René Blanchet, les architectes Patrick Bouchain et Christian Dupavillon sont chargés de concevoir ce plan dans un esprit comparable à celui des grands travaux initiés par le président François Mitterrand, prenant en compte le vaste ensemble Jussieu — îlot Cuvier — Muséum — Jardin des plantes — ZAC Paris-Rive gauche — l'Institut du Monde Arabe. L'université Paris 7 reconstruite et refondée, la Bibliothèque nationale de France, le Muséum, l'Institut du Monde Arabe et l'université Paris 6 regroupée à Jussieu formeront ainsi un ensemble intellectuel et culturel tout à fait exceptionnel.

LA RÉNOVATION DE JUSSIEU

Sécurité incendie — une amélioration rapide et significative

Au cours des années 2000-2002 et dans l'attente de la rénovation progressive du campus au fur et à mesure du désamiantage, des travaux d'amélioration immédiate de la sécurité incendie sont réalisés sur l'ensemble du bâtiment conçu par l'architecte Édouard Albert. L'établissement public du campus Jussieu et les universités, en partenariat avec la préfecture de police, réalisent près de 80 opérations, parmi lesquelles :

— l'installation de systèmes d'alarme à déclenchement manuel ;

— la mise en place de dispositifs d'évacuation des fumées et de portes pare-flammes dans l'ensemble des escaliers ;

— la construction de deux escaliers de secours supplémentaires ;

— la nomination d'un professionnel responsable unique de la sécurité, afin de permettre une meilleure coordination des services concernés et une plus grande vigilance sur le campus.

Le montant de ces installations s'élève à 2,74 millions d'euros (18 millions de francs). Terminées pour la rentrée universitaire 2001, elles sont totalement opérationnelles et ont été validées par la commission de sécurité de la préfecture de police.

Sécurité-amiante — des mesures de protection d'urgence maintenues et une accélération du chantier décidée et financée :

Dès 1997, pour répondre aux impératifs immédiats de santé publique, des mesures sont prises sur l'amiante et des travaux d'urgence sont réalisés :

— isolation des plafonds et des surfaces contaminées par films plastique ;

— condamnation des gaines techniques.

Ces mesures ont permis d'isoler l'amiante, dont le taux dans l'air est aujourd'hui inférieur à la norme réglementaire, à savoir 5 fibres par litre d'air. Le suivi de ces travaux est assuré régulièrement par une commission inter-universités regroupant les présidences, les services techniques et les services hygiène et sécurité.

Afin d'accélérer les travaux de désamiantage, la mise à disposition de « locaux-tampons », permettant de reloger les activités universitaires déplacées, est développée par Jack Lang. Dès 2000, des relogements de certaines composantes de l'université sont rendus possibles par plusieurs bâtiments, par exemple l'immeuble de la rue Chevaleret, l'immeuble Montréal et l'immeuble du CEA. La livraison, fin 2001, du bâtiment Esclangon a permis ainsi de reloger deux bibliothèques, trois amphithéâtres, de nombreuses salles de cours et des locaux administratifs. De même, trois opérations importantes sont décidées en 2001 et contribuent significativement à l'accélération du chantier :

— la cession d'une partie des locaux de l'ancien hôpital Boucicaut, qui permet de reloger quatre laboratoires de physique et de mettre en chantier cinq barres supplémentaires ;

— la construction sur Jussieu de 16 000 m^2 de locaux tampons *in situ* ;

— la reconversion d'un ancien bâtiment industriel à Ivry-sur-Seine.

L'ensemble de ces opérations est mené par l'équipe de l'Établissement public de Jussieu présidée par Bernard Dizambourg.

Requalification et modernisation du campus :

Menée par l'architecte Jean Nouvel, à la demande de Jack Lang, une réflexion porte sur un important projet d'architecture et d'urbanisme, qui doit permettre de donner une perspective d'ensemble aux travaux de rénovation et de mise en sécurité du campus.

— Un des objectifs des travaux est de parachever l'édifice d'Édouard Albert, construit à la veille de 1968, en permettant à des fonctions non existantes d'être prises en compte sur le campus (maison de la recherche), en valorisant les lieux de vie étudiante.

— Les principales propositions de l'architecte visent à améliorer la qualité de vie sur le campus, tout en respectant l'œuvre originelle. Par ailleurs, la présence de l'art contemporain doit être maintenue.

— Afin de valoriser le site universitaire de Jussieu et de créer des liaisons avec son environnement, des nouveaux espaces verts pourraient être aménagés entre le campus, les quais de Seine et le Jardin des plantes.

L'IMPLANTATION DE PARIS VII SUR LE SITE PARIS-RIVE GAUCHE

Suite à une convention signée par le ministre de l'éducation nationale et le maire de Paris, le 25 octobre 2000, c'est la première fois que l'État et la capitale contractent en ces termes. Les moyens sont débloqués et le foncier mis à disposition pour la refondation de l'université Paris 7 dans la **ZAC Paris-Rive gauche**, dans le 13e arrondissement. Le déplacement de l'université permet de libérer une partie du campus de Jussieu et d'en accélérer les travaux de désamiantage et de réhabilitation.

La refonte du campus conçu par Édouard Albert à la veille de 1968, à la demande d'André Malraux, permet d'étendre le Quartier latin vers l'est de Paris où la Bibliothèque nationale de France (BNF) constitue déjà un pôle du savoir et de la recherche. Deux bâtiments neufs doivent être construits à côté du médiocre immeuble Unibail planté au bord de la Seine, dans le quartier Masséna. Deux autres sont à réhabiliter : la halle aux Farines et les Grands Moulins de Paris. Ces édifices accueilleront laboratoires, salles de cours et bibliothèques universitaires, fréquentés par un public d'une bonne vingtaine de milliers d'étudiants. Les architectes, P. Chaix et J.-P. Morel (pour le pôle Physique), F. Chochon et L. Pierre (pour le pôle Biologie), R. Ricciotti (pour les Grands Moulins) et N. Michelin (pour la halle aux Farines) sont lauréats au terme d'un concours international. Les études se terminent et les travaux commenceront en 2004.

Cette opération, qui était encore dans les limbes avant son inscription dans le CPER 2000-2006 et la convention État-ville, constitue un virage pour l'éducation nationale. Il y a là un enjeu, une opportunité, une chance qu'il aurait été impardonnable de gâcher : construire, près de la Bibliothèque nationale de France, du Muséum, de la Salpêtrière, un nouveau Quartier latin. Il ne s'agit pas de mettre sur pied une nouvelle université, ni de constituer un nouvel et quelconque agglomérat hétéroclite, comme ceux qui furent issus de la crise de 1968, mais de regrouper là, sur un nouveau site, certaines composantes dispersées, déjà existantes, du centre de Paris, lesquelles conserveront par ailleurs leur autonomie.

Il était impératif, urgent, de construire à Tolbiac le nouveau site universitaire que réclame la situation spécifiquement parisienne, en utilisant les potentialités qu'offrent les bâtiments industriels existants des Grands Moulins et de la halle aux Farines, ultimes témoignages architecturaux du passé industriel du site.

Le développement des constructions universitaires doit aller de pair avec une œuvre architecturale de qualité. Le renouveau d'intérêt du monde de l'architecture pour l'université à été relancé à l'occasion du plan Université 2000, mis en place par Lionel Jospin. Quatre grands concours d'architecture sont conduits à leur terme sous la conduite du recteur Blanchet, de Patrick Bouchain et de Christian Dupavillon.

Ils intègrent enfin pleinement les besoins de la communauté scientifique et universitaire de l'université Paris 7 Diderot. Dans le cadre du schéma de développement de l'enseignement supérieur et de la recherche en Île-de-France et du contrat de plan État-région, réalisé sous l'autorité du préfet de région, Jean-Pierre Duport, et du recteur de l'académie, René Blanchet, le rectorat, l'établissement de maîtrise d'ouvrage des travaux du ministère de la culture, l'établissement public du campus de Jussieu et l'université ont travaillé de manière très étroite, en associant pleinement les utilisateurs à l'établissement de programmes pédagogiques et scientifiques.

Notons enfin que Paris-Rive gauche est également l'occasion de réaliser la bibliothèque inter-universitaire de Paris 7 et la bibliothèque de l'Inalco, qui constituent, avec Sainte-Barbe, les trois opérations phares de la politique de relance des bibliothèques à Paris (voir p. 147).

LE PÔLE « LANGUES ET CIVILISATIONS DU MONDE »

Ce pôle, pour lequel la région Île-de-France est maître d'ouvrage, regroupera, autour d'un outil documentaire commun du plus haut niveau international, l'Inalco et d'autres équipes de recherche.

L'EPHE (École pratique des hautes études) prendra sa place légitime dans ce contexte exceptionnel.

Cette politique, la plus ambitieuse pour l'université depuis plus de trente ans, marque la volonté de redonner aux universités parisiennes un cadre de développement digne de leur prestige. La qualité des projets lancés a été reconnue à la fois par les directions compétentes des ministères de l'éducation et de la recherche, par le CNRS et par les nombreux architectes membres des jurys.

La mise à niveau de toutes les universités de Paris-Centre

L'université Pierre-et-Marie-Curie (Paris 6) bénéficiera d'un campus totalement rénové. Pour parachever la rénovation de Jussieu, l'Institut de physique du globe, troisième établissement du campus, sera installé sur l'îlot Cuvier à la suite du concours d'architecture aujourd'hui achevé.

Dans le même temps, tous les établissements voient à la demande de Jack Lang leurs projets de travaux, extensions, rénovations, évalués, hiérarchisés et financés pour les premières priorités. On peut citer entre autres :

— Paris 1 — restructuration du site de la montagne Sainte-Geneviève, réhabilitation du centre Pierre-Mendès-France, mise en conformité des centres Saint-Charles et Michelet;

— Paris 2 — restructuration du centre Assas (avec le concours financier de la ville de Paris), extension sur le site Vaugirard;

— Paris 3 — opération de restructuration-extension du site Poliveau-Censier, permettant à l'université de se recentrer sur un site principal et d'engager les travaux de désamiantage et de mise en sécurité de Censier;

— Paris 4 — extension du site Clignancourt, remise en sécurité des sites Michelet et Serpente;

— Paris 5 — restructuration du site Odéon-Saints-Pères, relocalisation de l'UFR STAPS, mise en sécurité des sites Necker et Montrouge;

— Paris 9 — redéploiement sur le site Dauphine.

Entre mai 2000 et avril 2002, un programme exceptionnel de développement des universités, prévu dans U3M et dans le contrat de plan État-région, a été validé, concrétisé et financé pour la période concernée, jusqu'en 2006. Dans le même temps, l'accélération de la mise en sécurité de Jussieu (incendie et amiante) a été décidée et financée à la suite de plusieurs réunions interministérielles. Un calendrier resserré, mais réaliste, a été établi. Les locaux d'accueil transitoires ont été trouvés, aménagés et commencent à être livrés (exercice très difficile dans Paris intra-muros).

L'ampleur des projets et la rapidité des décisions se sont toujours accompagnées d'une préoccupation de qualité. Qualité du dialogue, qualité de la réponse aux demandes des universitaires et des chercheurs, qualité dans l'urbanisme et l'architecture avec la dizaine de concours qui, organisés en quelques mois seulement, associent à la fois les grands noms de l'art et les jeunes générations.

Une priorité : les bibliothèques universitaires

Démocratiser l'enseignement supérieur, c'est aussi développer et moderniser les bibliothèques universitaires et donner à tous les étudiants un accès facilité aux livres et aux documents.

Pour la période 2000-2006, le plan U3M prévoit **580 millions d'euros** (3,8 milliards de francs) pour les bibliothèques, ce qui correspond à la réalisation d'environ **300 000 m² supplémentaires.**

Un effort exceptionnel est consenti dans l'Île-de-France, où un retard particulier a été constaté. Ainsi les investissements prévus pour les bibliothèques universitaires d'Île-de-France représentent-ils plus de **187 millions d'euros** pour la période 2000-2006 (1,23 milliard de francs).

• 350 000 m² supplémentaires de bibliothèques sont mis en service entre 1992 et 2001, dont 37 000 m² en 2001.
• Les bibliothèques universitaires emploient 5 200 agents, dont 1 750 sur des postes créés entre 1990 et 2001.
• Les horaires d'ouverture passent de 40 heures par semaine en moyenne à 56 heures à la rentrée 2001.
• La gestion de toutes les bibliothèques universitaires est désormais informatisée.
• 35 % des collections sont en accès direct, contre 20 % il y a dix ans.
• Le catalogue collectif de l'enseignement supérieur (www.sudoc.abes.fr) est mis en ligne en avril 2000. Recensant les ouvrages, les périodiques et les thèses, il contient plus de 5 millions de notices bibliographiques et 12 millions de localisations.

En 2002, cette dynamique se confirme avec l'ouverture de 11 nouveaux bâtiments de bibliothèques, soit **25 000 m² supplémentaires**.

On notera, par ailleurs, la création de **148 emplois de bibliothèque** et l'augmentation de **7 % des subventions pour la documentation**, soit 6 millions d'euros (39,4 millions de francs). Cet effort financier permet aux bibliothèques universitaires de renforcer leurs collections et de faire face aux surcoûts générés par le développement des ressources électroniques. Celles-ci représentent environ 15 % des achats documentaires et sont appelées à occuper une place encore plus importante.

Une fréquentation en hausse

Les bibliothèques universitaires se déploient sur **330 sites** et représentent un potentiel de plus de **25 millions d'ouvrages** et de plus de **150 000 périodiques**. Aujourd'hui **72 % des étudiants sont inscrits dans la bibliothèque de leur université**, contre 56 % il y a dix ans. La fréquentation et l'usage sont plus intensifs : chaque inscrit vient 46 fois par an à la bibliothèque contre 34 fois en 1990 et emprunte à domicile 10,6 ouvrages par an contre 7,9 en 1990.
Les bibliothèques universitaires sont ouvertes en moyenne **56 heures par semaine**. Seize sites ouvrent en nocturne (au-delà de 20 heures).

La valorisation de la fonction documentaire à l'université :

La fonction documentaire est valorisée grâce au développement de la politique d'intégration des bibliothèques au sein des services communs de la documentation des établissements.

En outre, la formation des usagers à la recherche documentaire sera développée au sein des cursus. Encore trop peu présentes (130 000 étudiants en bénéficient aujourd'hui), ces formations jouent un rôle essentiel dans la lutte contre l'échec en premier cycle et dans l'insertion de l'étudiant au sein de l'université.

L'implantation généralisée de systèmes d'information :

L'émergence des ressources électroniques acquises ou produites par les établissements rend indispensable l'implantation de systèmes permettant, à travers une interface unique, d'accéder à tous les types de documents numériques : catalogue local, catalogues collectifs, réseau de cédéroms, bases de données, cours en ligne, périodiques électroniques, thèses numérisées...

Parallèlement à cet effort qui mobilise 6 millions d'euros par an dans les contrats quadriennaux passés avec les établissements d'enseignement supérieur, deux actions sont engagées : d'une part, la numérisation des catalogues sur fiches au rythme de 500 000 notices par an ; d'autre part, la numérisation des thèses.

LES BIBLIOTHÈQUES EN ÎLE-DE-FRANCE

Dans tous les projets sans exception, le développement considérable des bibliothèques est un fait.

Dans le cadre du plan U3M et du contrat de plan État-région 2000-2006, et pour les trois académies d'Île-de-France (Paris, Créteil, Versailles), une stratégie unique est définie par Jack Lang en partenariat avec les collectivités territoriales par le comité stratégique des bibliothèques d'Île-de-France :

• La capacité d'accueil des bibliothèques universitaires d'Île-de-France va être accrue de plus de **30 %** d'ici 2006, avec comme objectif d'augmenter d'environ 7 000 le nombre de places dans la seule académie de Paris.

• Une forte impulsion est donnée à la **mise en réseau des ressources documentaires** : insertion dans les boucles à hauts débits au même titre que l'enseignement et la recherche, incitations à développer les ressources numériques partagées, incitations à la conservation concertée du patrimoine.

• La réalisation d'opérations nouvelles (réhabilitations, constructions) s'accompagne d'une restructuration d'ensemble.

• La construction de bibliothèques dans l'académie de Créteil et de Versailles constitue l'achèvement des programmes lancés au profit des universités nouvelles.

• Parmi les opérations structurantes de l'académie de Paris, la création d'une bibliothèque étudiante dans l'ancien collège Sainte-Barbe (1 200 places) et d'une bibliothèque universitaire dès la première phase de l'implantation de Paris 7 sur la ZAC Paris-Rive gauche (1 800 places) va permettre de réorienter les bibliothèques patrimoniales de la montagne Sainte-Geneviève vers la recherche et l'accueil des enseignants chercheurs.

• En partenariat avec la région Île-de-France, la réalisation d'une grande bibliothèque spécialisée dans les langues et civilisations du monde au sein de la ZAC Paris-Rive gauche constitue également une opération pilote permettant de fédérer les fonds documentaires de 9 institutions prestigieuses. Cette nouvelle bibliothèque mettra au service des étudiants, et des chercheurs français et étrangers, un ensemble documentaire exceptionnel de plus de 2 millions de volumes, se situant d'emblée au niveau international et permettant d'accueillir aussi un plus large public.

• Cette politique d'aménagement du territoire universitaire s'accompagne d'une incitation à fédérer les ressources documentaires sous des formes juridiques nouvelles (groupement d'intérêt public pour le pôle Langues et Civilisations, par exemple).

Politique nationale et politique d'établissement : la contractualisation et l'évaluation

La politique de contractualisation entre le ministère et les établissements d'enseignement supérieur a été initiée en 1989 par Lionel Jospin et relancée en 1998 par Claude Allègre. Limitée d'abord au domaine de la recherche, la politique contractuelle a été étendue à tous les aspects de la vie de l'établissement et s'est généralisée progressivement à l'ensemble des établissements du supérieur. Elle s'inscrit désormais au cœur du dialogue entre l'État et les établissements d'enseignement supérieur, leur permettant ainsi d'affirmer leur identité dans le respect d'une politique nationale cohérente.

Au-delà des enjeux financiers, la démarche contractuelle est l'occasion, pour l'établissement, de définir ses priorités et d'**affirmer des choix stratégiques et opérationnels**. Du côté de l'État, elle favorise la mise en place d'**un nouveau mode de pilotage** de la politique nationale de l'enseignement supérieur reposant davantage sur l'autonomie et la responsabilisation des établissements.

Le contrat scelle l'accord passé entre l'État et l'établissement et fixe les axes de développement de l'ensemble de la vie universitaire sur **quatre années**. Document stratégique global, le contrat s'appuie sur le projet de l'établissement ainsi que sur les orientations de la politique ministérielle et définit des objectifs en termes d'enseignement, de recherche, d'action internationale, de gestion, de vie étudiante..., le but étant d'assurer une visibilité à moyen terme et d'orienter les décisions annuelles de l'administration (habilitation des formations, labellisation des équipes de recherche, allocation des moyens, gestion des ressources humaines...).

Le contrat d'établissement confère une marge d'autonomie aux universités, dans le cadre d'une politique nationale. Ces marges de manœuvre doivent être probablement élargies, de façon à ce que, dans le respect de ses missions de service public, l'université puisse mieux répondre, en fonction de ses spécificités, aux nécessités de son environnement régional, national et international. Les propositions du rapport de Gilbert Knaub sur la contractualisation doivent permettre de progresser encore dans ce domaine.

Accroître les marges de manœuvre de l'université, c'est en même temps se donner les moyens d'une évaluation rigoureuse de son action dans tous les domaines. C'est ainsi que **les procédures d'habilitation des diplômes nationaux** sont désormais adossées à l'évaluation des projets des établissements. Elles s'appuient sur le contrat, en s'attachant à examiner la cohérence globale de l'offre de formation présentée. Une expérience en ce sens est engagée avec les six universités de l'académie de Lille pour la campagne d'habilitation 2002 et doit être poursuivie en 2003.

C'est aussi dans cet esprit que le ministre décide de renforcer l'efficacité du CNE (Comité national d'évaluation, organisme indépendant). Le CNE procède désormais aux évaluations des universités dans les mois qui précèdent la signature d'un nouveau contrat d'établissement, dont la préparation aura ainsi pu tenir compte des avis du CNE. De premières mesures sont prises pour renforcer l'efficacité du comité national d'évaluation, parmi lesquelles la nomination au comité d'universitaires étrangers et de personnalités désignées par des institutions universitaires proches du terrain : conférence des présidents d'université, conférence des écoles d'ingénieurs, assemblée des directeurs d'IUFM.

VI

LE DÉVELOPPEMENT DE LA RECHERCHE UNIVERSITAIRE

> « *La recherche universitaire doit favoriser, en acceptant une certaine prise de risque, toutes les formes d'émergence : émergence des talents, émergence des idées, émergence de nouveaux champs du savoir aux interfaces des disciplines.* »
>
> Jack Lang — Extrait de la conférence de presse sur la rentrée universitaire 2001 du 4 octobre 2001.

La recherche universitaire est un élément essentiel du dispositif national de recherche, l'un des deux grands pôles de la recherche publique à côté des grands organismes.

La recherche menée dans les universités vise non seulement à produire de nouvelles connaissances, mais aussi à former de jeunes chercheurs. Innovante et réactive par nature, elle favorise, en acceptant une certaine prise de risque, l'émergence des talents, des idées, de nouvelles problématiques scientifiques et de nouveaux champs disciplinaires.

Elle se caractérise par sa souplesse, un souci légitime d'interdisciplinarité et une volonté de structuration favorisant les échanges, tant entre disciplines qu'avec l'ensemble des organismes de recherche et des partenaires extérieurs.

Sur la période 1998-2002, grâce aux créations d'emplois et à une meilleure utilisation des postes devenus vacants, plus de **20 000 nouveaux enseignants-chercheurs sont recrutés**, ce qui entraîne un renforcement et un rajeunissement sans précédent du potentiel de recherche.

La formation par la recherche, qui est l'une des missions majeures des universités, voit son organisation se renforcer par l'intégration de chaque formation doctorale dans une **école doctorale**. Au nombre de 317, les écoles doctorales encadrent aujourd'hui plus de 100 000 étudiants, soit la quasi-totalité du cycle doctoral. Au-delà des fonction classiques de préparation de la thèse, ces écoles ont pour mission de favoriser l'intégration professionnelle des jeunes docteurs, en leur proposant des séminaires et des activités d'ouverture.

Les **allocations de recherche** sont augmentées et revalorisées. Elles concernent désormais 25 % des étudiants inscrits en première année de thèse, soit 12 000 jeunes. Le nombre des allocataires bénéficiant d'un monitorat passe de 45 % à 67 % (les allocataires bénéficiant d'un monitorat perçoivent en 2002, 1 525 euros, soit 10 000 francs, bruts mensuel).

Repères

Entre 1997 et 2002, les crédits de fonctionnement et d'équipement des équipes de recherche augmentent de 28 %. Le nombre de primes d'encadrement doctoral et de recherche passe de 7 500 à 10 000.

La politique de partenariat entre les universités et les établissements publics à caractère scientifique et technologique (EPST) se renforce. Ce qui se traduit par **un accroissement significatif du nombre des unités de recherche mixtes.**

Ainsi, sur les quelque 3 000 équipes de recherche universitaires, c'est presque la moitié d'entre elles qui sont associées à un grand organisme de recherche (CNRS, INSERM, INRA...).

Mais, au-delà des **partenariats scientifiques**, l'université doit être capable d'élaborer une politique de recherche propre, qui ne soit pas uniquement la projection locale des politiques des grands organismes scientifiques. Elle doit pouvoir s'appuyer sur son histoire, sur son contexte socio-économique régional, sur ses compétences propres, sur ses capacités de recrutement pour **faire émerger de jeunes équipes** sur des sujets novateurs, pour **favoriser la pluridisciplinarité**, pour **créer des équipes de recherche technologique.** Cette capacité nouvelle de l'université suppose, de la part de ses responsables, une réelle capacité à faire des choix sur la base d'expertises et sur la base d'une véritable stratégie d'établissement associant recherche, formation et environnement régional, national et international. Claude Allègre d'abord, puis, à partir d'avril 2000, Roger-Gérard Schwartzenberg, ministre de la recherche, et Jack Lang, ministre de l'éducation nationale, avec le concours des conseillers pour la recherche, Jean-Pierre Financier, puis Jean-Pierre Dedonder ont œuvré en s'appuyant sur l'outil que constitue le contrat quadriennal, pour que cette parfaite appropriation de la recherche universitaire par les établissements s'étende à toutes les universités.

LE DÉVELOPPEMENT DES STRUCTURES FÉDÉRATIVES

La volonté de faire travailler les enseignants-chercheurs et les équipes de recherche autour de problématiques scientifiques communes, autour d'équipements moyens et lourds ou autour d'outils documentaires s'est traduite par le développement de structures fédératives.

Ce sont, par exemple, les **instituts fédératifs de recherche** (IFR), initialement créés dans le domaine des sciences du vivant, en liaison notamment avec le CNRS, l'INSERM et les services hospitaliers, pour favoriser les échanges scientifiques et la mise en commun des équipements et des savoir-faire.

Le concept a été étendu à l'ensemble des disciplines, y compris dans le domaine des sciences humaines et sociales. Ont notamment été créés l'IFR « Matériaux » à Nancy, qui associe l'université Henri-Poincaré et l'Institut national polytechnique de Lorraine, ou encore l'IFR « Écologie fondamentale et appliquée », regroupant l'université Paris 6 Pierre-et-Marie-Curie, le CNRS, l'IRD, l'ENS Ulm et le Muséum national d'histoire naturelle.

À noter, la création en province de plusieurs **maisons des sciences de l'homme** qui contribuent à l'organisation de la recherche dans le domaine des sciences humaines et sociales et favorisent une approche collective de la recherche, notamment pour les doctorants. Elles peuvent aussi favoriser les liaisons entre les disciplines. C'est le cas de la maison des sciences de l'homme de Paris-Nord à l'interface art-industries culturelles, d'une part, et santé-société, d'autre part.

L'ÉMERGENCE DE JEUNES ÉQUIPES

La Mission scientifique universitaire (MSU) est chargée de piloter la recherche universitaire, au carrefour du ministère de l'éducation nationale et du ministère de la recherche. Elle a été particulièrement attentive, en liaison avec les établissements d'enseignement supérieur, à l'émergence de nouvelles équipes travaillant autour de thématiques ou problématiques innovantes. Elle a pour mission d'accompagner les efforts de recomposition au sein de champs disciplinaires en forte évolution, comme, par exemple, pour la physique à l'université Paris 7 Denis-Diderot dans la perspective de l'implantation à Tolbiac.

TROIS CHAMPS PRIORITAIRES

La recherche universitaire contribue, pour sa part, à la mise en œuvre des trois champs prioritaires définis par le gouvernement à l'occasion des conseils interministériels sur la recherche scientifique et technologique de 1998 et 1999 **: sciences et technologies de l'information et de la communication; sciences de la vie; sciences et technologies pour l'environnement**. Au-delà même des contributions des disciplines individuelles à ces champs ou problématiques de recherche, le ministère de l'éducation nationale a été particulièrement attentif aux projets de collaboration ou de fédération ainsi qu'à l'accroissement du potentiel de la recherche publique. C'est notamment le cas pour le développement de nouvelles disciplines comme la génomique ou la bio-informatique, ou celui de recherches plus finalisées, par exemple dans le domaine de la sécurité alimentaire ou de l'agroalimentaire...

Les universités et les établissements d'enseignement supérieur manquaient d'un outil leur permettant de valoriser leur recherche en transférant leur savoir-faire vers l'activité économique.

Les nouveaux **services d'activités industrielles et commerciales (SAIC)**, expérimentés en 2002 dans six universités (Lille 1, Rennes 1, Paris 13, Le Havre, Saint-Étienne, Strasbourg 1), visent à combler ce manque. Cette expérimentation permettra d'établir un protocole général, dans la perspective d'une généralisation.

Parallèlement aux activités de valorisation de la recherche, les SAIC ont vocation à accueillir l'ensemble des activités industrielles et commerciales relevant des missions des établissements, à l'exclusion de la formation continue. Ils apportent une réponse concrète aux nombreux problèmes qui handicapaient jusqu'à présent le développement de ces activités : modalités de protection de la propriété intellectuelle et industrielle, fiscalité, respect du droit de la concurrence.

La création des SAIC correspond à une volonté d'ouvrir les activités universitaires plus encore sur le monde socio-économique et notamment sur l'entreprise. Ce dispositif doit permettre aux universités de mettre en place des structures de promotions de leurs activités industrielles et commerciales internes, non dotées de la personnalité morale.

B

La création de nouveaux espaces d'initiatives et l'enrichissement de la pédagogie

Afin de démocratiser la réussite scolaire il est nécessaire d'intégrer à la pédagogie — à côté des exercices classiques d'entraînement de la mémoire et de l'intelligence, qu'il faut conserver et parfois intensifier — **des modes d'enseignement nouveaux**, faisant appel au projet personnel comme au travail en équipe. Des espaces d'initiatives sont donc mis en place, à l'école, au collège, au lycée et à l'université, dans le but de diversifier les chemins qui mènent à la connaissance.

Ces nouvelles modalités pédagogiques permettent aux élèves de solliciter et d'expérimenter les différentes facettes de leur intelligence et de leurs talents. Elles favorisent également le débat, l'initiative, la réflexion, la créativité, l'imagination et la sensibilité.

De nouveaux espaces d'initiatives sont désormais proposés aux équipes pédagogiques :

— les itinéraires de découverte au collège;

— les travaux personnels encadrés au lycée;

— les projets pluridisciplinaires à caractère professionnel au lycée professionnel;

— les classes à projet artistique et culturel;

— le plan de rénovation des sciences de l'école à l'université ;

— l'éducation civique, juridique et sociale ;

— les technologies de l'information et de la communication ;

— l'enseignement du sport de l'école à l'université ;

— la formation à la conduite et à la sécurité routière ;

— la valorisation des initiatives lycéennes et étudiantes ;

— l'innovation au service de la réussite scolaire ;

— la rénovation pédagogique à l'université.

I

LES ITINÉRAIRES DE DÉCOUVERTE AU COLLÈGE

Le collège républicain est fondé sur une double ambition : maintenir une unité des exigences et mieux prendre en compte les élèves dans leur diversité. Les nouveaux itinéraires de découverte au collège s'inscrivent dans la logique de la réforme du collège. Ils offrent aux élèves des possibilités de cheminements personnalisés, tout en traitant le programme dans une optique interdisciplinaire.

Ces parcours originaux ont pour objectif de **stimuler l'intérêt des collégiens** en les impliquant dans des démarches qui favorisent le travail autonome. Fondés sur une approche résolument interdisciplinaire, les itinéraires de découverte reposent sur le travail en équipe des enseignants, auxquels il revient de guider les élèves dans le choix et la réalisation de leurs projets.

Depuis la rentrée 2002, les itinéraires de découverte concernent l'ensemble des classes de 5e et peuvent être mis en place en classe de 4e, de façon à anticiper leur généralisation prévue à la rentrée 2003. Ils sont inscrits dans l'emploi du temps des élèves, à raison de deux heures hebdomadaires.

Sur l'ensemble du cycle central (5e et 4e), les élèves devront réaliser quatre itinéraires de découverte. Les thèmes seront choisis parmi **quatre pôles** : nature et corps humain ; arts et humanités ; langues et civilisations ; création et technique. Cette possibilité de choix les engage, les responsabilise et stimule le plaisir d'apprendre et l'intérêt pour le travail scolaire. Ancrés sur les programmes du cycle central, les itinéraires de découverte sont également l'occasion d'acquérir des connaissances : les collégiens peuvent travailler seuls ou en petits groupes, engager des recherches documentaires... Différentes étapes qui les conduiront à la création d'un objet particulier, d'une maquette, d'un cédérom, d'un journal, d'un film, d'un exposé ou d'un spectacle...

Chaque réalisation sera évaluée et prise en compte dans le futur brevet d'études fondamentales (voir p. 229).

Véritables **espaces d'initiatives**, les itinéraires de découverte sont un levier essentiel pour la réussite du collégien qui pourra s'épanouir dans un travail différent et valorisant, et ainsi mieux préparer la suite de sa scolarité.

Références réglementaires

— Circulaire n° 2002-160 du 2 août 2002 relative à l'organisation des itinéraires de découverte — *Bulletin officiel* n° 31 du 29 août 2002.

— Circulaire n° 2002-074 du 10 avril 2002 relative à la préparation de la rentrée 2002 dans les collèges et à la mise en œuvre des itinéraires de découverte — *Bulletin officiel* n° 16 du 18 avril 2002.

— Arrêté du 14 janvier 2002 relatif à l'organisation des enseignements du cycle central de collège (classes de 5ᵉ et de 4ᵉ) — *Bulletin officiel* n° 8 du 22 février 2002.

II

LES TRAVAUX PERSONNELS ENCADRÉS AU LYCÉE

Les travaux personnels encadrés (TPE) constituent l'une des innovations majeures de la réforme des lycées engagée par Claude Allègre.

Leur introduction progressive a permis d'obtenir l'adhésion des équipes pédagogiques.

Fondés sur **une démarche interdisciplinaire** qui favorise l'autonomie et encourage le travail personnel, les TPE visent essentiellement à développer chez les élèves **les capacités d'initiative** dans la recherche et l'exploitation de connaissances en vue d'une production qui fait l'objet d'une présentation écrite et orale.

Les TPE donnent aux lycéens le temps de mener **un véritable travail collectif**, qui va de la conception à la production achevée. Il s'agit de **solliciter leur curiosité intellectuelle dans une situation d'apprentissage actif, de former leur esprit critique et de les motiver par un travail dont ils définissent eux-mêmes le sujet.**

À partir de thèmes nationaux, ils délimitent, par

groupes de deux à quatre, les contours du sujet qu'ils ont choisi et qui doit croiser au moins deux disciplines. Ils mènent des recherches qui leur permettent d'apporter des réponses à la question qu'ils se sont posée et d'élaborer une production. Ils peuvent envisager tout type de réalisation sur des supports divers (maquettes, poèmes, débats, dossier écrit, expérience scientifique, vidéo, page Internet....). **Les professeurs des différentes disciplines accompagnent conjointement la prise d'autonomie des élèves**, veillent au caractère réaliste du projet qui doit être adapté aux connaissances et aux compétences de lycéens et les guident dans leur travail. La démarche et les productions des élèves sont finalement évaluées lors de présentations orales.

Thèmes des TPE proposés en 2000-2001

Six thèmes nationaux ont été proposés pour chaque série, en 2000-2001 :
— **pour la série ES** : la ville — les loisirs en tant que pratique culturelle — les entreprises et leurs stratégies territoriales — la réalité et l'impact des indicateurs chiffrés — les élites — la presse écrite ;
— **pour la série S** : la croissance — l'eau — les images — les risques naturels et technologiques — les sciences et aliments — temps, rythmes et périodes ;
— **pour la série L** : frontière — arts, littérature, politique — représenter la guerre — mémoire/mémoires — les barbares — la ville.

Point d'appui aux cours traditionnels, les TPE engagent les élèves à marcher sur la **voie de l'autonomie**. Dans une production qu'ils déterminent, ils vont mobiliser leurs savoirs et découvrir les liens qui existent entre les différentes disciplines, percevant mieux ainsi la cohérence des savoirs scolaires.

Ce travail, qui favorise l'acquisition des méthodes de travail, est aussi l'occasion de développer de nouvelles capacités et compétences, utiles pour la poursuite de leurs études (travail en groupe, recherche documentaire, argumentation, maîtrise de l'outil informatique et d'Internet, expression orale...).

Les premiers bilans académiques confirment l'intérêt suscité par cette nouvelle forme d'apprentissage actif qui sollicite la curiosité intellectuelle et forme l'esprit critique. On observe en effet un ancrage croissant des TPE dans l'enseignement en lycée, et un intérêt authentique, même de la part d'enseignants ou d'élèves qui se montraient très réservés au départ. Pour preuve : 80 % des élèves de terminale choisissent de réaliser un TPE malgré leur caractère facultatif.

Références réglementaires

— Note de service n° 2002-132 du 12 juin 2002, relative au renouvellement des thèmes de TPE en classes de première des séries générales (années scolaires 2002-2003 et 2003-2004) — *Bulletin officiel* n° 25 du 20 juin 2002.

— Note de service n° 2002-110 du 30 avril 2002, fixant l'organisation des TPE dans les séries générales et technologiques pour l'année scolaire 2002-2003 — *Bulletin officiel* n° 19 du 9 mai 2002.

— Circulaire n° 2002-076 du 11 avril 2002, relative à la rentrée 2002 dans les lycées d'enseignement général et technologique — *Bulletin officiel* n° 16 du 18 avril 2002.

— Note de service n° 2002-018 du 29 janvier 2002, définissant les modalités d'évaluation des TPE au baccalauréat en séries ES, L et S — *Bulletin officiel* n° 6 du 7 février 2002.

— Circulaire n° 2001-083 du 11 juin 2001, relative à la préparation de la rentrée 2001 dans les lycées d'enseignement général et technologique et à l'organisation des TPE — *Bulletin officiel* n° 24 du 14 juin 2001.

— Circulaire n° 2001-007 du 8 janvier 2001, relative à l'organisation des travaux personnels encadrés et aux responsabilités — *Bulletin officiel* n° 2 du 11 janvier 2001.

— Circulaire n° 2000-098 du 29 juin 2000, relative à l'organisation de la prérentrée 2000 — *Bulletin officiel* n° 26 du 6 juillet 2000.

— Note de service n° 2000-086 du 15 juin 2000, relative à l'organisation du dispositif des travaux personnels encadrés en 2000-2001 — *Bulletin officiel* n° 24 du 22 juin 2000.

— Note de service n° 2000-031 du 25 février 2000, relative à l'organisation des travaux personnels encadrés en classe de première — *Bulletin officiel* n° 9 du 2 mars 2000.

III

LES PROJETS PLURIDISCIPLINAIRES À CARACTÈRE PROFESSIONNEL AU LYCÉE PROFESSIONNEL

Introduit progressivement dans les pratiques pédagogiques des classes menant au BEP et au baccalauréat professionnel, à la rentrée 2000, le projet pluridisciplinaire à caractère professionnel (PPCP) est généralisé en janvier 2001 (il peut aussi concerner les classes de première année préparant au CAP). Cette modalité pédagogique originale s'inscrit dans la même dynamique que les itinéraires de découverte au collège ou les travaux personnels encadrés au lycée : mobiliser l'intérêt des lycéens professionnels et les aider à mieux percevoir la cohérence et les finalités de la formation qui leur est proposée.

Le PPCP privilégie une démarche de projet qui met en jeu des capacités d'organisation, de gestion du temps, de partage des tâches, de prise de responsabilité au sein d'une équipe. Il s'appuie sur un enseignement pluridisciplinaire, associant aussi bien les disciplines générales que techniques ou professionnelles, cela afin d'aider les élèves à mieux comprendre les relations entre les différents savoirs. Il s'inspire de situations réelles et intègre les problèmes et les contraintes rencontrés dans le contexte professionnel (temps, délais, qualité, sécurité, coûts...). Les élèves travaillent en petits groupes sur un projet en rapport avec le diplôme préparé. Ils organisent leur travail, recherchent et exploitent la documentation et mettent en relation leurs connaissances dans différentes disciplines en vue de réaliser un produit technique ou une séquence de service. Cette production finale qui vient matérialiser le projet et concrétiser la réflexion est un facteur important de motivation. Il s'agit, par exemple, de réhabiliter un véhicule, d'organiser un défilé de mode, de mettre en place des soldes privés pour une entreprise, ou encore de créer une base de données techniques.

Quant aux enseignants, ils doivent eux aussi travailler en équipe, en s'appuyant sur le programme de leur discipline.

Le projet pluridisciplinaire à caractère professionnel favorise l'acquisition de méthodes de travail et de recherche, développe le sens de l'initiative et l'esprit de créativité. Source de motivation et d'implication pour l'élève, il lui permet de se faire une représentation plus précise du futur métier préparé et contribue à l'émergence de son projet professionnel.

Afin de faciliter la mise en œuvre de cette nouvelle modalité pédagogique, un accompagnement a été mis en place au plan national et académique, ce qui a donné lieu à des actions de formation, de sensibilisation ou de valorisation. Par ailleurs, de nombreux outils pédagogiques ont vu le jour : mallettes pédagogiques, livrets d'accompagnement, outils d'évaluation... Une banque de données des expériences réalisées a été créée sur Internet afin de faciliter les échanges de pratiques.

Références réglementaires

— Circulaire n° 2002-077 du 11 avril 2002, relative à la préparation de la rentrée 2002 en lycée professionnel — *Bulletin officiel* n° 16 du 18 avril 2002.

— Circulaire n° 2001-172 du 5 septembre 2001, relative à l'organisation administrative et aux responsabilités dans le cadre du PPCP — *Bulletin officiel* n° 33 du 13 septembre 2001.

— Circulaire n° 2000-094 du 26 juin 2000, relative au PPCP dans les classes de terminale BEP et de baccalauréat professionnel — *Bulletin officiel* n° 25 du 29 juin 2000.

IV

LES CLASSES À PROJET ARTISTIQUE ET CULTUREL

La classe à projet artistique et culturel, dite classe à PAC, est une des mesures phares du **plan de développement des arts et de la culture à l'école** annoncé en décembre 2000 (voir p. 313). Lancé dès la rentrée 2001, en priorité à l'école primaire, dans les classes de 6e des collèges et dans les lycées professionnels, **ce nouveau cadre pédagogique** vient prolonger et enrichir les enseignements artistiques obligatoires et optionnels et les activités facultatives. Dispositif innovant, la classe à PAC permet de conduire un projet artistique et culturel qui concerne tous les élèves de façon obligatoire. Elle s'appuie sur les programmes, s'inscrit dans les horaires habituels de la classe et permet un réinvestissement pédagogique dans toutes les disciplines. Expérience forte dans la scolarité des élèves, la classe à PAC concernera à terme tous les élèves quatre fois au moins dans leur scolarité (maternelle, école élémentaire, collège, lycée).

Il s'agit de répondre à un impératif de démocratisation culturelle et de former de nouvelles générations de jeunes plus cultivés et plus ouverts aux arts et à la culture.

La classe à PAC : trois principes d'action

— Établir des passerelles entre un domaine artistique et culturel et d'autres domaines de connaissance.

— Associer des enseignants, des artistes, des professionnels de la culture (conservateurs, chercheurs, etc.), dans une approche culturelle commune.

— Donner lieu, dans toute la mesure du possible, à une restitution, qui pourra prendre des formes extrêmement diverses, devant les autres élèves, des experts, des parents d'élèves.

La classe à PAC repose sur un partenariat entre l'enseignant, qui conduit le projet artistique et culturel, et un professionnel des arts ou de la culture. Elle prend appui, de préférence, sur les ressources artistiques et culturelles de proximité (théâtre, cinéma, musée, centre d'art, lieu patrimonial, ensemble architectural...) et donne lieu à une création artistique (chorale, opéra, pièce de théâtre, film...) ou à un travail de découverte d'un monument, d'une période de l'histoire (Renaissance, siècle des Lumières), d'un mouvement artistique (l'impressionnisme, le surréalisme), d'une œuvre théâtrale, d'un artiste, d'un poète, d'un projet urbain ou cinématographique.

• Près de **26 000 classes à PAC** sont mises en place dès l'année scolaire 2001-2002 dans les établissements des premier et second degrés publics et privés sous contrat.
• Plus de **15 000 sont ouvertes à l'école primaire,** sur des thèmes liés aux arts plastiques, à la musique, au théâtre, à la danse, à la littérature, ou encore au patrimoine ou au cinéma.
• **6 300 classes à PAC sont créées dans le second degré,** dont 3 800 en collège, 425 en lycée d'enseignement général et 2 200 en lycée professionnel. Priorité est donnée au théâtre, aux arts plastiques, à la littérature et à la musique.
• Afin de soutenir l'action des équipes pédago-

giques, un document intitulé « Les classes à projet artistique et culturel pour l'enseignement professionnel : une ambition d'excellence », réalisé en concertation avec le ministère de la culture et de la communication, est adressé à tous les établissements relevant de l'enseignement professionnel.

• On notera également la création de **4 600 classes à PAC dans l'enseignement privé sous contrat**.

• De plus, **les ateliers artistiques** augmentent de 15 % en 2001 par rapport à l'année 2000 : **3 950** ouvrent en 2001 dont 2 535 en collège, 1 030 en lycée d'enseignement général et 385 en lycée professionnel.

Références réglementaires

— Circulaire n° 2001-104 du 14 juin 2001, relative aux classes à projet artistique et culturel — *Bulletin officiel* n° 24 du 14 juin 2001.

— Note de service n° 2001-103 du 11 mai 2001, relative aux ateliers artistiques dans les collèges et les lycées — *Bulletin officiel* n° 24 du 14 juin 2001.

V

LE PLAN DE RÉNOVATION DES SCIENCES DE L'ÉCOLE PRIMAIRE À L'UNIVERSITÉ

Dans les dix années à venir, notre pays aura besoin de recruter en grand nombre des scientifiques, des techniciens, des ingénieurs, des enseignants et des chercheurs. De plus, les applications de la science n'ont jamais autant pesé sur les délicats équilibres économiques de nos sociétés au sein de la compétition internationale. Jamais non plus la vision de progrès d'une science qui améliorerait sans cesse les rapports entre l'homme et son environnement n'a suscité autant de doutes.

Compte tenu de ces enjeux et des questions d'éthique qu'ils soulèvent, **l'accès de tous à la connaissance scientifique est l'une des plus ardentes obligations de notre système éducatif.** L'école doit donc former dès maintenant la relève de demain afin de doter le pays des compétences scientifiques dont il a besoin pour relever les défis technologiques futurs.

Un diagnostic inquiétant

De nombreuses enquêtes, réalisées tant en France qu'à l'étranger, mettent en évidence une situation préoccupante : les filières scientifiques sont de plus en plus délaissées par les jeunes, et en particulier par les filles. Cette désaffection se traduit par une diminution importante des effectifs d'étudiants dans les cursus universitaires (DEUG, maîtrises).

On constate tout d'abord que les bacheliers S — jusqu'alors principal vivier du premier cycle universitaire scientifique — s'orientent plus fréquemment vers des formations non scientifiques (tertiaire, sciences humaines et sociales, droit).

En outre, ils préfèrent les petites structures et les formations professionnalisantes à dominante scientifique, aujourd'hui prépondérantes dans les filières scientifiques (IUT, STS, écoles d'ingénieurs...).

Les DEUG scientifiques résistent mal à la concurrence de plus en plus marquée avec les formations professionnalisées, avec néanmoins des variations selon les disciplines : l'informatique, les sciences de l'ingénieur, et, dans une moindre mesure, les sciences de l'Univers connaissent une forte croissance de leurs effectifs ; l'électronique et les mathématiques sont des secteurs stables ou en décroissance modeste ; les sciences de la vie et la mécanique connaissent une décroissance plus marquée ; les sciences de la matière, et essentiellement la physique, sont en sérieuse difficulté : depuis 1995, les effectifs sont en baisse de 46 %.

Variation des effectifs entre 1995 et 2000 en premier et second cycles universitaires

	1er cycle	*2e cycle*
Mathématiques et MASS	Stabilité	– 26 %
Physique-chimie	– 46 %	– 44 %
Sciences de la vie et de la Terre	– 27 %	+ 2 %
Sciences de l'ingénieur	+ 2,9 %	+ 24 %

Extrait du rapport réalisé par Maurice Porchet intitulé « Les jeunes et les études scientifiques » (avril 2002).

Autre constat : cette désaffection a des causes d'ordre sociologique, voire idéologique, mais aussi pédagogique. Ainsi beaucoup d'études, et notamment des comparaisons avec d'autres pays, font apparaître que l'enseignement français a tendance à privilégier trop et trop tôt l'abstraction ou, pour le dire autrement, une approche « livresque » de la science. Traditionnellement, l'accent est mis sur l'aspect disciplinaire de l'enseignement des sciences. Les concours de recrutement du secondaire (CAPES et agrégation) contribuent sans doute à perpétuer cette tradition. À l'opposé, la mentalité anglo-saxonne s'oriente davantage vers une démarche de vulgarisation qui renforce chez les jeunes l'intérêt pour les sciences au sens large.

Afin d'enrayer ce processus, **un plan de rénovation des sciences** est lancé et une rénovation des approches pédagogiques s'engage, tant à l'école qu'au collège et au lycée. Objectif : **promouvoir une démarche pratique et expérimentale** pour l'enseignement des sciences.

Les sciences à l'école : priorité à l'expérimentation

Le plan de rénovation de l'enseignement des sciences et de la technologie à l'école est annoncé en juin 2000. Ce plan est largement inspiré de la dynamique de « La main à la pâte » lancée par le professeur Georges Charpak, prix Nobel de physique, pour **faire partager au plus grand nombre l'approche expérimentale**.

En deux années de mise en œuvre de la rénovation, un travail important est accompli. Grâce aux crédits délégués (plus de 6 millions d'euros entre 2000 et 2003, soit 41 millions de francs), les inspecteurs d'académie et les recteurs déploient une grande part des appuis prévus dans le plan de rénovation : des aides aux équipements car il faut du matériel pour expérimenter, des formations, des centres de ressources...

Cette entreprise bénéficie également de la richesse des partenariats qui se développent avec le CNDP, les IUFM ou l'INRP. La communauté scientifique et le monde associatif répondent aussi présents pour être aux côtés des maîtres et des élèves.

Les nouveaux programmes de l'école primaire (voir p. 20) mis en place à la rentrée 2002 annoncent explicitement, pour les trois cycles, une totale intégration des principes pédagogiques du plan de rénovation des sciences. Ils rappellent notamment que les activités scientifiques sont des occasions d'écrire et d'échanger. Ils renforcent aussi la place de l'investigation raisonnée des élèves dans une démarche qui peut être rapprochée de la résolution de problèmes en mathématiques. Enfin, ils précisent le cadre des connaissances et des compétences que tous les élèves doivent maîtriser à l'issue de chaque cycle, véritable socle de culture scientifique de « l'honnête élève » en fin de scolarité primaire.

Il s'agit d'accueillir au collège des élèves qui ont appris les sciences en les pratiquant, qui ont développé des aptitudes à raisonner et des capacités à échanger de manière argumentée, qui ont préservé une certaine curiosité et cultivé diverses formes d'intelligence.

Les sciences au collège et au lycée : une approche interdisciplinaire

La mise en place des bases d'une culture scientifique à l'école primaire est ensuite poursuivie au collège et au lycée. C'est dans cette optique que sont développées des approches interdisciplinaires, supports d'une démarche originale de construction des savoirs scientifiques.

• **Au collège**, il s'agit de prendre appui sur les expériences déjà réalisées dans le domaine de l'interdisciplinarité, mais en insistant sur le lien indispensable entre ces activités et les programmes. Ainsi, les principales références culturelles à acquérir en fin de collège, telles qu'elles sont définies dans le cahier des exigences (voir p. 61), servent de base et d'orientation aux itinéraires de découverte.

Sur l'ensemble du cycle central (5e et 4e), les élèves devront réaliser **quatre itinéraires de découverte** (voir p. 158), choisis dans au moins deux thèmes, en fonction de leurs goûts et de leurs talents. Deux domaines, en particulier « nature et corps humain » et « création et technique », contribuent directement à renforcer la formation et la culture scientifique pour mettre en pratique une démarche expérimentale, pour porter un regard sur la place des sciences dans la société et pour en percevoir des applications concrètes.

Les itinéraires de découverte constituent un des éléments, au-delà des contenus disciplinaires, favorisant l'acquisition d'une culture scientifique nécessaire à la compréhension du monde.

• **Au lycée**, les travaux personnels encadrés (voir p. 160) sont animés par le même esprit et contribuent à rénover fortement la formation scientifique. La démarche consiste à solliciter la curiosité intellectuelle des lycéens dans le cadre d'une situation d'apprentissage actif, de former leur esprit critique et de les motiver par un travail dont ils définissent eux-mêmes le sujet.

Expérimentés durant l'année scolaire 1999-2000, instaurés dans toutes les classes de première des séries générales (L, ES, S) en 2000-2001, puis proposés à tous les élèves de terminales en 2001-2002, les travaux personnels encadrés (TPE) répondent à un triple objectif : redonner plus de poids au réel et au concret, par des activités qui favorisent des modes de recherche et d'investigation à partir de faits ou de questions; favoriser l'expérimentation et la réalisation, détour important pour une génération qui vit sous l'emprise de l'écran et qui tend parfois à consommer sans l'assimiler tout ce que propose le multimédia ; renforcer la place de l'exposé oral, qui oblige à une réelle appropriation des connaissances.

En 2000-2001, les lycéens de la série S (scientifique) peuvent réaliser leurs TPE sur les thèmes suivants : la croissance, l'eau, les images, les risques naturels et technologiques, les sciences et les aliments, le temps-les rythmes-les périodes.

À l'université : donner une place renouvelée aux sciences

S'agissant de l'université, et pour pallier l'érosion du nombre d'étudiants dans les filières scientifiques, le mouvement de **rénovation des DEUG scientifiques** (voir p. 239) est accéléré. Suite au succès de l'expérimentation menée, pendant deux ans, dans huit universités scientifiques pour rénover leur pédagogie, un appel d'offres est lancé à l'ensemble des établissements en leur attribuant des moyens financiers supplémentaires pour qu'ils fassent évoluer leurs enseignements et attirent ainsi plus de jeunes. À la rentrée universitaire 2002, la quasi-totalité des DEUG scientifiques est rénovée, faisant davantage appel aux nouvelles technologies et à l'expérimentation pour remplacer les cours magistraux.

Par ailleurs, pour **améliorer le taux de réussite au DEUG** — 45,5 % des étudiants le décrochent en deux ans —, l'encadrement des étudiants en première année est renforcé et **des équipes pédagogiques reconnues et labellisées**, animées par un **directeur des études** de première année chargé de coordonner les emplois du temps, d'organiser le tutorat..., sont mises en place dans un certain nombre de filières universitaires.

Au niveau des contenus pédagogiques des enseignements scientifiques, un effort particulier (financier et humain) doit être réalisé pour les travaux pratiques et les travaux dirigés. Il faut les remanier en profondeur et renforcer leur place au cœur de la formation des étudiants scientifiques. De surcroît, la nécessité de construire des plateaux techniques performants pour les principales disciplines expérimentales et d'initier des pratiques nouvelles de formation alliant démarche personnelle et réflexion en groupe s'impose.

Une première enveloppe de 760 000 euros est octroyée, début 2002, pour financer des projets pédagogiques innovants.

Donner une place renouvelée aux sciences, c'est aussi, au-delà des enseignements, **renforcer les liens entre le lycée et l'université**. À cet effet, des chargés de mission académiques pour les sciences sont désignés dans huit académies expérimentales. Leur mission : coordonner les actions d'ordre pédagogique ou informatif et susciter des initiatives à l'interface entre le lycée et l'université.

Dans le même esprit, les chercheurs et les étudiants de grandes écoles sont invités à intervenir dans des collèges et des lycées, notamment de zones d'éducation prioritaire (ZEP), afin d'apporter un soutien aux élèves, de démystifier la représentation du « savant » et de susciter des vocations. À noter enfin la place essentielle des opérations itinérantes (Physique et chimie itinérantes ; Olympiades ; 1 000 chercheurs -1 000 classes) pour expliquer les enjeux de la recherche actuelle et surtout présenter aux jeunes les métiers scientifiques.

Références documentaires

Deux rapports importants ont permis de faire le point sur la question des enseignements scientifiques : celui de Guy Ourisson, ancien président de l'Académie des sciences, intitulé « Désaffection des étudiants pour les études scientifiques » (mars 2002), et celui de Maurice Porchet, professeur de biologie à l'université de Lille 1, intitulé « Les jeunes et les études scientifiques » (avril 2002).

Une campagne de communication pour inciter les filles à s'engager dans les filières scientifiques

La mixité est la règle dans l'éducation nationale depuis un quart de siècle. Pourtant, malgré l'engagement déjà ancien de la communauté éducative, force est de constater qu'actuellement, **nombre de filières connaissent une répartition des sexes déséquilibrée**. C'est le cas des disciplines scientifiques (mathématiques, physique et informatique) qui demeurent l'apanage des garçons et restent relativement « fermées » aux filles. Ce constat est valable dans l'enseignement général, technologique et professionnel et concerne aussi l'enseignement supérieur.

Les talents des femmes doivent être mieux utilisés dans des professions scientifiques et technologiques qui correspondent aux besoins nouveaux de l'industrie et de la recherche françaises. En effet, les filles sont en minorité dans les filières des sciences, alors que l'évolution du monde du travail leur permettrait, sans difficulté, de trouver une insertion professionnelle et un déroulement de carrière satisfaisants dans ces secteurs. Cette situation est due à la méconnaissance de ces métiers, mais également aux stéréotypes attachés aux rôles sociaux féminins et masculins qui déterminent les choix d'orientation.

Cette anomalie sociale, qui apparaît totalement incongrue à notre époque, ne peut être tolérée, d'autant que les filles réussissent mieux, redoublent moins et obtiennent plus souvent le baccalauréat que les garçons. Cependant, **au moment des grands choix d'orientation, elles s'engagent dans les filières les moins rentables professionnellement** et perdent ainsi une partie du bénéfice de cette meilleure réussite scolaire.

Les résultats de plusieurs rapports et enquêtes (voir références en annexes) confirment cette situation paradoxale : en dépit de leur meilleurs résultats scolaires et de leur entrée massive dans l'enseignement supérieur, les filles délaissent les formations scientifiques au profit du secteur tertiaire, des lettres et des sciences humaines, alors que les garçons se concentrent dans le domaine de la production et dans les sciences dites « dures » (mathématiques-physique).

— En 2000-2001, la proportion de filles est de 43,2 % en terminale S, alors qu'elle s'élève à 82,4 % en terminale L, à 63,3 % en sciences et techniques tertiaires et à 95,7 % en sciences médico-sociales. En sciences et techniques industrielles, elles ne représentent que 7,6 % des effectifs.

— On retrouve de telles disparités de parcours dans l'enseignement supérieur où les femmes restent minoritaires dans les filières universitaires scientifiques :

elles sont 41 % en premier cycle (contre 37 % en 1985), 36 % en second cycle (34 % en 1985) et 35 % en troisième cycle (28 % en 1985).

— Elles représentent 22,6 % des effectifs des écoles d'ingénieurs et 30 % de ceux des classes préparatoires aux grandes écoles scientifiques.

— En première année de BTS, la part des femmes est de 99,7 % en coiffure-esthétique, 97 % en secrétariat-bureautique et 97,6 % en travail social, mais seulement de 4,1 % en électricité-électronique, 27,1 % en informatique et 8,3 % en mécanique aéronautique et spatiale.

Ce déséquilibre s'applique également au corps des enseignants-chercheurs : on compte 50 000 enseignants-chercheurs dont **30,5 % de femmes.** La progression du taux de féminisation reste lente parmi les enseignants-chercheurs : **+ 4 % en 10 ans** dans le corps des maîtres de conférence, **+ 4,3 %** pour les professeurs.

La proportion de femmes est variable selon les domaines de recherche : elles sont plus nombreuses dans les sciences humaines et sociales, dans les sciences du vivant et la biologie qu'en physique, mathématiques ou sciences de l'ingénieur.

La campagne « Métiers-Mixité »

Pour répondre à une exigence de justice, de parité et d'équité, une campagne de communication sur le thème « Métiers-Mixité » est lancée en mars 2002. Son objectif : **inciter les filles à s'engager plus nombreuses vers les voies d'avenir porteuses d'emplois que sont les filières scientifiques et technologiques** et en finir avec les idées reçues, les schémas établis et les clichés qui tendent à les enfermer dans certains types de carrières.

Décidée par le ministre de l'éducation nationale, et conçue par Catherine Lawless en partenariat avec la presse quotidienne régionale, cette campagne vise à donner un coup d'accélérateur à un mouvement inéluctablement mais trop lentement engagé ; elle implique tous les acteurs de la communauté éducative : enseignants, conseillers d'orientation-psychologues, familles et jeunes.

Premier volet : Dans des lettres publiées par les quotidiens régionaux, entre mai et juin 2002, des filles s'adressent aux élèves de collèges pour exposer les motivations qui ont sous-tendu leur choix d'orientation vers des études scientifiques ou technologiques et les bénéfices qu'elles en ont tirés en termes d'insertion professionnelle, sociale et d'évolution de carrière. Ces témoignages de réussites féminines constituent le support d'une réflexion pédagogique et donnent lieu à des échanges avec des établissements locaux scientifiques.

Dans le même temps, une campagne d'insertion dans la presse écrite permet d'exposer aux jeunes et à leurs familles les possibilités d'insertion et d'épanouissement dans ces secteurs d'activité.

Second volet : Une trentaine de femmes ayant réussi dans les filières scientifiques et technologiques interviennent dans les établissements scolaires pour présenter leur parcours de formation et leur expérience professionnelle.

VI

L'ÉDUCATION CIVIQUE, JURIDIQUE ET SOCIALE

Former des citoyens éclairés, responsables, respectueux des règles collectives et capables d'exercer pleinement leurs droits et devoirs dans la République est une mission centrale du système éducatif.

Au sein du dispositif de rénovation des lycées, l'introduction d'un enseignement d'éducation civique, juridique et sociale (ECJS) dans les lycées d'enseignement général et technologique, ainsi que dans les lycées professionnels, constitue une innovation majeure. Cet enseignement est la suite logique de la démarche initiée dès le primaire et poursuivie au collège, en vue de proposer un parcours civique complet à chaque élève.

L'éducation civique, juridique et sociale (ECJS) a pour ambition de promouvoir dans l'esprit des élèves les valeurs républicaines et les principes de la vie démocratique, et de développer leur réflexion sur les grandes questions civiques, sociales, politiques, culturelles et environnementales.

On ne peut oublier que c'est au lycée qu'une partie des élèves, atteignant leur majorité civile, se trouve confrontée au droit de vote qui en découle, ou à l'absence de ce droit pour les étrangers, aux questions que ces différences soulèvent, à la décision d'exercer ce droit et de mesurer la portée de ce choix.

Au-delà de cette réalité hautement symbolique, la citoyenneté a bien d'autres dimensions dont le lycée doit permettre la compréhension avec l'aide de l'enseignement de l'ECJS.

Une éducation progressivement offerte à tous

L'éducation civique, juridique et sociale est introduite, dans un premier temps, dans les lycées d'enseignement général et technologique : en seconde depuis la rentrée 1999, en première depuis la rentrée 2000 et en terminale depuis la rentrée 2001.

Parallèlement, une expérimentation de cette nouvelle modalité pédagogique est menée dans les lycées professionnels et un programme est élaboré en fonction des spécificités et des cycles propres à la voie des métiers. Les classes de secondes professionnelles et de premières de baccalauréat professionnel sont concernées à la rentrée 2001 ; celles de terminales de BEP et de terminales de baccalauréat professionnel, à la rentrée 2002.

À l'occasion de la rénovation du CAP, un groupe de travail est chargé d'établir un programme d'ECJS adapté aux sections préparant ce diplôme. Cet enseignement est introduit en CAP à la rentrée 2002.

Le nombre d'heures qui est globalement accordé à l'éducation civique, juridique et sociale étant modeste (16 heures annuelles en demi-groupe), **c'est dans ses objectifs et par ses méthodes que cette innovation est significative.**

De très nombreux professeurs, par leur savoir, leur culture, leur implication dans la vie du lycée, ont vocation à contribuer à cet enseignement. La participation d'intervenants extérieurs, témoins dans un champ social étudié, est également possible.

Que signifie « éduquer à la citoyenneté » dans un système scolaire ?

• La première réponse consiste à faire de la citoyenneté un objet d'étude disciplinaire, au même titre que les mathématiques, la physique ou la littérature ; la citoyenneté s'apprendrait à l'école avant de s'exercer dans la vie du citoyen. Ce choix correspond à la conception traditionnelle d'une instruction civique qui inculque des principes à mettre en actes dans un temps différé plus ou moins lointain. Elle a eu sa place dans le système éducatif : les missions du lycée, fréquenté par une petite minorité, n'étaient alors pas celles qui lui sont assignées aujourd'hui.

• L'autre réponse part de l'idée que **l'on ne naît pas citoyen mais** qu'**on le devient**, qu'il ne s'agit pas d'un état, mais d'une conquête permanente. Le citoyen étant celui qui est capable d'intervenir dans la cité, cela suppose la formation d'une opinion raisonnée, l'aptitude à l'exprimer, l'acceptation du débat public. La citoyenneté est alors la capacité à construire, à intervenir, ou même simplement à oser intervenir dans la cité.

C'est ce dernier principe qui est mis en œuvre au lycée afin de répondre, d'une part, aux attentes des élèves telles qu'elles se sont exprimées lors de la grande consultation des lycéens de 1998, d'autre part, à celles des professeurs qui ont manifesté leur intérêt pour cette démarche et leur désir d'y contribuer.

Appliquée à l'éducation civique, juridique et sociale, la pratique éducative consistant à transmettre un savoir sous forme d'une succession d'évidences sanctionnées par une autorité conduirait à former des citoyens passifs pour lesquels le savoir serait déconnecté de ses enjeux sociaux, économiques et politiques. L'ECJS doit au contraire être abordée comme un apprentissage et **le débat argumenté doit en être le support pédagogique privilégié**. L'objectif est de favoriser l'épanouissement, à terme, d'un citoyen adulte, libre, autonome, exerçant sa raison critique dans une cité à laquelle il participe activement. Ainsi se constitue une véritable morale civique. Celle-ci contient d'abord une dimension civile fondée sur le respect de l'autre permettant le « savoir-vivre ensemble » indispensable à toute vie sociale, mais elle suppose aussi une nécessaire dimension citoyenne faite d'intérêt pour les questions collectives et de dévouement pour la chose publique.

Une nouveauté : le débat argumenté

Mobilisant un ensemble de connaissances disponibles, l'ECJS doit satisfaire la demande exprimée par les lycéens de pouvoir s'exprimer et débattre à propos de questions de société. **Le débat argumenté** apparaît donc comme le support pédagogique naturel de ce projet.

Faire le choix du débat argumenté n'est ni concession démagogique faite aux élèves ni soumission à une mode. Il permet la mobilisation, et donc l'appropriation de connaissances à tirer de différents domaines disciplinaires comme l'histoire, la philosophie, la littérature, la biologie, la géographie, les sciences économiques et sociales, la physique, ou encore l'éducation physique... Le débat reposant sur **le respect d'autrui**, il est l'occasion d'apprendre à écouter, de discuter les arguments de l'autre et de le reconnaître dans son identité.

Le dossier documentaire sur lequel se fonde le débat est le témoin de la progression de cette démarche. Il peut prendre des formes variées : présentation de textes fondateurs ou de textes de loi, sélection d'articles de presse, collecte de témoignages, recherche ou élaboration de documents photographiques, sonores ou vidéo. L'ECJS utilise toutes les modalités interactives de la recherche documentaire actuelle.

La liberté des choix pédagogiques permet aux lycéens d'acquérir des méthodes à travers lesquelles ils seront initiés à l'étude des règles juridiques et des institutions.

Analyser la notion de citoyenneté :

Dans son architecture d'ensemble, le programme, sur les trois années du lycée, s'attache à redécouvrir par l'analyse la notion de citoyenneté, à en étudier les principes, modalités et pratiques, et à la confronter avec les réalités du monde contemporain. Il est naturel que l'accent soit mis sur des aspects différents de cette problématique dans chacune des classes du lycée.

En classe de seconde : « De la vie en société à la citoyenneté »

La découverte de la citoyenneté se fait à partir de l'étude de la vie sociale que l'élève peut comprendre pour remonter, par l'analyse, à sa source politique et à sa construction dans le temps. Des objets d'étude, choisis dans la vie sociale, servent de base à ce travail et permettent de faire découvrir par les élèves une ou plusieurs dimensions de la citoyenneté. Par là, on approfondit et enrichit ce qui a été acquis au collège.

En classe de première : « Institutions et pratiques de la citoyenneté »

L'étude de la citoyenneté permet l'analyse du fonctionnement des principales institutions politiques de la cité. Les grands principes constitutionnels ouvrent sur les institutions de la démocratie avec les partis politiques, les systèmes électoraux et les libertés publiques. La présentation des institutions judiciaires peut être faite à partir de divers niveaux intéressant particulièrement les classes concernées (prud'hommes et législation du travail, tribunal de commerce et technologies de la vente, autorité légitime et tribunaux d'exception, par exemple). La diversité des conceptions, des institutions et des pratiques de la citoyenneté est appréhendée, par une méthode comparative, dans le temps et dans l'espace.

En classe terminale : « La citoyenneté à l'épreuve des transformations du monde contemporain »

La confrontation de la citoyenneté aux grandes transformations du monde contemporain permet de déboucher, hors de toute intention polémique, sur des thèmes faisant débat, par exemple les différentes conceptions de l'égalité, le rôle des médias, l'indépendance de la justice, ou sur des questions résultant des évolutions familiales, scientifiques ou sociales. Sont également abordés les problèmes posés par l'unification européenne et la mondialisation avec leur impact sur les institutions politiques, ainsi que le thème de « la défense et la paix » sur lequel le système éducatif s'est engagé à faire réfléchir les élèves dans le cadre de la fin du système de conscription.

Le programme d'éducation civique, juridique et sociale en **lycée professionnel**, qui comporte deux cycles de deux ans, est élaboré à partir de celui des séries générales (structuré sur trois années).

Un document à l'usage des professeurs de lycée professionnel, édité à la rentrée 2001, accompagne la mise en œuvre de ce programme. Il est composé de fiches ressources proposant une réflexion sur un thème, de fiches méthodes permettant de mieux maîtriser les démarches et les outils préconisés, notamment le débat argumenté.

L'évaluation de l'éducation civique, juridique et sociale

L'évaluation reflète les particularités de cet enseignement. Ne comportant pas, ou très peu, de nouveaux savoirs, les programmes ne sauraient être présentés exclusivement sous forme de listes de contenus. Ils mettent l'accent sur des **objectifs** et sur l'acquisition de **méthodes**. Les documents d'accompagnement suggèrent, sans les imposer, des exemples pour leur mise en œuvre. L'évaluation porte d'une part sur l'investissement et la qualité des productions des élèves (constitution de dossiers, interventions dans les débats, textes écrits...), d'autre part sur les acquis qui auront été assimilés lors de chaque séquence.

Références réglementaires

— Arrêté du 1er juillet 2002, relatif au programme d'ECJS en seconde générale et technologique — *Bulletin officiel hors série* n° 6 du 29 août 2002.

— Arrêté du 26 juin 2002, relatif au programme d'ECJS pour les certificats d'aptitude professionnelle — *Bulletin officiel hors série* n° 5 du 29 août 2002.

— Arrêté du 20 juillet 2001, relatif au programme d'ECJS en classe terminale des séries générales — *Bulletin officiel hors série* n° 3 du 30 août 2001.

— Arrêté du 20 juillet 2001, relatif au programme d'ECJS dans les classes préparant aux brevets d'études professionnelles et dans les classes préparant aux baccalauréats professionnels des secteurs des services, de la production, de la restauration et de l'alimentation — *Bulletin officiel hors série* n° 2 du 30 août 2001.

— Arrêté du 9 août 2000, relatif à l'ECJS dans les séries générales — *Bulletin officiel hors série* n° 7 du 31 août 2000.

VII

LES TECHNOLOGIES DE L'INFORMATION ET DE LA COMMUNICATION

Le recours aux technologies de l'information et de la communication devient désormais nécessaire dans tous les actes de la vie courante pour s'informer, travailler, apprendre. Dans ce contexte, l'école doit garantir une initiation à l'informatique, à Internet et au multimédia pour ne pas laisser s'instaurer un fossé entre les élèves qui ont accès aux technologies de l'information et de la communication chez eux et les autres. Il s'agit d'un enjeu démocratique autant que pédagogique.

La généralisation de l'usage du multimédia dans l'enseignement décidée par Claude Allègre et poursuivie par Jack Lang, avec le concours de Marc Couraud et Christophe Lerouge, répond à une double exigence : préparer le futur citoyen à vivre dans la société de demain, et faire évoluer les pratiques d'enseignement en diversifiant les possibilités d'interactions entre les élèves, les enseignants et les savoirs.

État des lieux des nouvelles technologies dans l'enseignement

L'effort d'équipement engagé à partir de 1997 par Claude Allègre et Ségolène Royal est poursuivi et amplifié (65 millions de francs y ont été consacrés en 2001-2002). Résultat : la France figure dorénavant dans le peloton des pays les mieux placés en matière d'équipement, de connexions et de contenus pédagogiques multimédias, en conformité avec les objectifs définis par la Commission européenne.

Au lycée, on compte 6 élèves par ordinateur, contre 12 élèves en 1997. Au collège, la proportion est passée de 26 élèves par ordinateur, en 1997, à 14 élèves aujourd'hui. C'est à l'école que l'effort engagé par les collectivités et l'État est le plus conséquent, puisqu'on est passé de 100 élèves par ordinateurs, en 1997, à 14 élèves par ordinateur.

Quant au taux de connexion des établissements à Internet, il est aujourd'hui de 100 % pour les lycées (contre 32 % en 1997) ; de 100 % pour les collèges (contre 11 % en 1997) et de 62 % pour les écoles (contre 0 % en 1997).

En parallèle, un effort est engagé pour mieux former les maîtres à l'usage de ces technologies (1,52 million d'euros soit 10 millions de francs en 2001-2002).

Pourquoi l'école est-elle concernée au premier rang par cette révolution numérique ?

• C'est d'abord parce qu'elle est **un instrument d'égalité culturelle et éducative** et qu'à ce titre, elle doit donner à tous les jeunes les compétences nouvelles indispensables aux exigences de la vie moderne. L'école est un lieu privilégié de familiarisation avec les technologies de l'information et de la communication, ces outils étant encore trop souvent chers et donc réservés à quelques-uns.

• C'est aussi parce que **les technologies de l'information sont un instrument de transformation de la pédagogie dans toutes les disciplines.**

— Elles font partie intégrante de la discipline à enseigner : en sciences, en technologies industrielles ou tertiaires.

— Elles constituent un outil de travail pour les enseignants comme pour les élèves : pour effectuer des recherches documentaires sur Internet, pour produire des documents utilisés dans les classes, pour échanger des informations et travailler en équipe, pour s'autoformer et s'auto-évaluer.

— Elles permettent d'enrichir le contenu pédagogique et donnent accès à de nouvelles méthodes ou de nouveaux champs de connaissances (méthodes de simulation, en science et en économie ; techniques de calcul numérique et de représentation graphique en mathématiques...).

— Elles contribuent à rendre les élèves plus motivés, plus actifs, plus autonomes et plus aptes à travailler en équipe, ce qui en fait un élément central des itinéraires de découverte au collège, des travaux personnels encadrés au lycée et des projets pluridisciplinaires à caractère professionnel au lycée professionnel.

— Elles modifient les relations pédagogiques maître-élève pour favoriser une pédagogie différenciée soucieuse du parcours individualisé de chaque élève.

• C'est enfin parce que **les enjeux économiques et culturels sont considérables** et touchent à un certain nombre des fondements de l'école républicaine. D'une part, l'éducation et la formation ont un rôle important à jouer face aux logiques marchandes et financières de grands groupes qui veulent imposer leur loi. D'autre part, la confusion croissante entre information et savoir conduit progressivement à privilégier la première.

Un engagement résolu dans cette nouvelle voie culturelle est le signe du refus de l'immobilisme et de la fatalité. Il n'est pas concevable qu'une institution comme l'éducation nationale, avec ses 14,3 millions d'élèves et d'étudiants et ses 850 000 enseignants, demeure étrangère à cette révolution technologique, formidable occasion de renouveau intellectuel et de transformation des modes de diffusion et de propagation des idées.

À l'école primaire

Tout élève doit pouvoir bénéficier d'un accès au multimédia et à Internet lui permettant d'accéder au savoir par des voies plus autonomes. Dans ce but, l'équipement des écoles en ordinateurs multimédias et la connexion systématique à Internet sont privilégiés grâce au fonds d'incitation de 21,3 millions d'euros (140 MF).

Les nouveaux programmes prévoient un apprentissage spécifique des technologies de l'information et de la communication, désormais valorisé au cycle 3 par la délivrance d'un brevet informatique et Internet (voir p. 230) attestant les compétences acquises par les élèves dans l'utilisation des outils informatiques et de l'Internet.

De nouvelles ressources multimédias, sous forme de sites Internet ou de DVD, sont mises à la disposition des élèves et des enseignants, pour l'enseignement des langues vivantes, des sciences, la formation artistique et culturelle.

Au collège

L'effort se poursuit au collège où les élèves doivent également bénéficier de l'apport pédagogique des technologies de l'information et de la communication dans l'enseignement de toutes les disciplines, notamment en matière de recherche documentaire ou de production de travaux personnels.

Les technologies de l'information et de la communication sont un instrument de transformation de la pédagogie dans toutes les disciplines. Elles constituent un outil de travail nouveau pour les élèves et pour les professeurs et permettent d'enrichir le contenu pédagogique de leurs enseignements.

— Le taux d'équipement en ordinateurs multimédias dans les collèges s'accroît.

— Le brevet informatique et Internet (B2i — niveau collège), attestant les compétences acquises par les collégiens au cours de leur scolarité, dans l'utilisation des outils informatiques et de l'Internet, se généralise.

— Les programmes sont rénovés et intègrent les technologies de l'information et de la communication dans l'ensemble des disciplines.

— De nouvelles ressources numériques sont mises à la disposition des enseignants : œuvres du Louvre (voir encadré) ; cartes numériques de l'IGN ; études météorologiques de Météo-France ; émissions de la BBC ; textes littéraires ; données de biologie...

Louvre.edu

www.louvre.edu est un service éducatif en ligne, réalisé par le musée du Louvre et les pages jaunes Édition, en partenariat avec le ministère de l'éducation nationale. En septembre 2001, il est mis gratuitement à la disposition de l'ensemble des collèges et des lycées afin de permettre aux élèves de découvrir les collections du musée du Louvre.

La base de données comprend près de 4 000 œuvres accompagnées de notices pédagogiques. Elle est organisée autour de trois grands pôles : les collections du musée, les espaces du musée et la bibliothèque.

Au lycée

Les constatations faites sur le terrain montrent qu'à l'entrée en seconde, un nombre non négligeable d'élèves présente des lacunes dans les connaissances et compétences liées aux technologies de l'information et de la communication.

Au lycée, les usages des technologies de l'information et de la communication sont donc encouragés, tant dans les enseignements disciplinaires (tous les programmes refondus depuis 1999 les ont intégrés) que lors des activités de projets, comme les travaux personnels encadrés ou l'éducation civique, juridique et sociale. Les activités proposées aux élèves en lycée requièrent de ce fait de plus en plus l'usage des réseaux internes et externes ainsi que la mise en œuvre d'outils de production.

La mise en place progressive dans les lycées de serveurs Intranet/Internet permettra aux élèves de disposer d'une boîte aux lettres électronique, d'un espace de travail personnel sur le réseau interne de l'établissement, d'accéder à des ressources en ligne ainsi qu'à la base de données des ressources documentaires du centre de documentation et d'information.

Par ailleurs, un brevet informatique et Internet (voir p. 230) de niveau lycée devrait voir le jour prochainement. Il précisera les compétences que les élèves doivent maîtriser dans le domaine des technologies de l'information et de la communication à l'issue de leur scolarité au lycée. La définition de ce troisième niveau s'appuiera sur les constats tirés de la mise en place des deux premiers niveaux.

Vers un usage raisonné et citoyen des nouvelles technologies

Le brevet informatique et Internet dans les écoles, les collèges et les lycées a pour particularité d'insister sur l'usage citoyen que les jeunes doivent faire de ces nouvelles technologies. Il ne s'agit pas de transformer les élèves en spécialistes de l'informatique, mais plutôt de leur donner le minimum de connaissances indispensables à la maîtrise des ordinateurs et des logiciels en développant leur esprit critique par rapport à l'ensemble des contenus diffusés sur la toile. **L'enjeu fondamental est donc bien de former le futur citoyen de la société de l'information.** C'est dans l'utilisation au quotidien de l'informatique et d'Internet, sous la conduite de leurs enseignants, que les jeunes seront le mieux formés à l'usage raisonné, responsable et citoyen de nouveaux médias.
Cette volonté de former les jeunes générations à l'usage des médias ne concerne pas seulement l'informatique et Internet, mais s'étend plus généralement à l'ensemble des moyens de communication et des vecteurs de culture : la presse, la télévision ou le cinéma. C'est dans cette optique que doit se comprendre le plan de cinq ans sur les arts et la culture à l'école lancé conjointement avec le ministère de la culture et de la communication.

À terme, il s'agit de mettre en place une réelle éducation cinématographique et audiovisuelle, mais aussi de permettre aux jeunes de développer leur analyse critique et créative pour les aider à mieux comprendre et décrypter les images qui envahissent leur vie.

Dans le supérieur, une politique volontariste

L'enseignement supérieur français s'engage résolument sur la voie de l'utilisation des technologies de l'information et de la communication. Il est en effet impératif de doter les étudiants et les enseignants d'outils performants ; de rendre aisément accessibles aux étudiants les ressources multimédias et de favoriser la recherche documentaire sur Internet ; de proposer de nouvelles méthodes de travail en groupe ou en tutorat grâce aux messageries électroniques.

Cinq priorités :
— accélérer la mise à niveau qualitative et quantitative des enseignements informatiques dans les établissements d'enseignement supérieur ;
— développer les équipements en libre accès pour les étudiants ;
— améliorer la desserte Renater des établissements (en liaison avec le ministère de la recherche) ;
— mettre en place des formations ouvertes et à distance dans les campus numériques ;
— développer des ressources nouvelles multimédias pour la communauté éducative.

Soucieux de construire une offre de formation innovante et suffisamment souple pour répondre à la diversité des besoins de l'enseignement supérieur aussi bien en formation initiale qu'en formation continue, le ministère de l'éducation nationale et le ministère de la recherche lancent successivement, en 2000, 2001 et 2002, trois appels à projets pour la constitution de « campus numériques français ».

À travers ces nouveaux dispositifs d'enseignement à distance, fondés sur les technologies les plus modernes, il s'agit d'assurer la modernisation du service public d'enseignement supérieur en maintenant son niveau d'excellence et en développant des partenariats entre universités et au niveau international ; d'offrir de nouveaux services à la communauté étudiante ; de permettre à la France de garder sa place dans un contexte de concurrence internationale accrue en défendant le service public d'enseignement supérieur.

Les campus numériques suscitent d'emblée l'intérêt et l'implication des établissements universitaires : **49 projets sont retenus en 2000, 66 en 2001 et 36 en 2002.**

L'intégration des technologies de l'information et de la communication dans les dispositifs de formation permet non seulement d'**accéder à la formation à partir de lieux proches ou distants, mais aussi dans des temps et à des rythmes choisis par l'étudiant tout au long de sa vie**. Les technologies nouvelles favorisent également la coopération entre les établissements organisés sur la base de **consortiums**. Par ailleurs, la multiplication des partenariats entre établissements publics, entreprises privées et établissements étrangers renforce la qualité des contenus d'enseignement et des services rendus aux étudiants.

— **Souplesse et adaptabilité**. Le campus numérique, en individualisant les formations, met au cœur de tout projet la relation enseignant-enseigné. Via les forums ou les *chats*, les étudiants peuvent être rapidement en contact avec un enseignant, un tuteur ou d'autres étudiants. Le campus numérique rend également plus flexibles les parcours de formation, en liaison avec le développement des ECTS (système de transfert de crédits européens). Il établit des passerelles entre formation initiale et continue et des liens avec la validation des acquis de l'cxpérience (VAE).

— **Accès à la connaissance facilité et diversifié**. En fonction du profil, des besoins et des objectifs de l'étudiant, toute une gamme de méthodes pédagogiques peut être proposée, de l'enseignement dit « présentiel » enrichi par des moyens technologiques à l'enseignement entièrement à distance. Le campus numérique multiplie en outre les moyens d'accès aux sources du savoir, grâce aux cédéroms, à la vidéo, aux supports multimédias, aux téléconférences, au recours à l'Internet et aux différents intranets proposés par les pôles de formation. L'expérimentation à domicile est elle-même possible grâce à des simulations téléchargées à partir du web ou d'un serveur d'université.

— **Responsabilité accrue des étudiants**. Ceux-ci peuvent désormais être évalués et s'auto-évaluer « en ligne » de façon permanente. Acteurs de leur parcours universitaire et du contenu de leur formation, ils gèrent le rythme de leurs apprentissages et deviennent ainsi plus autonomes.

Référence documentaire

— « Les campus numériques, enjeux et perspectives pour la formation ouverte et à distance », rapport de Michel Averous et Gilbert Touzot, avril 2002.

DES RESSOURCES MULTIMÉDIAS

Un autre champ de développement des TIC dans l'enseignement supérieur concerne **le développement des ressources multimédias dans des cursus de formation** :

— **Canal U** (www.canal-u.education.fr), la « web télévision » française de l'enseignement supérieur, diffuse des émissions d'information scientifique, technique, culturelle et de recherche. En 2002, 8 chaînes sont ouvertes.

— **Les amphis de la cinquième**, dispositif interactif, propose une diffusion en ligne de ses émissions 24 heures sur 24.

— **EducaSup** (www.educasup.education.fr), système d'information sur les outils pédagogiques numériques et audiovisuels réalisés pour l'enseignement supérieur, comporte un forum d'échanges associé à chaque base de données disciplinaire.

— **Formasup** (www.formasup.education.fr) présente l'offre de formation ouverte et à distance de l'enseignement supérieur français et donne accès à de nombreuses ressources sur le sujet.

— **Le CERIMES** (www.cerimes.education.fr), Centre de ressources et d'informations sur les multimédias pour l'enseignement supérieur, facilite l'accès aux informations et aux ressources numériques pour la pédagogie dans l'enseignement supérieur. Il gère des sites et des banques d'images et produit ou coproduit des documents multimédias.

LA VILLA MÉDIA, RÉSIDENCE EUROPÉENNE DU MULTIMÉDIA ÉDUCATIF

Pour favoriser la recherche et l'innovation en matière d'éducation et de nouvelles technologies, la villa Média, résidence européenne pour le multimédia éducatif, est installée à Grenoble le 14 février 2002.

Dédiée aux nouveaux arts d'apprendre et d'enseigner, la villa Média accueille pour des périodes de six, neuf ou douze mois des lauréats venant de tous les pays de l'Union européenne. Ces lauréats, qui bénéficient de l'environnement et des infrastructures de la villa Média pour mener à bien leur projet, sont invités à travailler en équipe au sein de la villa et en partenariat avec les universités, les organismes de recherche et les entreprises. La villa Média développe les **partenariats internationaux**, notamment avec les réseaux, fédérations et grands organismes internationaux.

Lieu de réflexion, de création, de recherche, de rencontre et de formation, cette résidence européenne devrait devenir rapidement un lieu de référence et de réflexion international dans le domaine des technologies éducatives.

LE PLAN POUR LA RÉNOVATION DE LA FORMATION INITIALE DES MAÎTRES (voir p. 449)

Il fixe comme objectif que tout futur enseignant, à sa sortie de l'IUFM, maîtrise ces nouveaux outils et sache les intégrer dans sa pratique pédagogique. La mise en œuvre du **plan pluriannuel de recrutement des nouveaux enseignants** offre, en effet, une opportunité considérable pour sensibiliser et former les enseignants à leur utilisation.

En outre, **les actions de formation continue**, réalisées depuis 1998 sur ces sujets, représentent entre le quart et le tiers des stages proposés dans les plans de formation académiques, contre moins de 5 % auparavant.

La mobilisation, l'ouverture d'esprit et la capacité d'innovation dont ont fait preuve les enseignants de toutes générations sur ces sujets, ainsi que la rapidité avec laquelle ils se sont adaptés à ces bouleversements, sont remarquables.

VIII

L'ENSEIGNEMENT DU SPORT, DE L'ÉCOLE À L'UNIVERSITÉ

En vue de renforcer la place de l'éducation physique et sportive et du sport dans le système éducatif, une série de mesures, élaborées notamment avec la collaboration de Michel Leblanc et de Daniel Vimont, a été présentée, le 7 juin 2001, en présence de Marie-Georges Buffet, ministre de la jeunesse et des sports.

Ces mesures, mises en œuvre, pour la plupart, dès la rentrée 2001, marquent une étape importante dans l'évolution du statut et des pratiques de l'éducation physique et sportive (EPS) dans le système éducatif. Elles traduisent une volonté de garantir à tous les jeunes, dès leur plus jeune âge et tout au long de la scolarité, une éducation complète et exigeante intégrant pleinement les activités sportives. La pratique de l'éducation physique et sportive est largement favorisée, tant à l'intérieur des établissements scolaires et universitaires comme discipline d'enseignement, qu'à l'extérieur, en multipliant les passerelles avec le sport pratiqué hors des établissements, notamment dans le cadre des associations.

L'éducation physique et sportive, une discipline à part entière

— Dans les nouveaux programmes pour **l'école primaire**, l'éducation physique et sportive — rattachée à l'éducation nationale depuis 1981 — figure désormais comme une obligation. Elle fait ainsi l'objet d'une formation spécifique pour les futurs maîtres volontaires qui peuvent, tout en conservant le principe de l'unicité du maître, lors de leur formation initiale en institut universitaire de formation des maîtres (IUFM), recevoir une formation dominante en EPS qui leur permet d'ensei gner cette discipline pendant la moitié de leur service.

Une enquête approfondie sur les pratiques de l'EPS à l'école a également été demandée afin de mieux cerner la manière dont est assuré cet enseignement à l'école.

Enfin, à l'approche des jeux Olympiques d'Athènes de 2004, une action de promotion des valeurs olympiques a été menée, auprès d'élèves de 10 à 12 ans, dans trois pays européens, la France, les Pays-Bas et l'Italie.

Les valeurs telles que le respect de l'autre, la solidarité, la loyauté, le courage et la persévérance doivent être valorisées dans l'éducation nationale.

— **Au collège**, où l'horaire hebdomadaire d'EPS est maintenu, trois mesures garantissent la diffusion et la qualité de cet enseignement.

Le « cahier des exigences », élaboré par le Conseil national des programmes, garantit le niveau des compétences et des savoirs en EPS et le brevet d'études fondamentales (qui remplacera le diplôme national du brevet à compter de la session de juin 2005) inclura des épreuves sportives. En 3e, une évaluation de cette discipline est effectuée depuis l'année 2002. Quant à l'**itinéraire de découverte** « Nature et corps humain » en 5e et 4e, il permet des liaisons entre l'EPS et d'autres disciplines.

— **Au lycée**, l'évaluation de l'EPS au baccalauréat est désormais réalisée à partir d'un référentiel national établi avec rigueur et précision pour tous les établissements de façon à aller vers plus d'équité.

Autre mesure très attendue par les jeunes qui souhaitent valoriser dans leur cursus des compétences de haut niveau dans le domaine des activités physiques et sportives : l'officialisation de l'enseignement complémentaire d'EPS en classe de 1re et de terminale et dans toutes les séries générales et technologiques. Ce cursus complète l'enseignement qui existait auparavant dans la seule seconde de détermination.

Cet enseignement complémentaire de quatre heures, qui s'ajoute à l'enseignement obligatoire de deux heures en première et en terminale, est évalué au baccalauréat depuis la session 2002. Il est affecté d'un coefficient 2, en plus du coefficient 2 prévu pour l'enseignement obligatoire. Dès 2001, 70 établissements étaient dotés d'une filière d'enseignement complémentaires en EPS.

— **Les lycées professionnels** sont largement incités à encourager le développement d'ateliers facultatifs d'éducation physique et sportive.

— **À l'université**, l'essor pris par la filière STAPS (Sciences et techniques des activités physiques et sportives) se voit encouragé, certes, mais surtout encadré, avec l'ambition nécessaire de faire de cette filière une filière de haut niveau intégrée à l'exigence de qualité d'une formation universitaire. La rénovation du contenu des DEUG des STAPS est engagée (on constate un taux d'échec de plus de 50 % dans certaines UFR).

En parallèle, les efforts sont concentrés sur la professionnalisation des filières sportives par une analyse de la situation et de l'évolution de l'emploi sportif en France, notamment avec la création d'une commission professionnelle consultative, associant les professionnels du sport et les instances éducatives, autour de la mise en place de diplômes professionnels comme les DEUST, IUP, licences professionnelles et DESS.

Ce plan marque également une volonté de mettre en place une politique plus volontariste d'intégration des élèves handicapés. Les fédérations nationales spécialisées dans le sport adapté ainsi que les grandes associations du handicap ont engagé une réflexion sur les pratiques d'enseignement en direction des élèves handicapés.

L'EPS dispose maintenant de programmes au même titre que les autres disciplines. Afin de veiller à leur application et à leur évolution, un consultant spécialiste d'EPS est nommé auprès du Conseil national des programmes.

La création d'une section d'école normale supérieure en éducation physique et sportive est une mesure phare du dispositif. Lieu de formation (initiale et continue) des professeurs d'EPS, mais aussi centre de recherche sur l'enseignement de l'EPS, cette section a vocation à devenir le pôle de référence dont la discipline a besoin. Les premiers étudiants sont accueillis depuis la rentrée universitaire 2002.

Le sport par l'école, le prolongement de l'EPS obligatoire

— Antichambre de la préparation au sport de haut niveau, **les sections sportives** (ex-sections sport-études), qui accueillent aujourd'hui 40 000 élèves, permettent de concilier études et pratiques sportives renforcées, avec une réussite exemplaire, notamment en matière d'insertion d'élèves en difficulté scolaire. Afin de préciser les conditions d'ouverture de telles sections, **une charte des sections sportives** a été élaborée par une commission comprenant des représentants du ministère de l'éducation nationale, du ministère de la jeunesse et des sports et des fédérations sportives.

— La pratique du sport scolaire dans le premier et le second degrés étant mal connue, une consultation nationale a été lancée, par le biais d'Internet, entre le 5 et le 25 mars 2001, pilotée par l'inspecteur général Michel Leblanc.

— Le Conseil national du sport universitaire (CNSU), créé en 1991 par Lionel Jospin, a été réactivé. Ses thèmes de travail : les relations entre les différents partenaires du sport universitaire ; l'analyse de la pratique du sport par les étudiants ; les équipements sportifs ; les activités physiques et sportives des étudiants handicapés.

— Afin de favoriser le développement des pratiques sportives à l'université, un ambitieux programme de constructions d'équipements sportifs universitaires a été arrêté dans le cadre du contrat de plan État-région, qui s'étend de 2000 à 2006 (229 millions d'euros soit 1,5 milliard de francs).

Référence documentaire

« Le sport scolaire dans le premier et dans le second degré », rapport de Michel Leblanc, mai 2001.

IX

LA FORMATION À LA CONDUITE ET À LA SÉCURITÉ ROUTIÈRE

Instituée par la loi du 26 juillet 1957 (reprise par l'ordonnance 2000-549 du 15 juin 2000), définie par le décret et l'arrêté du 12 février 1993 [1], puis valorisée par le décret du 30 avril 2002 [2], l'éducation à la sécurité routière revêt un caractère obligatoire à l'école et au collège et constitue une dimension essentielle de l'éducation à la citoyenneté.

1. Le décret et l'arrêté du 12 février 1993 sont signés par Jack Lang, ministre de l'éducation nationale, Jean-Louis Bianco, ministre de l'équipement, du logement et des transports et Georges Sarre, secrétaire d'État aux transports routiers et fluviaux.

2. Le décret du 30 avril 2002 est signé par Jack Lang, ministre de l'éducation nationale, Jean-Claude Gayssot, ministre de l'équipement, des transports et du logement, Marylise Lebranchu, garde des sceaux, ministre de la justice, Daniel Vaillant, ministre de l'intérieur, Alain Richard, ministre de la défense, et Christian Paul, secrétaire d'État à l'outre-mer.

Historique

En 1990, les ministres chargés de l'éducation nationale et des transports décident de procéder à la rénovation de l'attestation scolaire de sécurité routière (ASSR), qui datait de 1977.

En 1991, des expérimentations menées dans dix collèges volontaires permettent de tester divers supports (papier, diapositives, vidéo) afin de définir le cadre à retenir pour la rénovation de l'attestation de sécurité routière de premier niveau (classes de 5e).

En 1992, cette première ébauche est testée dans deux cents collèges. Parallèlement, un projet d'ASSR pour les classes de 3e est réalisé puis testé dans dix collèges.

En 1993, l'ASSR classe de 5e est généralisée à l'ensemble des collèges et l'ASSR classe de 3e testée sur 200 collèges.
Le décret et l'arrêté du 12 février 1993 (*B.O.* du 4 mars 1993) rendent obligatoires un enseignement des règles de sécurité routière à l'école primaire et au collège, ainsi qu'un contrôle de connaissances pour tous les jeunes de 5e et de 3e (ou de niveau équivalent). L'ASSR de niveau 1 s'adresse à l'ensemble des élèves de 5e et l'ASSR de niveau 2 à l'ensemble des élèves de 3e.
Ce décret interministériel précise que « cet enseignement s'intègre obligatoirement dans le cadre des horaires et des programmes en vigueur dans les établissements d'enseignement public et d'enseignement privé sous contrat. Il a un caractère transdisciplinaire. »

En 1994, l'ASSR classe de 3e est à son tour généralisée.

Depuis 1997, pour conduire un cyclomoteur (entre 14 et 16 ans), il faut posséder un brevet de sécurité routière (BSR) comportant deux parties : d'une part, une partie théorique (l'attestation scolaire de sécurité routière de premier niveau, passée en classe de 5e), d'autre part, une partie pratique de trois heures de conduite sur les voies ouvertes à la circulation publique sous le contrôle de professionnels.

En 2002, les dispositions existantes sont renforcées (décret du 30 avril 2002) : l'attestation de sécurité routière de premier niveau, complétée par trois heures de conduite, est obligatoire pour conduire un cyclomoteur, sans limite d'âge, et non plus seulement entre 14 et 16 ans, pour tous ceux qui ne possèdent pas un permis de conduire. De plus, l'attestation de sécurité routière de second niveau, passée en classe de 3e, est obligatoire pour pouvoir s'inscrire au permis de conduire. Ces deux mesures s'appliquent à tous les jeunes qui auront 16 ans à compter du 1er janvier 2004.

Un nouvel élan est donné à l'éducation à la sécurité routière dès 2000 : le Comité interministériel de la sécurité routière, réuni le 25 octobre 2000 sous la présidence du Premier ministre, décide de valoriser et d'accentuer considérablement cette éducation, à tous les niveaux du système d'enseignement. Il est décidé :

À L'ÉCOLE PRIMAIRE (MATERNELLE ET ÉLÉMENTAIRE)

L'enseignement de la sécurité routière est valorisé par l'obtention d'**une attestation de première éducation à la route** délivrée à la fin de l'école élémentaire. Cette attestation permet de valider les compétences acquises par les élèves dans des domaines aussi importants pour un jeune enfant que les compétences du piéton, celles du jeune cycliste, celles du passager de voiture particulière ou de transports en commun et l'apprentissage des premières grandes règles de conduite sur route.

Un groupe de travail est chargé d'élaborer le contenu et les modalités pédagogiques de cette éducation à la route, déjà mise en œuvre dans de nombreuses écoles, en liaison avec le ministère de l'équipement, des transports et du logement.

AU COLLÈGE

Les attestations scolaires de sécurité routière (niveau 1 et 2) ou leur équivalent sont valorisées :

— La conduite d'un cyclomoteur ou d'un quadricycle léger à moteur n'est autorisée qu'aux personnes titulaires du brevet de sécurité routière ou du permis de conduire, à partir de l'âge de 14 ans.

— Le gouvernement a pour objectif un permis de conduire en trois modules : le premier est l'attestation scolaire de sécurité routière (niveau 2) passée en 3e au collège ou son équivalent, et les deux autres le code (qui est ainsi allégé) et l'épreuve de la conduite.

Un groupe de travail interministériel, réunissant le ministère de l'équipement, des transports et du logement, le ministère de l'intérieur et le ministère de l'éducation nationale, est mis en place pour décliner concrètement toutes les mesures nécessaires pour que l'attestation scolaire de sécurité routière (niveau 2), ou son équivalent, soit prise en compte dans le permis de conduire.

AU LYCÉE

Les établissements, par l'intermédiaire des conseils de la vie lycéenne nouvellement élus, sont invités à imaginer et à engager des initiatives en direction des lycéens eux-mêmes (campagne interne aux établissements, projets avec des associations, actions de sensibilisation menées en partenariat avec d'autres institutions...).

Sont tout particulièrement encouragées les initiatives qui portent sur la vigilance des jeunes durant les sorties du samedi soir et du week-end.

MISE EN ŒUVRE DES DÉCISIONS DU COMITÉ INTERMINISTÉRIEL DU 25 OCTOBRE 2000

Le décret n° 2002-675 du 30 avril 2002 publié au *Journal officiel* du 2 mai 2002 comporte les dispositions suivantes :

• **Le brevet de sécurité routière** est obligatoire pour conduire un cyclomoteur, non seulement entre 14 et 16 ans, mais au-delà de 16 ans et sans limite d'âge (sauf quand les conducteurs possèdent un autre permis) ;
• **L'ASSR de second niveau**, passée en classe de 3e, est exigée pour pouvoir s'inscrire à l'épreuve théorique générale (le « Code ») du permis de conduire.

Ces deux mesures s'appliqueront à tous les jeunes qui auront 16 ans à compter du 1er janvier 2004, autrement dit nés depuis le 1er janvier 1988.

• Enfin, un dispositif spécifique, **l'attestation de sécurité routière** (ASR), est prévu dans le cadre des GRETA pour les jeunes qui ne sont plus scolarisés ou qui n'auraient pas obtenu l'attestation scolaire de sécurité routière en milieu scolaire.

La mise en œuvre de ces dispositions implique que les élèves conservent soigneusement la carte de réussite aux attestations scolaires de sécurité routière qui sera exigée pour l'inscription au BSR ou au permis de conduire, mais aussi que les établissements conservent la liste des élèves reçus aux deux niveaux de l'attestation scolaire.

Références réglementaires

— Décret n° 93-204 du 12 février 1993 relatif à l'enseignement des règles de sécurité routière et à la délivrance du brevet de sécurité routière — *Journal officiel* n° 38 du 14 février 1993.

— Arrêté du 12 février 1993 relatif à la délivrance de l'attestation scolaire de sécurité routière — *Journal officiel* n° 38 du 14 février 1993.

— Décret n° 2002-675 du 30 avril 2002 relatif à la formation à la conduite et à la sécurité routière et modifiant le code de la route — *Journal officiel* n° 102 du 2 mai 2002.

X

LA VALORISATION DES INITIATIVES LYCÉENNES ET ÉTUDIANTES

Le lycée est un lieu de transmission du savoir, un lieu d'éveil de l'intelligence, mais aussi et en même temps un lieu de vie, de convivialité, d'initiatives et d'action ; un espace de dialogue, de parole et d'écoute, porteur de projets culturels et associatifs, favorisant le sens de l'initiative et l'esprit critique. C'est là que la vie citoyenne commence, avant même l'âge de la majorité.

Les initiatives lycéennes méritent d'être développées car l'école ne doit pas seulement être l'école du savoir, mais aussi l'école de la vie, de la préparation à la vie. En outre, les jeunes ont un profond besoin d'agir et d'entreprendre. Cela s'est d'ailleurs confirmé lors du grand mouvement civique et républicain engagé par les lycéens à la suite du premier tour des élections présidentielles du 21 avril 2002. Les jeunes, ils l'ont montré, se passionnent pour leur pays et pour la chose publique et sont les héritiers d'une école républicaine qui, malgré quelques insuffisances, a su leur inculquer un certain nombre de valeurs collectives.

Or une étude du Conseil national de la jeunesse, structure dépendant, en 2001-2002, du ministère de la jeunesse et des sports, a montré que les médias véhiculent trop souvent une image négative de la jeunesse à travers des reportages qui la caricaturent et la défigurent. On oublie que l'immense majorité des jeunes de ce pays travaille, réussit, se bat pour progresser, participe à des initiatives généreuses et créatrices ; que ces jeunes sont, pour la plupart, non violents, respectueux, tolérants et fraternels. On aimerait que les projecteurs soient davantage braqués sur le vrai visage de la jeunesse et présentent une photographie plus conforme à la réalité.

Cette jeunesse en mouvement et en action, il faut la valoriser, lui donner la parole, mettre en avant ses talents créatifs et libérer ses initiatives.

Les actions engagées en faveur de la vie lycéenne

• **Un délégué national à la vie lycéenne** est nommé. Thomas Rogé assume cette fonction. Sa mission : assurer le lien entre le monde lycéen et le ministère :

— en favorisant l'expression des jeunes;
— en les accompagnant dans l'apprentissage de la vie citoyenne;
— en soutenant leurs initiatives et en informant mieux ceux qui veulent lancer des actions.

• Pour que le lycée soit un véritable lieu de vie, pour ouvrir les lycéens sur la cité, il faut informer, expliquer, faciliter et donner accès à des modes d'emplois, autrement dit instaurer une dynamique de dialogue. Tel est le sens des **conseils des délégués pour la vie lycéennes** (CVL), mis en place en septembre 2000 dans chaque lycée. Lieux privilégiés de dialogue et d'échanges, lieux d'apprentissage en direct de la citoyenneté et d'apprentissage vivant des responsabilités, ces nouvelles instances, où sont représentés à parité lycéens et adultes (personnels et parents d'élèves), sont les supports naturels des initiatives lycéennes. Les CVL viennent renforcer le dispositif déjà existant constitué par les conseils académiques de la vie lycéenne (CAVL) qui représentent les jeunes sur le plan académique et le Conseil national de la vie lycéenne (CNVL) qui intervient sur le plan national. Ainsi, la parole des lycéens irrigue tous les étages du système éducatif.

Les élus lycéens aux CVL ont leur mot à dire sur tout ce qui touche la vie du lycée : organisation du temps scolaire, projet d'établissement, règlement intérieur, information sur l'orientation, la santé, la sécurité... Ils proposent des initiatives dans les domaines artistique, social, civique, humanitaire.

Le taux de participation à ces élections est élevé. Cela prouve que les lycéens veulent faire entendre leurs voix et faire vivre leurs projets, mais aussi que l'éducation civique est moins celle que l'on reçoit passivement que celle qui passe par les actes, les initiatives, les associations, les mouvements.

• Il faut également faciliter la circulation des projets et des idées qui foisonnent au sein des établissements. Le **« Mai des lycéens »** est organisé en ce sens, pour donner un coup de projecteur sur les initiatives des jeunes et permettre aux élèves d'exprimer leurs capacités créatives et civiques. Cet événement est l'occasion de mettre en lumière et de faire essaimer les nombreuses actions qui rythment la vie lycéenne tout au long de l'année. Plus de 300 projets innovants ont été valorisés lors de la première édition de cette manifestation : radios, télévisions et journaux lycéens, festival de cultures urbaines, actions humanitaires ou citoyennes, prévention des conduites à risque, lutte contre la violence... Placé sous le signe de l'imagination et de la création, ce type d'événement doit être encouragé. C'est une forme de pédagogie active, un moyen de nouer des contacts : la porte ouverte à toutes les bonnes idées, aux idées audacieuses.

• Autre outil au service des initiatives lycéennes : **le site de la vie lycéenne** (www.vie-lyceenne.education.fr) lancé en mai 2001. Premier site ministériel entièrement dédié aux lycéens, il est conçu comme une boîte à outils, une boîte à idées et un lieu d'expression. Sa vocation première est de valoriser les actions menées dans les établissements afin de donner des idées à ceux qui veulent s'impliquer dans la vie de leur lycée. Il informe les lycéens sur leurs droits et leurs devoirs et les encourage à l'initiative, à l'échange, à l'exercice de la citoyenneté et de leurs passions. Il leur propose les dernières actualités scolaires, expose une « galerie d'initiatives » et met à la disposition de ceux qui voudraient s'impliquer davantage des outils pour agir : des fiches pratiques pour réussir une réunion ou créer un journal, des textes officiels, etc.

• **Une convention**, signée entre le ministère de la jeunesse et des sports et le ministère de l'éducation nationale, **renforce les échanges et les relations entre les jeunes des conseils de la jeunesse et des conseils de la vie lycéenne**. Cela se traduit notamment par un rapprochement entre le « Festival de la citoyenneté » et le « Printemps des lycées » ou encore par l'organisation de débats en commun sur des thématiques présentant un intérêt au plan national ou local...

• Une version réactualisée du ***Memento de la vie lycéenne*** faisant le point sur les droits et devoirs des jeunes est diffusée, en décembre 2001, à 300 000 exemplaires, dans les lycées.

• Un nouveau mode de communication avec les 250 000 délégués de classe et élus au conseil des délégués pour la vie lycéenne (CVL) est réalisé. ***La Lettre de la vie lycéenne***, qui a vu le jour fin 2001, a pour objectif de donner des informations utiles pour que les lycéens puissent être réellement acteurs dans la vie de leur établissement et soient informés des travaux menés par le ministère pour mieux les accompagner dans leur rôle d'élu.

• Les textes accompagnant le droit de publication des lycéens sont modifiés. Ainsi, **les journaux lycéens** peuvent enfin exprimer des opinions sur tous les sujets, y compris politiques, avec la seule limite, qui tient au caractère laïc du système scolaire, de ne pas verser dans la propagande ou le prosélytisme. En outre — et c'est un point important pour la mémoire de la vie lycéenne — un dépôt pédagogique est créé auprès du Centre de liaison de l'enseignement et des moyens d'information (CLEMI), pour permettre la conservation de tous les journaux publiés par les élèves dans les écoles, les collèges et les lycées. L'expression écrite des élèves est un élément de patrimoine que l'on doit conserver.

• Pour soutenir tous ces projets, le **Fonds de vie lycéenne** est développé : il se monte à environ 7,6 millions d'euros au niveau national. Ces crédits, répartis dans les académies proportionnellement aux effectifs d'élèves, sont destinés à financer les initiatives des jeunes : éditer un journal interne, mettre en place une formation pour les représentants des élèves, créer une manifestation culturelle ou éducative, organiser une exposition ou engager des actions en matière de citoyenneté, de prévention des conduites à risque, d'éducation à la santé et à la citoyenneté, de lutte contre la violence...

Associer les élèves à la vie de leur établissement, les consulter sur les décisions importantes qui rythment leur vie quotidienne, **les encourager à prendre des responsabilités et à initier des projets** sont autant de domaines qui contribuent à la formation de la personne et à l'éducation à la citoyenneté.

Références réglementaires

— Circulaire n° 2002-026 du 1er février 2002, relative aux publications réalisées et diffusées par les élèves dans les lycées — *Bulletin officiel* n° 7 du 14 février 2002.

— Circulaire n° 2002-025 du 1er février 2002, relative à la création d'un dépôt pédagogique pour les publications scolaires — *Bulletin officiel* n° 7 du 14 février 2002.

— Circulaire n° 2001-184 du 26 septembre 2001, relative aux finalités et modalités de gestion du fonds de vie lycéenne — *Bulletin officiel* n° 36 du 4 octobre 2001.

— Décret n° 2000-620 du 5 juillet 2000, relatif à la création des conseils des délégués pour la vie lycéenne (CVL) — *Bulletin officiel hors série* n° 4 du 13 juillet 2000.

— Circulaire n° 2000-104 du 11 juillet 2000, relative à la composition et aux attributions du conseil des délégués pour la vie lycéenne — *Bulletin officiel hors série* n° 4 du 13 juillet 2000.

Une valorisation des initiatives étudiantes

Les études supérieures représentent pour l'étudiant un moment privilégié de sa formation générale et professionnelle dont il peut se saisir pour s'épanouir sur le plan associatif, civique et culturel. En effet, les talents manifestés par les étudiants, le sens du collectif et le professionnalisme dont ils font preuve sont des gages d'une réussite sociale future.

Une enquête menée au cours de l'année universitaire 2000-2001 a montré que la vie associative est importante dans les universités. En effet, **les étudiants font preuve de capacités d'initiatives et d'engagement remarquables et multiformes.** Ils s'investissent dans le domaine sportif et culturel et se tournent de plus en plus vers la cité, les associations humanitaires et le volontariat. Ces engagements ont été soutenus et encouragés par le ministre de l'éducation nationale qui a confié ce dossier à Christophe Borgel. Tel est le sens de la circulaire n° 2001-159 du 29 août 2001 (parue au *Bulletin officiel* n° 32 du 6 septembre 2001) qui fixe un certain nombre de principes et d'orientations afin d'aider les étudiants à concevoir et développer leurs projets.

Il est demandé de créer des **bureaux de la vie étudiante** dans chaque université. Interfaces entre l'étudiant et l'université, ces points d'information regroupent en un lieu bien identifié l'ensemble des données utiles à la vie étudiante et à la réalisation de leurs projets. On y trouve aussi bien des informations sur le financement des études, le logement, les démarches administratives que des conseils pour fonder une association ou conduire un projet collectif.

Les universités veillent, par l'intermédiaire de ces bureaux, à **faciliter l'engagement des étudiants**, à développer des initiatives et à en impulser de nouvelles dans le cadre de leur politique d'établissement.

Par ailleurs, les établissements sont encouragés à signer des conventions d'objectifs avec des associations dont l'action contribue durablement à l'animation des campus et au développement de la vie étudiante.

Ces engagements étudiants doivent être reconnus et validés dans les cursus de formation, notamment grâce au système des crédits. Les contrats quadriennaux sont l'occasion de soutenir l'effort de l'université en faveur des associations et des engagements étudiants. La reconnaissance de ces initiatives peut prendre des formes diverses. L'unité d'enseignement optionnelle constitue sans aucun doute le meilleur moyen de validation de l'action étudiante dans le cadre de la formation. Mais cela peut aussi prendre la forme de stages, de rédaction d'un mémoire ou d'un rapport, de mention sur le diplôme, voire de bonification.

Enfin, un **Fonds de solidarité et de développement des initiatives étudiantes** est constitué. Il est alimenté par une partie des droits d'inscription acquittés par les étudiants et consacre 70 à 80 % de ses crédits à l'aide aux projets des étudiants (projets d'associations culturelles, sportives, actions de bénévolat étudiant ou toute autre initiative collective des étudiants).

XI

L'INNOVATION AU SERVICE DE LA RÉUSSITE SCOLAIRE

L'innovation est un inappréciable ferment de vitalité au service d'un idéal : l'accès de tous les élèves à la culture et à la réussite. Elle est porteuse de pratiques pédagogiques neuves qui bénéficient à tous les élèves, dont il faut sans cesse aiguiser la curiosité, maintenir l'intelligence en éveil, développer le jugement critique et le plaisir d'apprendre. Pourtant, elle est insaisissable et mouvante et il est vrai qu'elle n'avait que très rarement été encouragée et mise en valeur jusque-là.

À partir d'avril 2000, **l'innovation retrouve une place centrale au cœur du système éducatif, et le droit et la nécessité d'innover partout sont clairement affirmés.** L'autonomie, l'esprit d'initiative et de responsabilité sont reconnus comme des vertus indispensables pour conduire les élèves au succès.

Pour soutenir cette politique en faveur de l'innovation, les espaces de liberté se multiplient. Initiées par les ministres Claude Allègre et Ségolène Royal et amplifiées par Jack Lang, de nouvelles pratiques pédagogiques privilégiant l'autonomie, la créativité et le travail d'équipe se développent — comme les parcours diversifiés, les travaux croisés, les travaux personnels encadrés, les projets pluridisciplinaires à caractère professionnel, ou encore à l'école primaire l'opération « La main à la pâte » qui s'appuie sur l'observation et l'expérimentation — et des accompagnements se mettent en place pour nourrir ces initiatives. En outre, la formation des maîtres, les programmes mais aussi les modes d'enseignement et d'éducation sont repensés. Les enseignants sont ainsi mieux préparés à mettre en œuvre l'innovation dans leurs pratiques professionnelles, à travailler en équipe. Ils s'impliquent davantage dans leur établissement autant que dans leur classe, ils intègrent non seulement des progressions de programmes mais aussi des logiques de projet appropriées à la diversité des élèves et des situations, enfin ils disposent de marges plus importantes d'initiative et d'inventivité.

Faire émerger et fructifier les actions innovantes

Le constat de départ est simple : contrairement aux idées reçues ou aux accusations d'immobilisme, l'innovation se trouve partout dans le système éducatif. L'école est vivante, dynamique, inventive et regorge de ressources inexploitées, de projets et d'idées. Chaque jour, les différents acteurs du système éducatif innovent dans leurs pratiques et font preuve d'imagination et de dévouement au service de la réussite des élèves, sans avoir pourtant le sentiment de s'intégrer à un mouvement plus général.

Encore faut-il sortir de l'ombre cette multitude

d'expériences riches et variées — trop souvent méconnues, parce que contenues dans le cadre d'une classe ou d'un établissement, et trop souvent sans lendemain, parce que reposant sur des forces individuelles isolées.

Afin d'encourager, de faire perdurer et d'étendre les initiatives porteuses de réussite, le **Conseil national de l'innovation pour la réussite scolaire** est créé en octobre 2000. Sa mission : mettre en lumière la capacité d'innovation du système éducatif au service de ce qui constitue l'essence de sa mission, la réussite des élèves. En d'autres termes, le Conseil repère ces **petits îlots d'innovation individuelle ou semi-collective** disséminés un peu partout dans le système éducatif, sort du contexte spécifique où elles sont élaborées les méthodes, structures ou pratiques innovantes réussies, puis les diffuse afin qu'elles irriguent, enrichissent et dynamisent le système scolaire, contribuant ainsi à son évolution. Au bout du compte il s'agit bien de mettre fin au sentiment d'isolement éprouvé par les innovateurs de terrain, en sortant leurs pratiques de la confidentialité, et de tirer parti des compétences nombreuses à l'œuvre dans les écoles et les établissements.

Le rôle du Conseil national de l'innovation pour la réussite scolaire

Après dix-sept mois d'existence, l'action menée par le Conseil a permis de restaurer la confiance des innovateurs qui se sentaient incompris ou marginalisés ; elle a redonné espoir dans les capacités d'initiatives de ceux désirant améliorer leurs pratiques ; elle a été un formidable encouragement à explorer des voies nouvelles pour répondre aux attentes et aux besoins des élèves.

Les enquêtes montrent que la création de cette instance chargée d'innovation est **une idée pertinente** et que les perspectives d'action dans ce domaine sont aussi vastes qu'utiles pour faire évoluer efficacement le système éducatif.

Qu'entend-on par innovation ?

L'innovation résulte d'une intention et met en œuvre une ou des actions visant à changer ou modifier « quelque chose » (un état, une situation, une pratique, des méthodes, un fonctionnement) à partir d'un diagnostic d'insuffisance, d'inadaptation ou d'insatisfaction par rapport aux objectifs à atteindre, aux résultats, aux relations de travail.

L'innovation relève de la créativité, de l'inventivité, de l'initiative par le renouvellement des méthodes, de l'organisation ou des contenus. Elle se situe explicitement dans une visée de changement pour améliorer la réussite scolaire, perfectionner ou rendre plus efficace l'existant : elle est un travail quotidien d'adaptation à l'évolution et ne se satisfait pas de l'organisation ou des résultats existants, de la routine, de l'imitation.

L'innovation est un état d'esprit, une démarche d'action et de recherche permanente sur le lieu de travail.

(Extrait du rapport du Conseil national de l'innovation pour la réussite scolaire du 15 juin 2001.)

Références réglementaires

— Arrêté du 4 octobre 2000 portant création du Conseil national de l'innovation pour la réussite scolaire — *Bulletin officiel* n° 39 du 2 novembre 2000.

— Arrêté du 26 octobre 2000 portant nomination au Conseil national de l'innovation pour la réussite scolaire — *Journal officiel* du 9 novembre 2000.

Stimuler et accompagner l'innovation : le développement de sites expérimentaux

Toute institution a besoin d'« espaces prophétiques » où s'élaborent des hypothèses de travail audacieuses et particulièrement originales pour provoquer les évolutions nécessaires à l'ensemble. Telle est la raison d'être des **sites expérimentaux** mis en place à partir de la rentrée 2000. Véritables « laboratoires de la pédagogie », ces structures expérimentales concernent des expériences plus hardies et minoritaires susceptibles, après expérimentation, d'être adoptées par tous, partiellement ou en totalité (mise en place de groupes de besoin en lieu et place de la classe traditionnelle, établissement virtuel, réorganisation du temps de travail des élèves et des enseignants, interdisciplinarité, participation active des parents...).

Dès la rentrée 2000, **4 sites expérimentaux** sont ouverts, notamment pour les élèves exclus du système éducatif : le micro-lycée de Sénart, à Lieusaint, accueille des élèves décrocheurs de 16 à 20 ans désireux de reprendre une scolarité adaptée à leur situation personnelle en vue de préparer le baccalauréat ; le collège-lycée élitaire pour tous, à Grenoble, se propose de réinscrire des élèves dans un processus d'apprentissage en les réconciliant avec une trajectoire scolaire vers le baccalauréat ; le lycée intégral, à Paris, offre des modules pour décrocheurs ; le centre d'études et de sport d'Antibes et des Alpes-

Maritimes reçoit des jeunes sportifs désireux de concilier la compétition de haut niveau et les études.

En septembre 2001, 7 structures sont mises en place sur avis du Conseil national de l'innovation pour la réussite scolaire et avec son aide. Pour la rentrée 2002, un avis favorable est émis pour 16 sites expérimentaux.

Les projets développés dans ces écoles, collèges ou lycées expérimentaux visent, par exemple, à renforcer l'apprentissage du langage par les textes littéraires ; à favoriser l'expression orale, l'épanouissement de la personnalité, l'apprentissage de la démocratie et de la citoyenneté ; à réduire les phénomènes de violence, à gérer les conflits et à retrouver les voies de la réussite ; à redonner du sens à l'école pour les jeunes, en échec ou non, par l'intermédiaire d'un travail approfondi sur le projet personnel et professionnel de l'élève ; à favoriser l'intégration des primo-arrivants par le théâtre...

XII

LA RÉNOVATION PÉDAGOGIQUE À L'UNIVERSITÉ

Voir p. 118.

C

La modernisation des diplômes

Le parachèvement des réformes engagées se manifeste à travers la rénovation ou la création de nombreux diplômes.

I

LA RÉNOVATION DU CERTIFICAT D'APTITUDE PROFESSIONNELLE

La finalité professionnelle du certificat d'aptitude professionnelle (CAP) souffrait d'un manque de lisibilité lié à une profonde modification de la structure de l'emploi au cours des vingt dernières années. Il était donc indispensable d'engager une rénovation de ce diplôme afin de mieux l'adapter aux nouvelles exigences professionnelles et à l'émergence de nouveaux métiers.

Garantir l'accès de 100 % d'une classe d'âge à un diplôme qualifiant et donner les moyens à tous les salariés d'accéder à des emplois qualifiés, tel est l'enjeu de la rénovation du certificat d'aptitude professionnelle (CAP) qui s'affirme aujourd'hui comme le premier niveau de qualification professionnelle.

Engagée à l'automne 2001 par Jean-Luc Mélenchon, cette rénovation vise à :

— renforcer le caractère professionnel du CAP;

— mieux le positionner par rapport au BEP (aujourd'hui le CAP est clairement dissocié du BEP, ce dernier se situant dans une logique préparatoire au baccalauréat professionnel);

— réactualiser les textes référentiels et les programmes du CAP, notamment les programmes d'enseignement général;

— assouplir les contenus et les rythmes afin de garantir aux élèves en difficulté la possibilité de suivre la formation jusqu'à son terme;

— adapter les modalités de délivrance aux différents publics.

Cette rénovation aboutit à une nouvelle réglementation des modalités de certification; à de nouveaux programmes d'enseignement général; à une nouvelle organisation des enseignements et des horaires pour les formations sous statut scolaire.

Son accès est ouvert à un public le plus large possible, par **le découpage en unités** susceptibles d'être obtenues de manière disjointe. Le diplôme est aujourd'hui adapté à **des modalités d'obtention très différentes** : sous statut scolaire en une ou deux années, voire trois en cas de difficulté, en formation continue ou par la voie de la validation des acquis de l'expérience.

Présentés sous forme de référentiels, **les nouveaux programmes des enseignements généraux** comportent une partie commune à tous les CAP et des modules spécifiques à certaines spécialités afin de prendre en compte les exigences propres à chaque activité professionnelle.

Certaines de ces mesures sont mises en application dès la rentrée 2002, d'autres seront effectives à la rentrée 2003.

Avec près de 290 000 candidats d'origines diverses et 216 000 diplômés en 2001, le CAP est, en nombre, le premier des diplômes professionnels attribués.

UNE ORGANISATION EN UNITÉS

Dorénavant, comme les diplômes professionnels de niveau IV et III (baccalauréat professionnel, brevet professionnel et brevet de technicien supérieur), **le CAP, diplôme de niveau V, est organisé en unités**. Ces unités sont constituées chacune d'un ensemble cohérent de connaissances et compétences générales et professionnelles.

Certaines unités constitutives du diplôme peuvent être, soit communes à plusieurs CAP (c'est le cas des unités d'enseignement général et, dans certains cas, d'unités d'enseignement professionnel), soit équivalentes à des unités d'autres CAP (sans être identiques, les unités peuvent certifier les mêmes compétences). Ce dispositif permet, sur autorisation du recteur, la dispense d'épreuves pour obtenir un second CAP lors de la même session.

L'examen comporte 7 unités obligatoires au maximum et 1 facultative. À chaque unité constitutive du diplôme correspond une épreuve de l'examen afin d'éviter que ne soient instaurées des sous-épreuves.

La durée de la période de formation en entreprise est de 12 à 16 semaines.

Les épreuves de l'examen peuvent être présentées, soit à l'issue de la formation, au cours d'une seule session (on parle alors de forme globale), soit réparties sur plusieurs sessions (on parle alors de forme progressive).

Les candidats, mineurs ou majeurs, ayant préparé le diplôme par la voie scolaire ou par la voie de l'apprentissage présentent obligatoirement le diplôme sous une forme globale. Les autres candidats doivent choisir entre la forme globale ou progressive.

TROIS MODES D'ÉVALUATION

• **Pour les candidats scolaires dans un établissement public ou privé sous contrat ainsi que pour les apprentis** dans un centre de formation d'apprentis (CFA) ou une section d'apprentissage habilités, il n'y a plus d'épreuves en simple contrôle ponctuel terminal : l'examen comprend au moins 4 épreuves évaluées par contrôle en cours de formation (CCF). Les autres épreuves sont évaluées à la fois par CCF et par contrôle ponctuel complémentaire.

• **Les candidats de la formation professionnelle continue** dans un établissement public habilité sont évalués intégralement par contrôle en cours de formation (CCF).

• **Pour les autres candidats**, notamment les candidats libres et les candidats de la validation des acquis de l'expérience, le passage de l'examen se fait intégralement par épreuves ponctuelles terminales.

MAINTIEN DU SYSTÈME DE LA DOUBLE MOYENNE

Les candidats doivent obtenir à la fois la moyenne générale à l'ensemble des unités constituant le diplôme et la moyenne aux unités d'enseignement professionnel, chacune de ces unités étant affectée de son coefficient. Ils peuvent conserver les notes obtenues aux unités pendant une durée de 5 ans à compter de leur date d'obtention, que ces notes soient supérieures (bénéfice) ou, ce qui est nouveau, inférieures à 10/20 (rcport).

Le principe du report ne concernait jusque-là que les candidats aux diplômes de niveau IV (baccalauréat professionnel et brevet professionnel) et, parmi ceux-ci, les seuls candidats de la formation continue autorisés à présenter l'examen sous la forme progressive. Pour le CAP, il a semblé important d'étendre cette possibilité de conservation des notes à tous les candidats, quelle que soit la forme de passage (globale ou progressive). Ainsi, **les candidats peuvent choisir de conserver une note inférieure à 10/20.** En revanche, tout abandon de note est définitif et oblige le candidat à représenter l'épreuve.

Désormais, l'intégralité du diplôme peut être acquise par la voie de **la validation des acquis de l'expérience** (voir la loi n° 2002-73 du 17 janvier 2002 de modernisation sociale modifiant notamment l'article L. 335-5 du Code de l'éducation).

La définition des horaires de formation pour les candidats préparant le CAP sous statut scolaire

— La rénovation du CAP (règlement général et nouveaux programmes pour les enseignements généraux) a rendu indispensable **la révision des grilles horaires** anciennement appliquées aux formations sous statut scolaire conduisant à ce diplôme et qui, datant de 1981, concernaient des formations alors dispensées en trois ans à l'issue de la classe de 5e. La nouvelle organisation des enseignements est fondée sur **un horaire global de formation sur un cycle de deux ans** pour l'ensemble des disciplines. Afin de préserver le caractère très professionnel du diplôme et sa finalité principale d'insertion, le temps consacré aux enseignements technologiques et professionnels est supérieur à 60 % du temps global de formation.

• Parmi les disciplines obligatoires, sont introduites **une langue vivante étrangère** (cet apprentissage ne concernait auparavant que les CAP du tertiaire) et **l'éducation civique juridique, et sociale**. Les élèves ont également un temps de formation conséquent consacré à la mise en œuvre de **projets pluridisciplinaires à caractère professionnel** et ils peuvent bénéficier d'une aide individualisée en mathématiques et en français.

Références réglementaires

— Circulaire n° 2002-108 du 30 avril 2002, concernant la mise en place du nouveau dispositif relatif au CAP — *Bulletin officiel* n° 19 du 9 mai 2002.

— Arrêté du 24 avril 2002, relatif à l'organisation des horaires d'enseignement dispensés dans les formations sous statut scolaire préparant aux CAP — *Bulletin officiel* n° 21 du 23 mai 2002.

— Décret n° 2002-463 du 4 avril 2002, relatif au certificat d'aptitude professionnelle — *Bulletin officiel* n° 19 du 9 mai 2002.

II

LA CRÉATION DU BREVET D'ÉTUDES FONDAMENTALES : LE « BACCALAURÉAT DU COLLÈGE »

La politique du ministre de l'éducation nationale va dans le sens d'une meilleure évaluation des élèves à toutes les étapes de la scolarité au collège et d'une révision du rythme, de la fonction et des contenus de ces évaluations. Le brevet d'études fondamentales constitue la dernière étape du contrôle des acquisitions des élèves en fin de collège. Il devrait remplacer le diplôme national du brevet à compter de la session de juin 2005 et deviendra une sorte de baccalauréat du collège.

L'institution du brevet d'études fondamentales marque la volonté de maintenir une même ambition pour tous les élèves quel que soit le parcours emprunté.

Le parcours de tout collégien se conclura donc par un diplôme unique, auquel sera conférée une valeur symbolique forte, à l'instar de ce que fut le certificat d'études primaires durant une grande partie du siècle dernier. Il ne s'agit pas d'introduire au collège un bachotage inutile, mais plutôt de couronner l'ensemble du parcours de la scolarité obligatoire par un diplôme unique, que tous les élèves passeront, qu'ils prépareront tout au long de leur scolarité de manière régulière et qui viendra attester de l'acquisition des connaissances et des compétences jugées indispensables pour tous. En effet, les rites de passage doivent être remis au goût du jour, notamment lorsqu'ils sont synonymes de reconnaissance réciproque.

Obligatoire pour tous les collégiens, le brevet d'études fondamentales sera un élément déterminant pour l'orientation vers des études ou formations ultérieures, seconde générale, technologique ou professionnelle.

L'évaluation des élèves au brevet portera sur tous les enseignements, y compris sur les itinéraires de découverte et les enseignements choisis en 3e qui seront assortis d'un fort coefficient.

Un groupe de travail, chargé de réfléchir à l'organisation et aux modalités d'attribution du futur brevet d'études fondamentales, a présenté des propositions. Celles-ci vont dans le sens d'une valorisation des travaux résultant d'un choix des élèves, tout en maintenant les grands équilibres entre les disciplines évaluées comme entre les modalités de l'évaluation : maintien des épreuves écrites en fin d'année scolaire et du contrôle continu tout au long de l'année avec des exigences renforcées en matière d'harmonisation.

III

LA CRÉATION DU BREVET INFORMATIQUE ET INTERNET (B2i)

Assurer l'égalité des chances et réduire le « fossé numérique » en donnant à chaque élève un socle commun de connaissances dans le domaine des technologies de l'information et de la communication (TIC), telle est la finalité du brevet informatique et Internet (B2i) créé en 2000. Le B2i — il s'agit d'un certificat et non d'un diplôme obtenu par examen — valide les compétences acquises par l'élève dans la maîtrise des outils multimédias et de l'Internet : il atteste d'une utilisation raisonnée des TIC pour lire et produire des documents, rechercher des informations et communiquer au moyen d'une messagerie. Il encourage également les jeunes à développer une approche critique et citoyenne face aux données et informations véhiculées par l'ordinateur connecté au réseau.

Le brevet informatique et Internet comporte plusieurs niveaux :
• **Le niveau 1** concerne principalement la scolarité en primaire. Il est intégré dans les programmes qui sont entrés en vigueur à la rentrée 2002.
• **Le niveau 2** permet de vérifier les compétences acquises à l'issue du collège ou de la classe de seconde.
• Une expérimentation est engagée, à la rentrée 2002-2003, dans des lycées d'enseignement général et technologique, des lycées professionnels et des centres de formation d'apprentis, en vue de la création d'un **B2i de niveau 3** (défini par la circulaire du 25 avril 2002 adressée aux recteurs). Ce niveau 3 s'inscrit en cohérence avec **le certificat de compétences en informatique** mis en place simultanément dans l'enseignement supérieur.

Le B2i à l'école (niveau 1) permet d'évaluer cinq types de compétences :
— la maîtrise des premières bases de la technologie informatique;
— l'adoption d'une attitude citoyenne face aux informations véhiculées par les outils informa-

tiques, lors de manipulations de données utiles aux activités d'apprentissage et à la suite de débats organisés au sein de la classe ;

— la production, création, modification et exploitation de documents à l'aide d'un logiciel de traitement de texte ;

— la recherche de documentation au moyen d'un produit multimédia (cédérom, site Internet...) ;

— la communication au moyen d'une messagerie électronique.

Le B2i au collège (niveau 2) suppose la maîtrise de l'ensemble des compétences du niveau 1 et les complète par :

— l'organisation des traitements numériques à l'aide d'un tableur ;

— l'organisation de documents complexes comportant des tableaux, des formules et des liens avec d'autres documents ;

— l'information et la documentation via un navigateur et un moteur de recherche ;

— l'organisation de son espace de travail grâce à la gestion de fichiers et de dossiers ;

— la communication au moyen d'une messagerie électronique et notamment l'échange de fichiers ;

— la perception des limites relatives à l'utilisation d'informations nominatives ainsi que de celles que fixe le respect de la propriété intellectuelle.

Références réglementaires

— Note de service n° 2000-206 du 16 novembre 2000 instaurant un brevet informatique et Internet à l'école et au collège — *Bulletin officiel* n° 42 du 23 novembre 2000.

— Note de service n° 2001-048 du 21 mars 2001 relative à la validation du brevet informatique et Internet de niveau 2 dans les lycées d'enseignement général et technologique — *Bulletin officiel* n° 13 du 29 mars 2001.

Le brevet informatique et Internet GRETA (B2i GRETA)

Le brevet informatique et Internet formation continue-GRETA dont la définition est publiée au *Bulletin officiel de l'éducation nationale* du 30 août 2001 s'inscrit dans la démarche de généralisation de l'utilisation des technologies de l'information et de la communication (TIC).

Il permet aux adultes et stagiaires de la formation professionnelle de faire une utilisation autonome et raisonnée des TIC, de posséder les éléments de la culture informatique, de percevoir les possibilités et les limites des traitements informatisés, de faire preuve d'esprit critique face aux résultats de ces traitements et d'identifier les contraintes juridiques et sociales dans lesquelles s'inscrivent ces utilisations.

Le B2i GRETA est délivré à l'issue d'une formation spécifique ou d'une formation professionnelle ou générale intégrant les technologies de l'information et de la communication.

IV

L'ADAPTATION DU BACCALAURÉAT

Les modifications apportées au baccalauréat général à partir de 2002 résultent de la rénovation des programmes et des enseignements dispensés dans les lycées. Ces nouvelles dispositions se traduisent, non par une réforme du baccalauréat (l'organisation générale de l'examen et ses grandes règles de fonctionnement n'ont pas été modifiées), mais plutôt par des ajustements dans le contenu et l'organisation des épreuves.

Les changements concernent principalement les épreuves terminales du baccalauréat d'enseignement général (séries économique et sociale : ES, littéraire : L, et scientifique : S). De nouvelles épreuves sont introduites, d'autres supprimées. La nature (écrite ou orale), la durée et les coefficients des épreuves faisant déjà partie de l'examen ne sont pas modifiés.

Ainsi, les nouveaux enseignements offerts aux élèves dans les trois séries ES, L et S donnent lieu a deux nouvelles épreuves : **une épreuve de travaux personnels encadrés** (TPE) pour les élèves ayant choisi de mener un TPE en terminale et de le faire évaluer au baccalauréat (seuls sont pris en compte les points supérieurs à la moyenne, mais ils bénéficient d'un coefficient 2); et **une épreuve d'éducation physique et sportive de complément** pour les élèves ayant suivi l'enseignement complémentaire d'EPS (coefficient 2).

Par ailleurs, selon les séries, **des épreuves facultatives deviennent obligatoires et, à l'inverse, des épreuves obligatoires deviennent facultatives**. Par exemple, une épreuve de langue vivante 2 obligatoire est introduite en série S (cette discipline fait désormais partie des enseignements obligatoires en première et terminale S) et l'option facultative d'informatique est supprimée dans les trois séries ES, L et S.

En ce qui concerne **les épreuves anticipées en fin de première**, elles concernent désormais d'autres disciplines que le français : l'enseignement scientifique et mathématiques-informatique en fin de première littéraire (L) ; l'enseignement scientifique en fin de première économique et sociale (ES). Depuis la session 2002, ces disciplines peuvent être choisies par les candidats dans le cadre des épreuves de rattrapage.

Quant aux **notes obtenues aux épreuves anticipées** en fin de première, elles sont désormais provisoires. Elles seront examinées et arrêtées définitivement par le jury du baccalauréat en même temps que les notes obtenues dans les autres disciplines, à l'issue des épreuves terminales. Ces notes, bien que provisoires, seront communiquées au candidat à l'issue des épreuves anticipées.

On notera encore la nouvelle définition de l'épreuve écrite et orale de français, ou l'introduction d'une épreuve de « danse », comme spécialité de l'enseignement Arts de la série littéraire et comme option facultative de l'enseignement Arts pour toutes les séries générales.

S'agissant du **baccalauréat technologique 2002**, il fait l'objet de peu de modifications, la réforme du lycée ne concernant pas encore cette voie. **Une épreuve d'éducation physique et sportive de complément** est introduite dans les sciences et technologies industrielles (STI), les tertiaires (STT), de laboratoire (STC) et dans les sciences médico-sociales (SMS). À noter également l'application, dans toutes les séries technologiques, de la **nouvelle définition de l'épreuve de français**, ainsi que l'introduction de **la danse** parmi les spécialités de l'enseignement des arts que peuvent choisir les élèves au titre des options facultatives.

V

LA CRÉATION DU CERTIFICAT DE COMPÉTENCES INFORMATIQUE ET INTERNET (C2i)

Dans le but de développer et de renforcer la maîtrise des technologies de l'information et de la communication par les étudiants en formation dans les établissements d'enseignement supérieur, un certificat de compétences informatique et Internet (C2i) est institué.

Conçu dans le même esprit que le brevet informatique et Internet (B2i) au collège, le certificat de compétences informatique et Internet comporte plusieurs niveaux permettant de valider les compétences informatiques de chaque étudiant, quels que soient son cursus et sa filière.

Le certificat informatique et Internet de niveau 1

Pour obtenir le certificat de compétences informatique et Internet de niveau 1, l'étudiant doit maîtriser les compétences suivantes :

— rechercher, créer, manipuler l'information ;
— récupérer des données et les traiter ;
— gérer des données (bases de données, requêtes) ;
— sauvegarder, archiver et rechercher des données ;
— présenter le résultat d'un travail sur place et à distance (présentation et publication assistée par ordinateur) ;
— échanger et communiquer à distance ;
— produire un travail en collaboration ;
— se situer face aux problèmes et enjeux de l'utilisation des TIC (droits et devoirs, aspects juridiques, déontologiques et éthiques...).

Les compétences décrites ci-dessus représentent un degré d'exigence applicable à tous les étudiants de premier et de second cycle universitaire. C'est ce premier niveau qui sera exigé pour l'inscription au concours de recrutement des professeurs d'école. Une expérimentation du C2i dans des universités volontaires devait être mise en place au second semestre universitaire 2002-2003.

À moyen terme, un certificat de niveau 2, objet d'exigences plus élevées, sera mis en place.

Référence réglementaire

— Circulaire n° 2002-106 du 30 avril 2002 fixant les modalités de mise en œuvre et de validation du certificat informatique et Internet — *Bulletin officiel* n° 19 du 9 mai 2002.

VI

LA CRÉATION DU CERTIFICAT DE COMPÉTENCES EN LANGUES

La capacité à communiquer dans une ou plusieurs langues vivantes étrangères est un atout incontestable, voire une nécessité dans le monde contemporain.

C'est pour **favoriser et valoriser la maîtrise des langues par l'ensemble des étudiants** qu'un certificat de compétences en langues de l'enseignement supérieur (CLES) est créé en 2000. Cette décision s'inscrit dans la dynamique lancée à l'école, au collège, au lycée.

Indépendant du diplôme de spécialité préparé par l'étudiant, ce certificat lui permet de faire valoir la nature exacte de ses compétences en langues à l'issue de ses études.

Le certificat de compétences en langues de l'enseignement supérieur comporte trois niveaux :

Le premier niveau va au-delà du niveau de la première langue du baccalauréat et se cale sur celui des enseignements de langue prévus dans la réglementation du diplôme d'études universitaires générales (DEUG).

Le niveau 2 permet de comprendre à l'écrit comme à l'oral une information concernant le domaine de spécialité de l'étudiant.

Le niveau 3 permet à l'étudiant de s'exprimer de manière claire et nuancée en réponse à une information complexe portant sur son domaine de spécialité.

Les trois niveaux comportent des épreuves écrites et orales.

Pour l'année universitaire 2000-2001, la délivrance du CLES niveau 1 a été faite dans plus de quarante établissements volontaires par la validation des notes obtenues par les étudiants au cours des épreuves de langues du DEUG avec obligation de valider une note d'oral.

Les niveaux 2 et 3 du CLES ont fait l'objet d'expérimentations et les premiers sujets ont été testés au cours du dernier trimestre de l'année 2001 sur des étudiants volontaires avant d'être proposés aux universités au cours de l'année 2002.

Cette démarche permettra aux étudiants candidats aux concours de recrutement pour le professorat des écoles de s'y présenter munis du CLES niveau 2.

À terme tout étudiant diplômé à bac + 5 devra être titulaire du certificat de compétences en langues et du certificat de compétences en informatique qui attesteront de compétences de base indispensables au XXIe siècle.

Référence réglementaire
— Arrêté du 22 mai 2000 relatif au certificat de compétences en langues de l'enseignement supérieur — *Bulletin officiel* n° 25 du 29 juin 2000.

VII

LE RENOUVEAU DES DEUG SCIENTIFIQUES

Les DEUG de sciences et technologies doivent être plus attractifs et plus performants afin d'attirer davantage de bacheliers vers les études scientifiques longues qui connaissent — en France comme en Europe et aux États-Unis — une relative désaffection. En effet, les bacheliers scientifiques délaissent les DEUG scientifiques au profit des classes préparatoires (CPGE), les filières courtes (sections de techniciens supérieurs, instituts universitaires de technologie), les écoles d'ingénieurs et même quelques filières longues, telles que la médecine ou le droit.

Afin d'enrayer ce processus, un mouvement de rénovation des DEUG scientifiques est enclenché dans six universités, à titre expérimental et avec un accompagnement financier : Bordeaux 1, Grenoble 1, Lille 1, Littoral, Montpellier 2 et Paris 11. Les méthodes pédagogiques sont améliorées grâce à une prise en compte de l'hétérogénéité des étudiants, grâce aussi au recours à de nouvelles pratiques pédagogiques intégrant davantage les technologies de l'information et de la communication.

Les résultats de ces expérimentations sont positifs : le taux de réussite aux mentions rénovées de certains DEUG augmentent de 15 à 20 %. On constate également que les taux d'abandon et d'absentéisme régressent.

C'est ainsi que, depuis 1998, à l'université Bordeaux 1, le taux de réussite aux différentes mentions du DEUG sciences et technologies est passé de 76 % à 94 %; le DEUG mention sciences de la matière de l'université Grenoble 1 a vu ses taux de réussite passer de 31,7 % à 47,2 %; à l'université Lille 1, et pour cette même mention de DEUG, les taux de réussite sont passés de 30 % à 50,5 %; à l'université du Littoral, 22 % d'étudiants supplémentaires ont été admis aux trois mentions du DEUG sciences et technologies, à savoir : mathématiques, informatique et applications aux sciences (MIAS) — sciences de la matière (SM) — sciences de la Terre et de l'Univers (STU).

Aujourd'hui toutes les universités scientifiques sont concernées. Les formations sont rénovées en s'appuyant sur les actions mises en place dans les universités expérimentales en vue d'améliorer les méthodes d'enseignement et les pratiques pédagogiques et de diversifier les moyens d'enseignement, en prenant en compte l'hétérogénéité des étudiants.

Cette rénovation s'accompagne d'opérations de sensibilisation des élèves non encore bacheliers : des universitaires se rendent dans des lycées et à l'inverse des lycéens assistent et participent à des travaux pratiques à l'université.

Enfin, le mouvement de rénovation des diplômes d'études universitaires générales (DEUG) scientifiques engagé depuis 1998 est amplifié en 2000, 2001 et 2002, grâce à la politique contractuelle. La mise en place dans chaque académie d'un schéma de formation post-baccalauréat contribue à améliorer nettement l'orientation des étudiants dans les différentes formations offertes. Dans le cadre de la mise en œuvre de ces schémas, le développement des DEUG scientifiques constitue **une priorité nationale**.

La question des études scientifiques (voir p. 168) dépasse largement le DEUG et concerne aussi l'enseignement des sciences à l'école, au collège, au lycée. C'est pourquoi Maurice Porchet, professeur de biologie à l'université de Lille 1, a été chargé d'une mission d'information sur ce sujet. Son rapport qui comporte notamment des propositions d'action a été rendu public en avril 2002.

Rénovation des DEUG scientifiques : premiers enseignements :

- Les rénovations entreprises sont aussi bien pédagogiques que structurelles.
- Les programmes sont aménagés pour laisser plus de place à l'expérimentation, au travail en ateliers ou en centre multimédias.
- Les cours magistraux sont remplacés au premier semestre par des cours TD ou TP en petits groupes.
- L'unité de méthodologie du travail universitaire permet de développer le travail sur le projet professionnel, l'apprentissage du travail personnel.
- Cette rénovation pédagogique a redynamisé les équipes en place : les équipes pédagogiques se regroupent autour de projets communs ; des réunions de concertations permettent de définir un enseignement adapté à un public hétérogène.
- L'information faite dans les lycées auprès des élèves et des enseignants est accentuée.
- Le premier semestre est aménagé en tronc

commun à l'ensemble des mentions du DEUG sciences et technologies. La spécialisation ne se fait qu'au deuxième semestre, afin de servir de passerelle ou de mise à niveau.

VIII

LA CRÉATION DE LA LICENCE PROFESSIONNELLE

Par leurs déclarations de la Sorbonne (25 mai 1998) et de Bologne (19 juin 1999), les ministres européens de l'éducation ont décidé de construire l'espace européen de l'enseignement supérieur en le fondant essentiellement sur **trois cursus** conduisant au niveau de la licence, au master et au doctorat.

S'agissant du **cursus licence**, « les étudiants doivent se voir offrir des programmes suffisamment diversifiés, comprenant notamment la possibilité de suivre des études pluridisciplinaires, d'acquérir une compétence en langues vivantes et d'utiliser les nouvelles technologies de l'information » (Sorbonne). Les diplômes délivrés au terme de ce premier cursus doivent correspondre « à un niveau de qualification approprié pour l'insertion dans le monde du travail européen » (Bologne). La création du diplôme de licence professionnelle en France, à l'initiative de Claude Allègre, répond à ces objectifs, définis en commun au niveau européen.

Créée à la rentrée 2000-2001, la licence professionnelle offre une sortie professionnalisante à bac + 3 (voir pp. 97 et 291). Ce diplôme répond aux engagements européens qui prévoient un cursus licence adapté à la demande de nouvelles qualifications, entre le niveau technicien supérieur et le niveau ingénieur-cadre supérieur. Organisée sur une année, la formation allie enseignements théoriques et pratiques (stage de 12 à 16 semaines en milieu professionnel) et repose sur la mise en place de partenariats entre universités, entreprises et branches professionnelles. Elle confère aux titulaires le grade universitaire de licence.

En formation initiale, le cursus est ouvert aux étudiants titulaires d'un diplôme sanctionnant deux années d'enseignement supérieur validées (DEUG, DUT, BTS, BTSA, DEUST). Les titulaires d'un BTS-DUT peuvent, par ce biais, obtenir un niveau supérieur de qualification et les titulaires de DEUG, un diplôme facilitant leur insertion dans la vie active. En formation continue, la licence professionnelle recourt largement à la validation des acquis de l'expérience professionnelle et offre ainsi aux techniciens en activité la possibilité d'améliorer leur parcours professionnel.

La licence professionnelle connaît **un succès immédiat** auprès des universités : 195 formations sont créées dès la rentrée 2000; 182 à la rentrée 2001. En 2002, on en compte plus de 600 dans tous les secteurs professionnels, de la production agricole ou industrielle au secteur tertiaire, en passant par les services aux personnes et aux collectivités.

Le nombre d'étudiants ayant choisi de préparer ce diplôme passe de 4 400 en 2000 à 9 000 en 2001 (soit + 107 %), alors que les effectifs en licences dites « classiques » accusent une baisse de 8 %.

La licence professionnelle en chiffres

86 % des étudiants inscrits sont en formation initiale (dont 7 % par apprentissage) et 14 %, souvent plus âgés, sont en formation continue après avoir bénéficié d'une validation des acquis de leur expérience professionnelle pour pouvoir reprendre des études.

Les étudiants en licence professionnelle représentent environ 5 % du total des étudiants en licence. Leur profil est sensiblement différent : ce sont en majorité des hommes (les femmes ne constituent que 37 % des effectifs) et ils sont de milieux moins favorisés que la moyenne, ce qui est l'objectif du processus. Ainsi, on compte 22 % d'enfants de cadres (30 % dans les licences classiques) et 13 % d'enfants d'ouvriers (11 % en licences classiques).

Références réglementaires

— Arrêté du 17 novembre 1999 relatif à la création de la licence professionnelle — *Bulletin officiel* n° 44 du 9 décembre 1999.

— Arrêté du 21 mars 2000 relatif à la création de la Commission nationale d'expertise de la licence professionnelle — *Bulletin officiel* n° 14 du 6 avril 2000.

— Arrêté du 7 décembre 2000 relatif à la création du Comité de suivi de la licence professionnelle — *Bulletin officiel* n° 46 du 21 décembre 2000.

IX

L'EUROPÉANISATION DES DIPLÔMES

Voir p. 289 « l'harmonisation européenne de l'architecture des diplômes ».

CHAPITRE II

Une école ouverte sur le monde

A

La bataille du plurilinguisme

À l'heure de l'Europe et de la mondialisation, l'apprentissage des langues vivantes est une absolue nécessité, une condition essentielle à la réussite personnelle et professionnelle de tous les élèves qui seront amenés à vivre et à travailler dans une Europe forte de ses différentes cultures et de son multilinguisme.

Le cap est donc fixé dès juin 2000 : développer et encourager la pratique des langues à tous les niveaux du système éducatif. Depuis l'école maternelle, où le jeune enfant a une oreille plus réceptive et plus musicale, jusqu'à l'université en vue de mieux préparer les étudiants à la mobilité. Cette politique en faveur de la promotion des langues prend appui sur un plan de généralisation qui introduit progressivement **l'enseignement des langues vivantes à l'école primaire**, de la grande section de maternelle à la fin du cours moyen.

Il s'agit de permettre à chacun de débuter, dès le début du collège, l'étude d'une seconde langue vivante.

Un objectif est réaffirmé : les intérêts bien compris des élèves et du pays nécessitent **une plus**

grande diversification des langues apprises dès l'école primaire. Les programmes de langues vivantes à l'école primaire sont d'ores et déjà rédigés pour l'allemand, l'anglais, l'arabe, le chinois, l'espagnol, l'italien, le portugais et le russe.

Le respect de la diversité passe également par une meilleure reconnaissance des langues historiques de la France. **Le plan en faveur des langues régionales**, complémentaire du plan pour les langues étrangères, répond à une double volonté : renforcer les réalités culturelles et linguistiques françaises et mettre fin à une injustice du système scolaire républicain qui avait éradiqué, pendant de nombreuses années, un certain nombre de parlers français, pourtant partie intégrante du patrimoine. En outre, afin de favoriser l'insertion des personnes possédant d'autres langues que le français, la transformation progressive et concertée de **l'enseignement des langues et cultures d'origine** (ELCO) en enseignement de langues vivantes à l'école primaire ouvert à tous est engagée.

I

LES PRINCIPALES MESURES EN FAVEUR DU DÉVELOPPEMENT DES LANGUES VIVANTES

• Les langues vivantes sont désormais **une discipline de l'école primaire**. Elles figurent pour la première fois dans les programmes, avec une indication précise des objectifs, des contenus, des méthodes et du volume horaire consacré à cette nouvelle discipline. Ces programmes sont d'ores et déjà déclinés pour sept langues étrangères différentes. *(Cf. arrêtés portant sur les programmes.)*

• Grâce aux efforts importants, tant en matière de **formation initiale** que de **formation continue** des enseignants, les maîtres du premier degré représentent, en 2002, 58 % des personnes chargées de cet enseignement. Ce pourcentage doit s'accroître encore. Les sortants d'IUFM habilités à enseigner une langue vivante sont en augmentation de 41 %, en 2001-2002, par rapport à l'année précédente.

La mise en place des **formations à dominante « langues vivantes »** dès l'année 2001-2002 et la décision de rendre obligatoire une **compétence en langue vivante** pour tous les futurs professeurs des écoles devraient accélérer cette évolution au moment où les recrutements d'enseignants connaissent une progression numérique importante.

Référence réglementaire

— Circulaire n° 2001-222 du 29 octobre 2001 parue au *Bulletin officiel* n° 41 du 8 novembre 2001, relative à l'habilitation des personnels chargés de l'enseignement des langues vivantes à l'école primaire.

• **Une option « langues vivantes étrangères »** est créée en 2001 pour le certificat d'aptitude aux fonctions d'instituteur et professeur des écoles, maîtres formateurs, à l'instar de celle existant pour les langues et cultures régionales. Cette nouvelle option permet de disposer de conseillers pédagogiques spécialisés dans cette discipline.

Référence réglementaire

— Arrêté du 29 octobre 2001 paru au *Bulletin officiel* nº 45 du 6 décembre 2001, relatif à l'organisation du certificat d'aptitude aux fonctions d'instituteur et professeur des écoles maîtres formateurs.

• L'intervention **des assistants de langues** dans les écoles primaires s'accroît grâce à l'augmentation du nombre de postes, à l'adaptation de la durée de leur mission (9 mois) et à l'amélioration de leur statut.

Référence réglementaire

— Arrêté du 13 octobre 2001 paru au *Bulletin officiel* nº 39 du 25 octobre 2001.

Les assistants de langues

À la rentrée scolaire 2000-2001, plus de **5 800** postes d'assistants étrangers de langues vivantes sont offerts. 1 400 sont consacrés au soutien de l'action des maîtres du premier degré.
À la rentrée 2001-2002, on compte **6 500** assistants de langues parmi lesquels 1 900 participent à l'introduction des langues vivantes à l'école primaire.

• **L'enveloppe financière** mise à la disposition des inspections académiques pour le recrutement de contractuels à la rentrée 2002 est en augmentation de 68 %.

• La diversification des langues enseignées (qui prend aussi en compte les langues régionales et les langues et cultures d'origine) est organisée avec la création d'**une carte des langues par bassin de formation**, en relation avec les collectivités locales et territoriales. Une campagne d'information est préparée en direction des familles sur les parcours de langues vivantes possibles, incluant l'offre de l'enseignement de l'anglais en 6e à partir de la rentrée 2003 (cette campagne n'a pas été organisée par le ministre suivant).

• Depuis la session 2002, un concours spécial de recrutement de professeurs des écoles chargés d'un enseignement de et en **langue régionale** est possible dans les académies concernées.

Référence législative et réglementaire

— Décret n° 2002-11 du 3 janvier 2002 paru au *Bulletin officiel* n° 7 du 14 février 2002, relatif au recrutement des professeurs des écoles chargés d'un enseignement de et en langue régionale.

• **Le certificat de compétences en langues de l'enseignement supérieur** (CLES) est créé en 2000.

Référence législative et réglementaire

— Arrêté du 22 mai 2000 paru au *Bulletin officiel* n° 25 du 29 juin 2000, relatif au certificat de compétences en langues de l'enseignement supérieur.

• **Les sections européennes**, où certaines disciplines sont enseignées dans une langue vivante étrangère, sections créées en 1992, sont désormais présentes dans un plus grand nombre d'établissements, et notamment dans l'enseignement professionnel.

• Un nouvel élan est donné aux langues régionales et **l'enseignement bilingue** est reconnu par deux circulaires qui en fixent le cadre. L'enseignement des langues régionales sous la forme bilingue peut être organisé, soit selon le principe de parité horaire, soit selon la méthode dite de « l'immersion » (ce principe a été remis en cause par le Conseil d'État en novembre 2002 — voir p. 274).

Références législatives et réglementaires

— Arrêté du 31 juillet 2001 paru au *Journal officiel* du 5 août 2001, relatif à la mise en place d'un enseignement bilingue en langues régionales (annulé par le Conseil d'État).
— Circulaire n° 2001-166 du 5 septembre 2001 parue au *Bulletin officiel* n° 33 du 13 septembre 2001, relative au développement des langues et cultures régionales.
— Circulaire n° 2001-167 du 5 septembre 2001, relative aux modalités de mise en œuvre de l'enseignement bilingue à parité horaire — *Bulletin officiel* n° 33 du 13 septembre 2001.
— Circulaire n° 2001-168 du 5 septembre 2001, relative à la mise en œuvre de l'enseignement bilingue par immersion dans les écoles et établissements « langues régionales » — *Bulletin officiel* n° 33 du 13 septembre 2001 (annulée par le Conseil d'État).
— Circulaire n° 2002-103 du 30 avril 2002 et arrêté du 19 avril 2002 parus au *Bulletin officiel* n° 19 du 9 mai 2002, relatifs à l'enseignement bilingue par immersion (annulée par le Conseil d'État).

• **Un site Internet** *primlangues.education.fr* permet d'accompagner l'introduction des langues vivantes en primaire, en aidant les maîtres et en favorisant l'ouverture internationale de cet enseignement.

• **Le portfolio européen des langues** est introduit en France dès janvier 2001. Ce portfolio permet à chaque élève de prendre conscience de ce qu'il est capable de faire dans une ou plusieurs langues (se présenter, dire où il habite, réciter un poème...) ainsi que des expériences multiculturelles qu'il a vécues (voyages, correspondance...). Propriété de l'élève, il est un outil d'auto-évaluation et de mesure des progrès accomplis. Il accroît la motivation et facilite la continuité des apprentissages.

• L'effort en faveur du développement des **logiciels de langues** (762 245 euros, soit 5 millions de francs en 2000) s'amplifie.

• Le suivi de cet apprentissage au collège est facilité par la mise à disposition des enseignants, à compter de la rentrée 2002, d'**outils d'évaluation des compétences** en langues des élèves à l'entrée en 6e.

Un manifeste en faveur du plurilinguisme

Le développement du plurilinguisme est une priorité pour le développement de l'Europe. Tel est le sens du *Manifeste en faveur du plurilinguisme et de l'apprentissage des langues dès le plus jeune âge* signé par 350 personnalités françaises et étrangères, du monde scientifique, artistique, culturel et politique.
Ce manifeste, rendu public en avril 2002, affirme avec force que l'Europe de demain passe par l'apprentissage par tous de deux langues vivantes étrangères dès le plus jeune âge : il n'y a pas d'autre voie pour sauvegarder la diversité linguistique en Europe, pour pré-

server l'avenir des langues nationales, pour faciliter les échanges entre jeunes Européens, pour offrir à chacun les meilleures chances de réussite professionnelle, pour favoriser la mobilité en Europe et dans le monde, pour développer le sentiment d'appartenance à une culture et à un espace communs.

II

LA PROMOTION DES LANGUES VIVANTES DE L'ÉCOLE PRIMAIRE À L'UNIVERSITÉ

Une discipline à part entière à l'école primaire

Après dix années de tergiversations sur la place et le statut des langues vivantes dans le premier degré, la décision est prise d'introduire l'enseignement des langues vivantes à l'école primaire, de la grande section de maternelle à la fin du cours moyen.

Les perspectives sont désormais claires, des repères sont donnés aux maîtres et aux élèves pour construire un apprentissage efficace.

L'apprentissage d'une langue étrangère à l'école élémentaire est une discipline à part entière depuis la rentrée 2000 et le plan de généralisation prévoit son extension à toutes les classes d'ici à 2007.

Le plan pour les langues vivantes à l'école primaire (voir p. 37), présenté en juin 2000, va générer des progrès considérables : meilleur encadrement pédagogique, diversification des langues enseignées, mise en œuvre progressive d'un apprentissage précoce, promotion de l'enseignement des langues et cultures régionales, meilleure reconnaissance des langues des pays d'émigration... Il a pour ambition d'amener tous les élèves à débuter une seconde langue vivante en 6e.

Rappel

Dès la rentrée 2000, l'apprentissage d'une langue vivante est généralisé à toutes les classes de CM2. À la rentrée 2001, cet apprentissage est étendu aux classes de CM1, puis aux classes de CE2 à la rentrée 2002. Le plan de généralisation prévoit l'extension de cet enseignement au CE1 en 2003, au cours préparatoire en 2004 et en grande section de maternelle en 2005.

En 2001-2002, 94 % des classes de cours moyen (CM1 et CM2) de l'enseignement public assurent des cours de langues vivantes étrangères contre 80,2 % l'année précédente. Après l'anglais, étudié dans 76,4 % des classes du public, les autres langues principalement étudiées étaient l'allemand (18,6 %), l'espagnol (2 %), les langues régionales (1,5 %) et l'italien (1,1 %).

La place des langues vivantes est renforcée

Au collège, l'apprentissage d'une seconde langue vivante pourra être introduit dès la classe de 6e de façon progressive, pour concerner, en 2005, tous les élèves. Grâce aux acquis linguistiques des élèves à l'entrée au collège, les enseignants de langue peuvent proposer à leurs élèves des contenus plus riches et les aider à participer à des projets pluridisciplinaires intégrant les langues vivantes.

Au lycée, il va de soi que les compétences des élèves dans au moins deux langues vivantes rendront plus aisées la découverte des cultures des pays concernés, l'utilisation des langues vivantes pour le travail dans d'autres disciplines et la mobilité des élèves.

L'étude précoce des langues vivantes donne bien évidemment des perspectives nouvelles au développement de l'apprentissage d'une troisième langue vivante par un plus grand nombre d'élèves.

L'enseignement des langues vivantes au lycée

Les mesures annoncées en mars 2001 en faveur des langues vivantes au lycée visent à favoriser chez les élèves la maîtrise effective d'au moins deux langues vivantes en plus de la langue maternelle et à donner une dimension internationale à l'action des établissements scolaires, notamment grâce aux séjours d'élèves et d'enseignants de lycées partenaires.

DES IMPULSIONS NOUVELLES

— Les moyens affectés à partir de la grille horaire de langues vivantes des classes de lycées peuvent être utilisés selon le projet de l'équipe pédagogique.

— Une nouvelle forme d'organisation de l'enseignement de cette discipline est expérimentée dans des lycées volontaires : suppression de la distinction entre langues vivantes 1 et 2 au profit de groupes de compétence, constitués à partir des réussites et des besoins des élèves dans les langues apprises.

— Des mesures sont prises en faveur d'une plus large diversification des langues : même grille horaire pour toutes les langues vivantes ; offre élargie de l'enseignement d'une langue vivante 3 ; gel de toute suppression de poste dans des langues moins enseignées, qui aurait pour conséquence l'absence de continuité de l'étude de cette langue.

— Des outils d'évaluation de la compréhension de l'oral sont mis à la disposition des équipes pédagogiques pendant l'année scolaire 2001-2002.

— L'utilisation des langues vivantes en liaison avec les autres disciplines est encouragée : présence dans les centres de documentation et d'information (CDI) de matériaux pédagogiques en langues étrangères pour des disciplines non linguistiques, encouragement des élèves à rédiger une partie de leur dossier pour les travaux personnels encadrés en langue étrangère, voire à les présenter oralement en langue étrangère, notamment dans les sections européennes.

— Des recommandations pour l'organisation et l'équipement des salles de langues vivantes sont élaborées pour favoriser l'intégration des technologies de l'information et de la communication.

UNE MEILLEURE PRISE EN COMPTE DE LA DIMENSION INTERNATIONALE

— Dans chaque bassin de formation, un correspondant à la coopération internationale est nommé auprès du délégué académique aux relations internationales et à la coopération (DARIC). La coopération internationale est désormais une mission des établissements scolaires.

— Les établissements sont incités à organiser, pour les élèves de seconde, des séjours de six semaines dans des établissements étrangers.

— Ils sont invités à accueillir pour des séjours

de deux semaines des enseignants étrangers de disciplines non linguistiques.

— Des sections européennes sont ouvertes en lycées professionnels, en liaison avec une discipline professionnelle et avec des stages en entreprise à l'étranger.

— Une mention « Europro » (voir p. 99) est jointe aux diplômes des élèves de lycées professionnels effectuant une partie de leur formation dans un pays étranger.

Les langues vivantes à l'université

Les décisions prises en faveur des langues vivantes ne se limitent pas à l'école primaire et à l'enseignement secondaire. Elles concernent aussi l'enseignement supérieur :

— Introduction du niveau 2 du certificat de compétences en langues de l'enseignement supérieur (CLES) dans les universités à la rentrée 2002. Tous les étudiants doivent continuer à pratiquer les langues vivantes et enrichir leurs compétences pendant leurs études universitaires.

— Obligation de la pratique d'au moins une langue vivante étrangère pour l'obtention du diplôme de master.

— Encouragement des instituts universitaires de formation des maîtres (IUFM) à proposer aux futurs enseignants des premier et second degrés, dans le cadre d'une formation intégrée, des stages à l'étranger, en particulier dans des universités ou des centres de formation des maîtres.

— Il est également prévu d'exiger le niveau 2 du CLES pour les futurs professeurs des écoles à compter de 2003.

Les étudiants en langues en 2000-2001

En 2000-2001, un étudiant sur dix prépare un diplôme de langue à l'université. La filière langues est composée de quatre secteurs : français langue étrangère — lettres, langues et civilisations étrangères — langues étrangères appliquées — cultures et langues régionales. Parmi la centaine de spécialités proposées, l'anglais (choisi par plus de 60 % des étudiants en langues) est la plus prisée. Viennent ensuite l'espagnol (28,4 %), l'allemand (13,2 %), l'italien (6 %), l'arabe (3,5 %), le chinois (2,5 %), le japonais (2,4 %), le russe (2,3 %), le portugais (1,5 %). La discipline « langues » attire surtout des bacheliers littéraires et les trois quarts des étudiants en langues sont des femmes.
Source : Note d'information du ministère de l'éducation nationale.

L'apprentissage des langues vivantes ne saurait se cantonner à l'école et à l'université, mais doit se poursuivre tout au long de la vie. À cet effet, une **Maison des langues** est créée, à Paris, 173 boulevard Saint-Germain (*Maisondeslangues @ ciep.fr*) afin d'informer le grand public sur les possibilités d'apprendre des langues et d'effectuer des séjours à l'étranger.

Les missions particulières de la Maison des langues sont de trois ordres :

— l'accueil du grand public et l'information sur les possibilités d'apprentissage des langues en France, les méthodes d'apprentissage et les séjours à l'étranger : cette information s'adresse non seulement aux publics scolaire et étudiant mais également aux adultes désireux, soit à titre personnel, soit dans un projet professionnel, d'enrichir leurs compétences en langues ;

— l'animation sur les langues vivantes et la promotion du plurilinguisme par l'organisation de réunions d'information, la présentation de matériel didactique et de projets innovants et par des séminaires ;

— l'observation de l'évolution du plurilinguisme et de l'utilisation des langues vivantes en France.

III

UNE DIVERSIFICATION DES LANGUES ENSEIGNÉES

Grâce à l'action engagée, deux objectifs sont en passe d'être atteints de façon définitive en France : le commencement de l'apprentissage des langues dès l'école primaire et l'obligation de l'étude d'au moins deux langues vivantes jusqu'au baccalauréat, avec un suivi à l'université.

Les enjeux du XXIe siècle imposant à tous la connaissance de plusieurs langues, l'accent est mis sur un autre objectif tout aussi important : **l'école doit assurer une plus grande diversification des langues enseignées.**

Repères chiffrés

L'anglais est pratiqué par 80 % des écoliers et par plus de 95 % de l'ensemble des collégiens et des lycéens. Depuis 1994, la proportion d'élèves du second degré étudiant l'espagnol a augmenté de 6,7 points, de 1,4 point pour l'anglais et de 0,7 point pour l'italien, mais a diminué de 5 points pour l'allemand. Dans le supérieur, l'anglais est choisi par plus de 60 % des étudiants en langues.

Apprendre une langue vivante, c'est découvrir une culture, c'est s'ouvrir sur l'autre. Affirmer ce lien naturel entre langue et culture, c'est vouloir la diversification des langues.

Aucune raison objective ne peut légitimer le choix du « tout anglais » à l'école primaire. Bien au contraire, l'expérience montre qu'une telle orientation n'incite pas vraiment les élèves et leurs familles à une diversification ultérieure : la part plus grande prise par l'anglais en première langue vivante s'est accompagnée d'une réduction de l'éventail de langues réellement étudiées ensuite par les élèves.

Laisser ainsi s'installer à l'école primaire l'emprise d'une seule langue donne à penser qu'elle suffirait pour toutes les situations où une langue étrangère est nécessaire et utile. C'est une erreur, due à une mauvaise connaissance de la réalité. **La connaissance de l'anglais est indispensable, mais non suffisante.**

On notera que les programmes de langues vivantes à l'école primaire sont d'ores et déjà rédigés pour sept langues étrangères, bientôt rejointes par le chinois et les langues régionales (l'apprentissage des langues et cultures régionales doit trouver une place spécifique dans le système éducatif).

L'éducation nationale doit éclairer la demande des usagers de l'école pour les aider à adapter leur demande de formation aux enjeux de l'avenir.

Afin de mieux faire connaître aux familles et aux élèves les possibilités d'apprentissages linguistiques offertes, les parcours de langues proposés et de montrer l'intérêt de compétences linguistiques diversifiées, **une campagne nationale d'information** a été préparée (cette campagne n'a pas été lancée suite au changement de gouvernement).

Cette campagne avait pour but de faire comprendre aux familles que rien n'impose de commencer un parcours linguistique par l'étude de l'anglais ; les dispositions mises en place au collège et au lycée garantissent en effet à tous les élèves la possibilité d'accéder à un niveau comparable de compétences dans les deux langues apprises, quel que soit le moment du début de l'apprentissage.

La plus grande diversification des langues enseignées est réalisée grâce à la création de **cartes de langues dans les académies**, en relation avec les collectivités locales et territoriales. Cette mesure permet des avancées importantes. Ainsi, la part des langues autres que l'anglais à l'école primaire est en nette augmentation par rapport à la 6e. Elle est de 24 % au cours moyen alors que seulement 10 % des élèves étudient une autre langue que l'anglais en 6e. L'apprentissage d'une seconde langue en 6e devrait renforcer le processus.

Les langues enseignées à l'école primaire sont l'allemand, l'anglais, l'arabe, le chinois, l'espagnol, l'italien, le portugais et le russe.

Les langues et cultures d'origine

La transformation progressive des enseignements de **langues et cultures d'origine** en séances d'apprentissage de langue vivante, ouvertes à tous et poursuivies au collège, est en cours. L'Italie et le Portugal sont engagés résolument dans cette voie.

Parmi les raisons motivant cette rénovation des enseignements de langues et cultures d'origine, il faut mentionner, en premier lieu, **les changements dans les attentes des familles et de leurs enfants** : à la deuxième, voire troisième génération, ceux-ci peuvent être d'ascendance étrangère, ils n'en sont pas moins français pour la très grande majorité d'entre eux. Fallait-il continuer à les distinguer en leur proposant des cours de langues dites d'origine et en ne les proposant qu'à eux seuls ? Le plan de développement des langues vivantes étrangères à l'école offre une occasion sans précédent de donner aux langues et cultures d'origine une place plus importante, plus conforme à leur rôle de langues de communication et de culture, en concernant un plus grand nombre d'élèves.

En second lieu, l'école doit offrir à tous ses élèves une réelle possibilité de **tirer bénéfice de leurs atouts**, fruits d'un héritage familial autant que de leur parcours personnel. D'autant que la France a et aura de plus en plus besoin d'habitants aux compétences linguistiques affirmées dans des langues diversifiées.

Développer ces connaissances répond également à des nécessités économiques. Elles favoriseront une meilleure compréhension entre nos pays, faciliteront les échanges culturels et la mobilité des personnes.

Les enseignements de langues et cultures d'origine

Ces enseignements ont été mis en place, à partir du milieu des années soixante-dix, dans le but d'assurer une meilleure intégration, dans le système scolaire français, des enfants venus de l'étranger et de maintenir un lien avec leur pays natal ou celui de leurs parents. Des accords bilatéraux ont décidé de l'organisation de ces enseignements. Les premiers pays partenaires furent le Portugal en 1973, l'Italie et la Tunisie en 1974, suivis de l'Espagne et du Maroc en 1975, de la Yougoslavie en 1977, de la Turquie en 1978 et de l'Algérie en 1981.

À noter, les décisions importantes prises en faveur de **l'enseignement de l'arabe littéraire et du portugais**. Le nombre de postes au concours de recrutement de professeurs certifiés de ces langues augmente fortement (+ 43 % en arabe et + 100 % en portugais).

Des séances spécifiques de préparation à l'épreuve facultative d'arabe au baccalauréat sont mises en place et l'option arabe langue vivante 3 est étendue en terminale, en 2001, et en première, en 2002. Il est indispensable de donner à l'étude de cette langue universelle et de grande culture une place plus digne de son rôle dans le monde.

Quant à **la langue berbère**, proposée jusqu'alors parmi les langues facultatives au baccalauréat, et choisie chaque année par près de 2 000 candidats, elle ne faisait l'objet d'aucun apprentissage organisé durant la scolarité des élèves.

À compter de 2002, la langue et la culture berbères bénéficient de dispositions particulières : les élèves volontaires peuvent participer à des séances de préparation à l'épreuve du baccalauréat, organisées dans les établissements scolaires avec l'aide d'associations berbérophones et d'enseignants titulaires dans diverses disciplines dont la compétence en berbère est reconnue.

IV

LA GÉNÉRALISATION DES SECTIONS EUROPÉENNES ET DE LANGUE ORIENTALE

Les sections européennes ont été créées en 1992 par Jack Lang, sur le modèle allemand des filières bilingues. Ce nouveau mode d'enseignement préfigurait une mutation plus générale du système éducatif et devait, en éclaireur, poser les bases d'une éducation véritablement européenne. Les axes fixés étaient le renforcement linguistique, l'apprentissage de disciplines variées dans une langue étrangère, la préparation aux réalités d'un dialogue interculturel et international. L'enjeu était de former des citoyens européens en prenant appui sur la culture, une culture forte inscrite au cœur du projet d'établissement.

Aujourd'hui, ces sections sont devenues non seulement des écoles du bilinguisme, mais aussi des espaces de plus en plus ouverts où les jeunes « dessinent l'Europe ».

Les sections européennes

Ouvertes à tous les élèves, les sections européennes, implantées en collège et en lycée, proposent deux heures supplémentaires par semaine dans une langue vivante. Au lycée, une ou plusieurs disciplines non linguistiques (histoire, géographie, biologie, physique...) sont enseignées en langue étrangère. Objectifs affichés : maîtriser cette langue à un haut niveau ; acquérir une connaissance approfondie de la civilisation des pays concernés ; développer des échanges avec des établissements hors de l'Hexagone.

Un bilan positif

Le texte fondateur de 1992 a posé un cadre institutionnel, à partir duquel des aménagements ont été trouvés par les établissements qui ont ouvert ces sections et les ont adaptées à leur situation locale, à leurs ressources humaines ou matérielles.

Aujourd'hui, les sections européennes et de langue orientale comptent dans le paysage éducatif français. Elles sont sorties du laboratoire expérimental où elles étaient nées pour proliférer dans les établissements scolaires. On en recense 750 en 1996, et plus de **2 500** en 2002.

Le rythme d'ouverture de nouvelles sections témoigne de leur belle vitalité : **+ de 66 %** depuis la rentrée 1998. Les lycées professionnels s'y taillent la part du lion : **+ 179 %** depuis cette même rentrée 1998. Les langues représentées sont très diversifiées.

Mais la réussite du dispositif ne se mesure pas seulement à quelques chiffres, fussent-ils positifs. L'approche qualitative est tout aussi éloquente.

Ce qui assure la qualité de ces sections, c'est :

— la qualité des enseignements dispensés par les professeurs de langues comme par les professeurs de disciplines non linguistiques ;

— l'adhésion d'équipes pédagogiques soudées qui doivent nécessairement travailler en collaboration étroite ;

— l'engagement fort de chefs d'établissement de collège et de lycée, convaincus de la valeur pédagogique et éducative des sections européennes ;

— l'accompagnement des corps d'inspections territoriaux et l'impulsion donnée par l'inspection générale ;

— la politique volontariste des recteurs et leur vigilance pour que les implantations se fassent dans le respect de la carte des langues.

Trois éléments essentiels assurent la force, la vitalité et l'avenir des sections européennes.

Tout d'abord, **elles ne sont plus isolées**, du fait même de leur extension, mais aussi parce qu'elles s'insèrent dans le vaste plan pour l'enseignement des langues vivantes dès le plus jeune âge, engagé à partir de juin 2000.

Ensuite, elles permettent d'**étendre au plus grand nombre le bénéfice d'un enseignement bilingue**. Sélectives à leur création en 1992, et parfois taxées d'élitisme (souvent les élèves étaient sélectionnés sur leurs compétences linguistiques et leurs capacités à fournir un travail soutenu), ces sections sont aujourd'hui mises, de façon volontariste, au service de la réussite de l'ensemble des élèves : les ouvertures sont nombreuses dans les zones rurales, dans des collèges situés en zone d'éducation prioritaire, ou encore dans l'enseignement technologique et professionnel.

Enfin, les sections européennes sont **un lieu d'épanouissement pour les élèves**, qu'elles amènent à dominer leurs inhibitions naturelles, à s'exprimer dans une langue étrangère, à en banaliser l'usage dans des disciplines non linguistiques. Elles les aident à sortir de leur réserve, à se familiariser avec des situations de communication, à construire leur confiance en eux. Elles les accompagnent dans la conquête de cette autonomie qui leur permettra de mieux dominer leur parcours scolaire et de ne plus le suivre passivement. On sait l'importance du langage dans l'élaboration d'une personnalité équilibrée. Les langues, quant à elles, permettent à l'élève qui peut en utiliser plusieurs de devenir **un citoyen du monde**.

Ces « voies d'excellence » doivent se généraliser afin d'irriguer tout le système scolaire d'ici dix ans. Elles sont portées en avant par **le plan de promotion des langues vivantes**, qui leur ouvre des perspectives neuves : le niveau des élèves à l'entrée en collège va évoluer rapidement dès l'instant où l'apprentissage des langues vivantes sera généralisé aux différentes classes de l'école primaire. Le développement des itinéraires de découverte au collège, des travaux personnels encadrés au lycée et des projets pluridisciplinaires au lycée professionnel permettra également de stimuler la connaissance des langues étrangères.

Le plan de généralisation de l'enseignement bilingue dans le système éducatif français

LES MESURES EN FAVEUR DES ÉLÈVES ET DES ÉTUDIANTS

— À l'école primaire, l'introduction des langues étrangères favorise l'enrichissement des contenus.

— Au collège et au lycée, les itinéraires de découverte, les travaux personnels encadrés (TPE) et les projets pluridisciplinaires à caractère professionnel (PPCP) renforcent le lien entre les langues vivantes et les autres disciplines.

— Au baccalauréat, la mention « section européenne » constitue une valeur ajoutée, notamment dans le cadre d'une recherche d'emploi.

— De l'école primaire à l'université, l'ensemble des disciplines s'ouvrent à la connaissance de l'Europe. Au cours de leur scolarité, tous les élèves et les étudiants devraient pouvoir effectuer des séjours d'au moins six mois dans d'autres pays.

LES MESURES EN FAVEUR DES ENSEIGNANTS

— Une certification supplémentaire doit être créée afin de reconnaître la compétence des enseignants en langues étrangères.

— Le certificat de compétences en langues de l'enseignement supérieur (CLES) permet aux étudiants de faire valoir leurs compétences en langues.

— Les stages à l'étranger, d'une durée de quatre à six semaines, sont encouragés pour les stagiaires d'institut universitaire de formation des maîtres (IUFM).

— Des assistants de langues vivantes sont recrutés (6 500 postes d'assistants étrangers sont offerts à la rentrée de septembre 2002).

— L'accès à la fonction publique s'ouvre à des enseignants étrangers en position de détachement.

V

UN NOUVEL ÉLAN POUR LES LANGUES ET CULTURES RÉGIONALES

Depuis plus de deux siècles, les pouvoirs politiques ont combattu les langues régionales. Certes, la République a accompli une œuvre considérable : la maîtrise de la langue française par le peuple, le recul des obscurantismes et de l'ignorance. Fallait-il pour cela nier les réalités culturelles et linguistiques de nos régions, au prix de la disparition de certaines d'entre elles ? C'est cette injustice historique que nous avons voulu réparer en redonnant toute leur dignité aux langues régionales qui sont aussi nos langues de France.

Car une langue, quel que soit son nombre de locuteurs, est un trésor humain et sa disparition ampute le patrimoine de l'humanité.

À l'heure de la mondialisation des échanges et de la globalisation de l'économie, l'Europe a besoin d'affirmer son identité qui est faite de **la diversité de son patrimoine linguistique et culturel**. À cet égard, les langues et cultures régionales méritent une attention particulière. Il faut les respecter, les préserver, les faire vivre et leur donner un nouvel élan. Il ne s'agit en aucun cas d'un repli sur des particularismes mais d'une reconnaissance de la diversité en Europe. Tel est le sens des mesures engagées en faveur de ces parlers et de ces cultures qui font partie de notre richesse patrimoniale.

État des lieux de l'enseignement des langues et cultures régionales

En 2001, plus de **152 557 élèves** des écoles, collèges et lycées publics et privés sous contrat reçoivent un enseignement de langues et cultures régionales. L'occitan-langue d'oc avec plus de 71 912 élèves est la langue la plus répandue dans les trois niveaux d'enseignement (son aire d'influence couvre la moitié de la superficie de la France). Viennent ensuite le corse (27 875 élèves), le breton (20 697 élèves), le basque (8 969 élèves), le catalan (8 907 élèves), les langues régionales d'Alsace (7 453 élèves) et les langues régionales des pays mosellans (5 823 élèves). À noter, pour compléter le panorama, le gallo qui concerne 921 élèves dans l'académie de Rennes.

Cet enseignement est en progression continue quels que soient la langue et le niveau d'enseignement concernés. Entre 1998-1999 et 2000-2001, on recense 2 191 élèves supplémentaires étudiant le basque, 3 116 le breton, 6 243 le corse et 393 le catalan.

C'est dans **le premier degré** que la hausse est la plus marquée : + 1 896 élèves pour le basque, + 1 742 pour le breton, + 4 473 pour le corse, + 1 308 pour les langues régionales d'Alsace, + 1 821 élèves pour celles des pays mosellans.

Dans **le second degré**, la progression traduit la volonté de l'éducation nationale d'assurer une poursuite de scolarité cohérente pour ceux qui ont suivi un enseignement de langues et cultures régionales dans le premier degré. Au collège, on peut citer, à titre d'exemple, l'effort pour l'enseignement du breton (+ 1 005 élèves), de l'occitan-langue d'oc (+ 3 097 élèves) et du corse (+ 1 667 élèves).

Enfin, et c'est nouveau, cet enseignement se développe dans les lycées. En 2001, 369 élèves étudient le breton, 245 le basque et 103 le corse.

> En Corse, 78,72 % des élèves de primaire reçoivent un enseignement de langue régionale. L'horaire hebdomadaire est inférieur à 3 heures pour 79,37 % d'entre eux. Au collège, 43,5 % des élèves suivent un enseignement en corse.

L'enseignement bilingue occupe une grande place dans cette progression (l'apprentissage des langues régionales à l'école primaire peut s'effectuer dans le cadre d'un enseignement bilingue où le travail dans différentes disciplines a lieu en partie dans la langue régionale).

Le nombre d'élèves qui suit cet enseignement progresse de près de 25 % dans le premier degré et il est multiplié par deux dans le second degré, entre 1999 et 2001.

Ainsi, 25 200 élèves suivent cet enseignement dans le premier degré et 3 337 dans le second degré (le basque, le breton et les langues régionales d'Alsace et des pays mosellans représentent les effectifs les plus importants).

Les dispositions prises pour améliorer la formation des professeurs des écoles affectés dans les écoles dispensant un enseignement bilingue, et ainsi mieux accompagner le développement des sites bilingues, s'inscrivent dans cette perspective.

Une nouvelle étape dans l'enseignement des langues régionales

• Désormais, un texte définit **le cadre général** de cet enseignement. Les objectifs sont clairs : préserver et transmettre un élément de la richesse du patrimoine national ; favoriser la reconnaissance de la diversité des identités culturelles ; contribuer au programme de développement des langues vivantes dès l'école primaire ; garantir aux élèves ayant commencé l'apprentissage d'une langue régionale à l'école, la continuité sur l'ensemble des cycles de la scolarité.

Ce texte marque également une volonté de donner un nouvel élan aux langues régionales, avec notamment **un plan pluriannuel de développement** qui fait l'objet d'une publication officielle à l'échelle de l'académie. Ce plan définit les mesures nécessaires au développement de l'ensemble des formes d'enseignement à l'école maternelle et élémentaire, puis au collège et au lycée. Il évalue les moyens à mettre en œuvre, tant sur le plan des emplois que des ressources dans le domaine de la formation initiale et continue.

Autre idée force de ce texte : **instaurer une cohérence avec l'enseignement des langues vivantes étrangères**. Ainsi, l'enseignement des langues régionales à l'école élémentaire peut, soit être proposé au titre de la langue vivante dont l'étude est obligatoire à l'école, soit être associé, dans le cadre de **parcours particuliers**, à l'étude d'une langue vivante étrangère linguistiquement proche. On peut citer l'exemple des parcours roman et latin dans l'académie de Toulouse, ou encore les sections méditerranéennes en Corse. Ces parcours associent l'apprentissage d'une langue régionale à celui d'une langue étrangère, puis d'une langue ancienne en classe de 5e. La complémentarité entre ces apprentissages est évidente : l'enseignement du corse, par exemple, renforce celui de l'italien.

• En ce qui concerne **l'enseignement bilingue**, il est pour la première fois reconnu, en 2001, par deux circulaires qui en fixent le cadre. L'enseignement de la langue régionale dispensé sous la forme bilingue se traduit par l'apprentissage d'une langue régionale, mais surtout par **l'utilisation de la langue régionale comme langue d'enseignement**. Son objectif premier est de permettre aux élèves d'atteindre un niveau d'expression orale et écrite plus performant et de s'ouvrir aux divers aspects des réalités culturelles véhiculées par cette langue.

L'enseignement bilingue peut être organisé, soit selon le principe de **la parité horaire** (le bilinguisme à parité se définit par un enseignement à parité horaire en langue régionale et en langue française, avec une répartition équilibrée pendant la semaine de classe), soit selon **la méthode dite de l'immersion** dans les « établissements langues régionales » issus du mouvement associatif, par exemple les « écoles Diwan » (l'association Diwan, créée en 1977, scolarise 2 400 élèves dans 30 écoles maternelles et primaires, 4 collèges et un lycée de Bretagne et de Loire-Atlantique).

Dans le cadre de l'enseignement bilingue par immersion, tous les cours sont en langue régionale durant les premières années de la scolarité (maternelle, CP). Le français est ensuite introduit progressivement de façon que les enfants qui arrivent en CM2 pratiquent à égalité les deux langues.

Diwan : le Conseil d'État annule le dispositif d'intégration

Le protocole d'accord signé entre le ministère de l'éducation nationale et les établissements Diwan, le 28 avril 2001, représentait un acte fort en faveur de la langue et de la culture bretonnes en permettant aux établissements gérés par l'association Diwan d'être intégrés au service public.

Le Conseil d'État a annulé, en novembre 2002, l'intégration des écoles Diwan dans le service public de l'éducation nationale, estimant que ces écoles contrevenaient à la loi du 4 août 1994 qui stipule que la langue de l'enseignement est le français. Dans son arrêt, le Conseil d'État a annulé les arrêtés et circulaires du ministère de l'éducation nationale de juillet et septembre 2001 et d'avril 2002 ainsi que le protocole d'accord du 28 avril 2001.

Références réglementaires

— Circulaire n° 2001-166 du 5 septembre 2001, relative au développement de l'enseignement des langues et cultures régionales à l'école, au collège et au lycée — *Bulletin officiel* n° 33 du 13 septembre 2001.

— Circulaire n° 2001-167 du 5 septembre 2001, relative aux modalités de mise en œuvre de l'enseignement bilingue à parité horaire — *Bulletin officiel* n° 33 du 13 septembre 2001.

— Arrêté du 31 juillet 2001, relatif à la mise en place d'un enseignement bilingue en langues régionales soit dans les écoles, collèges et lycées « langues régionales », soit dans les sections « langues régionales » — *Journal officiel* du 5 août 2001 **(annulé par le Conseil d'État).**

— Circulaire nº 2001-168 du 5 septembre 2001, relative à la mise en œuvre de l'enseignement bilingue par immersion dans les écoles et établissements « langues régionales » — *Bulletin officiel* nº 33 du 13 septembre 2001 **(annulée par le Conseil d'État).**

— Circulaire nº 2002-103 du 30 avril 2002, relative à la mise en place de l'enseignement bilingue par immersion dans les écoles et établissements « langues régionales » — *Bulletin officiel* nº 19 du 9 mai 2002 **(annulée par le Conseil d'État).**

— Arrêté du 19 avril 2002, relatif à l'enseignement bilingue par immersion — *Bulletin officiel* nº 19 du 9 mai 2002 **(annulé par le Conseil d'État).**

Un recrutement d'enseignants adapté à l'enseignement des langues régionales

La qualité de l'enseignement des langues régionales passe nécessairement, et en premier lieu, par l'amélioration du recrutement des maîtres du premier degré dans ce domaine. Actuellement, l'enseignement des langues régionales à l'école primaire est dispensé par des enseignants volontaires qui ont reçu une habilitation académique. Toutefois, les niveaux de connaissance testés sont assez variables. Il convient de s'assurer, par un recrutement adapté, d'un haut niveau de connaissance.

Au terme de discussions approfondies conduites par le ministère avec les autorités académiques et les spécialistes, il est décidé de **mettre en place des concours spéciaux de recrutement de professeurs des écoles** chargés d'un enseignement de (et en) langues régionales.

Ces nouveaux concours visent à recruter des professeurs des écoles, non seulement capables d'enseigner une langue régionale, mais également une autre discipline en langue régionale, notamment dans le cadre de l'enseignement bilingue.

Les langues concernées sont les suivantes : basque, corse, breton, catalan, créole, occitan-langue d'oc et langues régionales d'Alsace et des pays mosellans.

Les lauréats de ces concours sont des professeurs des écoles, au même titre que les lauréats des concours habituels de recrutement de professeurs des écoles. Les épreuves des concours spéciaux comprennent, outre l'ensemble des épreuves des concours actuels, deux épreuves de langue régionale, l'une écrite comptant pour l'admissibilité, l'autre orale comptant pour l'admission.

Les directeurs d'institut universitaire de formation des maîtres (IUFM) sont incités à mettre en place les préparations correspondantes dès la rentrée 2001.

Ce nouvel élan pour les langues régionales concerne également les DOM-TOM, avec **la création d'un certificat d'aptitude au professorat de l'enseignement du second degré (CAPES) de créole.**

Références réglementaires

— Circulaire n° 2002-104 du 30 avril 2002, relative au recrutement et à la formation des personnels des écoles, collèges et lycées « langues régionales » — *Bulletin officiel* n° 19 du 9 mai 2002.

— Décret n° 2002-11 du 3 janvier 2002, relatif au recrutement des professeurs des écoles chargés d'un enseignement de et en langue régionale — *Journal officiel* du 5 janvier 2002.

— Note du 26 septembre 2001, relative au programme du CAPES externe de langue régionale créole, session 2002 — *Bulletin officiel* n° 36 du 4 octobre 2001.

— Arrêté du 9 février 2001 relatif aux modalités d'organisation des concours du CAPES et introduisant le créole à compter de la session 2002 des concours — *Bulletin officiel* n° 11 du 15 mars 2001.

Un conseil académiquc des langues régionales

Un conseil académique des langues régionales est créé. Son rôle : participer à la réflexion sur la définition des orientations de la politique académique des langues régionales ; veiller au développement et à la cohérence des enseignements bilingues mis en place. Il est également consulté sur toute proposition d'implantation des enseignements en langue régionale, notamment sur les projets de création d'établissements ou de sections d'enseignement bilingue ainsi que sur les demandes d'intégration dans l'enseignement public des établissements dispensant un tel enseignement. Enfin, il donne son avis sur l'attribution de la qualité d'établissement d'enseignement par immersion.

Références réglementaires

— Décret n° 2001-733 du 31 juillet 2001, relatif à la création d'un conseil académique des langues régionales — *Bulletin officiel* n° 33 du 13 septembre 2001.

— Arrêté du 19 avril 2002, relatif aux académies dans lesquelles est créé un conseil académique des langues régionales — *Bulletin officiel* n° 19 du 9 mai 2002.

VI

UNE PLACE RÉAFFIRMÉE POUR LES LANGUES ET CULTURES DE L'ANTIQUITÉ

Il est du devoir des pouvoirs publics de protéger particulièrement les langues minoritaires, qu'elles soient nationales, régionales ou anciennes.

Or, plaider aujourd'hui la cause des langues et des cultures de l'Antiquité ne revient nullement à manifester une quelconque nostalgie à l'égard d'un âge d'or perdu. Contrairement à ce que l'on pourrait imaginer, le pourcentage d'une classe d'âge apprenant le latin a peu varié depuis des décennies : il était d'environ 20 % en 1925 ; le chiffre est identique aujourd'hui, avec une augmentation considérable du nombre d'élèves (357 500 pour le collège).

Le latin, 2e langue étudiée au collège après l'anglais

Aujourd'hui, 20 % des collégiens apprennent le latin, ce qui en fait, en valeur absolue, la langue la plus étudiée, au collège, après l'anglais.
En revanche, on ne compte plus que 6 % de latinistes en seconde générale et technologique. Quant au grec, il est choisi par 1,9 % des collégiens et 0,9 % des lycéens. On constate par ailleurs une baisse des effectifs étudiants des départements de lettres classiques : — 40 % en DEUG entre 1996-1997 et 2000-2001.

Pourquoi revitaliser l'étude du latin et du grec ?

Trois raisons essentielles ont motivé l'action ministérielle pour continuer à faire vivre les langues et cultures anciennes, pour rendre aux humanités classiques la place qui leur revient dans la culture scolaire, et pour les offrir en partage aux élèves d'aujourd'hui et de demain :

— Tout d'abord, elles favorisent **l'accès aux grands récits fondateurs** que sont *l'Iliade, l'Odyssée,* les grands mythes, les tragédies, les dialogues platoniciens... Ces textes ne sont pas seulement des éléments d'un patrimoine à transmettre, mais de véritables lieux de mémoire définissant un rapport à la fois « charnel » et réfléchi à notre passé, susceptibles de nourrir la manière dont nous prenons conscience de notre présent et dont nous orientons notre avenir.

— Seconde vertu de cet enseignement : il est **un modèle d'interdisciplinarité** et plonge l'élève dans un univers imaginaire et sensible qui n'est pas encore scindé en disciplines cloisonnées. L'art, la philosophie, l'histoire cohabitent avec la littérature, la science et la géographie.

— Enfin, les langues et cultures de l'Antiquité forment **l'esprit critique**, non seulement par le commerce des grands auteurs et des philosophes, mais aussi par la mise à distance des époques et des lieux. C'est l'étrangeté même de ces mondes passés qui attire l'enfant dans le monde de la culture, pour, au sens propre comme au sens figuré, l' « élever ».

À travers ces trois apports irremplaçables, cet enseignement retrouve de manière renouvelée le sens originel des termes d'humanisme et d'humanités classiques. Selon l'expression de Cicéron, les *Stu-*

dia humanitatis sont non seulement les études dignes de l'homme, mais aussi celles qui le rendent à la fois meilleur et davantage humain.

Les cultures de l'Antiquité constituent la source de notre civilisation occidentale. La connaissance de ce patrimoine est indispensable pour comprendre notre histoire comme l'état de développement de notre société. De plus, l'étude du latin et du grec en classe peut grandement aider à la réussite des élèves, leur permettre de s'approprier mieux la langue française qui en dérive. Rendre cet enseignement accessible au plus grand nombre, c'est refuser de laisser les logiques sociales prévaloir dans le sens des inégalités.

Pour y parvenir, deux directions sont privilégiées : d'abord, améliorer les conditions et les moyens de l'enseignement ; ensuite, susciter le désir et l'envie chez les élèves.

Les actions menées en faveur de l'apprentissage des langues et cultures de l'Antiquité

- Le colloque « Le grec et le latin aujourd'hui : rencontre autour d'une passion », organisé par Pierre-Henri Tavoillot en partenariat avec l'université de Paris-Sorbonne les 24 et 25 octobre 2001, est le point de départ de la campagne menée par le ministère pour promouvoir la place et la présence des langues et cultures de l'Antiquité. Un ouvrage intitulé « Le trésor caché, figures et lieux des cultures antiques aujourd'hui » réunit les actes du colloque et des témoignages des expériences pédagogiques, artistiques, littéraires les plus réussies.
- Le nombre de postes aux concours du CAPES et

de l'agrégation de lettres classiques est augmenté de 7 % en 2001 et 2002.

• Les enseignements optionnels de latin et de grec sont maintenus dans la réforme du collège.

• Les itinéraires de découverte, en 4e et en 5e, permettent d'associer l'histoire, les arts, la littérature, les langues anciennes. Ces dernières sont particulièrement concernées par les deux domaines « Arts et humanités » et « Langues et civilisations ».

• En 3e, les enseignements choisis, et notamment la dominante « Langues et cultures de l'Antiquité », favorisent l'étude des langues et des civilisations grecque et latine.

• Une brochure est diffusée aux élèves de 3e pour montrer l'intérêt de choix de cette option au lycée.

• Les travaux personnels encadrés, en première et en terminale, permettent de réunir divers éclairages disciplinaires sur des thèmes transversaux mettant en jeu les langues et les cultures de l'Antiquité.

• Les nouveaux programmes de latin et de grec entrent en application : en 2001, en seconde, à la rentrée 2002 en première et à la rentrée 2003 en terminale, avec une nouvelle définition d'épreuve pour le baccalauréat 2003.

• Afin de répondre à la demande de certains élèves et de leur famille de commencer l'étude d'une langue ancienne au lycée, des options « grands débutants » de langues anciennes sont ouvertes en classe de seconde générale et technologique.

• Un profil « Lettres classiques » dans la série L est redéfini. Il est mieux identifié et mieux structuré autour de compétences linguistiques.

• Une réflexion publique est conduite, sous la forme de colloques nationaux et de réunions interacadémiques, sur les nouvelles conditions et possibilités de renouvellement de cet enseignement.

• Les initiatives réussies sont valorisées : expérience

des parcours romans et latins dans l'académie de Toulouse, option latin ou grec grands débutants en classe de seconde, expériences « bilingues » d'enseignement du grec et du latin...

• Les recteurs et les chefs d'établissements doivent veiller à donner à cet enseignement des conditions favorables (horaires, classes).

• Concernant les classes préparatoires, une initiation aux langues anciennes est introduite dans le tronc commun de première année.

• Au niveau de l'enseignement supérieur, l'idée d'une création de cours d'été intensifs de grec et de latin pour grands débutants a fait son chemin. De tels stages, comme il en existe en Allemagne, sont à l'évidence indispensables pour certains étudiants de lettres et sciences humaines qui n'auraient pas pu bénéficier d'un tel enseignement.

• Jack Lang a décidé de pérenniser le comité d'organisation du colloque « Le grec et le latin aujourd'hui » organisé les 24 et 25 octobre 2001 à la Sorbonne en un « Comité d'action pour les langues et cultures de l'Antiquité » confié à Heinz Wismann, professeur à l'École des hautes études en siences sociales.

B

La création d'un espace européen de l'enseignement supérieur

> *« Si nous parvenons à assurer un véritable brassage d'étudiants, de professeurs, de chercheurs ; si nous parvenons à ménager des interactions permanentes entre organismes de recherche et universités de divers pays, nous pourrons réussir à créer, dans la réalité, une véritable communauté européenne des esprits, à lancer une dynamique de métissage européen. »*
>
> Jack Lang — Extrait du discours de Prague — mai 2001.

La construction d'un véritable espace européen de la connaissance est une priorité de la Communauté européenne. C'est en effet grâce à l'éducation que les Européens s'approprieront les références culturelles partagées fondatrices d'une citoyenneté européenne et d'une Europe politique. Ce sentiment d'appartenance européenne repose sur la découverte mutuelle des diversités et des complémentarités et implique de multiplier les contacts personnels, les échanges des savoirs et des expériences.

On ne saurait bâtir cette « Europe de l'intelligence » sans mener, en direction des jeunes, des étudiants, des chercheurs, de toute personne en formation et de leurs enseignants, des actions lisibles et partagées par tous les États membres de l'Union européenne.

En mai 1998, lors de la conférence de la Sorbonne, réunie à Paris à l'initiative de Claude Allègre, les quatre ministres en charge de l'enseignement supérieur français, italien, allemand et anglais signent une déclaration commune posant le principe d'**un espace européen de l'enseignement supérieur**. Le processus se confirme lors de la conférence intergouvernementale de Bologne, en juin 1999. 25 autres pays animés d'une volonté politique commune rejoignent alors cette avant-garde. Il se consolide ensuite de façon décisive à Prague, en mai 2001 : 32 pays s'engagent en faveur de l'instauration d'un espace européen de l'enseignement supérieur d'ici à 2010.

Les États décident de coordonner leurs politiques et se fixent des objectifs communs : l'adoption d'un système de diplômes facilement lisibles et comparables, la mise en place d'un socle de références communes en matière de qualification reposant sur les crédits européens (ECTS), la libre circulation des étudiants et des enseignants, l'introduction de la dimension européenne dans les formations, la multiplication des coopérations et des programmes intégrés...

En mai 2001, lors du sommet interministériel de Prague sur l'enseignement supérieur, la France, à l'initiative de Jack Lang, réaffirme avec force sa détermination à construire cette « grande Europe des universités » fondée sur un esprit d'itinérance. Elle insiste sur la nécessité de créer une communauté européenne des esprits impliquant les jeunes, premiers acteurs concernés, afin de favoriser les échanges, qu'ils soient individuels ou collectifs, de développer les brassages intellectuels et les interactions permanentes entre établissements scolaires, universités, laboratoires, organismes de recherche de divers pays.

Cette dynamique de métissage européen est en marche. Depuis la rentrée universitaire 2002, les établissements disposent de nouvelles possibilités d'initiatives pour organiser leurs formations et leurs diplômes en cohérence avec l'Europe de l'enseignement supérieur : nouveaux cursus européens, création du diplôme de master, diplômes à « crédits », aides à la mobilité renforcée...

Ces mesures constituent une avancée décisive vers l'espace universitaire européen, vers une université sans frontières géographiques ayant pour mission de former des hommes et des femmes capables de relever les défis du troisième millénaire en s'appuyant sur des valeurs partagées et sur l'appartenance à un espace culturel et social commun.

POURQUOI LA CONSTRUCTION D'UN ESPACE EUROPÉEN DE LA CULTURE ET DE L'ÉDUCATION ?

• **Pour des raisons de civilisation**

Face à la mondialisation, à la standardisation des modes de vie, l'Europe doit affirmer un modèle culturel alternatif. Ce modèle doit être fondé sur la mise en valeur des originalités et des diversités et reposer sur les valeurs européennes profondément ancrées, en particulier l'éducation qui doit rester un bien collectif et ne pas être traitée comme une marchandise.

L'Europe est une grande puissance commerciale. Elle doit s'affirmer encore davantage, comme une grande puissance culturelle.

• **Pour des raisons économiques**

Dans le monde contemporain, les premiers investissements économiques d'un pays sont les investissements dans l'intelligence, dans la création, dans l'imagination, dans la matière grise. Ce sont des gisements d'emploi pour demain, c'est une source permanente de créativité.

En outre, dans une économie internationalisée et de plus en plus fondée sur la connaissance, l'ouverture aux cultures étrangères et la capacité à se former et à travailler dans un environnement plurilingue sont essentielles à la compétitivité de l'économie européenne.

• **Pour des raisons politiques**

La carte de l'Europe a toujours été dessinée par les guerres. Celle d'aujourd'hui unit des démocraties. Il faut que l'Europe devienne un espace naturel et non pas une construction abstraite. Pour redonner une âme à l'Europe, il est vital que l'homme européen — sédentaire ou voyageur — se sente plus que jamais partout chez lui sur le continent. Pour cela, il faut forger un « véritable vouloir-vivre ensemble européen ».

Alors, pour chaque jeune, faire ses études ressemblera de plus en plus à un parcours à travers les universités européennes.

I

LES PRINCIPALES CONCLUSIONS DE LA PRÉSIDENCE FRANÇAISE DE L'UNION EUROPÉENNE

La France exerce la présidence de l'Union européenne de juillet à décembre 2000. À l'initiative de Jack Lang, président du Conseil des ministres de l'éducation de l'Union européenne, toute une série de mesures sont engagées dans le domaine de l'éducation.

MISE EN PLACE D'UNE STRATÉGIE EUROPÉENNE EN FAVEUR DE LA MOBILITÉ

• La France fait de la mobilité des lycéens, des étudiants, des enseignants, des formateurs et des chercheurs un axe prioritaire. Cet engagement se traduit par l'élaboration d'un plan d'action pour la mobilité en 42 mesures visant à démocratiser la mobilité en Europe et à promouvoir les formes de financement adéquates.

Ce plan est adopté, en décembre 2000, à Nice, lors du sommet européen des chefs d'États et de gouvernements. Les États membres doivent mettre en œuvre les préconisations du plan et évaluent tous les deux ans les progrès accomplis.

• Les universités européennes d'été (UEE), qui constituent l'une des 42 mesures du plan d'action pour la mobilité, visent à lancer un vaste mouvement d'échanges et de rencontres pilotés par les établissements d'enseignement supérieur, en partenariat avec les collectivités territoriales et les institutions culturelles. En 2000, 12 universités d'été sont organisées et 36 en 2001. La session de l'été 2002 concerne 80 UEE et plus de 5 000 étudiants.

CONSTRUIRE UNE CITOYENNETÉ EUROPÉENNE OUVERTE SUR LE MONDE

• La France est à l'initiative, avec la Fédération des organisations étudiantes d'Europe, des premières Assises des étudiants européens qui réunissent, à Paris, plus de 300 responsables étudiants de trente pays européens. Admis pour la première fois dans l'enceinte officielle du Conseil des ministres de l'éducation, à Bruxelles, leurs représentants présentent le manifeste qu'ils ont élaboré et adopté lors des Assises.

• La présidence française prend l'initiative d'engager avec ses partenaires une réflexion sur l'enseignement de l'histoire en Europe afin de favoriser l'émergence d'une conscience européenne dès l'école.

• Toutefois, la diffusion du savoir ne s'arrête pas aux frontières de l'Europe. Il s'agit également de resserrer les liens avec d'autres continents et de proposer un modèle alternatif à la mondialisation. Tel est le but de la conférence des ministres d'Europe, d'Amérique latine et des Caraïbes qui se tient en novembre 2000, à Paris. Une stratégie générale pour la création d'un nouvel espace euro/latino-américain de coopération universitaire et scientifique est définie.

DES AVANCÉES IMPORTANTES EN MATIÈRE D'ÉDUCATION ET DE FORMATION TOUT AU LONG DE LA VIE

• Le Conseil européen reconnaît l'importance de l'éducation et de la formation tout au long de la vie dans la stratégie européenne pour l'emploi.
• Un Mémorandum sur l'éducation et la formation tout au long de la vie est publié par la Commission européenne.
• Le projet pilote de « professionnalisation durable », proposé par la France, permet d'élaborer en commun une méthode de construction de diplômes professionnels européens. Il associe des grandes entreprises européennes, des organismes de recherche, les ministères de l'éducation et les partenaires sociaux. Les deux premiers diplômes professionnels communs européens, de niveau bac + 2, sont validés

en février 2002, l'un dans le secteur de l'hôtellerie-tourisme, l'autre dans le secteur de l'automobile.

MIEUX ÉVALUER LES SYSTÈMES ÉDUCATIFS EUROPÉENS

• Une recommandation relative à la coopération européenne en matière d'évaluation de la qualité scolaire est adoptée par le Conseil et le Parlement européens. Elle incite les États membres à instaurer des systèmes d'évaluation comparables.
• La Commission européenne rend un rapport proposant seize domaines d'évaluation quantitative et qualitative.

DES DÉCISIONS À L'UNANIMITÉ DES ÉTATS MEMBRES

• Lors du sommet de Nice, en décembre 2000, le gouvernement français obtient que les décisions engageant l'Union européenne sur l'éducation, la culture et la santé, dans le cadre de l'Organisation mondiale du commerce, continuent d'être prises à l'unanimité des États membres.

II

L'HARMONISATION EUROPÉENNE DE L'ARCHITECTURE DES DIPLÔMES

Par leurs déclarations de la Sorbonne (mai 1998), de Bologne (juin 1999) et de Prague (mai 2001), les ministres européens de l'éducation entérinent la constitution d'un espace européen de l'enseignement supérieur sur la base d'**une architecture commune de référence des formations et des diplômes**. Il s'agit, dans le respect de l'identité de chacun, d'améliorer la lisibilité des diplômes et de permettre aux citoyens de faire valoir leurs qualifications, leurs talents et leurs compétences dans l'ensemble de l'espace européen de l'enseignement supérieur. Une trame de lecture commune et simplifiée des parcours de formation et des diplômes est donc mise en place.

Cette architecture commune repose sur trois cursus : le cursus licence, le cursus master et le cursus conduisant au doctorat. Elle est fondée sur trois niveaux : licence (bac + 3), master (bac + 5), doctorat (bac + 8).

Références réglementaires

— Décret n° 99-747 du 30 août 1999, relatif à la création du grade de mastaire — *Journal officiel* n° 203 du 2 septembre 1999.

— Décret n° 2002-482 du 8 avril 2002 portant application au système français d'enseignement supérieur de la construction de l'espace européen de l'enseignement supérieur — *Bulletin officiel* n° 17 du 25 avril 2002.

— Décret n° 2002-481, relatif aux grades et titres universitaires et aux diplômes nationaux — *Bulletin officiel* n° 17 du 25 avril 2002.

— Décret n° 2002-529 du 16 avril 2002 pris pour l'application des articles L.613-3 et L. 613-4 du Code de l'éducation et relatif à la validation d'études supérieures accomplies en France ou à l'étranger — *Journal officiel* n° 91 du 18 avril 2002.

— Décret n° 2002-590 du 24 avril 2002 pris pour l'application du premier alinéa de l'article L.613-3 et de l'article L.613-4 du Code de l'éducation et relatif à la validation des acquis de l'expérience par les établissements d'enseignement supérieur — *Journal officiel* n° 98 du 26 avril 2002.

— Arrêté du 25 avril 2002 relatif au diplôme national de master — *Journal officiel* n° 99 du 27 avril 2002.

— Arrêté du 25 avril 2002 relatif aux études doctorales — *Journal officiel* n° 99 du 27 avril 2002.

— Arrêté du 23 avril 2002, relatif aux études universitaires conduisant au grade de licence — *Bulletin officiel* n° 19 du 9 mai 2002.

Ces textes ont pour but d'assurer les fondations réglementaires de la démarche française de construction de l'espace européen de l'enseignement supérieur.

Le cursus licence : la création de la licence professionnelle

Une des préconisations de Bologne était que les diplômes délivrés au terme du cursus pré-licence (d'une durée moyenne de trois ans) correspondent « à un niveau de qualification approprié pour l'insertion dans le monde du travail européen ».

LA LICENCE PROFESSIONNELLE (voir pp. 119 et 242)

Créée à la rentrée 2000-2001, elle vient compléter la palette des diplômes à bac + 3 et s'inscrit dans le cadre des objectifs définis au niveau européen. Elle offre aux étudiants des programmes diversifiés avec possibilité de suivre des études pluridisciplinaires, en leur permettant d'acquérir une compétence en langues vivantes et d'utiliser les nouvelles technologies de l'information.

C'est une formation :

— destinée à assurer **l'insertion professionnelle** mais pas fermée à la poursuite d'études ;

— ouverte à l'ensemble des étudiants de niveau bac + 2, que leur formation antérieure ait été générale ou professionnelle ;

— originale parce qu'elle est bâtie en partenariat étroit entre les professionnels et les universités ;

— conçue dès le départ pour pouvoir être ouverte à la formation permanente et à la validation des acquis professionnels.

Ouverts chaque année à 4 000 ou 5 000 étudiants depuis la rentrée 2000, ces nouveaux diplômes sont implantés dans toutes les académies et dans de nombreuses branches professionnelles, notamment les secteurs de la grande distribution, de l'informatique, de l'animation culturelle ou sportive ou encore les métiers de la banque et de l'assurance.

LES ÉTUDES UNIVERSITAIRES CONDUISANT AU GRADE DE LICENCE

Après les décrets du 8 avril 2002 et les arrêtés du 25 avril 2002 sur le diplôme de master et sur les études doctorales, l'arrêté du 23 avril 2002 relatif aux études universitaires conduisant au grade de licence vient compléter l'arsenal juridique permettant aux universités de participer pleinement à l'entreprise européenne commune.

Ce dernier texte, qui élargit les capacités d'initiative des universités, offre à tout bachelier un cursus licence en 6 semestres après le baccalauréat et en 180 crédits européens et favorise la mise en place de parcours de formation innovants, notamment pluridisciplinaires.

Il intègre, de façon réglementaire, les propositions d'amélioration pédagogique contenues dans le rapport de François Petit (constitution d'équipes de formation, mise en place de directeurs des études, dispositifs d'accueil et de soutien, évaluation des formations et des enseignements...).

Il préserve les principes de capitalisation, de compensation et de double chance aux examens, dans le cadre de l'organisation semestrielle européenne. Il propose une réglementation concernant l'organisation des examens, la composition des jurys, la délivrance des diplômes.

Référence réglementaire

— Arrêté du 23 avril 2002, relatif aux études universitaires conduisant au grade de licence — *Bulletin officiel* n° 19 du 9 mai 2002.

Le cursus master : la création du diplôme de master

Le cursus post-licence conduit au **master (bac + 5)** et au doctorat (bac + 8).

Claude Allègre avait créé, en 1999, le grade de mastaire (l'intitulé a ensuite été remplacé par master), élément de surlignage qui permettait de mettre sur le même plan DEA, DESS et titre d'ingénieur. Ce fut une idée très fructueuse.

Toutefois, le master était le seul grade qui ne fût pas un diplôme (les trois autres grades, baccalauréat, licence et doctorat, sont en même temps des diplômes). Il s'agissait donc d'aller jusqu'au bout de la logique et de simplifier le paysage en créant **un diplôme national de master** (arrêté du 25 avril 2002) qui confère à son titulaire le grade de master.

Ce nouveau diplôme vaut 300 crédits et valide toutes les formations à bac + 5. Les étudiants peuvent s'orienter progressivement, soit vers **le master professionnel** (appelé à remplacer le DESS), soit vers **le master recherche** (appelé à remplacer le DEA).

Depuis la rentrée universitaire 2002, cette formation est offerte aux universités et aux institutions de formation supérieure.

Dans le même esprit d'internationalisation, les instituts d'études politiques (IEP) de province dont les cursus s'arrêtaient à bac + 4 sont invités à mettre en place une formation conduisant leurs étudiants à un master qui sera délivré par leur université de rattachement.

Les universités et les IUFM sont, par ailleurs, incités à passer des conventions permettant aux universités de rattachement de délivrer, sous certaines conditions, des masters aux professeurs des premier et second degrés.

Enfin, la lisibilité et la fiabilité de ce diplôme à bac + 5 est renforcée, en mettant un terme aux deux orthographes qui coexistaient et en choisissant l'orthographe européenne **master** adoptée par l'Allemagne et d'autres pays européens, mais aussi en France par toute une série d'institutions publiques ou privées.

Pour la première fois, une même référence est offerte aux universités et aux grandes écoles, ce qui, tout en préservant l'identité de chacune des composantes du système français d'enseignement supérieur, accroît sa lisibilité, favorise le développement des coopérations entre universités et écoles, ouvre de nouvelles perspectives de mobilité et d'insertion aux étudiants français et augmente pour les étudiants étrangers l'attractivité des établissements, des formations et des diplômes nationaux.

Références réglementaires

— Le décret n° 2002-604 du 25 avril, paru au *Journal officiel* du 27 avril 2002, précise que le grade de master est conféré de plein droit aux titulaires : d'un diplôme de master, d'un DEA ou DESS, d'un diplôme d'ingénieur, de diplômes délivrés par l'État de niveau analogue.

— Le décret n° 2002-482 du 8 avril 2002, paru au *Bulletin officiel* n° 17 du 25 avril 2002, crée une architecture commune fondée sur trois niveaux, la licence (bac + 3), le master (bac + 5) et le doctorat (bac + 8).

— Le décret n° 2002-480 du 8 avril 2002, paru au *Bulletin officiel* n° 17 du 25 avril 2002, modifie le décret n° 99-747 du 30 août 1999 et remplace le mot « mastaire » par « master ».

— Le décret n° 99-747 du 30 août 1999, paru au *Journal officiel* n° 203 du 2 septembre 1999, crée le grade de mastaire.

III

LE SYSTÈME DES CRÉDITS EUROPÉENS

Faciliter les échanges, c'est aussi assurer la comparaison et le transfert des parcours de formation dans l'espace européen. Dans cette perspective, la généralisation à tout l'enseignement supérieur du système des crédits européens, dit « ECTS » (*European Credits Transfer System*), est proposée dès avril 2001. Ce système, qui constitue une nouvelle avancée vers l'harmonisation européenne de l'enseignement supérieur, permet d'organiser des parcours de formation modulaires, plus facilement transférables d'une université à l'autre et d'un pays à l'autre grâce à une « monnaie commune » reconnue partout en Europe : les crédits.

Afin d'**établir des correspondances**, une référence commune est fixée, correspondant à l'acquisition de 180 crédits pour le niveau licence (bac + 3) et de 300 crédits — dont 120 après la licence — pour le niveau master (bac + 5).

Selon cette norme, 60 crédits correspondent aux connaissances et compétences acquises pour une année universitaire à temps plein et 30 crédits à un semestre.

L'étudiant s'inscrit dans un parcours constitué de modules créditables et non plus dans « une année de formation ». En effet, le système des crédits européens ne se définit pas seulement par un volume d'heures d'enseignement dispensées, mais en fonction du volume d'activités total requis de la part de l'étudiant (travail personnel de l'étudiant, stages, mémoires...).

Aujourd'hui, le système des crédits est une réalité française. Et les universités (comme tous les autres établissements d'enseignement supérieur) sont vivement incitées à traduire tous leurs cursus en crédits.

Grâce à ce système, les étudiants peuvent obtenir des « crédits » lors de leurs séjours à l'étranger et les faire valider à leur retour en France où ils n'auront plus qu'à compléter cette validation. Par exemple, un étudiant qui obtiendra 40 crédits en Allemagne pourra se voir reconnaître les fractions de diplôme obtenues et correspondant à 40 crédits lorsqu'il rentrera en France. Il n'aura plus dès lors qu'à obtenir les 20 crédits manquants pour réussir son année, 20 crédits qu'il devra obtenir en valorisant les unités d'enseignement que lui imposera l'équipe pédagogique.

Les avantages du système des crédits européens :

— En établissant de façon précise des correspondances entre tous les diplômes européens et en garantissant aux étudiants l'acquisition définitive des validations d'études obtenues à l'étranger, les crédits européens facilitent **la mobilité européenne** des étudiants.

— Les étudiants peuvent bénéficier de **parcours de formation plus souples et plus fluides** aussi bien en formation initiale qu'en formation continue, intégrant toutes les formes de validation d'acquis.

— Le système des crédits, outre son intérêt international, facilite **la formation tout au long de la vie,** puisque les crédits obtenus sont définitivement acquis (voir p. 109 la validation des acquis de l'expérience). Il permet la construction d'une offre de formation supérieure répondant aux besoins de la formation continue

— De tels parcours permettent de développer les approches pluridisciplinaires, les orientations progressives et d'intégrer l'apprentissage de compétences transversales désormais indispensables comme la maîtrise des langues vivantes étrangères ou des outils informatiques.

— **Les progressions pédagogiques sont adaptées à la diversité des étudiants** et à la diversité de leurs attentes, de leurs projets et de leurs objectifs de formation.

— Le système de crédits ayant pour but l'adaptation aux rythmes et aux contraintes spécifiques des étudiants, il favorise la diversification des méthodes d'enseignement, l'innovation et la collaboration entre établissements aux niveaux national et européen.

Il s'agit donc d'une approche plus globale des besoins de formation supérieure répondant à de nouveaux besoins et s'inscrivant dans la perspective de la formation tout au long de la vie.

La politique menée à l'égard des écoles d'ingénieurs et des écoles de commerce va dans le même sens. Ces écoles avaient d'ailleurs beaucoup développé les échanges internationaux. Elles sont invitées, quand cela n'est pas encore le cas, à adopter le système des crédits ; pour avoir une meilleure lisibilité internationale, elles sont incitées à se rapprocher des universités et à se fédérer le plus possible : c'est ainsi que sont créées, au sein des universités, des écoles polytechniques universitaires regroupant deux, trois écoles ou plus. Par ailleurs, une commission d'évaluation et d'habilitation des masters a été instituée de façon à ce que l'État puisse garantir, au niveau national et international, la qualité des diplômes délivrés par l'ensemble des écoles de commerce et de gestion.

Référence réglementaire

— Décret n° 2002-482 du 8 avril 2002, portant application au système français d'enseignement supérieur de la construction de l'espace européen de l'enseignement supérieur (article 2) — *Bulletin officiel* n° 17 du 25 avril 2002.

IV

LE PLAN D'ACTION POUR LA MOBILITÉ

La mobilité, priorité française et communautaire, est le fondement d'une Europe de la connaissance : elle améliore la qualité de la formation et les compétences de ceux qui en bénéficient ; elle participe à la création d'un espace européen de l'éducation et de la formation ; elle contribue à l'édification d'une conscience européenne.

Il faut permettre aux étudiants, aux enseignants, aux chercheurs et aux autres personnels de profiter des richesses de l'espace européen de l'enseignement supérieur, de la diversité des cultures et des langues et de la variété des systèmes universitaires. Il faut créer un « vouloir-vivre ensemble » européen pour donner une âme à la construction européenne comme pour renforcer la compétitivité économique de notre continent.

Dans cette perspective, la France s'emploie à promouvoir la mobilité durant le semestre où elle exerce la présidence de l'Union européenne (juillet à décembre 2000). Elle prend l'initiative de proposer aux États membres l'élaboration d'un plan d'action attestant de leur engagement politique en faveur de la mobilité et proposant une palette de mesures concrètes. Puis, elle parvient à faire adopter ce plan lors du sommet européen des chefs d'États qui se tient à Nice en décembre 2000.

Le plan d'action pour la mobilité marque une volonté de supprimer les obstacles à la liberté de mouvement. Conçu comme une « boîte à outils » dans laquelle chaque État puise librement, il permet la mise en place d'une stratégie européenne en faveur de la mobilité.

Ce plan comporte **42 mesures**, parmi lesquelles : la promotion du plurilinguisme, le développement des stages de longue durée à l'étranger pour les enseignants en langue, la mise en place d'un portail donnant accès aux différentes sources d'information sur la mobilité, la mise au point d'un calendrier académique européen indiquant les périodes de convergence, la semestrialisation de l'année universitaire, la création d'une carte européenne du jeune en mobilité, la généralisation des systèmes d'équivalence des diplômes...

Les objectifs du plan d'action pour la mobilité

Ce plan comporte 42 préconisations concrètes que les États membres appliquent à leur rythme et en fonction de leurs possibilités, autour de 4 grands objectifs :

— **favoriser la mobilité** en Europe en formant les responsables de la mise en œuvre, en développant le plurilinguisme et en favorisant l'accès aux informations utiles ;

— **financer la mobilité** en identifiant les mesures susceptibles de mobiliser tous les moyens financiers possibles ;

— **améliorer la mobilité** en multipliant ses formes, l'accueil et l'organisation des calendriers ;

— **valoriser les périodes de mobilité** et la reconnaissance de l'expérience acquise.

LA MISE EN ŒUVRE DU PLAN D'ACTION POUR LA MOBILITÉ EN FRANCE

— Depuis la rentrée universitaire 2002, les universités sont invitées à généraliser l'organisation de l'année en semestres et à créer de façon systématique des parcours de formation modulaires selon le système des crédits (ECTS). Trois grades structurent désormais les filières de formation : la licence, le master et le doctorat.

— La mobilité passe par le développement du plurilinguisme. D'où l'action entreprise pour favoriser l'apprentissage précoce des langues vivantes à l'école, la création du certificat de compétences en langues de l'enseignement supérieur (CLES), la possibilité ouverte aux élèves-professeurs de langue de suivre des stages de 3 à 10 mois à l'étranger, la mise en place de dominantes de langues vivantes pour les futurs professeurs des écoles...

— Toujours dans cette logique de mobilité, la France s'est dotée, depuis août 2000, d'une nouvelle structure : un groupement d'intérêt public chargé de la gestion des programmes communautaires Socrates et Leonardo da Vinci. La création de cette agence unique pour l'éducation et la formation professionnelle permet de mesurer et de piloter plus précisément la mobilité des jeunes.

LA MOBILITÉ DES ÉTUDIANTS FRANÇAIS À L'ÉTRANGER

> Deux programmes communautaires concourent essentiellement à la mobilité des étudiants français à l'étranger : le programme **Socrates** dans lequel se trouve **Erasmus** pour l'enseignement supérieur et le programme **Leonardo** pour la formation professionnelle.

Ces programmes associent les 15 États de l'Union européenne, les États de l'association européenne de libre-échange (Islande, Liechtenstein, Norvège), les pays associés de l'Europe centrale et orientale (Bulgarie, Estonie, Hongrie, Lettonie, Lituanie, Pologne, République tchèque, Roumanie, Slovaquie, Slovénie), ainsi que Chypre et Malte.
Le programme Erasmus concerne 17 182 étudiants français en 2000-2001, contre 17 093 l'année précédente et le programme Leonardo 1 715 étudiants, contre 1 490 en 1999-2000.

— Les partenariats privés ou avec l'Union européenne, l'État, les collectivités locales et d'autres universités sont encouragés. Parallèlement, la dotation budgétaire consacrée à la mobilité est doublée.

— De nouvelles formes de mobilité, comme les universités d'été européennes (voir ci-après), sont développées.

— Afin d'améliorer l'accueil des personnes en mobilité, les établissements sont incités à créer un guichet unique d'information pour les étudiants et les enseignants-chercheurs, notamment pour les formalités (carte de séjour, recherche de logement, formations linguistiques...).

— En vue de répondre à l'objectif de démocratisation de la mobilité, les aides sont renforcées, notamment avec la création de bourses de mobilité pour les étudiants les plus modestes.

Des aides à la mobilité renforcées

Depuis la rentrée universitaire 2001-2002, les étudiants boursiers sur critères sociaux (ou bénéficiaires d'une allocation d'études, ou d'une bourse à taux zéro) qui souhaitent effectuer un séjour d'études à l'étranger peuvent bénéficier d'une bourse de mobilité.

Objectif : donner une orientation clairement sociale au plan d'action français pour la mobilité et inciter davantage d'étudiants à effectuer un parcours de formation au-delà de nos frontières, quelle que soit la destination retenue.

Le montant mensuel de la bourse de mobilité est de **384 euros** (soit 2 519 francs). Depuis la rentrée 2002, la répartition de ces bourses est confiée aux universités de façon à donner plus de souplesse et de réactivité au système. En 2002, **12 000 bourses trimestrielles de mobilité** sont accordées par le ministère de l'éducation nationale.

Référence réglementaire

— Circulaire n° 2001-126 du 5 juillet 2001, relative aux modalités d'attribution des bourses de mobilité — *Bulletin officiel* n° 28 du 12 juillet 2001.

V

LES UNIVERSITÉS EUROPÉENNES D'ÉTÉ (UEE)

Proposées par la France alors qu'elle exerce la présidence de l'Union européenne, les universités européennes d'été (UEE) constituent l'une des 42 mesures du **plan d'action pour la mobilité**. Leur objectif : lancer un vaste mouvement de brassage intellectuel et, ainsi, créer les conditions d'un **« nomadisme étudiant »** à travers l'Europe.

Ces universités rassemblent, durant la période estivale, des enseignants-chercheurs et des étudiants venant de France et de toute l'Europe. Elles proposent un cadre convivial de travail universitaire et combinent formation, activités culturelles et découverte du patrimoine.

L'indispensable présence de ces trois volets permet d'associer le travail scientifique à la découverte du territoire et de la culture du pays d'accueil.

Les UEE, une formule à succès

— 12 universités voient le jour en 2000, rassemblant **900** étudiants.

— L'édition 2001 concerne **1 900 étudiants** sur 36 sites.

— La session de l'été 2002 voit une forte progression du nombre de sessions et de participants : 80 universités d'été accueillant plus de **5 000 étudiants.**
La montée en puissance quantitative s'accompagne d'une progression qualitative à travers la diversité et la richesse des thèmes proposés et par une couverture géographique nationale ample et équilibrée.

Ces sessions permettent de **renforcer les contacts européens ou internationaux** des établissements, valorisent des coopérations déjà établies et favorisent la création de nouveaux réseaux de recherche ou de coopération pédagogique.

Le financement des UEE est assuré grâce à un engagement significatif de l'État :

152 450 euros en 2000, 457 347 euros en 2001, 1 524 490 euros en 2002.

VI

L'AMÉLIORATION DE L'ACCUEIL DES ÉTUDIANTS ÉTRANGERS

L'accueil des étudiants étrangers constitue un enjeu majeur pour l'enseignement supérieur français, mais aussi pour les acteurs territoriaux et pour les partenaires économiques des établissements d'enseignement supérieur dont le rayonnement international apparaît comme un facteur clé du développement économique et social. Dans un contexte de forte compétition entre les systèmes éducatifs des principaux pays développés pour attirer le maximum d'étudiants, il est nécessaire de **multiplier les initiatives pour améliorer l'accueil des étudiants étrangers.**

Outre la forte mobilisation des établissements d'enseignement supérieur, ces évolutions traduisent les effets d'une action volontariste de l'État qui porte notamment sur l'aménagement des dispositions législatives et réglementaires applicables pour l'attribution de visas et de titres de séjours aux étudiants étrangers et sur leur **accès à l'emploi** en cours de cursus. En outre, l'accent est mis sur le renforcement de la promotion de l'enseignement supérieur français à l'étranger, grâce à l'action de l'agence ÉduFrance créée par Claude Allègre et Hubert Védrine.

Les étudiants étrangers en chiffres

— Après plus de dix ans de baisse, la reprise de la croissance du nombre d'étudiants étrangers, amorcée à la rentrée 1999, se confirme lors des deux rentrées suivantes. Ainsi, en 2001-2002, près de 160 000 étudiants de nationalité étrangère sont inscrits dans une université française contre 122 000 en 1998, soit une augmentation de 30,6 %. La part de la population étrangère à l'université retrouve, en 2001, le niveau de la rentrée 1990, soit 11,4 %.

— La France accueille pour moitié des étudiants originaires d'Afrique et du Maghreb (49,5 %). Viennent ensuite les étudiants en provenance d'Europe (30 % dont 20 % originaires de l'un des pays de l'Union européenne), d'Asie (14,3 %) et d'Amérique (7,1 %). Le nombre d'étudiants en provenance des pays d'Europe de l'Est est multiplié par trois entre 1990 et 2001, et les effectifs d'étudiants chinois sont multipliés par quatre entre 1998 et 2001.

— En 2001, la part des étudiants étrangers est de 8,5 % en 1er cycle, 11 % en 2e cycle et 22 % en 3e cycle. Les secteurs disciplinaires où ils sont le plus représentés sont les sciences économiques (17 %), les filières de santé et les lettres et sciences humaines (près de 12 %).

• La mobilisation des établissements d'enseignement supérieur constitue le facteur clé pour l'amélioration des conditions d'accueil des étudiants étrangers. Pour favoriser la formulation de projets à la fois ambitieux et cohérents, **les établissements sont incités à formuler un plan d'action consigné dans une déclaration d'action internationale**. Ce plan sert de base à un partenariat actif avec l'État, notamment dans le cadre de la négociation des contrats d'établissement.

• Par ailleurs, un **Conseil national pour l'accueil des étudiants étrangers en France** est créé en mars 2002, ce qui correspond à une des mesures préconisées dans le rapport d'Élie Cohen sur l'accueil des étudiants étrangers en France. Le

Conseil, dont le rôle est d'améliorer les conditions d'accueil des étudiants étrangers, est destiné à coordonner les dispositifs existants, des dossiers de préinscription envoyés depuis l'étranger jusqu'à l'arrivée en France. Il assure également le suivi des conditions d'études.

Référence réglementaire

— Arrêté du 22 mars 2002, relatif à la création du Conseil national pour l'accueil des étudiants étrangers — *Bulletin officiel* n° 18 du 2 mai 2002.

• À la demande des étudiants, **une traduction officielle des diplômes français** sera établie. Les documents comporteront la mention des intitulés de diplômes étrangers généralement admis dans les langues étrangères les plus courantes. Tout en maintenant les intitulés des diplômes français, cette mesure permettra leur positionnement clair par rapport aux standards internationaux.

CHAPITRE III

Une école tournée vers les horizons artistiques et culturels

L'entrée des arts et de la culture à l'école est le fruit d'une longue marche. Longtemps en effet notre système éducatif est resté rétif, prisonnier d'une conception trop abstraite et trop historique de la culture. Certes, certaines poussées se firent jour ici ou là avant 1980, mais, dans son ensemble, le ministère de l'éducation nationale restait sur la réserve au regard des initiatives prises alors par le ministère de la culture et de la communication, considérées comme des futilités.

Un changement de style et de comportement s'opère en 1983 avec la signature d'une convention entre le ministre de l'éducation nationale, Alain Savary et le ministre de la culture, Jack Lang, et la création des premières classes culturelles : classes patrimoine, classes arc-en-ciel, classes musique.

Une nouvelle étape est franchie en 1988, lorsque Lionel Jospin devient ministre de l'éducation nationale. Les enseignements optionnels artistiques des lycées, créés en 1983 à titre expérimental, trouvent alors un régime de croisière. Les classes culturelles se multiplient ainsi que les ateliers de pratiques artistiques.

À travers **les deux volets du plan arts et culture**, l'un concernant l'école primaire, le collège et le lycée (présenté en décembre 2000), l'autre spécifiquement consacré à l'enseignement supérieur (présenté en janvier 2002), l'objectif est d'**introduire, à grande échelle, les arts au cœur du système éducatif**. Il est bien question de changer de logique et de franchir un palier en donnant aux arts une place centrale dans le parcours scolaire et en proposant aux jeunes une éducation artistique et culturelle cohérente de la maternelle à l'université. Un enjeu considérable, notamment dans le cadre de la lutte contre l'échec scolaire et du combat contre les inégalités sociales ou géographiques.

La Mission à l'éducation artistique et de l'action culturelle

Cette mission est créée par arrêté du 7 septembre 2000. Des conseillers artistiques, femmes et hommes de qualité et d'expérience, sont rassemblés afin de collaborer avec les personnels qui, au niveau national, académique ou départemental, sont les relais des enseignements artistiques et des pratiques culturelles : inspecteurs généraux, inspecteurs pédagogiques régionaux, inspecteurs de l'éducation nationale responsables des services d'action culturelle, conseillers pédagogiques et enseignants du premier et second degré.

Son objectif : généraliser l'éducation artistique et culturelle par le développement simultané des enseignements artistiques, des classes à projet artistique et culturel et des activités artistiques et culturelles facultatives.

— En interne, cette structure légère d'impulsion et de coordination a pour objectif de rassembler les compétences des personnes en charge de ce dossier au sein du ministère, de veiller à la permanence de l'action et des financements, d'anticiper les différentes mesures de mise en œuvre des projets sur le terrain.

— À l'extérieur, elle est l'interface offerte aux multiples formes de partenariat, en appui des autorités rectorales et académiques.

Elle est rattachée à la fois à la direction de l'enseignement scolaire (DESCO) et à la direction des enseignements supérieurs (DES). Elle entretient un contact étroit avec l'ensemble du réseau CNDP.

Le site de la Mission de l'éducation artistique et de l'action culturelle : *www.artsculture.education.fr*

A

Le plan de cinq ans pour le développement des arts et de la culture à l'école

« Les arts à l'école ne sont pas un supplément d'âme, mais un indispensable chemin d'accès aux savoirs. Tous les enfants doivent pouvoir en bénéficier, pour aujourd'hui et pour demain. »

Claude Mollard, chargé de mission auprès du ministre de l'éducation nationale pour les arts et la culture.

Réduire les inégalités d'accès aux œuvres et aux pratiques artistiques et former de nouvelles générations de jeunes plus cultivés et plus ouverts aux arts et à la culture, telles sont les ambitions du plan de cinq ans pour le développement des arts et de la culture à l'école présenté en décembre 2000 par Jack Lang et Catherine Tasca. Premier plan de ce type en France, il est le fruit d'un partenariat entre le ministère de l'éducation nationale et le ministère de la culture et de la communication.

Ce grand projet d'éducation artistique et culturelle correspond à **une volonté d'étendre l'accès aux arts et à la culture**. En effet, chaque enfant a droit aux tableaux, au théâtre, au cinéma comme à l'alphabet. L'accent est donc mis sur les secteurs les plus éloignés géographiquement et socialement de la vie artistique (les zones rurales, les zones d'éducation prioritaires et les établissements d'enseignement professionnel), mais aussi sur l'école primaire qui a un devoir d'alphabétisation culturelle. Il privilégie également **le contact personnel avec les œuvres**, les lieux de création, l'environnement culturel ainsi que les rencontres avec les artistes et les créateurs. Il propose enfin de **diversifier les domaines artistiques proposés aux élèves**. Outre le chant choral, la musique, la diction de textes, le théâtre, la danse et les arts plastiques, qui constituent les passages obligés de toute initiation artistique, ce plan s'ouvre sur des domaines peu présents à l'école : le cinéma, les musiques actuelles, l'architecture, le patrimoine, la photographie, les arts du goût ou encore les arts du quotidien et du design.

I

UN ACCÈS ÉTENDU AUX ARTS ET À LA CULTURE

Il faut rompre avec une tradition et ne plus considérer l'art comme le supplément d'âme du système éducatif, la matière à pratiquer après toutes les autres et sacrifiée aux savoirs considérés comme plus fondamentaux. Cette opposition, cette hiérarchisation doivent disparaître.

Il n'y a pas d'autre lieu que l'école pour organiser la rencontre de tous avec l'art. Il n'y a pas d'autre lieu que l'école pour instaurer de manière précoce le contact avec les œuvres. Il n'y a pas, enfin, d'autre lieu que l'école pour réduire les inégalités d'accès à l'art et à la culture. C'est une évidence, l'école se doit d'assurer **un accès démocratique à l'art** afin que tous les élèves aient la possibilité d'entretenir un rapport précoce avec les livres, les musées, les théâtres, les œuvres.

L'enfant ne peut connaître un épanouissement harmonieux et équilibré que si **son intelligence rationnelle et son intelligence sensible sont développées en harmonie et en complémentarité**. Il faut que l'enseignement prenne en compte chaque enfant dans son intégralité. C'est un objectif qu'on retrouve tout au long de l'histoire de l'humanité, que ce soit dans l'Antiquité, au Moyen Âge avec les arts libéraux, à la Renaissance avec l'humanisme, à la Révolution avec l'abbé Grégoire et même sous la IIIe République avec Jules Ferry.

Aujourd'hui, une rationalité excessive semble avoir eu pour effet de fractionner les savoirs, de les techniciser et de cantonner l'éducation artistique à la marge du système.

Or **l'éveil de la sensibilité est un merveilleux sésame pour les autres formes d'intelligence** : la musique introduit au calcul, le théâtre à la lecture, et les arts plastiques ne sont pas sans lien avec la géométrie et la perspective. À travers l'art et la culture, les autres disciplines, l'écriture, la géographie, l'histoire, les mathématiques, deviennent vivantes, plus riches, plus denses. **Source de motivation et puissant antidote à l'ennui**, à la vacuité de l'esprit, la pratique d'un art développe une pensée mobile et souple qui permet de faire face de manière inventive à des situations inhabituelles. Elle favorise aussi une meilleure appropriation des savoirs en faisant appel à l'affectif, à l'intelligence sensible, à l'émotion.

Les pratiques culturelles, souvent collectives, sont aussi **un point d'appui pour apprendre à vivre en communauté**. Par le chant choral, le jeu théâtral, la danse, l'enfant cerne son identité, affirme sa personnalité, rencontre les autres sur des bases créatives, constructives et, en définitive, apaisées. L'apprentissage du groupe s'y fait selon des règles de plaisir, de partage qui diffèrent de celles du seul pouvoir ou du seul profit.

L'éducation artistique et culturelle apporte aux enfants une grammaire de la sensibilité capable de structurer leurs corps, d'élever leurs esprits et d'aiguiser leur sens de la responsabilité. Elle est porteuse de contrepoids intellectuels face à la consommation passive des images déversées par « l'empire du profit ». Elle les met en mesure de résister aux menaces de nivellement issues de la mondialisation économique et culturelle. Elle est **une réponse aux menaces d'uniformisation culturelle.**

Pour que la France demeure créative et rayonnante, l'École doit former de jeunes cinéphiles, de jeunes mélomanes, de jeunes amateurs de théâtre, de danse, de tous les arts qui font la richesse de notre culture.

II

LES PRINCIPALES MESURES

En application depuis la rentrée 2001 dans les écoles maternelles et primaires, les collèges et les lycées, le plan conforte les enseignements artistiques, renforce les activités artistiques et culturelles facultatives et met en place les classes à projet artistique et culturel.

Il se traduit également par l'élaboration de nouveaux programmes d'enseignements artistiques pour le premier degré, la mise en place de formations spécifiques pour les enseignants, l'établissement de partenariats entre le monde des arts et le monde scolaire.

Le plan s'appuie sur un réseau d'environ **180 lieux d'information** constitué par le centre national, les centres régionaux et les centres départementaux de documentation pédagogique (CNDP, CRDP et CDDP). Ce réseau accompagne au quotidien la politique d'essor des arts et de la culture dans l'éducation nationale : production d'outils pédagogiques, développement des services de proximité et des ressources en ligne, impulsion en matière de nouvelles technologies éducatives, action d'animation et d'accompagnement de la formation.

Les trois objectifs prioritaires du plan pour les arts

— **La généralisation à l'ensemble des élèves** de pratiques jusqu'ici trop expérimentales ou confidentielles.

— **La diversification des domaines artistiques**
Le plan tend non seulement à généraliser les pratiques exemplaires menées ponctuellement et localement par des enseignants, mais aussi à les diversifier. Ainsi, les arts à l'école concernent désormais tous les champs artistiques : musiques, danse, littérature, théâtre, arts plastiques, cinéma, photographie, architecture, cirque, patrimoine, goût, design, culture scientifique et technique...

— **La continuité des actions de la maternelle à la terminale**
Pour minimiser les effets du hasard, la rencontre des élèves avec l'art doit être généralisée dès l'école primaire et se poursuivre jusqu'à l'université. C'est dans cet esprit qu'est élaboré le premier volet du plan (les élèves sont concernés de la maternelle à la terminale). L'idée, en arrière-plan : doter chacun, au terme de la scolarité obligatoire, d'une culture générale couvrant l'ensemble des domaines artistiques et culturels.

Une priorité, l'école primaire

L'acclimatation aux œuvres doit s'effectuer le plus précocement possible. **Priorité est donc donnée à l'école primaire** qui a un devoir d'alphabétisation culturelle et artistique. À noter parmi les principales mesures :

— le renforcement des enseignements artistiques obligatoires (formation des maîtres, moyens pédagogiques, horaires) ;

— le renforcement des activités artistiques et culturelles facultatives (classes culturelles transplantées et 1 000 ateliers artistiques) ;

— la mise en place, dès la rentrée 2001, d'environ 15 000 classes à projet artistique et culturel dans les écoles primaires ;

— le lancement de 1 000 chorales supplémentaires dans le cadre du plan de généralisation des chorales ;

— l'enrichissement des bibliothèques des écoles. Près de 300 000 livres ont été acquis dans un premier temps. Un effort qui s'est poursuivi avec une priorité à la poésie et aux fonds liés aux disciplines artistiques ;

— la présence accrue d'artistes et de professionnels de la culture dans les classes ;

— en ce qui concerne le cinéma, un programme d'équipement des classes en matériels DVD est engagé en partenariat avec les collectivités locales.

Les arts au collège et au lycée

S'agissant du **second degré**, l'accent est mis sur la continuité et la cohérence des dispositifs et des moyens avec **une priorité à l'enseignement professionnel**.

C'est sans doute au sein de l'enseignement professionnel que l'éducation artistique doit être la plus présente, car les besoins d'intégration sociale et culturelle, d'ouverture à des connaissances plus larges, y sont plus vifs. Plus qu'ailleurs, l'enjeu est de favoriser l'exercice véritable du droit de chacun à la culture.

En lycée professionnel, 2 110 classes à projet artistique et culturel (classes à PAC) ouvrent en 2001.

Au collège, les classes à PAC sont mises en place en priorité en classe de 6e, notamment dans les collèges difficiles ou en milieu rural, afin de favoriser l'intégration des nouveaux collégiens.

En parallèle, une expérimentation des classes à projet artistique et culturel est engagée au lycée général et technologique (on en compte 425 à la fin 2001).

Ces classes visent les mêmes objectifs qu'en primaire : ouvrir au plus grand nombre l'accès à l'art et à la culture ; mettre en valeur la dimension culturelle de tout enseignement ; placer l'élève en situation de projet, ouvrir l'école sur son environnement culturel.

L'ambition de ce plan pour les arts, au niveau de l'enseignement secondaire, ne consiste pas à créer de nouvelles mesures, mais plutôt à mobiliser les compétences, à harmoniser, à simplifier et à fédérer les dispositifs existants. D'où une amélioration des conditions des **enseignements obligatoires** au collège, une harmonisation de la répartition des **options artistiques** du lycée sur le territoire, un **renforcement des partenariats**, notamment avec les établissements culturels, les collectivités territoriales et les grandes associations éducatives et culturelles, la mise en place d'**outils pédagogiques adaptés** et un **effort de formation** en direction des enseignants, des artistes et des médiateurs culturels. L'action est centrée sur les chorales au collège, les musiques actuelles, l'environnement architectural et l'éducation au cinéma.

À noter également, le développement des **ateliers de pratiques artistiques** de collège et leur ouverture aux sections d'enseignement général et professionnel adapté (SEGPA) et aux classes relais.

Des outils pour une meilleure « alphabétisation cinématographique »

En décembre 2001, le Centre national de documentation pédagogique (CNDP) présente **« L'Eden cinéma », une collection de DVD pédagogiques**, réalisée sous la direction d'Alain Bergala, conçue pour l'étude en classe d'œuvres cinématographiques ainsi que des techniques et du langage du cinéma. Les cinq premiers titres sont consacrés à la rencontre d'un film : *Les contrebandiers de Moonfleet* de Fritz Lang, *Les 400 coups* de François Truffaut, *Où est la maison de mon ami ?* de l'Iranien Abbas Kiarostami, *Shoah* de Claude Lanzmann (version réduite à trois heures) et enfin « Cinémas d'Afrique » qui

regroupe plusieurs films africains. Le sixième DVD, *Petit à petit*, concerne le langage du cinéma.
Ces DVD permettent aux enseignants ou aux élèves de sélectionner les scènes ou plans de leur choix. Ils sont par ailleurs enrichis d'informations et de références : un tableau ou un reportage sur le film ou son auteur, qui favorisent des approches pédagogiques différentes.
Parallèlement, le CNDP édite avec *Les Cahiers du cinéma* une série destinée aux enseignants, étudiants et lycéens amateurs de cinéma, baptisée **« Les petits cahiers »**.

Une innovation : la classe à projet artistique et culturel

Parmi les nombreuses mesures entrées en vigueur, la classe à projet artistique et culturel, dite classe à PAC, conçue par Claude Mollard et Jean-François Chaintreau (voir p. 166), est la plus importante. Lancée dès la rentrée 2001 en priorité à l'école primaire, dans les classes de 6e des collèges et en lycées professionnels, son but est de renforcer l'éducation artistique dans la formation de l'élève et de permettre au plus grand nombre d'accéder à la culture et à la création artistique.

La classe à projet artistique et culturel est **un nouveau cadre pédagogique** : au cours de l'année scolaire, le maître ou le professeur, dans le souci de donner une illustration, des références, donc du sens aux disciplines enseignées, insuffle au programme une dimension artistique et culturelle. La classe à PAC constitue le fil rouge du traitement des programmes. Ainsi, un même sujet ou une même problématique choisis comme thème annuel peuvent être abordés sous l'angle de **différentes matières** au programme de la classe concernée.

Pour l'élève comme pour les enseignants, ce parcours pédagogique repose sur **une démarche de projet** ancrée dans la réalité d'une création, inscrite dans un délai, avec le temps de la conception, de l'échange, de la réalisation, de la présentation au public et de l'évaluation. Ce projet constitue un prolongement et un enrichissement des enseignements : il s'appuie sur les programmes, s'inscrit dans les horaires habituels de la classe et se déroule tout au long de l'année scolaire. **L'enseignant peut faire appel à un artiste ou à un professionnel de la culture** et prendre appui sur les ressources culturelles de proximité (théâtre, musée, centre d'art...).

Concrètement, une classe à projet artistique et culturel peut donner lieu à la création d'une chorale de classe aussi bien qu'à la découverte d'un monument, elle peut être bâtie sur une période de l'histoire (la Renaissance, le siècle des Lumières), sur un mouvement artistique (l'impressionnisme, le surréalisme), sur une pièce de théâtre, un artiste, un poète, un projet urbain ou cinématographique...

Le thème de chaque classe à PAC est laissé à l'initiative de l'enseignant porteur du projet. Il est en partie déterminé par l'environnement et le projet culturel de l'établissement. Il peut concerner les domaines artistiques des enseignements obligatoires (musique et arts plastiques) ou optionnels (cinéma et audiovisuel, danse, théâtre, histoire des arts), mais aussi les collections muséographiques, la culture scientifique et technique, le goût, la photographie, l'architecture, le patrimoine...

Chaque classe à PAC bénéficie d'**un financement d'environ 650 euros** afin de financer les interventions des artistes et des professionnels de la culture, le matériel, les déplacements et les droits d'entrée dans les institutions culturelles de proximité.

La classe à PAC concernera à terme tous les élèves scolarisés, du primaire au lycée, dans toutes les filières (enseignement général, technologique et professionnel). **L'objectif : chacun bénéficie, quatre fois dans sa scolarité, d'une classe à PAC**, à la maternelle, à l'école élémentaire, au collège et au lycée.

Une entrée en force des classes à PAC à l'école

En 2001-2002, les arts entrent en force à l'école, au collège et au lycée, avec **25 827** classes à projet artistique et culturel recensées.

— Éléments phares du plan de cinq ans pour le développement de l'éducation artistique et culturelle, on compte **14 960 classes à PAC** à l'école primaire et **6 267** dans le second degré (3 732 en collège, 2 110 en lycées professionnels et 425 en lycées généraux). L'enseignement privé sous contrat n'est pas en reste avec **4 600 classes** de ce type.

— **À l'école primaire**, les thèmes prédominants sont les arts plastiques (24,6 % des classes), la musique (19,2 %), le théâtre (14,9 %), la danse (10,7 %), la littérature (8,1 %), le patrimoine (6,4 %) et le cinéma (6,2 %).

— **Dans le second degré**, on constate un engouement pour le théâtre (17 % des classes créées), les arts plastiques (13 %), la littérature (13 %) et la musique (10 %). De nouveaux domaines se renforcent, notamment le patrimoine (8 %), le cinéma (7 %) et la culture scientifique et technique (4 %). D'autres thèmes font leur apparition comme le design (3 %), le cirque (2 %) ou les arts du goût (1 %). À noter, la prédominance de l'interdisciplinarité, avec 12 % des projets qui font se croiser les disciplines.

Les classes à projet artistique, en prévision, de 2002 à 2006 :

Une montée en charge du nombre de classes à PAC est prévu entre 2002 à 2006 pour le premier et second degré dans l'enseignement public et privé sous contrat tous domaines artistiques confondus :

— pour l'année 2002-2003 : 35 000 ;
— pour l'année 2003-2004 : 70 000 ;
— pour l'année 2004-2005 : 105 000 ;
— pour l'année 2005-2006 : 140 000.

III

LA FORMATION DES PERSONNELS

Le plan de cinq ans est entré dans les faits accompagné d'un effort de formation des personnels.

— En ce qui concerne **la formation initiale**, la dimension artistique et culturelle est davantage prise en compte dans la formation dispensée aux futurs enseignants dans les IUFM. Plusieurs concours de recrutement (CAPE, CAPES externe de certains domaines non artistiques, certains CAPET) doivent comporter une évaluation artistique ou culturelle qui vient sanctionner, par une note et une mention particulière, les acquis de l'étudiant pendant le second cycle, l'université et la première année d'IUFM. Les futurs enseignants peuvent également approfondir et perfectionner leurs connaissances en choisissant une dominante « arts ».

— En matière de **formation continue**, le programme national de pilotage (PNP) prévoit dès l'été 2001 la mise en place d'un ensemble de stages nationaux de formation et d'universités d'été pour former les enseignants à l'organisation pédagogique des classes à projet artistique et culturel et les accompagner dans leurs projets. Les enseignants bénéficient également des propositions offertes dans le cadre des plans académiques et départementaux de formation qui, dès la rentrée 2001, sont renforcés dans les domaines des arts et de la culture.

— Il est par ailleurs essentiel, dans chaque grand domaine de l'éducation artistique, de disposer d'**un réseau de formateurs et de personnes ressources** capables d'orienter et de mettre en œuvre des formations. Ces personnes ressources sont aussi bien les formateurs des IUFM que les conseillers pédagogiques de l'éducation nationale, les professeurs relais en charge de formations ou d'un service éducatif, les artistes intervenant dans les écoles, les médiateurs de la culture. Les pôles nationaux de ressource (PNR) sont créés à cet effet par une circulaire commune éducation-culture, en avril 2002.

IV

LES CRÉDITS DÉDIÉS AU PLAN DE CINQ ANS

En **2001**, première étape de la mise en œuvre du dispositif, **des moyens budgétaires** sans précédent sont dégagés par le ministère de l'éducation nationale pour l'éducation artistique : **42,5 millions d'euros** (279 MF) sont affectés au plan de cinq ans.

— 10,8 millions d'euros (71 MF) pour l'école

C'est la première fois qu'une somme de cette ampleur est affectée à l'éducation artistique et culturelle pour les écoles. Cette somme est affectée en fonction de trois priorités : le développement des classes à projet artistique et culturel ; le développement des classes culturelles (classes transplantées) ; le développement des projets spécifiques académiques.

— 11,2 millions d'euros (74 MF) pour les collèges et les lycées

Cette somme est répartie suivant quatre axes prioritaires : le développement des classes à projet artistique et culturel ; le réaménagement de la carte des options légères (lycées d'enseignement général, technologique) ; le développement des ateliers d'expression artistique (lycées d'enseignement général, technologique et professionnel) ; et le développement des projets spécifiques académiques.

— 3,8 millions d'euros (25 MF) pour l'enseignement privé sous contrat au titre de la parité.

— 16,6 millions d'euros (109 MF) pour le budget du Centre national de documentation pédagogique (CNDP)

Ce montant est affecté aux grandes opérations artistiques et culturelles, aux expositions et aux outils pédagogiques, et pour appuyer les actions spécifiques à chacun des rectorats concernés.

À ces 42,5 millions d'euros (279 MF) affectés, en 2001, par le ministère de l'éducation nationale, il faut rajouter **34,1 millions d'euros (224 MF) du ministère de la culture et de la communication**.

Pour la rentrée **2002**, il était prévu de reconduire ces crédits en y ajoutant 4,5 millions d'euros (30 MF) de mesures nouvelles.

La priorité concernant les crédits est donnée au déploiement des classes à PAC et des chartes de chant choral, au renforcement des enseignements obligatoires et optionnels ainsi qu'aux activités artistiques et culturelles facultatives.

Références réglementaires

— Circulaire n° 2002-087 du 24 avril 2002, relative aux pôles nationaux de ressources artistiques et culturelles dans les régions — *Bulletin officiel* n° 18 du 2 mai 2002.

— Circulaire n° 2001-104 du 14 juin 2001, relative aux classes à projet artistique et culturel — *Bulletin officiel* n° 24 du 14 juin 2001.

• Note de service n° 2001-102 du 8 juin 2001, relative à la nomination, dans chaque académie, d'un délégué à l'éducation artistique et à l'action culturelle et, dans chaque inspection académique, d'un coordonnateur pour l'éducation artistique et l'action culturelle — *Bulletin officiel* n° 24 du 14 juin 2001.

• Note de service n° 2001-103 du 11 mai 2001, relative aux ateliers artistiques dans les collèges et les lycées — Bulletin officiel n° 24 du 14 juin 2001.

B

Le plan pour les arts et la culture dans l'enseignement supérieur

Présenté début 2002, le plan arts et culture pour les enseignements supérieurs vient compléter le plan de développement pour les arts à l'école, au collège et au lycée, le gouvernement souhaitant qu'à toutes les étapes des études la présence des enseignements artistiques soit renforcée.

Les établissements d'enseignement supérieur, foyers actifs de transmission des savoirs, lieux de recherche et de création, ont un rôle essentiel à jouer pour la qualité de la vie culturelle, professionnelle et personnelle des étudiants. Ils sont également impliqués dans la construction d'un espace européen qui favorise l'accès à la connaissance, aux arts et à la culture pour chacun tout au long de la vie.

Ce plan est engagé pour affirmer le rôle essentiel des établissements d'enseignement supérieur comme **acteurs du rayonnement de la vie intellectuelle, culturelle et artistique au sein de l'Europe**, mais aussi pour répondre à **l'engouement des étudiants** qui cherchent dans les arts et la culture un espace d'expression personnelle, des repères et des valeurs. Cet engouement s'exprime par le foisonnement d'initiatives étudiantes, une forte demande d'activités culturelles et un accroissement continu (+ 17 %) des effectifs dans les filières artistiques et culturelles.

Le plan pour les arts et la culture dans l'enseignement supérieur répond à plusieurs objectifs : adapter les formations aux évolutions culturelles et aux attentes nouvelles des étudiants ; affirmer la dimension professionnelle dans les formations artistiques ; développer les échanges entre les enseignements et la recherche universitaires et les institutions sous tutelle du ministère de la culture ; contribuer activement à la vie culturelle et artistique au plan régional, national et international en s'ouvrant plus largement sur la cité.

I

L'ADAPTATION DES FORMATIONS AUX ÉVOLUTIONS CULTURELLES ET AUX ATTENTES DES ÉTUDIANTS

Afin d'éviter une spécialisation excessive, les universités sont engagées, dans le cadre du nouveau système des crédits européens (voir p. 295), à mettre en place des cursus pré-licence bi- ou pluridisciplinaires : langues-théâtre, lettres classiques-histoire des arts, musique-informatique, cinéma-nouvelles technologies... cela afin d'offrir aux étudiants **des perspectives professionnelles plus larges à travers des parcours plus diversifiés.**

La filière **histoire de l'art** est revalorisée en l'intégrant dans la formation des professeurs de l'enseignement secondaire.

Dans le même esprit sont créées, dans les classes préparatoires aux grandes écoles (CPGE) littéraires, **des options arts** (cinéma-audiovisuel, théâtre et histoire des arts).

S'agissant de **la formation des maîtres**, les établissements universitaires, et en première ligne les instituts universitaires de formation des maîtres (IUFM), s'investissent dans l'accompagnement du plan de développement des arts et de la culture à l'école conduit avec le ministère de la culture. Les IUFM expérimentent, dès l'année scolaire 2001-2002, la mise en place de « dominantes de formation » en arts pour les professeurs des écoles stagiaires.

Une réflexion est aussi engagée sur **les certifications complémentaires** en vue de permettre aux enseignants de faire reconnaître une compétence particulière dans un domaine non couvert par les disciplines scolaires classiques.

II

L'AFFIRMATION DE LA DIMENSION PROFESSIONNELLE DANS LES FORMATIONS ARTISTIQUES

Il s'agit de proposer des formations adaptées à des métiers précis aux deux niveaux privilégiés par l'architecture européenne des diplômes, et en priorité de nourrir un vivier de jeunes professeurs d'arts plastiques et de musique qui renouvelleront l'approche des arts chez les enfants en faisant appel à d'autres pratiques.

— **De nombreux cursus innovants** en prise directe avec le monde professionnel sont mis en place, tels le double cursus entre les universités de Lyon et le Centre national de la danse, la licence de musique d'Évry, la licence professionnelle d'analyse du mouvement dansé, de théâtre, de chant choral, la licence de design à Rennes avec l'École d'art, l'IUP et la DESS arts et technologies de l'image...

Une étroite concertation s'engage avec le ministère de la culture et de la communication pour mieux cerner et anticiper ces besoins nouveaux et les métiers émergents. Plusieurs universités proposent à l'habilitation 2002 des formations nouvelles en partenariat avec des institutions culturelles.

— **Les échanges** entre les filières artistiques et culturelles des universités et les établissements relevant du ministère de la culture se renforcent. Le système des crédits européens (ECTS) et le dispositif de validation des études et des acquis de l'expérience, prévu par la loi de modernisation sociale, permettent d'amplifier encore ces échanges. Dans cette perspective, les universités et les écoles d'ingénieurs se rapprochent des écoles supérieures du ministère de la culture pour imaginer et proposer des projets de développement commun. Le ministère de l'éducation nationale accompagne la « mise en réseau » des établissements d'enseignement supérieur au sein de « pôles supérieurs de formation ».

— Par ailleurs, **l'offre de formations à caractère international s'enrichit** : DESS de conservation du patrimoine cinématographique européen, master de conservation du patrimoine...

III

LE DÉVELOPPEMENT DES ÉCHANGES ET DE LA COOPÉRATION EN MATIÈRE DE RECHERCHE

Dans ce domaine, il s'agit de **mettre en commun les ressources** — intellectuelles, artistiques, documentaires — des établissements d'enseignement supérieur, des institutions culturelles et des créateurs.

En matière de recherche, la coopération engagée entre le ministère de la culture et de la communication et le ministère de l'éducation nationale s'étend progressivement à l'ensemble des secteurs culturels. C'est le cas notamment en architecture et en histoire de l'art, à travers l'Institut national d'histoire de l'art (INHA).

L'Institut national d'histoire de l'art

Lieu de formation et de recherche de niveau international, l'Institut national d'histoire de l'art (INHA) est créé en juillet 2001 (*Journal officiel* du 14 juillet 2001) sous la forme d'un établissement public à caractère scientifique, culturel et professionnel. Placé sous la tutelle conjointe des ministres chargés de l'enseignement supérieur, de la recherche et de la culture, l'Institut a pour vocation :

— de développer l'activité scientifique et de contribuer à la coopération scientifique internationale dans le domaine de l'histoire de l'art et du patrimoine ;
— d'accompagner le travail de recherche d'étudiants et de jeunes docteurs ;
— de favoriser les échanges scientifiques entre les universitaires et les conservateurs et, notamment, l'école nationale du patrimoine.

IV

L'ESSOR DE LA VIE CULTURELLE ET ARTISTIQUE DANS LES UNIVERSITÉS

La mission culturelle des universités est renforcée. Le ministère de l'éducation nationale double pratiquement son soutien aux établissements qui définissent dans leur contrat quadriennal une politique culturelle dynamique, adaptée à leurs spécificités et ouverte sur la cité. Cette politique d'ouverture et de partenariats est systématiquement encouragée afin que l'université soit toujours en phase avec les évolutions de la société contemporaine.

En 2002, **1,83 million d'euros (12 MF) de mesures nouvelles** sont affectés au volet culturel des contrats des universités :

— Le soutien aux nombreuses associations culturelles étudiantes se développe (voir encadré).

— L'intégration dans les cursus des pratiques artistiques et culturelles des étudiants se renforce : un quart environ des universités les valorisent sous des formes très diverses d'options facultatives.

— Les compétences et les moyens sont augmentés pour les quarante services culturels déjà existants dans les universités. Les établissements universitaires dépourvus d'un service culturel sont incités à en créer un.

— Les différentes formes de « cartes-culture », qui incitent les étudiants à participer à la vie artistique et culturelle locale et qui facilitent la fréquentation des lieux de spectacles et d'exposition, sont généralisées.

— La mission de diffusion des connaissances et de la recherche universitaires (conférences, expositions...) est étendue à un public de plus en plus nombreux.

— Les manifestations culturelles qui rayonnent à l'extérieur des campus se multiplient.

Développer les engagements associatifs et les initiatives étudiantes

— La vie associative étudiante est le moyen privilégié de la rencontre, de l'expression des différences, du partage des valeurs ainsi que d'une ouverture sur l'extérieur. **Les engagements associatifs des étudiants** peuvent s'exercer dans les secteurs de la culture, du sport, de la solidarité ou de la citoyenneté.

— Les universités doivent veiller, par l'intermédiaire des bureaux de la vie étudiante, à faciliter l'engagement des étudiants, à développer les initiatives et à en impulser de nouvelles dans le cadre de leur politique d'établissement.

— Les établissements sont encouragés à signer des conventions d'objectifs avec des associations dont l'action contribue durablement à l'animation des campus et au développement de la vie étudiante.

— **Les engagements des étudiants doivent être reconnus et validés**. Les formes de validation peuvent être diverses comme l'unité d'enseignement optionnelle qu'il convient d'encourager. Mais cela peut être aussi un stage, un mémoire, une mention sur le diplôme, voire une bonification.
Circulaire n° 2001-159 du 29 août 2001 — Bulletin officiel *n° 32 du 6 septembre 2001.*

CHAPITRE IV

Une école rassemblée autour des valeurs de laïcité, de respect et de solidarité

A

L'intégration plutôt que l'exclusion

L'école républicaine, fondée sur le principe de laïcité, a le devoir d'accueillir tous les jeunes, sans discrimination, quelles que soient leur situation et leurs différences sociales, culturelles ou religieuses.

L'école a pour mission d'apporter une réponse à leurs difficultés, qu'ils soient d'origine modeste, nouvellement arrivés de l'étranger, porteurs de handicaps, intellectuellement précoces et signalés en difficulté ou encore en situation d'échec ou en voie de déscolarisation. Elle est un lieu déterminant pour l'intégration sociale, culturelle et à terme professionnelle de tous. Et, à ce titre, elle doit reconnaître et respecter les différences individuelles, la diversité des talents et des intelligences, et donner à tous les moyens de la réussite pour accéder au meilleur de la culture et des savoirs.

L'action d'intégration constitue le fondement même de la mission de l'école républicaine. C'est l'une des plus nécessaires, des plus exigeantes et des plus nobles.

Cette approche positive de la différence suppose une meilleure prise en compte des singularités et des besoins spécifiques de chaque enfant et adolescent. D'où une diversification des démarches pédagogiques et éducatives et la mise en place de parcours individualisés leur permettant de mettre en valeur leurs possibilités.

Dans la mesure du possible, ces réponses adaptées aux besoins divers des élèves doivent être menées dans le cadre d'une culture commune et chevillées au fonctionnement régulier de l'institution scolaire, cela afin d'éviter les risques de marginalisation, de ghettoïsation.

Si nous n'avons pas souhaité ouvrir des classes entièrement dédiées, et de manière pérenne, à l'accueil d'élèves présentant certaines spécificités (classes pour enfants « précoces », classes pour enfants atteints d'un trouble du langage...), c'est que de telles filières, spécialisées en fonction de troubles de plus en plus singuliers, risqueraient de devenir des lieux d'exclusion dont les élèves ne sortiraient plus. De tels lieux iraient à l'encontre de la mission d'intégration scolaire de l'école et compromettraient l'unité des établissements.

Les actions engagées en matière d'intégration, entre avril 2000 et mai 2002, sous l'impulsion, notamment, d'Alice Tajchman et d'Alain Seksig, reposent sur deux idées forces : **refuser l'échec scolaire et l'exclusion et favoriser le brassage et la mixité sociale**. En effet, la mixité sociale et le brassage, loin d'être des handicaps, sont, tout au contraire, des sources d'enrichissement, des ferments d'évolution, de progrès et de créativité.

Dans l'idéal éducatif dont nous avons fixé les grandes lignes, le langage est roi. **La maîtrise de la langue française orale et écrite est la première priorité**, parce qu'elle constitue l'enjeu central de toute scolarité et, au-delà, un élément essentiel de l'exercice de la citoyenneté. Cette priorité est au service d'une ambition : que l'école jamais ne se résigne à la souffrance de l'échec.

Chaque enfant doit se sentir chez lui dans la langue française qui représente le savoir des savoirs, la porte qui ouvre aux autres disciplines. Et, toute difficulté persistante présentée par un élève en ce domaine étant susceptible de conduire à l'échec personnel et scolaire, c'est dès l'école maternelle que la vigilance s'impose.

Cette politique s'inscrit dans le cadre de la loi d'orientation relative à la lutte contre les exclusions de juillet 1998, fondée sur **le respect de l'égale dignité de tous les êtres humains**. Elle garantit l'accès effectif de tous aux droits fondamentaux, notamment dans les domaines de la santé, de la famille et de l'enfance.

C'est dans la continuité de cette politique qu'en octobre 2001, à l'occasion de la journée nationale de lutte contre la misère, le ministre décide de mettre en place, auprès de Jean-Paul de Gaudemar, directeur de l'enseignement scolaire, un groupe permanent de suivi du thème **« Grande pauvreté et réussite scolaire »**.

Trois objectifs sont fixés à ce groupe de suivi, animé par Jean-Paul Delahaye, inspecteur général de l'éducation nationale, dans la continuité du travail effectué depuis de nombreuses années par le recteur Claude Pair :

— veiller à l'utilisation effective des outils mis à disposition sur le site éduscol en prenant appui sur les correspondants « Grande pauvreté et réussite scolaire » des IUFM ;

— aider à l'installation, dans chaque académie,

d'un groupe d'animation « Grande pauvreté et réussite scolaire » ;

— favoriser les échanges en constituant un réseau de correspondants académiques, notamment avec les recteurs d'académies et les directeurs d'IUFM.

Ce réseau, toujours actif aujourd'hui, s'est concrétisé en octobre 2002 autour d'une université d'automne consacrée à ce thème, qui a permis de faire connaître les actions mises en œuvre dans nos écoles et établissements et renforcer notre partenariat avec les associations et les collectivités locales.

I

LE RESPECT DES VALEURS RÉPUBLICAINES

La nécessité d'appliquer le principe de laïcité est rappelée sans relâche :

— Plusieurs lettres sont envoyées aux personnels et aux élèves, condamnant les violences racistes et incitant à la vigilance.

— L'ouvrage *Dites-le à vos enfants* sur l'histoire de l'extermination des Juifs en Europe est diffusé dans tout le système éducatif.

— Un DVD composé d'extraits de l'œuvre cinématographique de Claude Lanzmann, *Shoah*, est adressé à tous les lycées de France.

— Une convention est signée avec la Ligue internationale contre le racisme et l'antisémitisme.

— Un livre/CD comportant quatorze versions différentes de *La Marseillaise* a été conçu afin de permettre aux jeunes Français de mieux connaître l'histoire de cette œuvre emblématique de la République.

La laïcité à l'école

Héritage original de la pensée française, la laïcité, principe constitutionnel, symbolise « l'universalisme à la française » qui ne récuse pas les particularismes ou la diversité, mais exige un socle commun. Elle apporte les réponses indispensables à une société multiculturelle et multiconfessionnelle en se fondant sur trois exigences indissociables :

— la liberté absolue de conscience, étayée par l'autonomie de jugement qui fait que chacun est maître de ses pensées ;

— l'égalité de tous les citoyens, quelles que soient leurs convictions spirituelles, dans tous les domaines du droit, de la vie publique et privée ;

— la visée de l'intérêt général, du bien commun à tous, comme seule raison d'être de l'État (la laïcité consiste à affranchir l'espace public de toute emprise exercée au nom d'une religion ou d'une idéologie particulière afin de le préserver d'un morcellement communautariste ou confessionnel).

La laïcité est fondée sur l'idéal d'un monde égalitaire, commun à tous les hommes par-delà la diversité de leurs options spirituelles et de leurs particularismes. C'est le respect de ce principe qui permet à l'école républicaine de continuer à enseigner à tous les élèves, sans discrimination entre filles et garçons ou selon l'origine sociale, culturelle, religieuse...

Le Comité national de réflexion et de propositions sur la laïcité à l'école

Consacrée dans notre Constitution, la laïcité paraissait aller de soi. Or, face aux tensions internationales liées à des conflits religieux et au risque d'instrumentalisation de la religion à des fins politiques, il ne faut pas mésestimer, en France et au sein même des établissements scolaires, les risques d'une recrudescence d'actes d'intolérance. Il ne faut ni exagérer ni minimiser ce phénomène, mais le traiter avec calme, lucidité et détermination. C'est dans cet esprit qu'est créé, en janvier 2002, le Comité national de réflexion et de propositions sur la laïcité à l'école.

Préciser les contours et les ambitions du modèle laïque français, telle est la mission du Comité national de réflexion et de propositions sur la laïcité à l'école, coprésidé par Geneviève Becquelin, doyenne de l'inspection générale de l'éducation nationale, et Yvon Robert, chef du service de l'inspection générale de l'administration de l'éducation nationale et de la recherche. Cette instance est chargée de réfléchir aux conditions propres à assurer le respect du principe de laïcité dans les écoles et établissements d'enseignement public placés sous le contrôle du ministère de l'éducation nationale.

Le Comité national de réflexion et de propositions sur la laïcité à l'école a un double rôle :

— de réflexion : il s'agit de définir le sens actuel de la laïcité. Pour ce faire, le comité auditionne des intellectuels, responsables associatifs ou institutionnels, enseignants, spécialistes de la question. Ces auditions, de même que d'autres travaux du comité, peuvent faire l'objet de publications;

— de régulation et de médiation : il s'agit d'aider à résoudre des situations problématiques.

Le comité formule des recommandations et des propositions sur toutes les questions relevant de la laïcité à l'école, notamment sur la prise en compte, dans la formation initiale et continue des enseignants, des modalités de transmission des valeurs républicaines, au premier rang desquelles la laïcité et l'enseignement du fait religieux.

Les membres de ce comité, enseignants, cadres du ministère ou d'autres institutions et responsables associatifs, ont engagé depuis longtemps une réflexion sur la réalité multiculturelle et multiconfessionnelle de notre société et ses résonances au sein de l'école. Certains d'entre eux ont, dans un passé récent, été confrontés à des situations complexes, parfois conflictuelles, où les principes fondamentaux de l'enseignement laïque ont été de fait contestés. En installant ce comité, le ministère de l'éducation nationale a affirmé sa volonté de redonner toute sa valeur à la laïcité, principe intégrateur et de concorde qui permet une approche universelle des différences.

Références réglementaires

— Arrêté du 14 janvier 2002 créant le Comité national de réflexion et de propositions sur la laïcité à l'école — *Bulletin officiel* n° 6 du 7 février 2002.

— Arrêté du 15 janvier 2002 nommant les membres du Comité national de réflexion et de propositions sur la laïcité à l'école.

Réaffirmer les principes de tolérance, d'égalité et de fraternité

Depuis longtemps, la France rassemble, quelles que soient leur origine, leur culture ou leur croyance religieuse, des citoyens liés par les mêmes devoirs et les mêmes droits. C'est le rôle et le devoir de l'école de la République que d'enseigner sans relâche les valeurs de tolérance, d'égalité et de fraternité qui sont le socle de notre coexistence nationale. L'école, en effet, est le lieu d'apprentissage de la vie en communauté, de la rencontre, du partage et du dialogue avec les autres.

Des actions pour prévenir d'éventuels incidents dans les écoles, les collèges et les lycées

Dans le contexte de tensions résultant du conflit israélo-palestinien au Proche-Orient, et afin d'éviter que le conflit ne soit transposé dans les établissements scolaires (certains, tentés de réagir de façon passionnelle, veulent imposer un affrontement en France), le ministre adresse aux personnels de l'encadrement pédagogique et administratif et aux enseignants plusieurs messages condamnant les violences racistes et incitant à l'action.

• Une lettre, datée du **13 octobre 2000**, est adressée à l'ensemble du corps enseignant et du personnel d'encadrement. Il leur est demandé :

— d'apporter la plus grande vigilance aux violences physiques ou verbales à l'occasion des entrées, des sorties quotidiennes et au sein de l'établissement. En cas d'incidents violents ou d'insultes racistes, les chefs d'établissement doivent saisir les instances judiciaires compétentes;

— de mentionner très précisément les incidents liés à cette situation;

— de faire lire et commenter aux élèves la lettre écrite à leur attention.

« *Je soutiendrai toutes les démarches visant à maintenir, au sein de l'école, le climat de sérénité et de compréhension réciproque qui fonde la possibilité d'apprendre, de devenir adulte et citoyen, ensemble, dans le respect mutuel. C'est, fort heureusement, le cas aujourd'hui et j'entends bien qu'il en soit toujours ainsi.* » (Extrait de la lettre adressée aux élèves.)

• Le message adressé, le **2 avril 2002**, à tous les responsables de l'éducation nationale, aux chefs d'établissement, aux professeurs des écoles, des collèges et des lycées, titré « Refuser l'antisémitisme et les amalgames trompeurs », précise notamment que les agressions antisémites, qui portent atteinte à la liberté de culte et à la dignité de citoyens français, n'ont pas droit de cité dans notre démocratie. Ces actes sont illégaux, comme est illégale toute forme de racisme.

Les enseignants sont invités à rappeler les principes de tolérance, d'égalité et de fraternité et à montrer combien la violation de ces règles a toujours ensanglanté l'histoire et engendré des tragédies pour l'humanité.

Un soutien est apporté à toutes les démarches visant à maintenir, au sein de l'école, le climat de sérénité et de compréhension réciproque qui est l'esprit même de la laïcité républicaine et permet à tous les élèves de devenir à la fois adultes et citoyens.

« Ces drames douloureux ne sauraient être le prétexte à une expression du fanatisme et du racisme. Nous ne pouvons accepter que ce conflit soit transposé sur notre territoire national. Nous devons refuser vigoureusement tout amalgame qui compromettrait le fondement même de notre société, en attisant la violence et la haine entre citoyens de la même République. » (Extrait de la lettre du 2 avril 2002, adressée par Jack Lang aux personnels de l'éducation.)

Un rassemblement à la Sorbonne contre le racisme

Un grand rassemblement autour des valeurs de la République est organisé, le 15 avril 2002, à la Sorbonne, à l'invitation du ministre de l'éducation nationale, de l'Union des étudiants juifs de France (UEJF) et de SOS racisme. Plus de cinq cents chefs d'établissement, enseignants des écoles, des collèges et des lycées, universitaires, artistes, militants associatifs, intellectuels et représentants des religions appellent à la fraternité et au respect des valeurs républicaines.

Sous la coupole de l'amphithéâtre Richelieu, se succèdent artistes et intellectuels, tels les comédiens Michel Boujenah, Patrick Bruel, Élie Semoun, Yvan Attal, le philosophe Régis Debray, le généticien Axel Kahn, l'historien Jean-Pierre Vernant ou le sociologue Alain Touraine.

Dénonçant les agressions répétées qui visent certains de nos compatriotes, leurs lieux de cultes, leurs cimetières, leurs écoles, des cars de ramassage scolaire ou les joueurs d'une équipe sportive, sous le seul prétexte qu'ils sont juifs, le ministre indique que « les auteurs de ces exactions seront identifiés, arrêtés et sévèrement sanctionnés ».

Malek Boutih rappelle pour SOS racisme que « l'antisémitisme, c'est du racisme qu'aucune cause, quelle qu'elle soit, ne saurait justifier ». Président de l'UEJF, Patrick Klugman souhaite que cette cérémonie fraternelle qui rassemble des citoyens de cultures et de croyances différentes contribue à manifester l'appartenance à une identité commune construite autour des valeurs de la République.

Cet attachement est réaffirmé avec force par Fethi Benslama, psychanalyste, et Jacques Lebas, médecin, initiateurs d'une pétition contre la banalisation de l'antisémitisme.

Dans une déclaration commune, Soheib Bencheikh, mufti de Marseille, et Gabriel Farhi, rabbin représentant le Mouvement juif libéral de France, condamnent fermement tous les actes de violence se revendiquant de leurs religions, en France et ailleurs, et lancent un appel à leurs communautés respectives pour que cessent les tensions et les actes qui sont contraires à leurs idéaux religieux et républicains.

Une commission sur le racisme et le négationnisme

Une commission sur le racisme et le négationnisme au sein de l'université Jean-Moulin, Lyon 3 est mise en place, en février 2002. Présidée par Henry Rousso, directeur de l'Institut d'histoire du temps présent, la commission, composée d'éminents chercheurs, historiens, sociologues — Annette Becker, Philippe Burrin, Daniel Filâtre, Pierre-André Taguieff, Florent Brayard —, est chargée de faire toute la lumière sur le racisme et le négationnisme qui ont pu trouver leur expression à l'université Lyon 3 depuis plusieurs années.

Sa mission : reconstituer « l'histoire du problème » par une mise au jour objective des faits et proposer une interprétation fondée sur des sources fiables afin d'éviter pour l'avenir le double écueil d'une occultation du passé et d'une polarisation injustifiée sur ces questions. La commission doit remettre son rapport en 2003.

L'enseignement du fait religieux à l'école

Le respect du principe de laïcité conduit à réfléchir plus avant sur l'enseignement des diverses cultures et civilisations et sur une approche raisonnée et respectueuse du fait religieux. Dans ce domaine, l'école est et doit être présente. C'est pourquoi le philosophe Régis Debray est chargé d'une mission de réflexion sur l'histoire des religions à l'école.

Dans son rapport sur « L'enseignement du fait religieux dans l'école laïque » (remis au ministre en février 2002), il explique pourquoi l'école laïque doit transmettre des connaissances sur les croyances et les rites et donner une culture ouverte sur le fait religieux à tous les élèves.

Les raisons qui justifient une approche raisonnée des religions comme faits de civilisation sont nombreuses : « L'inculture religieuse » engendre détresses patrimoniales, sociales, morales, favorise la montée des opacités, des désarrois et d'une certaine déshérence collective. À cela, Régis Debray ajoute une raison plus pédagogique :

« *L'effondrement ou l'érosion des anciens vecteurs de transmission que constituaient Églises, familles, coutumes et civilités reporte sur le service public de l'enseignement les tâches élémentaires d'orientation dans l'espace-temps que la société civile n'est plus en mesure d'assurer. »*

Sans intervenir dans le domaine des croyances qui relève de la sphère privée, l'école doit donc, pour des raisons historiques et culturelles, être attentive à l'apparition des grandes religions monothéistes (le judaïsme, le christianisme, l'islam), aux philosophies qu'elles ont engendrées ou qui les contestent, et aux deux grands livres que sont la Bible et le Coran.

Il ne s'agit pas de susciter quelque vocation religieuse que ce soit, ni davantage de privilégier telle ou telle option spirituelle. Mais l'évolution de la société impose un renouvellement de cette approche sous peine de voir des pans entiers de la culture et des valeurs qui sous-tendent la solidarité civique échapper à la compréhension des générations à venir.

Toutefois, les professeurs des écoles, des collèges et des lycées rencontrent des difficultés particulières face à cet enseignement, et ont besoin d'une information solide, d'une formation sérieuse, d'une possibilité d'échanges et de réflexion sur les contenus comme sur les pratiques pédagogiques.

Les mesures lancées en mars 2002

Nombreux sont les enseignants qui travaillent déjà, en s'appuyant sur les programmes existants, pour donner à l'histoire des religions et au fait religieux leur juste place dans l'enseignement de leur discipline, qu'il s'agisse des professeurs d'histoire, de lettres, d'arts plastiques ou de musique, de philosophie bien sûr, mais également d'autres spécialités.

L'inspection générale de l'éducation nationale est donc chargée d'une double mission :

— dresser un bilan précis sur : le contenu de l'enseignement du fait religieux, les pratiques pédagogiques propres à chaque discipline, le travail collectif des enseignants sur ces sujets délicats, les difficultés rencontrées (intellectuelles ou pratiques, les réactions des élèves, les gênes, les réticences...). Ce bilan devait être remis en décembre 2002 ;

— organiser un colloque sur l'enseignement du fait religieux (ce colloque s'est tenu en novembre 2002).

UNE FORMATION RENFORCÉE

Nous n'avons jamais songé à instaurer un enseignement à part entière doté d'un programme, d'un horaire et donné par un corps professoral spécialisé comme cela se pratique dans d'autres pays d'Europe. Cela s'opposerait à l'esprit laïque français comme à la tradition philosophique sur laquelle s'appuie notre réflexion sur l'éducation.

En revanche, l'évolution de cet enseignement et de sa place dans l'éducation repose presque exclusivement sur **la formation des enseignants** et sur la qualité **des outils** que l'on mettra à leur disposition.

Les premiers concernés sont les professeurs d'histoire-géographie (la carte du monde contemporain est inintelligible sans références religieuses), de lettres, de langues, de philosophie et d'arts plastiques (l'étude des formes, des symboles et des représentations les confronte aux cultures religieuses).

D'où **la création d'un réseau universitaire** capable de valoriser les travaux de recherche et de les rendre accessibles aux enseignants et **la création d'un Institut européen en sciences des religions**. Sa vocation : mieux utiliser le potentiel scientifique des laboratoires de recherche; rendre plus visibles les travaux de recherche évalués et issus de toutes les institutions; participer à la formation des formateurs des IUFM et des académies; inventorier les documents de qualité déjà en circulation; susciter l'édition de travaux, de documents de haute tenue culturelle, pour les enseignants et les élèves.

Par ailleurs, un puissant effort de formation doit être engagé à tous les niveaux, en complément de ce travail de recherche et d'édition.

— Dans cette perspective, **un stage national interdisciplinaire** réunissant les chercheurs, les corps d'inspection, les formateurs des maîtres sera organisé chaque année afin de travailler sur la question de l'enseignement des grandes religions présentes en France dans au moins sept disciplines : la philosophie, les lettres, l'histoire et la géographie, les langues vivantes étrangères, les arts plastiques, la musique. Ce stage permettra de susciter des programmes de recherche susceptibles de répondre aux besoins des enseignants, ou des publications facilitant la médiation entre recherche et enseignement scolaire.

— Le programme national de pilotage et les plans académiques de formation doivent consacrer chaque année un chapitre à **la formation sur l'enseignement du fait religieux** destinée aux professeurs, aux conseillers principaux d'éducation, aux professeurs documentalistes, aux chefs d'établissements et aux inspecteurs.

— **La formation initiale** de tous les professeurs des écoles, comme des enseignants du second degré, comprendra un enseignement de philosophie de la laïcité et d'histoire des religions.

— Le Comité national de réflexion et de propositions sur la laïcité à l'école travaillera en lien étroit avec l'Institut européen en sciences des religions et avec les inspections générales.

UNE MEILLEURE COHÉRENCE DE L'ENSEIGNEMENT DU FAIT RELIGIEUX

Si le socle des programmes, de l'école, du collège, du lycée n'a pas lieu d'être bouleversé, le Conseil national des programmes est chargé de conduire, avec les groupes d'experts des disciplines concernées, une réflexion sur la cohérence de l'enseignement du fait religieux de l'école au lycée et entre les disciplines. Ce travail doit aboutir à la rédaction et à la diffusion des documents d'application destinés aux professeurs des différents niveaux ainsi que sur une production documentaire sous forme de brochures ou de cédéroms édités ou coédités par le CNDP.

À l'école élémentaire

Les nouveaux programmes mentionnent explicitement le passage, dans l'histoire, « de plusieurs dieux à un seul Dieu ». Il est possible de faire référence au fait religieux, non seulement dans le cours d'histoire, mais, concrètement, à l'occasion des principales fêtes religieuses. À l'école élémentaire sont abordées les notions d'ouverture, de connaissance et de respect mutuel.

Au collège

Les nouvelles orientations, et particulièrement les itinéraires de découverte (voir p. 158), facilitent l'évocation dans le cycle central (5e et 4e) des questions religieuses sous une forme concrète en rapport avec les programmes déjà modifiés de français et d'histoire. Les domaines « arts et humanités » et

« langues et civilisations » sont les premiers concernés.

Au lycée

Il convient de privilégier, tant dans le cadre des disciplines que dans celui des travaux personnels encadrés (voir p. 160), les approches transversales et interdisciplinaires, les comparaisons de nature à permettre aux élèves de replacer les grands faits religieux dans l'évolution des sociétés et des civilisations. Les enseignements artistiques peuvent servir de support à cet enseignement.

II

LA PRÉVENTION ET LA LUTTE CONTRE L'ÉCHEC SCOLAIRE

Les dispositifs pour combattre l'échec scolaire

De nombreux dispositifs ont été mis en place pour mieux prendre en charge les élèves confrontés à des difficultés scolaires et ont permis des avancées significatives.

Voici quelques-unes de ces mesures qui sont la contribution de l'éducation nationale à la lutte contre les exclusions (loi d'orientation relative à la lutte contre les exclusions de juillet 1998) :

• La politique d'égalité des chances dans l'éducation a été renforcée depuis 1997 par le développement des zones d'éducation prioritaire (ZEP). À l'occasion des vingt ans des ZEP, en janvier 2002, un colloque international organisé par le ministère de l'éducation nationale permet de valoriser l'immense travail réalisé par les équipes pédagogiques, et d'échanger avec nos partenaires étrangers sur le principe de **discrimination positive**.

L'éducation prioritaire

À la rentrée 2001, l'éducation prioritaire concerne 1,7 million d'élèves dont 675 000 dans le second degré. Un peu plus d'un collégien sur cinq bénéficie d'un encadrement plus important et de classes aux effectifs allégés. En collège, 63 % des élèves sont des enfants d'ouvriers ou d'inactifs (contre 40 % ailleurs). Les enseignants des collèges de l'éducation prioritaires sont en moyenne plus jeunes et moins anciens dans l'établissement : un quart d'entre eux a moins de 30 ans et 35 % sont présents dans l'établissement depuis deux ans ou moins, contre respectivement 15 % et 30 % dans les autres collèges publics.
Source : L'État de l'école, *édition 2002.*

• Des dispositifs adaptés à l'accueil des jeunes en situation de rupture scolaire, comme les **classes relais** (voir p. 423), sont déployés.

— Le **programme « Nouvelles Chances »** est mis en place en vue d'éviter la déscolarisation et la marginalisation sociale d'un certain nombre de jeunes (écoles de la deuxième chance, sites pilotes pour lutter contre l'absentéisme).

— Des cellules de **veille éducative** sont créées dans le cadre de la politique de la ville. Elles réunissent les acteurs éducatifs, les intervenants sociaux, les professionnels de l'insertion et de la santé en vue de repérer les jeunes en grande difficulté et en voie de rupture.

— La situation sociale des élèves est mieux prise en compte. Au collège, le système de **bourses** est renforcé et les **fonds sociaux** ainsi que le **fonds social des cantines** permettent de venir en aide aux familles les plus démunies. Au lycée, les fonds sociaux et les différents dispositifs d'aide individualisée répondent aux mêmes objectifs. Dans l'enseignement technologique et professionnel, la prime de premier équipement est doublée à la rentrée 2001 et des parts de bourses supplémentaires sont attribuées.

• Le plan de relance des internats (voir p. 425), annoncé en décembre 2000, est un atout pour la réussite scolaire et l'intégration sociale. Il peut constituer une solution pour les jeunes qui le souhaitent.

L'aide individualisée en classe de seconde

L'aide individualisée est une mesure majeure de la réforme des lycées engagée par Claude Allègre. Elle vise à remédier aux lacunes profondes repérées chez certains élèves, grâce à **un suivi individualisé** et à une meilleure prise en compte des besoins spécifiques à chacun. Remotiver l'élève au travail, tel est l'objectif central de l'aide individualisée. Alors que les modules concernent la totalité des élèves, l'aide individualisée est ciblée sur les élèves les plus en difficulté.

L'effectif des groupes d'aide ne doit pas être supérieur à **8 élèves**, de manière à favoriser un suivi le plus personnalisé possible. La durée individuelle de participation des élèves au dispositif d'aide peut varier de quelques semaines, consécutives ou non, à la totalité de l'année scolaire selon la nature des besoins et le degré des difficultés rencontrées par chaque lycéen concerné.

Les bilans réalisés dans les académies montrent que l'aide individualisée a, dans la plupart des cas, un **impact positif** sur le comportement scolaire des élèves qui en bénéficient : plus grande confiance en eux, prise de parole facilitée, meilleure attitude générale en classe entière, prise de conscience de la nécessité du travail personnel. Les élèves apprécient par ailleurs la disponibilité de l'enseignant, le contact plus facile avec lui.

Les rendez-vous de l'évaluation

La scolarité des élèves est désormais rythmée par des évaluations, et notamment **des évaluations diagnostiques, plus nombreuses** : au début de la grande section de maternelle et du cours préparatoire, à l'entrée en CE2, en 6e et en 5e. En fin de 4e et en fin de 3e, il s'agit d'évaluer les acquis des élèves en référence aux objectifs de fin du collège.

Les évaluations diagnostiques visent trois objectifs complémentaires :

— Pour réussir, soutenir leur intérêt et persévérer dans l'effort, les élèves ont besoin de prendre la mesure de leurs progrès et de faire régulièrement le point.

— Les enseignants doivent disposer d'informations précises sur la progression de la classe comme sur la progression de chaque élève pour ajuster leurs cours et leurs interventions de manière plus individualisée.

— Le système éducatif, enfin, a besoin de repères fiables pour connaître et pour améliorer ses performances.

L'intérêt de ces évaluations tient également à ce qu'elles permettent de repérer très tôt et d'identifier les difficultés rencontrées par certains élèves.

Selon la nature de ces difficultés, un dialogue peut être engagé avec le réseau d'aides spécialisées aux élèves en difficulté (RASED) en vue d'analyses plus précises, qui pourront, si nécessaire, déboucher sur une prise en charge de type spécialisé.

Les protocoles d'évaluation ne sauraient être assimilés à des tests psychologiques, qui sont construits sur d'autres bases, en référence à des théories du développement, notamment intellectuel, et qui permettent de situer les performances d'un enfant par rapport à ceux de sa classe d'âge. Il ne s'agit pas non plus d'un examen de passage pour la classe supérieure. Enfin, l'évaluation n'est pas destinée à comparer les résultats des élèves d'une classe ou de plusieurs classes. L'identification de ce qui est maîtrisé, partiellement acquis et non acquis doit permettre de mieux ajuster l'enseignement aux besoins des élèves au cours de l'année scolaire.

LES NOUVELLES ÉVALUATIONS EN GRANDE SECTION DE MATERNELLE ET EN COURS PRÉPARATOIRE

La maîtrise de l'oral par les enfants entrant en grande section de maternelle et au cours préparatoire est systématiquement évaluée en début d'année, depuis la rentrée de septembre 2001. Cette mesure a pour objet d'aider les enseignants à dépister les difficultés de **langage** des enfants pour mieux y remédier et ne pas laisser s'instaurer des situations génératrices d'injustice et de souffrance.

Si une attention particulière est portée au langage, c'est parce qu'il contribue à l'expression de la personne, au tissage des liens sociaux et à la préparation des apprentissages, notamment ceux de l'écrit. **Le développement du langage oral doit en effet demeurer l'objectif premier des enseignants de maternelle.**

Ces deux évaluations — qui ne sont en aucun cas des outils de sélection ou de classement — permettent de repérer globalement les compétences de chaque élève, notamment celles qui sont plus difficiles à identifier parce qu'elles ne se manifestent pas par une production particulière. C'est le cas de la compréhension du langage oral, lorsqu'elle n'est pas suivie d'une action à réaliser.

Progressivement, la gamme des outils d'évaluation et d'aide aux apprentissages mis à la disposition des enseignants s'étend, pour concerner, par exemple, la prise de parole, la compréhension lexicale, la compréhension de consignes, la production de récit, la morphosyntaxe, la phonologie, les notions spatiales et temporelles ou encore le graphisme et le dénombrement...

Ces outils sont diffusés après avoir été expérimentés auprès d'une soixantaine de classes.

LES NOUVEAUX DISPOSITIFS D'ÉVALUATION AU COLLÈGE

Le collège doit permettre d'établir des repères de progression pour les élèves, qui souvent le vivent comme un « long fleuve tranquille », sans enjeu explicite avant la 3e. D'où la nécessité de revoir le rythme même du collège par une meilleure scansion de la progression des élèves.

Ainsi, outre l'évaluation des acquis à l'entrée de la 6e, une deuxième évaluation diagnostique est mise en place au début de la 5e. De même, l'évaluation dans le cadre du brevet interviendra en fin de 3e mais aussi à la fin de la classe de 4e.

L'évaluation des acquis à l'entrée en 6e à la rentrée 2001

À la rentrée 2001, le taux global de réussite des élèves à l'entrée en 6e est de 72 % en français et de 67 % en mathématiques. Les filles obtiennent de meilleurs résultats que les garçons en français (taux de réussite de 75,2 % contre 69,2 %). En mathématiques, les résultats sont équivalents (taux de réussite de 66,4 % pour les filles contre 67,2 % pour les garçons). Les élèves en retard dans leur scolarité réussissent moins bien que les élèves « à l'heure » ou en avance. La réussite des élèves est également liée à l'origine sociale. Ainsi, le taux de réussite moyen en français s'élève à 80 % pour les enfants de cadres et professions libérales contre 65 % pour les enfants de parents ouvriers ou inactifs. On constate ce même écart de 15 points pour les mathématiques.
Source : L'État de l'école, *édition 2002.*

• Première nouveauté : l'évaluation au début de la 5e

Le dispositif le plus connu, en place depuis 1989, correspond aux protocoles nationaux d'évaluation proposés aux enseignants en début de 6e pour le français et les mathématiques.

Cette évaluation est l'occasion d'un travail commun entre professeurs des écoles et professeurs de collège pour l'exploitation des résultats. Elle permet de connaître le niveau ou les lacunes des élèves, de repérer les méthodes de travail acquises et de construire des activités pédagogiques mieux adaptées aux besoins des élèves.

À la rentrée de septembre 2002, une nouvelle évaluation **à l'entrée en 5e** est mise en place et porte également sur le français et les mathématiques. Elle permet de mieux marquer les progressions enregistrées au cours de la 6e et d'en tirer des enseignements pour guider l'élève dans ses choix d'itinéraires de découverte.

Par ailleurs, **une banque d'outils d'évaluation** est disponible sur Internet. Ainsi, les enseignants ont à leur disposition des exercices, des commentaires permettant l'analyse des réponses des élèves ainsi que des suggestions pédagogiques destinées à faire face aux difficultés rencontrées par les enfants. Cette banque d'outils sera progressivement enrichie à toutes les disciplines, avec une priorité pour les langues vivantes.

• Deuxième nouveauté : une évaluation anticipée du brevet d'études fondamentales en fin de 4e

L'évaluation rigoureuse des connaissances et des compétences effectuée dans le cadre des itinéraires de découverte permet de mesurer les progrès accomplis en termes d'appropriation des savoirs et des méthodes, d'aptitude au travail collectif, de prise de responsabilité. Cette évaluation constituera l'épreuve anticipée du futur brevet d'études fondamentales.

• Troisième nouveauté : la création d'un brevet d'études fondamentales en fin de 3e

Le brevet d'études fondamentales (voir p. 229), qui doit remplacer l'actuel diplôme national du brevet, à partir de la session de juin 2005, attestera la maîtrise des compétences et des connaissances définies nationalement.

Obligatoire pour tous les collégiens, le brevet d'études fondamentales sera un élément déterminant pour l'orientation vers des études et des formations ultérieures. L'évaluation portera sur les enseignements suivis lors de toute la scolarité au collège et intégrera donc les itinéraires de découverte.

En outre, **une évaluation « bilan »** est prévue en mai 2003, auprès d'un échantillon représentatif d'élèves de 3e, afin de mesurer leurs niveaux de compétences au terme de la scolarité obligatoire. Cette évaluation aura un objectif différent des autres évaluations : il ne s'agit plus d'évaluer ce que sait chaque élève pour l'aider à progresser, mais de fournir aux responsables du système éducatif — et plus largement au corps social — les outils d'un pilotage global à travers une évaluation permettant des comparaisons de résultats des élèves, dans l'espace et dans le temps.

L'ÉVALUATION EN CLASSE DE SECONDE GÉNÉRALE ET TECHNOLOGIQUE

Même si **l'évaluation par protocole à l'entrée en classe de seconde générale et technologique a été supprimée en tant que dispositif national centralisé** à la rentrée 2002, la nécessité de repérer les forces et faiblesses des lycéens demeure.

Réussir l'accompagnement dans sa scolarité de

chaque élève de seconde est un objectif qui doit mobiliser les personnels, et notamment les équipes pédagogiques, tout au long de l'année scolaire. Les différentes actions mises en place, que ce soit dans la classe ou dans des dispositifs spécifiques, doivent être construites et régulées à partir d'une connaissance des acquis réels des lycéens. En complément des pratiques d'évaluation que les professeurs mènent habituellement en classe, ils peuvent exploiter les protocoles des rentrées antérieures et utiliser la gamme d'outils d'aide à l'évaluation diagnostique des compétences des élèves en ligne sur le site du ministère de l'éducation nationale. Ces outils concernent neuf disciplines pour la classe de seconde.

III

LE SOUTIEN AUX FAMILLES ET L'AMÉLIORATION DE L'ACCUEIL DES ENFANTS

Ségolène Royal, ministre déléguée à la famille, et Jack Lang, ministre de l'éducation nationale, annoncent une série de mesures en faveur des familles et de l'accueil des enfants, en août 2001, marquant ainsi la priorité déjà affirmée de placer l'enfant au cœur du système éducatif.

L'action engagée se situait dans la perspective du sommet mondial de l'enfance qui s'est tenu en septembre 2001 à New York.

Mieux prendre en compte les difficultés matérielles

Le décret n° 2001-719 du 31 juillet 2001 fixe désormais le taux de l'allocation de rentrée scolaire (ARS) à 73,22 % (au lieu de 20 %) de la base mensuelle de calcul des allocations familiales et établit durablement le montant de cette prestation au niveau versé depuis 1997, soit 243,92 euros (1600 francs). Depuis 2002, ce montant est revalorisé annuellement et évolue comme l'inflation.

Le principe de gratuité de l'enseignement public est réaffirmé par des circulaires successives, en particulier celle du 10 septembre 1992, sous le ministère de Jack Lang et, en 2001, toujours à son initiative, par la circulaire du 30 mars 2001 : aucune contribution aux dépenses de fonctionnement administratif et pédagogique des lycées et collèges publics ne peut être demandée aux familles à la rentrée.

Par ailleurs, de nombreuses actions sont renforcées pour aider les familles les plus modestes : extension des bourses au mérite (créées par Ségolène Royal), prime d'équipement versée aux élèves boursiers, aide spécifique pour les élèves boursiers internes (voir p. 368).

Mieux accueillir les enfants

En matière de **restauration scolaire**, la circulaire relative à la composition des repas servis en restauration scolaire et à la sécurité des aliments, publiée au *Bulletin officiel spécial* n° 9 du 28 juin 2001, témoigne d'un travail interministériel exemplaire.

En effet, sous l'impulsion de Jack Lang, les ministres et secrétaires d'État concernés — Laurent

Fabius, Jean Glavany, Élisabeth Guigou, Bernard Kouchner, Jean-Luc Mélenchon et François Patriat — ont abouti à un texte final commun. L'Agence française de sécurité sanitaire des aliments (AFSSA) a apporté une précieuse contribution.

Un dépliant est élaboré pour la rentrée 2001 et des informations relatives à la restauration scolaire sont mises en ligne sur le site de la direction de l'enseignement scolaire www.eduscol.education.fr.

L'internat est une des réponses possibles aux enjeux de notre système scolaire. Il offre un cadre structurant, préventif et propice à l'amélioration de la scolarisation pour beaucoup d'adolescents qui ne trouvent pas de conditions favorables à leur travail. C'est aussi un cadre stimulant et mobilisateur pour les élèves dans la conduite de leurs études. Atout considérable pour l'intégration scolaire, il doit être ouvert à tous.

C'est pourquoi **un plan de développement de l'internat scolaire public** est lancé (circulaire n° 2000-112 du 30 juillet 2000). Des correspondants internats sont mis en place dans chaque département (voir p. 425).

Les jardins d'enfants-classes passerelles sont instaurés. Il s'agit de réalisations innovantes au sens du décret n° 2000-762 du 1er août 2000 relatif aux établissements et services d'accueil des enfants de moins de six ans, qui peuvent être autorisées par les présidents de conseils généraux, après avis du médecin responsable du service départemental de protection maternelle et infantile, quel qu'en soit le promoteur (associations, collectivités publiques...).

Ces réalisations prennent la forme :

— d'actions mises en œuvre dans des structures

destinées à accueillir les enfants âgés de 2 à 3 ans, adjointes ou aménagées en complément des crèches ou des écoles maternelles. Ce qui se traduit par des créations de places supplémentaires dans ces structures d'accueil de la petite enfance à destination des enfants de 2 à 3 ans, notamment ceux qui n'étaient pas pris en charge avant deux ans dans une structure collective;

— d'actions bien identifiées au sein des structures d'accueil de la petite enfance ou des écoles maternelles, destinées à renforcer les liens entre les deux types d'accueil, à destination du public spécifique des 2-3 ans.

Renforcer les relations entre les familles et l'école

L'école doit **accompagner les enfants et leurs parents** par une meilleure connaissance des acquisitions attendues, des programmes, de l'organisation de l'école... Pour cela deux documents sont mis à disposition des familles dès la rentrée 2001 : un outil concret permettant aux parents d'aider leurs enfants, dès la maternelle, dans l'acquisition du langage, à travers les aspects de la vie quotidienne; *Mon journal de 6ᵉ*, à l'intention des jeunes collégiens.

Afin de **reconnaître davantage les parents et les associations de parents d'élèves** dans les établissements scolaires, une circulaire relative à l'intervention des associations de parents d'élèves dans les établissements scolaires est publiée au *Bulletin officiel* nº 19 du 10 mai 2001. Elle représente l'aboutissement d'un travail entrepris par Ségolène Royal avec les représentants nationaux des deux principales fédérations de parents d'élèves (FCPE et PEEP). Ce texte instaure deux nouveautés :

— la suppression du contrôle *a priori* exercé par les directeurs d'écoles et les chefs d'établissements sur les documents distribués aux élèves par les associations de parents d'élèves. Ce contrôle ne s'exerce plus qu'*a posteriori* et, le cas échéant, par la mise en œuvre des voies de droit, notamment pénales ;

— la possibilité, pour les associations et fédérations de parents d'élèves représentées dans les conseils de l'éducation nationale, d'intervenir dans les écoles et les établissements où elles n'ont pas de représentants élus. Cette possibilité découle de leur représentativité départementale ou académique, constatée au moment de leur nomination dans ces conseils, et du fait qu'elles doivent pouvoir rendre compte de leur mandat dans tous les établissements du ressort des conseils dans lesquels elles siègent.

La charte de l'accompagnement à la scolarité, initiée par Jack Lang en 1992, est réactualisée et s'applique dès la rentrée 2001. Elle prend mieux en compte le rôle des familles, leurs attentes, leurs besoins, et notamment des familles les plus démunies. Elle indique que l'accompagnement à la scolarité n'appartient pas exclusivement au contexte urbain, mais veut aller là où il y a des besoins, y compris dans les zones rurales. Elle introduit le rôle des nouvelles technologies de l'information et de la communication, dont la maîtrise est indispensable à tous. Dans le contexte de la démocratisation de l'accès au lycée, elle insiste sur l'ouverture aux lycéens, notamment aux élèves de seconde générale et professionnelle.

Cinq ministres sont signataires de cette charte :

Jack Lang, Élisabeth Guigou, Ségolène Royal, Marie-George Buffet et Claude Bartolone.

Le père et la mère sont deux interlocuteurs à part entière pour l'école. Or, on observe que les formulaires utilisés par l'administration ne sont pas toujours en adéquation avec les règles en vigueur en matière d'exercice de l'autorité parentale, et ne permettent pas de refléter la situation dans laquelle peut se trouver le futur élève, voire d'identifier clairement la (ou les) personne (s) qui en sont responsable (s).

Afin de simplifier et d'alléger les démarches administratives pour les familles et de permettre aux autorités scolaires d'identifier leurs interlocuteurs légitimes, un formulaire administratif unique pour la collecte des informations nécessaires à l'inscription des enfants en mairie et en établissement scolaire est institué par Ségolène Royal et confirmé par Jack Lang.

Aider et protéger les élèves

En parallèle, des mesures sont prises en faveur de :

— l'accueil des élèves handicapés (voir p. 373);

— des enfants atteints d'un trouble spécifique du langage (voir p. 382);

— la prévention de la maltraitance et des violences sexuelles (voir p. 415);

— l'éducation à la sexualité (voir p. 418).

IV

L'AIDE AUX ÉLÈVES ET ÉTUDIANTS LES PLUS DÉFAVORISÉS

Les aides à la scolarité à l'école, au collège et au lycée

À la demande du gouvernement, la charge financière que la scolarisation des enfants représente pour les familles est allégée par des dispositions destinées plus particulièrement aux familles les plus modestes. Cela permet d'étendre la gratuité au-delà de ce qui est imposé par la loi.

— L'allocation de rentrée scolaire (244 euros soit 1 600 F) est versée dès le premier enfant.

— Les fonds sociaux : les crédits affectés aux fonds collégien et lycéen représentent 47,1 millions d'euros (309 MF) et ceux consacrés au fonds social pour les cantines 38,1 millions d'euros (250 MF).

— Les bourses des collèges et des lycées : environ 800 000 collégiens et 600 000 lycéens en bénéficient en 2001-2002.

— L'extension en première des bourses au mérite, avec 10 000 nouvelles bourses. Ce dispositif est destiné à améliorer les conditions de poursuite d'études de très bons élèves boursiers de collège et entrant en seconde. Il prévoit, d'une part, le versement d'un complément de bourses d'un montant annuel de 765 euros (5 000 F) et, d'autre part, un accompagnement personnalisé des boursiers durant leur scolarité au lycée.

— 10 000 bourses de 765 euros sont accordées en 2001. L'attribution des bourses au mérite est étendue aux élèves de première. En 2001-2002, un total de 20 000 bourses est accordé.

— Une aide spécifique pour les élèves boursiers internes : d'un montant de 231 euros (1 515 F), elle est versée directement aux établissements et vient en déduction de la facture trimestrielle présentée aux familles.

— Une prime d'équipement : versée la première année de scolarisation aux élèves boursiers de certains groupes de spécialités de formation conduisant à un CAP, un BEP, un brevet technologique ou un brevet de technicien, elle voit son montant doubler à la rentrée de 2001 pour s'élever à 336 euros, soit 2 200 F. Elle est versée en une seule fois avec le premier terme de la bourse.

Le principe de gratuité est réaffirmé

Afin de soutenir les familles, en particulier les plus modestes d'entre elles, aucune contribution aux dépenses de fonctionnement administratif et pédagogique des lycées et collèges publics ne doit plus être demandée à la rentrée.

Ce principe concerne les activités obligatoires d'enseignement et recouvre toutes les dépenses qui concourent à sa mise en œuvre. Les dépenses à caractère facultatif comme celles relatives aux voyages scolaires ou aux fournitures scolaires individuelles qui peuvent faire l'objet d'une appropriation personnelle sont hors du champ de la gratuité scolaire et peuvent être laissées à la charge des familles.

Les crédits délégués par l'État et les collectivités locales répondent à ce principe (gratuité des manuels scolaires pour les classes de collèges et de 4e et de 3e technologiques de lycée professionnel...). Par ailleurs, plusieurs régions ont d'ores et déjà pris des initiatives dans ce domaine, sous la forme de subventions aux lycées pour l'achat de manuels ou d'abondement des fonds sociaux ou encore de délivrance de bons d'achat de livres scolaires.

Le plan social étudiant

L'enseignement supérieur doit être ouvert au plus grand nombre. Étudiants appartenant à tous les milieux sociaux, étudiants d'origines scolaires différentes, étudiants aux talents divers doivent pouvoir bénéficier du plus haut niveau de formation possible. Cela afin de répondre aux principes de démocratie et d'égalité : le revenu des parents ne doit pas constituer une barrière infranchissable à l'entrée dans l'enseignement supérieur.

La politique engagée par Claude Allègre dans le cadre du **plan social étudiant** a donc été poursuivie et amplifiée. Objectifs principaux du plan : accorder un soutien à 30 % d'étudiants et relever le montant des aides de + 15 % sur une période de quatre ans, entre 1998 et 2001.

À la rentrée 1998, le taux d'étudiants aidés s'élève à 24 %. Il atteint 27 % à la rentrée 1999 et 28 % à la rentrée 2000. À la rentrée 2001, le double objectif fixé dans le cadre du plan social étudiant est atteint : le niveau moyen des aides est augmenté de 15 % et 30 % des étudiants d'université bénéficient d'une aide financière du ministère de l'éducation nationale pour poursuivre leurs études, soit au total près de 500 000 étudiants.

Par ailleurs, les bourses de mérite, attribuées à des bacheliers ayant obtenu la mention très bien, passent de 600 à 800. Désormais, elles concernent aussi les littéraires. Quant aux allocations d'études, on en compte 2 000 supplémentaires, soit un total de 11 000.

Le budget de l'éducation pour l'ensemble des bourses de l'enseignement supérieur s'élève à près de 1,3 milliard d'euros (près de 8,5 milliards de francs) en 2000-2001.

Deux mesures nouvelles sont prises grâce à l'attribution de moyens supplémentaires (38,3 millions d'euros soit 251 MF) :

• **Les bourses de mobilité** (36 000 mois de bourses) sont attribuées à des étudiants boursiers sur critères sociaux, à des étudiants bénéficiaires d'une allocation d'études ou d'une bourse à taux zéro, afin de leur permettre de réaliser leurs projets de mobilité européenne et internationale dans le cadre de leurs études. Ce dispositif vise à donner une orientation clairement sociale au plan d'action français pour la mobilité et à inciter les étudiants à effectuer plus nombreux un parcours de formation au-delà de nos frontières, quelle que soit la destination retenue, en contribuant à lever les obstacles matériels et notamment financiers qui pourraient survenir. **Ce dispositif concerne environ 12 000 étudiants** partant pour un trimestre à l'étranger. Le montant mensuel de la bourse de mobilité est de 384 euros (soit 2 519 francs) qui viennent s'ajouter au montant mensuel de la bourse d'enseignement supérieur sur critères sociaux initialement accordée. Depuis la rentrée 2002, les bourses de mobilité sont gérées directement par les établissements d'enseignement supérieur.

Bourses de mobilité, premier bilan 2001-2002

En 2001-2002, 103 établissements d'enseignement supérieur publics participent au dispositif, 3 670 étudiants bénéficient d'une bourse de mobilité (soit 20 % des étudiants en mobilité). 76 % se rendent en

Europe occidentale, 16,5 % en Amérique, 2,3 % en Europe de l'Est, 2,2 % en Asie, 1,7 % en Australie et Nouvelle-Zélande et 1 % en Afrique.

• **Le système de bourses sur critères sociaux est étendu aux étudiants inscrits en DESS.** Jusqu'à présent les étudiants inscrits en DESS ne bénéficiaient pas du régime de bourses sur critères sociaux. Un très petit nombre d'étudiants de DESS pouvaient se voir attribuer une bourse au mérite. Il y avait donc un système socialement très inégalitaire. Afin de remédier à une telle situation, il est décidé de maintenir le système actuel en conservant un contingent de bourses sur critères universitaires réservé aux étudiants les plus méritants et surtout d'allouer une bourse sur critères sociaux aux étudiants éligibles à cette aide dans leurs études antérieures. 12 000 étudiants de DESS sur 45 000 ont la possibilité d'obtenir des bourses sur critères sociaux.

L'ensemble des aides, financières et sociales, comprend, outre les bourses, le fonds d'amélioration de la vie étudiante, les aides aux transports (carte ImagineR), l'allocation de logement social (ALS), l'aide personnalisée au logement (APL) ou encore les œuvres sociales des centres régionaux des œuvres universitaires et scolaires (CROUS).

En 2001, l'ensemble de ces aides aux étudiants s'élevait à **4,3 milliards d'euros** (28,2 milliards de francs), soit une progression de 15 % (en prix constants) par rapport à 1995.

V

UNE MEILLEURE PRISE EN CHARGE DES ÉLÈVES HANDICAPÉS

L'école, le collège, le lycée et l'établissement d'enseignement supérieur constituent aujourd'hui les lieux privilégiés de l'apprentissage du vivre ensemble pour tous les enfants, adolescents et jeunes adultes, quelles que soient leurs différences. Dans cette optique, il convient d'offrir aux élèves handicapés ou malades une qualité d'enseignement et de formation équivalente à celle qui est due à tous les jeunes de notre pays. La recherche de cette qualité est une exigence démocratique pour tous les établissements scolaires, et s'impose aussi aux établissements spécialisés qui relèvent du ministère de la santé.

En 1999-2000, près de 50 000 élèves du premier degré étaient scolarisés en classes d'intégration scolaire (CLIS). Ils étaient plus de 16 000 dans le second degré.

Dans le cadre du plan Handiscol' imaginé par Ségolène Royal, des actions ont été élaborées notamment sous l'impulsion de Jean-Louis Brison entre l'éducation nationale et les parents des élèves handicapés ou malades.

Le plan Handiscol'

En 1999, Ségolène Royal, ministre déléguée à l'enseignement scolaire, lance le plan Handiscol' comprenant 20 mesures destinées à favoriser la scolarisation des enfants et adolescents handicapés en milieu scolaire ordinaire (école, collège, lycée).

L'appellation Handiscol' permet d'identifier l'ensemble des mesures ou dispositifs (plan de scolarisation, cellule d'écoute, guides, groupes départementaux) mis en place depuis 1999.

À partir de la rentrée de septembre 2001, le plan Handiscol' est renforcé de façon à augmenter les possibilités d'accueil en milieu scolaire. Résultat : **4 000 élèves handicapés supplémentaires sont accueillis dans le système scolaire**.

Il s'agit de développer l'intégration scolaire grâce, notamment, à la création d'unités pédagogiques d'intégration, mais aussi d'éliminer les ruptures de scolarisation entre le premier et le second degré.

Certains élèves ne peuvent réussir leur scolarité du fait des contraintes liées à leur état de santé ou à leur déficience. Ces contraintes peuvent générer une fatigabilité, une lenteur ou des difficultés d'apprentissage qui rendent difficile leur prise en charge dans une classe ordinaire. Des modalités de scolarisation plus souples, plus diversifiées sur le plan pédagogique, dénommées **unités pédagogiques d'intégration** (UPI), sont donc développées en collège et en lycée pour la scolarisation d'élèves porteurs de handicaps ou de maladies invalidantes. Ces structures collectives d'intégration ne constituent pas une « filière » mais bien un dispositif ouvert sur l'établissement, même lorsqu'il s'avère opportun de prévoir, pour certaines activités, le regroupement des élèves concernés.

Rappel des mesures engagées en faveur des élèves porteurs de handicaps

— Plus de 1 000 emplois nouveaux d'auxiliaires de vie scolaire sont créés. Des postes d'aides-éducateurs destinés à assurer leur service auprès d'élèves handicapés sont attribués aux académies et répartis prioritairement dans les départements dépourvus d'un dispositif associatif. Dans les autres départements, des aides financières permettent, par l'intermédiaire des directions départementales des affaires sanitaires et sociales (DDASS), de recruter de nouveaux postes d'auxiliaires salariés d'associations.

— 1 000 emplois supplémentaires sont débloqués par Ségolène Royal ministre de la famille.

— Une cellule d'accueil, d'écoute et de conseil est mise en place auprès de chaque commission départementale de l'éducation spéciale pour tous les parents dont les enfants n'auraient pas de solution à la rentrée.

— L'accueil des enfants handicapés est privilégié à l'école maternelle.

— Le nombre de CLIS (classes d'intégration scolaire dans le premier degré) et d'UPI (unités pédagogiques d'intégration dans le second degré) augmente fortement. Ces structures collectives d'intégration sont ouvertes sur les autres classes de l'établissement. En aucun cas elles ne doivent être considérées comme des structures médico-sociales enclavées.

— Les capacités d'accueil en services de soins (en complément de l'intégration scolaire) sont développées.

— En 2001-2002, une première tranche de 8,6 millions d'euros (56,6 MF) est consacrée à l'achat de matériels pédagogiques adaptés aux élèves déficients sensoriels ou moteurs. Il était prévu de reconduire cette action en 2002-2003 pour un coût total de 26 millions d'euros (170 MF).

— Les groupes départementaux de concertation Handiscol' sont renforcés (un rapport conjoint de l'inspection générale de l'éducation nationale et de l'inspection générale des affaires sanitaires et sociales repère les fonctionnements susceptibles d'être améliorés).

— Des textes réglementaires relatifs à l'intégration scolaire dans les premier et second degrés visent à amplifier la mobilisation en faveur de l'accueil des élèves handicapés (voir références réglementaires).

— Un dispositif national est créé pour l'organisation pérenne de l'édition adaptée des ouvrages en braille ou en gros caractères pour les élèves aveugles ou mal-voyants.

— Un référentiel de formation et d'enseignement de la langue des signes française est réalisé pour les élèves déficients auditifs ou sourds, les interprètes et les enseignants spécialisés (voir encadré).

— Un plan d'action pour les enfants atteints d'un trouble spécifique du langage oral ou écrit est mis en œuvre à partir de mars 2001 (voir ci-après).

— L'édition des guides spécialisés pour l'intégration, dits « Guides-Handiscol' », se poursuit.

— Une nouvelle application informatique et un guide pratique pour les commissions de l'éducation spéciale sont réalisés.

— Depuis la rentré 2002, tous les enseignants en formation dans les IUFM doivent bénéficier d'une formation à l'intégration des élèves handicapés. La formation expérimentale des professeurs spécialisés référents dans le second degré est élargie.

— Les commissions départementales de l'éducation spéciale (CDES) doivent mieux accueillir les familles et n'envisager l'orientation en établissement spécialisé que lorsqu'il aura été d'abord démontré que l'intégration scolaire n'était objectivement pas réalisable. Pour faciliter cette évolution, les CDES sont équipées, en 2002, d'une nouvelle application informatique.

Un premier outil pédagogique pour la langue des signes

À partir de mars 2002, 1 000 élèves déficients sensoriels, de la maternelle au lycée, expérimentent le premier référentiel de compétences en langue des signes française (LSF).
L'adoption de cet outil débouchera sur une inscription de la LSF au brevet d'études fondamentales et au baccalauréat. À plus long terme, il permettra de créer des diplômes spécifiques ou des attestations de compétences.
Cet outil, validé par la Commission européenne, a été élaboré dans le Cadre européen commun de référence pour les langues vivantes adopté par 47 pays membres.
Toutefois, le référentiel de la LSF a rendu indispensables un certain nombre d'ajustements liés aux caractéristiques originales de cette langue :
— La LSF est une langue visuelle, et non vocale. Elle appelle donc un travail particulier sur tout le vocabulaire lié à l'émission de la voix et impose de transposer les éléments du lexique dans le domaine visuel.
— La LSF n'ayant pas actuellement d'écriture conduit à transposer toutes les compétences relevant du domaine de l'écrit dans une problématique différente qui est celle de la trace et de l'enregistrement.

Les étudiants en situation de handicap — Année universitaire 2001-2002

L'enquête portant sur l'année 2001-2002 recense 7 145 étudiants en situation de handicap dans l'enseignement supérieur (on en dénombre 695 en 1981, date du premier recensement).

Année universitaire	94-95	95-96	96-97	97-98	98-99	99-00	00-01	01-02
Nombre d'étudiants handicapés	4 048	4 374	4 867	4 945	5 230	6 470	7 029	**7 145**

RÉPARTITION EN POURCENTAGE PAR GRANDS TYPES DE HANDICAPS

Type de handicap	*Déficience visuelle*	*Déficience auditive*	*Handicap moteur*	*Troubles à dominante psychologique*	*Troubles de santé évoluant sur une longue période*	*Incapacité temporaire*	*Autres handicaps*	**Total**
Année 2001	901 17,72 %	570 11,21 %	1 390 27,34 %	639 12,57 %	752 14,79 %	212 4,17 %	619 12,18 %	**5 083**
Année 2002	1 031 19,12 %	584 10,83 %	1 420 26,34 %	716 13,28 %	657 12,19 %	254 4,71 %	729 13,52 %	**5 391**

RÉPARTITION PAR CYCLES DES ÉTUDIANTS HANDICAPÉS

Cycle	*1994-95*	*1995-96*	*1996-97*	*1997-98*	*1998-99*	*1999-00*	*2000-01*	*2001-02*
1er cycle	63,1 %	61,7 %	61,1 %	58,7 %	60,1 %	59,2 %	59,7 %	59,2 %
2e cycle	29,6 %	31,2 %	31,6 %	33,1 %	31,6 %	32,5 %	31,9 %	31,4 %
3e cycle	7,3 %	7 %	7,3 %	8,2 %	8,3 %	8,3 %	8,4 %	9,3 %

Malgré une forte déperdition entre le premier et le troisième cycle, la progression est encourageante : la proportion d'étudiants handicapés de troisième cycle augmente de deux points en huit ans et l'on peut constater un rééquilibrage progressif des pourcentages entre les trois cycles.

En 2001-2002, 33,9 % des étudiants handicapés du troisième cycle sont handicapés moteurs, 25,1 % sont déficients visuels, 10,8 % sont déficients auditifs.

Références réglementaires

— Circulaire n° 2002-112 du 30 avril 2002, relative à l'accueil des élèves handicapés à la rentrée 2002 — *Bulletin officiel* n° 19 du 9 mai 2002.

Circulaire n° 2002-111 du 30 avril 2002, relative à l'adaptation et à l'intégration scolaires : des ressources au service d'une scolarité réussie pour tous les élèves — *Bulletin officiel* n° 19 du 9 mai 2002.

— Circulaire n° 2002-113 du 30 avril 2002, relative aux dispositifs de l'adaptation et de l'intégration scolaires dans le premier degré — *Bulletin officiel* n° 19 du 9 mai 2002.

— Circulaire n° 2001-144 du 11 juillet 2001 parue au *Bulletin officiel* n° 30 du 26 juillet 2001. Ce texte présente le dispositif mis en place pour la rentrée scolaire afin que les parents d'enfants handicapés soient aidés dans leurs démarches. Il présente aussi le plan d'action 2001-2003.

— Circulaire n° 2001-035 du 21 février 2001, relative à la scolarisation des élèves handicapés dans les établissements du second degré et au développement des unités pédagogiques d'intégration (UPI) — *Bulletin officiel* n° 9 du 1er mars 2001.

VI

LE PLAN D'ACTION POUR LES ENFANTS ATTEINTS D'UN TROUBLE DU LANGAGE ORAL OU ÉCRIT

Dépister le plus tôt possible les jeunes enfants atteints de **dysphasies** (troubles du langage oral) ou de **dyslexies** (troubles du langage écrit) ; les prendre en charge de manière plus efficace et durable, en les maintenant — autant que possible — dans le milieu scolaire ordinaire : tel est l'objet du plan d'action pour les enfants atteints d'un trouble spécifique du langage oral ou écrit, annoncé en mars 2001.

Les objectifs du plan d'action

— Mieux connaître et comprendre les troubles spécifiques du langage oral ou écrit afin de mieux repérer les enfants présentant des signes d'alerte.
— Assurer la continuité des parcours scolaires en privilégiant une scolarité au plus proche du milieu ordinaire.
— Organiser les réponses en mobilisant les ressources, en formant les personnels et en encourageant les études et les recherches.
Le plan permet un meilleur repérage et dépistage ainsi qu'une prise en compte plus efficace des troubles spécifiques du langage, notamment dans le cadre de l'école. Il donne la possibilité, aux parents de ces enfants, d'accéder, dans des délais raisonnables, à un diagnostic précis assorti d'une prise en charge appropriée à chaque situation.

Les troubles spécifiques du langage oral et écrit (dysphasies, dyslexies) se situent dans l'ensemble plus vaste des troubles spécifiques des apprentissages qui comportent aussi les **dyscalculies** (troubles des fonctions logico-mathématiques), les **dyspraxies** (troubles de l'acquisition de la coordination) et les troubles attentionnels avec ou sans hyperactivité.

On estime à environ **4 à 6 % les enfants d'une classe d'âge**, concernés par ces troubles pris dans leur ensemble, dont moins de 1 % présentent une déficience sévère.

Les troubles du langage oral et écrit ne peuvent être mis en rapport direct avec des anomalies neurologiques ou des anomalies anatomiques de l'organe phonatoire, pas plus qu'avec une déficience auditive grave, un retard mental ou un trouble sévère du comportement et de la communication. Leur origine est indépendante de l'environnement socioculturel, d'une part, et d'une déficience avérée ou d'un trouble psychique, d'autre part.

Repérer, dépister et mieux prendre en charge les enfants touchés par des troubles du langage

• Pour faciliter, dès l'école maternelle, **le repérage** des troubles et la prise en charge des élèves, les objectifs d'apprentissage du langage sont clarifiés dans les nouveaux programmes et des recommandations relatives à la différenciation pédagogique et à l'évaluation des compétences des élèves sont incluses dans les documents d'accompagnement.

Le dépistage proprement dit commence dès le bilan de santé de 3-4 ans effectué par le médecin de protection maternelle et infantile. Les enseignants de maternelle et les parents qui auraient repéré des signes d'alerte peuvent en informer ce médecin. Un second dépistage, organisé par le médecin de l'éducation nationale au cours de la visite médicale obligatoire pour les 5-6 ans, permet également d'explorer les capacités langagières des enfants.

• **Les nouveaux outils d'évaluation** pour le langage oral et pour l'entrée dans le langage écrit (grande section de maternelle et CP) sont diffusés auprès des maîtres (voir p. 356). Par ailleurs, les évaluations en CE2 et en 6ᵉ sont revues pour permettre une analyse plus fine des difficultés rencontrées par les élèves.

• Sauf exception, liée à des cas graves associant plusieurs déficiences, les élèves présentant des troubles spécifiques du langage n'ont pas vocation à effectuer l'ensemble de leur scolarité dans un établissement spécialisé.

Dans une majorité de cas, l'existence de troubles du langage est compatible avec une scolarité dans une classe ordinaire, moyennant une information satisfaisante des enseignants. Ils doivent en effet mieux appréhender l'impact de ces troubles sur les différentes situations d'apprentissage et en tenir compte lors des évaluations.

Cette scolarisation en classe ordinaire avec des stratégies pédagogiques diversifiées doit être conjuguée avec des interventions des membres des réseaux d'aides spécialisées et un suivi par les médecins de l'éducation nationale en lien avec des dispositifs d'accompagnement médico-social ou des professionnels libéraux.

Le recours en primaire à des **classes d'intégration scolaire** (CLIS) dans une école ordinaire ou dans des **unités pédagogiques d'intégration** (UPI) en collège ne concerne que les élèves dont le niveau de difficulté oblige à une plus grande adaptation.

L'inscription dans un établissement spécialisé, pour une durée limitée, est réservée aux enfants atteints de troubles graves nécessitant une prise en charge globale dans un milieu spécialisé.

• Toute orientation vers **un dispositif collectif d'intégration** est soumise à la décision de la commission de l'éducation spéciale compétente. Les consignes pour l'utilisation du guide barème pour l'évaluation des déficiences et des incapacités sont actualisées.

Tout au long de la scolarité, pour les élèves atteints de troubles spécifiques du langage, les conditions (temps, supports) et les critères d'évaluation font l'objet d'une attention particulière pour tenir compte de l'impact des troubles sur la qualité de l'expression. Les conditions de passation des examens sont aménagées.

• Une mobilisation des ressources locales, départementales ou régionales de l'éducation nationale, des services sociaux et de santé permet de mieux prendre en compte les besoins des élèves présentant des troubles spécifiques du langage.

Les groupes de coordination départementaux Handiscol' (voir supra) sont chargés d'analyser les besoins et d'élaborer, le cas échéant, des propositions.

Par ailleurs, le Haut comité médical de la Sécurité sociale est saisi d'une demande de reconnaissance des troubles sévères du langage comme affections de longue durée.

• **Les études et recherches** sont encouragées, tant en ce qui concerne la connaissance des troubles spécifiques du langage et l'évaluation des pratiques de soins que la qualité des tests de repérage et des stratégies pédagogiques.

Les groupes de recherche universitaire déjà engagés dans ces problématiques aident à constituer les viviers de formateurs indispensables, pour l'enseignement comme pour la santé.

Un pôle de ressources de formation et de recherche en lien avec l'université et les centres hospitaliers universitaires est développé dans le cadre de la réactualisation des missions du Centre national d'études et de formation pour l'enfance inadaptée (CNEFEI) de Suresnes.

• La formation initiale et continue des enseignants des premier et second degrés intègre désormais une information sur le repérage des signes d'alerte, sur les prises en charge spécialisées et une formation aux réponses pédagogiques diversifiées. De la même manière, les formations, initiale et continue, des enseignants spécialisés, des psychologues scolaires, des orthophonistes, des médecins et des psychomotriciens sont enrichies.

Références réglementaires et documentaires

— Circulaire n° 2002-024 du 31 janvier 2002, relative à la mise en œuvre du plan d'action pour les enfants atteints d'un trouble spécifique du langage oral ou écrit — *Bulletin officiel* n° 6 du 7 février 2002.

— « À propos de l'enfant dysphasique et de l'enfant dyslexique », rapport de Jean-Charles Ringard, juillet 2000.

VII

L'AIDE AUX ÉLÈVES NOUVELLEMENT ARRIVÉS DE L'ÉTRANGER

L'école républicaine poursuit sans relâche sa mission historique d'intégration des enfants nouvellement arrivés en France, sans maîtrise suffisante de la langue française : durant l'année scolaire 2000-2001, **13 000 élèves** nouveaux arrivants ont été accueillis dans le premier degré et **14 000** dans le second degré.

Sous le vocable d' « élève nouvel arrivant » ou « nouvellement arrivé » on désigne un élève non scolarisé en France l'année scolaire précédente, non francophone ou francophone n'ayant pas le niveau lui permettant d'intégrer immédiatement une classe du cursus ordinaire.

Les nouveaux arrivants sont donc accueillis, pour une durée limitée, dans des structures spécifiques, le but étant qu'ils acquièrent une maîtrise suffisante de la langue française et des autres apprentissages scolaires pour rejoindre une classe ordinaire.

27 000 élèves nouveaux arrivants en 2000-2001

— En 2000-2001, 27 000 écoliers collégiens et lycéens nouvellement arrivés en France sont scolarisés. Les 13 000 écoliers sont accueillis dans 475 classes d'initiation et dans 329 cours de rattrapage intégrés. Les 14 000 élèves du second degré sont inscrits dans 627 classes d'accueil ou bénéficient, dans des classes ordinaires, de mesures de soutien.

— 70 % des élèves concernés sont de nationalité étrangère, venant d'Algérie (18 %), du Maroc (10 %), de Tunisie (4 %), ou des autres pays d'Afrique (13,3 %), de Turquie (9 %), du Portugal (3,4 %), du Sud-Est asiatique (1,8 %) et d'Italie (0,4 %).

— Les jeunes de nationalité française, scolarisés dans ces dispositifs spécifiques, ont été élevés à l'étranger et, à leur arrivée en France, n'ont pas le niveau requis pour intégrer une scolarité normale.

Une mission historique de l'école à poursuivre et à développer

Tout au long du siècle écoulé, l'école a accueilli des enfants venus de l'étranger et a joué un rôle essentiel dans la formation personnelle et l'intégration sociale de nombre d'entre eux.

Ainsi le jeune Edgar Nahoum, devenu le grand sociologue Edgar Morin, rappelle-t-il, dans un article écrit, il y a une dizaine d'années, à quel point l'école française a forgé sa personnalité : « Fils d'immigré, c'est à l'école et à travers l'histoire de France que s'est effectué en moi un processus d'identification mentale. Je me suis identifié à la personne France. J'ai souffert de ses souffrances historiques, j'ai joui de ses victoires, j'ai adoré ses héros, j'ai assimilé cette substance qui me permettait d'être en elle, à elle, parce qu'elle intégrait à soi non seulement ce qui est divers et étranger, mais ce qui est universel. »

Quant à François Cavanna, écrivain et journaliste, il n'a pas de mots assez amoureux pour vanter sa chère « communale ». Lui qui parlait piémontais à la maison va même jusqu'à dire que « la langue maternelle, au fond, c'est la langue de l'école ».

L'école est bien le creuset de l'intégration. Et si elle a effectivement pu jouer ce rôle et si elle peut et doit, aujourd'hui encore, continuer à l'assurer, ce n'est pas par une sorte de réflexe mécanique mais par effet de volonté : parce que les professeurs croyaient et croient toujours en la nécessité de cette intégration culturelle et sociale.

Car l'intégration ne se décrète pas. Elle ne va pas de soi. Produit d'une volonté, elle doit être facilitée par la loi, par l'existence de structures, par la bienveillance, la vigilance de la société d'accueil et tout particulièrement par l'école.

À partir des années soixante-dix, **des mesures spécifiques** ont été instituées pour favoriser la scolarisation des nouveaux arrivants : la création, dans les premier et second degrés, des classes d'initiation pour les élèves non francophones ; la mise en place des enseignements de langues et cultures d'origine (ELCO) pris en charge par huit pays d'origine des immigrés dans le cadre d'accords bilatéraux avec la France ; la création, à partir de 1975, des centres de formation et d'information pour la scolarisation des enfants de migrants, les CEFISEM.

Les initiatives ont foisonné, en particulier dans la conduite des classes d'initiation et des classes d'accueil, dans la recherche de liaisons plus fortes avec les classes du cursus ordinaire, dans l'élaboration de documents pédagogiques, d'outils d'évaluation des connaissances et du niveau scolaire des nouveaux arrivants pour mieux organiser leur insertion au sein du système scolaire.

En trente ans, le dispositif en faveur des nouveaux arrivants s'est diversifié et étendu. Alors qu'il n'existait qu'une centaine de structures de l'éducation nationale en 1970, on en compte aujourd'hui **1 264**, accueillant près de **30 000 élèves**.

Toutefois, des données nouvelles ont fait leur apparition : les jeunes qui arrivent tout au long de l'année scolaire sont de plus en plus nombreux. Ils sont plus âgés, leur scolarisation antérieure est faible et leurs conditions de vie familiale souvent précaires.

Face à cette arrivée plus massive, tous les besoins ne sont pas couverts rapidement. Faute de places, des élèves en âge d'être scolarisés attendent de longues semaines avant de rejoindre leur établissement d'affectation, ce qui amplifie les risques de marginalisation, voire d'échec scolaire.

Il était donc nécessaire, afin de favoriser la réussite scolaire de ces jeunes, de renforcer les moyens et les actions d'intégration, d'aménager et de rénover le dispositif d'accueil et de scolarisation.

Tout faire pour une acquisition rapide et solide de la langue française

La langue, c'est cette colonne vertébrale autour de laquelle s'organisent les savoirs et les activités. Pas de réussite scolaire, pas de dialogue, pas d'action, pas de devenir citoyen sans la maîtrise de la langue française.

S'il est une mesure qui se justifie, c'est donc bien celle qui consiste **à créer les conditions optimales pour l'apprentissage et la maîtrise du français, à l'oral comme à l'écrit**, par les élèves nouveaux arrivants. Cela passe notamment par un renforcement des classes d'initiation et des classes d'accueil, mais aussi par des actions particulières de soutien pour les élèves qui peuvent directement intégrer une classe du cursus ordinaire.

C'est aussi le cas des plus jeunes, en âge de fréquenter l'école maternelle, voire le cours préparatoire, qui, immergés dès leur arrivée dans un « bain de langage » au milieu de leurs petits camarades, maîtriseront rapidement la langue française sans la médiation d'une classe d'initiation.

— Des efforts sont entrepris dans les académies pour **ne pas dépasser un délai d'un mois** entre le moment de la demande de scolarisation et l'arrivée effective de l'élève dans la classe de rattachement.

— Les classes d'initiation et d'accueil doivent être un lieu de passage, **un sas avant l'intégration la plus rapide possible vers une scolarité ordinaire**. En effet, l'erreur consisterait à maintenir trop longtemps ces élèves dans des structures spécifiques, à les y enfermer en quelque sorte. Si le français est la carte d'accès à tous les savoirs, il ne faut pas faire de sa maîtrise parfaite un préalable infranchissable à leur intégration dans les classes du cursus ordinaire.

— L'Office des migrations internationales (OMI), propose **des « plates-formes d'accueil »** destinées notamment à préparer la venue des enfants dans le cadre du regroupement familial. Dans plusieurs départements, des représentants de l'éducation nationale, souvent des formateurs des centres académiques pour la scolarisation des nouveaux arrivants et des enfants du voyage (CASNAV — voir encadré), y participent. La généralisation de cette pratique est encouragée.

— Les établissements scolaires des premier et second degrés ne connaissant pas de difficultés particulières ou possédant des sections internationales sont incités à accueillir des nouveaux arrivants, à implanter des classes d'accueil et à organiser un système de transport scolaire pour ces élèves là où cela apparaît nécessaire.

— **Une convention cadre** est signée, en mars 2001, par le ministère de l'éducation nationale, le ministère de l'emploi et de la solidarité et le Fonds d'action social pour les travailleurs immigrés et leur famille. Cette convention définit trois grands domaines de collaboration : l'accueil des nouveaux arrivants; la mise en œuvre d'actions facilitant la scolarisation (expression orale et écrite, connaissance de la société d'accueil, accès des plus âgés à une formation professionnelle qualifiante); la mise en place d'actions de formation.

Par ailleurs, **l'enseignement des langues et cultures d'origine** (voir p. 262), mis en place dans les années soixante-dix afin d'assurer une meilleure intégration des enfants venus de l'étranger, est aujourd'hui appelé à évoluer pour tenir compte des attentes des familles et du plan de développement des langues vivantes à l'école. Ce dernier offre une occasion sans précédent de donner aux langues et cultures d'origine une place plus importante et un statut plus affirmé dans le système éducatif français en concernant un plus grand nombre d'élèves.

Nous avons donc proposé à nos partenaires de mettre en place un plan progressif, concerté et suivi, de transformation des cours de langues et cultures d'origine.

Les centres académiques pour la scolarisation des nouveaux arrivants et des enfants du voyage

Les centres de formation et d'information pour la scolarisation des enfants de migrants (CEFISEM) s'appellent désormais : centres académiques pour la scolarisation des nouveaux arrivants et des enfants du voyage (CASNAV).

Les missions des CASNAV sont précisées en 2002 afin de tenir compte des nouveaux besoins constatés. Leur activité est recentrée autour d'un domaine prioritaire ; l'aide à l'intégration des élèves nouvellement arrivés en France sans maîtrise suffisante de la langue française ou des apprentissages scolaires et des enfants du voyage.

Les CASNAV sont **des centres de ressources pour les écoles et les établissements scolaires**. Leur principal champ d'intervention est la maîtrise de la langue française et des apprentissages. Ils sont également **des pôles d'expertise** pour les responsables locaux du système éducatif (ils actualisent les données sur les effectifs, ils recensent les besoins, ils concourent à une meilleure connaissance des parcours scolaires des élèves...). Enfin, ces centres assurent l'interface entre l'école et ses divers partenaires institutionnels et associatifs.

Circulaire n° 2002-102 du 25 avril 2002, relative aux missions et à l'organisation des centres académiques pour la scolarisation des nouveaux arrivants et des enfants du voyage (CASNAV) — Bulletin officiel spécial *n° 10 du 25 avril 2002.*

Références réglementaires

— Circulaire n° 2002-101 du 25 avril 2002, relative à la scolarisation des enfants du voyage et de familles non sédentaires — *Bulletin officiel spécial* n° 10 du 25 avril 2002.

— Loi n° 2000-614 du 5 juillet 2000, relative à l'accueil et à l'habitat des gens du voyage, facilitant les possibilités de stationnement et en prolongeant la durée jusqu'à neuf mois en vue d'une scolarisation plus suivie et régulière — *Journal officiel* n° 155 du 6 juillet 2002.

— Circulaire n° 2002-100 du 25 avril 2002, relative à l'organisation de la scolarité des élèves nouvellement arrivés en France sans maîtrise suffisante de la langue française ou des apprentissages — *Bulletin officiel spécial* n° 10 du 25 avril 2002.

— Circulaire n° 2002-063 du 20 mars 2002, précisant les modalités d'inscription et de scolarisation des élèves de nationalité étrangère — *Bulletin officiel spécial* n° 10 du 25 avril 2002.

VIII

LES MESURES EN FAVEUR DES ÉLÈVES INTELLECTUELLEMENT PRÉCOCES

La précocité intellectuelle est une notion tout à fait relative qui se traduit par le fait que les enfants manifestent des capacités intellectuelles nettement supérieures à celles de la moyenne des enfants de leur âge. Le seuil de quotient intellectuel (QI) au-delà duquel on peut parler de précocité se situant à 130, on estime que **2,3 % de la population scolaire peut être considérée comme intellectuellement précoce**, soit environ 200 000 élèves entre 6 et 16 ans.

La majorité de ces élèves dits précoces suivent une scolarité normale ; les autres, paradoxalement, éprouvent des difficultés d'adaptation et de socialisation, et sont confrontés à des difficultés scolaires, voire à des situations d'échec lourd.

Il n'est pas possible de rester indifférent et inactif devant le désarroi des élèves à fort quotient intellectuel signalés en difficulté. Ces jeunes en souffrance ont besoin d'aide, de motivation, de reconnaissance et de compréhension.

Pour répondre à leurs attentes, une série de mesures est annoncée en mars 2002, articulée autour de plusieurs axes : mieux connaître et mieux repérer ces élèves afin de prévenir les difficultés, apporter une réponse aux problèmes dès l'école primaire, accueillir les familles et les accompagner tout au long de la scolarité, adapter les rythmes d'apprentissage aux besoins des élèves, favoriser une pédagogie innovante et différenciée, développer les possibilités d'enrichissement des parcours et former les enseignants à la « diversité ».

Qui sont les enfants « intellectuellement précoces » ?

Il est difficile de définir avec précision ces enfants et adolescents qualifiés de « surdoués » ou d'« intellectuellement précoces ». D'une manière générale, ces termes sont utilisés pour désigner un enfant qui manifeste, dans un certain nombre d'activités, des possibilités, des aptitudes nettement supérieures à celles de la moyenne des enfants de son âge.

On traduit souvent cette différence d'aptitudes par la notion d'avance ou de précocité : l'enfant « précoce » serait caractérisé par sa capacité à réaliser des performances qui sont, en moyenne, celles d'enfants plus âgés de 2, 3, voire 4 ans ou plus. Il aurait, en quelque sorte, progressé plus vite que les autres dans son développement ou dans ses apprentissages.

Si diverses approches sont utilisées pour repérer des indices de précocité intellectuelle (observations des parents sur le développement et le comportement de leur enfant, performances scolaires, constat des enseignants...), le seul outil communément admis pour délimiter ce groupe d'enfants est le quotient intellectuel (QI) déterminé à partir de batteries de tests tels que le WISC (Weschler Intelligence Scale for Children). Il faut souligner que le quotient intellectuel permet seulement de situer les performances d'un individu par rapport à celles de l'ensemble de la population de son âge. Un quotient de 100 correspond à la moyenne de cette population.

Parmi les 200 000 élèves intellectuellement précoces, une majorité **ne pose pas de problème particulier** et suit une scolarité normale. Beaucoup d'entre eux connaissent même une véritable réussite et se réalisent pleinement dans la voie choisie. Rien ne permet donc de dire que le fait d'être intellectuellement précoce conduit inévitablement à une scolarité perturbée.

Les autres, en revanche, se trouvent en décalage avec le système éducatif et sont confrontés à des difficultés scolaires : souvent solitaires, ils ont parfois des insuffisances dans les domaines moteurs, émotionnels ou psychiques, qui les mettent en décalage avec le « moule » de la communauté scolaire ; ils s'adaptent difficilement aux situations scolaires et ont du mal à se plier aux contraintes de la collectivité (isolement, ennui, agitation...) ; ils ont de très bons résultats dans certains champs d'activité intellectuelle (vocabulaire, lecture...) et des insuffisances marquées dans d'autres domaines (écriture, organisation du travail, capacité à entrer en relation avec l'autre...). Certains se trouvent même dans des situations d'échec lourd révélant, par exemple, des troubles du comportement ou de la personnalité, des perturbations graves dans les apprentissages.

Ces difficultés peuvent les conduire à un véritable rejet de l'école, voire à la déscolarisation.

Le cas des élèves intellectuellement précoces révèle que de fortes potentialités intellectuelles peuvent coexister avec des manques et des carences graves et que l'échec scolaire peut naître de cette coexistence.

Des propositions en faveur des élèves intellectuellement précoces

Nous n'avons pas souhaité organiser, pour les élèves dotés des plus fortes potentialités intellectuelles, un enseignement spécifique qui impliquait de les retirer des classes ordinaires. Au moment où un effort sans précédent était fait pour accueillir un maximum d'élèves (qu'ils soient en grande difficulté, handicapés...) dans les classes ordinaires, c'eût été faire preuve d'incohérence que de regrouper les élèves précoces dans des classes spéciales. D'autant plus que ces enfants ont besoin de vivre avec les autres et comme les autres.

Accompagner les enfants intellectuellement précoces ne revient pas à les enfermer dans une image, une prévention ou un destin. Il faut les accepter tels quels et leur proposer des défis pour l'épanouissement de leurs talents.

Le dispositif fondé sur la prise en charge personnalisée de chaque élève intellectuellement précoce reconnu en difficulté, tout en le maintenant dans une classe de référence traditionnelle, est préférable. Ce qui impose de répondre aux besoins propres à ces élèves, c'est-à-dire de leur apporter, à la fois, les interventions spécialisées dont ils ont besoin, la prise en compte de leurs points faibles et de leurs manques et surtout l'offre de contenus d'apprentissage véritablement adaptés à leur demande. Les « programmes personnalisés d'aide et de progrès » constituent, dans cette perspective, un bon instrument.

Les mesures annoncées en mars 2002 vont permettre d'apporter une réponse plus satisfaisante aux élèves qui témoignent du désir et de la possibilité d'aller plus loin dans leurs apprentissages. Leurs aptitudes particulières, leurs talents, mais aussi leurs goûts, leur curiosité et leur désir de savoir seront mieux entendus :

— Pour mieux connaître ce phénomène et **améliorer notre connaissance de ces enfants**, un programme de recherche sur ce sujet est lancé et des études plus précises sont menées sur le parcours et le devenir de ces jeunes.

— Il faut que le repérage des élèves précoces en difficulté s'effectue le plus tôt possible afin de **mettre en œuvre une prévention efficace.** Les enseignants doivent être sensibilisés aux signes d'alerte, les psychologues scolaires mobilisés et les tests diversifiés afin de ne pas se limiter au seul quotient intellectuel.

— En vue de **mieux accompagner les familles**, qui se sentent la plupart du temps rejetées, un point d'écoute et d'accueil pour les familles en recherche de solution est progressivement mis en place dans chaque inspection académique.

— Afin d'**apporter une réponse aux difficultés rencontrées dès l'école primaire**, certains dispositifs existants doivent être mieux utilisés, qu'il s'agisse du réseau d'aides spécialisées aux élèves en difficulté (RASED) ou des classes à double ou triple niveau qui permettent un fonctionnement souple grâce à la présence de plusieurs sections à l'intérieur de la classe et à une organisation pédagogique différenciée. Par ailleurs, il faut utiliser pleinement les possibilités offertes par l'organisation en cycle pour adapter le parcours des élèves intellectuellement précoces à leurs besoins. Il est aussi envisageable, dans certains cas précis, de **réduire de 4 à 3 ans la scolarité au collège**.

— **L'intérêt de l'élève doit être suscité** à travers des activités différentes ou des situations plus complexes, ce qui implique le développement des ateliers, du travail d'équipe, une meilleure utilisation des bibliothèques centres documentaires (BCD) ou encore une utilisation systématique des technologies de l'information et de la communication... Il convient également de tirer parti des nouveaux dispositifs comme les classes à projet artistique et culturel, les itinéraires de découverte et les enseignements choisis.

— Les établissements, notamment ceux situés en zone d'éducation prioritaire, sont encouragés à proposer des dispositifs de différenciation innovants.

— La précocité intellectuelle doit figurer au programme de la deuxième année d'IUFM, depuis la rentrée 2002, afin de **mieux former les enseignants à la prise en charge de la diversité**. Cette dimension est également inscrite dans les plans académiques de formation continue.

Référence documentaire

Rapport sur « La scolarisation des élèves intellectuellement précoces », Jean-Pierre Delaubier, janvier 2002.

B

La prévention de la violence en milieu scolaire

L'école républicaine doit être un lieu de paix et de tranquillité. Et elle est encore largement un lieu sûr et bien protégé jouant son rôle de tamis contre la violence de l'extérieur.

Toutefois, deux formes de violence infiltrent le système scolaire : celle qui relève de la délinquance grave, très peu présente, et surtout une foule de petits incidents, de microviolences. Ces phénomènes plus ténus, plus insidieux et plus fréquents (insultes, provocations, vandalisme...) polluent la vie des établissements, instillent un sentiment de peur et sapent l'autorité de l'école.

Un premier plan national antiviolence voit le jour en 1992 sous l'impulsion de Jack Lang. Considérant que la violence n'est pas une fatalité et qu'il est possible de faire reculer ce fléau, une nouvelle action est engagée, à partir de 2000, dans la continuité du plan gouvernemental de lutte contre la violence, lancé, dès 1997, par Claude Allègre et Ségolène Royal.

Concentrer des moyens importants sur certains sites; développer des réponses immédiates aux phénomènes de violence et refuser l'impunité; améliorer les réponses à long terme en renforçant la prévention à l'école; développer

les actions concertées avec les partenaires de l'école. Tels sont les objectifs du plan de lutte annoncé en 2000, mené notamment sous l'impulsion de Paquita Morellet-Steiner.

Face à ce phénomène complexe qui représente une menace réelle pour une société — la violence alimente d'ordinaire le repli et les réflexes individualistes du « chacun pour soi » —, il n'y a ni réponse unique ni solution toute faite, mais bien un faisceau d'actions convergentes et patientes, concertées et complémentaires.

La lutte contre la violence à l'école, et plus généralement l'action contre les comportements agressifs, nécessite de la volonté et de la constance dans l'action et échappe aux « recettes miracles ». Elle se construit, à partir d'une volonté politique, grâce à un ensemble de dispositifs parfois peu spectaculaires mais toujours efficaces dès lors qu'ils rencontrent l'adhésion et la mobilisation de tous, adultes et élèves.

C'est bien **une mobilisation de toute l'éducation nationale qu'il s'agit d'organiser** pour en finir avec les incivilités et, parfois, les agressions insupportables qui empêchent les enseignants de faire leur travail sereinement et les élèves d'apprendre et de se former. Cet **effort permanent, opiniâtre et de longue haleine** doit s'appuyer sur des observations, des échanges, des expérimentations et doit être mené conjointement avec les autres institutions et l'ensemble des partenaires de l'école.

Est-il besoin de le dire? Prévenir la violence à l'école, c'est-à-dire mettre en sécurité les personnes et les biens, est une condition indispensable pour pouvoir enseigner et apprendre.

Si l'on distingue les incivilités des incidents graves qui représentent, en 2000, 2,8 % de l'ensemble des incidents, les statistiques montrent que 6 % des collèges concentrent les phénomènes graves. Et seules deux académies d'Île-de-France ont des résultats qui ne diminuent pas, et cela sur trente académies.

Alors pourquoi cette sensibilité? **Parce que la violence scolaire atteint, en plein cœur, notre idéal éducatif et ce qui lui est indissociablement lié, à savoir notre vision de l'enfant.**

Notre idéal éducatif, surtout à partir de l'après-guerre, s'est construit en se dissociant de l'autoritarisme qui l'avait longtemps imprégné. Cette vision nouvelle de l'enfant, comme une personne dotée de droits et de l'éducation qu'on lui doit, est une des avancées fondamentales de notre civilisation. Mais **cet idéal implique le respect mutuel**, la confiance, l'exigence, l'obéissance même et donc la juste autorité de l'adulte. Une des questions que nous pose l'irruption de la violence à l'école n'est-elle pas qu'en nous débarrassant de l'autoritarisme, nous avons peut-être perdu aussi — et sans le vouloir — la notion d'autorité? Partie souterraine de l'éducation, l'exercice de l'autorité s'identifie bien souvent à une simple opération de maintien de l'ordre dans la classe. Il y a là une négligence collective, intellectuelle et morale.

Les jeunes qui agressent un enseignant portent atteinte à une autorité. Le maître qui transmet le savoir n'agit pas en son seul nom, mais au nom d'une institution et d'une histoire de l'humanité. L'autorité est ce qui fixe une limite et un cadre; aucune société démocratique ne peut tenir sans cela. D'où l'urgente nécessité d'entreprendre la reconstruction de l'autorité de l'institution scolaire et de ceux qui y travaillent.

I

LES CAUSES DE LA VIOLENCE À L'ÉCOLE

Rechercher les causes de la violence scolaire ne revient pas à désigner des boucs émissaires. Les jeunes des quartiers défavorisés ne sont pas « les nouvelles classes dangereuses ».

La violence scolaire est un processus sur lequel on peut intervenir. Ce n'est pas un phénomène naturel. Aucune cause ne produit mécaniquement de la violence. **Il n'y a ni fatalité ni hasard.**

LES CAUSES EXOGÈNES DE LA VIOLENCE

— Déplorons, d'abord la sinistre réalité d'**un urbanisme d'urgence** — celui des années 70 — qui a construit, autour des centres de nos villes, des cités mal reliées, mal équipées, mal conçues où se sont perdues la notion d'espace public et l'idée même du vivre ensemble. Cet urbanisme a donné lieu à de nouvelles formes de ségrégation, urbaines et géographiques, qui pèsent d'un poids énorme sur la vie du système éducatif.

— Il faut rappeler ensuite les profondes **déchirures sociales** causées par des années de crise économique et se souvenir du désespoir de tous ceux qui sont tombés dans l'exclusion et la survie au jour le jour. Les enfants scolarisés aujourd'hui sont nés dans ces années. Leurs parents ont connu le chômage et l'angoisse de l'avenir.

— Il faut aussi constater la démission des autorités publiques dans de nombreux pays face à **certains médias audiovisuels qui exaltent la violence** et propagent, dans leurs programmes, au travers d'œuvres de fiction, bien souvent répétitives et stéréotypées, des images qui finissent par émousser les consciences. En même temps, au nom de la liberté d'information, ces médias diffusent des images d'actualité faites pour heurter les sensibilités. Ce faisant, c'est la capacité des enfants et des jeunes adultes à établir une distinction entre réel et fiction qui est en permanence brouillée. Or, cette frontière est encore fragile chez les enfants. Toutefois, on notera que de nombreux médias tentent d'adopter une attitude plus maîtrisée et plus civique accordant autant de place à l'expérience qui réussit qu'au fait divers qui détruit.

— Enfin, trop souvent, **les adultes manquent à leurs devoirs**, déçoivent et s'érigent en parfaits contre-exemples en matière de violence.

LES CAUSES ENDOGÈNES DE LA VIOLENCE

— Certains pays, notamment les pays scandinaves, ont depuis longtemps compris que l'architecture scolaire, la beauté, l'harmonie des lieux appellent l'harmonie des relations humaines. À l'inverse, l'exiguïté, la vétusté, la laideur sont des facteurs anxiogènes.

Même si la décentralisation a apporté un grand dynamisme à notre pays en matière de constructions scolaires, on ne doit pas pour autant laisser des inégalités d'accueil et de traitement trop grandes se développer sur le territoire. C'est pourquoi une mission de l'architecture scolaire composée d'architectes et d'urbanistes est créée. Son rôle : établir annuellement une liste d'écoles, de collèges et de lycées qui se distinguent par la qualité de leur conception ou par leur caractère innovant; auditer les établissements les plus difficiles et dresser la liste de ceux qui présentent de réels problèmes d'architecture afin d'entreprendre, en liaison avec les collectivités locales, un travail de reconstruction ou de réhabilitation.

— **L'échec scolaire** peut également être source de violence, même si la corrélation entre les deux phénomènes n'est pas mécanique. En effet, tous les élèves en échec ne sont pas des délinquants. Cependant, il est clair que l'échec scolaire — qui se double parfois d'un sentiment d'exclusion, voire de révolte —, l'absentéisme, la déscolarisation, constituent les ferments de la violence.

II

DES MOYENS IMPORTANTS POUR LUTTER CONTRE LA VIOLENCE À L'ÉCOLE

Face à la violence, il faut **réaffirmer le rôle de la pédagogie**, sans démagogie ni laxisme; **refuser absolument toute impunité aux agresseurs** car, sans cela, on laisse les victimes s'enfermer dans l'humiliation et perdre toute confiance dans la loi; améliorer les réponses à long terme en **privilégiant la prévention**. Il convient également d'agir sur les racines du problème en se centrant sur le respect, l'autorité, la prévention, la pédagogie, la santé et la sécurité. Tel est l'équilibre instauré dans le cadre de la politique en matière de lutte contre la violence à l'école engagé en 2000.

Outre la poursuite des efforts en termes de moyens d'enseignement et de créations d'emplois dans le cadre du plan pluriannuel, la nécessité de **bâtir une véritable politique de prévention** grâce à une approche nouvelle des phénomènes de violence et d'incivilités se traduit par toute une série de mesures qui font progresser l'action collective dans cinq directions essentielles :

MIEUX CONNAÎTRE LES MANIFESTATIONS DE VIOLENCES ET LEURS ÉVOLUTIONS

Création du Comité national de lutte contre la violence en 2000 ; mise en place du nouveau logiciel SIGNA de recensement des faits de violence dès la rentrée 2001 ; généralisation des observatoires locaux des phénomènes de violence...

MIEUX RÉAGIR QUAND SURVIENT UN INCIDENT

Diffusion à tous les chefs d'établissements d'un vade-mecum pour les aider à répondre aux situations de crise ; créations de postes de proviseurs « vie scolaire » dans les départements d'Île-de-France...

MIEUX PRÉVENIR LA VIOLENCE

Organisation de rencontres nationales de la prévention en novembre 2001 ; mise en place à titre expérimental de postes d'assistantes sociales auprès des inspecteurs de l'éducation nationale du primaire ; organisation d'universités d'été sur le thème de l'autorité...

MIEUX IMPLIQUER LES PARENTS ET LES ÉLÈVES

Réalisation d'un *Manuel lycéen contre la violence* par des lycéens d'Île-de-France et d'un *Manifeste contre la violence à l'école* par des élèves du collège Henri-Matisse de Choisy-le-Roi ; lancement d'une campagne valorisant le respect et de concours destinés à sensibiliser les jeunes ; campagne du Conseil national de la vie lycéenne...

Pour renforcer le travail engagé avec les partenaires du ministère de l'éducation nationale, il faut : une meilleure coordination des projets d'école et d'établissement avec un projet éducatif plus global associant les partenaires de la politique de la Ville ; des bilans annuels des partenariats éducation nationale, justice, police, gendarmerie ; une collaboration renforcée avec la protection judiciaire de la jeunesse pour un meilleur suivi des jeunes en voie de marginalisation scolaire.

En parallèle, un plan de relance des internats est engagé, ainsi que le renforcement de dispositifs existants comme École ouverte (voir p. 421) ou les classes relais (voir p. 423).

Identifier et analyser les manifestations de violence à l'école

Face à la nécessité de mieux prévenir la violence, une nouvelle instance est créée en octobre 2000 : le

Comité national de lutte contre la violence à l'école, présidé par Sonia Henrich, inspectrice générale de l'éducation nationale. Sa mission : identifier et analyser les manifestations de violence et les actes d'incivilité à l'école et proposer, en relation avec les partenaires institutionnels, les réponses les plus appropriées pour lutter contre ces phénomènes, aussi bien en matière de réaction immédiate que de prévention à long terme. Sa composition : des représentants des ministères de l'éducation nationale, de la justice, de l'intérieur, de la défense, de la jeunesse et des sports, de la ville et du secrétariat d'État aux droits des femmes, ainsi que des élus, des parents d'élèves et des élèves.

Éradiquer la violence passe par **un renforcement de l'encadrement** des établissements les plus difficiles en personnels médicaux, infirmiers, sociaux, en personnels de direction et d'encadrement, en surveillants et en aides-éducateurs. Une politique sans précédent de par son ampleur : plus de **10 000 postes** sont concentrés en trois ans dans les quelque 500 établissements et les 2 000 écoles que compte le plan de lutte contre la violence qui concerne dix académies. Résultat : on enregistre, dans tous les sites hormis l'Île-de-France, des diminutions réelles de la violence.

Depuis 1998, les écoles et les établissements des dix académies concernées par le plan de prévention et de lutte contre la violence bénéficient de moyens supplémentaires conséquents.

• C'est ainsi que les établissements situés en zone de violence, et qui sont généralement des établissements de zone d'éducation prioritaire, bénéficient d'**une dotation en moyens d'enseignement aug-**

mentée de 15 % par rapport aux moyens des autres établissements.

S'agissant des autres catégories de personnels, ce sont près de 14 000 emplois supplémentaires qui sont implantés en trois années dans les zones difficiles : 9 728 aides-éducateurs, 2 000 emplois jeunes ouvriers, 400 surveillants, 150 conseillers principaux d'éducation, 400 personnels ouvriers et de secrétariat, 142 médecins, 566 infirmières, 503 assistants de service social.

• Grâce au **plan pluriannuel de créations d'emplois** (voir p. 492), décidé par le gouvernement en faveur de l'éducation nationale, l'effort se poursuit dans le cadre du budget 2002, notamment pour les postes de surveillants, de conseillers principaux d'éducation, de personnels de santé et de service social.

Des mesures spécifiques en Île-de-France

— Un dispositif spécifique destiné à favoriser la stabilité des équipes de direction et des équipes éducatives est mis en place, à la rentrée 2001, dans 102 collèges des académies de Créteil, Paris et Versailles (mesures de stabilisation des équipes de direction et des équipes éducatives).

— Des proviseurs « vie scolaire » sont nommés dans chacun des départements de la région Île-de-France. Leur mission prioritaire : suivre les problèmes de violence et coordonner la prévention en partenariat avec la police, la justice et la gendarmerie. Il était prévu d'étendre ce dispositif aux dix académies inscrites dans le plan violence.

— La coopération est renforcée entre les services de l'État (recteurs, procureurs, inspecteurs d'académie, responsables de la police et de la gendarmerie).

— Les jeunes enseignants bénéficient de mesures

d'accompagnement individualisées (formation, tutorat, décharges horaires...).

Référence réglementaire

La circulaire interministérielle n° 2001-165 du 23 août 2001, parue au *Bulletin officiel* n° 32 du 6 septembre 2001, présente le dispositif mis en œuvre pour prévenir et lutter contre les actes de violence dans les établissements scolaires d'Île-de-France

Première conférence mondiale sur le thème « Violence à l'école et politiques publiques »

Les 5, 6 et 7 mars 2001, une conférence internationale se tient à Paris, dans la Maison de l'Unesco, sur le thème **« Violence à l'école et politiques publiques ».** Cette manifestation qui constitue une première internationale est organisée par l'Observatoire européen de la violence scolaire, présidé par Éric Debarbieux, avec le soutien du ministère de l'éducation nationale et de la Commission européenne. C'est l'occasion pour des universitaires de très haut niveau et des responsables de programmes d'action publique, originaires de 27 pays différents, de se retrouver pour échanger leurs bilans, leurs logiques, leurs résultats, leurs pistes de réflexion autour d'un thème central : celui de la violence à l'école. En effet, si toutes les démocraties libérales sont actuellement confrontées à ce phénomène, leur approche du problème est en revanche très différente. L'enjeu de cette conférence, qui se veut avant tout orientée vers l'action, est de permettre l'émergence de nouvelles idées (face à la violence, il n'y a pas de réponse unique et de solution toute faite) et la mise en place d'une approche plus solidaire au sein des pays concernés.

III

MIEUX CONNAÎTRE LES MANIFESTATIONS DE LA VIOLENCE : LE LOGICIEL SIGNA

Un fait divers tragique survenu à l'école diffuse une terrible onde de choc sur tout le territoire national. Dans un souci de pédagogie et pour tenter, entre l'indifférence qui serait inadmissible et la dramatisation qui casse les énergies, de donner une place à la raison et à la lucidité, le Comité national de lutte contre la violence à l'école décide d'améliorer les procédures de signalement des incidents : opérationnel depuis la rentrée 2001 dans toutes les académies, **le logiciel SIGNA** répertorie de façon systématique les actes de violence, et pas seulement ceux qui relèvent de la délinquance, comme le font la justice et la police.

Ce dispositif national concerne les établissements publics du second degré et, pour la première fois, il prend en compte les événements qui se produisent dans les écoles maternelles et élémentaires, ce qui n'avait jamais été fait jusqu'ici.

SIGNA permet d'**établir des analyses statistiques précises sur les phénomènes de violence en milieu scolaire**. Il intègre, dans le respect des règles de protection des libertés individuelles, des informations concernant les tranches d'âge et le sexe des auteurs et victimes ainsi que les lieux où se sont déroulés les faits. Analyses qui sont ensuite adressées à tous les recteurs et inspecteurs d'académie afin de fournir des référents aux différents niveaux du système éducatif.

Avec ce nouveau dispositif (la France est le premier pays au monde à disposer d'un tel outil statistique), l'éducation nationale se donne les moyens de **cerner les phénomènes de violence en milieu scolaire afin de mieux les prévenir**. Le logiciel permet aussi d'assurer une veille et facilite le dialogue au sein de l'éducation nationale et avec les partenaires institutionnels, en particulier dans le cadre des contrats locaux de sécurité.

Il constitue en outre un outil de gestion pour les chefs d'établissements et les inspecteurs de circonscription qui peuvent ainsi, sur la base d'éléments fiables, fixer des priorités et mettre en place des mesures de prévention des actes d'agressivité adaptées aux situations locales.

Les chiffres de la violence en milieu scolaire (septembre-octobre 2001)

— 41 % des établissements ne signalent aucun acte de violence; 15 % n'en signalent qu'un seul.

— Un peu moins de 1 % des écoles signalent un fait violent (420 écoles sur 53 000).

— 586 incidents sont déclarés dans les écoles primaires, soit 1 incident pour 10 000 élèves.

— 16 382 faits de violence sont signalés par les collèges et les lycées, soit 35 actes pour 10 000 élèves.

— Les tranches d'âge les plus concernées sont les 15-17 ans.

— Les actes les plus fréquents sont les violences physiques sans arme (30 %), les insultes ou menaces graves (23 %), les vols ou tentatives de vols (10 %).

— Près de 50 % des incidents se produisent dans la cour de récréation et les circulations, 20 % dans la salle de classe, 20 % à l'extérieur de l'établissement.

— Dans le second degré, les victimes de violences sexuelles sont des filles pour 83 %.

— Les faits de violence grave ont plutôt tendance à stagner, voire à régresser : — 12,5 % en Seine-Saint-Denis, — 17 % à Paris, — 18 % dans les Bouches-du-Rhône...

Source : Note d'information réalisée par la direction de la programmation et du développement n° 02 01 de janvier 2002.

DANS LE SECOND DEGRÉ : 35 FAITS DE VIOLENCE POUR 10 000 ÉLÈVES

Dans le second degré, 3 242 collèges, lycées, lycées professionnels et établissements spécialisés, sur les 5 500 ayant répondu au recensement (soit 70 % du total des établissements), signalent au moins un acte grave. Les autres (2 258 établissements) ne mentionnent aucune violence. Au total, 16 382 incidents sont déclarés, en septembre et octobre 2001, soit en moyenne trois événements par établissement.

Trois types d'actes représentent à eux seuls les deux tiers des signalements de l'enquête : les violences physiques sans arme, les insultes ou menaces graves, les vols ou tentatives de vols. Viennent ensuite, dans des proportions moindres, des manifestations violentes comme le racket (3,6 %), les dommages aux locaux (3,2 %), l'intrusion de personnes étrangères à l'établissement (2,9 %) ou encore les jets de pierres ou autres projectiles (2,7 %).

La consommation de stupéfiants, les injures à caractère raciste et les dommages aux véhicules sont signalés chacun 300 fois environ, soit entre 1,8 et

1,9 % des faits recensés. On compte 269 cas de violences physiques à caractère sexuel, soit 1,6 % des actes recensés.

Par ailleurs, 177 cas de port d'arme autre qu'une arme à feu (1,1 %) et 11 cas de port d'arme à feu (0,1 %), sont signalés.

Dans le second degré, les auteurs de violence sont des élèves dans 8 cas sur 10. Les victimes sont les élèves dans 54,4 % des cas et des personnels dans 24,5 % des cas.

Près de 76 % des actes de violence se produisent au sein du collège ou du lycée, essentiellement dans la cour de récréation (28,2 %), dans les salles de cours (19,4 %) et dans les espaces de circulation (10,3 %).

DANS LE PREMIER DEGRÉ : 420 ÉCOLES CONCERNÉES SUR 53 000

En septembre et octobre 2001, 586 événements graves sont signalés dans le premier degré. Ils concernent 420 écoles sur un total de presque 53 000, soit 1 acte violent pour 10 000 élèves (35 fois moins que dans le second degré).

Deux types d'événements représentent 59 % du total des actes signalés : les insultes ou menaces graves et des violences physiques sans arme. Viennent ensuite — avec une fréquence nettement moindre — les vols ou tentatives de vols et les violences physiques à caractère sexuel.

Par rapport à ce que l'on observe dans le second degré, les élèves sont deux fois moins souvent auteurs tandis que les familles d'élèves sont responsables des actes de violence dans presque un cas sur trois. Elles sont les premières impliquées dans les insultes ou menaces graves.

Les premières victimes de la violence dans les écoles sont les enseignants et le personnel de direction (44,2 % des actes sont exercés à leur encontre). Les élèves représentent un tiers des victimes. Près d'1 acte sur 7 ne concerne pas des personnes.

Les écoles signalent des violences graves qui se sont produites ailleurs, notamment dans les familles (violences sexuelles).

7 actes de violence sur 10 se produisent dans l'école, soit dans la cour de récréation (27 %), soit dans les salles de cours (21,8 %). Dans 12,7 % des cas, les incidents surviennent aux abords immédiats de l'établissement.

IV

LA PRÉVENTION ET LE TRAITEMENT DES VIOLENCES SEXUELLES

Les résultats du recensement des actes de violence en milieu scolaire établis grâce au logiciel SIGNA montrent que, dans le second degré, les victimes de violences sexuelles sont des filles pour 83 %. Les signalements de maltraitance ou de violence sexuelle, relativement plus importants à l'école primaire que dans le second degré, concernent pour une large part des actes qui se sont déroulés en dehors de l'école et sont le fait soit de membres de la famille, soit de personnes extérieures ou inconnues. L'école est donc le lieu où la violence a pu se dire.

Des mesures sont également mises en place afin de mieux prévenir, traiter et prendre en charge les violences sexistes et sexuelles dans les établissements scolaires :

• **Trois séances annuelles d'information et d'éducation à la sexualité** dans les écoles, collèges et lycées sont obligatoires (loi n° 2001-588 du 4 juillet 2001).

• Les personnels enseignants et éducatifs sont sensibilisés, dans les IUFM, aux questions relatives à **l'éducation à la santé et à la sexualité** intégrant la dimension relationnelle et affective.

• Tous les membres de la communauté éducative doivent **être sensibilisés au repérage des signes révélateurs d'une violence subie ou exprimée** : cinq séminaires nationaux rassemblent tous les inspecteurs de l'éducation nationale fin 2001.

• Un guide **« Repères pour la prévention des violences sexuelles »** est diffusé, début 2002, à l'ensemble des directeurs d'écoles et chefs d'établissements et dans les IUFM.

• Les recteurs sont chargés de mettre en place **des lieux d'écoute** dans l'ensemble des collèges et des lycées.

• Le nombre de **médecins, infirmières et assistantes sociales** est renforcé : 1 576 postes sont créés entre 1998 et 2001. À la rentrée 2002, 249 postes supplémentaires sont prévus.

• **Un observatoire de l'enfance et de l'adolescence** est créé. Sa mission : intervenir dans la définition des orientations et apporter une expertise dans la réalisation de documents pédagogiques et de formation.

• **Un centre de ressources ministériel** sur la prévention des violences sexuelles est mis en place.

• **Un groupe de travail**, intégré au Comité national de lutte contre la violence à l'école, est chargé de recenser les innovations sur le terrain.

• La direction de l'enseignement scolaire du ministère est chargée de créer **des outils de médiation** recensés dans une banque de données accessible à tous les établissements.

• Les cours de récréation, les couloirs, les toilettes et les vestiaires font l'objet d'une **surveillance particulière** et doivent répondre aux critères d'hygiène, de sécurité et d'intimité que sont en droit d'attendre les élèves.

• L'affichage du numéro de téléphone vert **« 119 Allô enfance maltraitée »** est désormais obligatoire dans tous les établissements scolaires et les écoles.

• Le ministre de l'éducation nationale adresse aux enseignants, le 21 janvier 2002, une lettre les incitant à une vigilance renforcée au sujet des violences sexuelles :

« La protection des enfants est notre devoir sacré. Plus que toutes les autres, les violences sexuelles et la pédophilie en particulier doivent être prévenues et réprimées sans faiblesse.

[...] Le maître mot doit être vigilance. Vigilance pour protéger scrupuleusement les enfants, vigilance pour se prémunir contre les accusations infondées.

C'est dans le respect de la loi que l'école doit participer à la manifestation de la vérité. C'est ainsi qu'elle se montrera digne de la mission qui lui est confiée. »

L'école contribue de manière active à l'éducation à la santé et à la sexualité des jeunes. Sous l'impulsion de Ségolène Royal, ministre de l'enseignement scolaire, **une politique renforcée en faveur de l'éducation à la santé et à la sexualité** est engagée dès 1997 et poursuivie par la suite. Aujourd'hui, des instructions officielles définissent précisément les orientations, les objectifs, le cadre et les modalités de l'éducation à la santé et à la sexualité.

La lutte contre la toxicomanie :

Dans le cadre d'une politique volontaire, déterminée, de lutte contre la toxicomanie sous toutes ses formes, le ministère de l'éducation nationale diffuse, en mars 2001, à 360 000 exemplaires, un guide d'information sur les drogues : *Savoir plus, risquer moins*, destiné à l'ensemble de la communauté éducative des lycées et des collèges : personnels d'encadrement et de santé, enseignants.

Ce document, édité par la Mission interministérielle de lutte contre la drogue et la toxicomanie (MILDT) et le Comité français d'éducation pour la santé (CFES), présente de façon précise et complète les produits et leurs effets, mettant en lumière les différentes formes de dépendance et les risques liés à la consommation.

L'éducation à la sexualité et la mixité :

L'éducation à la sexualité intègre désormais les questions liées à la **mixité** et encourage des activités destinées à renforcer l'égalité entre les femmes et les hommes.

Dans la perspective d'une mixité reconnue et mieux prise en compte, la démarche d'éducation à la sexualité doit permettre aux adolescents d'accéder à un respect mutuel dans l'acceptation de la différence et de promouvoir une meilleure compréhension de la façon dont les stéréotypes sexuels et les attentes qui en découlent peuvent les influencer.

Le *Bulletin officiel hors série* n° 10 du 2 novembre 2000, intitulé **« À l'école, au collège et au lycée : de la mixité à l'égalité »**, propose des pistes de travail et constitue un support de débat et de réflexion.

taire) se portent candidats pour 2 500 semaines d'ouverture dans 28 académies. On compte également **200 écoles** qui interviennent en liaison avec un établissement du second degré.

• Au total, **65 280 élèves** de 5 à 22 ans bénéficient du dispositif École ouverte en 2001, dont 26 821 durant l'été. Ils sont encadrés par **10 500 adultes**, parmi lesquels 35 % d'aides-éducateurs, 20 % d'enseignants, 15 % d'agents administratifs et techniques, 10 % de chefs d'établissement et de conseillers principaux d'éducation. Des personnels extérieurs à l'éducation nationale interviennent également (animateurs, étudiants...).

• Les activités proposées sont liées aux enseignements (30 %), à la culture (27 %), aux loisirs (22 %) ou au sport (21 %).

De plus, le dispositif accueille désormais les élèves du cycle 3 des écoles (CE2, CM1, CM2), afin de faciliter leur passage au collège, de favoriser la continuité des apprentissages et de permettre un travail commun entre les enseignants concernés.

L'expérience montre que le dispositif École ouverte — qui permet de régénérer la transmission des savoirs et d'instaurer un climat de confiance entre élèves, professeurs et animateurs — modifie le rapport des jeunes à l'école et génère **des effets positifs sur leur parcours et leurs résultats scolaires**. Les élèves s'intègrent mieux à la communauté scolaire, sont plus motivés et changent de comportement, notamment les jeunes en grande difficulté. On constate une diminution de l'absentéisme, une implication plus grande dans la vie de l'établissement, ainsi qu'un renforcement des valeurs liées à la citoyenneté, à la solidarité, à la responsabilité, au respect. Les relations entre les enseignants, les élèves et les parents s'en trouvent facilitées.

La contraception d'urgence :

Le protocole national sur la contraception d'urgence (pilule du lendemain Norlévo) en milieu scolaire détermine les modalités d'administration de la contraception d'urgence non soumise à prescription obligatoire ni à autorisation parentale. Il précise, en outre, les dispositions à respecter notamment le respect de la confidentialité, la conduite d'un entretien avec l'élève, l'accompagnement et le suivi de l'élève.

(*Bulletin officiel* n° 15 du 12 avril 2001).

Une remobilisation pour lutter contre le sida :

Les données rendues publiques, le 1er décembre 2001, à l'occasion de la journée mondiale de lutte contre le sida, révèlent **un relâchement de la prévention en matière de lutte contre le sida, ainsi qu'une reprise des pratiques à risques, notamment chez les jeunes**.

Face à ce constat, Jack Lang, ministre de l'éducation nationale, et Bernard Kouchner, ministre délégué à la santé, appellent à une remobilisation générale.

Ils réunissent, fin décembre 2001, les associations de parents d'élèves et les associations concernées par la lutte contre le sida pour lancer une réflexion en vue d'améliorer les actions de prévention dans les établissements scolaires. Cette consultation, qui s'inscrit dans le plan triennal de lutte contre le sida 2002-2004, débouche sur **de nouvelles stratégies de prévention et** sur **des actions coordonnées** visant à améliorer la pédagogie de prévention et à renforcer l'éducation sexuelle en milieu scolaire.

Référence documentaire

— Rapport de Nicole Belloubet-Frier « 30 propositions pour lutter contre les violences sexuelles dans les établissements scolaires », octobre 2001.

Références législatives et réglementaires

— Circulaire n° 98-234 du 19 novembre 1998 relative à l'éducation à la sexualité et à la prévention du sida — *Bulletin officiel* n° 46 du 10 décembre 1998.

— Circulaire n° 98-237 du 24 novembre 1998 relative à l'orientation pour l'éducation à la santé à l'école et au collège — *Bulletin officiel* n° 45 du 3 décembre 1998.

— Loi 2000-197 du 6 mars 2000 visant à renforcer le rôle de l'école dans la prévention et la détection des faits de mauvais traitements à enfants — *Journal officiel* n° 56 du 7 mars 2000.

— Circulaire n° 2000-147 du 21 septembre 2000 relative à la mise en place de la contraception d'urgence par les EPLE — *Bulletin officiel* n° 34 du 28 septembre 2000.

— Loi n° 2000-1209 du 13 décembre 2000 relative à la contraception d'urgence, pour permettre aux infirmières d'administrer aux élèves, mineures et majeures, une contraception d'urgence, à titre exceptionnel et en application d'un protocole national — *Journal officiel* n° 289 du 14 décembre 2000.

— Circulaire n° 2001-012 du 12 janvier 2001 relative aux orientations générales pour la politique de santé en faveur des élèves — *Bulletin officiel* spécial n° 1 du 25 janvier 2001.

— Circulaires n° 2001-013 et 2001-014 du 12 janvier 2001 relatives aux missions des médecins et infirmières de l'éducation nationale — *Bulletin officiel* spécial n° 1 du 25 janvier 2001.

— Circulaire n° 2001-044 du 15 mars 2001 relative à

la lutte contre les violences sexuelles — *Bulletin officiel* n° 12 du 22 mars 2001.

— Décret n° 2001-258 du 27 mars 2001, pris en application de la loi n° 2000-1209 du 13 décembre 2000, et comportant, en son annexe, le protocole national sur la contraception d'urgence en milieu scolaire : il détermine les modalités d'administration de la contraception d'urgence, non soumise à prescription obligatoire ni à autorisation parentale ; il précise les dispositions à respecter, notamment le respect de la confidentialité, la conduite d'un entretien avec l'élève, l'accompagnement et le suivi de l'élève — *Journal officiel* n° 74 du 28 mars 2001

— Loi n° 2001-588 du 4 juillet 2001, relative à l'interruption volontaire de grossesse et à la contraception, prévoyant qu' « une information et une éducation à la sexualité sont dispensées dans les écoles, les collèges et les lycées, à raison de trois séances annuelles » — *Journal officiel* n° 156 du 7 juillet 2001.

V

LE DISPOSITIF ÉCOLE OUVERTE

Le dispositif École ouverte est renforcé. Il consiste à ouvrir les collèges et les lycées pendant les vacances scolaires ainsi que les mercredis et les samedis de l'année scolaire, pour accueillir les jeunes et leur proposer des activités aussi bien scolaires qu'éducatives, culturelles, sportives ou ludiques.

L'opération connaît un développement constant depuis 1997 :

• En 2001, près de **450 collèges et lycées** (dont plus de la moitié situés en zone d'éducation priori-

Les crédits consacrés à École ouverte en 2001 s'élèvent à :

— 5,6 millions d'euros (37,1 MF) du ministère de l'éducation nationale;

— 690 000 euros (4,5 MF) du ministère de l'emploi et de la solidarité (direction des affaires sociales et direction de la population et des migrations);

— 305 000 euros (2 MF) du Fonds d'action sociale en faveur des travailleurs immigrés et de leurs familles (FAS);

— 1,9 million d'euros (12,5 MF) de la délégation interministérielle à la ville.

VI

LES DISPOSITIFS RELAIS

Les dispositifs relais (classes relais ou internats relais) représentent un axe fort de la politique engagée par le ministère de l'éducation nationale pour lutter contre l'échec scolaire, la marginalisation sociale des jeunes et la violence à l'école. Ces dispositifs s'appuient sur un partenariat actif entre l'éducation nationale, la protection judiciaire de la jeunesse, les collectivités locales, la délégation interministérielle à la ville, le tissu associatif de proximité et les familles. Leur finalité : favoriser la rescolarisation et la resocialisation des collégiens en risque de déscolarisation ou en rupture de scolarité.

Toujours rattachées à un collège, les classes relais peuvent, selon le projet développé et les possibilités locales, être situées ou non dans les locaux de celui-ci.

Les classes relais, et plus largement les dispositifs relais, représentent **une modalité temporaire de scolarisation** (la durée moyenne de séjour est proche de 4 mois). Les raisons qui motivent l'admission sont multiples : comportement violent et perturbateur, incivilités, absentéisme chronique, voire déscolarisation, démotivation dans les apprentissages. Plus de la moitié d'entre eux relèvent d'une mesure judiciaire ou administrative.

Lors de leur séjour en classe relais, les jeunes bénéficient d'un encadrement pédagogique et éducatif renforcé combinant les compétences d'enseignants, d'aides-éducateurs (voir p. 429), d'éducateurs et de personnels sociaux et de santé. Les activités proposées privilégient une pédagogie différenciée et des parcours individualisés, l'objectif visé étant de réinsérer durablement les collégiens en risque de marginalisation dans un parcours de formation générale, technologique ou professionnelle.

Un bilan positif

Au cours de l'année, en 2000-2001, 267 classes relais ont fonctionné (contre 180 en 1999-2000). **6 460 jeunes ont été accueillis dans le dispositif à la fin de l'année scolaire 2000-2001**, essentiellement des garçons âgés de plus de 14 ans, issus de 4e et de 5e, en difficulté scolaire et/ou sociale. Sur la période 2002-2004, le nombre d'élèves accueillis en classes relais sera doublé.

À l'issue de cet accueil temporaire, six élèves sur dix se retrouvent dans le système ordinaire de formation initiale (55 % en collège, 7 % en lycée professionnel, 9 % en centre de formation d'apprentis). Près des trois quarts sont pris en charge à leur sortie, dans le cadre de dispositifs d'insertion, d'instituts de rééducation, d'établissements régionaux d'enseignement adapté, de centres de formation de la protection judiciaire de la jeunesse, ou de l'aide sociale à l'enfance...

Référence réglementaire

— Circulaire n° 2000-141 du 4 septembre 2000 — *Bulletin officiel* n° 32 du 14 septembre 2000. Ce texte permet d'éviter un double écueil : d'une part, les enseignants et éducateurs ne sont désormais plus désarmés face aux problèmes qu'ils rencontrent ; d'autre part, la circulaire précise clairement que les classes relais ne sont pas des lieux de soins.

VII

LE PLAN DE DÉVELOPPEMENT DE L'INTERNAT SCOLAIRE PUBLIC

L'internat est une des réponses possibles aux enjeux du système scolaire. Il représente un atout déterminant pour la réussite scolaire et l'intégration sociale des élèves. Il doit bien sûr répondre à des demandes spécifiques (scolarisation des jeunes en grande difficulté scolaire ou prise en charge d'enfants en situation de pré-délinquance ou de délinquance avérée), mais, au-delà, **il doit être ouvert à tous** : en aucun cas il ne doit céder à la tentation du regroupement des semblables, encore moins du regroupement des cas difficiles.

Loin du mythe de la pension et de la maison de correction, l'internat peut être l'objet d'un choix serein et raisonné : il offre un cadre structurant, stimulant et mobilisateur pour beaucoup d'adolescents qui ne trouveraient pas ailleurs de conditions aussi favorables à la conduite de leurs études. Lieu d'apprentissage de la relation à l'autre et du respect des règles communes, il renforce l'autonomie des élèves et les rend plus solidaires. L'internat est également un moyen de **prévenir les risques de violence**. S'il favorise la rupture avec les phénomènes de « bandes », il permet aussi d'échapper aux pressions, aux tentations de la grande ville ou de la banlieue.

Les internats relais

Ils sont destinés à accueillir des jeunes qui connaissent des difficultés pouvant les conduire à la déscolarisation ou à la violence. Ces jeunes sont susceptibles de présenter des problèmes de comportement, et certains peuvent bénéficier de mesures éducatives. La présence de quelques-uns d'entre eux dans un internat ordinaire peut leur être bénéfique, mais ils ne sauraient y être accueillis en nombre sans la collaboration effective de personnels éducatifs spécialisés. C'est d'ailleurs pourquoi les internats relais sont créés en partenariat avec la protection judiciaire de la jeunesse et les conseils généraux qui disposent de personnels ayant les compétences nécessaires.

Depuis une trentaine d'années, l'internat public connaissait une certaine désaffection, à l'exception notable du cursus post-baccalauréat. Ainsi, seulement 7,75 % des élèves de collège étaient internes en 2000-2001, et un peu plus d'un quart des départements ne proposaient aucun internat en collège.

Or des parents d'élèves et des élèves, en nombre significatif, souhaitaient de plus larges possibilités d'effectuer tout ou partie d'une scolarité secondaire en internat. Cette demande pouvait, dans l'ensemble, être satisfaite dans les lycées, notamment dans l'enseignement professionnel (51,3 % des lycées professionnels disposaient d'un internat en 2000, soit d'une capacité d'accueil de 58 655 places), mais elle était loin de pouvoir l'être pour les collégiens.

Il était essentiel que le service public d'éducation puisse répondre à ces attentes (ce ne sera totalement possible qu'à moyen terme et dans le cadre d'une collaboration étroite avec les conseils généraux et régionaux, qui ont compétence en matière de construction, d'aménagement et de fonctionnement des établissements).

C'est pourquoi, dès septembre 2000, **un plan de développement de l'internat scolaire public** est lancé. Objectif : faire en sorte, que d'ici à 2005, il y ait **au moins un internat en collège, en lycée et en lycée professionnel dans chaque département.**

Outre le dialogue engagé avec les collectivités locales en matière d'offre de locaux, ce plan se traduit par un certain nombre de mesures visant à diversifier les modes de scolarisation et à élargir les voies de la réussite :

— la nomination, dans chaque département, de **correspondants « internat »** dont l'action est coordonnée par un responsable académique ;

— l'édition, fin 2001, d'**un annuaire des internats** recensant l'ensemble des établissements disposant d'un internat. Cet annuaire est en ligne sur le site du ministère depuis septembre 2001 ;

— l'attribution, à compter de la rentrée 2001, d'**une aide financière complémentaire** aux familles de tous les élèves boursiers, internes en collège, lycée professionnel et lycée d'enseignement général et technologique. Cette prime à l'internat de 231 euros annuels (1 515 F) correspond approximativement au montant des frais d'hébergement. Elle vient en déduction de la facture trimestrielle présentée aux familles. Celles-ci n'ont pas de dossier spécifique à remplir : la qualité de l'élève, à la fois boursier et interne, déclenche automatiquement l'attribution de cette prime ;

— la création d'**un fonds national pour le développement de l'internat scolaire public**. Il doit permettre au ministère de l'éducation nationale et à d'autres ministères de participer, pour partie, aux côtés des collectivités locales, à la réhabilitation d'internats existants et à la construction de nouveaux établissements dotés d'internats adaptés ;

— l'organisation de **sessions de formation** spécifiques pour les personnels exerçant en internat (un séminaire national a lieu en octobre 2001 et des sessions inter-académiques se déroulent dans le courant de l'année scolaire 2001-2002) ;

— la signature d'un **protocole** entre la Caisse des dépôts et consignations et le ministère de l'éducation nationale, le 19 décembre 2000. La Caisse des dépôts et consignations participe ainsi à la relance de l'internat scolaire public au titre de sa mission d'appui au développement local, à la politique de la ville et au développement rural ;

— par ailleurs, une somme de **4,57 millions d'euros** est inscrite au budget 2002 pour apporter un éventuel soutien financier aux projets académiques de réhabilitation ou de création d'internat dans les collèges de départements déficitaires.

Il convient de souligner **l'intérêt particulier du travail des aides-éducateurs dans le cadre de l'internat**. Ils jouent un rôle déterminant dans l'accompagnement scolaire des élèves, pour l'accès aux bibliothèques ou l'utilisation des outils informatiques. Ils assistent aussi les personnels spécialisés, au premier rang desquels les conseillers principaux d'éducation et les assistantes sociales scolaires, en termes d'écoute et de dialogue.

Références réglementaires

— Circulaire n° 2002-097 du 24 avril 2002, intitulée « Un internat pour la réussite de l'élève » — *Bulletin officiel* n° 18 du 2 mai 2002.

— Décret n° 2001-1137 du 28 novembre 2001 et circulaire n° 2001-258 du 6 décembre 2001, concernant les modalités d'attribution d'une prime à l'internat aux élèves boursiers — *Bulletin officiel* n° 46 du 13 décembre 2001.

— Circulaire n° 2000-112 du 31 juillet 2000, relative au plan de relance de l'internat scolaire public — *Bulletin officiel* n° 30 du 31 août 2000.

Référence documentaire

Rapport « Une nouvelle actualité pour l'internat scolaire ? », Marie-Françoise Perol-Dumont, novembre 2001.

VIII

LES AIDES-ÉDUCATEURS

Dans le cadre du dispositif emplois jeunes, qui a bénéficié, depuis sa création en 1997, à plus de 300 000 personnes, **70 000 postes d'aides-éduca-**

teurs ont été créés par le ministère de l'éducation nationale. Le ministère a même anticipé la promulgation de la loi, recrutant les premiers aides-éducateurs afin de synchroniser le mieux possible leur arrivée avec celles des élèves à la rentrée 1997.

La priorité a été donnée, pour les premières vagues d'aides-éducateurs, aux écoles et aux collèges ayant les besoins les plus urgents, c'est-à-dire ceux classés en zone d'éducation prioritaire ou situés dans un environnement sensible ou rural.

Une fois les dotations réparties entre les académies, ce sont les responsables locaux qui ont pris en main le dispositif. En effet, les projets d'implantation d'aides-éducateurs ont été définis par les équipes pédagogiques, parfois en collaboration avec les collectivités locales ou des associations. Sur cette base, les services académiques ont alors procédé à des arbitrages en fonction de la qualité des projets présentés.

Un plan de pérennisation

Élisabeth Guigou, ministre de l'emploi et de la solidarité, présente, le 6 juin 2001, le plan de pérennisation des emplois jeunes, en présence de Jack Lang, ministre de l'éducation nationale, Daniel Vaillant, ministre de l'intérieur, Claude Bartolone, ministre délégué à la ville, Guy Hascoët, secrétaire d'État à l'économie solidaire, et Michelle Demessine, secrétaire d'État au tourisme.

Le gouvernement décide de maintenir intégralement les 70 000 contrats d'aides-éducateurs créés depuis 1997 au sein de l'éducation nationale. Ainsi les fonctions d'aides-éducateurs sont confortées sous la forme de contrat à durée déterminée de droit privé de cinq ans. De plus, les contrats d'une durée inférieure à cinq ans sont prolongés pour être portés à cinq ans (16 000 aides-éducateurs sont concernés par cette mesure).

Enfin, **les aides-éducateurs recrutés avant le 30 juin 1998 peuvent rester dans leur poste jusqu'au 30 juin 2003.**

Des actions pour favoriser l'insertion professionnelle des aides-éducateurs

Les aides-éducateurs n'ayant pas vocation à rester dans cette fonction, la professionnalisation de ces derniers vers le secteur privé ou la fonction publique est l'objectif prioritaire assigné par l'éducation nationale :

— Des plates-formes académiques ou départementales de professionnalisation et d'insertion, appuyées principalement sur les centres académiques de formation continue (CAFOC) ou sur des universités, sont créées. Ces structures, qui viennent renforcer les cellules académiques emplois jeunes dans leur action, se chargent notamment de la mise en place de parcours personnalisés de professionnalisation pour chaque aide-éducateur : formations, bilans de compétences, entretiens individualisés, périodes de formation en entreprise

— Un projet professionnel est établi pour chacun ainsi qu'une formation adaptée permettant de le réaliser. Ces formations diplômantes sont destinées en priorité à ceux qui ont été recrutés au niveau du baccalauréat en 1999, 2000 et 2001.

— Les universités et leurs IUT, les groupements d'établissements (GRETA) pour les BTS, proposent des formations à bac + 2, en liaison avec le CNED et les centres de télé-enseignement universitaires. La validation des acquis de l'expérience trouve naturellement sa place dans ce dispositif.

— Un volume horaire de 1 000 heures au minimum doit être consacré à la mise en œuvre du projet professionnel sur la durée du contrat de 60 mois. La durée de formation est doublée lors des deux dernières années, passant de 200 à 300 voire 400 heures par an en fonction du projet préparé.

— Les aides-éducateurs bénéficient du droit à la validation des acquis de l'expérience introduit par la loi de modernisation sociale du 17 janvier 2002 (toute personne engagée dans la vie active peut faire valider les acquis de son expérience en vue de l'acquisition de tout ou partie d'un diplôme, d'un titre à finalité professionnelle ou d'un certificat de qualification).

— Pour accéder à un emploi, les aides-éducateurs peuvent s'appuyer sur les 50 000 perspectives d'embauche au titre des 25 conventions nationales signées avec des branches professionnelles, des entreprises et des ministères, ainsi que sur les 120 accords locaux d'embauche mis en œuvre grâce à la forte mobilisation des recteurs.

Des accords et des conventions pour l'embauche d'aides-éducateurs :

Une première vague de convention entre le ministère de l'éducation nationale, des branches professionnelles et des entreprises permet l'embauche d'aides-éducateurs, planifiée sur 3 à 5 ans. Ces accords concernent notamment la Police nationale (8 000 embauches), la Fédération française du bâtiment (5 000), European Link (1 500), Air France (1 000), Accor (1 000), ou encore la Fédération nationale des travaux publics (500).

Le 13 décembre 2000, onze nouvelles conventions sont conclues. Elles portent sur **30 340 perspectives d'embauches** étalées sur un délai de 2 à 5 ans :

— Union des industries métallurgiques et

minières : 25 000 opportunités d'insertion professionnelle sur 5 ans ;

— Promotrans : 1 330 sur 3 ans ;
— SNCF : 1 600 sur 2 ans ;
— Schneider-électric : 200 sur 3 ans ;
— Suez-Lyonnaise : 600 sur 3 ans ;
— Les Mousquetaires : 600 sur 3 ans ;
— Picard :150 sur 3 ans ;
— Matis : 100 sur 3 ans ;
— Widil : 60 sur 3 ans ;
— Déclics : 100 sur 3 ans ;
— France initiative réseau : 600 sur 3 ans.

Par ailleurs, une convention avec le CNAM permet de valider une partie des activités professionnelles des aides-éducateurs par l'attribution de certificats professionnels. Enfin, une convention avec la FOEVEN a pour objet de tester un dispositif de suivi personnalisé à l'intention des aides-éducateurs les plus éloignés d'une insertion professionnelle réussie.

Ouverture de concours de recrutement de troisième voie

Afin d'offrir une possibilité supplémentaire d'insertion professionnelle aux aides-éducateurs, le ministère de l'éducation nationale organise, depuis l'année scolaire 2001-2002, des concours de troisième voie. Ainsi, les aides-éducateurs peuvent se présenter aux concours de la fonction publique territoriale et d'État, notamment à ceux conduisant aux fonctions d'enseignement, d'éducation ou d'administration, soit par concours externes, soit grâce à ces concours de troisième voie.

Les aides-éducateurs qui justifient au 1er septembre 2002 de 4 années d'activités professionnelles dans le domaine de l'éducation ou de la formation peuvent s'y

présenter. Pour les corps enseignants et d'éducation un diplôme bac + 2 est exigé. Ces concours de troisième voie tiennent compte de la validation des acquis de l'expérience pour les aides-éducateurs disposant de plus de 3 ans d'expérience.
800 postes sont offerts au concours de recrutement de professeur des écoles, 800 postes au concours de recrutement de professeurs certifiés, de professeurs de lycée professionnel et de conseillers principaux d'éducation, 30 postes au concours d'attachés d'administration scolaire et universitaires.
Ces « troisièmes concours », ouverts aux personnes titulaires d'un contrat de droit privé, sont annoncés dans le Journal officiel *n° 77 du 31 mars 2002.*

Trois études sur les aides-éducateurs : une légitimité reconnue

Les aides-éducateurs ont contribué à transformer le système éducatif et le fonctionnement des écoles, collèges et lycées s'en est trouvé amélioré. Ils ont conquis leur légitimité et sont désormais indispensables à la communauté éducative, mais aussi aux élèves et à leurs familles.

Dès les premiers mois, les aides-éducateurs ont trouvé leur place — parce qu'**ils ont répondu à des besoins encore en suspens** dans les établissements, d'abord, mais aussi parce qu'**ils ont fait émerger des activités nouvelles** qui ont amélioré le fonctionnement de notre système éducatif.

Ce qui caractérise l'activité des aides-éducateurs, c'est **la polyvalence de leurs tâches** : chacun d'entre eux exerce en moyenne deux ou trois missions. Les plus fréquentes sont l'assistance pédagogique, le soutien scolaire, les nouvelles technologies, la documentation, l'aide à la lutte contre la violence, la médiation avec les familles et l'aide à l'intégration des élèves handicapés...

L'importance de ces activités et l'efficacité avec laquelle ils les exercent expliquent l'attachement des équipes de direction, des enseignants, des parents et des élus à leur maintien. Ces jeunes ont transformé la vie dans les établissements.

Dès juillet 2000, le Centre d'études et de recherches sur les qualifications (CEREQ) indique dans un rapport intitulé « Professionnalisation et devenir des aides-éducateurs » que **les aides-éducateurs exercent des activités qui correspondent à de réels besoins** :

« *Ils prennent une part active à la vie des établissements scolaires, concourent à leur mission pédagogique, contribuent à détendre l'atmosphère qui y règne et participent au processus de socialisation des élèves.* »

Cette première analyse est confirmée par trois rapports d'études rendus publics en avril 2002. Deux d'entre eux sont des travaux universitaires émanant, d'une part du Centre de recherche en éducation de l'université Jean-Monnet de Saint-Étienne, d'autre part du Centre de recherche en éducation-formation-insertion de l'université de Toulouse 2-Le Mirail. La troisième étude a été effectuée par la direction de la programmation et du développement du ministère de l'éducation nationale.

Il ressort de ces trois études que les aides-éducateurs, considérés comme « proches des élèves, polyvalents, utiles, indispensables », ont su démontrer, en quatre ans, le bien-fondé de leur existence.

UN MEILLEUR RAPPORT AU SAVOIR

Selon l'étude réalisée par les chercheurs de l'université du Mirail à Toulouse, les enseignants estiment que les élèves font confiance aux aides-éducateurs du fait de leur statut particulier qui favorise un type de relation éducative complémentaire de celui de l'enseignant.

Les enseignants considèrent également que les aides-éducateurs aident les élèves à **développer un meilleur « rapport au savoir »**. Ils reconnaissent ainsi que les aides-éducateurs peuvent avoir une influence sur les apprentissages, mais de façon inégale selon les établissements, les enseignants des collèges appuyant plus fortement cette affirmation que ceux des lycées.

UNE POLYVALENCE PARTICULIÈREMENT APPRÉCIÉE

Dans le rapport effectué par le centre de recherche en éducation de l'université Jean-Monnet de Saint-Étienne, on note que les aides-éducateurs contribuent à réactiver des activités (foyer) ou à remettre en route des équipements (bibliothèque, audiovisuel) dont plus personne ne s'occupait. Ils permettent également de créer des services nouveaux, notamment dans le secteur informatique (appui aux enseignants et à l'administration, club informatique pour les élèves, soutien scolaire assisté par ordinateur...).

Par ailleurs, en apportant une aide directe aux enseignants dans le travail en classe, ou dans des activités extérieures à la classe — sorties culturelles, excursions pédagogiques —, les aides-éducateurs contribuent à une transformation des pratiques enseignantes.

Les tâches confiées aux aides-éducateurs se caractérisent par leur extrême diversité : soutien aux élèves, aide à l'enseignant en classe, surveillance, animation d'ateliers informatiques, remplacement impromptu d'un enseignant, prise en charge d'un élève renvoyé de classe, « coup de main » à l'administration... Selon cette enquête, c'est cette polyvalence, que l'on ne retrouve pour aucune autre catégorie au sein du système éducatif, qui fait dire aux chefs d'établissements et aux enseignants enquêtés : « On ne peut plus se passer des aides-éducateurs. »

DES EFFETS POSITIFS SUR LE CLIMAT GÉNÉRAL DE L'ÉTABLISSEMENT

L'étude de la direction de la programmation et du développement note que les enseignants qui travaillent avec des aides-éducateurs, et plus encore les directeurs d'écoles et les principaux de collège, rendent compte de façon positive des changements intervenus au sein des établissements du fait de la présence d'aides-éducateurs. En effet, ceux-ci ont su s'adapter aux divers contextes, apporter des compétences spécifiques et aider les enseignants. L'influence la plus heureuse de la présence des aides-éducateurs concerne **l'ambiance de travail** à l'école et **la vie scolaire** hors du temps de classe au collège. Leur présence retentit favorablement sur les relations entre les enseignants et élèves et les élèves entre eux. Les enseignants soulignent notamment l'amélioration de la surveillance aux entrées et une meilleure résolution des conflits. S'ils permettent de **faire mieux respecter les règles de vie** au sein de l'école ou du collège, les aides-éducateurs sont également à l'origine du sentiment qu'éprouvent les élèves d'être mieux écoutés.

Les acteurs de la communauté scolaire apprécient particulièrement leurs activités dans le domaine des technologies de l'information et de la communication, de la documentation et du soutien scolaire. Ils contribuent aussi, surtout à l'école, à diversifier quelque peu les pratiques des enseignants.

Références documentaires

— « Les aides-éducateurs, de nouveaux acteurs dans le contexte éducatif », étude réalisée par le Centre de recherche en éducation-formation-insertion — groupe des pratiques enseignantes — de l'université de Toulouse 2-Le Mirail.

— « Auxiliaires d'école, les établissements scolaires et les aides-éducateurs », étude réalisée par le Centre de recherche en éducation de l'université Jean-Monnet de Saint-Étienne.

— « La perception des aides-éducateurs par des acteurs d'équipes éducatives des premier et second degrés », note d'information n° 02-15 de la direction de la programmation et du développement du ministère de l'éducation nationale, avril 2002.

Références législatives et réglementaires

— Accords-cadres du 23-11-2001 entre le ministère de l'éducation nationale et Schneider Electric Industries S.A., le groupe Sodexho et convention générale de coopération du 23-11-2001 avec la Confédération française du commerce de gros et du commerce international — *Bulletin officiel* spécial n° 11 du 2 mai 2002.

— Décret n° 2002-795 du 3 mai 2002 relatif au congé

pour validation des acquis de l'expérience — *Journal officiel* du 5 mai 2002.

— Décret n° 2002-615 du 26 avril 2002 relatif à la délivrance d'une certification professionnelle — *Journal officiel* du 28 avril 2002.

— Circulaire n° 2002-084 du 17 avril 2002 relative aux modalités de gestion des emplois jeunes des EPLE et des écoles de l'enseignement public — *Bulletin officiel spécial* n° 9 du 25 avril 2002.

— Décret n° 2002-590 du 24 avril 2002 relatif à la validation des acquis de l'expérience par les établissements d'enseignement supérieur — *Journal officiel* du 26 avril 2002.

— Loi de modernisation sociale n° 2002-73 votée le 17 janvier 2002.

— Conventions générales de partenariat — *Bulletin officiel spécial* n° 5 du 15 mars 2001.

— Circulaire n° 2000-100 du 29 juin 2000, précisant, sous forme de fiches techniques, les modalités pratiques d'aménagement du temps de travail et du temps de formation des aides-éducateurs — *Bulletin officiel* n° 26 du 6 juillet 2000.

— Circulaire n° 2000-139 du 4 septembre 2000 relative au conseil académique des aides-éducateurs (composition et fonctionnement, modalités de désignation et d'élection de leurs membres — *Bulletin officiel* n° 31 du 7 septembre 2000).

— Décret n° 2000-723 du 28 juillet 2000 relatif à la création des conseils académiques des aides-éducateurs — *Bulletin officiel* n° 31 du 7 septembre 2000.

— Circulaire n° 2000-099 du 29 juin 2000 — Exercice des droits syndicaux pour les emplois jeunes dans les EPLE et les écoles de l'enseignement public — *Bulletin officiel* n° 26 du 6 juillet 2000.

— Circulaire n° 2000-100 du 29 juin 2000 relative à la formation et à la professionalisation des aides-éducateurs recrutés par les EPLE — *Bulletin officiel* n° 26 du 6 juillet 2000.

— Mémento juridique relatif à l'emploi d'aides-éducateurs salariés dans les EPLE et dans les écoles de l'enseignement public — *Bulletin officiel spécial* n° 8 du 3 septembre 1998.

IX

LA CAMPAGNE NATIONALE SUR LE RESPECT

Valoriser le respect mutuel, le respect de l'école, le respect du droit d'apprendre, le respect de la loi et des règles et, au-delà, le respect dans la vie de la cité ; promouvoir l'entraide, la solidarité, l'écoute des autres, l'acceptation des différences et la tolérance ; mobiliser les jeunes, les enseignants et les parents autour de la notion de respect et susciter la réflexion et le dialogue dans chaque établissement scolaire ... Tels sont les objectifs de **la campagne « Le respect, ça change l'école »**, lancée par le ministre de l'éducation nationale en 2001, proposée par Catherine Lawless et poursuivie début 2002, avec le concours de personnalités comme Daniel Pennac.

Cette campagne, de par sa **tonalité positive, offensive et constructive**, avait pour objet de réhabiliter la notion de respect, passage obligé pour lutter contre la violence et restaurer l'autorité nécessaire à la qualité de l'enseignement.

Les campagnes d'affichage, les spots télévisés et des flashes radiophoniques — réalisés à partir des quatre scénarios lauréats du concours « Contre la violence au lycée, pour une école du respect » initié par le Conseil national de la vie lycéenne — invitaient à l'écoute et à la tolérance en réponse à la violence et aux incivilités.

Cette campagne nationale, qui a permis de rappeler que les comportements respectueux doivent être la règle à l'école, a remporté **un haut niveau d'adhésion** : 64 % des Français l'ont vue et, parmi eux, 86 % l'ont appréciée. Sous l'influence de la campagne, les deux tiers des parents d'élèves ont discuté avec leurs enfants de la notion de respect à l'école et un sur deux a eu l'occasion d'en parler avec des enseignants. Elle a en outre généré des discussions entre enseignants et élèves et permis d'engager des actions au sein de la classe.

Des initiatives dans le prolongement de la campagne « Respect » :

• Le concours « Et pour votre classe, c'est quoi le respect ? » invite les élèves à répondre à cette question (plus de 1 000 messages ont été envoyés).

• **Le concours de nouvelles sur le thème du respect** incite les lycéens à rédiger un texte sur le sujet. Les meilleures nouvelles sont sélectionnées en février 2002, avec une remise des prix au Salon du livre de Paris, en mars 2002.

• **Le concours de scénarios « Contre la violence au lycée, pour une école du respect »** est lancé à l'initiative des lycéens élus au Conseil national de la vie lycéenne (CNVL). Il s'agit de réaliser un message positif de mobilisation et d'action, de 35 secondes au maximum, pour la radio ou la télévision. Courant janvier 2002, 120 scénarios ont été envoyés.

• Le magazine *Okapi*, l'ARPEJ (Association régions presse enseignement jeunesse) et l'UNICEF s'associent à la campagne « Le respect, ça change l'école » en invitant les collégiens mobilisés dans l'opération « Ruban vert » à rédiger **une charte « Ruban vert » pour le respect à l'école et contre toute forme de violence et d'agression**. 150 collèges participent à cette opération qui débouche sur une charte nationale pour le respect à l'école.

• Le Vade-mecum pour gérer les situations de crise

Destiné aux chefs d'établissements et aux directeurs d'écoles, le Vade-mecum pour gérer les situations de crise rassemble **les instructions existantes, des conseils pratiques et des témoignages**. Ce guide pratique doit susciter les réflexes indispensables au traitement approprié d'une situation de crise. Il est aussi un outil de réflexion et de dialogue au sein de l'établissement, de la circonscription ou de l'école afin de mobiliser les équipes au moment opportun et de les préparer à réagir convenablement.

Des directeurs d'écoles et des chefs d'établissements confrontés à des situations difficiles font part de leur expérience et présentent la façon dont ils les ont gérées. Agression à l'encontre du personnel ou de l'institution, agression sexuelle, agression physique entre parents, atteinte aux locaux... sont quelques-uns des thèmes abordés dans ce document.

• Le *Manuel lycéen contre la violence*

Parce que la lutte contre la violence à l'école est l'affaire de tous, les correspondants lycéens d'Île-de-France contre la violence conçoivent un *Manuel lycéen contre la violence*. Ce guide pratique destiné à prévenir et endiguer toute forme de violence est le premier du genre réalisé par des jeunes pour des jeunes.

Ce manuel est conçu autour de trois idées forces : **la violence n'est pas une fatalité, le silence doit être systématiquement évité et la vigilance de tous encouragée**. Il est distribué, en janvier 2002, à tous les lycéens de la région par le conseil régional, et donne lieu à des débats dans chaque établissement.

• **le *Manifeste contre la violence à l'école***

Les élèves de 6e du collège Henri-Matisse de Choisy-le-Roi réalisent un *Manifeste contre la violence à l'école* qui est diffusé dans tous les collèges. Les élèves peuvent y souscrire individuellement et participer à un concours national de travaux individuels ou collectifs sur le thème de la lutte contre la violence organisé avec le soutien des ministères de l'éducation nationale, de l'intérieur et de la jeunesse et des sports.

CHAPITRE V

Une école orientée vers le futur

A

Une attention accrue portée aux personnels

Au 31 janvier 2001, le ministère de l'éducation nationale rémunère, pour le secteur public, **1,16 million de personnes** dans les domaines de l'enseignement scolaire, de la formation initiale et continue et de l'enseignement supérieur (non compris les personnels de la jeunesse et des sports, les personnels de la recherche et les 65 000 aides-éducateurs).

Les 849 600 enseignants représentent 74 % de cet effectif. Les 26 % restants, soit 306 150 personnes, sont des personnels administratifs, techniques, d'éducation, d'encadrement et de surveillance.

Parmi les enseignants, 50 % exercent dans un établissement du second degré, 37 % dans le premier degré, 9 % dans le supérieur et 4 % dans les établissements de formation (IUFM, écoles normales supérieures, École nationale supérieure des sciences de l'information et des bibliothèques, École nationale des chartes).

2 personnes sur 3 sont des femmes et moins de 9 % étaient des agents non titulaires.

Quant à l'âge moyen des personnels, il est proche de 42 ans.

Les personnels de l'éducation nationale et de l'enseignement supérieur (hors personnels de la recherche) — France métropolitaine + DOM — Public — au 31 janvier 2001

2002	*Effectifs*	*Âge moyen*	*Part des femmes*
Enseignants dans le premier degré	317 293	41,1	78,4 %
Enseignants dans le second degré et la formation continue	428 925	42,9	56,7 %
Enseignants dans le supérieur	74 094	45,1	33,9 %
Enseignants dans les établissements de formation[1]	42 295	29,1	66,3 %
Personnels administratifs, technique, d'éducation, d'encadrement et de surveillance	309 535	40,8	65,3 %
TOTAL	1 172 142	41,5	63,8 %

1. Enseignants et élèves stagiaires.
Source : Note d'information du ministère de l'éducation nationale, mai 2002.

Les personnels ATOSS

Au 1er février 2002, on dénombre 193 088 personnels administratifs, techniques, ouvriers, sociaux et de santé (ATOSS) en activité dans les académies de France métropolitaine et d'outre-mer (hors administration centrale).
Ils se répartissent principalement dans les filières « ouvrière et technique » (52,5 %) et « administrative »

(34,4 %). Ils exercent le plus souvent dans les établissements du second degré (72,6 %) mais sont également présents dans les services académiques (13,3 %) et les établissements d'enseignement supérieur (9,3 %). C'est une population très féminisée (70,9 %) et majoritairement de catégorie C (71,9 %).
Source : Note d'information du ministère de l'éducation nationale, mai 2003.

I

LA RÉNOVATION DE LA FORMATION DES ENSEIGNANTS

Si la formation des enseignants constitue l'axe central de la politique ministérielle, c'est pour répondre à une urgence : **le renouvellement de la moitié du corps enseignant au cours des dix prochaines années.** Le défi est historique en termes quantitatifs. Il représente également un enjeu social et culturel majeur. En effet, l'avenir du système éducatif dépend en grande partie de la qualité de la formation des futurs enseignants recrutés et de leur aptitude à transmettre des savoirs et à faire face aux évolutions de la société.

Acte d'anticipation, la rénovation de la formation des enseignants vise en premier lieu à préparer l'école de demain.

Il s'agit également de moderniser et de rajeunir l'ensemble du cycle de formation des enseignants, afin de mettre ce système en harmonie avec les autres chantiers engagés : plan de transformation de l'école primaire, rénovation des collèges, réforme des lycées, plan de développement des langues vivantes, mesures en faveur de l'éducation artistique, plan pluriannuel de recrutement...

Bien évidemment, la rénovation de la formation des enseignants n'est ni une fin en soi ni une mesure isolée. Elle s'inscrit dans un projet global de modernisation du paysage éducatif. L'ensemble forme un tout, porté par un même idéal éducatif — une école républicaine de l'exigence et de la réussite pour l'ensemble des enfants de ce pays.

La formation des maîtres constitue **un levier d'évolution de notre société**, que nous voulons plus juste, plus solidaire, plus généreuse. Face à un monde qui évolue sans cesse, face à la mutation des publics scolaires devenus plus hétérogènes et plus difficiles, face aux nouvelles attentes des familles, il convient, plus encore que par le passé, d'aider les enseignants à porter chaque enfant, chaque adolescent au plus haut niveau possible, à combattre la fatalité sociologique, à susciter chez tous le goût du savoir et de la culture, à apprendre aux jeunes qui leur sont confiés à travailler ensemble dans la sérénité.

Il faut que les professeurs puissent, non seulement transmettre le savoir, mais aussi former des élèves capables à la fois de comprendre et de faire évoluer le monde, d'accéder à l'information de manière critique, de communiquer entre eux et avec les autres non par la violence mais par le dialogue. Par ailleurs, les connaissances évoluent, les techniques progressent et l'arrivée en force des technologies de l'information et de la communication modifie les savoirs, l'accès aux savoirs et renouvelle la donne pédagogique. Le métier d'enseignant s'inscrit dans cet environnement en profonde mutation. Pour affronter ces évolutions, il doit se transformer et évoluer en permanence.

Telles sont les raisons qui conduisent à **rénover la formation des enseignants**. Réforme qui entre en application à partir de la rentrée 2002 dans les instituts universitaires de formation des maîtres (IUFM).

Références documentaires

— Rapport sur « La formation initiale des professeurs et des conseillers principaux d'éducation en deuxième année d'IUFM », Michel Bornancin, janvier 2001.

— Rapport sur « La nouvelle définition des tâches des enseignants et des enseignants-chercheurs dans l'enseignement supérieur français », Éric Espéret, juillet 2001.

— Rapport « Enseigner, un métier pour demain », Jean-Pierre Obin, mars 2002.

— Rapport « Enseigner en école, un métier pour demain », Yves Bottin, mars 2002.

— « Réflexions sur la formation des formateurs en IUFM », Pierre Caspar, avril 2002.

LES CHANGEMENTS À LA RENTRÉE 2002 POUR LES FUTURS ENSEIGNANTS

Le plan de rénovation de la formation des enseignants présenté en février 2001 — et préparé par les travaux de la commission Brihault-Cornu et ceux de la commission animée par Michel Bornancin —, puis les travaux conduits ensuite — notamment ceux de la commission Meirieu sur le cahier des charges de la deuxième année d'IUFM — ont permis l'élaboration de mesures applicables, pour la plupart d'entre elles, dès la rentrée 2002.

Ce plan réorganise en profondeur la formation initiale et instaure un accompagnement spécifique des enseignants entrant dans le métier. Il s'agit à la fois d'accroître le niveau de formation universitaire exigible pour enseigner et de renforcer le caractère pratique et concret de la formation. Cette double exigence est indispensable pour faire face aux défis de l'école dans une société en mutation.

La rénovation de la formation des enseignants répond à trois objectifs : améliorer l'égalité des candidats face aux concours ; accroître la formation intellectuelle et disciplinaire des futurs enseignants ; mieux les préparer à l'exercice du métier et mieux les accompagner pendant les deux premières années de titularisation.

En parallèle, des mesures spécifiques sont mises en œuvre en vue de **redynamiser la formation continue.** L'enseignant doit pouvoir développer ses compétences disciplinaires et accéder à des diplômes universitaires validant les compétences acquises et, s'il le souhaite, s'ouvrir à d'autres domaines, soit pour élargir son horizon, soit pour préparer une mobilité.

UNE PLUS GRANDE ÉGALITÉ DES CHANCES

Les mesures engagées correspondent à un souci de plus grande égalité des chances devant les concours, notamment celui de professeur des écoles, et à la nécessité de remédier au caractère parfois aléatoire de la sélection à l'IUFM et du concours de professeur des écoles.

Adoption de trois mesures :

— Depuis 2002, les candidats au concours de professeur des écoles disposent de **deux chances.** Ils peuvent se présenter, d'une part, aux concours organisés en Île-de-France, d'autre part, aux concours organisés en province. Ceux-ci se déroulent à une date différente.

— Afin d'améliorer la transparence et l'égalité des chances, **le programme du concours de professeur des écoles est désormais national** : chaque candidat, où qu'il se présente, quel que soit son mode de préparation, connaît et le programme et le type d'épreuves auxquels il doit se préparer. Cette clarification évite les disparités de traitement qui subsistaient dans le maquis des programmes et des types d'épreuves, entre ceux qui étaient bien informés et ceux qui l'étaient moins, entre ceux qui avaient été retenus par l'IUFM et ceux qui ne l'avaient pas été.

— Toujours dans un souci de rééquilibrage entre ceux qui préparent le concours à l'IUFM et ceux qui le préparent à l'université, il était prévu d'avancer en décembre **la date des épreuves écrites du concours de professeur des écoles** à partir de la session 2003-2004. Cette mesure, qui a été rapportée par le ministre suivant, garantissait une véritable égalité des chances en supprimant le principe d'une sélection parfois aléatoire avant le concours. Elle favorisait une formation commune entre IUFM et universités, aux épreuves écrites du concours auxquelles pouvaient se présenter tous ceux qui le souhaitaient **en bénéficiant de la même préparation**. Non seulement elle instaurait une véritable égalité des chances pour tous (élément de justice sociale), mais elle permettait aussi d'accroître le caractère « professionnalisant » de la formation : tous les futurs professeurs des écoles pouvaient entrer à l'IUFM dès le mois de janvier de leur première année de formation, alors que, jusqu'ici, près de la moitié d'entre eux ne bénéficiaient de la formation en IUFM qu'en deuxième année, ayant passé le concours hors IUFM.

UNE FORMATION DISCIPLINAIRE RENFORCÉE

— Une fois entrés à l'IUFM, les futurs enseignants bénéficient d'une formation disciplinaire renforcée qui se traduit par une meilleure ouverture vers d'autres disciplines que leur spécialité et un approfondissement de leur culture générale dans leur propre champ de compétences. C'est ainsi que les universités ont d'ores et déjà mis en place des formations complémentaires et ont multiplié les DEUG et les licences bi- ou pluridisciplinaires.

— **Les professeurs des écoles** sont désormais mieux formés à **l'apprentissage du français**. Un volume de 100 heures, soit près du quart du volume horaire des enseignements de deuxième année, est consacré à cette formation. Il s'agit naturellement d'amener les élèves à une bonne maîtrise de la langue (qui constitue la base de tous les autres apprentissages), mais aussi de leur apprendre à lire des œuvres, puisque cette dimension littéraire figure explicitement dans les nouveaux programmes de l'école primaire.

— À l'heure de l'Europe, tout écolier doit être initié à l'apprentissage précoce d'une langue vivante et les professeurs des écoles doivent être aptes à prendre en charge cet enseignement (qui est désormais une discipline à part entière de l'école primaire). Pour y parvenir, la formation des maîtres dans le domaine de **l'enseignement des langues vivantes étrangères** est privilégiée. Depuis 2001, des formations à dominante langues vivantes sont proposées aux futurs professeurs des écoles, et le dispositif visant à généraliser l'introduction du certificat de compétences en langues de l'enseignement supérieur (voir p. 237) se met en place progressivement.

— Tout candidat à la fonction de professeur des écoles devra obtenir, avant sa titularisation, **un certificat de compétences en informatique** (voir p. 236), mis en place dans l'université.

— L'introduction d'**une dominante de formation, en langues vivantes, en arts et culture, en éducation physique et sportive**, ouvre aux maîtres une porte vers un approfondissement qui peut leur apporter un enrichissement personnel à mettre au service des élèves. En outre, des disciplines parfois peu valorisées dans le cursus actuel du futur professeur des écoles prennent désormais toute leur place : il s'agit là d'un moyen de renforcer la polyvalence du maître, qui peut ainsi faire profiter de cette compétence particulière l'ensemble de l'équipe pédagogique.

De nombreuses dominantes sont déjà en place dans les IUFM sans pour autant remettre en cause le principe fondamental de la polyvalence du professeur des écoles.

Cette dominante est conçue de façon que les enseignants puissent, dans le cadre de la formation continue, poursuivre leur formation dans le domaine de la dominante choisie (ou d'une autre).

— Le stage des professeurs des écoles passe de 8 à 9 semaines et un stage complémentaire en collège a été introduit.

Les futurs professeurs du second degré sont désormais formés, en seconde année d'IUFM, à l'histoire et à l'épistémologie des disciplines. En outre, des formations expérimentales sont introduites. Elles mènent à des certifications supplémentaires, en liaison avec les universités (français langue seconde ; arts, en dehors des arts plastiques, de l'éducation musicale et des arts appliqués ; enseignement en langue étrangère des disciplines non linguistiques). L'objectif de ce dispositif est de constituer un vivier de compétences pour répondre aux besoins spécifiques, qu'il s'agisse des sections européennes, de l'accueil des élèves nouvellement arrivés en France ou des classes à projet artistique et culturel...

UNE MEILLEURE PROFESSIONNALISATION DES FORMATIONS

Un autre objectif est de professionnaliser davantage les formations. Pour ce faire, les universités proposent aux étudiants de licence souhaitant préparer un concours de l'enseignement un **court stage** en école ou en collège. La deuxième année de formation est, quant à elle, centrée sur **la découverte du monde scolaire et du métier d'enseignant** dans sa diversité. Elle alterne stages en établissement et temps de formation à l'IUFM. Ainsi, cette deuxième année permet tout à la fois de prendre en compte la réalité de l'enseignement en classe, de mieux l'articuler avec la formation reçue à l'IUFM, de préparer les futurs enseignants à leurs premiers pas dans le métier et de leur donner des bases solides pour leur carrière à venir.

Durant **la deuxième année de formation**, les stagiaires doivent devenir des spécialistes des apprentissages scolaires, ce qui implique un approfondissement disciplinaire et une acquisition de compétences en didactique. À noter, certains passages obligés comme la langue française, les langues vivantes, la formation du citoyen, le multimédia ou encore l'initiation au travail en équipe, aux nouvelles approches interdisciplinaires (itinéraires de découverte, travaux personnels encadrés...), aux relations avec les parents...

La finalité de cette deuxième année est aussi de confronter les futurs enseignants aux réalités du métier. Dans cette optique, les IUFM renforcent la formation sur trois points : la gestion des problèmes de violence et d'incivilités ; l'accueil des élèves en difficulté et la sensibilisation aux méthodes d'adaptation et d'intégration scolaires ; et enfin la prise en charge de publics hétérogènes.

L'intervention des formateurs de terrain est favorisée : instituteurs et professeurs maîtres formateurs voient leur place accrue dans la formation des stagiaires.

Enfin, **des formateurs en service partagé** en double affectation sont nommés en IUFM (on en compte 300 dès la rentrée 2002). Il est en effet indispensable qu'au noyau de formateurs permanents soient associés des formateurs en service partagé, à double affectation, qui exercent, pour moitié en école ou collège ou lycée ou au lycée professionnel et pour moitié à l'IUFM : leur expérience concrète du terrain est d'une grande utilité pour les professeurs stagiaires. C'est là un élément fondamental de la réforme.

MIEUX ACCOMPAGNER LES NOUVEAUX ENSEIGNANTS LORS DE L'ENTRÉE DANS LE MÉTIER

L'entrée dans le métier est une phase déterminante de la réussite d'une carrière. Le jeune enseignant débutant doit passer d'un élève « virtuel » à un élève « réel ». Il doit établir des diagnostics, s'intégrer dans un établissement scolaire, participer au projet pédagogique d'école ou d'établissement, prendre conscience des multiples facettes du métier...

Afin d'aider les enseignants débutants au cours de cette période essentielle de leur vie professionnelle, les recteurs élaborent un projet d'accompagnement spécifique garantissant, à terme, à tous les jeunes enseignants, une formation d'une durée minimale de trois semaines la première année d'exercice et de deux semaines la seconde année. **Ce dispositif a été testé, en 2001-2002, dans les trois académies d'Île-de-France avec d'excellents résultats**. Il est progressivement étendu depuis la rentrée 2002 (circulaire 2001-150 du 27 juillet 2001).

Enfin, au niveau de chaque établissement, un « enseignant accompagnateur » (ou une équipe d'enseignants) est désigné afin de venir en aide au débutant. Cet accompagnateur doit constituer une ressource de proximité en cas de besoin.

Les instituts universitaires de formation des maîtres en 2001-2002

À la rentrée 2001, les 31 instituts universitaires de formation des maîtres (IUFM) accueillent 84 221 étudiants et professeurs stagiaires et titulaires en formation de longue durée. 49 225 sont en première année et 34 996 en seconde année.

Après une forte croissance de 1991 à 1993, les effectifs ont augmenté plus modérément en 1994 et 1995 et, à partir de la rentrée 1996, une baisse des effectifs s'est amorcée. Cette baisse s'est réduite en 1999-2000 (– 1 %), pour s'amplifier à nouveau à la rentrée 2000 (– 2 %).

À la rentrée 2001, la tendance s'inverse (+ 5 %) en rai-

son de **l'ouverture de postes supplémentaires aux concours dans le cadre du plan pluriannuel de recrutement.**
Les IUFM assurent également la formation professionnelle de 1 509 professeurs titulaires du premier degré en vue de leur spécialisation (soit 12 % de plus en un an). Ils permettent aussi à 2 644 aides-éducateurs de préparer un concours d'enseignement (soit + 4 % par rapport à la rentrée 2000).

Références réglementaires

— Circulaire n° 2002- 070 du 4 avril 2002, fixant pour la rentrée 2002 les principes et les modalités d'organisation de la deuxième année de formation en IUFM — *Bulletin officiel* n° 15 du 11 avril 2002.

— Circulaire n° 2001-150 du 27 juillet 2001, relative à l'accompagnement de l'entrée dans le métier et à la formation continue des enseignants des premier et second degrés — *Bulletin officiel* n° 32 du 6 septembre 2001.

— Circulaire de juillet 2001 visant à développer, auprès des étudiants de DEUG et de licence, une sensibilisation à l'exercice du métier d'enseignant, une diversification des parcours universitaires (licences bi- ou pluridisciplinaires), une compétence en langues étrangères (CLES).

II

UNE MEILLEURE RECONNAISSANCE DES RESPONSABILITÉS ET DES FONCTIONS DES PERSONNELS

Les réformes entreprises permettent la mise en place progressive d'**une véritable gestion des ressources humaines.**

• **La déconcentration** du mouvement national des enseignants du second degré, initiée par Claude Allègre et renforcée par Jack Lang à travers un dialogue entre l'administration centrale et les académies sur leurs besoins en enseignants, permet d'améliorer considérablement les rentrées scolaires en pourvoyant à la quasi-totalité des postes.

Dans le supérieur, le rôle des présidents d'universités est renforcé dans toute une série de domaines :

— La nouvelle procédure de recrutement des enseignants-chercheurs donne le dernier mot à l'établissement.

— La plupart des actes de gestion individuelle des personnels enseignants-chercheurs et IATOS relèvent désormais de la responsabilité des présidents ou directeurs.

— La déconcentration de la gestion collective des personnels ITARF (ingénieur, technique, administratif, de recherche et de formation) de catégorie C sur les académies permet également une gestion plus proche.

— Grâce à la globalisation des primes décidée en 2001, les établissements se dotent progressivement d'une politique indemnitaire, après concertation en commission paritaire d'établissement (CPE), et peuvent ainsi moduler une fraction des rémunérations des enseignants en encourageant notamment ceux d'entre eux qui s'engagent dans la rénovation pédagogique du 1er cycle, l'animation des campus numériques ou dans la formation tout au long de la vie.

• Des **référentiels de fonctions**, de compétences ou de métiers sont mis en place et **une gestion prévisionnelle et pluriannuelle** est engagée.

— L'ensemble des corps d'encadrement dispose ainsi aujourd'hui de référentiels de fonctions. En outre, les innovations introduites au travers des réformes statutaires (clauses de mobilité, passerelles entre les différents corps d'encadrement...), auxquelles sont venues s'ajouter les procédures d'évaluation sur objectifs, jettent les bases d'une gestion beaucoup plus dynamique de l'encadrement.

— Afin d'améliorer la visibilité sur la politique de recrutement à moyen terme, le plan de programmation de créations d'emplois, pour la période 2001-2003, prévoit la création de 33 600 empois (8 425 dans le premier degré, 14 900 dans le second degré et 2 600 dans le supérieur). Au total, 62 400 nouveaux enseignants dans le premier degré et 88 000 nouveaux enseignants pour le second degré seront recrutés sur la période de 2001-2005.

Dans le supérieur, le plan pluriannuel de recrutement est destiné à la fois à améliorer le potentiel d'enseignement et de recherche des établissements d'enseignement supérieur et à anticiper la hausse continue des départs à la retraite jusqu'en 2010.

Un nouveau statut pour les chefs d'établissements

Les établissements sont porteurs de l'ambition et de la volonté de progrès du système éducatif. Ils sont le lieu où doivent naître et se développer l'innovation et le changement. Dans cette perspective, les chefs d'établissement, qui accomplissent leurs taches avec talent et dévouement, doivent être les moteurs de cette dynamique. Ils jouent un rôle stratégique majeur dans le système éducatif.

C'est pourquoi, face au mal-être exprimé par une partie de ces responsables, et qui se traduisait dans les faits par une diminution des candidatures aux concours de recrutement, une mission de réflexion est engagée sous la conduite du recteur René Blanchet. Son objectif : identifier les raisons de ce malaise et élaborer des propositions adaptées aux nécessités et aux enjeux à venir.

Riche par la diversité de ses tâches et par les responsabilités qu'il met en jeu, le métier de chef d'établissement est complexe et requiert des compétences multiples. Ces personnels ont en charge la direction et l'administration de l'établissement, le dialogue avec les parents d'élèves, les partenaires économiques, sociaux, culturels et sportifs et les autres administrations de l'État.

À ces responsabilités traditionnelles sont venus s'ajouter la gestion des ressources humaines, l'accueil et le suivi des élèves et des nouveaux enseignants, la prévention des comportements d'incivilité ou encore la formation des fonds sociaux et des bourses. Il leur appartient également de tirer parti du potentiel de créativité des équipes pédagogiques pour mettre en œuvre des projets innovants et impulser une véritable politique pédagogique au service de la réussite de tous les élèves. La nécessité de mener au succès un public scolaire de plus en plus hétérogène impose par ailleurs un accompagnement, une pédagogie et des parcours scolaires plus individualisés qu'autrefois et complexifie par là même le fonctionnement des établissements.

Cet alourdissement des tâches dans un environnement social de plus en plus exigeant s'est combiné avec une inquiétude grandissante face à la mise en jeu de la responsabilité pénale et des insatisfactions en termes de conditions de rémunération et de progression de carrière. Les chefs d'établissements avaient alors le sentiment que leur rôle était insuffisamment reconnu, aussi bien institutionnellement que socialement. Ce malaise était renforcé par une impression d'isolement dans l'exercice de leurs fonctions et par une difficulté à cerner les attentes précises de l'institution à leur égard.

La nécessité de mieux les accompagner dans l'exercice de leurs missions et de les aider à assumer leurs tâches et responsabilités s'est donc imposée.

Suite au rapport remis par le recteur Blanchet, un long travail de réflexion et de concertation s'engage avec les différentes organisations représentatives des personnels de direction pour aboutir à **un protocole d'accord signé en novembre 2000**.

Identifier et clarifier les missions et responsabilités des personnels de direction, ouvrir plus largement le recrutement, renforcer la formation initiale et continue, mettre en place un véritable dispositif d'évaluation et offrir des possibilités de carrière plus fluides et plus valorisantes : tel est le sens de ce texte, qui reconnaît et affirme l'importance et le rôle des chefs d'établissements. Il est complété par un encart paru au *Bulletin officiel spécial* n° 1 du 3 janvier 2002 qui redéfinit leur statut.

Les mesures en faveur des chefs d'établissements, qui constituent une avancée importante pour les personnels comme pour le système éducatif, s'inscrivent dans **une approche moderne de l'encadrement**.

DES MISSIONS CLARIFIÉES

Pour la première fois, **un référentiel du métier** est établi en termes de missions, d'activités et de compétences. Les chefs d'établissements voient notamment leur rôle s'affirmer dans la conduite pédagogique et éducative de l'établissement ainsi que dans la gestion des ressources humaines.

UNE FORMATION PROFESSIONNALISÉE

La formation offerte aux personnels de direction est plus nettement ancrée sur **la pratique professionnelle** et plus directement en prise avec les réalités du terrain. Elle est aussi plus exigeante quant aux compétences à acquérir dans les différentes facettes du métier (animation pédagogique, relations avec les parents, construction de projets, relations extérieures...).

Organisée selon le principe de l'alternance entre l'exercice de responsabilité et des apprentissages techniques et généraux, cette formation peut être validée sous la forme d'un diplôme d'études supérieures spécialisées (DESS) de direction des établissements du second degré.

UN DISPOSITIF D'ACCOMPAGNEMENT ET D'ÉVALUATION

Depuis une dizaine d'années, les personnels de direction ne faisaient plus l'objet d'une évaluation claire et systématique.

À leur demande et dans l'intérêt général du système éducatif, **un dispositif d'évaluation** est mis en place. Cette disposition essentielle du protocole d'accord vise à mieux accompagner les personnels d'encadrement dans leurs missions en leur permettant de mesurer, d'expliciter, d'analyser et de valoriser leur action et leurs pratiques. Elle va également dans le sens d'une gestion des carrières plus qualitative, plus personnalisée et plus humaine. Il s'agit bien de permettre aux personnels de direction de mieux se situer dans leur activité professionnelle, mais aussi de fournir des éléments objectifs pour les opérations de promotion ou de mutation. Le diagnostic d'établissement et la lettre de mission constituent le socle du processus d'évaluation.

À partir d'un **diagnostic** effectué par le chef d'établissement, le recteur **rédige une lettre de mission** qui fixe le cap à atteindre et les lignes directrices d'action pour les trois à quatre ans à venir. À l'issue de cette période, les recteurs procèdent à une évaluation de l'action du chef d'établissement afin de mesurer le niveau de réalisation des objectifs. Le but poursuivi est d'établir un nouveau type de relations plus confiantes et plus claires entre les divers acteurs concernés, chef d'établissement, autorités académiques, adjoint au chef d'établissement, équipes éducatives.

Ce dispositif qui concerne au total 13 000 personnes se met en place progressivement depuis l'année 2001-2002.

UNE GESTION VALORISANTE DES CARRIÈRES

L'âge maximal d'accès aux fonctions est progressivement ramené à 45 ans en 5 ans. Par ailleurs, la mobilité est prise en compte dans l'avancement des personnels et sera obligatoire à l'issue de neuf ans dans le même poste.

Un corps unique à 3 grades est créé en septembre 2001 afin d'améliorer le déroulement de la carrière. Le nouveau corps est organisé en 4 ans de manière que les effectifs du grade supérieur (la hors-classe) et du grade intermédiaire (1re classe) soient portés respectivement à 8 % et 45 % de l'effectif total du corps. L'accès aux grades supérieurs devient possible pour un plus grand nombre de personnels. Dès 2001, plus de 1 000 personnes bénéficient d'une promotion en 1re classe ou en hors-classe.

LES TROIS VOIES D'ACCÈS AU CORPS DES PERSONNELS DE DIRECTION

— **Les concours** sont ouverts aux personnels enseignants, d'éducation ou d'orientation qui ont 5 ans de services effectifs en qualité de fonctionnaire titulaire. Le nombre de candidats augmente : il est de 2570 en 2001. 900 postes sont offerts en 2002.

— **La liste d'aptitude** s'adresse, d'une part, aux enseignants titulaires du premier ou second degré, aux personnels d'éducation ou d'orientation qui ont

10 ans au moins de services effectifs dans un ou plusieurs de ces corps et ont exercé des fonctions de direction pendant 20 mois au moins au cours des 5 dernières années scolaires ; d'autre part, aux fonctionnaires qui ont été directeurs adjoints chargés de sections d'enseignement général et professionnel adapté (SEGPA), directeurs d'établissements régionaux d'enseignement adapté (EREA), d'établissements spécialisés ou d'école du 1er degré et justifiant de 5 ans de services effectifs dans ces emplois.

— **Le détachement,** limité à 5 % de l'effectif budgétaire des première et deuxième classes du corps des personnels de direction, est plus ouvert qu'auparavant. Outre les corps d'inspection et les personnels enseignants, d'éducation, d'orientation justifiant de 10 années de services effectifs, le détachement est désormais possible pour les autres fonctionnaires : CASU, APASU, AASU, APAC, AAC, fonctionnaires de l'État, des collectivités territoriales et des établissements publics qui en dépendent, ainsi que les magistrats justifiant de 10 années de services effectifs en catégorie A. Ces personnels peuvent, sur leur demande, être intégrés dans le corps des personnels de direction au bout de 3 ans de détachement, ou retourner dans leur corps d'origine.

LA RÉMUNÉRATION DES CHEFS D'ÉTABLISSEMENTS

Au jour de la nomination, le reclassement, qui déterminera le montant du traitement, s'effectue sur la base d'un indice en règle générale supérieur à celui détenu auparavant.

S'ajoutent différentes bonifications et indemnités liées à la taille de l'établissement (selon le classement de l'établissement) et à l'emploi (chef ou adjoint ; en collège ou en lycée), allant de 50 à 150 points de bonification indiciaire.

De plus, les chefs d'établissements de 3e et 4e catégorie perçoivent une nouvelle bonification indiciaire (NBI) de 40 à 80 points.

La simplification du régime de rémunération accessoire des personnels de direction se traduit par la revalorisation globale des taux des indemnités de sujétions spéciales (ISS) et de responsabilité de direction (IRD).

Ces divers compléments de rémunération atteignent un montant annuel de 7 967 euros à 18 579 euros (52 260 à 121 870 F) pour les chefs d'établissements, 5 340 euros à 8 816 euros (35 030 à 57 830 F) pour leurs adjoints.

En outre, une indemnité de sujétion spéciale supplémentaire de 1 070 euros par an est allouée, s'il s'agit d'un poste en zone d'éducation prioritaire.

Références réglementaires et documentaires

— Protocole d'accord relatif aux personnels de direction — *Bulletin officiel spécial* n° 1 du 3 janvier 2002.

— Rapport du recteur René Blanchet intitulé « La revalorisation du rôle des chefs d'établissements de l'enseignement secondaire », avril 1999.

La valorisation des emplois de professeurs de lycée professionnel (PLP)

Initié par Claude Allègre, puis amplifié par Jack Lang et Jean-Luc Mélenchon, un effort sans précédent est entrepris dès 2000, pour accroître et mettre en valeur les moyens de l'enseignement professionnel.

Afin de répondre à une exigence de justice et d'égalité, le temps de travail des professeurs de lycées professionnels (PLP) dispensant des enseignements pratiques (on en compte 20 000, soit près de 35 % des professeurs de lycées professionnels) est aligné sur celui des professeurs de lycées professionnels des disciplines littéraires et scientifiques ou dispensant un enseignement professionnel théorique. Leur temps de service passe de 23 heures à **18 heures** par semaine sans annualisation, ni pondération, ni flexibilité du temps de travail, ni perte de salaire, ni allongement de l'année scolaire. Cette mesure est ensuite étendue, à la rentrée 2001, aux PLP des sections d'enseignement général et professionnel adapté (SEGPA) et des écoles régionales d'enseignement adapté (EREA).

Par ailleurs, la distinction entre professeur de lycée professionnel du premier grade (PLP1) et professeur de lycée professionnel du deuxième grade (PLP2) est supprimée. Ces deux grades ont fusionné par le haut pour créer un grand corps unifié des professeurs de lycées professionnels. Ce sont ainsi près de 50 000 professeurs qui, en passant du grade de PLP1 à celui de PLP2, ont vu leurs perspectives de carrière améliorées et leurs rémunérations sensiblement relevées.

Bilan 1997-2002 : 6 280 emplois de professeurs de lycées professionnels créés.

En cinq ans, le gouvernement de Lionel Jospin crée 6 280 emplois budgétaires de professeurs de lycée professionnel (PLP), alors qu'aucun emploi n'avait été créé de 1993 à 1997. Cet investissement dans l'enseignement professionnel manifeste une volonté de démocratiser l'accès aux qualifications en anticipant les besoins de l'économie française en main-d'œuvre hautement qualifiée.

• Il faut noter la création sans précédent de **2 410 emplois budgétaires de PLP en 2001** (ces créations représentent plus de 20 % des créations d'emplois d'enseignants inscrites au budget du ministère de l'éducation nationale en 2001 et 37 % des créations d'emplois d'enseignants réalisées dans le second degré) :

— 1 150 emplois pour résorber la précarité par la titularisation des lauréats des concours réservés et examens professionnels ;

— 400 emplois pour transformer plusieurs milliers d'heures supplémentaires par année et ainsi améliorer les conditions de travail ;

— 180 emplois pour accompagner les innovations pédagogiques (projets pluridisciplinaires à caractère professionnel, éducation civique, juridique et sociale...) ;

— 380 emplois pour consolider des surnombres ;

— 300 postes dans l'enseignement public et 75 dans l'enseignement privé pour accompagner la reconnaissance de la fonction de chefs de travaux dans les filières tertiaires.

• En 2002, l'effort de renforcement de l'encadrement pédagogique de la voie des métiers se poursuit : le projet de loi de finances pour 2002 prévoit la création de **1 770 nouveaux emplois budgétaires de PLP**.

2001 et 2002 se distinguent donc comme les deux années de plus fortes créations d'emplois de PLP au cours des dix dernières années.

Créations d'emplois de professeurs de lycées professionnels

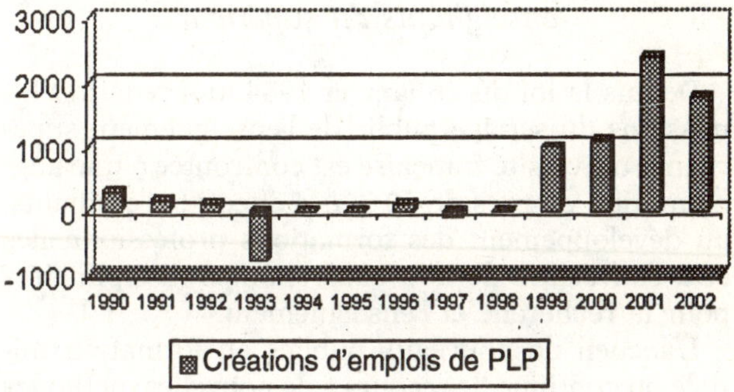

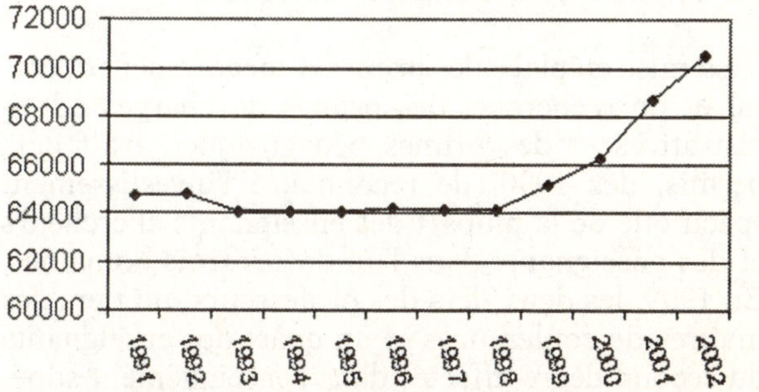

Une meilleure reconnaissance des enseignants-chercheurs et des enseignants du supérieur

Depuis la loi du 26 janvier 1984, qui redéfinit les missions du service public de l'enseignement supérieur, l'université française est confrontée à une augmentation de près de 50 % des effectifs d'étudiants, au développement des formations professionnelles et à l'ouverture de nouveaux champs disciplinaires pour la recherche et l'enseignement.

L'accueil de nouveaux publics en formation initiale ou continue, le recours à de nouvelles méthodes pédagogiques et à de nouveaux outils d'enseignement modifient considérablement les fonctions d'enseignant et d'enseignant-chercheur.

La mise en place des primes d'encadrement doctoral et de recherche, des primes de charges administratives et des primes pédagogiques avait déjà permis, dès 1990, de reconnaître l'investissement spécifique de la plupart des enseignants-chercheurs et des enseignants dans l'un de ces trois domaines. En 1999, les deux tiers des professeurs, un tiers des maîtres de conférences et un quart des enseignants du second degré affectés dans l'enseignement supérieur bénéficiaient de l'une de ces primes.

Toutefois, les travaux de la commission pilotée par Éric Espéret, président de l'université de Poitiers, ont montré que la reconnaissance des tâches assurées par les universitaires ne pouvait passer uniquement par l'attribution de primes.

Des mesures complémentaires sont donc mises en place en 2001-2002 :

— attribution de **décharges de service d'enseignement**, compatibles avec les primes d'administration, aux enseignants-chercheurs (et aux enseignants) qui assument les charges administratives les plus lourdes ;

— transfert aux établissements sur leur budget propre **des crédits de primes**, ce qui leur permet — les primes étant convertibles en décharges de service — de gérer de façon globale l'attribution de primes ou de décharges, en fonction des souhaits des intéressés et des choix politiques de l'établissement ;

— possibilité de **mieux prendre en compte les différentes fonctions** assumées par les enseignants-chercheurs pour leurs promotions dans les corps de maîtres de conférences et de professeurs : d'une part, l'ordre d'examen des candidatures est inversé (les établissements se prononcent désormais après le Conseil national des universités), d'autre part, une voie de promotion réservée aux enseignants-chercheurs qui se consacrent, pour l'essentiel de leur temps, à des fonctions autres que d'enseignement ou de recherche, est ouverte ;

— possibilité pour les anciens présidents d'université maîtres de conférence de devenir professeurs par le biais d'un concours spécifique.

Évolution du statut des enseignants-chercheurs

Le statut des enseignants-chercheurs et celui des enseignants doivent évoluer en fonction de l'évolution des modalités d'exercice de leurs missions. Le décret n° 2001-429 du 16 mai 2001 paru au *Journal officiel* du 19 mai 2001 modifie le statut des enseignants-chercheurs en ce sens. D'une part, **la carrière des maîtres de conférences**, qui entrent en moyenne à 33 ans 7 mois dans ce corps, est fluidifiée avec la fusion de la première et de la deuxième classe en une classe normale. D'autre part, la mobilité des enseignants-chercheurs est encouragée, qu'il s'agisse de la mobilité vers l'entreprise, de la mobilité au sein de l'espace européen ou de la mobilité entre les corps.

Autres mesures en faveur des personnels :

• **Des mesures sont prises en faveur des enseignants de SEGPA et EREA.** Les sections d'enseignement général et professionnel adapté (SEGPA), au sein des collèges, et les écoles régionales d'enseignement adapté (EREA) jouent un rôle irremplaçable dans la prise en charge des jeunes en difficulté. L'aide que ces structures apportent aux élèves est de tout premier ordre et mérite d'être particulièrement soutenue et soulignée. Les enseignants spécialisés de SEGPA et EREA doivent donc être considérés comme des enseignants de collège.

Au terme d'importantes négociations, un accord est conclu, le 6 mars 2002, entre le ministère et les syndicats, sur les questions afférentes au service des personnels du premier degré exerçant en SEGPA et en EREA :

— Pour les personnels du premier degré exerçant en SEGPA ou en EREA, les processus d'intégration progressive ou de détachement dans le second degré seront envisagés dès la rentrée 2003.

— Parallèlement, l'ouverture du recrutement à des personnels du second degré volontaires ainsi que leur formation feront l'objet de discussions avec les organisations syndicales concernées.

— Dès lors qu'ils sont placés sous statut du second degré, les enseignants de SEGPA et d'EREA ont tous vocation à être assujettis à des obligations maximales de service d'enseignement de **18 heures**. C'est pourquoi, à titre de première étape, dès la rentrée 2002, le service d'enseignement assuré par les personnels du premier degré exerçant en SEGPA et en EREA est fixé à 21 heures par semaine.

• L'évolution des métiers et des compétences **des personnels de catégorie C** est reconnue, soit par des dispositifs d'intégration dans un autre corps, soit par des revalorisations indemnitaires. Les personnels concernés à l'un ou l'autre titre sont :

— les agents administratifs de catégorie C de l'administration scolaire et universitaire (ASU), dont plus de **7 000** ont pu être intégrés dans le corps des adjoints ;

— les personnels ouvriers du supérieur, plus de **6 000**, intégrés dans la filière technique ;

— les ouvriers du second degré dont le régime indemnitaire est rapproché de celui des personnels administratifs ;

— les ouvriers des centres régionaux des œuvres universitaires et scolaires (CROUS) qui bénéficient désormais d'un régime indemnitaire. Ils sont par ailleurs concernés par diverses mesures de reclassement.

• **D'autres réformes statutaires importantes** permettent de rapprocher les statuts, les référentiels et les modes de gestion des personnels ITARF (ingénieur, technique, administratif, de recherche et de formation) du supérieur et des personnels ITA (ingénieur, technique et administratif) des organismes de recherche. Dans le même souci de simplification et de rapprochement, les personnels administratifs de l'ARF peuvent opter pour leur intégration, soit dans la filière technique, soit dans la filière de l'administration scolaire et universitaire (ASU). Les personnels de bibliothèques bénéficient également d'une simplification de leur organisation statutaire et se voient offrir des évolutions de carrière plus favorables ou des revalorisations indemnitaires.

• **Les infirmières** de l'éducation nationale se voient reconnaître la parité avec leurs collègues de la fonction publique hospitalière. Cette revalorisation mobilise 7 millions d'euros (46 MF) sur 3 ans.

• En 2002, les premières sessions de recrutement sont organisées dans le cadre de l'application de la loi du 3 janvier 2001 relative à la **résorption de la précarité** (loi Sapin).

À cet effet, 2 décrets et 21 arrêtés sont publiés pour les corps **IATOSS** relevant du ministère de l'éducation nationale. Viennent s'ajouter, d'une part, les titularisations sans concours au titre des dispositions du décret du 31 janvier 2002 relatif au recrutement sans concours dans certains corps de fonctionnaires de catégorie C ; d'autre part, les titularisations par voie de concours de droit commun. Soit environ 10 000 agents non titulaires nommés en qualité de fonctionnaires en 2002. Ces recrutements devraient se poursuivre jusqu'en janvier 2006.

Cette opération s'accompagne par la création, en loi de finances 2002, de 1 500 emplois gagés sur les ressources des établissements pour l'enseignement supérieur et de 450 emplois gagés sur ressources propres dans l'enseignement scolaire.

• **Près de 70 000 emplois jeunes ont été créés à l'éducation nationale.** Le 6 juin 2001, décision est prise de pérenniser le dispositif (voir p. 429). Pour autant, chaque aide-éducateur ne pouvant être maintenu au-delà des cinq années, condition pour que d'autres puissent à leur tour en bénéficier, des mesures sont prises afin de faciliter les sorties positives du dispositif. Notamment des actions de formation, pour l'ouverture de concours de troisième voie permettant l'accès des aides-éducateurs à divers corps de fonctionnaires.

En 2002, 34 000 aides-éducateurs ont quitté le dispositif : 12 000 pour accéder à un emploi du secteur privé, 8 000 vers le secteur public ; 2 000 ont repris des études, 3 400 ont suivi leur conjoint.

i-Prof, une gestion interactive de la carrière d'enseignant :

Instaurer une relation plus personnalisée entre les enseignants et l'administration, telle est la vocation d'i-Prof, le site Internet développé par le ministère de l'éducation nationale et entièrement dédié à la carrière des enseignants. Il s'agit de proposer à chaque enseignant du premier degré, du second degré et du supérieur, soit **800 000 personnes** à terme, un bouquet de services Internet qui l'accompagne toute sa carrière.

Grâce à ce dispositif, les enseignants peuvent, en toute confidentialité, consulter leur dossier administratif, accéder à un guide des procédures de gestion, compléter leur curriculum vitae, obtenir des informations sur leurs perspectives de carrière, dialoguer avec leur correspondant de gestion afin de lui signaler un changement dans leur situation personnelle ou administrative, s'inscrire à des concours ou à une action de formation continue, demander une nouvelle affectation, une disponibilité, un congé parental...

Le dispositif i-Prof vise à instaurer une relation nouvelle entre les enseignants et l'administration en poursuivant trois objectifs : rendre l'information plus transparente, renforcer la personnalisation des échanges, individualiser la relation avec l'administration.

L'expérimentation, qui a débuté en mars 2001, concerne les enseignants de lettres modernes du rectorat de Versailles ainsi qu'un échantillon d'enseignants du premier degré de l'inspection académique du Morbihan. **Un déploiement progressif** va permettre la généralisation d'i-Prof à l'ensemble des enseignants des premier et second degrés.

Cette application, qui répond à la volonté du gouvernement de développer l'administration électronique, a été récompensée par la Commission européenne. Au cours de la conférence « e-gouvernement, de la politique à la pratique » organisée par la Commission européenne sur l'administration électronique, en novembre 2001 à Bruxelles, **le label « e-gouvernement »** a été décerné à i-Prof. Ce label reconnaît l'excellence dans le domaine de la technologie mise au service des usagers et des personnels de l'administration.

Les accords sur l'aménagement et la réduction du temps de travail

LES PERSONNELS IATOSS DES SERVICES DÉCONCENTRÉS ET DES ÉTABLISSEMENTS

Le premier accord sur l'aménagement et la réduction du temps de travail minutieusement préparé par Jacques Soulas, le conseiller social de Jack Lang, signé le 16 octobre 2001 par 14 syndicats ou fédérations représentant 75 % des personnels

IATOSS, concerne les personnels non enseignants des services déconcentrés et des établissements sous tutelle du ministère.

Le 1er janvier 2002, ce sont donc **280 000 agents, titulaires et non titulaires, répartis dans 8 000 sites différents**, qui bénéficient de ce dispositif commun.

L'exercice était difficile puisqu'il s'agissait, pour la première fois, d'intégrer dans un même accord des personnes exerçant pas moins de **80 métiers différents avec 62 statuts.** Une volonté commune d'équité entre toutes les catégories de personnel a permis de surmonter les difficultés.

Cet accord prend en compte les spécificités de l'éducation nationale, et d'abord les rythmes scolaires et universitaires. Avec 45 jours de congés annuels reconnus d'emblée à tous les personnels, il permet d'adapter les temps de travail à la présence ou non des élèves et des étudiants dans les établissements. Les durées de travail hebdomadaire inscrites à l'emploi du temps, dans l'équilibre semaines travaillées-vacances, permettent d'assurer l'horaire annuel de référence, le même pour tous. L'accord valorise aussi un certain nombre de sujétions et d'astreintes.

Une concertation, obligatoire et organisée au début de chaque année scolaire et universitaire, facilite le dialogue avec tous les personnels des organisations collectives du travail.

Les réflexions sur l'aménagement des services, dans le cadre des principes ainsi définis, débouchent progressivement, unité de travail par unité de travail, sur des organisations plus innovantes, répondant à la fois aux attentes des usagers du service public d'éducation et aux aspirations légitimes des personnels.

POUR LES PERSONNELS DE L'ADMINISTRATION CENTRALE DES MINISTÈRES DE L'ÉDUCATION NATIONALE ET DE LA RECHERCHE

Après l'adoption du dispositif ARTT pour les services déconcentrés et les établissements, un accord sur l'aménagement et la réduction du temps de travail est conclu, le 16 novembre 2001, pour les personnels de l'administration centrale des ministères de l'éducation nationale et de la recherche.

Signé par Jack Lang, ministre de l'éducation nationale, Roger-Gérard Schwartzenberg, ministre de la recherche, et l'intersyndicale (UNSA, CFDT, CGT) à laquelle s'était jointe la CFTC, il concerne 12 directions et délégations, 45 sous-directions, 200 bureaux, soit au total **3 200 personnes.**

Depuis le 1er janvier 2002, les agents disposent de 35 jours de congés, auxquels peuvent s'ajouter 1 ou 2 jours de fractionnement. Ils bénéficient par ailleurs de 9 jours ARTT à prendre dans l'année.

Cet accord qui représente **une avancée sociale** pour tous les personnels concernés permet de mieux équilibrer temps de travail et temps personnel, d'améliorer les conditions de travail et de vie des agents et de réfléchir à une meilleure organisation du service public.

En effet, au-delà des créations d'emplois, ce sont les mentalités et les organisations de travail qui sont transformées. Ce qui implique de simplifier, de rationaliser, de moderniser les procédures, de déléguer davantage et de mettre en place des dispositifs pour assurer une efficacité continue dans la gestion des dossiers les plus importants. La clé de la réussite est la capacité de dialogue et d'imagination.

B

Des moyens pour agir et pour éclairer le chemin

I

L'ÉDUCATION : PRIORITÉ BUDGÉTAIRE EN 2001 ET 2002

• **Le budget 2001 : + 2, 7 % par rapport à 2000**

Le budget 2001 du ministère de l'éducation nationale s'élève à **59,15 milliards d'euros** (388 milliards de francs). Il est en hausse de 1,52 milliard d'euros (10 milliards de francs) par rapport à 2000, passant de 22,7 % à 23 % du budget de l'État.

• **Le budget 2002 : + 3,84 % par rapport à 2001**

Le budget 2002 s'élève à **61,43 milliards d'euros** (403 milliards de francs).

Il est en hausse de 2,27 milliards d'euros (14,9 milliards de francs) par rapport à 2001 et représente 23,09 % du budget de l'État.

• Le budget de l'enseignement scolaire progresse de **+ 2,82 %** entre 2000 et 2001 et de **+ 4,11 %** entre 2001 et 2002.

• Le budget de l'enseignement supérieur augmente de **+ 2,73 %** entre 2000 et 2001 et de **+ 2,23 %** entre 2001 et 2002.

La progression importante du budget de l'éducation nationale, sur les deux années 2001 et 2002, exprime avec force l'engagement pris par le Premier ministre, Lionel Jospin, de **faire de l'éducation nationale la priorité numéro un**. Elle permet également de mesurer l'ampleur de l'effort financier consenti en faveur des élèves, des étudiants et des personnels durant ces deux années. Cet effort exceptionnel a permis, d'une part, d'améliorer les taux d'encadrement à tous les niveaux du système éducatif (voir annexes) et, d'autre part, de soutenir le mouvement de rénovation engagé. C'est ainsi qu'ont pu être financés, pour l'enseignement scolaire, les mesures sociales, l'apprentissage des langues vivantes, le plan pour les arts, les nouvelles technologies éducatives, par exemple, et, pour l'enseignement supérieur, le plan social étudiant, les besoins en fonctionnement et investissement des universités, le développement de la recherche et des formations, les bibliothèques ou encore la modernisation de la gestion...

En outre, l'adoption, à la fin de l'année 2000, du plan pluriannuel de création d'emplois sur trois ans (2001-2003) et de recrutement sur cinq ans (2001-2005) est venue renforcer cet effort en lui donnant une nouvelle dimension, celle de la **programmation dans la durée**.

Le budget 2001 : l'an 1 du plan pluriannuel

Consacré secteur prioritaire dans les lettres de cadrage budgétaire rédigées par le Premier ministre

Lionel Jospin, le budget 2001 de l'éducation nationale constitue la première étape du plan pluriannuel. Il marque une triple rupture : avec les budgets des années précédentes, avec ceux des autres pays européens confrontés à une remise en cause de l'effort éducatif, enfin, avec une logique comptable qui, face à la baisse du nombre d'élèves et d'étudiants, aurait conduit à des suppressions de postes. Or, le gouvernement est allé à l'encontre de tels raisonnements en engageant un réel effort d'investissement public pour l'éducation.

Le budget 2001

En hausse de 1,52 milliard d'euros (10 milliards de francs) — soit une augmentation de 2,7 % par rapport à 2000 — le budget 2001 atteint **59,15 milliards d'euros** (388 milliards de francs), dont **50,61 milliards d'euros** (332 milliards de francs) pour l'enseignement scolaire et **8,54 milliards d'euros** (56 milliards de francs) pour l'enseignement supérieur.

+ 2,82 % POUR L'ENSEIGNEMENT SCOLAIRE

Avec **50,61 milliards d'euros** (332 milliards de francs), le budget de l'enseignement scolaire est en hausse de 2,82 % par rapport à celui de l'année 2000.

Ce budget comporte une mesure phare, la création de **12 838 postes supplémentaires** dans l'enseignement scolaire :
• 11 163 emplois d'enseignants (4 925 pour le premier degré et 6 438 pour le second degré);
• 1 675 emplois de personnels non enseignants (1 330 emplois d'ATOSS, 300 emplois de personnels médico-sociaux et 45 emplois d'inspecteurs).

Par ailleurs, 700 postes supplémentaires d'assistants de langues étrangères sont mis en place et 1 000 postes de maîtres d'internat-surveillants d'externat (MI-SE) sont ouverts.

Sur le plan des effectifs, l'année 2001 marque donc un tournant par rapport à la période précédente qui a vu le nombre des emplois stagner depuis 1997 et même régresser (— 5 000 postes) entre 1996 et 1997.

— Autre priorité de ce budget : l'effort consacré aux crédits pédagogiques qui progressent de 69,97 millions d'euros soit 459 MF (+ 22 %) par rapport à 2000. Il s'agit en effet d'**accompagner les réformes pédagogiques** à l'école, au collège et au lycée, notamment grâce à l'utilisation des nouvelles technologies (13,72 millions d'euros de crédits supplémentaires), à l'apprentissage des langues vivantes et à la rénovation de l'enseignement des sciences à l'école primaire (+ 9,15 millions d'euros), ou encore grâce à la formation artistique et culturelle (+ 40,1 millions d'euros).

— Un effort particulier est engagé pour financer **les nouvelles mesures sociales** : bourses de mérite en première (6,4 millions d'euros), accueil d'enfants et d'adolescents handicapés (8,69 millions d'euros), gratuité du carnet de correspondance au collège (12,5 millions d'euros), doublement de la prime de premier équipement versée aux familles des élèves de lycées professionnels dont le taux passe de 167,69 euros à 335,39 euros. Au total, les nouvelles mesures sociales inscrites au budget de l'enseignement scolaire pour 2001 s'élèvent à près de 32,32 millions d'euros (212 MF).

— À noter, enfin, l'**augmentation des moyens de fonctionnement des services**, qui, après avoir stagné pendant dix ans, connaissent une amélioration : 17,53 millions d'euros (115 MF) dont 9,15 millions d'euros (60 MF) pour les équipements informatiques, 3,81 millions d'euros (25 MF) pour les frais de déplacement et 3,05 millions d'euros (20 MF) pour le développement de la politique de communication interne.

En outre, pour les dépenses en capital, 55,19 millions d'euros (362 MF) d'autorisations de programmes (+ 7,5 %) sont destinés à l'acquisition ou l'aménagement de locaux occupés par des services et établissements publics du ministère. 40,4 millions d'euros (265 MF) sont consacrés, dans les contrats de plan État-régions, à l'équipement en matériels pédagogiques des lycées et collèges, complétés par 20,58 millions d'euros (135 MF) pour la construction d'établissements d'enseignement dans les DOM et les TOM.

LE BUDGET DE L'ENSEIGNEMENT SUPÉRIEUR : + 2,73 %

Le budget 2001 pour l'enseignement supérieur progresse de 2,73 % par rapport à 2000, dans un contexte de stagnation des effectifs d'étudiants (— 0,1 % à la rentrée 2001). Les moyens supplémentaires se concentrent sur plusieurs priorités.

— Ils visent, en premier lieu, à **améliorer l'encadrement des étudiants**, ce qui se traduit, notamment, par la création de 616 postes d'enseignants-chercheurs, 300 emplois de maîtres de conférences, 256 nouveaux postes d'allocataires temporaires d'enseignement et de recherche (ATER). Résultat : on compte, à la rentrée 2001, 18,87 étudiants pour un enseignant, contre 20,85 étudiants par enseignant à la rentrée 1997 (voir annexes).

D'autre part, 1 000 emplois d'IATOSS sont créés, dont 150 pour les bibliothèques. Cela afin d'accompagner la modernisation des établissements supérieurs, l'accroissement des surfaces universitaires et l'amélioration de la qualité du service public, y compris en matière sanitaire et sociale (30 emplois d'infirmières et 15 d'assistantes sociales sont créés).

— Avec 27,44 millions d'euros (180 MF) de crédits supplémentaires, le budget 2001 de l'enseignement supérieur traduit la volonté d'améliorer **les moyens de fonctionnement des établissements**. L'essentiel de ces crédits (18,45 millions d'euros) va aux établissements eux-mêmes et 3,05 millions d'euros aux bibliothèques universitaires. Ils permettent également d'assurer le fonctionnement de l'établissement public du campus de Jussieu (+ 0,4 million d'euros) ainsi que le développement de l'action internationale (+ 2,09 millions d'euros), en particulier pour les universités bi-nationales (franco-allemande et franco-italienne).

— Autre priorité : **développer l'aide aux étudiants**. L'objectif final du plan social étudiant était d'augmenter les aides directes pour accorder un soutien à 30 % des étudiants (23,2 % d'étudiants aidés en 1997-1998) et accroître de 15 % les taux des bourses. Le budget 2001 permet d'atteindre ce double but : grâce aux 98,63 millions d'euros (647 MF) complémentaires au titre des bourses, près de 500 000 étudiants étaient aidés à la rentrée 2001.

— Ce budget met enfin l'accent sur **les investissements** (entretien, rénovation, construction et mise en sécurité du patrimoine immobilier de l'enseignement supérieur). Ainsi, 1,82 milliard d'euros (11,95 MF) permet de couvrir les opérations de constructions liées au contrat de plan État-régions 2000-2006, les dépenses en équipement et en grands travaux, ainsi que la maintenance de bâtiments et la mise en sécurité prévue par le plan U3M (voir p. 131).

Le budget 2002 : un effort exceptionnel pour l'éducation nationale

La priorité accordée à l'éducation nationale se confirme avec le budget 2002, en hausse de **3,84 %** par rapport à 2001, soit près du double de la progression du budget de l'État (+ 2 % en valeur).

L'effort est exceptionnel : 2,27 milliards d'euros (14,9 milliards de francs) supplémentaires (près de la moitié de l'augmentation des dépenses inscrites au budget de l'État) et 14 442 emplois budgétaires nouveaux dont 5 700 afin de réduire le nombre des non-titulaires.

> Le budget 2002 s'élève au total à **61,43 milliards d'euros** (403 milliards de francs) dont 52,70 milliards d'euros pour l'enseignement scolaire et 8,73 milliards d'euros pour l'enseignement supérieur. Il représente 23,09 % du budget général qui s'établissait à 266 milliards d'euros pour 2002.

+ 4,11 % POUR L'ENSEIGNEMENT SCOLAIRE

En augmentation de 4,11 % par rapport à 2001, le budget 2002 pour l'enseignement scolaire se monte à **52,7 milliards d'euros** (345,65 milliards de francs). Cette progression — la plus forte en valeur absolue depuis le budget 1993 — permet d'amplifier encore le changement de cap amorcé dès 2001.

— L'effort se concentre en priorité sur **les moyens humains** avec 10 942 emplois nouveaux créés parmi lesquels 2 404 postes dans l'enseignement primaire et 6 520 postes d'enseignants dans le second degré. L'effort en faveur des personnels non enseignants se poursuit en 2002 avec la création de 1 500 emplois dans le cadre du plan pluriannuel et 445 au titre de la résorption de la précarité.

En deux ans, ce sont donc 23 780 emplois qui sont créés, soit autant qu'au cours des dix années précédentes.

— L'autre objectif de ce budget consiste à **améliorer la situation des personnels** : 94,14 millions d'euros (617,52 MF) sont inscrits à ce titre au projet de loi de finances 2002, soit une dépense de 238,28 millions d'euros (1,5 milliard de francs) en année pleine.

Il s'agit notamment de poursuivre le plan d'intégration des instituteurs dans le corps des professeurs des écoles et le plan d'intégration des PEGC, de revaloriser l'indemnité de sujétion spéciale des directeurs d'école et des personnels de service social ou encore d'améliorer le déroulement de carrière des personnels de direction et d'inspection...

— Il faut aussi donner à ces femmes et à ces hommes les moyens d'agir. C'est pourquoi les crédits consacrés aux **moyens pédagogiques**, qui ont déjà fait l'objet d'un effort particulier en 2001, sont encore renforcés en 2002 (+ 8 % pour la rénovation de l'enseignement scolaire et l'accompagnement des réformes pédagogiques). Ainsi, 16,8 millions d'euros supplémentaires (110 MF) sont consacrés à l'apprentissage des langues vivantes à l'école. 9,15 millions d'euros supplémentaires (60 MF) sont affectés à l'éducation artistique et culturelle en vue de développer les classes à projet artistique et culturel. Enfin, les nouvelles technologies de l'information et de la communication bénéficient de 12,2 millions d'euros supplémentaires (80 MF).

Des mesures sociales et des investissements

La relance et le développement de l'internat scolaire : une aide financière destinée aux familles des élèves boursiers internes est instaurée (d'un montant de 231 euros). En 2002, cette mesure coûte 12,50 millions d'euros (82 MF). Parallèlement, est prévue la création d'un fonds d'aide à la construction et à la réhabilitation d'internats scolaires aux côtés de divers partenaires, notamment les collectivités locales (4,57 millions d'euros soit 30 MF pour la première année).

L'accueil des élèves handicapés : au titre de la deuxième tranche du plan Handiscol', une mesure de 8,64 millions d'euros (56,67 MF) est inscrite au budget 2002 pour acquérir des matériels spécifiques et prendre en charge les frais de transports scolaires des élèves concernés.

Les bourses au mérite : le dispositif mis en place à la rentrée 2000 se poursuit avec la création de 10 000 bourses supplémentaires pour un coût de 7,62 millions d'euros (50 MF).

En outre, 53,6 millions d'euros (351,6 MF) sont consacrés à la troisième annuité du **contrat de plan État-régions** et 6,08 millions d'euros (39,9 MF) aux **subventions d'investissement**, notamment pour le plan exceptionnel d'investissement de la Corse ainsi que pour la Guyane.

+ 2,23 % POUR L'ENSEIGNEMENT SUPÉRIEUR

Le budget de l'enseignement supérieur pour 2002 s'élève à **8,73 milliards d'euros** (57,3 milliards de francs), soit une progression de 2,23 % par rapport à 2001.

Les **quatre priorités** de ce budget sont les mêmes que celles du budget précédent, à savoir : les emplois, les crédits de fonctionnement des universités, l'accélération du programme d'investissements et l'extension du plan social étudiant.

— Au total, **3 500 emplois sont créés en 2002** afin d'assurer la mise en œuvre des réformes pédagogiques et la modernisation des établissements d'enseignement supérieur.

1 000 emplois d'enseignants, dont 600 emplois d'enseignants-chercheurs, et 1 000 emplois non enseignants viennent renforcer les équipes universitaires. Les universités retrouvent ainsi un taux d'encadrement comparable à celui qu'elles connaissaient avant l'explosion démographique des années 1980 : 18,95 étudiants par enseignant en 2002 (contre 20,85 en 1997) et 28,18 étudiants par agent administratif (contre 30,92 en 1997). Par ailleurs, 1 500 emplois nouveaux sont attribués au titre de la résorption de l'emploi précaire, afin de titulariser les personnels concernés.

De plus, ce budget prévoit une augmentation du montant des crédits réservés aux rémunérations, notamment pour les bas salaires, de 127,2 millions d'euros (834,4 MF) et de 7,14 millions d'euros (46,84 MF) pour les mesures catégorielles.

— Le budget 2002 comporte une augmentation sans précédent des **crédits de fonctionnement alloués aux universités** : **+ 83,9 millions d'euros** (550 MF), soit une hausse de 7,8 % par rapport à 2001.

Ces moyens permettent d'assurer le rattrapage des crédits de fonctionnement pour les établissements d'enseignement supérieur sous-dotés et d'assurer la diversification de leurs filières et de leurs missions. Les bibliothèques disposent notamment de 6 millions d'euros supplémentaires. Dans le domaine des relations internationales, 2,4 millions d'euros visent à développer le programme des universités européennes d'été.

— **Les investissements immobiliers** bénéficient, quant à eux, d'un effort tout particulier : 1,16 milliard d'euros d'opérations nouvelles sont lancés en 2002, soit une progression de 18,5 % par rapport à 2001.

Cette mesure permet d'accélérer la mise en œuvre des contrats de plan État-régions, notamment en région parisienne (implantation de Paris 4 sur la ZAC Paris-Rive gauche, restructuration du centre Assas, réhabilitation du campus du Mirail à Toulouse...). Au total, 363,65 millions d'euros d'autorisations de programmes sont ouverts.

Mais c'est dans le domaine de **la sécurité** qu'une décision capitale est prise : l'ouverture, dès la loi de finance rectificative 2001 (ces crédits n'apparaissent donc pas au projet de loi de finances 2002), de l'intégralité du solde des autorisations de programme destinées à la mise en œuvre du plan de mise en sécurité des établissements d'enseignement supérieur, soit 263,4 millions d'euros (1,7 milliard de francs). La montée en puissance de l'effort mené en matière de mise en sécurité du patrimoine immobilier s'accompagne d'une augmentation des crédits de maintenance de 10 %, soit 12,81 millions d'euros (84 MF).

— Après la forte augmentation de 2001 (+ 10,2 %), **la subvention d'équipement de la recherche universitaire** est augmentée à nouveau de 5,9 % en 2002, passant de 312,1 millions d'euros (2,05 milliards de francs) à 330,4 millions d'euros (2,16 milliards de francs).

— Enfin, dans le prolongement du **plan social étudiant**, 12 000 bourses sur trois mois destinées à favoriser la mobilité internationale des étudiants sont créées, ainsi que des bourses sur critères sociaux pour les étudiants en DESS (12 000 bénéficiaires potentiels pour un coût de 18,6 millions d'euros, soit 122 millions de francs).

II

LE PLAN PLURIANNUEL POUR L'ÉDUCATION

Alors que plusieurs pays européens — l'Allemagne, l'Angleterre, l'Italie — se trouvent, faute de préparation, confrontés à une pénurie d'enseignants, la France marque, avec le plan pluriannuel pour l'éducation, une volonté de planifier, d'organiser et d'anticiper ses recrutements.

Près d'un professeur sur deux sera remplacé dans les dix ans à venir. C'est pour préparer le renouvellement des générations qu'un **plan pluriannuel de**

création d'emplois et de recrutement de professeurs est mis en place en 2001.

Acte de prévision, d'anticipation et de maîtrise du futur, ce plan prévoit le recrutement, entre 2001 et 2005, de **187 000 enseignants** des premier et second degrés publics. Le défi est d'une part quantitatif : l'éducation nationale qui ne connaît actuellement ni crise de vocation ni désaffection pour le métier d'enseignant (en moyenne, 10 candidats se présentent aux concours pour 1 poste) doit attirer encore plus d'étudiants vers les professions de l'enseignement. Le défi est aussi qualitatif : il faut donner aux futurs enseignants une formation de qualité et mieux les préparer à exercer leur métier. Telle est la finalité du plan de rénovation de la formation des enseignants (voir p. 449).

Un acte de prévision et de maîtrise du futur

Le plan pluriannuel de programmation des emplois et des recrutements, annoncé le 15 novembre 2000, vise à transformer l'éducation nationale en assurant, à l'horizon de cinq ans, la programmation des moyens dont elle va disposer. Ce plan, qui rompt avec la doctrine habituelle réservant la programmation à l'investissement, représente un véritable acte de foi dans le service public de l'éducation. **À travers ce plan, le gouvernement entend inscrire dans la durée la priorité donnée à l'éducation nationale et manifester sa conviction que la plus grande richesse du pays est son capital humain, son intelligence.** Il s'agit de se projeter dans le futur, en l'organisant plutôt qu'en le subissant.

Le plan pluriannuel répond à trois évolutions importantes qui exigent un effort de prévision et d'organisation de l'avenir. Il doit permettre de faire face aux départs massifs à la retraite (les corps enseignants et non enseignants sont appelés à se renouveler pour moitié, au cours des dix années qui viennent). C'est également un moyen de pallier la pénurie de cadres et de personnels qualifiés qui risque de se révéler, si l'on n'y prend garde. Enfin, l'école ne peut ignorer l'arrivée en force des technologies de l'information et de la communication, l'explosion des connaissances scientifiques ou l'ouverture internationale. Ces évolutions modifient les savoirs et l'accès aux savoirs, et appellent le système éducatif à se hausser à un plus haut degré d'exigence.

Deux plans en un

Le plan pluriannuel s'organise en deux volets et selon deux rythmes.

• Un plan de programmation des créations d'emplois prévoit la création de plus de 33 000 emplois sur trois ans (2001-2003).

• Un plan de programmation des recrutements se déploie, quant à lui, sur cinq ans (2001-2005).

Une programmation des créations d'emplois : 33 200 nouveaux emplois sur trois ans

Une logique purement comptable voudrait que la diminution annoncée des effectifs d'élèves et d'étudiants conduise à une diminution du nombre des enseignants. C'est ainsi que certains avaient préconisé la suppression de 780 emplois de professeurs des écoles et de 3 800 enseignants du second degré entre 2000 et 2003.

Le plan pluriannuel s'inscrit dans une logique diamétralement opposée. Il entend ne pas tirer prétexte de la baisse démographique dans les collèges et les lycées pour réduire l'effort consenti par la collectivité nationale, mais, au contraire, **introduire des moyens supplémentaires** dans le système éducatif afin d'en permettre la transformation. Le mouvement enclenché par le plan pluriannuel a vocation à se prolonger, la fin du plan, en 2003, ne constituant pas un aboutissement, mais un point d'étape pour envisager de nouvelles pistes d'action.

Concrètement, le plan prévoit la création de 33 200 emplois entre 2001 et 2003 :

— **8 025 emplois pour le premier degré** : 2 400 emplois nouveaux de professeurs des écoles et 5 625 emplois de stagiaires. En trois ans, plus d'emplois pour le premier degré sont créés qu'au cours des dix années précédentes. Pour faire face à l'essor démographique, le gouvernement décide de porter les créations d'emplois à 2 000 chaque année, à partir de 2003.

— **19 575 emplois pour le second degré** : 5 900 emplois nouveaux d'enseignants (soit plus que la totalité des emplois créés dans ce secteur depuis 1993), 9 000 emplois pour la titularisation de professeurs contractuels et 4 675 emplois d'ATOSS (personnel administratif, technique, ouvrier, de services sociaux et de santé).

— **5 600 emplois pour l'enseignement supérieur** : 2 600 emplois d'enseignants et 3 000 emplois d'IATOSS (personnel ingénieur, administratif, technique, ouvrier, de services sociaux et de santé).

Plan pluriannuel (2001-2003)
27 975 créations d'emplois
hors stagiaires et résorption de surnombres

Enseignement scolaire				
Nature des mesures	*2001*	*2002*	*2003*	*Total emplois*
1er degré Créations nettes	**800**	**800**	**1 200**	**2 800**
Second degré dont : Créations nettes Précarité Transformation HSA	**4 900** 900 3 000 1 000	**5 000** 1 000 3 000 1 000	**5 000** 1 000 3 000 1 000	**14 900** 2 900 9 000 3 000
ATOSS et personnels médico-sociaux Créations nettes	**1 675**	**1 500**	**1 500**	**4 675**
Total scolaire	**7 375**	**7 300**	**7 700**	**22 375**

Enseignement supérieur				
Nature des mesures	*2001*	*2002*	*2003*	*Total emplois*
Enseignants chercheurs ATOSS-ITA	**300** **100**	**700** **1 000**	**700** **1 000**	**1 700** **3 000**
ATER sur crédits	**300**	**300**	**300**	**900**
Total supérieur	**1 600**	**2 000**	**2 000**	**5 600**

Une hausse programmée des recrutements sur cinq ans

Le gouvernement s'engage pour la première fois dans la programmation des recrutements inscrite dans la loi d'orientation de 1989, mais jamais réalisée. Il s'agit de créer une véritable dynamique du recrutement, en anticipant sur les importants renouvellements que vont connaître les différents corps de fonctionnaires de l'éducation nationale au cours des années qui viennent.

Le nombre des postes d'enseignants ouverts au concours dans l'enseignement scolaire va augmenter de 22 % à près de 50 % selon les disciplines, entre 2000 et 2005.

— **Dans le premier degré** : 62 000 nouveaux enseignants du premier degré seront recrutés entre 2000 et 2005 (contre 46 000 au cours de la période 1996-2000). Cette programmation volontaire et maîtrisée aura notamment pour effet de réduire rapidement le recours aux listes complémentaires, qui concerne près de 5 500 personnes par an.

— **Dans le second degré** : 88 000 postes seront mis au concours entre 2001 et 2005. Ces 88 000 recrutements correspondent à une augmentation des postes offerts aux concours externes de 25 % entre 2000 et 2003 et de 50 % entre 2000 et 2005 : de 13 590 postes offerts aux concours externes en 2000, on passe à près de 15 000 dès 2001, plus de 16 000 en 2003 et 22 000 à partir de 2005. Rappelons, pour bien souligner le caractère novateur de cet effort, que le nombre de postes offerts au recrutement aux concours externes d'enseignants a diminué de 23 % entre 1994 et 1997 et à nouveau de 20 % entre 1997 et 2000. Sur la période 2001-2005, en outre, 37 000 postes seront offerts pour la promotion interne et pour la résorption de la précarité.

Premier et second degrés confondus, ce sont près de 187 000 enseignants titulaires qui seront recrutés entre 2001 et 2005 : 62 000 nouveaux enseignants du premier degré, 88 000 nouveaux enseignants du second degré, 37 000 titularisations et concours internes du second degré.

Les **personnels ATOSS** du second degré se verront ouvrir au moins **10 000** possibilités de titularisation entre 2001 et 2005, et ceux de l'enseignement supérieur **4 000** sur la même période.

Pour les personnels IATOSS, le nombre de postes mis au concours progressera de 46 %, avec une augmentation exceptionnelle, pour la filière sanitaire et sociale, de 126 %.

Concernant les **enseignants-chercheurs** du supérieur, **3 600** postes seront mis au concours chaque année du plan (contre 3 200 en 2000). Cette progression s'inscrit dans la logique de la programmation de la gestion des emplois scientifiques menée en coordination avec le ministère de la recherche. Elle ne tient pas compte de la politique conduite par les universités pour mettre au concours des emplois d'enseignants qui servent aujourd'hui à la rémunération de personnels non permanents (enseignants invités, attachés temporaires d'enseignement et de recherche). La pyramide des âges des enseignants de l'enseignement supérieur est, en outre, sensiblement différente de celle des enseignants des premier et second degrés : l'augmentation des recrutements d'enseignants chercheurs entre 2001 et 2005 n'est donc pas liée à des départs nombreux à la retraite, qui ne se produiront qu'au cours des années suivantes.

La programmation des recrutements permet également de garantir l'effectivité de la mise en œuvre du protocole Sapin relatif à **la résorption de la précarité**, dont les effets se prolongent jusqu'en 2005. Au cours des cinq années 2001-2005, plus de 20 000 postes seront mis au recrutement des concours réservés et des examens professionnels pour les enseignants non titulaires du second degré. Les 9 000 emplois budgétaires créés, entre 2000 et 2003, par transformation de crédits de rémunération d'enseignants non titulaires seront notamment utilisés à cet effet. Ainsi une partie très significative de l'intégration d'enseignants non titulaires sera effectuée par transformation de ces crédits. Les ATOSS du second degré se verront ouvrir au moins 10 000 possibilités de titularisation entre 2001 et 2005, et ceux de l'enseignement supérieur 4 000 sur la même période.

Renforcer l'élan vers les métiers de l'éducation

Le plan pluriannuel prévoit le recrutement, entre 2001 et 2005, de 187 000 enseignants titulaires des premier et second degrés publics. Afin d'accompagner la politique de recrutement, le ministère organise, au cours de l'année 2001, **une campagne nationale d'information sur le thème « Professeur. Et si l'avenir c'était vous ? »**. Objectif : valoriser auprès des étudiants le choix du métier d'enseignant, l'idée étant de consolider et d'amplifier l'élan vers les professions de l'enseignement et de maintenir la qualité élevée des recrutements.

On notera que l'éducation nationale ne connaît ni crise de vocations ni désaffection pour le métier d'enseignant (en moyenne 10 candidats se présentent aux concours pour 1 poste).

III

UNE FORTE AUGMENTATION DES RECRUTEMENTS

Le nombre de postes mis aux concours dans les différents corps d'enseignants est sensiblement augmenté afin d'accompagner les départs à la retraite d'ores et déjà prévus et les créations d'emplois programmées entre 2001 et 2003.

• **+ 30 %** de postes au concours de professeurs des écoles entre 2000 et 2005 (alors que le nombre des postes au concours avait baissé de 30 % au cours des trois années précédentes). Dès 2001, le nombre des postes offerts aux concours externes s'élève à 11 000, soit une augmentation de 9 % par rapport à 2000.

• **+ 45 %** aux concours externes d'enseignants du second degré entre 2000 et 2005. En 2001, 15 000 postes sont offerts au recrutement des divers corps d'enseignants du second degré, soit 10 % de plus qu'en 2000.

Cette hausse programmée des recrutements doit attirer vers les métiers de l'enseignement les meilleurs étudiants et assurer la diversification des origines sociales des futurs professeurs.

Des chiffres en nette augmentation

Pour les professeurs des écoles, 8 500 places étaient offertes au concours en 1997. Ce chiffre est passé, en 2000, à un peu plus de 10 000 et à 11 000 en 2001. L'effort se poursuit en 2002 avec 12 000 postes proposés, soit une augmentation de près de 20 % depuis 2000 et de plus de 40 % depuis 1997.

L'augmentation régulière du nombre des postes offerts sur liste principale devrait ainsi ramener le recours aux listes complémentaires à un niveau raisonnable de 15 % du total des recrutements dès 2003 et de 10 % en 2004.

Pour les postes du second degré, l'augmentation est également forte. Entre 1997 et 2000 le nombre de postes était descendu autour de 13 000, soit une baisse de 20 %. Il est passé de 13 590 en 2000 à 15 000 en 2001. En 2002, il s'élève à 18 000, ce qui représente une augmentation de 20 % par rapport à l'année précédente et de plus de 30 % sur deux ans.

En parallèle, nous avons mis fin à certaines pratiques qui décourageaient les vocations et ne favorisaient pas la préparation des étudiants aux épreuves : la sous-estimation constante des besoins ; l'annonce anormalement tardive des postes mis au concours qui faisait que les étudiants n'étaient informés que dans les semaines, voire les jours, qui précédaient le concours ; la pratique dite des « listes complémentaires », enfin, pour les professeurs des écoles qui permettait de recruter, pour combler les besoins, des étudiants non reçus au concours et figurant sur les listes complémentaires afin qu'ils accomplissent des tâches d'enseignement en étant placés sur des postes non pourvus.

Deux mesures mettent un terme à cette politique irresponsable :

— Le nombre de postes mis au concours est connu dès le début de l'année.

— Dans le cadre du plan pluriannuel, il est décidé d'**augmenter chaque année progressivement le nombre de postes mis au concours**, à la fois pour compenser les départs en retraite et pour pourvoir les postes créés.

Quant à la prétendue crise de vocation liée au manque d'attractivité du métier d'enseignant, elle est du domaine des idées reçues.

En 2000 et 2001, on enregistre en moyenne 6 candidats par poste pour les concours de professeurs des écoles. Pour le second degré, 140 000 candidats sont inscrits aux concours externes de personnels enseignants, d'éducation et d'orientation de la session 2001 pour 15 000 postes, soit plus de 9 candidats par poste.

Le nombre de candidats par poste est très important depuis cinq ans : il est de presque 10 candidats par poste en moyenne :

— entre 7 et 9 candidats pour le CAPES (enseignement général) ;

— entre 9 et 10 candidats pour le CAPET (enseignement technique) ;

— 7 candidats pour le CAPEPS (éducation physique) ;

— entre 9 et 11 candidats pour les concours de professeurs de lycées professionnels.

Le nombre de candidats par poste est à un niveau aujourd'hui suffisant. Et les prévisions permettent d'évaluer un nombre de candidats par poste qui devrait se maintenir à 5 ou 6, proportion tout à fait satisfaisante.

S'agissant du métier d'enseignant, il reste attractif (voir en annexe les résultats d'études qualitatives menées par la direction de la programmation et du développement auprès d'échantillons représentatifs de jeunes enseignants nouvellement recrutés du premier et du second degré). Ces résultats doivent être soulignés car ils témoignent à la fois de l'existence d'une réelle vocation pour le métier d'enseignant et de grandes capacités d'enthousiasme face à cette profession.

Augmentation du nombre de candidats aux concours de l'enseignement en 2003

Les chiffres recueillis après la clôture des candidatures pour la session 2003 montrent que le métier d'enseignant est toujours très attractif. En effet, pour la première fois depuis cinq ans, le nombre des inscrits aux concours de l'enseignement augmente en 2003.

Dans le premier degré, le nombre de candidats aux concours progresse de 30 % après cinq ans de stagnation, et cela de façon quasi homogène entre les académies. L'augmentation est en partie due à l'adoption de dates de concours différentes entre les autres académies, ce qui offre la possibilité à certains candidats de se présenter à la fois dans la région parisienne et dans les autres académies.

La tendance s'est inversée dans le second degré. Ainsi, le nombre des candidatures aux concours externes, qui avait baissé de 23 % entre 1997 et 2001, est en hausse en 2002.

IV

L'ÉVALUATION AU SERVICE DE L'ACTION

Corollaire des politiques de déconcentration, de décentralisation et de contractualisation, l'évaluation est une nécessité absolue et vitale pour disposer d'instruments scientifiques et d'analyses incontestables de pilotage du système éducatif.

En outre, toutes les mesures annoncées entre avril 2000 et mai 2001 exigent une puissante capacité d'évaluation (travaux personnels encadrés, projets pluridisciplinaires à caractère professionnel, langues vivantes en primaire...).

C'est pourquoi, dans un souci d'objectivité, de sérénité et d'amélioration du débat public sur l'école (les questions scolaires véhiculent souvent préjugés, clichés et fantasmes), **une politique de relance de l'évaluation de l'école** est initiée.

Il s'agit de concevoir et de mettre à disposition des responsables, à tous les niveaux, des outils de pilotage, de diagnostic et d'analyse, et d'organiser une information aussi transparente et accessible que possible en direction du corps social. Cette évaluation prend des formes différentes : l'évaluation de l'école et de ses résultats; celle des élèves, de leur niveau et de leur progression au cours de la scolarité; enfin, celle des personnels qui est l'une des missions des corps d'inspection.

Il faut noter que la France est considérée, hors de nos frontières, comme le pays où le dispositif d'évaluation est le plus fiable et le plus riche : la direction de la programmation et du développement (aujourd'hui direction de l'évaluation et de la prospective), structure intégrée à l'administration centrale, est un outil unique permettant de recueillir des données quantitatives (système d'informations statistiques) et qualitatives (évaluation qualitative des résultats).

Le Haut Conseil de l'évaluation de l'école

Afin de répondre à **un souci de plus grande impartialité et de plus grande efficacité**, un organisme totalement indépendant du ministère de l'éducation nationale est créé en novembre 2000 : le Haut Conseil de l'évaluation de l'école.

Le Haut Conseil de l'évaluation de l'école, présidé par Claude Thélot, a pour vocation de rendre l'information sur l'école la plus transparente possible de façon à favoriser la qualité du débat public sur l'éducation. Sa mission consiste à expertiser les méthodes et les résultats des travaux d'évaluation du système éducatif conduit par le ministère comme par d'autres organismes nationaux ou internationaux. Il donne un avis sur les méthodes d'expertise et tire les enseignements des études et recherches existantes. Ses avis et recommandations sur l'état de l'évaluation du système éducatif français sont rendus publics dans un rapport annuel.

Cette instance est composée de 35 membres qui n'appartiennent pas à l'administration, ce sont :

— des représentants de la société dans son ensemble : d'une part, des élus (députés, sénateurs, présidents de conseils régionaux, présidents de conseils généraux, maires), d'autre part, des membres désignés par les principales organisations de salariés et d'employeurs ;

— des représentants des acteurs, partenaires et « usagers » de l'école (parents d'élèves, personnels de direction et personnels enseignants, lycéens et étudiants, associations complémentaires de l'enseignement public) ;

— des personnalités qualifiées, parmi lesquelles figurent des personnalités étrangères reconnues pour leurs compétences en matière d'évaluation et conduisant des travaux d'évaluation dans leur pays et au plan international.

Son champ de compétence couvre aussi bien les questions d'évaluation des acquis des élèves que celles touchant à l'évaluation des performances des établissements ou des pratiques éducatives. Tous les niveaux du système éducatif sont concernés, y compris l'enseignement supérieur et la formation professionnelle.

Pour sa première année d'exercice, le Haut Conseil de l'évaluation de l'école retient cinq chantiers prioritaires : l'effet de la réduction de la taille des classes sur les progrès des élèves, un état des lieux des forces et faiblesses de l'évaluation du système éducatif français, les résultats à la fin du collège, l'évaluation des lycées et l'évaluation des enseignements universitaires.

Voir aussi « Les rendez-vous de l'évaluation » (p. 356).

V

LE PLAN DE RELANCE POUR LA RECHERCHE EN ÉDUCATION

Suite au rapport intitulé « Pour un programme stratégique de recherche en éducation » [1] (novembre 2001) réalisé sous la conduite de l'historien Antoine Prost, professeur des universités, un plan de relance de la recherche en éducation est annoncé en 2001. Ce plan s'appuie sur deux mesures concrètes : le lancement d'**un programme incitatif de recherches coordonnées sur l'éducation et la formation (PIREF) et la refondation de l'Institut national de recherche pédagogique (l'INRP) dans le contexte universitaire lyonnais.**

1. Ce rapport est publié par la Documentation française.

Ces décisions traduisent une volonté de renforcer le champ des recherches sur l'éducation, de mieux structurer le milieu — en l'inscrivant dans le contexte international mais également en formant une nouvelle génération de jeunes chercheurs — et d'améliorer le dialogue et les échanges entre le secteur de la recherche et le terrain. Elles permettent de lancer un travail de longue haleine et constituent les premiers pas d'une démarche volontaire, déterminée et enthousiaste.

Cette relance repose sur le postulat — très étrangement, et de manière parfaitement propre à notre pays, non accepté unanimement par les hauts responsables — que le progrès de l'école, l'amélioration de son efficacité reposent aussi sur une recherche de qualité dont les résultats sont analysés, traduits, diffusés, pris en compte à tous les niveaux.

DES RECHERCHES NOMBREUSES MAIS PEU UTILISÉES

Le rapport dresse un état des lieux sans complaisance des systèmes de recherche en éducation et des enquêtes disponibles. Le constat est préoccupant : les recherches sont nombreuses (cette activité implique une communauté scientifique de près de 2 000 personnes), mais peu utilisées, trop dispersées, rarement évaluées et insuffisamment coordonnées (aucune instance n'est chargée de cette mission).

D'autre part, l'état d'inorganisation de la recherche ne permet pas de répondre aux questions essentielles du système éducatif. D'où la nécessité, pour les auteurs du rapport, de lancer un programme stratégique de recherche s'inscrivant dans la durée et mobilisant des chercheurs et des usagers.

Il aborde également l'articulation entre la

recherche et le système éducatif, ce qui permet d'évoquer la question de la formation des jeunes chercheurs, ou encore d'insister sur le nécessaire recentrage de l'activité de l'INRP...

DES MESURES POUR RELANCER LA RECHERCHE EN ÉDUCATION

Le plan de relance repose sur une stratégie à moyen et à long terme et comprend trois volets :

• **Développer et valoriser les études conduites par les directions du ministère de l'éducation nationale**, notamment la direction de la programmation et du développement (DPD) et la direction des enseignements scolaires (DESCO).

• **Lancer un programme incitatif de recherches coordonnées sur l'éducation et la formation (PIREF).**

Marie Duru-Bellat, professeur à l'université de Bourgogne, prend la tête de ce programme doté d'un budget de 6,1 millions d'euros (40 millions de francs) sur quatre ans. Ses missions : traduire les demandes du ministère et des professeurs eux-mêmes en questions de recherche, coordonner les recherches publiques sur l'éducation, structurer, évaluer, internationaliser la recherche sur l'éducation et renouveler la formation des jeunes chercheurs, valoriser les ressources scientifiques, identifier les équipes de recherche avec l'appui du CNRS, favoriser l'information scientifique des chercheurs et la diffusion ou la traduction des résultats de la recherche avec l'appui de l'INRP.

• **Réorganiser et refonder l'INRP à Lyon.**

La mutation de l'Institut national de la recherche pédagogique, liée à son implantation à Lyon à la rentrée 2004 (implantation préparée par Anne-Marie Perrin-Naffakh), s'inscrit dans le cadre de ce renforcement de la recherche sur l'éducation. L'INRP doit être une des pièces maîtresses de l'effort de redéploiement de la recherche sur l'éducation et la formation et participer à l'ouverture internationale de la recherche.

La transformation de l'INRP passe notamment par la définition d'un contrat d'objectif précisant ses missions, sa structure et ses ressources pour la période 2002-2006, ainsi que par une nouvelle organisation associant des unités mixtes de recherche et des équipes de recherche technologique.

Georges Solaux, professeur à l'université de Bourgogne, est chargé d'accompagner l'installation de l'INRP à Lyon à des fins d'insertion dans le tissu universitaire et scientifique lyonnais et rhône-alpin.

VI

UNE NOUVELLE POLITIQUE D'ÉLABORATION DES PROGRAMMES

Les programmes d'enseignement sont au cœur de l'école. Ils doivent être renouvelés en cohérence avec les décisions prises sur l'organisation des différents niveaux d'enseignement et avec les priorités affirmées à chacun de ces niveaux

Pour répondre à ce besoin de renouvellement, plusieurs solutions ont été essayées depuis une quinzaine d'années sans que l'on atteigne un équilibre permettant de mener le travail avec la continuité et l'efficacité nécessaires.

Il convenait de tirer les leçons des dysfonctionnements et de **mettre sur pied un dispositif stabilisé et rénové à la hauteur des défis du nouveau siècle**.

Dès le printemps 2000, Jack Lang a demandé à Alain Boissinot de dresser un état des lieux et de réfléchir à de nouvelles modalités d'élaboration et d'accompagnement des programmes.

Ce chantier important de la refondation des modalités d'élaboration des programmes a été conduit à son terme.

Un ensemble de mesures est annoncé devant les acteurs institutionnels, dont les compétences ont été mobilisées et les responsabilités clarifiées, dans le cadre de ce qui doit être une œuvre collective :

— **Les missions du Conseil national des programmes sont renforcées**. Cette instance interdisciplinaire, réunissant des spécialistes d'origines diverses, choisis pour leur compétence scientifique et leur expérience du système éducatif, est chargée d'éclairer en amont la réflexion sur les grands choix à opérer; composé actuellement de 22 membres, il va pouvoir s'adjoindre jusqu'à 8 consultants français et européens.

— **Les groupes d'experts, précédemment « groupes techniques disciplinaires », sont renouvelés**. Ces groupes, chargés de la rédaction des programmes, ont été élargis et leur composition a été revue pour mieux associer toutes les compétences, pour que les différents points de vue soient représentés et pour que les enseignants du primaire et du secondaire puissent apporter toute leur expérience de la classe.

— **L'inspection générale a un rôle nouveau.** Elle est un réservoir de compétences dont il serait absurde de se priver.

— **Le directeur de l'enseignement scolaire devient un pivot du dispositif.** Un rôle de coordination d'ensemble lui est confié ; elle est chargée d'organiser et de faciliter l'activité des groupes d'experts.

— **Les recteurs ont une pleine responsabilité pédagogique :** la mise en œuvre des consultations sur les programmes, qui permettent d'associer largement les enseignants à leur élaboration, relève de leur autorité.

Les mesures prises par Jack Lang visent également à assurer la cohérence des programmes entre les différents niveaux du primaire et du secondaire et entre les disciplines d'une même année :

— Pour la première fois **un groupe est mis en place pour le premier degré.** Ce groupe unique est présidé par Philippe Joutard.

— Philippe Joutard a été chargé par ailleurs d'**une mission de réflexion sur le collège** (volonté de veiller à une cohérence entre primaire et collège). Cette mission sur les collèges s'inscrit dans un travail de fond pour mieux y articuler entre eux les enseignements des différentes disciplines.

— Ce souci de cohérence explique également **la création d'un groupe placé auprès de la direction de l'enseignement scolaire,** présidé par le recteur Joseph Losfeld, qui va travailler sur les nouvelles pratiques d'enseignement ayant une dimension interdisciplinaire (travaux personnels encadrés, travaux croisés).

— La composition des groupes d'experts doit également intégrer la préoccupation de cohérence : ainsi, **des professeurs en collège ont été intégrés dans les groupes,** à la faveur de leur élargissement, alors que, jusqu'à présent, les professeurs membres des groupes étaient tous en lycée.

— **Les méthodes de travail des groupes respecteront cet impératif de cohérence**. La direction de l'enseignement scolaire et le Conseil national des programmes veilleront à ce qu'ils se rencontrent et échangent sur leurs travaux respectifs.

— La cohérence, c'est aussi la cohérence dans le temps : les consultations seront prolongées en une sorte de **veille permanente,** organisée par la direction de l'enseignement scolaire. Elle débouchera sur des actualisations régulières des « documents d'accompagnement ». Il faut que les programmes se concentrent sur l'essentiel et que ces textes d'application permettent des évolutions en douceur.

D'autres mesures ont pour objectif d'**ouvrir le champ de la réflexion et d'élargir la diffusion des programmes :**

— La réflexion doit être enrichie par des exemples de **ce qui se fait à l'étranger**. Le ministre souhaite que le Conseil national des programmes associe des personnalités européennes à ses travaux et que la direction de l'enseignement scolaire organise le recueil systématique d'informations dans d'autres pays.

— **Les programmes doivent être accessibles à tous.** Cela implique d'abord qu'ils soient rédigés de façon compréhensible par des non-spécialistes ; ils devront être précédés d'un texte de présentation qui en éclaire les choix. Cela implique également qu'ils soient largement diffusés, ainsi que les documents d'accompagnement, sous forme imprimée et sur les sites Internet de l'éducation nationale.

Cette refondation des modes d'élaboration des programmes était indispensable pour une refondation des enseignements eux-mêmes : pour rester vivants et incarner pleinement la dynamique d'un projet éducatif, il fallait créer les conditions favorables à un travail patient et raisonné de renouvellement. Elle était d'autant plus essentielle que nous devons répondre à des besoins nouveaux, développer de nouvelles façons d'enseigner et faire évoluer les enseignements existants.

Il ne s'agit pas d'un dossier technique parmi d'autres : nous sommes ici au cœur même des enseignements et des ambitions de l'école.

Deuxième partie

LE SENS D'UNE ACTION

Entretien réalisé avec Jean-Noël Mouret

Une maïeutique collective au service du changement

Votre passion de l'école est-elle récente ?

Elle est ancrée en moi depuis toujours. Par tradition familiale. Ma mère était institutrice. Son père fut lui aussi maître d'école. En terre de mission : la Vendée. À une époque où l'instituteur de l'école publique y était souvent conspué comme un envoyé du diable ! Fils de l'école républicaine, j'ai accompli le rêve de mon adolescence : devenir professeur. Un de mes plus grands bonheurs professionnels fut pour moi l'obtention de l'agrégation de droit public. Et surtout le travail avec mes étudiants.

Vous avez exercé à deux reprises les fonctions de ministre de l'éducation nationale ?

Oui. Une première fois, en avril 1992, à la demande du nouveau Premier ministre Pierre Bérégovoy et en assumant comme ministre d'État simultanément les fonctions de ministre de la culture et de ministre de l'éducation nationale. Pour une durée de onze mois. Jusqu'aux élections législatives de mars 1993. Une deuxième fois, sur la proposition de Lionel Jospin : de mars 2000 à avril 2002. Soit pendant deux ans.

Chaque fois, on vous a appelé pour éteindre l'incendie ?

Pour rétablir un climat de sérénité et de confiance. Non pour chloroformer, mais pour changer les choses. Ainsi avais-je agi comme ministre de la culture : c'est avec le soutien des créateurs et non contre eux que nous avons profondément transformé le paysage culturel français. Lors de mon premier mandat de ministre de l'éducation nationale, d'importantes réformes ont été accomplies, notamment au lycée et à l'université, dans une atmosphère de respect réciproque. Sans oublier la conclusion de l'accord avec l'enseignement catholique qui a mis fin définitivement à la guerre scolaire.

Pacifier pour transformer

Sous quel signe avez-vous placé votre deuxième mandat au ministère de l'éducation nationale ?

Notre école sortait à peine d'une crise qui l'avait éprouvée. Mais l'enthousiasme restait intact. Il constitue le cœur de toute action éducative, l'étincelle qui pousse à enseigner. C'est sur cet enthousiasme que je me suis appuyé pour ouvrir le chemin à une révolution constructive de l'éducation nationale.

De quelle manière ?

Pour bâtir un service public fort et moderne de l'éducation nationale, j'étais animé par un idéal et par une méthode que j'avais expérimentée, maintes fois antérieurement, à la tête d'autres institutions publiques.

Un idéal : une école républicaine de l'exigence. Ma conviction de toujours est que chaque citoyen a le droit d'accéder à la culture la plus élevée et au savoir le plus ambitieux. L'idéal d'une école élitaire pour tous ne sera atteint que si, à partir d'un socle de connaissances solidement acquis par chacun, nous réussissons à libérer et à reconnaître la diversité des sensibilités et des talents. C'est un devoir régalien de donner sa chance à chacun.

Un idéal et une méthode

Une méthode au service de cet idéal : prendre d'abord le temps de radiographier la situation, de solliciter les propositions et, par une sorte de maïeutique collective, de faire naître des réponses concrètes et ambitieuses. Ensuite, il appartient au ministre de trancher, d'assumer ses responsabilités et d'assurer scrupuleusement la mise en application des décisions prises.

Revenons sur votre idéal

Dès mon arrivée au ministère de l'éducation nationale, j'ai dit et redit mon obsession de la réussite de l'élève. Un fait inacceptable entache la grande réussite de l'école française et de ses maîtres : 10 % à 15 % des enfants entrant au collège sont en plus ou moins grande difficulté face à la lecture et à l'écriture. D'où ma volonté d'agir en amont, dès le plus jeune âge. C'est à ce moment-là que tout se joue ou presque : la promesse

Agir dès le plus jeune âge

de la réussite ou les premiers signes de l'échec. L'enfant est alors riche de tous les possibles. Le rôle de l'école est de donner à l'élève les chances d'épanouir ses aptitudes infinies et de préserver et d'étancher sa soif de comprendre, de découvrir et d'apprendre.

Au-delà de l'école de base (école maternelle et élémentaire), quel fut votre principal objectif ?

Le même : offrir aux élèves une culture commune et, simultanément, diversifier les chemins qui mènent à la connaissance. Bref, donner à chaque élève et étudiant, quels que soient les origines sociales, les handicaps ou les difficultés rencontrées au cours de la scolarité, les moyens d'accéder au meilleur de la culture et du savoir. Ainsi peut-on former des citoyens éduqués et éclairés, responsables et autonomes, aptes à comprendre et à transformer le monde.

Une idée simple, mais formidablement ambitieuse !

Pas tant que cela, puisque c'est précisément l'ambition des pères fondateurs de l'école publique en France, Jules Ferry en tête. Simplement, il faut aujourd'hui, plus de cent vingt ans plus tard, prendre en considération l'évolution des mentalités, des attentes de la société française. Rester fidèle, donc, à ces ambitions d'origines, tout en les revisitant. C'est aussi dans ce sens que j'emploie ce terme de « rénovation ».

Vous avez évoqué votre idéal. Revenons un instant à votre méthode. Pourquoi votre obsession de la maïeutique collective ?

On ne réforme pas la société contre les citoyens. On ne transforme pas l'école contre les professeurs. Aucun d'entre nous, fût-il ministre, n'a en lui la vérité révélée. Les grandes aventures de la transformation sociale sont d'abord l'œuvre des citoyens. Seul un climat de paix scolaire permet à l'énergie réformatrice de l'emporter sur les blocages de toutes sortes. Rien de durable ne peut se construire sans échange et sans respect mutuel. L'ampleur d'une réforme ne doit pas être jugée à l'aune des tempêtes qu'elle peut provoquer ! Il est hélas un poncif très répandu aujourd'hui selon lequel plus la houle est forte, plus la réforme est transformatrice ! Depuis un an et demi, la communauté éducative a été jetée dans la rue alors qu'aucune réforme concrète n'a été réellement engagée.

La victoire de l'énergie réformatrice

D'où votre volonté de faire du ministère de l'éducation nationale une ruche à idées...

Oui. Rénover l'éducation, c'est bien sûr d'abord définir des orientations nationales, impulser de nouvelles dynamiques et ouvrir des pistes pour l'avenir. Mais je considère également que chaque réforme implique en amont négociation, concertation et échanges. Je ne crois pas que, dans un système démocratique, on puisse agir par diktat, par oukase et imposer une décision au forceps. Au contraire, toute initiative nouvelle doit être prise

Capter les ondes positives

en étroite implication avec les milliers d'enseignants et de responsables qui, de l'administration centrale aux établissements, en passant par les rectorats et les inspections, permettent au service public d'éducation d'accueillir et de former quotidiennement près de 15 millions d'élèves et d'étudiants. Il est donc vital que les équipes pédagogiques s'approprient les projets nouveaux retenus par l'équipe ministérielle. Ces acteurs de terrain, ce sont eux qui donnent tout leur sens aux réformes et qui contribuent à leur efficacité.

On ne peut accomplir un changement qu'en captant les ondes positives.

Un ministre doit être à sa manière un pédagogue...

Un ministre de l'éducation nationale incapable de se montrer pédagogue, c'est à désespérer — et c'est pourtant ce qui se passe parfois ! Si, comme on l'a vu ces derniers temps, un ministre se transforme en procureur, en imprécateur, qui dénigre systématiquement sans rien proposer en contrepartie, comment peut-il espérer faire avancer les choses ? Comment, mais comment peut-on imaginer transformer l'éducation contre les enseignants ? Pourtant, cette idée absurde revient de manière récurrente !

Ne faites tout de même pas croire qu'un peu de pédagogie suffit pour que tout aille pour le mieux dans le meilleur des mondes !

Les enseignants ont dans leur immense majorité avant tout envie de bien faire leur métier, d'assurer la réussite de leurs élèves. Ils sont prêts à donner beaucoup d'eux-mêmes s'ils sentent qu'ils sont considérés et qu'en face leur interlocuteur les respecte. Ce qui ne veut pas dire qu'il n'y a ni résistances ni corporatismes. Et heureusement !

Pardon ?

Oui, j'ai bien dit « heureusement » ! Dieu merci, il y a des résistances, car le pouvoir ne doit pas être un pouvoir arbitraire. La stabilité de l'administration, qui fait partie des traditions de l'État, empêche que le moindre politicien de passage ne puisse imposer ses caprices et ses tocades ! Quant au corporatisme, terme dont certains affublent, non sans mépris, les organisations syndicales, il n'est pas ce que l'on croit. Être corporatiste, c'est bien souvent aimer passionnément son métier, le défendre bec et ongles contre ceux qui voudraient, pour atteindre des objectifs purement politiciens, casser, couper, amputer le service public. Personnellement, j'ai beaucoup de respect pour les organisations professionnelles et syndicales. Ce dont je peux me plaindre, c'est de leur faiblesse, non de leur force : j'aurais souvent préféré avoir des interlocuteurs plus puissants, avec qui les accords, une fois établis, auraient été plus faciles à mettre en œuvre. J'irais même plus loin : les syndicalistes que l'on présente comme les plus durs, les pires, se révèlent parfois les meilleurs, les plus intéressants. J'ai beaucoup appris lors de rencontres, formelles ou informelles. Je déplore leur affaiblissement progressif et je souhaite que les nouvelles générations ne désertent pas ces organisations, mais au contraire leur apportent leur énergie, leur souffle, leur jeunesse...

Puissent les nouvelles générations de professeurs apporter leur souffle aux organisations syndicales

Donc, au fond, un ministère où tout est possible...

Ou presque tout, mais pas n'importe comment ! Il faut avoir des convictions. Donc tout faire pour les faire partager. Il faut aussi se garder des volte-face : on a le droit de faire évoluer sa position, mais à condition de l'annoncer, de l'expliquer, d'accepter le débat. Tout est possible si un ministre a vraiment une volonté politique, une vision à long terme, et l'envie réelle de faire bouger les choses.

Des décisions imaginatives et pionnières

Bouger les choses ?

Un ministre doit avoir le courage de prendre des décisions pionnières et imaginatives qui transforment durablement et profondément le paysage éducatif. Par tempérament, par expérience, par goût, j'ai toujours été personnellement un ministre militant du changement. Et je crois l'avoir prouvé par mes actes au ministère de la culture comme au ministère de l'éducation nationale. Lors de mon premier mandat de ministre de l'éducation nationale en 1992, nous avons ouvert ou parachevé de nombreux chantiers : la réforme du lycée et du bac, la rénovation des DEUG à l'université, l'adoption du premier plan antiviolence, la création des sections européennes, l'enseignement des langues en CM2, le plan pour les arts à l'école (déjà !), la fin de la guerre scolaire. Lors de mon deuxième mandat, je crois n'avoir pas davantage chômé ! Dès mon arrivée, j'ai imposé un rythme de travail intense, y compris au cours de l'été 2000 !

Un ministre militant du changement

Les chantiers ont succédé aux chantiers : réforme du lycée, réforme de l'école, réforme des programmes, réforme du collège, réforme des IUFM, réforme de l'université... En deux ans, nous avons amorcé une métamorphose profonde de cette grande maison de l'éducation nationale. On a le droit d'en contester l'orientation et non d'en nier la véracité !

Comment cette pédagogie de la rénovation s'est-elle matérialisée ?

Mon projet était simple : revisiter notre système d'enseignement en commençant par le commencement, et d'abord par l'école maternelle, qui pour la première fois a été traitée comme une vraie école. Et ensuite dérouler par ordre chronologique le fil des choses : école élémentaire, collège, lycée, université... et puis la formation permanente post-universitaire.

Pour illustrer mon propos, je prendrai l'exemple des nouveaux programmes de l'école primaire entrés en application à la rentrée 2002. Ils sont le fruit d'un travail collectif sans précédent. Pour la première fois depuis 1923, une réflexion nouvelle a été menée sur l'ensemble des programmes, avec des avancées très audacieuses en matière de pédagogie. À partir des propositions ministérielles, une équipe animée par le recteur Philippe Joutard, réunissant des experts et des acteurs de terrain (universitaires, linguistes, instituteurs, psychologues...) a élaboré un premier texte en coordination avec le Conseil national des programmes et après consultation de l'Observatoire national de la lecture.

Ensuite, et là réside la véritable originalité, cette proposition a été soumise à la réflexion de chacun des 330 000 maîtres d'écoles. Jamais une refonte des programmes n'avait fait l'objet d'une telle consultation générale. Les maîtres nous ont fait parvenir leurs réflexions, critiques, propositions et contre-propositions, dont nous avons largement tenu compte. Ils sont ainsi devenus les coauteurs de textes qu'ils ont rendus plus ambitieux et plus exigeants.

Avez-vous utilisé cette même méthode pour traiter les autres dossiers ?

Naturellement oui. Prenons l'exemple de la réforme du lycée qui avait été le détonateur de la crise. J'ai dû la régler en extrême urgence. Nous étions fin mars. La situation exigeait une décision avant le 15 avril 2000. Une idée inventée par Claude Allègre, la création des TPE (travaux personnels encadrés), faisait office de chiffon rouge. Après avoir pesé et soupesé les enjeux et rencontré longuement les organisations professionnelles, j'en vins à la conclusion que cette réforme excellente devait être maintenue, même si certains syndicalistes la rejetaient. Je dois également dire que j'avais ouvert dès 1992 une option « Histoire des arts » qui préfigurait les TPE. Elle proposait aux élèves des travaux par essence pluridisciplinaires et associait les professeurs de français, d'histoire, d'art plastique, de musique... Encore fallait-il faire accepter par les professeurs l'idée des TPE contre laquelle ils s'étaient dressés, vent debout. Dans ce but, je pris toute une série de mesures d'accompagnement : une application progressive fondée sur le volontariat, le déblocage d'importants crédits en faveur des centres de documentation et d'information des lycées et de la formation des professeurs, la consolidation des savoirs fondamentaux, en particulier le renforcement des horaires de mathématiques, de langues vivantes et

Maintenir le cap de la réforme

de lettres en série littéraire et scientifique. Bref, contrairement aux prophéties de ceux qui me prêtaient l'intention d'abandonner ces réformes, j'ai fermement maintenu le cap, grâce à l'assouplissement des modalités d'application. Aujourd'hui, les TPE sont définitivement acceptés.

C'est dans le même esprit que je confiais un peu plus tard au recteur Philippe Joutard la mission de m'aider à préparer la réforme du collège. À partir de ses propositions et d'une consultation nationale, je tranchais en faveur d'un collège républicain à la fois un et multiple.

Et pour l'université ?

Là encore et sur la base du remarquable travail accompli par Claude Allègre, j'ai pris mes décisions après une large réflexion collective. J'ai d'abord ouvert un débat national par une déclaration devant le Conseil national de l'enseignement supérieur et de la recherche (CNESER). Puis, j'ai soumis à l'ensemble des universités un plan concret de transformation des diplômes et de construction d'un espace universitaire européen. Un an plus tard, et malgré les réticences de mes amis de l'Unef et du Snes Sup, je rendis définitif l'ensemble de ces mesures. Ainsi peut-on par le dialogue et un minimum de courage politique faire prévaloir une vision neuve et ambitieuse de l'université. *A contrario*, par son projet de loi universitaire, aussi désordonné que dangereux, le gouvernement actuel n'aura réussi qu'une seule chose : empêcher le CNESER d'habiliter dans les délais la première vague de diplômes européens harmonisés. Du temps perdu en raison de

Comment l'amateurisme tue les meilleures idées

de l'amateurisme et du dilettantisme de l'équipe ministérielle actuelle ! Ce gouvernement qui se prétend réformateur tue dans l'œuf les meilleures idées et s'enfonce dans un immobilisme régressif.

Une méthode, c'est aussi des hommes et des femmes pour mettre en place vos décisions ?

Oui. J'ai eu la chance d'être entouré d'une équipe exceptionnelle. Des personnalités d'envergure. Toutes avec une expérience de terrain. Riche d'une connaissance intime et vivante de l'école. J'aimerais pouvoir citer chacun et chacune d'entre eux ! Dès ma nomination par Lionel Jospin, j'ai aussitôt sollicité Christian Forestier pour prendre la tête de mon cabinet. Il connaît la maison de l'intérieur. Il en a gravi tous les échelons. Il a exercé de multiples responsabilités : professeur d'université, recteur, directeur des collèges et des lycées, directeur de l'enseignement supérieur. C'est un travailleur infatigable. Il est sur le pont, du lever du jour au coucher du soleil. Souvent, nous nous retrouvions le dimanche pour préparer les réformes. À ses côtés, comme directeur adjoint de cabinet, Pierre Ulrich m'a apporté pendant quelques mois son concours efficace sur le plan budgétaire. Éclairé par ses conseils, j'ai pu obtenir dès le mois de juin 2000 une rallonge d'un milliard de francs, mettre en place un plan pluriannuel de recrutement des enseignants et arracher un budget en hausse très forte. André Hussenet, mon conseiller spécial dès les premières minutes, était mon deuxième directeur adjoint de cabinet. C'est une personne aux qualités humaines rares. Unanimement respecté. Doué d'une conscience professionnelle aiguë. J'avais pu apprécier ses qualités d'organisateur en

Une équipe de terrain

1992 lorsque je lui avais confié la fonction nouvelle de directeur de l'académie de Paris qui avait besoin d'une profonde métamorphose.

L'ensemble de l'équipe choisie par Christian Forestier et André Hussenet était composé de super-professionnels qui ne ménageaient ni leur temps, ni leur énergie, ni leur générosité. Nous avons vécu ensemble deux années intenses. Sans doute ai-je abusé de leur temps et de leur passion ! L'œuvre accomplie est d'abord la leur. J'aimerais aussi dire mon extrême gratitude aux directeurs du ministère avec qui j'ai eu le bonheur de travailler jour après jour. Ils sont l'honneur de l'État et de la République. Deux fois oui : le ministère de l'éducation nationale est une grande maison. Une très grande maison. La gouverner est un plaisir et une source quotidienne de satisfaction et de découvertes heureuses.

Quotidienne ?

La première des réformes : assurer la bonne marche quotidienne du ministère

Transformer la politique de l'éducation nationale passe aussi par une métamorphose interne du fonctionnement même de la maison. Un exemple : la préparation de la rentrée scolaire. On a bien voulu dire que nos rentrées furent des rentrées réussies. Pourquoi ce résultat ? Là encore, mon équipe a mis au point des méthodes tout à fait nouvelles, sous l'impulsion de Christian Forestier, le coordinateur, et des trois directeurs concernés, Michel Dellacasagrande, Pierre-Yves Duwoye et Jean-Paul de Gaudemar. Pour le premier degré, nous avons radicalement changé le système de préparation de la carte scolaire : par une pleine transparence des critères de répartition de postes et une organisation déconcentrée. Pour le second degré (collèges et lycées), le changement a été encore plus radical. Trop souvent dans le passé, des élèves s'étaient retrouvés en octobre sans professeur. Pour en finir avec cette anomalie, nous avons décidé de préparer longtemps à l'avance la rentrée par l'attribution dès le mois de décembre de la totalité des emplois. C'est déjà réformer l'éducation nationale que d'assurer sa bonne marche !

Ce sont souvent des mesures simples et modestes qui changent la vie de l'institution plus encore que certaines décisions abstraites. Un exemple parmi beaucoup d'autres : la notation des professeurs des écoles. Alors qu'elle intervenait dès la première année de fonction des nouveaux maîtres, j'ai demandé aux inspecteurs de la reporter d'un an et de jouer pleinement leur rôle de conseillers au cours de la première année d'exercice du métier.

Parmi les mesures qui changent la vie quotidienne, il y a évidemment celles — on l'oublie trop souvent — qui améliorent la situation des personnels. On ne dira jamais assez, par exemple, les vertus de l'acte historique d'équité accompli par François Mitterrand et Lionel Jospin de revalorisation de la rémunération des professeurs.

Et vous-même, quelles mesures de ce type avez-vous prises ?

Pour ma part, je suis heureux d'avoir contribué à corriger certaines injustices : l'intégration des PEGC comme professeurs de collège à part entière, l'assimilation progressive des professeurs de SEGPA (professeurs des écoles chargés en collège des élèves les plus en difficulté) aux professeurs de l'enseignement secondaire, l'alignement des horaires des professeurs d'art de l'enseignement secondaire sur ceux de leurs collègues des autres disciplines, la valorisation des professeurs de lycées professionnels...

Autre exemple concret : la stabilisation des équipes pédagogiques dans les établissements les plus difficiles. Dès 1992, j'avais noté que dans certains collèges, la personne la plus ancienne était l'élève de 3e ! J'ai donc pris la décision d'accorder un avantage particulier à ceux des professeurs qui accepteraient d'enseigner cinq ans dans ce type d'établissement. La formule a obtenu un grand succès auprès des enseignants et a contribué à créer un meilleur climat dans ces collèges.

Et les personnels non enseignants ?

Ils n'ont pas été oubliés. Les mesures que nous avons prises sont nombreuses : l'amélioration matérielle et morale du statut des chefs d'établissements, la résorption de la précarité de plusieurs milliers d'agents, la reconnaissance de la parité entre les infirmières de l'éducation nationale et leurs collègues de la fonction publique hospitalière. Je pense aussi à la signature de deux accords d'ampleur nationale sur l'aménagement du temps de travail acceptés par l'unanimité des organisations syndicales.

Et l'université ?

Permettez-moi simplement de citer une mesure concrète qui sera une source d'une petite révolution au sein des universités. Grâce à la globalisation des primes et aux décharges des services d'enseignement, les universités pourront encourager financièrement les professeurs qui s'engagent dans la rénovation pédagogique du 1er cycle, l'animation des campus numériques ou dans la formation tout au long de la vie.

Votre méthode, c'est enfin le soutien du Premier ministre !

J'ai en effet eu le privilège de bénéficier de l'appui permanent du Premier ministre Lionel Jospin et de ses collaborateurs. Et, au premier chef, Olivier Schrameck, son directeur de cabinet. L'équipe de Matignon, à commencer par son capitaine, disposait dans le domaine de l'éducation d'une expérience à nulle autre pareille. Ils étaient eux aussi de vrais pros ! Une réunion deux fois par mois avec le Premier ministre permettait également de faire progresser les dossiers.

Le soutien permanent de Lionel Jospin

La fonction de Laurent Fabius, ministre de l'économie et des finances, le portait parfois à résister à mes demandes toujours gourmandes. Mais, convaincu lui aussi de l'importance de l'enjeu éducatif, il n'a pas ménagé son soutien amical et concret.

La langue française, notre maison commune

Revenons au contenu précis de vos décisions. Et pour employer votre expression, recommençons par le commencement : l'école maternelle et élémentaire. Pourquoi avoir voulu changer les choses alors que l'école de base est plutôt plébiscitée par les parents ?

Recommencer par le commencement : l'école de base d'abord

Un bref rappel historique est nécessaire : il aura fallu deux programmes successifs, ceux de 1882 et de 1887, pour construire une organisation de l'école et des enseignements qui rendent possible l'ambitieux projet de Jules Ferry : alphabétiser tous les Français et leur faire adopter, sans retour, la République. Mais, ainsi que l'a expliqué brillamment l'inspecteur général Jean Hébrard, il faudra attendre 1923 pour que se déploient véritablement les principes de 1882, notamment l'obligation scolaire voulue par la loi, permettant enfin à chaque enfant de bénéficier de la totalité des trois cycles de l'école primaire : élémentaire, moyen et supérieur. Dès lors, l'ambition de la IIIe République pouvait s'exprimer pleinement : l'école offrait à chaque enfant une véritable culture, littéraire, humaine et scientifique, et recommandait aux maîtres des méthodes de travail qui laissaient toute leur place à l'activité et à la créativité de l'élève.

Au fil du temps, et notamment après la Seconde Guerre mondiale, cette école chargée de mener la majorité des élèves au certificat d'études, qui leur servait de bagage intellectuel pour le restant de leur vie, a vu sa mission évoluer devant la demande croissante, et même pressante, des parents, désireux de faire accéder leurs enfants au moins jusqu'au niveau du brevet, et si possible du baccalauréat.

Ce qui laisse supposer que cet allongement des études a vidé les programmes du primaire de leur substance...

Paradoxalement, oui. De réformes en adaptations, de programmes réajustés en programmes réorientés, l'école primaire a vu son rôle se réduire progressivement, pour se limiter, finalement, à inculquer les notions de base — lire, écrire, compter — en partant du principe que les enfants bénéficieraient de connaissances plus élaborées à partir de la 6e. Comme un nombre non négligeable d'élèves arrivaient alors en 6e sans même posséder suffisamment ces notions de base, les critiques se sont abattues sur les maîtres, qui ont encore davantage mis l'accent sur la lecture et l'écriture, restreignant la part des mathématiques et réduisant histoire, géographie et sciences à la portion congrue. Quant à l'enseignement artistique, mieux valait ne pas en parler ! Voilà, en gros, l'état des lieux tel qu'on pouvait le dresser il y a quelques années.

L'ouverture précoce à une culture partagée

Tout cela allait directement à l'encontre de la volonté de Jules Ferry, qui déclarait en 1880 : « Les méthodes nouvelles, qui ont pris tant de développement, tendent à se répandre et à triompher : ces méthodes consistent non plus à dicter comme un arrêt la règle à l'enfant, mais à la lui faire trouver; elles se proposent avant tout d'exciter et de développer la spontanéité de l'enfant, pour en surveiller, en diriger le développement normal au lieu de l'emprisonner dans des règles toutes faites auxquelles il n'entend rien. » On mesure ainsi le recul accompli en un siècle...

Certes, mais le collège permettait tout de même de rattraper le temps perdu...

Peut-être pour certains, mais à quel prix! Le gavage, l'empilement de connaissances mal assimilées, les programmes trop lourds donc survolés, quand le retard pris en cours d'année scolaire n'obligeait pas à faire l'impasse sur certains chapitres... Mais il y avait beaucoup plus grave : cette fuite en avant de l'école primaire dans des apprentissages de plus en plus instrumentaux et rudimentaires, cet abandon d'une construction patiente de l'intelligence de l'élève, ce désintérêt pour une ouverture précoce à une culture partagée, qui caractérisait les programmes de 1923, défavorisaient terriblement les élèves les plus fragiles. Donc, à partir de là, la refonte générale devenait une nécessité urgente.

Une refonte des programmes de l'école première

Pourquoi une telle urgence?

Il était essentiel de redéfinir en tout premier lieu les missions, les ambitions, les exigences de l'école primaire. Je décidai donc d'accomplir un rêve ancien : refonder d'abord notre école maternelle et élémentaire. C'est l'école qui fait faire leurs gammes aux élèves, stimule leur intelligence et éveille leur sensibilité.

Pour la première fois, des programmes pour l'école primaire ont été élaborés comme le sont ceux du second degré. Ils ne se limitent pas à un catalogue de points à traiter. Ils ont l'ambition et le souci d'expliquer clairement les objectifs poursuivis, les contenus des apprentissages et les méthodes qui seront les mieux appropriées pour y parvenir.

Pourquoi l'école primaire est-elle la pièce maîtresse de votre nouvelle architecture de l'école ?

Notre système éducatif forme un tout. Toute modification introduite dans le déroulement d'une étape du parcours scolaire et universitaire comporte des effets en amont et en aval. La logique commande donc de transformer d'abord les toutes premières années de la scolarité.

Et cela pour une raison essentielle : c'est au tout début de l'acquisition de la langue que certains élèves, déjà, risquent de perdre pied. L'échec n'est pas supportable. Dès le plus jeune âge, les inégalités verbales se creusent. Le nombre de mots compris par un enfant à l'entrée du cours préparatoire peut varier, suivant les cas, de 600 à 1800 mots. De tels écarts sont porteurs d'inégalités d'autant plus graves qu'elles sont précoces et que la pauvreté du vocabulaire perturbe l'apprentissage de la lecture.

Dès le plus jeune âge, les inégalités verbales se creusent

L'école ne doit jamais se résigner à laisser des élèves dans la souffrance de l'échec. Elle doit sans cesse offrir à chaque enfant qui bute devant l'obstacle des occasions nouvelles de le franchir, de vouloir s'y affronter et, triomphant de la difficulté, d'acquérir ainsi la confiance en lui-même.

L'acquisition de la langue est donc la raison de ce choix ?

J'ai en effet souhaité que la nouvelle architecture de notre école s'ordonne autour d'un axe central : la langue française. La passion, l'amour de notre langue. D'elle tout procède. Vers elle tout converge. La langue française est la colonne vertébrale de notre culture. Elle est le savoir des savoirs, la porte qui ouvre aux autres disciplines. Et chaque discipline est, en retour, un nouveau sésame vers la langue. Plus fondamental encore : elle est la maison commune de tous les citoyens de ce pays qu'elle relie les uns aux autres. Un enfant qui ne trouve pas les clefs d'accès à notre langue est un enfant blessé, mutilé, humilié, exclu. Là naît une violence qu'aucune prison ne saura jamais guérir.

La langue française, colonne vertébrale de notre école

Commencer par le commencement, c'est commencer par la maternelle...

Tout à fait. Pour la première fois, il y a un vrai programme de l'école maternelle, parce que c'est le seul moyen de garantir l'apprentissage oral de la langue, que je considère comme absolument décisif.

Au départ, les professeurs de maternelle craignaient que tout cela n'aboutisse à « primariser » l'école maternelle. Je leur ai expliqué qu'il fallait naturellement préserver la fraîcheur de la maternelle, mais en même temps la considérer comme une vraie école et donc mettre en place des évaluations dès l'entrée en grande section maternelle pour pouvoir s'attaquer le plus tôt possible aux inégalités des enfants face à la langue orale (discrimination des sons, richesse du vocabulaire, construction des phrases...). Alors seulement l'école jouera pleinement son rôle social.

Beaucoup se joue dès la maternelle

Notre école maternelle est rituellement couverte d'éloges, mais elle est trop souvent laissée en jachère. L'école maternelle doit être une école de plein exercice. Il ne suffit pas d'en faire proclamation. Il faut aussi agir. J'ai ainsi donné priorité à l'expression orale pour préparer l'accès à l'écrit. Le programme particulier pour l'école maternelle propose donc une familiarisation progressive avec l'écrit, les livres et les graphismes. Il faut faciliter le compagnonnage avec les livres dès l'école maternelle. Le contact régulier avec la langue des livres et les langages écrits, grâce à la lecture à haute voix par un adulte, au conte, vrai don littéraire à l'enfant, ont une importance décisive.

Votre programme pour l'école maternelle promeut également des méthodes pédagogiques innovantes ?

J'ai souhaité effectivement que les exercices d'apprentissage du langage soient fécondés par les autres activités comme l'initiation aux règles de la vie ensemble, la découverte du monde, l'éveil de la sensibilité et de la créativité, l'expression du corps. Tous ces éléments décisifs de la pédagogie de l'école maternelle permettent aussi de nourrir chez l'enfant sa conquête du langage en lui offrant des occasions de dialoguer, de questionner, de s'émerveiller, d'exprimer ses émotions et ses capacités de création.

Cet apprentissage premier me paraît si déterminant que je préconise personnellement l'extension de l'obligation scolaire à l'âge de cinq ans, c'est-à-dire au niveau de la grande section de maternelle. Il faut bien faire comprendre aux parents que priver d'école maternelle un enfant de 5 ans ou même de 4 ans, c'est grave, beaucoup plus grave que de sécher un cours de maths en 3e !

Pour une obligation scolaire à 5 ans

La maternelle est une vraie école, même si c'est une école particulière. Ce qu'on y apprend est unique et essentiel.

Faudrait-il également aller plus loin en prolongeant la scolarité obligatoire jusqu'à 18 ans ?

Je le souhaite. De toute façon, 16 ans est un minimum, il ne faut surtout pas en revenir à la scolarité obligatoire jusqu'à 14 ans seulement, voire 12 ans. Ce serait un retour en arrière dramatique. Pourtant, certains trouvent l'idée séduisante...

Vous avez également fait de la rénovation de l'évaluation et des « remédiations » une de vos priorités ?

L'école de base est le temps d'un épanouissement qui durera ou celui des premiers signes d'une noyade trop souvent irrémédiable. Chacun le sent. C'est là qu'il faut porter le fer. Sans attendre la sortie de l'école maternelle, ou pis encore l'entrée au collège. Il ne peut y avoir de progrès dans l'apprentissage des compétences linguistiques que si l'évaluation, le repérage des difficultés sont systématisés et si les procédures de « remédiation » sont généralisées au plus tôt.

L'évaluation doit permettre de faire le point afin de mieux adapter l'enseignement à chaque élève et de suivre son évolution. L'évaluation des élèves existe déjà en CE2 et en 6e depuis maintenant une dizaine d'années. Cette procédure est appréciée des maîtres qui ont pris l'habitude d'utiliser les résultats pour mieux connaître les points forts et les points faibles d'un élève comme d'une classe. J'ai cependant constaté qu'il n'existait pas d'évaluation à l'entrée en grande section de maternelle, ni même à l'entrée au cours préparatoire. Or, si l'on veut s'assurer que les enfants ne perdent pied à aucun moment, il faut absolument donner aux enseignants des outils de remédiation le plus en amont possible. J'ai donc décidé qu'une première évaluation des compétences installées, notamment de leur compétence linguistique, des difficultés ou des retards aurait lieu dès l'entrée de la grande section maternelle, puis une deuxième évaluation en début de CP. Tous les enfants ne naissent pas dans le même bain de langue, d'histoire et de références. J'ai voulu que le service public de l'éducation nationale puisse offrir le plus tôt possible aux enfants ce que leurs familles ne peuvent pas toujours leur donner. Si un enfant connaît une difficulté d'apprentissage de la langue orale, notre devoir est de lui donner tout de suite une nouvelle chance.

L'évaluation des compétences linguistiques des petits

À l'école élémentaire, vous avez fixé pour principal objectif l'apprentissage de la lecture ?

Oui. Et pas seulement au CP, au CE1 et au CE2, mais tout au long de la scolarité. On en était arrivé à penser qu'une fois que les enfants avaient à peu près appris à lire et à écrire au cours des trois premières années, l'essentiel était fait. Là aussi, j'ai voulu redonner un contenu à l'ensemble des programmes de l'école primaire, de l'entrée au CP jusqu'au CM 2, selon deux axes majeurs : convergence de toutes les matières vers l'apprentissage de la langue, et introduction de disciplines nouvelles obligatoires (enseignement d'une langue étrangère, des arts, des sciences) qui avaient presque été abandonnées et qui pourtant nourrissent par leur pédagogie la lecture, l'écriture et la compréhension des textes.

L'alliance du savoir et de la culture...

Ces nouveaux programmes s'inscrivent dans le cadre de ce combat permanent pour l'éducation et la culture. Mais nous partions de très loin : les anciens programmes, qui s'étaient progressivement asséchés depuis 1923, n'arrivaient plus que difficilement à transmettre un minimum de savoir. Or, si « science sans conscience n'est que ruine de l'âme », la science sans la culture est une impasse. Si les enfants qui ont la chance d'être dans une famille, dans un environnement favorisé, peuvent supporter sans trop de dommages un enseignement réduit à un apprentissage mécanique, pour les autres c'est une catastrophe. J'ai donc voulu redonner à l'enseignement toute sa dimension d'éveil créatif, comme le prévoyaient, d'ailleurs, les Pères fondateurs de

Revenir aux sources

l'école publique. J'ai choisi de revenir aux sources car elles ne sont pas taries, loin de là, mais toujours vives et fraîches !

Revenir aux sources, c'est aussi revenir à l'écrit ?

L'entrée dans l'écrit est en effet une étape délicate pour l'enfant qui va devoir se familiariser avec le fonctionnement d'un nouveau code. Il doit comprendre que la langue qu'il parle s'écrit et que cette langue écrite n'est pas exactement identique à celle qu'il parle. Pour les aider à percevoir l'enjeu de la lecture, il convient de mettre les élèves en contact avec les multiples supports de lecture, de l'écran d'ordinateur au magazine, du livre de poèmes au journal, pour qu'ils puissent comprendre l'utilité quotidienne de l'écrit, autant que sa formidable capacité à faire rêver.

Autre nouveauté qui donne chair et âme au voyage initiatique dans la langue : la littérature fait son entrée en force à l'école, non pas par le biais de textes dépenaillés sortis du fichier de lecture, mais à travers des œuvres complètes. Ainsi chaque élève devra-t-il se constituer une sorte d'anthologie des textes aimés, trésor personnel qu'il gardera de classe en classe. Et cinq heures au moins par semaine seront consacrées aux textes littéraires : lecture à haute voix, lecture silencieuse, récitation, jeu théâtral.

La littérature entre en force à l'école

La langue, encore et toujours la langue ?

Oui. C'est par elle et pour elle que le cœur de l'école doit battre jour après jour. C'est pourquoi j'ai décidé que l'élève consacrerait désormais 2 h 30 par jour à la lecture et à l'écriture les deux premières années de l'école élémentaire et 2 h les trois suivantes. Dès le CE2, 4 h 30 puis 5 h 30 sont consacrées chaque semaine à l'étude de la littérature. Chaque année, les enfants liront au moins dix livres dont deux œuvres classiques. Les ateliers sont obligatoires : les élèves y disent et jouent des textes, écrivent à partir de la littérature.

Pour la langue, le cœur de l'école doit battre chaque jour

Vous avez également décidé d'abandonner de manière définitive la méthode dite globale ?

J'ai en effet décidé que la méthode globale serait reléguée aux oubliettes. Je rappelle que cette méthode consistait à faire reconnaître aux enfants un ensemble, mot ou phrase, avant d'en analyser les éléments. Depuis longtemps, la méthode globale a montré ses limites, en favorisant une lecture superficielle où l'œil survole le texte. Résultat, le lecteur prend trop facilement un mot pour un autre, parce qu'ils ne se différencient que de quelques lettres... À l'inverse, la grammaire, l'orthographe, les conjugaisons et la découverte du vocabulaire, trop souvent maintenues à l'arrière-plan, retrouvent leur importance.

Dans votre combat pour la langue, la défense du livre tient également une grande place...

Tout est lié. Cette bataille pour le livre et la lecture, je l'ai menée depuis toujours. Je n'ai d'ailleurs pas le souvenir que les dénonciateurs ministériels actuels de « l'illettrisme » étaient au premier rang des combats pour sauver, dans les années 80, les librairies, la création littéraire ou pour arracher les bibliothèques à la poussière et à la léthargie. Dois-je rappeler que les deux premières décisions prises par le premier gouvernement du septennat de François Mitterrand furent l'adoption de la loi sur le livre et l'augmentation de 200 % des crédits en faveur du livre ? 5000 bibliothèques nouvelles ont ainsi vu le jour. Suivies plus tard par la construction de la Bibliothèque Nationale de France.

S'agit-il vraiment du même sujet ?

Mais bien entendu ! Comment peut-on imposer d'un côté la maîtrise de la langue et de l'autre refuser l'accès au livre, ou laisser la loi du marché étouffer la littérature de qualité ? Comment peut-on imaginer qu'un collégien, un lycéen, *a fortiori* un étudiant, puisse se livrer à une recherche ou un travail personnel s'il n'a pas une bibliothèque à sa disposition ? C'est un tout ! Aujourd'hui et grâce à la gauche, pas une école, pas un collège, pas un lycée qui n'ait sa bibliothèque. Et dès mon retour au ministère de l'éducation nationale en 2000, Lionel Jospin et moi avions décidé de mettre à disposition des plus jeunes élèves quelque 500 000 ouvrages. Il est important pour les petits de pouvoir toucher les livres, les humer, les parcourir et les lire.

Pas une école, pas un collège, pas un lycée qui n'ait aujourd'hui sa bibliothèque

D'ailleurs, l'idée d'un lien étroit entre enseignement et bibliothèque n'est pas nouvelle, et je comprends mal son abandon au fil du temps. Déjà, dans *Le Tour de la France par deux enfants*, qui fut le manuel scolaire par excellence des débuts de l'école française, l'auteur affirme : « La France veut que tous ses enfants soient dignes d'elle, et chaque jour elle augmente le nombre de ses écoles et de ses cours, elle fonde de nouvelles bibliothèques, et elle prépare des maîtres savants pour diriger la jeunesse. » Or cet ouvrage est paru en 1877, deux ans, donc, avant l'arrivée de Jules Ferry au ministère de l'instruction publique ! Jules Ferry déclarait de son côté en 1880 : « Pour nous le livre, entendez-vous, le livre, quel qu'il soit, est l'instrument fondamental, irrésistible, de l'affranchissement de l'intelligence. »

Comment a-t-on pu oublier cela ?

Un très grand malentendu à propos de la langue a longtemps persisté, une croyance selon laquelle son apprentissage pouvait se réduire à une pure mécanique. Non seulement cela ne marche pas, mais cela a produit des générations d'élèves qui, sans être illettrés, loin de là, ne sont pas suffisamment à l'aise avec la pratique de la langue. Dès 1992, et à nouveau en 2000, j'ai tout fait pour lutter contre cette tendance. J'avais même imaginé de chambouler les programmes de français au lycée pour commencer par l'étude de textes contemporains, plus directement accessibles à la sensibilité des élèves que les tragédies classiques ou les écrits du Moyen Âge ! Partir de *L'Amant* de Marguerite Duras pour remonter à *Bérénice*. Mais je reconnais que c'est un travail de Sisyphe, et qu'il faut faire preuve d'un entêtement, d'une obstination à toute épreuve.

Et la place de l'écriture à l'école primaire ?

Il ne peut y avoir de lecture sans écriture. Il ne peut y avoir de maîtrise de l'écriture sans geste technique qui en permette l'expression. On constate que de très nombreux enfants éprouvent de plus en plus de réelles difficultés dans l'acte d'écrire. Ils ont du mal à tenir correctement le crayon ou le stylo, à former des caractères réguliers et lisibles. À l'époque du traitement de texte et de la photocopie, quelle importance, me direz-vous ? Erreur : savoir écrire à la main, c'est être capable de recopier rapidement un texte court, de prendre des notes... Dans cet esprit, j'ai notamment donné suite au concours public ouvert aux graphistes qui avait été lancé par Ségolène Royal. Il était destiné à redéfinir de nouveaux modèles d'écriture manuscrite adaptés aux usages et aux instruments d'écriture contemporains, et qui permettront de remettre à l'honneur l'écriture cursive.

Remettre à l'honneur l'écriture cursive

Tout cela laisse peu de temps pour les autres matières...

Au contraire ! Je considère que chaque matière enseignée est appelée à nourrir l'apprentissage du français, un peu comme chaque affluent vient alimenter le fleuve principal. Qu'il s'agisse d'apprendre, en mathématiques, à lire et à comprendre l'énoncé d'un problème, de rédiger, en géographie, la description d'un paysage, de tenir, en sciences, un cahier personnel des expériences ou encore de narrer, en histoire, une action et donc de découvrir simultanément la complexité des temps verbaux, c'est encore et toujours d'apprentissage du français qu'il s'agit.

Le fleuve principal de la langue est alimenté par les affluents des autres disciplines

Peut-on en dire autant des langues étrangères ou de l'enseignement des arts ?

Bien entendu ! Je pense que, loin de contrarier le succès de la bataille pour la langue vivante, ces disciplines nouvelles le fortifieront. L'apprentissage précoce d'une langue étrangère facilitera, par le jeu des parentés et des dissemblances, l'appréhension par les enfants des singularités du français. L'enseignement des arts favorise l'éclosion si nécessaire de l'imaginaire, sans laquelle les mécanismes de l'écriture et de la lecture se désagrègent aussi vite qu'ils sont acquis. La généralisation des nouvelles technologies sera pour l'élève un instrument d'autocorrection de ses erreurs et de maîtrise de ses projets.

Vous souhaitez donc que l'apprentissage du français aille de pair avec celui des langues vivantes...

Je ne le souhaite pas, je l'ai décidé ! D'abord en favorisant l'apprentissage très précoce des langues vivantes : il faut avoir le bon sens de profiter de l'âge où l'oreille est la plus apte à s'imprégner des sonorités d'une langue étrangère pour en commencer l'apprentissage.

Je suis un militant de longue date de l'apprentissage des langues vivantes et de la diversité linguistique. Ainsi, lors de mon premier mandat à l'éducation nationale, j'ai été à l'origine de la généralisation de l'enseignement des langues vivantes au CM 2, de la création des sections et des classes européennes, de l'introduction des modules pour la première langue vivante en classe de seconde. J'ai également organisé, en 1997, dans le cadre de la commission des affaires étrangères que je présidais, toute une série de manifestations de sensibilisation sur le multilinguisme, avec la participation de Claude Hagège, professeur au Collège de France, et de Jean-Marie Besnard, président de Monde bilingue. J'ai poursuivi mon action avec l'annonce, en juin 2000, d'un plan de généralisation des langues vivantes à l'école primaire. Sont concernées les langues européennes, mais aussi le russe, le chinois ou l'arabe, cette langue infiniment belle et chargée d'histoire... Ce choix n'est pas partagé par tous. Alors qu'en 2002, j'avais mis au concours de l'agrégation d'arabe 8 postes, je découvre qu'au concours de cette année, pas un seul poste n'a été proposé. C'est ainsi que l'on décourage des jeunes qui veulent se tourner vers une discipline encore rare.

Apprendre les langues étrangères quand l'oreille de l'enfant est à son zénith

L'arabe, oui, mais lequel ?

Il y a eu en effet une discussion très vive entre partisans de l'arabe dialectal et tenants de l'arabe littéraire. Ceux qui défendaient l'arabe dialectal estimaient que l'enseignement serait ainsi plus proche des enfants issus de l'immigration maghrébine. L'argument tenait debout, mais je n'étais pas d'accord, je le trouvais même, pour tout dire, un peu démagogique. Si l'on veut que l'arabe soit reconnu comme une vraie langue de culture et d'universalité, il faut l'enseigner dans sa graphie et dans sa forme classique, littéraire — parce qu'il faut toujours viser haut. J'ai donc fait le choix de l'arabe dans sa version littéraire, et il est désormais enseigné à l'école primaire sous cette forme. Le berbère a lui aussi fait l'objet d'une vraie reconnaissance.

Vous défendez aussi les langues régionales...

Oui, car je suis également très attaché à la préservation des diversités linguistiques. Je suis né à la vie publique à l'heure des guerres coloniales. J'étais lycéen et l'oppression du pouvoir sur un pays et sa culture m'était alors insupportable.

Une langue, si peu parlée soit-elle, est un trésor humain et l'on oublie trop souvent que les langues, comme les civilisations, sont mortelles. Quand une langue meurt, c'est un morceau d'humanité qui disparaît. Quel fantastique gâchis !

Je défends depuis de longues années les langues et les cultures régionales, considérant qu'il n'y a pas de langues minoritaires, mais plutôt des langues et des cultures particulières qui font partie de notre richesse patrimoniale. Pour preuve, ministre de la culture, j'avais pris, dès 1981, les premières mesures en faveur des cultures régionales. Certains s'étaient alors dressés pour m'accuser de vouloir « balkaniser » la République. En 1982, j'ai été le premier à financer — modestement — l'association Diwan. J'ai également soutenu les mouvements artistiques occitans, corses, basques, bretons... le festival interceltique de Lorient et toute une série d'événements. J'ai mis en place, en 1985, un Conseil national des langues et cultures régionales qui est aujourd'hui le Haut Conseil des langues et cultures de France, et j'ai donné un premier coup d'accélérateur à l'enseignement des langues régionales, en 1992.

Toute langue est un trésor humain

C'était plus un signe de bonne volonté qu'un passage aux actes...

Pour un premier pas, c'était déjà un grand pas ! Mais, à nouveau ministre de l'éducation nationale en 2000, j'ai en effet souhaité franchir un cap nouveau, affirmer une ambition plus forte. Le plan pour les langues, complémentaire du plan pour les langues vivantes étrangères, vise à renforcer les réalités culturelles et linguistiques de nos régions et à mettre fin à l'injustice du système scolaire qui avait éradiqué pendant de nombreuses années un certain nombre de parlers et de cultures de France. Il ne s'agit pas de répondre aux revendications d'associations locales — revendications très légitimes au demeurant — mais bien de changer de perspectives, de rythme et de vision : le cadre réglementaire de l'enseignement bilingue a été renforcé et renouvelé de façon à être mieux en adéquation avec les évolutions de l'enseignement des langues régionales.

Un plan pour les langues de France

N'est-ce pas, tout de même, aller à contre-courant d'une longue tradition de l'école républicaine ?

Au moment de la Révolution, l'abbé Grégoire a eu raison de déclarer que le français était la langue de la liberté et de la République, qu'elle seule pouvait faire reculer les obscurantismes et les ignorances. Jules Ferry et les fondateurs de l'école républicaine ont eu raison d'imposer la langue nationale. Mais cela n'est en rien contradictoire avec la volonté de redonner toute leur dignité aux langues régionales.

Réconcilier la République avec l'ensemble de ses langues

La République est aujourd'hui puissante, rayonnante. Elle doit se réconcilier avec l'ensemble de ses langues, car elles l'enrichissent.

Des intentions qui ont du mal à passer dans les faits...

Je regrette en effet que le Conseil d'État ait annulé les décisions en faveur des « langues de France », notamment le dispositif d'intégration des écoles Diwan dans l'enseignement public. Pourquoi sacrifier, au nom de la langue nationale, les langues particulières ? L'expérience, en effet, montre que les enfants qui ont eu la chance d'être plongés très jeunes dans la langue bretonne, par exemple, sont ceux qui réussissent le mieux, en particulier au français au baccalauréat.

Je comprends d'ailleurs mal ces réticences envers les langues particulières : s'agirait-il d'établir une distinction entre langues « utiles » et « inutiles » ? J'estime plutôt que plus on apprend de langues, quelles qu'elles soient, et plus on peut en apprendre. Or le plurilinguisme est quand même l'un des plus grands épanouissements qui soient.

Gagner la bataille des langues, c'est aussi ouvrir l'école française au reste du monde

Ouvrir l'esprit au monde

On pourrait rêver — et ce rêve j'ai commencé à le réaliser pour les jeunes Français — que tous les jeunes Européens puissent pratiquer deux langues vivantes étrangères, et les apprennent dès le plus jeune âge, jusqu'à 10 ans quand l'oreille musicale est au zénith. L'école, au sens large du terme, constitue un vrai contre-pouvoir intellectuel et culturel. C'est le seul lieu capable d'ouvrir l'esprit à l'universalité, ou tout au moins à l'espace culturel d'un continent.

Mais c'est un projet qui ne concerne pas seulement la France...

En effet, c'est une idée qu'il faut propager dans toute l'Europe. Je l'ai souvent évoquée, martelée même, dans les réunions et les colloques internationaux, et j'ai demandé à mes amis européens d'en faire autant chaque fois qu'ils en ont l'occasion. Au passage, je dirais aussi que c'est la meilleure arme pour défendre la langue française. De quel droit irions-nous exiger des Allemands, des Italiens, des Espagnols qu'ils redonnent à la langue française une place de choix dans leur enseignement, si nous-mêmes ne donnons pas l'exemple du plurilinguisme ? Il faut encourager concrètement la diversité linguistique. On ne peut pas se payer de mots, « blablater » sur la diversité culturelle dans les cénacles et ne rien faire sur le terrain pour instaurer le plurilinguisme, la diversité linguistique. Affirmer qu'enseigner l'anglais est suffisant, c'est signer l'arrêt de mort, à terme, de sa langue nationale quelle qu'elle soit.

Sauver la langue française par le plurilinguisme

Justement, comment instaurer ce plurilinguisme ?

J'ai créé lors de mon premier mandat en 1992 les sections européennes, qu'on devrait plutôt appeler sections bilingues. L'idée consistait, au collège et au lycée, à proposer aux enfants qui le souhaitaient un enseignement renforcé en langues vivantes étrangères, ainsi que l'enseignement de matières autres que les langues dans une des langues choisies : par exemple, les mathématiques en anglais, ou l'histoire en allemand. On sait très bien que l'apprentissage d'une langue ne connaît sa plénitude que par l'apprentissage d'une matière ou de plusieurs matières dans cette langue-là.

Autres mesures pour amplifier ces dispositions : faire en sorte que, d'un côté, tous les élèves puissent passer trois mois dans un lycée étranger, et de l'autre favoriser l'accueil d'assistants en langue étrangère, venus d'autres pays. C'est extrêmement important que l'oreille entende une langue prononcée par ceux dont elle est la langue maternelle.

À l'université, j'avais en particulier prévu l'obligation de continuer à apprendre au moins une langue étrangère pour tous les étudiants, et pas seulement pour ceux qui se destinent au professorat de langue. Cet enseignement doit être pris en compte dans les diplômes. Je ne comprends pas cette anomalie du système français qui fait que, à l'exception des grandes écoles, lorsqu'on quitte le lycée pour entrer dans l'enseignement supérieur, tout ce que l'on a acquis dans deux langues vivantes passe à la trappe ! C'est un gâchis incroyable !

Le développement du plurilinguisme passe aussi par la formation des maîtres ?

Nous avons souhaité que les futurs maîtres de l'école primaire qui le souhaitent puissent acquérir des compétences spécifiques intitulées « dominantes », notamment en langue vivante étrangère. C'est une idée qui m'a été soufflée par certains syndicats, et je la trouve excellente. Elle permet de préserver la polyvalence du maître de l'école primaire, indispensable dans le cadre des nouveaux programmes dont la philosophie est la transversalité, où chaque matière vient à l'appui d'une autre et réciproquement, et notamment à l'appui de l'apprentissage de la langue française. Cette polyvalence est un trésor, un bienfait, une merveille. Mais, en même temps, un maître polyvalent n'est pas nécessairement « polytechnicien », si je puis dire. Les résultats sont extrêmement positifs : concernant le plan d'enseignement des langues vivantes à l'école, les professeurs des écoles prennent progressivement le relais des intervenants extérieurs — nous atteignons aujourd'hui, dans ce domaine, un taux de prise en charge par les maîtres qui atteint 60 à 70 %. C'est aussi, je l'espère, une garantie d'avenir et de pérennité pour ce plan, qui semble se trouver partiellement mis à l'abri, au moins pour un temps, des coupes budgétaires qui frappent depuis quelque temps l'enseignement public.

La polyvalence du maître est un trésor

Il reste malgré tout beaucoup à faire...

Certainement, mais il est incontestable que dans l'ensemble les jeunes Français d'aujourd'hui parlent bien mieux les langues étrangères que ceux de ma génération. Pour l'anglais, cela tient peut-être aussi à la fréquentation des cinémas, à l'écoute des chansons, mais les progrès sont aussi très nets dans les autres langues.

Tout est lié. Prenez, par exemple, le plan pour les arts à l'école : c'est un sésame merveilleux pour l'apprentissage de la langue française ou d'une autre langue. Proposer aux élèves de jouer des scènes de Shakespeare ou du *Faust* de Goethe dans leur langue, c'est une familiarisation avec la musique des mots, avec la syntaxe. Par ailleurs, j'ai pu observer qu'il est de plus en fréquent que les enseignants proposent, dans le cadre du plan pour le chant choral, des œuvres en langues étrangères. Chanter dans une autre langue fait partie aussi de l'éducation linguistique, c'est une excellente ouverture.

Les arts à l'école, un sésame vers les autres savoirs

Comment valoriser encore plus les séjours à l'étranger ?

Là aussi, il faut continuer à harmoniser les diplômes, à favoriser les alliances entre universités — et donc aussi à financer ces séjours. J'avais ainsi prévu 18 000 bourses de mobilité destinées à permettre à des étudiants de milieux populaires d'effectuer trois ou six mois d'études à l'étranger. L'internationalisme est un enrichissement extraordinaire pour notre pays, et en échange nous contribuons, en même temps, à féconder d'autres pays qui viennent vers nous, ou vers lesquels nous allons.

L'alliance de la rigueur et de la créativité

Vous définissez le système d'enseignement idéal comme l'alliance de la rigueur et de la créativité. N'est-ce pas contradictoire ?

Absolument pas. Rigueur et créativité s'inscrivent dans une dialectique permanente. Certes, il s'agit aussi d'une navigation permanente entre deux écueils. Selon la définition de Freud, « l'éducation doit chercher sa voie entre le Scylla du laisser-faire et le Charybde de l'interdiction » !

L'exigence de rigueur consiste à apprendre de façon ordonnée, disciplinée, un certain nombre d'outils (verbes, grammaire, règles de calcul...) qui, une fois parfaitement maîtrisés et assimilés, pourront ensuite être utilisés de manière spontanée. Pour cela, il faut impérativement « faire ses gammes ». Mais pour apprendre ses gammes — car il faut les apprendre, c'est indispensable — il faut savoir pourquoi on le fait, à quoi cela va servir, en comprendre le sens.

« Ose penser par toi-même »

L'exigence de créativité est tout aussi indispensable pour solliciter en chaque élève tout ce qui en lui est personnel, singulier, afin de lui permettre d'exprimer sa sensibilité, de l'aider, en quelque sorte, à trouver sa vocation. Lui enseigner à raisonner, à s'interroger, à éveiller son esprit... parce que tout savoir s'enracine dans un terreau. Pour reprendre la formule des Lumières : *Sapere aude.* « Ose penser par toi même. »

Ces deux exigences, que l'on oppose souvent, sont à mes yeux intimement liées, indissociables. Alors les uns diront « rigueur et créativité », d'autres « rigueur et imagination » ou encore « savoir et culture », mais c'est au fond la même chose. On ne peut pas se contenter d'apprendre à manipuler un outil sans savoir à quoi il va servir, quels services il est capable de rendre !

La main à la pâte

Les études internationales placent souvent les jeunes Français en assez bonne place pour les savoirs, mais montrent que leurs capacités d'initiatives sont inférieures à celles des jeunes Anglo-Saxons ou des jeunes Allemands. C'est la conséquence d'un système trop marqué par l'empilement des connaissances, sans que l'on sollicite suffisamment la capacité des enfants et des jeunes à expérimenter, à découvrir eux-mêmes, à faire par eux-mêmes, à se prendre parfois en charge, pour les plus grands. C'est d'ailleurs le sens du programme « La main à la pâte », initié par Georges Charpak, qui permet aux élèves du primaire de découvrir par eux-mêmes nombre de lois essentielles de la physique. Il n'est pas question d'appauvrir le savoir, mais je crois qu'il faut prendre la peine, le temps, d'apprendre aux élèves à apprendre, de leur apprendre à agir.

L'école du savoir est aussi l'école de la vie, de l'intelligence et de la sensibilité. Là encore, vive le retour aux sources. Lisez par exemple ce merveilleux livre, *Leçons de Marie Curie*, qui reprend avec bonheur dix cours de physique que le Prix Nobel de 1903 dispensa à de jeunes enfants en 1907. C'est un très beau témoignage d'une expérience pédagogique encore révolutionnaire aujourd'hui et qui préfigurait le travail de Georges Charpak ! Et, pour reprendre une expression tant décriée par certains officiels du moment, l'élève était pleinement au cœur des enseignements de Marie Curie ! La rigueur scientifique s'allie à la tendresse pour faire naître la passion de l'enfant pour les sciences.

C'est un projet très lourd, tout de même...

Allumer le feu intérieur chez l'enfant

Mieux vaut apprendre moins, mais assimiler parfaitement ce que l'on apprend ! Le gavage est à la fois l'ennemi de la rigueur et de la créativité. Déjà, Rabelais parlait d'allumer le feu intérieur chez l'enfant plutôt que d'empiler les savoirs les plus hétéroclites. Et ce feu intérieur est alimenté par la rigueur, la précision et l'imagination.

Jouer sur le découpage traditionnel maternelle-primaire-collège peut être également un moyen de transformer les programmes ?

Effectivement. J'avais, il y a trois ans, volontairement forcé le trait en rêvant à haute voix de la disparition des cloisons entre les différents degrés lorsque j'avais déclaré : « Il faudrait maternaliser l'école primaire, primariser le collège et secondariser au moins les premiers pas de l'étudiant à l'université. » Évidemment, c'est une formule un peu vive et à laquelle j'apporterais moi-même bien des objections, mais je voulais dire par là qu'il faut ménager des transitions entre les différentes étapes de la scolarité. Par exemple, garder au CP un peu de la fraîcheur de la maternelle — d'ailleurs, les écoles primaires qui mettent cette idée en pratique obtiennent d'excellents résultats. De même, en quittant l'école primaire, l'enfant quitte le maître unique pour une organisation nouvelle avec des professeurs différents selon les matières. Pour éviter le traumatisme de l'entrée en 6e, j'ai voulu que soit conservé autant que possible un peu de l'esprit de l'école primaire : pas trop de maîtres, pas trop de transhumances de salles de classe en salles de classe... Nous avons ainsi décidé, afin de permettre une liaison plus étroite entre l'école et le collège, que plusieurs semaines soient spécialement consacrées à faciliter l'intégration des enfants en classe de 6e et à leur remise à niveau après évaluation.

Maternaliser l'école primaire, primariser le collège

A contrario, il faut aussi créer les ponts nécessaires entre le lycée et la première année de l'université.

Comment ?

D'abord, en évitant une spécialisation trop rapide. J'ai ainsi décidé de poursuivre et d'amplifier le mouvement de rénovation des DEUG scientifiques, entrepris dès 1998. En substance, moins de cours magistraux, plus de place pour l'expérimentation, le travail en ateliers, en petits groupes ou personnel. Les résultats sont d'ores et déjà très positifs, avec un taux d'abandon en régression, un taux d'absentéisme aux examens en baisse et un taux

Éviter une spécialisation trop rapide à l'université

de réussite en augmentation d'environ 20 % en moyenne.

Dans le même esprit, j'ai mis en place à la rentrée 2000 des DEUG expérimentaux bi- ou pluridisciplinaires, afin de donner aux étudiants des possibilités de s'orienter vers des parcours plus diversifiés permettant une meilleure insertion professionnelle. J'ai également mis sur les rails avec Bernard Kouchner une réforme des études médicales en proposant une première année commune à l'ensemble des professions de santé afin de leur faire partager une même culture.

D'un autre côté, si on laisse plus de place à l'initiative, ne risque-t-on pas de « déboussoler » certains élèves, au collège en particulier ?

Le brevet d'études fondamentales, le baccalauréat du collège

On a déjà beaucoup plus de chances de leur redonner goût à l'école, et c'est déjà énorme ! En même temps, oui, il faut que l'élève dispose de points de repère afin qu'il puisse évaluer régulièrement sa valeur personnelle. Cette remotivation permanente doit concerner tous les élèves, et pas uniquement ceux qui sont en difficulté. J'avais constaté que le collège était un peu devenu un long fleuve tranquille, au sens où il n'y avait aucune échéance jusqu'au brevet. J'ai donc introduit une évaluation en fin de 5e, des épreuves anticipées du brevet des collèges en 4e et décidé de revaloriser le brevet lui-même. Le brevet d'études fondamentales remplacera le diplôme national du brevet à compter de la session de juin 2005 et deviendra le véritable baccalauréat du collège. Le parcours de tout collégien se conclura donc par un diplôme unique, auquel sera conférée une valeur symbolique forte.

Vous parlez souvent d'un « droit imprescriptible à toutes les alphabétisations ». Qu'entendez-vous par là ?

Pour commencer, naturellement, l'alphabétisation linguistique, dont je viens de souligner toute l'importance. Et parallèlement l'alphabétisation artistique et culturelle. Ce qui rejoint directement les deux exigences simultanées de rigueur et de créativité.

De quelle manière ?

Alphabétisation linguistique, alphabétisation culturelle : même combat

Le système éducatif doit offrir aux élèves la possibilité de développer toutes les formes d'intelligences : l'intelligence conceptuelle et formelle, qui passe par la maîtrise des langages et la formulation d'hypothèses ; l'intelligence concrète, qui mobilise le sens de l'observation, de l'action et le goût de l'expérimentation ; et l'intelligence sensible qui ouvre aux arts et à la culture. Il va de soi que ces trois formes d'intelligence s'entrelacent, s'imbriquent, se nourrissent mutuellement. Par exemple, l'apprentissage de la langue et celui de la musique vont ensemble. L'apprentissage de l'une conforte l'apprentissage de l'autre.

C'est votre passion pour la culture qui vous a soufflé cette idée ?

Déjà, les pères de l'instruction publique moderne, Jules Ferry en tête, avaient assigné un rôle fondamental à l'éducation artistique à l'école. Malheureusement, dans l'histoire, elle a été parfois sacrifiée et reléguée au second plan, comme si elle était un luxe ou une simple ornementation, comme si le fait de ne pas avoir accès à la culture et à l'art ne constituait pas une des premières des grandes inégalités.

Un des maux actuels du système éducatif français est le trop grand cloisonnement qui existe entre le travail intellectuel, manuel et artistique. Chaque fois que j'ai créé un nouvel établissement d'enseignement, j'ai voulu réparer ce mal et marier différents modes d'apprentissages. Ainsi, l'École de la création industrielle que nous avons ouverte en 1983 avec Patrick Bouchain et Christian Dupavillon procédait de cette volonté inspirée par l'ingénieur Jean Prouvé. Nous avons imaginé une pédagogie innovante qui a mis en branle simultanément l'éducation esthétique et l'imagination pratique, la pensée et le faire. J'ai d'ailleurs suivi la même méthode pour la création de l'École nationale supérieure de la nature et du paysage.

L'éclosion de l'imaginaire, une exigence de premier rang

Je suis intimement convaincu que rien n'est plus sérieux, plus nécessaire, plus indispensable que l'éveil artistique et la pratique culturelle. Tout concourt à montrer et à démontrer que l'éclosion de l'imaginaire est une exigence primordiale.

Est-ce confirmé par ce que l'on sait de la psychologie de l'enfant ?

D'abord, on le sait depuis longtemps — bien avant, même, que le terme « psychologie » ne soit inventé —, l'enfant ne peut connaître un épanouissement harmonieux et équilibré que si son intelligence rationnelle et son intelligence sensible sont éduquées à parité. Pardon de me répéter inlassablement. L'éveil de la sensibilité peut être un merveilleux sésame pour les autres formes de l'intelligence : la musique introduit au calcul, le théâtre à la lecture, les arts plastiques à la géométrie...

De telles vérités se vérifient chez les tout petits. L'éducation artistique ne doit pas être considérée simplement comme une discipline de plus, mais comme une méthode d'enseignement, un mode de transmission. À travers l'art et la poésie, l'écriture, la géographie, l'histoire et les mathématiques deviennent vivantes. L'art est une méthode d'appropriation des savoirs : il sollicite l'émotion, modifie l'écoute, le regard, le rapport à soi, le rapport aux enseignants et donne confiance en soi. La pratique d'un art est un puissant antidote à l'absence de motivation, à l'ennui, à la vacuité de l'esprit. Par les pratiques culturelles collectives, le chant choral, le jeu théâtral, l'enfant cerne son identité, affirme sa personnalité, rencontre les autres sur des bases créatives, constructives et, en définitive, apaisées. Enfin, c'est une merveilleuse thérapie antiviolence.

L'art, un sésame vers les autres savoirs

Si je comprends bien, nos grand-mères le savaient intuitivement lorsqu'elles disaient « les enfants qui lisent ne font pas de bêtises » !

Oui, parce que au fond éducation et enseignement sont d'abord une affaire de bon sens, de pragmatisme. La culture dans l'école et hors de l'école constitue à la fois un remède contre les tentations de la violence et une introduction naturelle à la vie citoyenne. C'est un

La culture, un remède contre les tentations de la violence

facteur puissant d'intégration sociale et de lutte contre les inégalités.

N'y a-t-il pas, tout de même, une part d'utopie dans ce projet ?

Non seulement ce n'est pas utopique, mais il s'agit même, comme je viens de l'évoquer, d'un retour aux sources de l'enseignement tel qu'on le concevait depuis l'Antiquité, où l'on considérait qu'il n'y avait pas d'éducation sans épanouissement. De même qu'on ne va pas séparer le cerveau sensible du cerveau rationnel, on ne va pas séparer le cerveau du corps, ce sont des choses presque élémentaires, mais qui ont été oubliées. Dans les cours de la Renaissance, tout cela était lié, le roi de France savait admirablement danser, chanter et jouer, et il parlait plusieurs langues ! Je rappellerai aussi, au passage, qu'au XVIIe siècle le cours dit « de mathématique » comprenait l'arithmétique, la géométrie, la géographie, la mécanique, l'optique... et la musique ! J'avoue mal comprendre comment la musique a pu ainsi dégringoler dans la hiérarchie de l'enseignement, pour devenir à une époque récente une simple option souvent boudée, méprisée !

Traiter chaque enfant comme un futur roi ?

Sur le plan de l'éducation, oui ! Encore une fois, je ne vois pas pourquoi on devrait se satisfaire d'un enseignement appauvri sous prétexte qu'il s'est démocratisé !

Cet idéal n'est pas partagé par tout le monde

C'est vrai. L'idéal pour certains est d'envoyer le plus tôt possible les enfants des pauvres à l'usine et aux champs. La remise en cause par le gouvernement des classes à projet artistique et culturel est le meilleur exemple de ce refus d'ouvrir à tous les enfants le monde des arts. À partir du moment où l'école publique, seul réel contre-pouvoir culturel, abandonne l'enseignement des arts, cela veut dire que l'imaginaire des enfants est offert en pâture aux télévisions et aux entreprises du divertissement. À l'école primaire, plus de 15 000 classes à parcours culturel et artistique ont été ouvertes et ont permis à des milliers d'enfants d'aller à la découverte des arts plastiques, de la musique, du théâtre, de la littérature, du patrimoine, du cinéma, de la culture scientifique et technique, de la photographie, du cirque ou des arts du goût. Dans le secondaire, c'est plus de 6 300 classes qui fonctionnent de la même manière, donnant l'occasion aux élèves de rencontrer régulièrement des artistes, de se frotter à d'autres cultures.

L'école, seul contre-pouvoir culturel

L'actuel ministre de l'éducation nationale qualifie de « mesurettes » la création des classes à projet artistique et culturel. Quel mépris pour la culture ! Quel dédain pour l'épanouissement des enfants ! Remettre en cause les classes à PAC, c'est abdiquer devant la privatisation des esprits.

Comment analysez-vous cette hostilité aux classes à PAC ?

Il y a clairement deux visions de l'école : d'un côté, il y a les tenants d'une école républicaine qui doit élargir ses territoires d'intervention. J'ai l'honneur d'appartenir à ce camp. De l'autre côté, il y a les tenants d'une conception de classe, de caste, qui réserve la culture et le savoir aux seuls héritiers. C'est le choix du fric et de la marchandisation de la culture.

Lorsque j'affirme la double nécessité de rigueur et de créativité, cela signifie aussi que ce n'est pas parce qu'on ouvre socialement l'école qu'elle devient du même coup une école au rabais. Elle doit rester une école de l'exigence. J'estime également qu'accorder une plus grande place à l'imagination, à l'éveil et à la culture, c'est permettre à des enfants de classes populaires de pouvoir trouver confiance en eux-mêmes, de s'affirmer à travers tel ou tel domaine qui soit plus proche de leur sensibilité, qu'il s'agisse d'un domaine pratique ou d'un domaine artistique.

Une école qui s'ouvre socialement ne devient pas une école au rabais

J'estime enfin que le plan Arts et Culture donne aux enseignants une identité forte. Les professeurs ont besoin de se voir attribuer une vraie mission culturelle. C'est par là qu'on les aidera aussi à les sortir de l'inquiétude qu'ils vivent aujourd'hui.

Le choix des matières à enseigner est donc clairement un enjeu politique ?

Regardons les choses en face. L'objectif de l'école et plus particulièrement de l'école primaire est de former des enfants capables de se mouvoir librement dans tous les langages : la langue française, la langue des mathématiques, la langue des arts, la langue du corps... Une personnalité se structure d'abord par et dans le langage. Il s'agit à mes yeux d'un enjeu politique, tout autant que pédagogique. Les affaires humaines se règlent par la parole. C'est sur cette

Maîtriser le langage, c'est entrer dans l'humanité

idée que se sont bâties notre démocratie, notre vie politique, notre vie sociale. Maîtriser le langage, c'est véritablement entrer dans l'humanité.

À l'inverse, trop de jeunes sont hors du langage, ou ne s'en servent que comme arme pour blesser, insulter, humilier. Pis encore, nombre d'entre eux renoncent au langage et lui préfèrent la violence muette des poings et des coups. J'arrête là le tableau, mais je pense que vous êtes maintenant convaincu que l'apprentissage du langage est aussi l'apprentissage de la civilité.

Une école élitaire pour chacun

Faire le choix de l'école de l'excellence pour tous, c'est aussi une manière forte de donner un message d'espoir aux jeunes ?

Dans la guerre culturelle mondiale qui oppose l'immense empire du profit aux peuples qui veulent vivre libres et préserver leur identité créative, le meilleur antidote à l'uniformisation et à la colonisation intellectuelle est l'exploration et la mise en valeur de notre capital humain. Je crois très sincèrement que nous ne gagnerons la bataille internationale de l'intelligence que si nous sommes habités par une puissante ambition : faire l'impossible pour que les jeunes, tous les jeunes, de notre pays soient parmi les mieux éduqués et les plus cultivés de la planète.

Le professeur, passeur de savoirs et éveilleur républicain

J'ai souhaité également donner ou redonner un message d'espoir à tous les serviteurs de l'école de la République. Pendant deux ans, j'ai été à leurs côtés pour les aider à accomplir ce beau métier de passeur de savoir et d'éveilleur républicain. Les mérites des maîtres de l'éducation nationale sont d'autant plus grands qu'ils ont dû, on l'oublie parfois, affronter avec courage et intelligence deux défis d'envergure. En premier lieu, la vague puissante d'une démocratisation sans précédent qui s'est traduite par le doublement en dix ans du nombre de bacheliers et d'étudiants alors qu'il avait fallu naguère quatre-vingt-cinq ans pour aboutir à un premier doublement et, en second lieu, le chômage de masse qui avait appauvri et désespéré de très nombreuses familles et leurs enfants.

N'y-a-t-il pas aujourd'hui une vraie montée de la désespérance dans les écoles ?

Le gouvernement Raffarin, briseur d'espoir

Depuis un an, les personnels de l'éducation nationale sont agressés quotidiennement par le gouvernement : par des imprécations et surtout par une avalanche sans précédent de mesures régressives et négatives. Au lieu de les aider à accomplir leur belle et difficile mission, de les encourager, le gouvernement ne cesse de taper sur les enseignants ! Les personnels de l'éducation nationale ont alors résisté. Pendant de longues semaines. Avec courage et sens des responsabilités. Il faut le dire : on ne fait pas grève par plaisir. Ne pas faire cours représente un réel sacrifice. Financier et moral. Et malgré leurs engagements militants, les enseignants ont continué à préparer leurs élèves aux examens de manière bénévole. La très forte mobilisation des personnels n'a hélas pas permis d'inverser la politique de casse menée par l'actuel gouvernement. Il n'a pas retiré ses projets, notamment ceux de dénationalisation des personnels techniques et ouvriers de l'éducation nationale.

Le plus grand reproche que je ferais au gouvernement, ce n'est pas seulement d'être un briseur de grève, mais c'est d'être un briseur d'espoir. Les enseignants sont sortis meurtris, blessés et humiliés de ces longues semaines de luttes. Ils ne méritaient pourtant pas un tel mépris de la part du gouvernement ! Quel gâchis !

Un gâchis ?

Oui. Les maîtres de l'éducation nationale sont aux avant-postes de la société et de ses crises. Ils sont en première ligne face aux bouleversements du monde. Cette expérience acquise par nos professeurs dans l'épreuve des difficultés a été pour moi une source d'inspiration et de richesse pour les changements que j'ai souhaité apporter à l'école de la République. Elle aurait dû l'être pour les ministres actuels ! Cela n'a pas été le cas !

Les maîtres aux avant-postes de la société

C'est avec eux et non contre eux que j'ai pu conduire avec pugnacité de profondes transformations. Dans les zones urbaines sensibles, l'école est souvent la seule institution qui résiste à la décomposition du tissu social et qui reste un lieu de référence pour les jeunes et leurs familles. Elle joue un rôle essentiel de « digue » face à l'échec.

Est-ce que cette digue résiste bien ?

Et malgré les attaques du gouvernement ! Vous me trouverez peut-être exagérément optimiste, mais les maux dont l'école peut souffrir tiennent plus à la société qu'à l'école elle-même. Chaque semaine, je visite des écoles, des collèges, des lycées dans des quartiers où les difficultés sont grandes. Au sortir de toutes mes visites, je suis émerveillé par les prouesses des maîtres et des maîtresses et par le bonheur des enfants. Je me dis que cette école est en vérité un modèle dont le reste de la société pourrait s'inspirer si on voulait vraiment changer le monde. Tout concourt à élever l'esprit de l'élève : l'harmonie des lieux décorés avec soin et amour, la présence attentive des maîtres. Si la société, notamment ses quartiers sensibles, était organisée comme les écoles, ce serait une révolution ! L'école est un modèle du respect, de l'équité et de l'harmonie dont on pourrait — devrait — s'inspirer.

L'environnement social des enseignants a effectivement beaucoup changé...

Le monde a beaucoup changé. Il faut regarder la société en face et ne pas se raconter d'histoires : des centaines de milliers d'enfants vivent chez eux une véritable misère sociale et culturelle. Comment bien préparer ses leçons lorsque le bruit empêche la concentration ? Comment travailler sereinement lorsque l'on doit partager sa chambre avec plusieurs frères et sœurs, ou lorsque l'on doit dormir dans la pièce commune, faute d'un logement décent ? Alors, quand ces enfants arrivent le matin au collège, après avoir mal dormi, mal ou trop peu mangé, adieu les belles théories sur le savoir ! Les enfants se battent-ils tous à armes égales ? Évidemment non !

L'école, modèle pour l'ensemble de la société

Il faut donc repérer les élèves en difficulté pour leurs donner plus ?

C'est précisément ce que l'on appelle la discrimination positive : donner plus à ceux qui ont moins.

L'école demeure le seul lieu de brassage culturel et social ouvert à tous les enfants de France. Le seul, depuis la disparition du service militaire qui a longtemps eu, tout au moins pour les garçons, une fonction un peu comparable — mais dans un ordre d'idée, un état d'esprit bien différents.

C'est pour les enfants les plus en difficulté que j'ai voulu par exemple réhabiliter l'internat, un internat d'un type nouveau, évidemment, qui puisse leur offrir une vraie maison, ou une autre maison. À mon sens l'internat peut être une maison de civilité, un lieu qui redonne leur unité à des personnalités dispersées, fragmentées. Dans le même ordre d'idées, j'avais également décidé de donner aux établissements classés en zones d'éducation prioritaire (ZEP), à l'occasion de leur vingtième anniversaire, des moyens nouveaux destinés à accroître leur efficacité, notamment par la mise en place de contrats de réussite, le renforcement de la formation des enseignants en ZEP et la relance des recherches pédagogiques dans le domaine de l'éducation prioritaire.

L'internat, une autre maison

Justement, certains dénoncent l'influence négative de ce brassage !

Je suis, et là encore c'est une conviction de toujours, persuadé que la mixité, le brassage, loin d'être des catastrophes sociales, sont, tout au contraire, les ferments d'évolution, de progrès, de créativité les plus puissants qui soient dans toute société. Sans mixité sociale, l'école de la République ne serait rien d'autre qu'une école de classe.

Le brassage, source de réussite

La question de la mixité sociale est justement une question centrale pour le collège ?

Pour que le collège pour tous soit aussi le collège pour chacun, ses finalités devaient être clairement et précisément définies. Le collège républicain est ouvert sans discrimination d'aucune sorte à tous les enfants et à tous les jeunes de France. Ce principe s'incarne dans la volonté d'amener chacun à son meilleur niveau d'excellence, d'ouvrir à tous les portes de la connaissance et de préparer à la vie sociale et professionnelle. Mon idéal éducatif, c'est « une école élitaire pour chacun », pour paraphraser la formule de Jean Vilar et d'Antoine Vitez, une école qui mette en avant la double exigence du savoir et de l'égalité des chances.

La réforme du collège que j'ai décidée est portée par cet idéal. Elle traduit la volonté républicaine de concilier l'unité des exigences et la diversité des méthodes et des parcours. Elle fait, de la possibilité de choix, un moteur de l'apprentissage. Quels que soient les origines sociales, les handicaps ou les difficultés rencontrés en route, le rôle du collège est d'épauler, de guider, d'instruire, d'aider à grandir, d'apprendre à vivre ensemble.

Vous avez donc confirmé le rôle du collège unique ?

J'ai effectivement tranché en ce sens. Le collège unique, imaginé par René Haby, ministre de l'éducation nationale de mai 1974 à avril 1978, reste une belle idée, une idée juste. Il permet à tous les élèves de bénéficier d'une culture commune quel que soit leur milieu socioculturel, et ce jusqu'à 16 ans, à la

Oui au collège unique

fin de la scolarité obligatoire. Le collège unique est un creuset social et culturel qu'il faut absolument préserver, et c'est dans cet esprit qu'il a été conçu. Voici d'ailleurs les premières lignes de la loi qui l'instaure : « Tout enfant a droit à une formation scolaire qui, complétant l'action de sa famille, concourt à son éducation. Cette formation scolaire est obligatoire entre 6 et 16 ans. Elle favorise l'épanouissement de l'enfant, lui permet d'acquérir une culture, le prépare à la vie professionnelle et à l'exercice de ses responsabilités d'homme et de citoyen. Elle constitue la base de l'éducation permanente. » Et, plus loin : « Tous les enfants reçoivent dans les collèges une formation secondaire. [...] Elle repose sur un équilibre des disciplines intellectuelles, artistiques, manuelles, physiques et sportives et permet de révéler les aptitudes et les goûts. » Ce programme est plus que jamais d'actualité.

Ce qui n'empêche pas certains d'affirmer que les meilleurs élèves sont freinés dans leur élan par ceux qui ont des difficultés...

Cela ne correspond pas à la réalité. Les enquêtes menées par l'IREDU de Dijon montrent au contraire que l'hétérogénéité des classes au collège bénéficie aussi aux « bons élèves », en particulier quand ils jouent le rôle de moniteurs auprès d'élèves moins avancés. Charger de tous les péchés les élèves qui connaissent de graves difficultés en laissant entendre que par-dessus le marché ils sont nuisibles aux meilleurs éléments, c'est une forme d'exclusion et de diffamation que je condamne vigoureusement !

Je me suis au contraire attaché à trouver des solutions pour résorber les sorties sans qualification, par la prévention précoce de l'échec, par la possibilité réelle de créer des parcours diplômants pour les jeunes les plus fragiles, par la reconstitution d'un tissu d'établissements plus soucieux de mixité sociale, par la valorisation des arts, des sciences expérimentales et des technologies.

Aucune politique scolaire ne vaut si elle n'apporte pas une réponse efficace aux difficultés des élèves. Cela signifie qu'il faut mieux traiter la grande difficulté et inciter les collèges à mettre en place les dispositifs de rattrapage les plus souples possible pour aider les élèves les plus fragiles à effectuer une scolarité utile et valorisante. C'est en fait une pédagogie sur mesure qu'il faut chaque fois mettre en place.

Une pédagogie sur mesure

Les professeurs disent cependant leur hantise de ne pas pouvoir conduire tous les élèves vers la réussite...

C'est vrai. C'est la raison pour laquelle nous avons prévu avec Bernard Alluin, dans le cadre de la réforme de la formation des enseignants préparée par les travaux de la commission Brihault-Cornu, de la commission Bornancin et de la commission Meirieu, de former les futurs maîtres à aborder au mieux les problèmes, aussi bien pédagogiques que psychologiques, des élèves, notamment pour certains élèves qui présentent de graves lacunes dans les compétences de base. Et, naturellement, j'avais accordé les moyens indispensables au collège pour atteindre ces objectifs. J'avais ainsi augmenté la dotation des établissements, et je ne peux que déplorer la remise en question de ces dotations par les politiques actuelles. Or, quand on abandonne les élèves en difficulté, c'est l'ensemble des élèves des collèges qui en pâtit.

Non au collège à deux vitesses

Nous devons dépasser les faux débats et en particulier ceux qui, sous couvert de modernité, viseraient à organiser des filières de ségrégation et à transformer le collège en une sorte de gare de triage. Mon ambition a toujours été d'éviter une école à deux vitesses, l'une pour les héritiers, l'autre pour les moins chanceux socialement.

Dernier argument, s'il en était besoin : les systèmes éducatifs qui ne pratiquent pas la sélection précoce sont les systèmes qui donnent les meilleurs résultats. Une grande enquête menée par l'OCDE en partenariat avec l'UNESCO, le Programme international de suivi des acquis des élèves, vient ainsi de classer la Finlande première élève de la classe mondiale en raison de sa culture d'intégration. Voyez, même l'OCDE, que l'on ne peut pas taxer d'anti-libéralisme, dit son refus de la ghettoïsation scolaire !

Pourquoi s'acharne-t-on alors contre le collège unique ?

Nous sommes encore trop loin du collège unique

J'ai le sentiment que certains détracteurs du collège unique souhaitent y mettre fin avant tout par commodité, par confort même ou par esprit de classe. Mais se débarrasser des élèves en difficulté momentanée serait une façon lâche de résoudre le problème, une forme de ségrégation sociale officiellement organisée dès le collège.

Ma pensée est aux antipodes de l'idéologie professée par certains dirigeants du gouvernement actuel.

Ce que l'on peut reprocher à l'actuel collège unique, ce n'est pas d'être unique. C'est au contraire ne pas être assez unique. Les établissements ghettos, le détournement de la carte scolaire, la ségrégation ne permettent pas d'assurer pleinement l'exigence de brassage culturel et social du collège. Plus que jamais, je reste personnellement attaché, dans un pays démocratique comme le nôtre, à un collège qui permette de donner à des enfants une culture partagée. Pour y parvenir, encore faut-il donner la possibilité aux jeunes de valoriser leurs talents, pour les uns dans le domaine des humanités, pour les autres dans le domaine des sciences, pour d'autres encore dans le domaine artistique, pour d'autres enfin grâce à la découverte des métiers et du travail professionnel.

Un collège unique, mais pas uniforme ?

Plus exactement, « un et multiple ». Si les exigences sont uniques, les élèves sont à prendre en compte dans leur diversité individuelle. C'est dans ce sens que nous avons imaginé les « itinéraires de découverte », mis en place pour les classes de 5e à partir de la rentrée 2002, et dont la généralisation en 4e est prévue à la rentrée 2003. À partir de thèmes choisis parmi quatre pôles (nature et corps humain, arts et humanité, langues et civilisations, création et technique), ils ont été conçus pour offrir aux collégiens la possibilité de travailler seuls ou par petits groupes, d'engager des recherches documentaires... Le résultat de leur travail sera pris en compte dans le futur brevet d'études fondamentales. Ces espaces d'initiatives visent à stimuler l'intérêt des élèves, à développer leur autonomie et leur permettre de toucher du doigt la réalité de l'interdisciplinarité du thème choisi.

Autre idée fréquente, et qui marche souvent de pair avec la dénonciation du collège unique, « un élève qui a du mal à suivre doit être orienté vers l'enseignement professionnel »...

Mais par quel incroyable décret du ciel un enfant en difficulté serait-il nécessairement quelqu'un qui serait doué pour un métier pratique ? Certes, il y a des enfants qui se révèlent très vite doués pour les métiers manuels, et nous avons prévu — mais de manière très contrôlée — que ces enfants puissent, en alternance, recevoir une formation en entreprise ou en lycée professionnel. À l'heure actuelle, on fait croire que c'est une nouveauté, une idée de génie. Or Ferdinand Buisson, le directeur de l'enseignement primaire de Jules Ferry, en exprimait déjà le principe en 1883, selon la conception de l'époque : « [...] associer dans l'école même le travail manuel au travail intellectuel, attacher du prix à l'un comme à l'autre. »

Diversifier pour intégrer

Le travail manuel à l'école n'est pas l'alternance...

La formule de l'alternance proprement dite est née avec l'allongement à 16 ans de la scolarité obligatoire, instauré par la loi Haby de 1975, dont le texte précisait : « Les collèges dispensent un enseignement commun, réparti sur quatre niveaux successifs (par *quatre niveaux successifs*, entendez 6e, 5e, 4e et 3e). Les deux derniers peuvent comporter aussi des enseignements complémentaires dont certains préparent à une formation professionnelle ; ces derniers peuvent comporter des stages contrôlés par l'État et accomplis auprès de professionnels agréés. » Évidemment, les mots importants sont « contrôlés par l'État » et « professionnels agréés » : il faut absolument éviter les dérives !

Je considère ainsi qu'un enfant, même bénéficiant d'un dispositif d'alternance, doit être rattaché au collège jusqu'à la 3e. Sinon, on l'élimine de fait de la structure scolaire. Pour la même raison, j'émets de très fortes réserves vis-à-vis du choix du gouvernement actuel de multiplier le dispositif des « classes relais » sans s'en donner les moyens et surtout sans prévoir le « droit au retour » dans le système dit normal. Or, le « droit au retour » par l'intermédiaire du professeur référent au collège était constitutif du dispositif « classes relais » lorsque nous l'avions créé. Sans ce droit, elles risquent de devenir des machines à désespérer ceux qui s'y trouvent et ceux qui les encadrent. Non seulement il faut diversifier sans exclure, mais il faut également diversifier pour intégrer.

Le gouvernement n'a pas pris conscience de cet enjeu ?

Je ne le crois pas. Sous prétexte d'efficacité et de pragmatisme, le gouvernement actuel souhaite que les chefs d'établissements se débarrassent d'élèves difficiles — comme si un élève difficile était par nature destiné à exercer un métier pratique. Un jeune en difficulté, c'est quelqu'un qui peut être très doué sans le savoir pour une matière littéraire, pour les arts, pour les mathématiques... Qu'on lui donne confiance en lui-même avant de l'orienter vers une voie qu'il n'a pas choisie et pour laquelle il ne dispose d'aucun talent. Je vais rabâcher, mais c'est essentiel : tout élève en difficulté, à tout âge, a droit à une deuxième, et même à une troisième et une quatrième chance !

Pardonnez-moi de vous faire une confidence : si l'on ne m'avait pas donné de nouvelles chances, j'aurais moi-même rejoint les rangs des exclus du système !

Comment ça ?

Parce que j'ai trébuché à deux reprises ! Premier incident de parcours : j'entre en 6e à 10 ans, avec un an d'avance donc, considéré comme un très bon élève, et je me retrouve au lycée Henri-Poincaré de Nancy — un grand lycée traditionnel, immense, déroutant —, à la fois passionné par les nouvelles matières, la découverte de l'Antiquité égyptienne, l'apprentissage d'une langue étrangère et en même temps déboussolé dans ce labyrinthe, perdu devant la multiplication des classes, des maîtres... Bref, je perds pied ! Mes parents m'ont alors mis en pension, dans un collège public, à Lunéville. Un internat spartiate... Je m'en suis d'ailleurs souvenu comme d'un contre-exemple lorsque j'ai décidé, plus tard, de réhabiliter les internats.

J'ai vécu une deuxième fois, en seconde, cette expérience du passage de l'échec à la réussite. J'avais présumé de mes forces en m'embarquant dans une voie qui réclamait, en particulier en mathématiques et dans les matières scientifiques, une capacité qui n'était pas la mienne. À nouveau, j'ai décroché très vite. J'ai même reçu deux blâmes. Mais heureusement, à cette époque-là, on pouvait changer de section en cours d'année. J'ai donc choisi une section littéraire dès le deuxième trimestre, et j'ai terminé ma seconde sans autres anicroches. Mais si, chaque fois, on m'avait catalogué selon certaines théories aujourd'hui très en vogue, je me serais retrouvé orienté vers une formation que je n'avais pas choisie.

J'ai donc compris, de manière ineffaçable, qu'un enfant en difficulté a toujours une possibilité de rebondir, à condition de lui donner toutes les nouvelles chances dont il a besoin, de faire l'effort de comprendre ses capacités, ses dons, ses talents. Et toute ma vie je me battrai contre ce théorème non démontré selon lequel tout élève en difficulté doit être illico renvoyé en entreprise, à l'usine, aux champs, en lycée professionnel...

Admettez cependant que la voie professionnelle peut offrir une chance à certains élèves du collège ?

Certes. Mais en prenant des précautions : en assurant son rattachement au collège. Nous l'avions d'ailleurs décidé pour certains élèves de 4e ou de 3e. Ce que je conteste, c'est l'orientation automatique des enfants en difficulté vers la voie professionnelle. Elle est doublement dévalorisante : pour l'élève, qui se sent rejeté, méprisé, et pour l'enseignement professionnel qui propose des qualifications de haut niveau, reconnues et négociables sur le marché du travail. C'est nier la valeur de cet enseignement et le considérer comme inférieur, une sorte de « deuxième choix ». Enfin, le ministre actuel dit qu'il faut orienter tôt « en fonction des capacités réelles des élèves ». Mais qui connaît les « capacités réelles des élèves » ? À terme, c'est toujours un choix sociologique, de classe, qui prédominera.

L'actuel gouvernement dit s'intéresser à l'enseignement professionnel ?

Par quelle mesure ? Citez-m'en une. Il ne suffit pas de se gargariser de beaux discours sur l'enseignement professionnel, il faut surtout agir et prouver son amour par des actes. J'attends toujours.

Qu'a fait la gauche pour l'enseignement professionnel ?

Consacrant l'immense travail accompli par Claude Allègre, Lionel Jospin a créé en mars 2000, auprès du ministre de l'éducation nationale, un poste de ministre délégué à l'enseignement professionnel confié à Jean-Luc Mélenchon qui a exercé avec beaucoup de talent et de détermination sa mission et a magnifié la noblesse de l'enseignement professionnel. Outre sa valeur de symbole, cet acte politique fort a permis des avancées sociales et pédagogiques importantes. L'œuvre accomplie est ample. Plus de 70 chantiers ont été ouverts : mise en place des projets pluridisciplinaires à caractère professionnel, rénovation du certificat d'aptitude professionnelle, élaboration de diplômes professionnels communs européens, mise en place d'un dispositif d'aide à l'orientation à 15 ans, création du lycée des métiers, démultiplication de la licence professionnelle... Sans oublier le recrutement sans précédent depuis dix ans de professeurs de lycée professionnel dont le statut a été par ailleurs rénové. Cette stratégie de valorisation de l'enseignement professionnel devrait faire méditer ceux qui le regardent de haut.

Magnifier la noblesse de l'enseignement professionnel

La création du lycée des métiers est une réforme importante ?

Le concept de lycée des métiers constitue une dynamique de l'excellence : il propose une offre de formation complète, du CAP à la licence professionnelle, autour d'une même famille de métiers. Les établissements « labellisés » lycées des métiers accueillent donc des lycéens, des étudiants, des apprentis, mais aussi des salariés en formation continue ou des adultes souhaitant valider les acquis de leur expérience. Ces établissements d'un genre nouveau permettent de créer des passerelles entre filières technologiques et professionnelles et de faciliter les liaisons entre formations scolaires et enseignement supérieur.

La création du lycée des métiers

Quel a été l'impact de ces mesures ?

Les effectifs des lycéens qui étaient en baisse à la rentrée 2000 ont augmenté de façon significative dès la rentrée 2001 : plus de 8 700 demandes des familles. La préparation du CAP attire aujourd'hui un nombre croissant d'élèves. Le flux d'entrée en BEP a progressé très nettement, de même que la poursuite d'études vers le baccalauréat professionnel. Preuve que les changements que nous avons initiés ont redonné à la voie professionnelle une attractivité durable.

Ce théorème selon lequel tout élève en difficulté doit être illico renvoyé en lycée professionnel est lié à la dénonciation du « On n'apprend plus rien à l'école »...

Quelle rengaine ! Remarquez, elle ne date pas d'hier : on l'entendait déjà lors de la suppression de l'apprentissage par cœur de la liste des préfectures et des sous-préfectures des départements français ! Abandon qui n'a pas pour autant produit des générations d'ânes bâtés, que je sache… On entend aussi « Ah, comme les gens écrivaient bien, dans le temps ! ». Il est vrai que les écritures à la plume de nos ancêtres font preuve d'une grande élégance — et je suis d'ailleurs le premier à défendre l'apprentissage de l'écriture manuscrite —, mais bien souvent l'orthographe et surtout la clarté des propos ne suivent pas… Écrire, est-ce seulement manier habilement la plume ? C'est aussi apprendre à s'exprimer clairement !

Vous considérez que l'école doit être à la fois un lieu de transmission du savoir et un lieu de vie ?

Opposer l'éducation et l'épanouissement de l'enfant est une imbécillité absolue. Par quel tour de passe-passe un enfant rétracté, inhibé, serait-il mieux préparé pour apprendre à lire et à écrire ? Un enfant, c'est un tout ! On le savait déjà dans l'Antiquité, pourquoi serions-nous moins intelligents aujourd'hui ? Je crois profondément qu'au sens où le XVIIIe siècle, celui des Lumières, exaltait l'idéal de « l'honnête homme », notre devoir est de faire advenir « l'honnête élève » de ce siècle. Prélude à l'honnête homme à venir, il sera notamment le fruit de deux promesses de l'école : donner à chacun les compétences de base, épanouir sa personnalité.

Cela suffit-il à lutter contre l'échec scolaire ?

Quand on parle d'échec scolaire, c'est toujours en sous-entendant que la situation s'est dégradée, qu'autrefois tous les enfants quittaient l'école avec un bagage suffisant pour se débrouiller dans la vie. Là où le bât blesse, c'est que personne n'est capable de situer cet « autrefois ». L'âge d'or de l'école n'a jamais vraiment existé. On dénonce l'absentéisme, on déplore ceux qui quittent le système scolaire sans qualification, tout en exaltant l'école républicaine des débuts. Mais il faut regarder les choses en face : pour la majorité, l'école se terminait à 12 ans, puis 14 ans après la Dernière Guerre. Et seuls les meilleurs étaient présentés au certificat d'études, qui ne garantissait pas pour autant un avenir meilleur. Beaucoup partaient les mains vides, à la campagne pour aller « aux champs traire les vaches », selon l'expression consacrée, ailleurs pour l'usine ou l'atelier. Certes, chacun recevait un minimum d'éducation, mais la sélection de fait, souvent très liée au milieu social d'origine, était impitoyable. Aujourd'hui, et depuis une vingtaine d'années, tous les élèves accèdent à l'enseignement secondaire jusqu'à 16 ans. Le nombre de bacheliers, d'étudiants dans les universités, a crû dans des proportions jamais vues, inimaginables il y a encore cinquante ans. Et l'on voudrait nous faire croire que l'on n'apprend plus rien à l'école ?

L'âge d'or de l'école n'a jamais existé

Est-ce que cet enseignement prolongé s'est vraiment démocratisé ?

Encore pas assez ! Je veux une école juste, qui intègre et qui rassemble. Une école vraiment démocratique, c'est-à-dire où chaque élève a sa place pleine et entière quel que soit son milieu socioculturel. C'est cela que j'appelle de mes vœux : une école de la réussite pour tous.

Une école de la réussite pour tous ?

Je suis persuadé que, progressivement, se construira ainsi une école de l'excellence en même temps que de l'égalité républicaine : à l'enfant qui n'a pas le privilège de naître et de vivre dans un bain de culture, de civilité et de savoir, le service public de l'éducation a le devoir absolu de proposer ce que sa famille ne peut lui donner.

Donner à l'enfant ce que sa famille ne peut lui donner

Pendant deux ans, j'ai voulu que l'on donne aux jeunes une place nouvelle qui leur permette de mieux se servir de leur avenir, par de nouvelles instances de dialogue et de préparation à la citoyenneté, par de nouvelles formes de travail encourageant l'esprit de recherche, d'initiative et d'équipe, par le recours croissant aux technologies de la communication et enfin par l'interdisciplinarité. J'ai enfin défendu avec acharnement l'idée que l'enseignement et l'organisation de l'école doivent intégrer les préoccupations des élèves, surtout au moment très particulier de construction de leur personnalité et de leur affectivité.

Notamment au collège...

Le collège doit aussi ouvrir à de nouvelles formes de sociabilité, moins ancrées dans une proximité immédiate de la famille ou du quartier. Il faut le dire : l'entrée au collège est le premier grand apprentissage de la mobilité intellectuelle, sociale et géographique.

Cela suppose aussi que, de leur côté, les jeunes aient envie d'être accueillis par l'école, qu'ils ne la rejettent pas a priori...

Que l'école puisse apparaître comme une contrainte, surtout aux yeux des adolescents, il n'y a là rien de très neuf ! Un certain nombre d'élèves ne comprennent pas le sens de ce qu'ils font à l'école. Ils sont plus ou moins démotivés. En réaction, certains enseignants de qualité se disent las et désenchantés face aux difficultés qu'ils rencontrent dans l'exercice de leur métier. Je sais que cela peut parfois aller jusqu'à une véritable souffrance. Nous ne pouvons rester sourds ni à cette souffrance, qui touche notamment les jeunes enseignants, ni à la détresse de certains élèves dont nous savons qu'ils traversent l'âge le plus fragile.

Est-ce que l'école est vraiment adaptée à la mentalité des jeunes d'aujourd'hui ?

Trop souvent, on parle des « jeunes », des « ados » comme d'une abstraction. Les adultes assènent des certitudes définitives à leur propos, comme s'ils oubliaient qu'ils avaient eux-mêmes été jeunes, en proie au doute, à l'incertitude. De tout temps, l'adolescence a été une période difficile. D'autre part, on ne peut plus parler d'une « jeunesse » bien définie, car il en existe autant que de situations socio-économiques. Je préfère parler d'expériences juvéniles plurielles plutôt que de jeunesse singulière. Même si tous les jeunes éprouvent la même difficulté à construire leur personnalité.

J'ai constaté que la France manque cruellement d'une vraie politique de l'adolescence. Tous ceux qui sont en charge de cette génération, des éducateurs au ministre, ont besoin d'une boussole, de quelques repères fiables. C'est dans cet esprit que j'ai créé en mars 2001 auprès de moi un Comité de l'enfance et de l'adolescence présidé par Marie Choquet, directrice de recherche à l'INSERM, et comprenant des personnalités reconnues comme Catherine Dolto, médecin, Philippe Jeammet, pédopsychiatre et professeur à l'université Paris 6, Xavier Pommereau, responsable du centre Abadie (CHU de Bordeaux), et Patrick Baudry, professeur à l'université Bordeaux 3.

Une politique de l'adolescence

La préoccupation du gouvernement est plutôt de revenir sur le principe selon lequel il convient de « mettre l'élève au centre du système éducatif » ?

Personnellement, je ne parviens pas à comprendre comment on peut gloser ou s'étriper à partir d'une formule aussi simple et évidente, à moins que cette contestation ne masque des arrière-pensées.

Jules Ferry mérite d'être dénoncé comme un dangereux soixante-huitard. Dans un discours prononcé le 2 avril 1880, il préconisait déjà de « placer l'élève au cœur de notre école » grâce à des « méthodes (pédagogiques) nouvelles » qui éveillent « la spontanéité de l'enfant pour en diriger le développement au lieu de l'emprisonner dans des règles toutes faites auxquelles il n'entend rien ».

S'imaginer qu'on assène le savoir du haut de son estrade sans essayer de trouver le chemin de l'intelligence et du cœur de l'enfant est une tromperie. Je pose la question : en quoi est-ce sacrilège de penser à l'épanouissement de l'élève ? Je ne veux pas être désobligeant à l'égard des auteurs de la loi d'orientation de 1989. Mais dire que l'élève doit être au centre du système éducatif est une tautologie. On le sait depuis Socrate ! L'école est faite pour l'élève, pour qu'il grandisse et s'approprie des savoirs. Aurions-nous oublié depuis la mère de Socrate, qui était sage-femme, que la pédagogie se confond avec l'art d'accoucher les autres d'eux-mêmes et de les porter ainsi au plus haut sommet du savoir ? Arracher l'élève à la noyade, allumer le feu en lui, lui prendre la main pour le conduire sur les chemins escarpés de la science : là est la noblesse du magistère enseignant.

Depuis Socrate, l'enfant est au cœur de l'éducation

L'élève au centre du système éducatif ? Et les parents d'élèves, dans tout ça ?

Ce n'est pas parce que nous n'en avons pas parlé jusqu'à présent que je minimise leur importance ! Il est essentiel d'associer les parents à l'école, tout particulièrement pour tout ce qui concerne la réussite des élèves. Avec tout de même une certaine distribution des rôles : les parents n'ont ni à se substituer aux maîtres ni à se mêler de la pédagogie. Chacun doit respecter chacun : respect de la fonction du maître, respect de la fonction des parents.

Beaucoup de parents se plaignent de n'être pas tenus au courant...

Il faut en effet qu'on se préoccupe de mieux informer les parents, parce qu'ils ne savent pas toujours clairement, et quelquefois pas du tout, ce que font leurs enfants. Informer sans autre commentaire, d'ailleurs, ne suffit pas : il faut également prendre la peine de leur expliquer le pourquoi et le comment, être aussi pédagogue avec les parents qu'on l'est avec les enfants.

Je salue d'ailleurs l'action de Ségolène Royal, qui a fait beaucoup pour encourager les associations de parents d'élèves et développer les droits des parents.

Cependant, de nombreux parents semblent se désintéresser de l'école...

L'école des parents

Si, dans certains quartiers populaires, les parents n'osent même pas accompagner leurs enfants et franchir la porte de l'école, ce n'est pas par désintérêt mais parce qu'ils se sentent comme frappés d'une sorte de terreur sacrée sur le seuil d'un temple ! Ce qui montre, au passage, que l'école reste infiniment plus respectée qu'on ne le dit !

Alors, leur avez-vous tendu la main ?

J'ai organisé toute une série d'actions pour que les parents, notamment dans les quartiers difficiles, puissent être mieux informés, mieux associés. J'ai encouragé beaucoup d'initiatives concrètes par des subventions à différents mouvements d'éducation populaire, afin que les parents puissent bénéficier d'une alphabétisation, les mamans en particulier. Et quand ce programme peut être réalisé par les instituteurs de l'école eux-mêmes, moyennant rémunération bien sûr, c'est encore mieux. On crée ainsi un lien étroit entre la maman et l'enfant, qui, d'une certaine manière, fréquentent la même école. Parfois, on donne aussi aux tout-petits de l'école maternelle des indications concrètes sur la santé, la sécurité. Que des maîtres ou maîtresses de maternelle, qui doivent aider les enfants à accomplir les premiers pas dans la vie, fassent ce travail en liaison avec les parents, quoi de plus normal ? J'avais rêvé, je rêve encore d'un grand mouvement national d'une école des parents qui en lien étroit avec l'État nous permettrait d'assurer pleinement une mission commune de co-éducation.

N'était-ce pas l'esprit des écoles ouvertes inventées par Lionel Jospin et que vous avez ensuite amplifié ?

Nous voulions que les périodes de vacances permettent aux parents des quartiers populaires de s'approprier l'école, de se familiariser avec elle, de nouer des relations nouvelles avec les professeurs. Le principe de l'école ouverte consiste à accueillir, pendant les congés scolaires, les élèves qui ne partent pas en vacances. Ils sont encadrés par des enseignants volontaires et rémunérés. L'école offre alors un lieu d'éducation par les loisirs. Ce qui contribue largement à faciliter les relations entre l'école et le quartier, l'école et les parents.

L'école ouverte : accueillir les élèves qui ne partent pas en vacances

J'avais aussi demandé que, dans les IUFM, on prépare les futurs professeurs aux relations avec les parents. Gérer les cas difficiles, ça s'apprend, comme le reste ! Toutes les professions en contact avec le public bénéficient de ce type de formation, pourquoi pas les enseignants ?

L'école doit donc prendre en compte les réalités sociales ?

Je suis excédé par ces discours sur la massification — terme méprisant s'il en est — de notre système éducatif. Comme si l'on devait rougir d'avoir offert à tous les enfants la chance de vivre ensemble. Soyons fiers au contraire d'avoir su tous les accueillir. Le devoir de l'éducation nationale est de tout faire pour éviter que ce qui relève d'elle, en particulier la sectorisation, n'aggrave encore la spirale de l'ethnicisation dans laquelle se trouvent engagées certaines écoles. J'avais ainsi demandé en mars 2002 à l'inspecteur Jean Hébrard de conduire une réflexion nouvelle pour l'amélioration de la mixité sociale à l'école et au collège. L'hétérogénéité des élèves n'est pas le produit par le collège : elle lui préexiste !

L'hétérogénéité des élèves préexiste à l'école

Donc, respect absolu de la carte scolaire ?

D'une carte scolaire régulièrement révisée en fonction des mouvements de population, oui. L'impossibilité de choisir son établissement ne doit pas être vécue comme une sanction, mais comme une exigence républicaine. L'État passe une sorte de contrat implicite en garantissant la qualité du service public. Mais la pédagogie est également concernée. En effet, l'école, confrontée à la diminution de la mixité sociale, développe — souvent sans intention ségrégative — des solutions qui sont parfois contre-productives. On propose fréquemment des sections d'excellence, des structures de niveau

Vive la mixité sociale

pour maintenir une mixité suffisante dans un établissement. Bien menées, ces politiques peuvent donner des résultats. Mais, lorsqu'à l'intérieur même des établissements la frontière entre classes, ou encore, dans un lycée polyvalent par exemple, la séparation entre la partie professionnelle et la partie générale sont étanches au point que même les salles de professeurs sont absolument séparées, alors les élèves ne peuvent que vivre ces choix pédagogiques comme des actes délibérés de ségrégation sociale, voire ethnique. La mixité sociale s'organise à la fois à l'extérieur et à l'intérieur des établissements, par la sectorisation autant que par la pédagogie. Laisser le service public se dégrader, c'est encourager la création de ghettos scolaires.

Comment généraliser la mise en pratique de tels principes, vu le nombre et la dispersion des établissements scolaires ?

Si vous voulez me faire dire par là qu'il faut « fermer les petites unités » pour regrouper les enfants dans des établissements plus vastes avec des équipes pédagogiques plus nombreuses, je ne vous le dirai pas, parce que je suis contre ! Nous avons la chance, en France, de disposer d'un système scolaire qui irrigue l'ensemble du territoire national, un véritable réseau capillaire qui, partout dans le pays, dans chaque quartier, dans chaque bourg rural, reste présent pour assurer sa mission. Dans bien des endroits, d'ailleurs, l'école reste, avec la mairie, la seule institution représentant la République et le service public, alors que depuis longtemps la gare a disparu et que la poste, la Banque de France s'apprêtent à fermer...

Est-ce que cette position restera longtemps tenable ?

L'école, puits de vie

Je sais qu'au nom de je ne sais quelle sacro-sainte rentabilité ou pseudo-rationalisation, certains souhaitent la fin de ce rôle de l'école. Pour moi, l'école de notre pays, pour reprendre une expression très belle de Joseph Delteil, est un « puits de vie ». Alors pas question de le laisser se tarir, s'assécher !

Donc ne pas élaguer, mais faire croître et embellir...

C'est ce qui a été fait également pour l'université, avec la mise en place du plan Université 2000 de Lionel Jospin et la politique de la recherche menée par la gauche. On s'est retrouvé confronté en 1988 au délabrement général des universités. Des filières entières de formations étaient inexistantes alors que le nombre d'étudiants ne faisait que croître et qu'il fallait les accueillir de toute urgence, mais dans de bonnes conditions. Nous l'avons fait, et cela restera comme l'un des grands mérites des gouvernements de gauche des vingt dernières années.

Si je comprends bien, il y a une forme de convergence entre éducation nationale et aménagement du territoire...

Cela s'appelle le service public, tout simplement ! C'est cela qui caractérise notamment un service public : la présence. Une des plus grandes inégalités qui soient, c'est l'inégalité territoriale, qui renforce les inégalités culturelles et sociales. Or, en milieu rural, les collèges accomplissent un travail remarquable, bien au-delà de leur mission originelle, en s'ouvrant aux adultes pour des ateliers d'initiation à l'électronique ou à l'informatique, par exemple, en se transformant en centres culturels pour les habitants... De même, la ségrégation urbaine dans les ghettos représente aussi une forme d'inégalité territoriale, qui pour le coup conjugue et concentre tous les maux : inégalités territoriale, sociale et culturelle. La gauche a lutté concrètement contre ces inégalités territoriale et géographique. Ainsi, grâce aux lois Defferre, qui ont permis la rénovation des collèges et des lycées, tout le territoire français dispose d'établissements de qualité. La gauche a parallèlement encouragé le maillage du territoire par des universités, des centres scientifiques, des centres d'art et de création...

L'école contre les inégalités territoriales

Nous en arrivons au sujet de la décentralisation...

Nous avons en effet été les auteurs des lois de décentralisation. Mais la décentralisation ne peut réellement porter ses fruits que si parallèlement et simultanément l'État, dans les grands domaines, mène une politique nationale forte, ensuite relayée et conjuguée par les collectivités locales selon leur ligne propre. Ainsi, ce que nous avons réalisé pour la culture est parti d'une volonté nationale puissante, appuyée sur un budget doublé, voire triplé, puis soutenue et relayée par les mairies, les départements et les régions, dans un climat que je décrirais, sans

Décentraliser : oui Démanteler : non

exagérer, d'enthousiasme collectif. Donc nous avons su combiner l'aménagement du territoire, décidé à l'échelon national, et la libération des initiatives locales. Le paysage culturel, scientifique et éducatif Français a été profondément remodelé, vivifié et irrigué.

Décentralisation qui semble devoir s'accélérer...

Aujourd'hui, il ne s'agit plus de décentraliser, mais de démanteler. Ce n'est pas une décentralisation qui libère les initiatives, mais qui au contraire fragilise, précarise tous ceux qu'elle vise. C'est une décentralisation pensée et organisée comme un marché et en aucun cas comme une amélioration du service public. D'un côté, on coupe, on taille et on rogne dans les budgets nationaux des ministères concernés, je pense tout particulièrement à l'éducation nationale et à la recherche, et de l'autre on fait valoir que les régions vont prendre le relais — ce qu'elles ne feront qu'en fonction de leur richesse, mais aussi de leur bon vouloir politique. Ce qui va fatalement aboutir à un appauvrissement de l'école, encore aggravé par les disparités régionales.

Le gouvernement veut transférer aux régions les personnels techniciens, ouvriers et de service de l'éducation nationale ?

Je m'oppose avec vigueur à cette mesure de dénationalisation de l'éducation nationale. Je ne comprends pas l'acharnement du gouvernement actuel à vouloir démembrer l'éducation nationale en cherchant à transférer des personnels non enseignants vers les collectivités locales. Cette décapitation de l'État n'aurait qu'un effet : celui de couper les équipes pédagogiques en deux. Prenons l'exemple des personnels qui s'occupent des restaurants scolaires et qui préparent quotidiennement des repas à des enfants qui ne mangent pas toujours à leur faim, leur apprennent à composer des menus diététiques, suivent au jour le jour la nutrition d'adolescentes qui refusent de se nourrir... Qui peut dire que toutes ces missions ne sont pas des actes pédagogiques à part entière ? La noblesse du magistère éducatif n'est pas l'apanage des seuls enseignants. Tous les personnels de l'éducation nationale, enseignants et non enseignants, partagent le même amour de l'école, le même dévouement au service des élèves.

La fonction pédagogique des personnels non enseignants

Peut-on imaginer une privatisation de l'école ?

On peut tout imaginer !

Tout de même !

Souvenez-vous de cette pensée de Jean Vilar, qui estimait que la culture devait être un service public au même titre que l'eau et l'électricité... Depuis, on a vu ce qu'il était advenu de l'eau, ce qu'il va advenir de l'électricité ! Dans ce contexte, il faudrait être naïf pour croire que l'école est à l'abri de certains appétits, de certaines attaques. Ce gouvernement ne rêve que de liquider des pans entiers de l'État.

Cependant, défendre a priori *le service public de l'enseignement n'est-il pas un peu irrationnel ?*

Certainement pas ! Il y a de la passion, évidemment, je suis bien placé pour le dire, mais aussi autant, sinon plus, de raison ! « Raison » au singulier ou au pluriel, d'ailleurs, comme vous voudrez. S'il y a un domaine où passion et raison se confondent, c'est bien celui-là !

Pour commencer, je rappellerai que les grands principes d'une école primaire, gratuite, obligatoire, fonctionnant comme un service public, font partie de notre héritage national, puisqu'ils ont été affirmés par la Révolution, qui n'a pu mettre ce projet en œuvre. Mais cette idée agitera tout le XIXe siècle. L'école commencera à se mettre en place avec la loi Guizot, promulguée en 1833, puis le réseau d'enseignement s'installera progressivement sous le second Empire. D'une certaine manière, Jules Ferry n'aura qu'à donner le coup d'envoi d'une institution prête à fonctionner, en lui procurant enfin les moyens d'appliquer et de faire respecter ses idéaux : gratuité totale, obligation absolue, laïcité effective. Ce sont tout de même ces principes fondamentaux qui ont permis à l'école française de traverser sans trop de dommages les périodes les plus noires de notre histoire !

Face à la privatisation des esprits par la puissance du marché, l'école est aujourd'hui le seul contre-pouvoir culturel offert en partage à tous les enfants de France. Il faut donc l'aimer ! Il faut la protéger avec gratitude et passion !

L'école n'est pas aujourd'hui protégée avec gratitude et passion ?

Hélas non ! Le ministère de l'éducation nationale est depuis 2002 littéralement saigné à blanc. Budgétairement, c'est le ministère le plus déshabillé de France : un plan social de destruction de 80 000 emplois auquel s'ajoute la dénationalisation de 100 000 postes non enseignants, une amputation de 20 % des crédits budgétaires, l'abrogation du plan pluriannuel de création et de recrutement d'emplois...

Le ministère de l'éducation nationale, saigné à blanc

La poursuite du combat que j'avais engagé pour l'apprentissage de la langue française est gravement entravée par la réduction des dotations horaires destinées à remettre à flot les élèves de 6e en difficulté ou par la suppression de stages de formation continue en lecture et en écriture.

Mettez-vous en cause la personnalité de l'actuel ministre ?

Jamais je n'ai mis en cause ni la personne ni les actions des ministres qui m'avaient succédé au ministère de la culture ou au ministère de l'éducation nationale. Au demeurant, mes successeurs, François Léotard en 1986 et Jacques Toubon en 1993 au ministère de la culture, François Bayrou en 1993 au ministère de l'éducation nationale, ont eu la même attitude à mon endroit. Jean-Jacques Aillagon que j'aime beaucoup, même si nous ne partageons pas toujours les mêmes idées, a un comportement exemplaire vis-à-vis de ses prédécesseurs. Malheureusement, l'attitude de l'actuel ministre de l'éducation nationale est tout autre. Je n'avais pourtant pas manqué de soutenir ses premiers pas. Je m'étais même réjoui de sa nomination. Je pensais qu'il porterait sur l'école un regard imaginatif et constructif. Sans doute avais-je cru au miracle ! Espérant que, pour une fois, la droite n'allait pas casser l'éducation nationale...

Ce ne fut pas le cas ?

Il m'a fallu vite déchanter. Ce qui est consternant, ce qui est attristant de la part d'un ministre de l'éducation nationale qui se revendique comme un intellectuel ami de la sagesse, c'est ce manque d'élégance et de rigueur intellectuelle.

Manque d'élégance, tout d'abord. L'actuel ministre de l'éducation nationale met en cause avec hargne tous ses prédécesseurs. Y compris, suprême raffinement, François Bayrou qui l'avait nommé président du Conseil national des programmes. Manque de rigueur intellectuelle, ensuite. Sa profession d'origine aurait dû l'y conduire. Il se conduit malheureusement en politicien, comme peu d'hommes politiques le font. Sa plus grande imposture est de faire passer les coups qu'il porte contre l'éducation nationale pour des réformes.

Pouvez-vous me donner un exemple ?

Le bluff permanent du gouvernement Raffarin

L'exemple des aides-éducateurs témoigne bien de cette méthode du bluff permanent. L'actuel ministre de l'éducation nationale se prétend leur sauveur alors qu'il en est en réalité leur fossoyeur. Je le redis avec force : Lionel Jospin avait clairement pris la décision de pérenniser les 70 000 premiers aides-éducateurs et de prolonger jusqu'en juin 2003 la durée des premiers contrats. Parallèlement, des mesures très vigoureuses de formation avaient été prises pour assurer la réinsertion des jeunes vers d'autres métiers. Un concours spécial avait été ouvert. Cette réalité n'empêche pas l'actuel ministre d'affirmer avec un culot d'enfer que le précédent gouvernement avait liquidé les aides-éducateurs !

Au-delà de la politique, il y a l'humain. Que dire de l'attitude lointaine, hautaine et désinvolte de l'actuel ministre de l'éducation nationale ! Voyez comment le recteur Blanchet a été traité. Voilà un humaniste reconnu, estimé, respecté. Cet homme de cœur et de talent a été évincé, sans ménagement. Et, contrairement à la tradition, il n'a reçu aucun appel du ministre, ni avant, ni pendant, ni après sa mise à l'écart. Rien ne justifie que l'on maltraite ainsi, avec un tel dédain, un grand serviteur de l'État.

Cette même insensibilité, on la retrouve dans la lettre envoyée aux 110 000 personnels non enseignants menacés de dénationalisation alors qu'aucun avant-projet de loi n'avait été rédigé. On leur annonce sans précaution leur éviction à partir du 1er janvier du service public de l'État. On imagine la blessure individuelle ressentie par les destinataires de cette missive !

Votre bilan est sévère ?

Une nation qui croit à son avenir ne sacrifie pas les crédits du futur et de la jeunesse. Pour justifier l'hémorragie budgétaire, on invoque la situation économique. Elle a toujours bon dos quand il s'agit de maquiller l'affaissement de la volonté politique. En 1982, la crise financière était autrement plus grave. Et pourtant, le plan de rigueur Mauroy-Delors avait épargné les ministères de l'éducation, de la culture et de la recherche, dont les budgets furent même augmentés.

Ne pas sacrifier les crédits du futur et de la jeunesse

Ce qui me met le plus en colère dans cette mise au pain sec de l'éducation nationale, c'est qu'elle pénalisera d'abord les plus pauvres, les plus démunis, les plus défavorisés. Une véritable politique de classe et de caste est en train d'être menée.

Pour vous, le gouvernement fait un calcul à court terme ?

Le temps est une valeur essentielle de l'éducation. Rappelez-vous cette belle phrase de Rousseau : « Oserais-je exposer ici la plus grande, la plus importante, la plus utile règle de toute éducation ? Ce n'est pas de gagner du temps, c'est d'en perdre. » Il faut en effet du temps pour éduquer un enfant, pour faire pousser une plante humaine. Du temps et des soins, de l'attention et de la tendresse.

Le service public : un mode de financement du temps

La première vertu d'un grand service public est d'assurer le financement du temps. Pourquoi des politiques nationales puissantes de l'éducation, de la culture et de la recherche ? Parce qu'il faut du temps pour faire naître une œuvre d'art, découvrir un vaccin, comprendre un mécanisme de l'Univers... et réussir l'éducation d'un enfant. Le temps, c'est l'ensemencement de l'avenir, c'est l'enfantement du futur.

Pour le secteur privé, l'adage *time is money* vaut le plus souvent. Il lui faut des résultats tangibles, rapides, ces fameux « retours sur investissements » qui permettent de « dégager des marges »... C'est en ce sens que l'école publique, comme tout grand service public, est un contre-pouvoir face au marché. Et que l'enseignement ne peut pas, ne doit jamais être une valeur marchande.

1,5 million de personnes sont au service d'un même idéal, 1,5 million de serviteurs de la pensée. Quelle source jaillissante! Croyez-moi, on a quelquefois du mal à réaliser ce que représentent cette accumulation d'énergies, cette somme d'intelligences. Vous n'imaginez pas les prouesses que peut accomplir cette maison, la qualité et le dévouement des hommes et des femmes qui la composent... En disant cela, je pense à tous les enseignants, mais aussi à l'ensemble des personnels des établissements scolaires, aux responsables d'organisations syndicales et professionnelles, à ceux qui travaillent rue de Grenelle dans des conditions parfois dignes du XIXe siècle... Ils constituent l'une de nos plus grandes richesses nationales.

Les restrictions budgétaires décidées par le gouvernement touchent tout particulièrement les budgets de l'université et de la recherche

Et pourtant nous savons tous qu'étrangler l'enseignement supérieur et la recherche fondamentale, c'est aller à contre-courant de l'avenir économique et humain d'un pays. C'est compromettre pour longtemps ses capacités de développement.

Nous pouvons d'ores et déjà le constater : l'enseignement supérieur ne constitue pas une priorité du gouvernement actuel. Ce n'est, hélas, pas une surprise. Il y a comme une « exception culturelle » de la droite au pouvoir : elle n'aime pas l'université : bien au contraire, elle la maltraite. Depuis vingt ans, c'est toujours la gauche au pouvoir qui a favorisé le développement de nos enseignements universitaires et qui a poursuivi une politique de démocratisation de l'université en y consacrant des moyens

Avec la gauche, l'université a fait peau neuve

considérables. Grace à la gauche, l'enseignement supérieur a vraiment changé de peau !

Les gouvernements de gauche successifs se sont employés à favoriser et à accompagner un accroissement sans précédent du nombre d'étudiants, passé de 1 180 000 en 1998 à 2 100 000 en 1995. C'est un quasi-doublement en moins de vingt ans ! Dans le même temps, l'État dégageait les crédits nécessaires pour rénover le patrimoine immobilier et construire des surfaces nouvelles : des centres de recherches, des salles de cours, des bibliothèques, des maisons des étudiants... Ces opérations ont été menées avec les collectivités locales dans le cadre du plan Université 2000, puis dans celui d'Université du troisième millénaire lancé par Claude Allègre.

Nous avons surtout voulu démocratiser l'université. Nous avons ainsi donné la possibilité à tout étudiant d'effectuer un séjour d'études à l'étranger sans perdre son année universitaire, sacrifice que seuls pouvaient se permettre les étudiants aisés. L'université française est désormais inscrite dans le cadre de l'espace universitaire européen. C'est sous l'autorité de Lionel Jospin que la France a lancé des initiatives fortes qui ont permis de jeter les bases d'une réelle harmonisation européenne des diplômes. Ainsi, tous les pays de la grande Europe ont confirmé leur volonté de multiplier les échanges entre étudiants en organisant les cursus en trois niveaux équivalents d'un pays à un autre : licence, master et doctorat. J'ai également institué un système de « crédits européens », sortes d' « unités de valeurs », mais cumulables cette fois sur l'ensemble des universités européennes, permettant à un étudiant d'accomplir son cursus dans différents pays sans mettre en péril la valeur de ses diplômes.

L'harmonisation européenne des diplômes

L'université française est-elle vraiment prête à acquérir une dimension internationale ?

Je crois que nous sommes sur la bonne voie, mais beaucoup reste à faire. Ainsi, je constate avec stupéfaction que, tandis que les universités des pays anglo-saxons ouvrent leurs portes en été à des étudiants étrangers, les nôtres ferment, pendant deux mois et demi ! C'est incompréhensible !

C'est dans cet esprit que j'avais confié à Élie Cohen l'organisation d'universités d'été partout en France, afin d'accueillir des étudiants étrangers et d'encourager ce que j'avais appelé le « nomadisme étudiant estival ». J'aimerais que l'Union européenne décide un jour que l'été soit l'été des étudiants, que toutes les universités, de Milan à Athènes et de Hambourg à Lisbonne, soient ouvertes aux étudiants des autres pays. Ce serait un magnifique projet, qui n'est pas seulement culturel, mais politique.

Ernest Renan disait : « La nation, c'est vouloir vivre ensemble. » Je suis convaincu que l'Europe n'existera vraiment que s'il y a un vouloir-vivre ensemble européen. Et cette conscience d'appartenance européenne ne se forgera que par la jeunesse. Je crois donc qu'il faut prévoir mille et une mesures pour que les jeunes Européens apprennent à vivre, à travailler, à étudier ensemble. C'est par ce mélange, ce mixage, cet entremêlement que l'on réussira à créer une âme européenne. Pour l'instant cela ne concerne qu'une toute petite minorité, et les Français ne sont pas les plus aventureux !

Vouloir vivre ensemble européen

Il faut aussi savoir attirer un nombre croissant d'étudiants étrangers. C'est une source d'influence internationale, politique et même économique... Il faut faire venir des chercheurs, des cerveaux, sans tomber non plus dans ce qu'on appelle le *brain drain* et déposséder les pays en voie de développement de leurs éléments les plus brillants. On constate aujourd'hui encore que les meilleurs chercheurs d'Afrique vont plutôt vers les pays anglo-saxons, tandis que les meilleurs d'Asie ou de Chine rejoignent l'Amérique... Je ne vois donc aucune raison pour que la France reste sur la touche. Claude Allègre s'était attaqué avec efficacité à cette anomalie.

Quelles autres mesures en faveur de la démocratisation de l'université avez-vous prises ?

Accueillir de plus en plus d'étudiants d'origine sociale modeste

Toutes les mesures du gouvernement Jospin en faveur de l'université se sont inscrites dans une politique volontariste visant à accueillir de plus en plus d'étudiants d'origine sociale modeste : augmentation du nombre de boursiers de 20 à 30 %, doublement des aides aux doctorants, création de formations de proximité propres à attirer à l'université des étudiants qui, sans cela, n'auraient pas pu y venir.

Dans le cadre du plan U3M, Université du troisième millénaire, nous avons aussi créé de nombreux départements d'IUT, de nouvelles universités. Ce plan représente un effort de l'ordre de 8 milliards d'euros sur la période 2000-2006 ! J'ai aussi engagé un grand programme de remise à niveau de toutes les universités de Paris-Centre. La droite parisienne et francilienne avait laissé se délabrer les universités de Paris-Centre ! Ce plan accorde également une importance toute particulière à la vie étudiante qui représente environ 25 % du total : il permet très concrètement de construire des restaurants universitaires, de réhabiliter et de construire des logements étudiants qui en ont vraiment besoin et enfin de développer les bibliothèques universitaires, longtemps parents pauvres de la recherche de notre pays !

L'attention portée à l'ensemble de la politique éducative n'exclut pas que certains dossiers emblématiques parisiens soient plus spécialement pris en main par l'équipe ministérielle. Parmi ces dossiers emblématiques, deux m'ont tenu particulièrement à cœur. D'abord, la création de l'Institut national de l'histoire de l'art. Il m'aura fallu vingt ans de combat pour donner naissance à cet institut ! Le premier acte fondateur date de 1982, lorsqu'en ma qualité de ministre de la culture j'avais demandé à André Chastel de réfléchir à ce dossier. La construction de la Bibliothèque de France aura permis de libérer des espaces sur le site de l'ancienne Bibliothèque nationale et d'y installer cet institut qui associe étroitement ministère de la culture et ministère de l'éducation nationale. Ce fut le résultat d'une longue marche !

Un nouveau Quartier latin à Paris

L'autre grand projet est la création d'un nouveau Quartier latin sur Paris-Rive gauche. Quand je suis arrivé, le dossier était enlisé. Je m'en suis emparé personnellement. Grâce au recteur René Blanchet et aux architectes Patrick Bouchain et Christian Dupavillon, un nouveau pôle universitaire de 210 000 m² émergera au nord du XIIIe arrondissement de Paris.

Démocratiser l'université, c'est enfin inciter des hommes et des femmes engagés dans la vie active et qui n'avaient pu commencer ou achever un cursus universitaire à entreprendre ou reprendre des études en leur permettant de valoriser leurs acquis professionnels.

La formation tout au long de la vie ?

Jusqu'à maintenant, on pouvait considérer que le succès scolaire ou universitaire restait un bon atout pour trouver et conserver un emploi. Aujourd'hui, tout particulièrement dans les domaines scientifiques, la « durée de vie professionnelle » a tendance à se réduire de manière accélérée : on considère qu'un brillant diplômé sera hors jeu après dix ou quinze ans de vie active, voire cinq ans seulement dans certains secteurs de pointe. C'est très court. D'autre part, on considère que chacun sera de plus en plus appelé à changer de métier au cours de sa vie professionnelle — jusqu'à quatre ou cinq métiers successifs pour un cadre, sachant qu'en plus certains de ces futurs métiers n'existent pas encore aujourd'hui !

La formation tout au long de la vie

À partir de ce constat, l'alternative est simple : soit on se débarrasse cyniquement de ceux dont les connaissances sont dépassées, mais le gâchis humain et le coût financier ne tarderont pas à devenir insupportables, soit on met en place un système de formation récurrente, qui permette à chacun de renouer régulièrement avec les études universitaires.

Les systèmes actuels de formation permanente ne remplissent-ils pas déjà cette fonction ?

Non. D'une part, les grandes entreprises qui avaient mis en place leurs propres écoles de formation permanente se sont rendu compte que les résultats étaient décevants pour des coûts disproportionnés. De toute façon, les salariés qui en bénéficiaient ne pouvaient pas la faire reconnaître par une autre entreprise, ce qui constitue un obstacle à la mobilité professionnelle. D'autre part, les nombreuses écoles de formation privées qui se bousculent sur le marché ne présentent pas forcément toutes les garanties de sérieux que l'on pourrait en attendre. Seule l'université est en mesure de délivrer une formation de qualité, reconnue de manière indiscutable par tous, aujourd'hui en France et demain dans toute l'Europe.

Comment la faire reconnaître, justement ?

C'est là qu'intervient le principe de la validation des acquis. J'avais fait voter une première loi lors de mon premier mandat en 1992. En 2002, nous avons, avec Lionel Jospin et Jean-Luc Mélenchon, élargi et renforcé le dispositif.

Pouvez-vous préciser ?

Grâce à un jury mixte, composé d'universitaires et de professionnels, il sera possible de faire reconnaître à la fois l'ensemble des diplômes que l'on possède, même s'il s'agit de diplômes étrangers, et son niveau de qualification professionnelle. On évite ainsi d'obliger quelqu'un qui possède un niveau élevé à refaire tout le circuit depuis le départ, sous prétexte qu'il n'aurait pas obtenu tel diplôme ou telle unité de valeur. Le principe de la validation des acquis constitue une manière de reconnaître les formations originales, les acquis de l'expérience et d'une certaine manière la valeur et les compétences des autodidactes.

Le principe révolutionnaire de la validation des acquis

Études internationalisées, arrivée de « seniors », tout cela va sérieusement modifier le profil de la population étudiante...

Je vois beaucoup d'avantages à mélanger des étudiants d'âges, d'expériences et de parcours très différents. Ce métissage, ce brassage, apportera aux jeunes étudiants une vision plus réaliste du monde de l'entreprise, dont ils ont souvent une vision caricaturale, tantôt diabolisée et tantôt idéalisée. Ce sera aussi une source d'innovation pour des étudiants qui, par leur expérience, porteront un autre regard sur le monde. Enfin, il faudra développer encore plus de moyens d'enseignement à distance, que ce soient les campus numériques ou toute autre technologie nouvelle. Hélas, il semble bien que, là aussi, le gouvernement actuel veuille faire passer ce projet à la trappe...

Si je comprends bien, dans les années à venir tout le monde ira à l'école toute sa vie ?

C'est bien là l'une des raisons essentielles qui motivent mon soutien inébranlable à l'existence d'un grand service public d'enseignement. Parce que, enfant ou adulte, nous aurons tous de plus en plus besoin de faire appel, tout au long de la vie, à un enseignement de qualité, et qui ne soit pas réservé à une élite.

J'ai peur cependant que toutes ces avancées ne soient aujourd'hui stoppées par le gouvernement. Celles-ci et d'autres encore.

Quels sont vos projets universitaires actuellement remis en cause par le gouvernement ?

L'amputation de 30 % des crédits de recherche mettra en péril à la rentrée prochaine de très nombreux laboratoires. La création des postes que nous avions prévus dans le plan pluriannuel a été tout simplement divisée par deux ! Ce qui a provoqué la stupeur dans les rangs des doctorants et des jeunes docteurs à qui le gouvernement n'offre d'autres débouchés professionnels que l'expatriation. Le nombre de création d'emplois de personnels administratifs et techniques a été diminué d'un tiers ! Le statut de maître d'internat et de surveillant d'externat — les surveillants — a été supprimé alors qu'il permettait à beaucoup de jeunes issus de familles modestes de poursuivre des études !

La recherche en péril

Ces coups portés contre l'université risquent également d'avoir de graves répercussions sur l'enseignement primaire et secondaire en déstabilisant fortement le recrutement des professeurs alors que nous avions fait beaucoup pour la réforme du recrutement et de la formation des maîtres.

Quels moyens avez-vous mis en œuvre dans ce but ?

J'avais engagé une première campagne en 1992 pour inciter les jeunes à choisir l'enseignement, à choisir la passion. À mon retour en 2000, j'ai lancé une nouvelle campagne sur le thème « Professeur. Et si l'avenir c'était vous ? ». Mais la meilleure manière de donner confiance aux enseignants ou aux futurs enseignants, c'est de montrer qu'on est prêt à réaliser une politique publique d'envergure. À cet égard, l'annonce d'un double plan de recrutement et de création d'emplois a eu une influence décisive dans la revalorisation de la profession d'enseignant. Dire que l'enseignement est un métier magnifique, c'est bien, mais le prouver en montrant qu'on prépare l'avenir de la profession, qu'on se donne les moyens de renouveler, d'enrichir et de multiplier le recrutement, c'est plus efficace ! Autre changement : l'annonce du nombre de postes mis au concours dès l'automne au moment des inscriptions universitaires et non à la veille des concours ! Ainsi crée-t-on par des mesures simples et pratiques une dynamique de recrutement pour les étudiants.

Le plan pluriannuel de recrutement et de création d'emplois d'enseignants

J'avais également envisagé, en particulier, des systèmes de pré-recrutement, grâce à des bourses d'un type particulier, afin d'inciter des étudiants de milieux sociaux modestes, qui connaîtraient des problèmes de financement d'études, à s'orienter vers les carrières scientifiques où nous risquons de connaître une certaine pénurie. C'était faire d'une pierre deux coups : soutenir tout particulièrement des étudiants en difficulté, et d'autre part les orienter vers l'enseignement des sciences. Ce projet aurait dû voir le jour dès 2003...

Pourtant, on parle souvent de sérieux problèmes de recrutement...

Mais c'est faux, archi-faux ! Il n'y a ni crise des vocations ni manque d'attractivité du métier d'enseignant. Nous n'avons été confrontés à une vraie crise de recrutement qu'entre 1989 et 1991. Pour faire face à la démocratisation rapide de l'enseignement, le nombre de postes offerts avait considérablement augmenté, mais le nombre de candidats ne suivait pas, à peine 2 ou 3 par poste. Depuis, les choses ont bien changé !

Le métier d'enseignant, un métier attractif

Jusqu'à quel point ?

Je ne voudrais pas vous assommer de chiffres, mais en voici tout de même quelques-uns : en 2000, 2001 et 2002, on enregistrait en moyenne 6 candidats par poste pour les concours de professeurs des écoles. Pour le second degré, en 2002 et 2003, près de 130 000 candidats se sont inscrits aux concours externes des personnels enseignants, d'éducation et d'orientation de la session 2001 pour 15 000 postes, soit plus de 9 candidats par poste... Dans l'ensemble, et depuis plusieurs années, on compte en moyenne 7 à 8 candidats par poste ! Les prévisions permettent d'évaluer un nombre de candidats par poste qui devrait se maintenir autour de 5 ou 6, proportion tout à fait satisfaisante. Dans les disciplines, notamment scientifiques et techniques, où surgirait une baisse, un système de pré-recrutement pourrait endiguer le phénomène.

Dans un contexte de chômage élevé, ces candidats choisissent-ils l'enseignement par passion ou par raison ?

Sur cette idée reçue de la faible attractivité du métier d'enseignant, je vous renvoie aux études qualitatives menées par la Direction de la programmation et du développement auprès d'échantillons représentatifs de jeunes enseignants nouvellement recrutés du premier et du second degré. Ces résultats témoignent à la fois de l'existence d'une réelle vocation vers le métier d'enseignant et de grandes capacités d'enthousiasme face à leur nouveau métier. L'enquête réalisée en 2001 par la DPD montre que 89 % des enseignants se déclarent assez satisfaits ou très satisfaits de leur première expérience ! 86 % des enseignants du second degré recommandant leur parcours aux étudiants !

89 % des enseignants se déclarent satisfaits de leur nouveau métier

Enthousiasme qui risque de s'émousser après quelques années...

Je ne crois pas. Un exemple : en 1961, une enquête fut menée auprès de 20 000 instituteurs ayant enseigné avant 1914, leur demandant de raconter leur carrière. Dans leurs réponses, presque tous évoquaient des conditions de vie difficiles, parfois à la limite de l'insupportable (très bas salaires, solitude extrême en milieu rural, hostilité, voire agressions physiques, de la part de populations remontées contre l'école laïque...), mais la plupart d'entre eux ajoutaient que si c'était à refaire, ils recommenceraient sans hésiter ! Je ne vois pas pourquoi les jeunes générations seraient si différentes de leurs aînés. Pour le reste, je dirais que ce métier d'enseignant mérite le respect, parce qu'il permet d'éveiller dans le cœur de l'enfant le petit prince qui sommeille. « Si vous voulez que les gens méritent

Être et avoir

votre confiance, il faut commencer par la leur donner », écrivait déjà Marcel Pagnol dans *Le Temps des amours* à propos de l'histoire du cancre Lagneau. Même si la classe unique n'est pas la meilleure organisation possible, mon idéal d'enseignement c'est tout de même l'amour que le maître d'école du film *Être et avoir* exprime à l'égard de ses enfants — un film que j'avais d'ailleurs beaucoup soutenu en le cofinançant, et qui a été plébiscité par des centaines de milliers de Français. Je ne crois pas qu'il ait été particulièrement apprécié par mon successeur...

Quel intérêt y a-t-il, alors, à colporter des contrevérités ?

Cela participe d'une seule et même entreprise de démolition de l'école publique : faire croire que personne ne veut faire ce métier, c'est laisser entendre que les établissements scolaires sont devenus des coupe-gorge, que l'enseignant n'est plus qu'un dompteur qui risque à tout instant de se faire dévorer par les fauves... bref, que l'école française est devenue une jungle sans foi ni loi, sauf celle du plus fort. Tout cela n'est que mensonges, mais qui peuvent se révéler électoralement payants auprès de la fraction la plus réactionnaire de la société. Les contre-vérités permettent aussi de justifier une politique de suppression de postes. La dynamique de recrutement initiée par notre plan pluriannuel de création d'emplois et d'ouverture de nouveaux postes mis au concours risque d'être brisée par le plan pluriannuel de destruction d'emplois décidé par l'actuel gouvernement. Cette absence de vision du futur est navrante.

Refusons l'entreprise de démolition de l'école publique

Vous avez également engagé une réforme de la formation des maîtres

Cette formation rénovée doit permettre aux professeurs de porter chaque enfant, chaque adolescent, au plus haut niveau possible, de mieux combattre la fatalité sociologique, de susciter chez tous les élèves le goût du savoir et de la culture. On sait bien l'efficacité d'une pédagogie qui au lieu de s'acharner sur les faiblesses de l'élève, aggravant son sentiment d'échec, repère au contraire des points forts à partir desquels il pourra reprendre confiance en lui. Cette formation rénovée doit surtout être davantage professionnalisée.

Une préparation concrète à l'exercice du métier d'enseignant

Cet objectif de professionnaliser davantage les formations des professeurs est une rupture ?

J'ai d'abord décidé que les universités proposent de façon plus systématique aux étudiants de licence un court stage en école ou en collège pour leur permettre de mieux prendre conscience des réalités du métier d'enseignant. J'ai souhaité que les universités proposent également aux futurs professeurs des écoles des formations mieux adaptées, avec des DEUG et des licences bi- ou pluridisciplinaires, par exemple lettres et histoire, mathématiques et physique...

J'ai ensuite décidé que la date de l'écrit du concours de professeurs des écoles serait avancée dès décembre afin de permettre d'entrer à l'IUFM dès le mois de janvier de la première année. J'ai également décidé que la formation de la deuxième année d'IUFM serait essentiellement consacrée à la pratique du métier. L'enseignement sera ainsi, selon le vœu même de très nombreux jeunes enseignants, beaucoup plus concret. La réforme de la formation de deuxième année permettra aux élèves professeurs de mieux prendre en charge la dimension éducative du métier et d'apprendre à connaître la diversité des réalités scolaires, les publics hétérogènes, les problèmes de violence... Le stage est le cœur de cette professionnalisation de la formation.

Plus de formateurs de terrain dans les IUFM

J'ai en effet souhaité un renforcement de l'intervention des formateurs de terrain. Les instituteurs et les professeurs maîtres formateurs doivent prendre une place accrue dans la formation des stagiaires. Dans le même esprit, j'ai décidé la nomination en IUFM de formateurs en service partagé. C'est une réforme essentielle. Les formateurs exerceront leurs missions pour moitié à l'école, au collège ou au lycée et pour moitié à l'IUFM. Leur expérience concrète du terrain sera d'une grande utilité pour les professeurs stagiaires. J'ai enfin accordé aux nouveaux enseignants des décharges de service lors de leurs deux premières années de prise de fonction afin de leur permettre de bénéficier de formations adaptées. La pire des choses est de les laisser seuls face aux problèmes qu'ils peuvent rencontrer.

Vous avez également renforcé la formation disciplinaire des futurs professeurs des écoles ?

Oui. J'ai par exemple décidé que près du quart du volume horaire des enseignements de deuxième année d'IUFM sera consacré à la formation à l'apprentissage du français.

Pourvoir des postes ne suffit pas...

L'amélioration du niveau de formation des maîtres constitue un levier d'évolution de notre société, société que nous voulons plus juste, plus solidaire, plus généreuse. Devant un monde qui évolue sans cesse, devant la mutation des publics scolaires devenus plus hétérogènes et plus difficiles, devant de nouvelles attentes des familles, il convient plus encore que par le passé d'aider les enseignants à conduire chaque enfant, chaque adolescent, au plus haut niveau possible, à combattre la fatalité sociologique, à susciter chez tous le goût du savoir et de la culture.

Les professeurs doivent former des élèves capables de comprendre et de faire évoluer le monde, capables d'accéder à l'information tout en disposant des outils intellectuels de la distance critique, capables de communiquer entre eux et avec les autres non par la violence, mais par le dialogue.

Avez-vous des regrets ?

J'ai principalement un regret : ne pas avoir créé une nouvelle direction de la formation qui regrouperait la formation initiale et continue des enseignants, des cadres, des personnels administratifs et de service. Je crois qu'il manque une véritable culture professionnelle de la formation des adultes dans l'éducation nationale. Cette direction commune pourrait, de plus, contribuer à resserrer les liens entre les différents corps et à diminuer des rivalités nuisibles au bon fonctionnement du ministère.

L'école se trouve aujourd'hui confrontée à un autre défi, très différent mais tout aussi important : la concurrence des nouvelles technologies...

S'emparer des nouvelles technologies

Je ne crois pas qu'il y ait concurrence. Mais à une condition : s'emparer des nouvelles technologies plutôt que de les subir ou de se laisser gouverner par elles.

Où en sommes-nous en ce domaine ?

Trop longtemps lanterne rouge en Europe, la France est aujourd'hui enfin entrée dans une véritable révolution culturelle. En 1998, Lionel Jospin annonçait un changement de cap volontaire et radical en faveur des nouvelles technologies de l'information et de la communication. Il était temps — grand temps — de prendre la mesure de l'urgence, de rompre avec le laisser-aller, de s'arracher à l'immobilisme et de sonner l'heure de la mobilisation de l'État, des collectivités locales, des entreprises, des particuliers, des chercheurs et des créateurs !

Plus de 9 milliards d'euros ont depuis lors été engagés, et six chantiers prioritaires retenus : l'enseignement, la culture, la modernisation des services publics, les entreprises, l'innovation technologique et la régulation. Désormais, la France figure dans le peloton des pays les mieux placés en matière d'équipement, de connexion à Internet et de contenus pédagogiques multimédias, en conformité avec les objectifs définis par la Commission européenne. Ainsi, le taux de connexion des établissements à Internet est aujourd'hui de 100 % pour les lycées et collèges et de 62 % pour les écoles. Nous revenons de loin (en 1997, quasiment aucune école n'était connectée à Internet !). Pourtant, il faut persévérer dans l'effort et accélérer la marche des transformations.

100 % des collèges et lycées connectés à Internet

Si j'ai bonne mémoire, vous vous êtes préoccupé des nouvelles technologies bien avant 1998...

C'est exact : en 1984, alors ministre de la culture, j'avais été à l'origine d'une agence pour les nouvelles technologies dans le domaine des arts et de la culture, agence qui a permis le foisonnement des réalisations françaises d'images de synthèse, de musique numérique et de jeux vidéo. Et, lorsque, avec François Mitterrand, nous avons lancé le projet de la Bibliothèque nationale de France, nous avons souhaité qu'elle soit entièrement numérisée, pour être autant une bibliothèque immatérielle accessible au monde entier qu'un bâtiment installé sur une rive de la Seine.

Au ministère de l'éducation nationale, en 1992, j'avais créé une délégation chargée des nouvelles technologies et de l'audiovisuel. Après avoir mis sur rails Arte, je décidai alors d'affecter la partie diurne du cinquième réseau à une chaîne éducative, que le CSA de l'époque avait malheureusement refusée. Il aura fallu qu'une loi en imposât, un an plus tard, la création.

Et qu'avez-vous fait spécifiquement pour l'équipement des écoles ?

Je n'ai été ni le seul ni le premier à m'y intéresser, loin de là. Ainsi, la politique entreprise à partir d'avril 2000 — et qui visait à intégrer les technologies de l'information et de la communication dans la vie quotidienne de tous les acteurs du monde éducatif afin de former des citoyens de la société de l'information — a été initiée par mes prédécesseurs, Claude Allègre et Ségolène Royal. Elle a permis de fédérer les dynamismes des enseignants, des parents d'élèves et des collectivités locales. J'ai décidé de l'amplifier en intégrant les TIC dans les programmes scolaires, en améliorant les compétences en informatique et Internet des élèves et des étudiants, en multipliant l'offre de formation supérieure à distance via les campus numériques et en ouvrant de nouvelles perspectives pédagogiques, l'e-éducation, grâce, notamment, au cartable électronique, aux manuels scolaires numériques, aux bureaux virtuels des enseignants...

L'e-éducation

Tout cela n'est-il pas justement un peu trop virtuel ?

Nous sommes là dans un domaine où tout évolue extrêmement vite. En effet, on peut très bien imaginer que, dans quelques années, le cartable électronique ou le manuel numérique fasse partie de l'équipement de base de tous les écoliers de France ! Simplement, s'il fallait attendre que tout soit enfin au point, notre pays ne redeviendrait même plus lanterne rouge, il devrait se contenter, et pour longtemps, de regarder passer les trains... Je

Les campus numériques

déplore d'ailleurs que le gouvernement actuel ait fortement relâché le soutien de l'État aux campus numériques que nous avions créés ces dernières années.

De toute manière, et quelles que soient les solutions techniques adoptées, cet engagement pour la société de l'information est une chance nouvelle pour l'école. C'est un choix de société, un choix de civilisation, un choix de gouvernement qui doit être source de fierté.

C'est aussi un défi...

Un défi riche de promesses. Nous ne sommes qu'au tout début d'un processus qui va profondément bouleverser la vie quotidienne des enseignants et de l'école. Le maître sera plus maître que jamais pour allumer le feu des vocations et des aptitudes de ses élèves. L'école sera plus ouverte que jamais au monde et au savoir. La formation débordera hors de ses murs. Les élèves auront accès à distance à leur enseignant, aux ressources mises en ligne par leur établissement. On peut pressentir que l'école et la société tout entière sont appelées à connaître plus de changements et de bouleversements dans les dix ans à venir que dans les dix ans passés.

L'école du respect

Le rôle de l'État est également de garantir que tous les enfants de France puissent, le moment venu, jouer pleinement leur rôle de citoyen ?

La fraternité démocratique

L'éducation est le garant de l'unité de la République : une unité respectueuse de toutes les diversités, mais une unité qui permette à tous les jeunes de notre pays de se parler et de se comprendre, de communiquer dans la rigueur et la sérénité, de maîtriser les connaissances sans lesquelles ils ne pourront ni appréhender le monde, ni le changer.

L'école, et tout particulièrement le collège, implique le « vivre ensemble ». Un « collegium » est un groupement, une communauté fraternelle. Et nous savons tous que la notion de fraternité est essentielle dans notre République et figure dans cette belle devise que les républicains fondateurs de la Troisième République ont inscrite aux frontons de nos écoles. L'école est un lieu essentiel de l'apprentissage de cette fraternité démocratique.

Comment assurer la formation de citoyens éclairés, dans la paix et le respect de chacun, alors que l'école se trouve confrontée au problème de la violence ?

Un climat de sérénité et de paix dans l'enceinte de l'école

L'image d'une école entièrement préservée des tensions qui s'exercent dans le reste de la société ne correspond en effet plus à la réalité. L'école n'est ni une bulle, ni une île, ni une autre planète. Elle reflète inévitablement les problèmes de la société, qui ne s'arrêtent pas comme par miracle aux enceintes des établissements scolaires. Il existe un rapport direct entre établissements difficiles et quartiers difficiles.

Ce constat, je l'ai fait dès mon premier mandat de ministre de l'éducation nationale. J'ai ainsi été le premier ministre de l'éducation nationale à aborder de front la question de la violence à l'école en 1992 avec mes collègues Pierre Joxe, ministre de la défense nationale, et Paul Quiles, ministre de l'intérieur, et à mettre en place des dispositifs de surveillance, grâce à un partenariat avec la police, et un meilleur suivi judiciaire, grâce à un rapprochement avec la justice. Nous avions alors mis au point un plan destiné à assurer la sécurité des établissements et des personnes et à préserver un climat de respect dans l'enceinte de l'école. J'avais obtenu en particulier que soient mis à notre disposition 12 000 jeunes du contingent. Nous les avions appelés les « grands frères ». Leur présence a été très efficace.

Inutile de vous dire à quel point je suis catastrophé d'assister à la disparition programmée des 65 000 aides-éducateurs recrutés ces dernières années ! S'il est un sujet qui nécessite une continuité, une persévérance dans l'effort et la vigilance, c'est bien celui-là. Dès mon arrivée, j'avais décidé de poursuivre et d'amplifier le plan antiviolence engagé par mes prédécesseurs en 1998. Les établissements du secondaire avaient vu leurs moyens renforcés en personnels médico-sociaux, en personnels d'éducation, en surveillants et en aides-éducateurs.

La présence d'adultes dans les établissements permet de diminuer la violence ?

C'est une évidence. La présence renforcée d'adultes, et notamment de jeunes adultes, est considérée par tous comme un facteur de pacification. Sans les personnels de l'éducation nationale, notamment les personnels d'éducation et de surveillance, rien ne pourrait être mené. Éradiquer la violence passe nécessairement par un renforcement de l'encadrement, notamment des établissements les plus difficiles. Il est démagogique de dire que la lutte contre la violence est une priorité et, dans le même temps, de supprimer des milliers de postes de surveillants et d'aides-éducateurs. On se paye alors de mots ! La lutte contre la violence ne se fait pas seulement en paroles, mais en actes !

Refuser la fatalité de la violence

La violence à l'école n'est pas une fatalité. On peut la faire reculer. Nous l'avons prouvé. Les actions que nous avons menées avec l'inspecteur général Jean-Paul Delahaye portent aujourd'hui leurs fruits. Le ministre actuel de l'éducation nationale le reconnaît, d'ailleurs. Lors de la récente signature de la convention sur les « classes relais », Luc Ferry et Xavier Darcos ont admis qu'il y avait un reflux de la violence à l'école, notamment en Seine-Saint-Denis et dans les Bouches-du-Rhône, deux départements où nous avons beaucoup travaillé.

Comment avez-vous obtenu ces résultats ?

Pour lutter contre la violence, il n'y a pas de recette unique, mais une palette de solutions qu'il faut articuler étroitement, une solidarité qu'il faut susciter.

Ma première décision a été de faire porter toute mon énergie sur le repérage des problèmes, notamment quand ils sont encore maîtrisables. J'ai ainsi constitué un Comité national contre la violence présidé par Mme Sonia Henrich, inspectrice générale qui avait obtenu des résultats remarquables dans les Bouches-du-Rhône. Autour d'elle se sont réunis des professionnels de terrain provenant d'autres ministères (un directeur de la sécurité publique, un procureur de la République, un directeur de la protection judiciaire de la jeunesse, un directeur départemental de la jeunesse et des sports...). Et aussi, naturellement, des personnels de l'éducation nationale, des chefs d'établissements tant on sait l'importance de leur rôle, des responsables académiques, des enseignants... Se sont adjoints à ce groupe des parents et des élèves ainsi que des élus locaux et des chercheurs. Le rôle de ce Comité national contre la violence a été particulièrement précieux : il a permis d'évaluer en permanence l'évolution de la situation, de faire remonter les initiatives de terrain qui ont tant de mal à se diffuser dans notre institution et enfin de proposer des pistes d'action. Je ne peux que regretter que l'actuel ministre ait décidé de dissoudre ce comité...

Tourner le dos à la politique de l'autruche

Mieux connaître les phénomènes de violence, c'était aussi mieux les mesurer. J'ai voulu qu'un outil statistique soit créé afin de recenser les incidents : le logiciel SIGNA.

En créant un logiciel de mesure de la violence à l'école, vous avez donc opté résolument pour la transparence ?

J'ai toujours pensé que la négation des faits et la politique de l'autruche n'étaient pas compatibles avec une action déterminée. Nous n'avons pas caché la violence à l'école : nous avons, au contraire et pour la première fois, cherché à établir une nomenclature de 27 actes violents différents grâce à un nouveau logiciel de recensement des faits de violence appelé SIGNA. Jamais, nous n'en avons eu une connaissance aussi précise. Pour la première fois, tous les établissements, même ceux où il ne s'est rien passé, doivent répondre à l'enquête. Pour la première fois, les écoles sont concernées par le recensement. Pour la première fois, les auteurs et les victimes ainsi que les lieux où se sont déroulés les faits sont clairement identifiés. Grâce au logiciel SIGNA, les actes graves sont mieux connus, donc peuvent être mieux combattus. Nos politiques publiques peuvent ainsi mieux cibler les priorités. C'est un progrès considérable !

Recenser les faits de violence

Comment avez-vous utilisé le logiciel SIGNA ?

Les premiers résultats du recensement ont permis d'établir une sorte de « photographie » du phénomène de violence dans les écoles et dans les

Un reflux des actes de violence dans les départements les plus difficiles

établissements. Grâce à certains départements ou académies pilotes qui avaient déjà mis en place une collecte de données, nous pouvons établir des comparaisons. Les premiers résultats me rendent optimiste sur l'évolution de la violence à l'école. La situation s'est en effet stabilisée, voire améliorée, même dans les sites les plus difficiles. En Seine-Saint-Denis, la violence à l'école a reculé de 12,5 %, à Paris de 17 %, dans les Bouches-du-Rhône de 18 %.

Grâce au logiciel SIGNA, nous savons que ces résultats très encourageants ne sont pas le fruit de je ne sais quelle manipulation statistique. Ils sont au contraire le résultat d'une action collective. Un résultat que nous avons su construire, pas à pas.

Pourriez-vous résumer votre action collective ?

Nous avons d'abord engagé des moyens considérables. Nous avons stabilisé les équipes de direction et les équipes enseignantes dans plus d'une centaine de collèges d'Île-de-France. Nous avons renforcé les équipes de la vie scolaire auprès des recteurs. Nous avons mis en place avec Jean-Luc Mélenchon un dispositif spécifique dans les lycées professionnels.

Nous avons également mis en place toute une série de mesures pour mieux mobiliser les personnels contre l'indiscipline scolaire et surtout mieux articuler la prévention et la sanction des incivilités. Dès la rentrée 2000, tous les règlements intérieurs des établissements ont été refondus pour poser des règles claires et fermes, applicables à tous et respectueuses des principes généraux du droit, pour redéfinir le régime des sanctions et enfin pour mieux associer les parents lors des conseils de discipline. La lutte contre la violence passe en effet nécessairement par le resserrement des liens parents-école...

Mieux articuler la prévention et la sanction des incivilités

Vous avez aussi agi en améliorant le cadre de vie scolaire des élèves ?

Comment se respecter soi-même et respecter les autres quand le cadre de vie scolaire est en soi une insulte faite aux élèves ! La lutte contre la violence passe par l'amélioration de l'architecture scolaire, notamment pour en finir avec les établissements surchargés.

Des élèves participent au Comité national contre la violence ?

C'est effectivement une nouveauté. Si j'ai donné une place aux élèves, ainsi qu'aux enseignants, c'est parce que la lutte contre les incivilités scolaires se règle d'abord dans la relation qui se noue entre enseignants et élèves au sein de la classe. L'incivilité scolaire se joue dans les moyens concrets donnés aux enseignants pour réagir face à des élèves qui sont parfois en rejet pur et simple de l'institution. Le rôle de l'école est, plus que jamais, de remobiliser ceux qui soudain « décrochent ». Pour lutter contre la violence à l'école, il faut aussi donner aux élèves eux-mêmes les moyens de prendre en main

Les élèves, acteurs de la lutte contre la violence

une part de cette lutte. Les lycées d'Île-de-France ont ainsi réalisé un très pratique *Manuel lycéen contre la violence*. J'ai surtout lancé une grande campagne nationale sur le respect.

Le slogan de votre campagne était : « Le respect, ça change l'école ! »

Ça change effectivement l'école ! Nous n'avons pas voulu donner à cette campagne un ton négatif et défensif. Nous avons voulu au contraire lui donner avec Catherine Lawless une tonalité très affirmative et offensive : pour le respect à l'école, pour une école du respect. Cela a deux sens. D'abord, l'école doit être par excellence le lieu où l'on se respecte, où l'on respecte les adultes et les élèves et où l'on se respecte entre élèves. Je pense, en particulier, au respect entre les filles et leurs familles, entre les filles et les garçons. Celles-ci ont parfois, dans certains quartiers, à subir des violences dans leur propre famille qui peuvent les briser ou les étouffer par peur du déshonneur. Elles subissent aussi le diktat d'aînés qui leur imposent des règles ou des codes écrasants. Elles subissent enfin le mépris, l'autorité et la violence de certains garçons qui posent sur elles un regard machiste. Cette déviation sexiste fondée sur l'oppression et la destruction traumatisante des jeunes filles trouve son point d'aboutissement dans une sexualité forcée. Une étude menée en 2001 a montré que, dans les infirmeries scolaires, 23 % des suicidants — en majorité des filles — avaient été victimes de violences sexuelles, principalement de nature incestueuse — donc de faits qui s'étaient de toute évidence produits à l'extérieur des établissements. Ce qui montre bien que la violence est un problème national qu'il faut aborder de front, globalement, mais sans démagogie.

L'information sur la sexualité n'a-t-elle pas progressé ?

Dieu merci, si ! La tartuferie et l'ignorance ont longtemps régné en maîtres. Les premiers pas ont été menés dans les années 88 sous le ministère de Lionel Jospin. Lors de mon premier mandat en 1992, j'ai accéléré la marche en encourageant dans les programmes du collège l'organisation de cours. Il est vrai que le danger mortel du sida a contraint les responsables à agir. En se heurtant à de nombreuses résistances. J'ai reçu une belle volée de bois vert des conservateurs lorsque j'ai décidé d'autoriser l'installation de distributeurs de préservatifs dans les lycées ! Avec Ségolène Royal, nous avons mis au point de nouvelles actions d'informations qui semblent aujourd'hui avoir conquis droit de cité dans les collèges.

En finir avec la tartuferie sur la sexualité

Les valeurs de l'école du respect ne sont pas vraiment les valeurs actuellement véhiculées par la société ?

Effectivement. Certaines valeurs minent ce beau principe. Que nous représente-t-on trop souvent comme dignes de respect ? La richesse triomphante, l'ignorance cynique et la célébrité sans mérite. Rien ne me paraît plus contraire aux valeurs de l'école que l'idéologie du « maillon faible » qui sévit actuellement dans les jeux télévisés et les *reality shows*. Cette idéologie de l'élimination est bien celle du libéralisme sous sa forme la plus inhumaine. Où donc, sinon à l'école, pouvons-nous résister à ce danger ? Le respect est pour moi essentiel à notre société, comme il est essentiel à notre école. C'est la grandeur et l'exigence de notre République que nous soyons tous libres et égaux en droit. Cela signifie que nous sommes tous dignes de respect, du seul fait de notre existence. Le rôle de l'école est d'aider à cette prise de conscience qui me fait « reconnaître l'humanité dans la personne d'autrui comme en moi-même », selon la belle formule de Kant.

Refuser l'idéologie du « maillon faible »

C'est le premier aspect de la campagne : la reconnaissance de tous par tous, le respect mutuel, c'est-à-dire le sentiment qui relie les citoyens entre eux.

Votre campagne avait d'autres objectifs ?

Oui. J'ai également voulu que cette campagne nationale sur le respect mette en avant la question du respect de la loi et des règles. Le professeur de droit que je suis a toujours cru que la pire violence que nous pourrions exercer sur la jeunesse serait de lui faire croire que les lois et les règles sont optionnelles. Nous avons tous des devoirs et des obligations. Et cela doit s'apprendre dès le plus jeune âge. Enfin, je dois ajouter que les éducateurs ont un devoir, celui de satisfaire le droit imprescriptible de tous à recevoir une éducation. C'est au respect de ce devoir que nous appelons élèves, parents et enseignants.

Respecter la loi et les règles

Certains affirment que « Le grand fautif, c'est Mai 68 ! » ?

Une partie de la société française, donc de ses dirigeants, persiste à régler ses comptes avec Mai 68. Trente-cinq ans après, c'est ridicule !

Ces gens-là se confondraient-ils avec ceux que Philippe Sollers désignait comme « la France moisie » ?

C'est vous qui le dites, mais on pourrait en effet le penser... D'abord, dénoncer les enseignants « soixante-huitards » est une aberration : la plupart de ceux qui exerçaient alors sont aujourd'hui à la retraite. En revanche, une bonne partie des enseignants actuels n'étaient pas nés, ou tout juste nés, en mai 68 ! Ensuite, prétendre que les Événements marquent le commencement de la fin de l'éducation nationale prouve une ignorance abyssale des réalités.

Le fantasme de 68

Certes, Mai 68 aura été à l'origine d'un processus de reconstruction profonde de l'université française — mais je remarquerai au passage que l'on doit ces changements décisifs au ministre d'alors, Edgar Faure, que l'on peut difficilement taxer de « dangereux gauchiste »... En revanche, l'impact des événements de mai reste plutôt de l'ordre du fantasme en ce qui concerne les collèges et les lycées — ne parlons même pas des écoles primaire et maternelle !

La discipline s'était tout de même sérieusement relâchée...

Certes, il y a eu dès la rentrée suivante un changement d'ambiance, et certaines exigences tatillonnes, certains aspects franchement disciplinaires des règlements intérieurs — entre nous, souvent des archaïsmes directement hérités de l'époque napoléonienne — ont volé en éclats. Mais peut-on pour autant parler d'effondrement du système ? Après tout, on pourrait affirmer de manière tout aussi gratuite que l'adoption, en 1974, de la majorité à 18 ans participe de la même dégradation, puisqu'on ne peut plus contraindre un élève de terminale, donc généralement majeur, à faire signer son carnet de notes par ses parents ! Et ainsi de suite...

Ne pas prendre les moulins à vent pour des géants hostiles

Croire que l'école actuelle est le fruit empoisonné de Mai 68, c'est ridicule ! Comment peut-on nier à ce point une réalité qui crève les yeux et la remplacer par un pur fantasme ? C'est regarder le monde avec les yeux de Don Quichotte et prendre les moulins à vent pour des géants hostiles !

Je crois que personne ne voudrait en réalité revenir à la période antérieure à mai 1968. Une époque où les enfants de divorcés étaient refusés des écoles privées. Qui se souvient qu'en avril 68, Jean Ferrat fut censuré et ne put chanter *Potemkine* à la télévision un dimanche après-midi ? Je me sens très proche de Maurice Clavel lorsqu'il disait que 68 était le « jaillissement de la vie ». Les adversaires de 68 voudraient aujourd'hui nous faire revenir au « charme discret de la bourgeoisie » qu'ils font mine de confondre avec l'universel kantien !

Parler de Mai 68 permet surtout de masquer les vraies attentes de nos concitoyens et d'éviter de traiter les vrais problèmes. La violence à l'école ne peut être dissociée de la violence sociale. Et les Français sont très inégaux face à la violence. Elle frappe d'abord les plus faibles, les plus démunis, les plus défavorisés. En ce sens, elle n'est pas le problème de quelques établissements, elle est un enjeu pour tout notre enseignement.

Refuser de criminaliser la misère

Lutter contre la violence, c'est d'abord refuser de criminaliser la misère. C'est en adoptant cet état d'esprit — lucide et ferme, mais aussi généreux et solidaire — qu'elle pourra être éradiquée.

Ce discours est donc décalé ?

Totalement. La campagne que j'ai lancée sur l'école du respect en est la meilleure preuve. L'école du respect doit être l'école où l'on respecte le droit d'apprendre, où l'on respecte ceux qui satisfont ce droit : les élèves qui apprennent et les maîtres qui enseignent. C'est en ce sens que l'école « fait » autorité. L'école de la République a pour mission de transmettre le savoir et les valeurs qui fondent le respect. Qui, mieux qu'elle, le fera ?

L'école du respect, c'est aussi la laïcité ?

La modernité de la laïcité

Oui. Le rôle de la laïcité, c'est d'échapper à l'emprise de tout ce qui cherche à s'emparer de la conscience des individus à leur insu. Permettre à chacun de comprendre pour qu'il puisse, dans chaque circonstance de sa vie, dire « oui » ou « non », en ayant réfléchi et en prenant toutes ses responsabilités. À travers la question de la laïcité, c'est donc bien d'éducation, au sens le plus fort du terme, qu'il s'agit. Une éducation étroitement articulée avec l'instruction. Une éducation qui permet à chacun, tout à la fois, d'apprendre, d'assimiler de nouveaux savoirs et d'échapper à toutes les formes d'emprises.

Il s'agit d'une conception relativement récente de la laïcité ?

Entendons-nous bien : il faudrait d'abord savoir ce que l'on entend exactement par « laïcité ». Si vous le permettez, je vais me livrer à un petit cours d'étymologie : le mot « laïc » vient du latin *laïcus* et du grec *laïkos* et *laos*, qui signifie peuple, nation. Au Moyen Âge, « laïc » s'opposait à « clerc ». Le premier terme désignait celui qui faisait partie du peuple de Dieu, donc qui avait été baptisé, tandis que le second désignait celui qui avait reçu les ordres et que ses fonctions sacerdotales plaçaient par conséquent au-dessus des simples fidèles. Jusqu'à la fin de l'Ancien Régime, on distingua clairement le monde des laïcs et celui des clercs. Puis, par un glissement de sens qui remonte à la Révolution, « laïc » finit par désigner celui qui ne se prévaut pas de son appartenance à une Église, et, enfin, celui qui est indépendant de toute confession religieuse. C'est en 1871 que le terme « laïcité » fait sa première apparition dans le Littré. Aujourd'hui, selon le Robert, il désigne un « principe de séparation de la société civile et de la société religieuse, l'État n'exerçant aucun pouvoir religieux et les Églises aucun pouvoir politique ». Ce qu'Ernest Renan exprimait par la formule : « la laïcité, c'est-à-dire l'État neutre entre les religions ». Est-ce suffisamment clair ?

Oui, mais quid de l'anticléricalisme affiché ?

C'est vrai que certains conflits violents, surtout en milieu rural, ont laissé des traces dans les esprits. Dans ma propre famille, laïque et républicaine, mon grand-père, militant convaincu, s'est battu, quelquefois physiquement, contre la droite lorraine, contre Barrès et contre les antidreyfusards. Oui, à l'époque, c'était très violent, très dur ! Malheureusement, il faut bien constater que l'Église catholique, tout au moins une partie d'entre elle, était du côté des oppresseurs, des antirépublicains. On imagine aisément que, dans un tel contexte, nombre d'instituteurs, confrontés aux attaques virulentes du curé du village ou de l'évêque du diocèse, ont dû lutter, souvent très durement, pour imposer l'école publique. Pour imposer la culture républicaine à la « contre-culture catholique », pour reprendre l'expression d'Émile Poulat. Et ils l'ont fait parce qu'ils avaient foi en leur mission — oui, j'emploie bien le terme de « foi ».

Mais pour autant on ne saurait les taxer systématiquement de sectarisme ou d'anticléricalisme primaire. J'ai retrouvé récemment la définition de la laïcité selon un ancien instituteur du Loir-et-Cher, qui enseignait au début du XXe siècle, donc en pleine tourmente de la séparation de l'Église et de l'État. La voici : « L'esprit laïc n'est pas l'esprit d'un dogme, ni de parti pris, ni de clan, mais esprit de raison, de liberté d'humanité. Il ne cherche pas à imposer au nom d'une raison impérative un credo dit rationnel. Il n'admet que les acquiescements libres et il ne souhaite à chacun que la liberté d'acquiescement dans la lumière. » On ne saurait mieux dire ! Et j'ajouterai que cet homme n'était pas un cas isolé, loin de là. Donc je pose franchement la question : à l'époque, qui étaient les sectaires ? La laïcité n'est pas une religion civile. Elle reste profondément agnostique.

Dans les 110 propositions du candidat François Mitterrand figurait l'idée de créer un grand service public unifié de l'éducation nationale : unifier, cela voulait dire incorporer progressivement les établissements privés dans le système public. Était-ce vraiment si utopique ? Ou alors le dossier a-t-il été mal préparé ou mal conduit ? En tout cas, il y a eu surenchères de part et d'autre, et le pays s'est déchiré sur le sujet comme il ne l'avait pas fait depuis des décennies. Puis le jeu s'est calmé avec l'arrivée de Jean-Pierre Chevènement à l'éducation nationale.

Quand j'ai pris pour la première fois les rênes du ministère en 1992, j'ai naturellement hérité du dossier, toujours aussi explosif. Certes, j'aurais pu laisser les choses en l'état, mais j'ai estimé que, la gauche étant alors en fort mauvaise posture pour les prochaines élections, c'était le moment ou jamais d'en finir avec cette guerre permanente qui empoisonnait le pays depuis la fin du XIXe siècle. J'ai donc pris contact avec le père Cloupet, qui représentait alors l'enseignement catholique. Nous avons eu ensemble une série de rencontres, que d'un commun accord nous avons tenues secrètes, pour éviter toute exploitation partisane d'où qu'elle vienne. Et nous sommes parvenus à un accord satisfaisant pour les deux parties : d'un côté, l'État s'engageait à accomplir ses obligations financières envers les établissements privés, de l'autre ceux-ci se soumettaient à toute une série d'obligations de service public : respect de la liberté de conscience, respect des programmes, formation des maîtres, etc. Malgré quelques grincements de dents, cet accord a été entériné, l'opinion publique les a acceptés, et nous vivons toujours aujourd'hui sur ce qui a été conclu en 1992.

La fin de la guerre scolaire

C'est quand même une renonciation à l'idée de service public unifié...

Cet accord a mis fin à un état de guerre permanent. C'est dans le même esprit que j'ai d'ailleurs souhaité voir élaboré le nouveau texte précisant les rapports entre l'enseignement supérieur catholique et l'État. Ce texte laisse des marges d'initiatives aux établissements d'enseignement catholique tout en garantissant les prérogatives de l'État. Maintenant, le laïc que je suis doit aussi reconnaître que nombre d'écoles catholiques ont parfaitement accepté les obligations de service public, n'ont pas rechigné à appliquer les programmes ou à mettre en pratique les innovations pédagogiques et accueillent souvent les enfants venus de quartiers populaires — c'était un point sur lequel j'avais beaucoup insisté : que l'école privée ne soit pas toujours l'école des riches. Certaines apparaissent parfois comme des écoles de la deuxième chance, dans la mesure où un changement d'atmosphère, d'équipe pédagogique peut apporter un ballon d'oxygène à des élèves en difficulté.

Tonifier et renforcer l'école publique

Tout cela peut paraître un peu contradictoire, non ?

Il faut faire preuve d'autant de fermeté dans la défense des principes que d'ouverture d'esprit. En tout cas, une chose est sûre : j'ai enterré la hache de guerre avec l'école catholique, et maintenant cette question est derrière nous ! Raison de plus pour tonifier et renforcer l'école publique.

Le temps n'est-il pas venu, dans ces conditions, d'envisager une nouvelle conception de la laïcité ? Le gouvernement Raffarin parle beaucoup de laïcité...

En ce moment, les gouvernants actuels en rajoutent effectivement des tonnes sur le sujet de la laïcité. D'un côté, pourquoi s'en plaindre quand on est laïc soi-même — mais la gauche est aujourd'hui presque accusée de n'avoir pas été assez laïque, ce qui est tout de même un comble ! Et, dans la foulée, de n'avoir pas été assez attentive à la défense des valeurs de la République, à la lutte contre le racisme et l'antisémitisme...

Justement, avez-vous été assez attentif ?

Dois-je rappeler — oui, je le dois, puisque cela semble déjà oublié — que je suis intervenu dès octobre 2000 pour dénoncer les incidents qui avaient opposé des élèves de confession musulmane et des élèves de confession juive ? Et j'ai régulièrement rappelé, que ce soit auprès des chefs d'établissements ou lors de rassemblements autour des valeurs de la République, que la situation internationale ne devait jamais être le prétexte à des actes de racisme.

J'ai également créé un Comité national de réflexion et de propositions sur la laïcité à l'école, destiné à alimenter et à « revigorer » le débat sur la laïcité. Je constate que, comme pour bien d'autres initiatives, ce comité a été mis en sommeil par mon successeur...

Vous avez pourtant commandé à Régis Debray un rapport sur l'enseignement des religions ?

Attention : j'ai parlé d'enseignement du fait religieux dans l'école laïque, en aucun cas d'enseignement des religions. Ce n'est pas du tout la même chose ! Cet enseignement du fait religieux a effectivement fait l'objet d'une mission que j'avais confiée à Régis Debray, et qui a d'ailleurs débouché sur des décisions concrètes. Son intérêt découle d'ailleurs d'une grande évidence : comment, sans culture du fait religieux, un enfant peut-il comprendre l'histoire de la peinture, l'histoire politique ? Comprendre comment une religion peut être source d'inspiration musicale, littéraire, architecturale ? Et aussi, en même temps, comment elle peut également être source d'oppression, de destruction, de fanatisme... Le fait religieux, si on le considère pleinement, est à la fois source de civilisation et de sauvagerie, intimement lié à l'histoire des civilisations de l'Antiquité à nos jours. Donc il doit faire partie de l'éducation des esprits d'aujourd'hui.

Oui à l'enseignement du fait religieux Non à l'enseignement des religions

Alors quelle serait une véritable laïcité nouvelle ?

La laïcité, de tout temps, permet d'accueillir tous les enfants d'où qu'ils viennent, sans exclusive. Aujourd'hui, elle doit aller encore plus loin et garantir, et même favoriser, la liberté de pensée, en offrant à chaque enfant la possibilité d'une ouverture intellectuelle et d'un regard critique sur le monde.

Je l'imagine donc comme s'inscrivant dans une dialectique : la laïcité, à mon avis, interdit qu'on puisse faire œuvre de propagande religieuse, politique ou philosophique et refuse aussi qu'on affiche son appartenance à une religion ou un parti, interdit naturellement tout acte de racisme contre une religion, un peuple, une culture.

J'ai ainsi mis en place une commission sur le racisme et le négationnisme au sein de l'université Jean-Moulin Lyon 3. Présidée par Henry Rousso, directeur de l'Institut d'histoire du temps présent, la commission composée d'éminents historiens et chercheurs a été chargée de faire toute la lumière sur le racisme et le négationnisme qui ont pu trouver leur expression au sein de l'université Lyon 3.

On doit lutter contre le racisme et l'antisémitisme par la sanction et par l'éducation. Les auteurs d'exactions et d'agressions doivent ainsi être identifiés, arrêtés et sévèrement sanctionnés. J'ai décidé également de lutter contre le racisme en décidant d'introduire l'enseignement de la Shoah dans les programmes de l'école. J'ai demandé à Claude Lanzmann de réaliser spécialement pour les écoles un DVD présentant trois heures d'extraits de son film *Shoah* et une heure de documents d'archives.

L'enseignement de la Shoah dans les programmes de l'école

Croyez-vous que ce soit efficace ?

Plutôt, oui ! Je me souviens d'avoir présenté ce DVD dans un collège en compagnie de Claude Lanzmann, et les élèves ont été tellement impressionnés que deux d'entre eux ont eu un malaise ! Il ne s'agit pas de provoquer l'émotion pour l'émotion, mais de donner à voir la réalité, qui ne doit surtout pas rester abstraite. C'est bien beau de dire à un jeune : « Tu ne dois pas être raciste, tu ne dois pas être antisémite ! »... Oui, d'accord, mais pourquoi est-ce mal ? Il faut prendre la peine de l'expliquer.

Tout comme il faut expliquer le colonialisme, encore plus ou moins présenté comme une « œuvre de civilisation », alors qu'il est plus que temps de dire la vérité, tout comme sur la guerre d'Algérie. Et là, j'aurais aimé pouvoir travailler plus en profondeur sur la question des manuels d'histoire.

Pour beaucoup, l'évocation de la laïcité est surtout l'occasion de « préserver l'école du communautarisme »...

Belle hypocrisie ! C'est le gouvernement qui précipite des quartiers entiers dans les bras des islamistes. D'abord, en renforçant les ghettos. D'autre part, en associant les pires intégristes à l'organisation centrale de la religion musulmane.

Pourtant, vous avez vous-même pris tout récemment une position très tranchée...

Vous voulez parler de la proposition de loi interdisant tout port de signe d'appartenance religieuse, politique et philosophique que j'ai déposée à l'Assemblée nationale ? Alors parlons-en. Oui, ma position a évolué parce que la situation a changé : si le nombre de jeunes filles portant le voile ne semble pas avoir augmenté, l'utilisation qui en est faite par certains mouvements islamistes est, en revanche, préoccupante.

C'est vrai, en 1995, j'avais déclaré à ce propos : « J'ai tellement confiance dans l'école de mon pays que je ne doute pas que ces jeunes filles finiront toutes par se soumettre à ses règles de vie. » Depuis, nombre d'amis, de militants, d'intellectuels, et en particulier beaucoup de personnalités musulmanes laïques, m'ont expliqué à quel point ces jeunes filles étaient manipulées, et quels étaient les dangers d'un certain islamisme extrémiste, qui progresse dans les quartiers les plus difficiles. Ils m'ont convaincu qu'il était souhaitable que, dès la porte de l'école franchie, tout signe d'appartenance religieuse, politique ou philosophique soit banni. D'où mon initiative de déposer une proposition de loi en ce sens à l'Assemblée nationale.

Le Conseil d'État a pourtant pris position dès 1989...

Cet avis de 1989 est assez complexe — fin, mais complexe. Et, finalement, il revient à laisser chaque maître libre d'interpréter l'avis du Conseil d'État. C'est donc la porte ouverte à tous les doutes, toutes les hésitations, sur la conduite à tenir concrètement, sur le terrain. Je pense qu'il vaudrait mieux décider d'une règle simple, sans ambiguïté, applicable par tous : aucun signe extérieur d'appartenance religieuse dans le cadre scolaire. Et quand je dis aucun, c'est aucun : ni voile, ni kippa, ni croix !

Ni voile, ni kippa, ni croix

Ça ne va pas plaire à tout le monde !

Le temps est venu d'affirmer avec une très grande force l'exigence de laïcité et de neutralité.

Cela suffira-t-il à régler la question ?

Pour moi, il existe deux communautarismes fondamentaux, que je renvoie dos à dos : celui de classe — pour parler crûment, le communautarisme du fric — et celui des ghettos populaires, qui n'est pas nécessairement lié à une religion. Malgré les apparences, l'appartenance au quartier est en fait plus forte que l'identité religieuse. Seule la lutte énergique contre ces ghettos permettra d'atteindre une solution durable.

En finir avec les ghettos

Cette éradication des ghettos urbains reste l'un des grands problèmes à résoudre pour notre pays. Il s'agit là d'une cause nationale, qui doit être traitée dans un grand souci de cohésion sociale, et non comme un prétexte à affrontement politique. Comme remarquait très justement Jacques Julliard, « il faudrait cesser enfin de faire de l'école un bouc émissaire et un eldorado ». L'école ne peut pas tout. Les problèmes scolaires sont devenus des problèmes sociaux. La vraie réforme de l'école, c'est désormais dans la maison et dans la ville qu'elle commence.

L'école ni bouc émissaire ni eldorado

Ce pourrait être votre conclusion...

Pas tout à fait. Je tiens aussi à plaider pour une vision de l'éducation à longue portée. L'école a donc impérativement besoin de stabilité et de continuité pour exercer sa mission dans les meilleures conditions. C'est une longue marche, de plus en plus longue d'ailleurs, nous venons de le voir. Pour la recherche, c'est encore plus évident, parce que, même avec le temps, on n'est pas sûr d'aboutir à un résultat positif.

Si dans un pays développé comme la France, on n'instaure pas un système solide de financement du temps, celui de la formation des professeurs, de la formation des élèves, de la recherche, on risque fort, en tout cas, d'engager la nation dans une spirale de déclin, dont on ne prendra conscience que trop tard, lorsqu'elle sera devenue irréversible. Ce jour-là, les lamentations iront bon train, mais le mal sera fait.

Quel message avez-vous envie de lancer ?

Oui ou non, fait-on confiance à l'avenir ? Oui ou non, considère-t-on que l'investissement dans l'intelligence, la création, la recherche est déterminant ? Mon sentiment est que, crise ou pas crise, difficultés économiques ou pas, il ne faut jamais, au grand jamais, relâcher l'effort dans ces trois domaines. Si la barre n'est pas redressée au plus vite, ce n'est plus un message que je vais devoir lancer, mais un SOS !

En définitive, si Lionel Jospin avait été élu président de la République et si vous aviez été confirmé dans votre mission de ministre de l'éducation nationale, quels nouveaux chantiers auriez-vous ouverts ?

Le premier, et il touche à la question sociale. Une politique publique puissante se serait attaquée aux racines des inégalités sociales et culturelles. C'est à mes yeux la priorité des priorités. Il est inhumain et absurde de demander à l'école et à elle seule de répondre à toutes les inégalités de la société. Le premier des ministères devrait être le ministère de l'égalité républicaine et de la mixité sociale. Quand la moitié des ministres du gouvernement Raffarin mettent leurs enfants dans les écoles privilégiées ou dans des écoles confessionnelles pour riches, l'école de la République leur est étrangère ! Ils se moquent de l'enseignement des langues puisque leurs enfants vont dans des écoles bilingues. Ils se contrefichent des arts à l'école puisque leurs enfants son assurés d'aller dans les musées ! Il faut doter l'école de moyens exceptionnels pour en finir avec la

Quand la moitié des ministres du gouvernement Raffarin placent leurs enfants dans des écoles de privilégiés...

ségrégation et l'analphabétisme social et culturel qui enferment des millions de gens dans la misère et la souffrance.

Le deuxième chantier aurait fortement développé les politiques de discrimination positive en faveur des enfants de milieux populaires : doublement des bourses, gratuité des manuels scolaires, construction d'internats, renforcement de l'encadrement des établissements en difficulté...

Développer les politiques de discrimination positive

Le troisième chantier aurait amplifié l'ensemble des actions que nous avions décidées de l'école à l'université. Pourquoi changer de cap lorsqu'on est convaincu de sa bonne direction ! Certaines questions auraient mérité d'être creusées plus profondément : le doublement du nombre de diplômés en dix ans à l'université, la scolarisation obligatoire de 4 à 18 ans, la formation tout au long de la vie...

Mais cessons de parler au conditionnel. C'est au futur que nous devons « conjuger » nos projets. Quand la gauche reviendra, elle devra être prête à redonner du souffle, de l'imagination et de l'enthousiasme à notre système d'éducation.

ANNEXES

ANNEXE 1 : Calendrier des principales actions engagées entre avril 2000 et mai 2002

ANNEXE 2 : Les attributions du ministre de l'éducation nationale

ANNEXE 3 : Les attributions du ministre délégué à l'enseignement professionnel

ANNEXE 4 : Les membres du cabinet de Jack Lang

ANNEXE 5 : Les membres du cabinet de Jean-Luc Mélenchon

ANNEXE 6 : Les directions de l'administration centrale

ANNEXE 7 : Liste des membres de la Mission pour l'éducation artistique et l'action culturelle

ANNEXE 8 : Liste des membres du Comité national de lutte contre la violence à l'école

ANNEXE 9 : Liste des membres du Conseil national de l'innovation pour la réussite scolaire

ANNEXE 10 : Liste des membres du Comité national de réflexion et de propositions sur la laïcité à l'école

ANNEXE 11 : Les rapports publiés entre avril 2000 et mai 2002 à la demande de Jack Lang, ministre de l'éducation nationale

ANNEXE 12 : Les 42 mesures du plan d'action pour la mobilité

ANNEXE 13 : Les chiffres de la rentrée scolaire 2001

ANNEXE 14 : Les chiffres de la rentrée universitaire 2001

ANNEXE 15 : L'amélioration des taux d'encadrement dans l'enseignement primaire et secondaire

ANNEXE 16 : L'amélioration des taux d'encadrement dans l'enseignement supérieur

ANNEXE 17 : Enseigner : un métier attractif

ANNEXE 18 : Glossaire des sigles

ANNEXE 19 : Intervention de Jack Lang devant le CNESER du 23 avril 2001

ANNEXE 20 : Lettre de Jack Lang aux présidents d'universités et aux directeurs d'IUFM

ANNEXE 21 : Présentation du plan pluriannuel pour l'éducation nationale par Jack Lang

ANNEXE 1

Calendrier des principales actions engagées entre avril 2000 et mai 2002 par Jack Lang, ministre de l'éducation nationale, et Jean-Luc Mélenchon, ministre délégué à l'enseignement professionnel

Année 2000

6 avril : Mesures en faveur de l'enseignement professionnel (suivi des élèves, modalités d'organisation des stages en entreprise, formation continue des enseignants...).

13 avril : Adoption du nouveau statut des professeurs de lycée professionnel (PLP).

18 avril : Plan pour les langues dans l'enseignement supérieur.

27 avril : La poursuite de la réforme du lycée.

9 mai : Ouverture d'une large concertation sur la mise en place du projet professionnel à caractère professionnel (PPCP) dans l'enseignement professionnel.

9 juin : La licence professionnelle, un diplôme fondé sur le partenariat.

20 juin : Annonces sur l'école primaire. Priorité absolue à la maîtrise de la langue française.

28 juin : Premières habilitations de 200 licences professionnelles.

5 juillet : Plan d'action pour une meilleure prise en charge des enfants dysphasiques et dyslexiques.

7 juillet : Violence scolaire en Île-de-France : partenariat pilote entre la région et le ministère de l'éducation nationale.

4 septembre : Rentrée 2000 : au collège, extension des heures de soutien, expérimentation en 4e des travaux croisés, création du brevet informatique et Internet; au lycée, renforcement horaire du français et de la première langue vivante en 1re L, deuxième langue vivante obligatoire en S, possibilité de choisir deux options facultatives en cycle terminal.

19 septembre : Enseignement professionnel : annonce concernant la refondation et la relance du CAP, mise en place des nouvelles grilles horaires et des projets pluridisciplinaires à caractère professionnel.

20 septembre : Projet de loi de finances 2001. Un effort sans précédent sur les emplois, une hausse exceptionnelle des crédits de fonctionnement.

2 octobre : Mesures en faveur de l'éducation à la sexualité.

11 octobre : Rentrée universitaire 2000.

17 et 19 octobre : Premières élections des représentants lycéens aux conseils des délégués pour la vie lycéenne (CVL).

24 octobre : Installation du Comité national de lutte contre la violence à l'école.

27 au 29 octobre : Premières Assises des étudiants européens.

8 novembre : Mesures en faveur de l'intégration scolaire des enfants handicapés.

15 novembre : Installation du Haut Conseil de l'évaluation de l'école.

15 novembre : Plan pluriannuel de programmation des emplois et des recrutements pour l'éducation nationale.

16 novembre : Protocole d'accord sur la revalorisation du rôle des chefs d'établissements de l'enseignement secondaire.

20 novembre : Installation du Conseil national de l'innovation pour la réussite scolaire.

22 novembre : Lancement du portail de référence sur l'éducation.

29 novembre : Mesures clarifiant la procédure d'élaboration des programmes.

7 décembre : Adoption du plan d'action pour favoriser la mobilité des étudiants en Europe.

13 décembre : Signature de onze conventions avec des branches professionnelles et des entreprises pour l'embauche d'aides-éducateurs.

14 décembre : Plan de cinq ans pour le développement des arts et de la culture à l'école, au collège et au lycée.

19 décembre : Plan de relance des internats.

Année 2001

29 janvier : Application du plan « Langues vivantes à l'école primaire ».

27 février : Plan de rénovation de la formation des futurs enseignants. Objectifs : renforcer la formation intellectuelle et disciplinaire et améliorer la préparation au métier.

15 mars : Signature d'une convention pour améliorer la scolarisation des élèves nouvellement arrivés de l'étranger en France.

16 mars : Diffusion à l'école d'un guide d'informations, « Drogues, savoir plus, risquer moins ».

20 mars : Nouvelles conditions d'élaboration de la carte scolaire.

21 mars : Plan d'action en faveur des enfants atteints d'un trouble spécifique du langage oral (dysphasie) ou écrit (dyslexie).

27 mars : Mesures pour développer l'efficacité de l'enseignement des langues vivantes au lycée.

27 mars : Annonces visant à amplifier l'éducation aux médias dans les établissements scolaires.

5 avril : Nouvelles orientations pour le collège.

23 avril : Orientations pédagogiques pour l'enseignement supérieur.

23 avril : Lancement d'un nouvel appel à projets « Campus numériques français ».

26 avril : Nouvelles orientations pour le développement de l'enseignement des langues régionales.

14 mai : Lancement de la campagne nationale d'information et de sensibilisation sur le thème « Professeur, et si l'avenir c'était vous ? ». Objectif visé : maintenir et renforcer l'élan vers les métiers de l'éducation.

28 mai : Signature d'un protocole d'accord entre le ministère de l'éducation nationale et les établissements Diwan.

28 mai : Lancement du site Internet de la vie lycéenne www.vie-lyceenne.education.fr.

29 mai : Ouverture des journées nationales d'étude et de réflexion sur la scolarisation des élèves nouvellement arrivés en France.

6 juin : Plan de pérennisation des emplois jeunes (maintien des 70 000 contrats d'aides-éducateurs à l'éducation nationale et renforcement des actions de formation).

7 juin : Annonces visant à favoriser la pratique de l'éducation physique et sportive.

13 juin : Poursuite de « L'Université de tous les savoirs ».

15 juin : Premier bilan de l'action du Conseil national de l'innovation pour la réussite scolaire.

20 juin : Nouvelles mesures pour prévenir et lutter contre la violence à l'école annoncées lors du colloque organisé par le Comité national de lutte contre la violence scolaire.

21 juin : Mesures en faveur des enseignants de l'enseignement supérieur.

5 juillet : Bilan de dix années d'École ouverte.

30 août : Initiatives pour prévenir les actes de violence dans et à proximité des établissements scolaires.

4 septembre : Conférence de presse sur la rentrée scolaire 2001 : l'école doit être confortée dans son rôle de « creuset social et culturel ».

11 septembre : Présentation du *Manifeste contre la violence* réalisé par les élèves du collège Henri-Matisse de Choisy-le-Roi, dans le Val-de-Marne.

18 septembre : Budget 2002 pour accompagner budgétairement le mouvement de rénovation. Présentation du projet de loi de finances.

26 septembre : Signature d'un accord entre le ministère de l'éducation nationale et la chaîne de télévision BBC en faveur de l'apprentissage de l'anglais.

4 octobre : Conférence de presse sur la rentrée universitaire 2001 : renouvellement des enseignements, professionnalisation, renouveau pédagogique et scientifique, ouverture sociale et internationale.

8 octobre : Ouverture des premiers campus numériques français.

13 octobre : Lancement de la campagne « Le respect, ça change l'école ». Dans des spots radios et télévisés, des personnalités invitent à l'écoute et à la tolérance.

24 octobre : Mesures en faveur de la promotion des langues et cultures de l'Antiquité.

7 novembre : Lancement d'un concours de scénarios contre la violence auprès des lycéens dans le cadre de la campagne « Le respect, ça change l'école ».

9 novembre : Création d'un IUFM dans chacune des académies de la Guadeloupe, de la Guyane et de la Martinique.

13 novembre : Plan de relance pour la recherche en éducation.

27 novembre : Renforcement des actions en faveur de la scolarisation et de l'intégration des enfants handicapés.

3 décembre : Lancement du plan « Cinéma à l'école, de la maternelle à l'université » qui s'inscrit dans le cadre du plan de cinq ans pour le développement des arts et de la culture à l'école, au collège et au lycée (annoncé le 14 décembre 2000).

11 décembre : L'université et la professionnalisation : vers un master européen.

13 décembre : Dix mesures en faveur des activités physiques et sportives, de l'école primaire à l'université.

19 décembre : Lancement d'une consultation en vue d'améliorer les actions de prévention contre le sida et de renforcer l'éducation affective et sexuelle dans les établissements scolaires.

Année 2002

10 janvier : Diffusion du *Manuel lycéen contre la violence* réalisé par des lycéens d'Île-de-France.

14 janvier : Lancement du plan Arts et Culture dans l'enseignement supérieur.

17 janvier : Présentation des mesures d'applications de la réforme du collège applicables à la rentrée de septembre 2002 (consolidation de la nouvelle 6ᵉ, itinéraires de découverte et nouvelles grilles horaires en 5ᵉ et en 4ᵉ, enseignements choisis en 3ᵉ, brevet d'études fondamentales, aide aux élèves en difficulté).

23 janvier : Présentation de deux nouveaux modèles d'écriture manuscrite.

28 janvier : Installation du Comité national de réflexion et de propositions sur la laïcité à l'école.

30 janvier : Premiers enseignements du recensement des incidents graves dans les établissements et les écoles établis grâce au logiciel SIGNA, mis en place à la rentrée 2001.

11 février : Installation de la Commission sur le racisme et le négationnisme.

13 février : Présentation du premier outil pédagogique officiel pour la langue des signes.

20 février : Présentation des nouveaux programmes de l'école primaire mis en application à la rentrée de septembre 2002.

1ᵉʳ mars : Présentation du futur pôle universitaire Paris Rive Gauche (200 000 m^2).

8 mars : Mesures de revalorisation de la carrière des infirmières et infirmiers de l'éducation nationale.

14 mars : La rénovation de la formation des maîtres, mesures concrètes d'application.

14 mars : Décisions concernant l'enseignement du fait religieux dans l'école laïque.

20 mars : Lancement de l'acte II de la campagne « Le respect, ça change l'école ».

26 mars : La modernisation informatique du ministère, présentation des services destinés aux personnels et au grand public (messagerie électronique, bureau virtuel, i-prof...).

28 mars : Des mesures pour répondre aux besoins des élèves intellectuellement précoces.

29 mars : Installation du Conseil national pour l'accueil des étudiants étrangers en France.

5 avril : Les changements pour la rentrée universitaire 2002 : une université sans frontières géographiques et sociales.

16 avril : Ouverture de la Maison des langues pour promouvoir le plurilinguisme, la mobilité et l'ouverture au pluralisme culturel.

17 avril : Le Conseil national de l'enseignement supérieur et de la recherche adopte le texte sur le cursus licence.

ANNEXE 2

Les attributions du ministre de l'éducation nationale

J.O n° 83 du 7 avril 2000 page 5327
Décret n° 2000-298 du 6 avril 2000 relatif aux attributions du ministre de l'éducation nationale

Le Président de la République,
Sur le rapport du Premier ministre,
Vu le décret n° 59-178 du 22 janvier 1959 relatif aux attributions des ministres;
Vu le décret n° 97-1149 du 15 décembre 1997 portant organisation de l'administration centrale du ministère de l'éducation nationale, de la recherche et de la technologie;
Vu le décret du 2 juin 1997 portant nomination du Premier ministre;
Vu le décret du 4 juin 1997 modifié relatif à la composition du Gouvernement;
Le Conseil d'État (section de l'intérieur) entendu;
Le conseil des ministres entendu,
Décrète :

Art. 1er. — Le ministre de l'éducation nationale prépare et met en œuvre la politique du Gouvernement en ce qui concerne l'accès de chacun aux savoirs, ainsi que le développement et l'évaluation des connaissances dans l'enseignement préélémentaire, élémentaire, secondaire et supérieur. Il participe à l'élaboration et à la mise en œuvre, avec le ministre de la recherche, de la politique de recherche universitaire.

Art. 2. — Pour l'exercice de ses attributions, le ministre de l'éducation nationale a autorité sur la direction de l'enseignement scolaire, la direction de l'enseignement supérieur, la direction des personnels enseignants, la direction des personnels administratifs, techniques et d'encadrement, la direction de la programmation et du développement, la direction des affaires financières, la direction de l'administration, la direction des affaires juridiques et la délégation aux relations internationales et à la coopération, ainsi que sur l'inspection générale de l'éducation nationale et sur l'inspection générale de l'administration de l'éducation nationale et de la recherche.

Il dispose, en tant que de besoin, de la direction de la recherche et de la direction de la technologie.

Il assure, conformément à leurs dispositions statutaires, la tutelle des établissements publics relevant de ses attributions.

Art. 3. — Le Premier ministre et le ministre de l'éducation nationale sont chargés, chacun en ce qui le concerne, de l'exécution du présent décret, qui sera publié au *Journal officiel de la République française.*

Fait à Paris, le 6 avril 2000.

Par le Président de la République :
Jacques Chirac

Le Premier ministre,
Lionel Jospin

Le ministre de l'éducation nationale,
Jack Lang

ANNEXE 3

Les attributions du ministre délégué à l'enseignement professionnel

J.O n° 84 du 8 avril 2000 page 5403
Décret n° 2000-310 du 7 avril 2000 relatif aux attributions déléguées au ministre délégué à l'enseignement professionnel

Le Président de la République,

Sur le rapport du Premier ministre et du ministre de l'éducation nationale,

Vu le décret n° 59-178 du 22 février 1959 relatif aux attributions des ministres ;

Vu le décret n° 97-1149 du 15 décembre 1997 portant organisation de l'administration centrale du ministère de l'éducation nationale, de la recherche et de la technologie ;

Vu le décret du 2 juin 1997 portant nomination du Premier ministre ;

Vu le décret du 4 juin 1997 modifié relatif à la composition du Gouvernement ;

Vu le décret n° 2000-216 du 6 mars 2000 portant création d'un Haut Comité éducation-économie-emploi ;

Vu le décret n° 2000-298 du 6 avril 2000 relatif aux attributions du ministre de l'éducation nationale,

Décrète :

Art. 1er. — M. Jean-Luc Mélenchon, ministre délégué à l'enseignement professionnel, exerce, par délégation du ministre de l'éducation nationale, les attributions dévolues à celui-ci dans le domaine de l'enseignement professionnel, par le décret du 6 avril 2000 susvisé, dans l'ensemble du système éducatif.

Il assure en outre toute autre mission que le ministre lui confie.

Art. 2. — Pour l'exercice de ses attributions, le ministre délégué à l'enseignement professionnel dispose, en tant que de besoin, des directions et délégation énumérées par le décret n° 97-1149 du 15 décembre 1997 susvisé ainsi que de l'inspection générale de l'éducation nationale et de l'inspection générale de l'administration de l'éducation nationale et de la recherche. Par délégation du ministre de l'éducation nationale, il suit les travaux du Haut Comité éducation-économie-emploi et exerce la tutelle du Centre d'études et de recherches sur les qualifications (CEREQ) et de l'Office national d'information sur les enseignements et les professions (ONISEP).

Il peut présider le Conseil supérieur de l'éducation par délégation du ministre de l'éducation nationale.

Art. 3. — M. Jean-Luc Mélenchon reçoit délégation du ministre de l'éducation nationale pour signer, en son nom, tous actes, arrêtés et décisions, dans la limite de ses attributions.

Il contresigne, conjointement avec le ministre de l'éducation nationale, les décrets relevant des attributions qui lui sont déléguées par le présent décret.

Art. 4. — Le Premier ministre, le ministre de l'éducation nationale et le ministre délégué à l'enseignement professionnel sont chargés, chacun en ce qui le concerne, de l'exécution du présent décret, qui sera publié au *Journal officiel de la République française.*

Fait à Paris, le 7 avril 2000.

Par le Président de la République :
Jacques Chirac

Le Premier ministre,
Lionel Jospin

Le ministre délégué
à l'enseignement professionnel,
Jean-Luc Mélenchon

Le ministre de l'éducation nationale,
Jack Lang

ANNEXE 4

Les membres du cabinet de Jack Lang

Sont nommés par *arrêté du 31 mars 2000, Journal officiel* n° 81 du 5 avril 2000

Directeur du cabinet, Christian Forestier, inspecteur général de l'éducation nationale

Directeur adjoint du cabinet, André Hussenet, inspecteur général de l'éducation nationale

Directeur adjoint du cabinet, Jean-Pierre Ulrich, administrateur civil hors classe (fin des fonctions, *arrêté du 5 décembre 2000)*

Chef de cabinet : Christophe Degruelle (fin des fonctions, *arrêté du 22 février 2002, JO* du 27 février 2002, puis Didier Déon, *arrêté du 22 février 2002, JO* du 27 février 2002

Chef adjointe de cabinet, Béatrice Khaïat (fin des fonctions, septembre 2000) puis Didier Déon (septembre 2000)

Chargé de mission auprès du ministre, Claude Mollard, conseiller référendaire à la Cour des comptes, *arrêté du 11 avril 2000, JO* n° 96 du 22 avril 2000 (fin des fonctions, arrêté du 19 janvier 2001)

Conseillères et conseillers

— Bernard Alluin, professeur des universités, *arrêté du 11 avril 2000, JO* n° 96 du 22 avril 2000

— Jean-Pierre Dedonder, professeur des universités, *arrêté du 28 mars 2001, JO* n° 76 du 30 mars 2001

— Annick Fayard-Riffiod, professeur des universités, *arrêté du 6 juillet 2001, JO* du 27 juillet 2001

Jean-Pierre Finance, professeur des universités, *arrêté*

du 11 avril 2000, JO n° 96 du 22 avril 2000 (fin des fonctions, arrêté du 1er mars 2001)

— Jean-Yves Gacon, administrateur civil hors classe, *arrêté du 11 juin 2001, JO* du 20 juin 2001)

— Frédéric Mion, maître des requêtes au Conseil d'État, *arrêté du 17 mai 2000, JO* n° 117 du 20 mai 2000 (fin des fonctions, arrêté du 25 mai 2001)

— Paquita Morellet-Steiner, professeure agrégée, *arrêté du 17 mai 2000, JO* n° 117 du 20 mai 2000 (fin des fonctions, *arrêté du 6 juin 2000*)

— Jean-Pierre Philippe, *arrêté du 13 septembre 2000, JO* du 06 octobre 2000

— Jacques Soulas, inspecteur général de l'administration de l'éducation nationale et de la recherche, *arrêté du 11 juin 2001, JO* du 20 juin 2001

— Jean-Pierre Villain, inspecteur d'académie, inspecteur régional, *arrêté du 11 avril 2002, JO* n° 96 du 22 avril 2000

— Daniel Vimont, chef de service, *arrêté du 11 avril 2000, JO* n° 96 du 22 avril 2000 (fin des fonctions, arrêté du 13 février 2002)

— Laurent Wirth, inspecteur général de l'éducation nationale, *arrêté du 11 juillet 2000* (fin des fonctions, arrêté du 6 juin 2001)

Conseillères et conseillers techniques

— Monique Akoun, attachée principale d'administration centrale, *arrêté du 11 avril 2000, JO* n° 96 du 22 avril 2000

— Ali Baddou, professeur agrégé, *arrêté du 28 mars 2001, JO* n° 76 du 30 mars 2001

— Brigitte Bonin, professeur des écoles, *arrêté du 11 avril 2000, JO* n° 96 du 22 avril 2000 (fin des fonctions, arrêté du 9 janvier 2001)

— Christophe Borgel, *arrêté du 11 avril 2000, JO* n° 96 du 22 avril 2000

— Lyne Cohen-Solal, *arrêté du 11 avril 2000, JO* n° 96 du 22 avril 2000

— Marc Couraud, ingénieur des télécommunications, *arrêté du 11 avril 2000, JO* n° 96 du 22 avril 2000 (fin des fonctions, arrêté du 9 janvier 2001)

— Jean Digne, *arrêté du 17 mai 2000, JO* n° 117 du 20 mai 2000

— Sadi Hocine, professeur agrégé, *arrêté du 26 janvier 2002, JO* n° 22 du 26 janvier 2002

— Sylvain Kahn, professeur agrégé, *arrêté du 11 avril 2000* (fin des fonctions, arrêté du 12 mars 2001)

— Anne Koenig, chef du secrétariat particulier, *arrêté du 17 mai 2000, JO* n° 117 du 20 mai 2000

— Philippe Lauret, professeur des universités, praticien hospitalier, *arrêté du 17 mai 2000, JO* n° 117 du 20 mai 2000

— M. Christophe Lerouge, ingénieur des télécommunications, *arrêté du 9 janvier 2001, JO* n° 14 du 17 janvier 2001

— Jean Pigeassou, inspecteur d'académie-inspecteur pédagogique régional, *arrêté du 11 avril 2000, JO* n° 96 du 22 avril 2000

— Claude Roiron, professeure certifiée, *arrêté du 11 avril 2000, JO* n° 96 du 22 avril 2000

— Philippe Santana, personnel de direction de l'éducation nationale, *arrêté du 17 mai 2000, JO* n° 117 du 20 mai 2000

— Alain Seksig, instituteur, *arrêté du 11 avril 2000, JO* n° 96 du 22 avril 2000

— Alice Tajchman, maître de conférences, *arrêté du 11 avril 2000, JO* n° 96 du 22 avril 2000

— Pierre-Henri Tavoillot, maître de conférences, *arrêté du 13 septembre 2000, JO* du 6 octobre 2000

— Dan Tran, ingénieur des ponts et chaussées, *arrêté du 17 mai 2000, JO* n° 117 du 20 mai 2000 (fin des fonctions, arrêté du 13 février 2002)

— Marc Villemain, *arrêté du 11 juillet 2000, JO* n° 96 du 22 avril 2000 (fin des fonctions, arrêté du 28 mars 2001)

Chargés de mission

— Jean-Louis Brison, inspecteur de l'éducation nationale, *arrêté du 13 septembre 2000, JO* du 6 octobre 2000

— Jean-Paul Delahaye, inspecteur général, septembre 2001

— Francis Goullier, mai 2001

ANNEXE 5

Les membres du cabinet de Jean-Luc Mélenchon

Directeur du cabinet, Guy Ramirez, administrateur civil hors classe, *arrêté du 29 mars 2000* (fin des fonctions le 19 décembre 2000)

Michel Valadas, inspecteur d'académie, inspecteur pédagogique régional, *arrêté du 19 décembre 2000*

Directeur adjoint du cabinet, Daniel Assouline, *arrêté du 19 décembre 2000*, puis Directeur du cabinet à partir de février 2002

Chef de Cabinet, Didier Leconte, inspecteur divisionnaire des impôts, *arrêté du 29 mars 2000*

Chef adjoint de cabinet, Pierre Moro, *arrêté du 10 mai 2000*

Conseillère chargée de la communication et des relations avec la presse, Valérie Atlan, *arrêté du 10 mai 2000*

Conseillère parlementaire, Elsa Bertholet, *arrêté du 10 mai 2000*, puis Pascale Boistard-Auburgan, *arrêté du 25 septembre 2001*

Conseillères techniques, questions européennes et relations internationales, Françoise Castex

Pôle études et argumentaires, Élodie Vaxelaire

Conseillers techniques

Éric Benzekri, *arrêté du 10 mai 2000* (fin des fonctions, arrêté du 9 avril 2001)

Jean-Pierre Degardin, inspecteur d'académie, inspecteur pédagogique régional, *arrêté du 8 juin 2000* (fin des fonctions, arrêté du 11 septembre 2000)

Classes à projet artistique et culturel, éducation physique et sportive, violence, internat, Hervé Germain, *arrêté du 25 septembre 2001*

Affaires budgétaires, contrats de plan, affaires juridiques, Laurent Maffeïs, *arrêté du 29 septembre 2002*

Nouvelles Technologies de l'information et de la communication, Thierry Monchâtre, secrétaire administratif de classe supérieure d'administration centrale

Albert Peirano, *arrêté du 10 mai 2000*

Formation initiale et continue des personnels et développement des innovations pédagogiques, Jean-Jacques Senez, inspecteur de l'éducation nationale, enseignement technique, *arrêté du 19 décembre 2000*, et Nicolas Voisin.

Références

Journal officiel des 1er avril 2000, 13 mai 2000, 12 juillet 2000, 5 octobre 2000, 23 décembre 2000, 29 juin 2001, 2 octobre 2001 et 16 février 2002

ANNEXE 6

Les directions de l'administration centrale

Directeur de l'enseignement scolaire (DESCO) : Jean-Paul de Gaudemar

Directrice de l'enseignement supérieur (DES) : Francine Demichel

Directeur des personnels enseignants (DPE) : Pierre-Yves Duwoye

Directrice des personnels administratifs, techniques et d'encadrement (DPATE) : Béatrice Gille

Directeur des affaires financières (DAF) : Michel Dellacasagrande

Directeur de la programmation et du développement (DPD) : Jean-Richard Cytermann

Directrice de l'administration (DA) : Hélène Bernard, puis Marie-Françoise Simon-Rovetto

Directeur des affaires juridiques (DAJ) : Jacques-Henri Stahl puis Thierry-Xavier Girardot

Délégué aux relations internationales et à la coopération (DRIC) : Thierry Simon

Déléguée à la communication (DELCOM) : Catherine Lawless

Responsables des organismes indépendants ou directement rattachés au ministère :

Doyenne de l'Inspection générale de l'éducation nationale (IGEN) : Geneviève Becquelin

— Chef du service de l'Inspection générale de l'administration de l'éducation nationale et de la recherche (IGAENR) : Jacky Richard puis Yvon Robert

— Doyen de l'Inspection générale des bibliothèques : Jean-Luc Gautier-Gentes

— Médiateur de l'éducation nationale : Jacky Simon

— Haut fonctionnaire de défense : Jean-Jacques Sussel

— Président du Conseil national des programmes : Luc Ferry

— Président de l'Observatoire national de la sécurité dans les établissements scolaires et d'enseignement supérieur : Jean-Marie Schleret

— Président de l'Observatoire national de la lecture : Jacques Friedel

— Président du Haut Conseil de l'évaluation à l'école : Claude Thélot

— Président du Comité national d'évaluation des établissements publics à caractère scientifique, culturel et professionnel : Gilles Bertrand

— Contrôleur financier : Jacques Bachelin, Michel Dhouailly

— Présidente du Conseil national de l'innovation pour la réussite scolaire : Anne-Marie Vaillé

— Présidente du Comité national de lutte contre la violence à l'école : Sonia Henrich

ANNEXE 7

Liste des membres de la Mission pour l'éducation artistique et l'action culturelle

La mission est placée auprès de la direction de l'enseignement scolaire (DESCO) et de la direction de l'enseignement supérieur (DES) du ministère de l'éducation nationale. Elle entretient un lien organique avec le réseau CNDP dirigé par **Claude Mollard.**

Jean-François Chaintreau : chef de la Mission pour l'éducation artistique et l'action culturelle

Pierre-Jean Galdin : conseiller arts plastiques, directeur de centre d'art, conseiller aux arts plastiques à la DRAC centre, conseiller aux arts plastiques auprès du maire de Blois

Pierre Bernard : conseiller architecture, urbaniste de l'État, chargé de mission auprès de la direction de l'enseignement supérieur

Patrick Leprovost : conseiller arts du goût, DAE

Hélène Waysbord : conseillère audiovisuel, IGEN groupe lettres

Alain Bergala : conseiller cinéma, ancien rédacteur en chef des *Cahiers du Cinéma*, maître de conférences à l'université de Paris III

Patrick Leprovost : conseiller culture scientifique et technique, DAE

Marcelle Bonjour : consultante pour la danse auprès de la DESCO, ancienne directrice de « Danse au cœur »

Marion Laporte : chargée de mission mode et arts du quotidien, journaliste

Jean-François Cervel : conseiller culture scientifique et technique

Nicolas Demorand : conseiller arts du goût
Jean Guizerix : conseiller pour la danse
Pierre Bobillot : conseiller design et arts du quotidien
Bruno Vallée : conseiller musiques actuelles
Daniel Maximin : conseiller territorial
Sébastien Juy : conseiller pour l'enseignement professionnel
Jean Benezech : conseiller formation
Henriette Zoughebi : conseillère littérature, poésie et livre de jeunesse, ancienne directrice du salon du livre de jeunesse de Seine-Saint-Denis à Montreuil
Marc-Olivier Dupin : conseiller musique, assisté de son équipe et d'**Hélène Jarry-Personnaz** : conseillère musique
Bruno Vallée : chargé de mission musiques amplifiées, ancien administrateur du centre des musiques actuelles, consultant en politique culturelle
Yannick Lintz : conseiller patrimoine, conservateur du patrimoine, professeur associé en histoire de l'art à Paris I
Francis Jolly : conseiller photographie, photographe
Daniel Maximin : conseiller territorial, écrivain, ancien directeur régional des affaires culturelles de la Guadeloupe
Christian Schiaretti : conseiller théâtre et arts de la scène, assisté de son équipe de la Comédie de Reims et de **Jean-Claude Lallias** : chargé de mission théâtre, professeur de lettres modernes, ancien consultant au ministère de l'éducation nationale pour le théâtre et l'expression dramatique

ANNEXE 8

Liste des membres du Comité national de lutte contre la violence à l'école

Présidente du Comité national de lutte contre la violence à l'école : **Sonia Henrich**, inspectrice générale

Michel Senthille, procureur de la République, ministère de la justice

Michel Perdigues, directeur départemental de la protection judiciaire de la jeunesse, ministère de la justice

Sidi Ali Benhafessa, contrôleur général de la police nationale, ministère de l'intérieur

Roland Maucourant, commissaire divisionnaire, ministère de l'intérieur

Marie-Annick Darmaillac, sous-préfète à la ville, ministère de la ville

Michel Tritsch, lieutenant colonel, ministère de la défense

Françoise Lelièvre, déléguée régionale aux droits des femmes, secrétariat aux droits des femmes et à la formation professionnelle

Élie Leport, conseiller à la direction de la jeunesse, ministère de la jeunesse et des sports

Pierre Cardo, député-maire de Chanteloup-les-Vignes

Julien Dray, conseiller régional d'Île-de-France

Catherine Puig, conseillère générale de Seine-Saint-Denis

Aline Marronne, FCPE (Fédération des conseils de parents d'élèves)

Arlette Viano, PEEP (Parents des élèves de l'enseignement public)

Philippe Trésor, lycéen

Jean-Paul de Gaudemar, directeur de l'enseignement scolaire (DESCO), ministère de l'éducation nationale

Nicole Belloubet-Frier, rectrice de l'académie de Toulouse, ministère de l'éducation nationale

Irène Carbonnier, magistrate, ministère de l'éducation nationale

Jean-Pierre Obin, inspecteur général de l'éducation nationale

Éric Debarbieux, chercheur

Jean-Claude Fauquette, inspecteur d'académie-directeur des services départementaux de l'éducation nationale du Pas-de-Calais

Guy Becret, inspecteur de l'éducation nationale

Thomas Rogé, délégué à la vie lycéenne, ministère de l'éducation nationale

Jean-Louis Auduc, directeur adjoint de l'IUFM de Créteil

Christian Souche, proviseur

Michèle Gensbittel, principale

Valérie Ramond, conseillère principale d'éducation

Marylène Cahouet, professeure

Marc Couget, professeur

Catherine Lang, professeure

Viviane Salvat, directrice d'école

Denis Brejon, instituteur

José Gracia-Garcia, directeur d'école

Docteur Leroy-Hiest, conseillère technique auprès de l'inspecteur d'académie de Seine-Saint-Denis

Agnès Ang, infirmière conseillère technique auprès du recteur de l'académie de Versailles

Catherine Delory, assistante sociale

Lilian Garot, ouvrier professionnel

Membres du groupe permanent : Michèle Leblanc, inspectrice de l'éducation nationale

Antoine Delgado, professeur

Sylvie Danon, chargée de communication

ANNEXE 9

Liste des membres du Conseil national de l'innovation pour la réussite scolaire

Présidente du Conseil national de l'innovation pour la réussite scolaire : **Anne-Marie Vaillé**, professeur certifiée

Michèle Amiel, proviseure
Georges Asseraf, inspecteur général de l'administration de l'éducation nationale et de la recherche
Claude Bernard, professeure de lycée professionnel
Jacky Beillerot, professeur d'université
Jean-Michel Berard, inspecteur général de l'éducation nationale
Alain Bouvier, directeur d'un institut universitaire de formation des maîtres
Michel Chardonnet, président d'association
Monique Charrier, professeure certifiée
Mireille Cifali, professeure d'université
Gabriel Cohn-Bendit, professeur retraité
Jacqueline Costa-Lascoux, directrice de recherche
Gérard Delbet, professeur des écoles
Pierre Descottes, instituteur
Jacky Desquennes, inspecteur d'académie-inspecteur pédagogique régional
Annie Duchesne, proviseure
Valérie Flavier, inspectrice de l'éducation nationale
Marc Giraud, parent d'élèves
Alletta Grisay, chercheuse belge
Jean-Claude Guerin, chargé de mission à l'inspection générale de l'éducation nationale
Philippe Hemez, inspecteur d'académie-inspecteur pédagogique régional

Pierre Laffitte, sénateur des Alpes-Maritimes
René Lafitte, instituteur
Claus Leggewie, enseignant-chercheur
Joseph Losfeld, recteur de l'académie de Nancy-Metz
Dominique Madelin, professeur de lycée
Jean-Michel Marchand, député de Maine-et-Loire
Corinne Nedelec, parente d'élèves
Hubert Montagner, pédopsychiatre
Michèle Narvaez-Goldstein, professeure de lycée
Francis Oudot, directeur des affaires scolaires de la ville de Reims
Marie-Danielle Pierrelee, principale de collège
Clotilde Pontecovo-Piperno, directrice du département de psychologie du développement et de la socialisation à l'université de Rome « La Sapienza »
Antoine Prost, professeur des universités honoraire
Jack Ralite, sénateur de la Seine-Saint-Denis, maire d'Aubervilliers
Alain Rochette, responsable des relations avec l'éducation nationale du groupe PSA Peugeot-Citroën

Membres du secrétariat général permanent : Anne-Marie Beriot ; Christine Faucqueur ; Kathy Hazan ; Lucien Martin ; Denis Ramos ; Catherine Vinay

Arrêté du 26 octobre

ANNEXE 10

Liste des membres du Comité national de réflexion et de propositions sur la laïcité à l'école

Présidents du Comité national de réflexion et de propositions sur la laïcité à l'école :

Geneviève Becquelin, doyenne de l'Inspection générale de l'éducation nationale

Yvon Robert, chef du service de l'Inspection générale de l'administration de l'éducation nationale et de la recherche

Membres choisis pour leurs compétences dans le champ d'attribution du comité, pour une durée de trois ans renouvelable :

Ali Bouamama, professeur à l'université Marc-Bloch de Strasbourg, directeur du département des études arabes et islamiques

Hanifa Cherifi, médiatrice à la direction des affaires juridiques du ministère de l'éducation nationale, membre du Haut Conseil à l'intégration

Jean-Claude Fauquette, inspecteur d'académie, directeur des services départementaux de l'éducation nationale du Pas-de-Calais

Jean-Paul de Gaudemar, directeur de l'enseignement scolaire

Gérard Gonfroy, directeur de l'institut universitaire de formation des maîtres de Limoges

Joël Goyheneix, inspecteur général de l'éducation nationale

Alain Grissi, conseiller principal d'éducation

Françoise Hostalier, inspectrice générale de l'éducation nationale

Bariza Khiari, déléguée régionale au tourisme, déléguée départementale de l'éducation nationale à Paris

Alain Lagarde, conseiller en formation continue

Juliette Minces, sociologue

Frédérique de la Morena, maître de conférences en droit public à l'université des sciences sociales de Toulouse

Michèle Narvaez, professeure agrégée de lettres, membre du Conseil national de l'innovation pour la réussite scolaire

Maryse Ouzoulias, principale de collège

Henri Pena-Ruiz, professeur de philosophie, chargé de cours à l'Institut d'études politiques

Gaye Petek-Salom, directrice de l'association « Migrations de Turquie », membre du Haut Conseil à l'intégration

Aziz Sahiri, conseiller technique en prévention de la délinquance à Grenoble

Rita Thalmann, professeure émérite d'histoire et civilisations, membre de la Commission nationale consultative des droits de l'homme

Arrêté du 15 janvier 2002 — Bulletin officiel *n° 6 du 7 février 2002*

ANNEXE 11

Les rapports publiés entre avril 2000 et mai 2002 à la demande de Jack Lang, ministre de l'éducation nationale

Avril à décembre 2000

— « Les enseignants-chercheurs à l'université — La place des femmes », Noria Boukhobza, Huguette Delavault, Claudine Hermann, mars 2000.

— « À propos de l'enfant dysphasique et de l'enfant dyslexique », Jean-Charles Ringard, juillet 2000.

— « Les femmes dans les filières de l'enseignement supérieur », Laurence Broze, Huguette Delavault, Julianne Unterberger, octobre 2000.

— « Une stratégie pour les bibliothèques en Île-de-France », Daniel Renoult, décembre 2000.

— « La rénovation de la formation des maîtres », Jean Brihault et Bernard Cornu, décembre 2000.

Janvier à décembre 2001

— « La formation initiale des professeurs et des conseillers principaux d'éducation en deuxième année d'IUFM », Michel Bornancin, janvier 2001.

— Rapport sur « L'évolution du collège », Philippe Joutard, mars 2001.

— « Une nouvelle ambition pour la voie technologique au lycée », Bernard Decomps, juin 2001.

— Rapport du Conseil national de l'innovation pour la réussite scolaire, juin 2001.

— « Missions des enseignants exerçant dans l'enseignement supérieur technologique », Guy Gautherin, juillet 2001.

— « Pour un programme stratégique de recherche en éducation », Antoine Prost, juillet 2001.

— « Nouvelle définition des tâches des enseignants et des enseignants chercheurs dans l'enseignement supérieur français », Éric Espéret, juillet 2001.

— « L'accueil des étudiants étrangers en France », Élie Cohen, août 2001.

— « 30 propositions pour lutter contre les violences sexuelles dans les établissements scolaires », Nicole Belloubet-Frier, octobre 2001.

— « Orientations pour l'aménagement documentaire de l'Île-de-France », suite du rapport d'étape rédigé par Daniel Renoult, novembre 2001.

— « Une nouvelle actualité pour l'internat scolaire ? », Marie-Françoise Pérol-Dumont, novembre 2001.

— « Le système San Remo », Claude Laugénie, décembre 2001.

— « L'enseignement supérieur des sciences économiques en question », Jean-Paul Fitoussi, édité chez Fayard, septembre 2001.

Janvier à mai 2002

— Rapport de la mission effectuée en Afghanistan du 8 au 25 janvier 2002, Martine Storti, janvier 2002.

— « La scolarisation des élèves intellectuellement précoces », Jean-Pierre Delaubier, janvier 2002.

— « L'enseignement du fait religieux dans l'école laïque », Régis Debray, février 2002.

— « La culture générale dans les formations universitaires », Alain Renaut, février 2002.

— « Proposition pour une charte des formateurs exerçant dans les IUFM », Michel Bornancin, mars 2002.

— « L'école citoyenne : le rôle du comité d'éducation à la santé et à la citoyenneté », Jean-Pierre Baeumler, mars 2002.

— « Enseigner en école, un métier pour demain », Yves Bottin, mars 2002.

— « La désaffection des étudiants pour les études scientifiques », Guy Ourisson (ancien président de l'Académie des sciences), mars 2002.

— « La mixité sociale à l'école et au collège », Jean Hébrard, mars 2002.

— « La professionnalisation des études en STAPS (sciences et techniques des activités physiques et sportives), Jean Camy, mars 2002.

— Rapport d'étape du Conseil national de l'innovation pour la réussite scolaire, mars 2002.

— « 30 propositions pour l'avenir du lycée », Nicole Belloubet-Frier, mars 2002.

— « La classe de 6e — état des lieux et réformes en cours », Jean-Paul Delahaye et Alain Henry, mars 2002.

— Rapport de la mission effectuée en Afghanistan du 13 au 28 mars 2002, Martine Storti, avril 2002.

— « L'ouverture sociale dans l'enseignement post-baccalauréat », Rolande Figuière-Lamouranne, avril 2002.

— « Réflexions sur la formation des formateurs en IUFM », Pierre Caspar, avril 2002.

— Rapport de mission de la commission de réflexion sur les études de droit, Antoine Lyon-Caen, avril 2002.

— « La gratuité de l'enseignement », Bernard Toulemonde, avril 2002.

— « Enseigner, un métier pour demain », Jean-Pierre Obin, avril 2002.

— « Les équipements sportifs en France », Laurent Cathala, avril 2002.

— « Les jeunes et les études scientifiques : les raisons de la désaffection, un plan d'action », Maurice Porchet, avril 2002.

— « Les campus numériques, enjeux et perspectives pour la formation ouverte et à distance », Michel Averous et Gilbert Touzot, avril 2002.

— Rapport de la commission « Contrat d'établissement » : évolution du contrat dans la perspective d'une refondation de l'autonomie universitaire, Gilbert Knaub, juillet 2002.

— « La situation des étudiants handicapés à l'université ». Rapport remis à M. Jack Lang et Mme Ségolène Royal, Ernest Gibert, mars 2002.

— « La santé des étudiants », docteur Lelu, avril 2002.

— « La professionnalisation des études de troisième cycle de lettres, sciences humaines et sciences politiques : sous un master européen », Blandine Kriegel, avril 2002.

ANNEXE 12

Les 42 mesures du plan d'action
pour la mobilité
Présidence française
de l'Union européenne

Objectif central	**Adopter une stratégie européenne en faveur de la mobilité**	**Mise en œuvre**
Mesure A	**Définir** : mise au point d'une définition commune du concept de mobilité et des publics concernés : âge, filière, champ géographique; durée du séjour.	Commission, États membres
Mesure B	**Démocratiser** : démocratisation de l'accès aux dispositifs de mobilité.	États membres

Objectifs particuliers :
Favoriser la mobilité en Europe

Objectif 11	**Former des « personnes-ressources » pour la mobilité en Europe**	**Mise en œuvre**
Mesure 111	**Une orientation adaptée** : préparation des enseignants et du personnel administratif impliqué à devenir des opérateurs de la mobilité aptes à conseiller, à orienter et à élaborer des projets de mobilité : formation aux filières de mobilité, aux différents systèmes éducatifs de l'Union, aux droits des personnes en mobilité.	Commission, États membres
Mesure 112	**Des échanges accrus** : développement des échanges entre opérateurs de la mobilité originaires des pays participant aux programmes communautaires.	États membres
Mesure 113	**Des moyens renforcés** : incitation des établissements d'enseignement et des universités à renforcer les moyens accordés à leurs dispositifs en charge des relations internationales afin de faire face aux nouvelles exigences de la mobilité.	États membres

Objectif 12	Développer le plurilinguisme	Mise en œuvre
Mesure 121	**Une formation spécifique :** promotion des formations linguistiques et culturelles au départ et durant les périodes de mobilité, en s'appuyant sur le secteur public comme sur les initiatives privées.	États membres
Mesure 122	**Des stages pour les formateurs :** possibilité pour les enseignants de langue d'effectuer des stages de formation de longue durée à l'étranger.	États membres
Mesure 123	**Des échanges de bonnes pratiques :** échange de bonnes pratiques sur l'apprentissage des langues, notamment dans les filières professionnelles ou chez les adultes.	Commission, États membres
Mesure 124	**Des indicateurs communs :** utilisation d'indicateurs communs pour l'évaluation des compétences linguistiques des élèves, des étudiants et des personnes en formation.	Commission, États membres
Mesure 125	**Un engagement sur la qualité :** suivi de la résolution du Conseil du 31 mars 1995 relatif à l'amélioration de la qualité et la diversification de l'apprentissage et de l'enseignement des langues au sein des systèmes éducatifs de l'Union européenne.	Commission, États membres

Objectif 13	**Rendre plus accessibles les informations relatives à la mobilité**	**Mise en œuvre**
Mesure 131	**Un portail « mobilité » :** mise en place d'un portail donnant accès aux différentes sources européennes d'information sur la mobilité.	Commission, États membres, Agences nationales Socrates, Leonardo da Vinci et Jeunesse
Mesure 132	**Des forums ad hoc :** mise en place dans les établissements d'enseignement et les universités de bourses ou de forums électroniques d'échanges entre opérateurs de la mobilité, personnes en formation académique ou professionnelle et jeunes volontaires.	Commission, États membres, Agences nationales Socrates, Leonardo da Vinci et Jeunesse

Objectif 14	**Réaliser une cartographie de la mobilité**	**Mise en œuvre**
Mesure 141	**Repérage des filières :** définition en commun d'une méthodologie permettant progressivement à chaque État membre qui le souhaite de se doter de données statistiques fiables sur la mobilité et d'établir un état des lieux le plus complet possible des filières d'échanges d'étudiants, de personnes en formation et de formateurs.	Commission, États membres, Agences nationales Socrates, Leonardo da Vinci et Jeunesse

Mesure 142	**Connaissance des programmes** : mise au point d'une base de données recensant tous les programmes de mobilité bilatéraux ou multilatéraux fonctionnant en Europe en se limitant, le cas échéant, aux programmes publics.	Commission, États membres
Mesure 143	**Publicité des postes** : encouragement de la diffusion des postes de professeurs de l'enseignement supérieur et de chercheurs à pourvoir au sein de l'Union en mettant notamment à profit les réseaux thématiques, notamment EURES.	Commission, États membres

Favoriser le financement de la mobilité

Objectif 21	**Mener une réflexion sur le financement de la mobilité**	**Mise en œuvre**
Mesure 211	**Un cadre partenarial** : renforcement de la coordination des différents acteurs de la mobilité, par exemple à travers un cadre de partenariat : Union européenne, État, collectivités locales et universités, ainsi que la valorisation des flux financiers.	Commission, États membres
Mesure 212	**Des budgets renforcés** : étude des possibilités de valoriser ou de renforcer les dotations budgétaires nationales et locales consacrées à la mobilité.	États membres

Mesure 213	**Un encouragement du secteur public** : examiner l'opportunité et la possibilité de prêts à taux préférentiels en faveur des personnes se destinant à une période de mobilité.	États membres
Mesure 214	**Des partenaires multiples** : incitation du secteur privé, entreprises, fondations, partenaires sociaux, à s'associer au financement de la mobilité (par exemple en ayant recours à la mise en place de fondations, à la labellisation de prêts bancaires).	États membres, Commission
Mesure 215	**Une vision prospective** : lancement d'une réflexion sur la réorientation des crédits consacrés à la mobilité au sein du budget et des programmes communautaires à l'horizon de leur réexamen.	Commission, États membres

Objectif 22	**Démocratiser la mobilité en la rendant financièrement et socialement accessible à tous**	**Mise en œuvre**
Mesure 221	**Une campagne d'information** : lancement d'une campagne d'information listant : a) les aides à la mobilité disponibles et les moyens d'en disposer ; b) les conditions sociales de la mobilité au moment du départ et durant la période passée à l'étranger.	Commission

Mesure 222	**Des prestations maintenues** : assurer aux personnes en mobilité qu'elles pourront bénéficier des prestations sociales prévues par les dispositions nationales et communautaires en vigueur ; recenser régulièrement les problèmes subsistants et y apporter les solutions adéquates.	États membres
Mesure 223	**Une égalité de traitement** : étude sur la possibilité d'offrir aux jeunes en mobilité des tarifs préférentiels identiques à ceux dont bénéficient les jeunes nationaux ; recenser régulièrement les problèmes subsistants et y apporter les solutions adéquates.	États membres

Accroître et améliorer la mobilité

Objectif 31	**Instaurer de nouvelles formes de mobilité**	**Mise en œuvre**
Mesure 311	**Des universités d'été** : multiplication des universités européennes d'été au profit des étudiants, des personnes en formation académique ou professionnelle et des opérateurs de la mobilité.	Commission, États membres
Mesure 312	**Des cours sur l'Internet** : mise à disposition sur le réseau de l'Internet de modules de formation académique et professionnelle.	Commission, États membres

Mesure 313	**Développement de filières :** création ou renforcement des filières d'échanges bilatérales ou multilatérales en favorisant notamment des partenariats sur la mobilité entre universités.	États membres

Objectif 32	**Améliorer l'accueil des personnes en mobilité**	**Mise en œuvre**
Mesure 321	**Une charte de qualité :** définition et adoption par les acteurs de la mobilité d'une charte de qualité régissant l'accueil des ressortissants d'autres pays en formation et prévoyant les modalités nécessaires pour assurer des conditions égales d'accueil aux personnes en mobilité (par exemple guichets d'information uniques ou prestations gratuites).	Commission, États membres
Mesure 322	**Une information en ligne :** mise en ligne des informations sur les conditions d'accueil des personnes en mobilité.	Commission, États membres, Agences nationales Socrates, Leonardo da Vinci et Jeunesse

Objectif 33	Faciliter le calendrier de la mobilité	Mise en œuvre
Mesure 331	Des calendriers transparents : large diffusion des informations relatives aux calendriers universitaires et scolaires.	États membres, Agences nationales Socrates, Leonardo da Vinci et Jeunesse
Mesure 332	Un calendrier européen : compte tenu de l'autonomie des universités, mise au point d'un calendrier académique européen indiquant les périodes de convergence académique et mise en place, dans les cas appropriés, de modules de formation destinés aux personnes en mobilité concentrés sur ces périodes.	Commission, États membres, Agences nationales Socrates, Leonardo da Vinci et Jeunesse
Mesure 333	La semestrialisation : étude sur la possibilité de semestrialiser l'année universitaire ainsi que de s'inscrire et de payer ses droits semestriellement.	États membres

Objectif 34	**Conférer un statut adapté aux personnes en mobilité**	**Mise en œuvre**
Mesure 341	**La mobilité comme priorité** : proclamation, par les autorités compétentes, de la priorité que constitue la mobilité, destinée à devenir à terme un élément important des formations reçues ou dispensées par les étudiants des filières académiques et professionnelles, par les enseignants, du primaire au supérieur, et par les formateurs.	États membres
Mesure 342	**Une carte jeune spécifique** : création d'une carte européenne du jeune en mobilité.	Commission, États membres
Mesure 343	**Une mobilité pour les enseignants en formation** : ouverture aux enseignants de la possibilité d'effectuer tout ou partie de leur formation initiale ou continue dans un autre État membre.	États membres
Mesure 344	**Un statut pour tous** : examen de la possibilité d'étendre à d'autres niveaux et à d'autres filières d'enseignement, dans les États membres où cela paraît approprié, le statut de « professeur associé » qui fonctionne actuellement pour les enseignants du supérieur.	États membres

Valoriser les périodes de mobilité

Objectif 41	**Multiplier les passerelles en développant le système de reconnaissance et d'équivalence des diplômes et des formations**	**Mise en œuvre**
Mesure 411	**Des équivalences** : incitation de toutes les universités à généraliser les systèmes d'équivalences de diplômes, le système européen d'unités capitalisables transférables dans toute la Communauté (ECTS), le processus de la Sorbonne et de Bologne (en utilisant notamment le réseau européen des centres nationaux d'information sur la mobilité académique et la reconnaissance, du Conseil de l'Europe, ENIC et celui des centres nationaux d'information sur la reconnaissance académique des diplômes (NARIC).	Commission, États membres, Agences nationales Socrates, Leonardo da Vinci et Jeunesse
Mesure 412	**Un addendum** : généralisation des suppléments aux diplômes académiques ou professionnels pour assurer leur lisibilité dans tous les États membres	États membres

Objectif 42	**Reconnaître l'expérience acquise**	**Mise en œuvre**
Mesure 421	**Une expérience reconnue :** délivrance par les instances compétentes de l'État d'accueil d'un document certifiant les compétences acquises au cours de la mobilité, dans le domaine des langues notamment, et prise en compte par les instances compétentes du pays d'origine des périodes d'étude ou de formation effectuées avec succès en mobilité.	États membres
Mesure 422	Généralisation de l'attestation **« Europass-formation ».**	Commission, États membres
Mesure 423	**Le volontariat :** prendre en compte le volontariat dans l'État membre d'origine.	États membres

Objectif 43	**Valoriser les périodes de mobilité**	**Mise en œuvre**
Mesure 431	**Des incitations professionnelles :** examen de l'opportunité et des possibilités, au regard du droit et des pratiques nationales, de valoriser l'acquis des personnels de l'enseignement ayant effectué une mobilité.	États membres
Mesure 432	**Une méthodologie adaptée :** se doter d'une méthodologie d'étude mesurant l'impact professionnel des périodes de mobilité.	Commission, États membres

ANNEXE 13

Les chiffres de la rentrée scolaire 2001

À la rentrée scolaire 2001, **12 455 000** élèves ou étudiants des classes supérieures étaient attendus, soit 35 000 de moins qu'en 2000 (en France métropolitaine et dans les DOM). Ils ont été pris en charge par 1 322 000 personnes dont **876 000 enseignants** au sein de 70 290 écoles, collèges et lycées publics ou privés.

En 2000, la collectivité nationale a dépensé **72,7 milliards d'euros** (477,2 milliards de francs) pour l'enseignement du premier degré, du second degré et des classes supérieures.

12 136 000 élèves :

— 6 536 000 écoliers, soit une diminution de 16 000 élèves par rapport à la rentrée 2000;

— 3 358 000 collégiens, soit une diminution de 8 000 élèves;

— 1 513 000 lycéens, soit une augmentation de 7 000 élèves;

— 729 000 lycéens professionnels, soit une diminution de 18 000 élèves malgré une sensible augmentation du flux d'entrée en seconde professionnelle.

319 000 étudiants de classes supérieures :

— 249 000 étudiants de sections de techniciens supérieurs (STS), soit une stabilité du nombre des étudiants;

— 70 000 étudiants de classes préparatoires aux grandes écoles (CPGE), soit également des effectifs stables.

1 322 000 personnels dans les écoles, les collèges et les lycées, publics ou privés :

— 1 125 000 relevaient de l'État et 197 000 des municipalités ou des établissements privés ;

— 530 000 travaillaient dans les écoles maternelles ou élémentaires, dont **359 000 enseignants** ;

— 793 000 travaillaient dans les établissements du second degré, dont **517 000 enseignants.**

70 290 écoles, collèges et lycées :

— 59 000 écoles maternelles ou élémentaires ;

— 6 940 collèges ;

— 1 750 lycées professionnels ;

— 2 600 lycées d'enseignements général et technique ou polyvalents.

98,2 milliards d'euros dépensés en 2000 (644,5 milliards de francs) :

La collectivité nationale a dépensé 98,2 milliards d'euros (644,5 milliards de francs) pour son système éducatif en 2000 sur le territoire métropolitain, dont **72,7 milliards d'euros** (477,2 milliards de francs) pour le premier degré, le second degré et les classes supérieures. Cette dépense, financée par l'État, les collectivités territoriales, les entreprises et les ménages, représente 1 230 euros (8 000 F) en moyenne par habitant.

Cette dépense représentait également :

— 4 200 euros (27 500 F) en moyenne par élève du premier degré ;

— 6 740 euros (44 200 F) par collégien ;

— 8 570 euros (56 200 F) par lycéen (en second cycle) ;

— 9 030 euros (59 300 F) par lycéen professionnel ;

— 10 810 euros (70 900 F) par étudiant des classes supérieures.

ANNEXE 14

Les chiffres de la rentrée universitaire 2001

À la rentrée universitaire 2001, les effectifs de l'enseignement supérieur s'élevaient à environ 2 160 000 étudiants au total en France métropolitaine et dans les DOM. Parmi eux, on comptait **1 515 000 étudiants universitaires** (soit 70 % des effectifs globaux). Ceux-ci ont été accueillis au sein de **90 universités.**

La collectivité nationale a dépensé, en 2000, **16,2 milliards d'euros** (106,5 milliards de francs) pour les enseignements supérieurs.

2 160 000 étudiants en France :

— 1 515 000 étudiants étaient inscrits dans les universités — soit une augmentation de 8 000 étudiants par rapport à la rentrée 2000, due essentiellement à l'accroissement des deuxième et troisième cycles et en particulier des DESS.

591 000 étudiants étaient en premier cycle, 495 000 en deuxième cycle (+ 7 000) et 225 000 en troisième cycle (+ 5 000). 122 000 étudiants étaient dans les instituts universitaires de technologie, les autres dans les instituts universitaires de formation des maîtres (IUFM).

— Dans les universités, le nombre d'étudiants de nationalité étrangère a poursuivi sa progression depuis trois ans : ils étaient environ 150 000.

— On comptait également 319 000 étudiants de classes supérieures : 70 000 en classes préparatoires aux grandes écoles (CPGE) et 249 000 en sections de techniciens supérieurs (préparant un BTS), soit une quasi-stabilité des effectifs. Et 326 000 étudiants environ dans les autres établissements publics ou privés (autres ministères compris) : grandes écoles, commerce, gestion et comptabilité, paramédical et social, architecture...

90 universités (ou assimilées) :

— 240 écoles et filières d'ingénieurs;

— 230 écoles de commerce, gestion et comptabilité;

— Plus de 2 000 établissements, en particulier des lycées comportant des sections de techniciens supérieurs (STS) ou des classes préparatoires aux grandes écoles (CPGE).

98,2 milliards d'euros dépensés en 2000 (644,5 milliards de francs) :

La collectivité nationale a dépensé 98,2 milliards d'euros (644,5 milliards de francs) pour son système éducatif en 2000 sur le territoire métropolitain, dont **16,2 milliards d'euros** (106,5 milliards de francs) pour les enseignements supérieurs. Le financement du ministère de l'éducation nationale a représenté 62,8 % de ce montant. Cette dépense, portée par l'État, les collectivités territoriales, les entreprises et les ménages, représente 270 euros (1 770 F) en moyenne par habitant.

Cette dépense représentait également :

— 16,5 % de la dépense intérieure d'éducation (98,2 milliards d'euros);

— 1,2 % de la richesse nationale (PIB);

— 6 470 euros (42 400 F) en moyenne par étudiant universitaire;

— 8 620 euros (56 600 F) en moyenne par étudiant des IUT;

— 10 220 euros (67 100 F) en moyenne par élève des sections de techniciens supérieurs;

— 12 620 euros (82 800 F) en moyenne par élève des classes préparatoires aux grandes écoles;

— 11 550 euros (75 700 F) en moyenne par élève des écoles d'ingénieurs universitaires.

ANNEXE 15

L'amélioration des taux d'encadrement dans l'enseignement primaire et secondaire

Grâce à l'effet conjugué des recrutements supplémentaires et de la baisse des effectifs dans l'enseignement primaire et secondaire, les taux d'encadrement se sont améliorés.

Personnels enseignants — Primaire :
23,66 élèves par enseignant en 1996-1997;
23,47 en 1997-1998;
23,31 en 1998-1999;
23,20 en 1999-2000;
23,10 en 2000-2001;
22,97 en 2001-2002.

Personnels enseignants — Secondaire :
13,55 élèves par enseignant en 1996-1997;
13,52 en 1997-1998;
13,46 en 1998-1999;
13,29 en 1999-2000;
13,11 en 2000-2001;
12,87 en 2001-2002.

Personnels non enseignants — Secondaire :
25,72 élèves par personnel non enseignant en 1996-1997;
25,64 en 1997-1998;
25,38 en 1998-1999;
25,13 en 1999-2000;
24,84 en 2000-2001;
24,51 en 2001-2002.

Évolution des effectifs d'élèves dans le primaire et le secondaire (public)

	1991-1992	1993-1994	1995-1996	1997-1998	1999-2000	2001-2002	TOTAL
Nombre d'élèves du primaire	5 977 300	5 890 500	5 857 900	5 749 700	5 681 000	5 643 400	– 333 900
Variation en %	– 0,50 %	– 1,37 %	– 0,55 %	– 1,84 %	– 1,19 %	– 0,66 %	– 5,58 %
Nombre d'élèves du secondaire	4 763 900	4 843 400	4 816 300	4 784 400	4 746 800	4 710 600	– 53 300
Variation en %	+ 0,9 %	+ 1,66 %	– 0,56 %	– 0,66 %	– 0,78 %	– 0,76 %	–1,12 %

ANNEXE 16

L'amélioration des taux d'encadrement dans l'enseignement supérieur

Les recrutements supplémentaires et l'évolution des effectifs étudiants se sont traduits par une nouvelle amélioration des taux d'encadrement : on comptait 19,38 étudiants par enseignant en 1999, chiffre qui est passé à 18,95 à la rentrée 2002 (prévision).

Par ailleurs, il y avait 29,20 étudiants par IATOSS à la rentrée en 1999. On en comptait 28,18 à la rentrée 2002 (prévision).

Évolution des taux d'encadrement dans le supérieur

	1997-1998	1998-1999	1999-2000	2000-2001	2001-2002	2002-2003
Nombre d'étudiants[1]	1 547 412	1 526 286	1 523 137	1 529 048	1 537 700	1 544 400
% accroissement	– 1,8 %	– 1,4 %	– 0,2 %	+ 0,4 %	+ 0,6 %	+ 0,4 %
Nombre d'enseignants	74 216	77 137	78 603	79 778	80 335	81 335
Nombre d'étudiants par enseignant	20,85	19,79	19,38	19,17	19,14	18,95
Nombre d'IATOSS	50 043	51 332	52 160	52 830	53 797	54 797
Nombre d'étudiants par IATOSS	30,92	29,73	29,20	28,94	28,58	28,18

1. Universités, IUT, filières d'ingénieurs (universitaires et non universitaires du ministère de l'éducation nationale), IUFM.

ANNEXE 17

Enseigner : un métier attractif

Enquête réalisée, en 2001, par la direction de la programmation et du développement du ministère de l'éducation nationale, auprès d'un échantillon de 1 000 enseignants en histoire-géographie, lettres et mathématiques lors de leur première ou deuxième année d'exercice.

L'expérience vécue des premières années

89 % des enseignants se déclarent assez satisfaits ou très satisfaits de cette expérience (25 % très satisfaits) avec une proportion un peu plus faible chez les agrégés. Cette satisfaction s'exprime malgré des difficultés vécues. Plus de la moitié des enseignants ont jugé assez difficile (48 %) ou très difficile (6 %) cette première expérience. Malgré tout, 80 % d'entre eux considèrent que la situation correspond bien à l'idée initiale de leur métier. À noter, parmi les difficultés les plus importantes exprimées, la gestion de l'hétérogénéité des élèves et des classes et les problèmes de discipline avec les élèves.

Parmi les avantages de leur métier, les enseignants mettent en avant le contact avec les élèves (62 % des cas), la possibilité d'enseigner une discipline qu'ils aiment (46 % des cas) et l'autonomie dans le travail (39 % des cas).

Par ailleurs, les enseignants de l'échantillon qui terminent leur deuxième année estiment, pour plus de 50 %, que l'exercice de leur métier devient de plus en plus satisfaisant et de moins en moins difficile.

Enfin, les deux tiers considèrent qu'une affectation en zone d'éducation prioritaire (ZEP) est une expérience positive, mais qui n'est pas une situation idéale dans les premières années. Ils estiment en tout cas que l'IUFM n'y prépare absolument pas.

Les conditions d'exercice du métier en 2000-2001

Les trois quarts des enseignants enseignent en collège et dans près de cinq classes en moyenne, 15 % d'entre eux ont déjà enseigné comme non titulaires ; 40 % des nouveaux titulaires exercent dans la ville souhaitée et 70 % dans la région souhaitée.

Les motivations du choix du métier

C'est avant tout le contact avec leur discipline qui est déterminant (60 % des enseignants dont 36 % en premier rang). Viennent ensuite le contact avec les élèves (52 %), la transmission des savoirs (39 %), l'autonomie dans le travail (32 %) et l'équilibre entre vie professionnelle et vie privée.

Pour 75 % des interviewés, il y a reconnaissance explicite d'influences dans le choix de la profession. Il s'agit avant tout d'enseignants dont ils ont conservé une image forte et en second lieu, mais loin derrière, des parents.

Le moment de la décision est survenu de manière précoce (10 % à l'école primaire, 22 % au collège, 19 % au lycée, contre 40 % au début ou pendant les études supérieures).

Le choix de devenir enseignant est un choix positif

61 % ont choisi leurs études supérieures pour devenir enseignant. L'opportunité d'éviter le chômage ou l'absence d'alternative professionnelle dans des secteurs choisis viennent très loin derrière. Le frein principal au choix du métier d'enseignant reste la crainte d'une première affecta-

tion en établissement difficile ou d'un éloignement du domicile. Les conditions salariales n'interviennent que très peu.

Enfin seulement 14 % ont hésité entre premier et second degré. L'attrait du second degré tient avant tout au choix de n'enseigner que la discipline choisie et, en second lieu, d'enseigner à des adolescents.

L'appréciation de la formation initiale

Sont jugés plutôt favorablement l'apprentissage des disciplines, l'outillage pédagogique, et plutôt défavorablement l'apprentissage de la gestion de la classe (hétérogénéité des élèves, questions de discipline). La formation en IUFM est parfois perçue comme **manquant de caractère pratique** et préparant mal à la dynamique de la classe, comme à l'apprentissage du travail en équipe. Le stage professionnel est jugé, en majorité, très positif, de même que le mémoire professionnel.

S'agissant des enseignants en IUFM, les conseillers pédagogiques font l'unanimité : appréciations favorables et défavorables sont équilibrées pour les enseignants de l'IUFM et en majorité défavorables pour les intervenants extérieurs.

Les programmes des concours sont jugés très complets, mais parfois trop pointus, trop décalés par rapport au contenu des enseignements et à la pratique des enseignants. Il y a enfin une forte attente de formations complémentaires sur les nouveaux modes d'enseignement (TPE, PPCP, travaux croisés).

Les pratiques pédagogiques

Les enseignants considèrent que les élèves sont généralement intéressés par l'enseignement qu'ils reçoivent, qu'ils travaillent mieux en petits groupes et qu'ils sont plutôt actifs. Cependant, leurs potentialités sont obérées par le manque d'autonomie dans le travail, la difficulté à mesurer leur progression personnelle et surtout leur hétérogénéité. Les lacunes antérieures leur paraissent difficiles à surmonter et ils se sentent parfois démunis. Les réponses privilégiées pour faire progresser les élèves dans les classes hétérogènes sont la gradation des niveaux d'exigence et la différenciation des réponses et des exercices. Les leviers pour motiver les élèves sont, à part égale, le plaisir de comprendre ou pratiquer la discipline et l'utilité ultérieure pour l'examen ou le passage de classe et surtout pour la vie sociale et professionnelle.

Les autres difficultés restent les problèmes de **discipline** induits essentiellement par des élèves perturbateurs. Les arguments sur les effectifs trop importants apparaissent comme secondaires.

Les pratiques collectives avec les autres collègues se limitent à une harmonisation des barèmes de correction et d'un suivi des élèves, et à un échange sur les pratiques pédagogiques. Elles sont pratiquées par la moitié des enseignants.

Les enseignants du second degré interrogés dans le cadre de cette enquête sont plutôt satisfaits de leur métier. En effet, 86 % d'entre eux recommenceraient le même parcours.

Voir aussi la note d'information d'information de la Direction de la programmation et du développement n° 46 parue en octobre 2001, « Devenir professeur des écoles ». Elle fait notamment apparaître que le désir d'enseigner et de s'occuper de jeunes enfants justifient le choix de ce métier. Satisfaisante bien que difficile, la profession conserve du prestige pour les deux tiers des professeurs des écoles.

ANNEXE 18

Glossaire des sigles

AAC	Attaché d'administration centrale
AASU	Attaché d'administration scolaire et universitaire
AEFE	Agence pour l'enseignement français à l'étranger
AEMO	Action éducative en milieu ouvert
AIS	Adaptation et intégration scolaires
APAC	Attaché principal d'administration centrale
APASU	Attaché principal d'administration scolaire et universitaire
ASU	Administration scolaire et universitaire
ATER	Attaché temporaire d'enseignement et de recherche
ATOS	Administratif, technique, ouvrier et de service (personnel)
ATOSS	Administratif, technique, ouvrier, de service sociaux et de santé (personnel)
B2i	Brevet informatique et internet
BCD	Bibliothèque centre documentaire (dans l'enseignement primaire)
BEP	Brevet d'études professionnelles
BMA	Brevet des métiers d'art
BO	*Bulletin officiel du ministère de l'éducation nationale*
BP	Brevet professionnel
BT	Brevet de technicien
BTS	Brevet de technicien supérieur

BU	Bibliothèque universitaire
C2i	Certificat de compétences informatique et Internet (enseignement supérieur)
CAP	Certificat d'aptitude professionnelle
CAPE	Certificat d'aptitude au professorat des écoles
CAPEP	Certificat d'aptitude au professorat de l'enseignement privé
CAPEPS	Certificat d'aptitude à l'enseignement de l'éducation physique et sportive
CAPES	Certificat d'aptitude au professorat l'enseignement du second degré
CAPET	Certificat d'aptitude au professorat de l'enseignement technique
CAPLP	Certificat d'aptitude au professorat de lycée professionnel
CAPSAIS	Certificat d'aptitude pédagogique spécialisé pour l'adaptation et l'intégration scolaire
CAPT	Certificat d'aptitude au professorat technique
CASNAV	Centre académique pour la scolarisation des nouveaux arrivants et des enfants du voyage (nouvelle appellation des CEFISEM)
CASU	Conseiller d'administration scolaire et universitaire
CAVL	Conseils académiques de la vie lycéenne
CDI	Centre de documentation et d'information
CDDP	Centre départemental de documentation pédagogique
CDES	Commission départementale de l'éducation spéciale
CDI	Centre de documentation et d'information (dans l'enseignement du second degré)
CE1	Cours élémentaire première année
CE2	Cours élémentaire deuxième année
CEFISEM	Centre de formation et d'information pour la scolarisation des enfants de migrants (voir CASNAV)
CEL	Contrat éducatif local

CERPET	Centre de recherches pédagogiques pour les enseignements technologiques
CFA	Centre de formation d'apprentis
CIEP	Centre international d'études pédagogiques de Sèvres
CIO	Centre d'information et d'orientation
CLDP	Centre local de documentation pédagogique
CLES	Certificat de compétence en langues pour l'enseignement supérieur
CLIS	Classe d'intégration scolaire (premier degré)
CLOUS	Centre local des œuvres universitaires et scolaires
CM 1	Cours moyen 1re année
CM 2	Cours moyen 2e année
CNAM	Conservatoire national des arts et métiers
CNDP	Centre national de documentation pédagogique
CNE	Comité national d'évaluation
CNED	Centre national d'enseignement à distance
CNEFEI	Centre national d'études et de formation pour l'enfance inadaptée
CNESER	Conseil national de l'enseignement supérieur et de la recherche
CNOUS	Centre national des œuvres universitaires et scolaires
CNP	Conseil national des programmes
CNVL	Conseil national de la vie lycéenne
COMENIUS	Programme communautaire : création de réseaux entre établissements du premier ou du second degré sur des projets éducatifs européens
CP	Cours préparatoire
CPE	Commission paritaire d'établissement
CPER	Contrat de plan État-régions
CPGE	Classe préparatoire aux grandes écoles
CPN	Commission paritaire nationale
CPU	Conférence des présidents d'université
CQP	Certificat de qualifications professionnelles
CRDP	Centre régional de documentation pédagogique

CROUS	Centre régional des œuvres universitaires et scolaires
CSE	Conseil supérieur de l'éducation
CTP	Comité technique paritaire
CTPA	Comité technique paritaire académique
CTPM	Comité technique paritaire ministériel
CVL	Conseil de la vie lycéenne
DDASS	Direction départementale des affaires sanitaires et sociales
DCL	Diplôme de compétence en langue
DEA	Diplôme d'études approfondies
DECS	Diplôme d'études comptables supérieures
DES	Diplôme d'études spécialisées
DESS	Diplôme d'études supérieures spécialisées
DEUG	Diplôme d'études universitaires générales
DEUST	Diplôme d'études universitaires scientifiques et techniques
DNTS	Diplôme national de technologie spécialisée
DOM	Département d'outre-mer
DPD	Direction de la programmation et du développement
DRONISEP	Délégation régionale de l'Office national d'information sur les enseignements et les professions
DRT	Diplôme de recherche technologique
DUT	Diplôme universitaire de technologie
EAO	Enseignement assisté par ordinateur
ECJS	Éducation civique, juridique et sociale
ECTS	European Credits Transfer System (Système européen de transfert de crédits)
ELCO	Enseignement de langues et cultures d'origine
EPLE	Établissement public local d'enseignement
EPS	Éducation physique et sportive
EPSCP	Établissement public à caractère scientifique, culturel et professionnel
EPST	Établissement public à caractère scientifique et technologique
ERASMUS	European Community Action Scheme for the Mobility of University Students (Programme d'action communautaire en matière de mobilité étudiante)

EREA	École régionale d'enseignement adapté
ES	Économique et social (filière et baccalauréat)
FAD	Formation à distance
FAS	Fonds d'action sociale en faveur des travailleurs immigrés et leurs familles
FLE	Français langue étrangère
FSE	Fonds social européen
GRETA	Groupement d'établissements pour la formation continue
GRH	Gestion des ressources humaines
IA	Inspecteur d'académie
IA-DSDEN	Inspecteur d'académie — directeur des services départementaux de l'éducation nationale
IA-IPR	Inspecteur d'académie — inspecteur pédagogique régional
IATOSS	Ingénieur, administratif, technique, ouvrier, de services sociaux et de santé (personnel)
IDEN	Inspecteur départemental de l'éducation nationale
IEN	Inspecteur de l'éducation nationale
IEP	Institut d'études politiques
IET	Inspecteur de l'enseignement technique
IFR	Instituts fédératifs de recherche
IGAENR	Inspecteur général de l'administration de l'éducation nationale et de la recherche
IGEN	Inspecteur général de l'éducation nationale
INHA	Institut national d'histoire de l'art
IPET	Inspecteur principal de l'enseignement technique
IRD	Indemnité de responsabilité de direction
ISS	Indemnité de sujétions spéciales
ITA	Ingénieur, technique et administratif (personnel)
ITARF	Ingénieur, technique, administratif, de recherche et de formation (personnel)
IUFM	Institut universitaire de formation des maîtres
IUP	Institut universitaire professionnalisé

IUT	Institut universitaire de technologie
JO	*Journal officiel*
L	Littéraire (filière et baccalauréat)
LEA	Langues étrangères appliquées
LEGT	Lycée d'enseignement général et technologique
LEONARDO	Leonardo da Vinci : Programme communautaire d'action pour promouvoir la qualité des systèmes et dispositifs de formation professionnelle, l'innovation et la dimension européenne dans les formations de tous niveaux
LEUP	Licence d'études universitaires professionnalisées
LINGUA	Programme communautaire d'action pour la promotion de la connaissance des langues étrangères dans la communauté européenne
LP	Lycée professionnel
LSF	Langue des signes française
MA	Maître auxiliaire
MASS	Mathématiques appliquées aux sciences sociales (filière universitaire)
MEN	Ministère de l'éducation nationale
MEUP	Maîtrise d'études universitaires professionnalisées
MIAGE	Maîtrise des méthodes informatiques appliquées à la gestion
MIAS	Mathématiques, informatique et applications aux sciences
MSG	Maîtrise des sciences de gestion
MST	Maîtrise des sciences techniques
MSU	Mission scientifique universitaire
NBI	Nouvelle bonification indiciaire
NTIC	Nouvelles technologies de l'information et de la communication
ONISEP	Office national d'information sur les enseignements et les professions
ONL	Observatoire national de la lecture

PAC	[Classe à] projet artistique et culturel
PAE	Projet d'action éducative
PAF	Plan académique de formation
PAM	Plan d'action pour la mobilité
PLF	Projet de loi de finances
PLP	Professeur de lycée professionnel (regroupe les PLP de 1re classe et les PLP de 2e classe)
PPCP	Projet pluridisciplinaire à caractère professionnel
RASED	Réseau d'aides spécialisées aux enfants en difficulté
REP	Réseau d'éducation prioritaire
S	Scientifique (filière et baccalauréat)
SAIC	Service d'activités industrielles et commerciales
SEGPA	Section d'enseignement général et professionnel adapté
SES	Section d'enseignement spécialisé
SM	Sciences de la matière
SMS	Sciences médico-sociales (série de la voie technologique)
SOCRATES	Programme communautaire consacré à la formation initiale
STI	Sciences et technologies industrielles (série de la voie technologique)
STL	Sciences et technologies de laboratoire (série de la voie technologique)
STS	Section de technicien supérieur
STT	Sciences et technologies tertiaires (série de la voie technologique)
STU	Sciences de la Terre et de l'Univers
SVT	Sciences de la vie et de la Terre
TD	Travaux dirigés
TIC	Technologies de l'information et de la communication
TICE	Technologies de l'information et de la communication pour l'enseignement
TP	Travaux pratiques
TPE	Travaux personnels encadrés

U3M	Université du 3e millénaire
UE	Unité d'enseignement
UEE	Université européenne d'été
UER	Unité d'enseignement et de recherche
UEREPS	Unité d'enseignement et de recherche d'éducation physique et sportive
UFR	Unité de formation et de recherche
UMR	Unité mixte de recherche
UPI	Unité pédagogique d'intégration (second degré)
UT	Université technologique
VAP	Validation des acquis professionnels
VAE	Validation des acquis de l'expérience
ZEP	Zone d'éducation prioritaire

ANNEXE 19

CNESER du 23 avril 2001

Intervention de Jack Lang,
ministre de l'éducation nationale

Orientations pédagogiques
pour l'enseignement supérieur

Mesdames, Messieurs,

Je suis particulièrement heureux de me retrouver aujourd'hui pour la première fois devant vous.

J'ai souhaité que ce premier rendez-vous puisse donner lieu à un débat d'orientations sur l'avenir de notre enseignement supérieur. Aujourd'hui — je crois — le temps est venu de ce grand débat et c'est devant le CNESER que j'ai voulu d'abord faire connaître de façon tout à fait officielle les perspectives que je propose aux universités, aux écoles supérieures et, à travers les établissements, aux personnels et aux étudiants.

Je voudrais dire pour commencer que ma réflexion s'inscrit dans le droit-fil des préoccupations qui étaient les miennes quand en 1992 j'ai pu concrétiser la rénovation pédagogique des premiers cycles universitaires qu'avait engagée Lionel Jospin.

Mon état d'esprit est resté le même : assouplir et moderniser notre système pour mieux répondre à notre double volonté de démocratiser la réussite des étudiants et d'élever encore la haute qualité de notre enseignement et de notre recherche.

Je n'ignore rien des progrès accomplis depuis lors ; je sais quels trésors d'imagination et de dévouement il a fallu aux équipes universitaires pour faire face à l'afflux des étudiants.

Il nous faut encore avancer. À l'automne dernier — au moment de la rentrée — j'avais déjà indiqué quelles étaient, pour les deux années à venir, mes orientations concernant l'enseignement supérieur. Je rappelle l'une d'entre elles : la volonté de voir encore s'améliorer l'efficacité de nos premiers cycles, en particulier de nos premières années d'université. Dans ce but, j'ai pris les premières décisions suivantes : création d'une direction des études de première année, possibilité de réorientation des étudiants en fin de première année et non plus seulement en fin de premier semestre, possibilité de créer au moins en première année des cursus bi- ou pluridisciplinaires. Sur tous ces thèmes, je viens d'envoyer une lettre à l'ensemble des présidents d'universités en leur demandant de bien vouloir mettre en place tous les dispositifs adéquats à la rentrée prochaine.

Mais il nous faut *aller encore plus loin* pour assurer une pleine réussite des étudiants et une plus grande ouverture démocratique de notre enseignement supérieur. Dans cet esprit, j'ai demandé à M. François Petit, président de la commission pédagogique et de la formation permanente de la CPU, d'animer une commission portant sur les évolutions souhaitables des méthodes pédagogiques, commission dans laquelle les membres du CNESER sont représentés, et qui commence ses travaux dès jeudi prochain. J'ai suggéré à M. Petit d'aborder — sans tabou — tous les sujets qui touchent à la pédagogie ; il me remettra ses premières conclusions en *juin prochain.* Ces *premières initiatives* s'inscrivent dans une vision renouvelée du système universitaire : le moment est venu de fixer un cap nouveau : c'est pourquoi je soumets à votre réflexion aujourd'hui un ensemble de propositions.

PREMIÈRE PARTIE

Les objectifs

I. Premier objectif : favoriser la mobilité étudiante en Europe et dans le monde

Je veux d'abord vous parler de l'exigence internationale et, en tout premier lieu, de l'exigence européenne.

C'est une banalité désormais que d'affirmer qu'aucun système d'enseignement supérieur ne peut ignorer — sans compromettre son avenir — la dimension internationale : coopérations transnationales en matière de formation, en matière de recherche : mobilité des étudiants et des enseignants... En bref, ouverture du monde.

1. Les avancées effectives :

C'est pourquoi j'ai confirmé d'emblée les orientations qu'à l'initiative de Claude Allègre les ministres européens avaient arrêtées à la Sorbonne en 1998 et à Bologne en 1999. Il est essentiel que l'enseignement supérieur français devienne plus lisible et comparable aux autres systèmes européens pour favoriser la mobilité des étudiants et des professeurs.

J'ai également approuvé la création en France du grade de master et de la licence professionnelle dont vous avez pu vous entretenir avec Jean-Luc Mélenchon.

C'est pourquoi, enfin, j'ai mis toute mon énergie pour que, sous présidence française, *l'Union européenne adopte un plan très ambitieux pour la mobilité.* C'était loin d'être acquis ; cela fut obtenu en novembre lors du Conseil des ministres de l'éducation et confirmé par le sommet de Nice des chefs d'État et de gouvernement. Ce plan pour la mobilité constitue une avancée importante, très attendue par les étudiants.

J'ai estimé aussi que l'essentiel était d'assurer l'égalité des chances des étudiants et d'éviter que les discriminations ne résultent du niveau de ressources des étudiants et de leur famille. C'est pourquoi j'ai pris une première décision : la création de *1 000 bourses de mobilité* dès la rentrée prochaine. J'envisage une progressive montée en puissance en 2002.

J'ai confié enfin à Élie Cohen une double mission :

— la création *d'universités européennes d'été* ;

— l'élaboration d'un *plan d'ouverture internationale* de notre enseignement supérieur. Avec le ministre *Hubert Védrine,* nous aurons bientôt l'occasion d'en tirer les conséquences pratiques.

2. Les principes d'une construction de l'espace européen de l'enseignement supérieur :

Avant d'aller plus loin, je voudrais vous dire dans quel esprit j'envisage notre action. Je crois à l'espace européen de l'enseignement supérieur, un espace qui déborde les frontières de l'Union pour embrasser la Grande Europe. J'y crois, non pas parce qu'il est de bon ton d'être européen mais, beaucoup plus profondément, parce que construire l'espace européen c'est défendre les valeurs sur lesquelles l'Europe a, dans l'histoire, donné au monde l'idée même d'université, de cette extraordinaire institution qui crée librement le savoir et le partage.

Lorsque je suis intervenu en octobre dernier à la Cité internationale devant les premières assises européennes des étudiants dont j'avais appuyé l'organisation, j'ai avancé — avec prudence — la nécessité d'un « Maastricht de l'éducation ». S'il faut un « Maastricht de l'éducation », c'est bien entendu pour sortir enfin la construction européenne de la vision purement économiciste dans laquelle certains veulent l'enfermer, c'est pour affirmer que l'Europe a autre chose à apporter au monde que les valeurs marchandes. C'est pourquoi l'éducation et la culture doivent être au cœur de la construction européenne. À la pensée unique du marché, il faut opposer les valeurs de l'intelligence et de la création. Qui mieux que l'université peut le faire ?

3. Les prises de position des étudiants :

J'observe que les étudiants ne disent pas autre chose. Après leurs premières assises à Paris, ils viennent, à la fin du mois dernier, de se réunir à Göteborg. Que veulent-ils ? Je les cite : « une Europe citoyenne et sans frontières... un enseignement supérieur européen diversifié, accessible et de qualité... un égal accès à l'enseignement supérieur, quel que soit le milieu social... des étudiants qui ne sauraient être assimilés à des consommateurs de marchandises... ». Sur la démarche, ils considèrent le processus de Bologne comme une étape cruciale et souhaitent y être totalement associés à travers leur organisation représentative au niveau européen, l'ESIB. Sur tous ces points, je suis entièrement d'accord. Vous trouverez dans le dossier qui vous a été remis la déclaration intégrale de Göteborg.

4. Les prises de position des universités :

Quant aux universités européennes, elles viennent à Salamanque de se doter d'une nouvelle Association européenne de l'université afin de faire entendre leur voix. Je m'en réjouis et je remercie vivement le Pr Éric Froment qui vient d'être élu à la tête de cette « CPU d'Europe » d'avoir accepté d'être présent aujourd'hui et de participer à nos travaux.

La Conférence française des présidents d'universités aujourd'hui animée par le président Belloc, des organisations de professeurs et de chercheurs militent elles aussi en faveur d'une telle ambition.

Ainsi donc, le mouvement lancé à la Sorbonne par les autorités politiques a pris corps. Les étudiants et les établissements en sont devenus des acteurs à part entière. Je ne peux que l'approuver. C'est ainsi que l'espace européen de l'enseignement supérieur se construira solidement et durablement.

Dans ce combat, notre pays doit rester aux avant-postes. *Or beaucoup reste à faire*. Vous le savez, le plan de mobilité que nous avons adopté fixe des objectifs qui sont pour le moment loin d'être atteints. Il offre à chaque État de l'Union une sorte de « boîte à outils » comprenant près de 50 mesures qu'il revient à chaque pays de mettre en œuvre.

Je reviendrai dans un instant sur les moyens d'y parvenir.

II. Deuxième objectif : la diversification des parcours de formation

La deuxième orientation que je souhaite donner à notre politique universitaire concerne la diversification des parcours proposés aux étudiants. J'ai déjà indiqué que notre système actuel est trop « tubulaire », trop figé. Il n'est pas possible, par exemple, actuellement de délivrer une licence de biologie-informatique. Cela n'est pas prévu et pourtant c'est un réel besoin.

Je n'ai pas l'intention de toucher à la réglementation de 1997. Il me semble en revanche indispensable qu'un *texte-cadre* précise les conditions dans lesquelles les *universités pourront innover, ouvrir de nouvelles voies qu'actuellement cette réglementation ne permet pas*. Certaines l'ont déjà fait, après que leurs projets ont été examinés par le CNESER. Il faut que ces dispositifs puissent se généraliser. Maintenons les cursus monodisciplinaires. Mais laissons en même temps les équipes pédagogiques innover en fonction des besoins de leurs étudiants. Il faut que les étudiants des universités puissent bénéficier des apports culturels, intellectuels qu'offrent des cursus pluridisciplinaires tout comme, depuis longtemps, leurs camarades des formations professionnalisées. Il faut qu'ils puissent avoir la possibilité de suivre de tels types de cursus favorables à une orientation progressive, utiles à la préparation de certains métiers, indispensables à l'efficacité de certaines recherches.

Nous devons donc élaborer un système souple de constitution de parcours diversifiés.

III. Troisième objectif : la formation tout au long de la vie

Avec l'élévation générale des niveaux de formation initiale, avec l'évolution de plus en plus rapide des connaissances, la demande de formation continue supérieure va s'accroître inéluctablement. De plus en plus souvent, des salariés viendront à l'université pour se former parfois à plein temps, mais le plus souvent à temps partiel. C'est ce que l'on appelle la formation tout au long de la vie. Nombre de pays européens, M. Froment nous le dira peut-être tout à l'heure, mettent cet objectif au premier rang de leurs préoccupations. Il faut que nous soyons capables d'organiser les formations pour que les salariés qui le souhaitent puissent gérer leur temps de formation de la façon la plus efficace.

Il faut que notre système d'enseignement supérieur soit adapté pour répondre à ces nouvelles demandes. C'est pourquoi il faut *imaginer un régime pédagogique particulier des études à temps partagé* qui sera également favorable pour les étudiants qui ne sont pas à plein temps à l'université.

Je vous propose donc de réfléchir à une organisation pédagogique des cursus qui intègre les nécessités que je viens d'évoquer et qui soit suffisamment souple pour s'adapter à la variété des besoins.

DEUXIÈME PARTIE

Un chemin vers une nouvelle organisation des études :
l'adoption du système européen de « points capitalisables » ou de « crédits »

I. Les caractéristiques de ce système

Ce système permettrait aux étudiants de compléter à l'étranger une formation commencée en France. Chaque module d'enseignement validé par l'université serait affecté d'un certain nombre de points. L'étudiant devrait avoir obtenu 60 points pour réussir l'ensemble de son année. Ces points sont appelés « crédits » dans les autres pays d'Europe.

Un étudiant qui, par exemple, obtiendra 40 crédits en Allemagne sera certain, une fois tous les accords nécessaires passés, de se voir reconnaître les fractions de diplôme obtenus et correspondant à 40 crédits lorsqu'il rentrera en France. Il n'aura plus dès lors qu'à obtenir les 20 crédits manquants pour obtenir son année.

Ce système, encore peu répandu en Europe, n'est utilisé en France que par des écoles d'ingénieurs et certaines universités. Je vous propose de le généraliser dans notre pays non seulement pour favoriser la mobilité des étudiants mais, plus encore, pour transformer notre propre organisation pédagogique. *Les retombées d'une telle réforme seront autant internationales que nationales.*

Elle repose sur trois idées-forces :

a) un système modulaire et semestrialisé ;

b) une définition des modules non seulement par les contenus ou les volumes horaires d'enseignement mais par la *quantité de travail demandée à l'étudiant et par l'ensemble des connaissances et compétences* qu'il doit acquérir à travers les enseignements, le travail personnel, les stages, mémoires, projets, activités artistiques, civiques, etc. : cette deuxième caractéristique représente un profond changement ;

c) une unité de compte commune aux différents pays : les crédits ; 60 crédits correspondent à l'équivalent actuel d'une année universitaire. Cette unité de compte commune — je n'ose dire cet « *euro des universités* » — a bien évidemment pour but de favoriser la prise en compte et la validation des périodes d'études à l'étranger.

II. les vertus de ce système

Ce nouveau système peut être le *levier d'un profond changement*. Il permettra d'atteindre plus facilement les grands objectifs que je viens d'énoncer.

a. La *mobilité européenne* des étudiants sera facilitée : les études faites par les étudiants à l'étranger seront automatiquement validées une fois ceux-ci rentrés en France.

b. Les *cursus pluridisciplinaires* pourront *être facilement constitués* :

Ce que je veux vous proposer c'est d'utiliser cette organisation en crédits pour favoriser la constitution de parcours diversifiés, pour permettre aux universités qui le souhaitent de procéder à des assemblages de modules de formation qui devront correspondre à un total de 120 crédits pour le DEUG, 180 crédits pour la licence, 120 crédits de la licence au master.

c. La formation tout au long de la vie : on voit bien aussi comment la traduction des modules obtenus en crédits permettra à un adulte qui veut reprendre sa formation à 40 ans de garder le bénéfice de sa formation antérieure et de compléter, en fonction des choix qui lui seront offerts, la formation acquise quelques années plus tôt. Je note également que ce dispositif est adapté à la validation des acquis de l'expérience.

d. La professionnalisation des formations sera mieux prise en compte : je me refuse à mettre une barrière dans l'enseignement supérieur entre un secteur réputé professionnalisé et donc un secteur réputé ne pas l'être. Il y a, certes, des formations plus générales et d'autres plus professionnalisées jusqu'aux formules en alternance et en apprentissage. Mais, à mon sens, c'est tout l'enseignement supérieur, d'une certaine manière, qui est à vocation professionnelle, les méthodes et les rythmes pouvant varier selon la nature des formations. Certains débats sont dépassés. Il convient que l'ensemble des formations supérieures introduisent progressivement des éléments de professionnalisation, des stages, des projets, etc. **Il convient donc de traduire également les acquis de ces stages en crédits**. C'est ainsi que nous valoriserons la conception universitaire de la formation professionnelle — cette « professionnalisation durable » dont a parlé, à juste titre, Jean-Luc Mélenchon.

e. Les étudiants en difficulté seront mieux aidés : ils pourront se voir offrir des modules de renforcement et des soutiens méthodologiques, qui, dans des conditions à déterminer, pourront leur être comptabilisés. Le système de crédit devrait aussi faciliter les passerelles entre filières différentes : les équipes pédagogiques auront alors à fixer les conditions d'un passage entre, par exemple, une filière d'IUT et une filière d'UFR, entre un cursus d'une école d'arts et un cursus universitaire (ou inversement).

f. Les formations par les nouvelles technologies seront prises en compte : le système de crédits est particulièrement adapté aux nouvelles formes d'enseignement à distance ou en ligne. Nous assistons, sur le plan mondial, à une véritable explosion. Il est impératif que notre enseignement supérieur prenne toute sa place dans ce secteur avec les exigences de sérieux et de qualité qui sont celles du service public. J'aurai bientôt l'occasion de m'exprimer sur ce sujet et de vous soumettre d'autres propositions.

Le système des crédits ayant pour but l'adaptation aux rythmes et aux contraintes spécifiques des étudiants facilitera la constitution de véritables équipes pédagogiques ainsi que la valorisation des réalisations pédagogiques des enseignants.

Tels sont quelques-uns des mérites du système de traduction des modules de formation en crédits.

Vous l'avez vu en lisant le texte d'orientations que vous a été adressé : ce que je vous propose aujourd'hui, c'est d'ouvrir un débat sur ces questions et sur l'objectif de généralisation de ce système.

III. Les difficultés à surmonter

Je n'ignore nullement qu'il y a des difficultés. On pourra m'objecter que dans telle ou telle filière c'est difficile à réaliser, qu'il faut comparer les contenus et la qualité, que tout doit reposer sur des accords de coopération entre établissements, que cela ne peut se faire en un jour, qu'il y a des risques, etc.

Parlons-en. Si l'on est d'accord sur l'objectif, ensemble nous pourrons surmonter toutes ces difficultés et imaginer des solutions nouvelles.

J'observe simplement que dans le cadre des programmes ERASMUS / SOCRATES déjà de nombreux cursus sont organisés sous cette forme et dans tous les domaines de formation. Je note également que d'autres pays européens s'engagent progressivement dans la généralisation de ce système.

Nous ne sommes pas moins imaginatifs qu'eux. C'est l'objet même du débat proposé que de définir les conditions qui rendront le système applicable en France.

Les étudiants à Göteborg comme les universités à Salamanque appellent à la généralisation du système européen de crédits.

Ces questions seront au cœur de la conférence de Prague qui, à la suite des rencontres de la Sorbonne et de Bologne, réunira les ministres européens de l'enseignement supérieur en mai prochain.

Dans la perspective de cette échéance, j'ai souhaité lancer une vaste concertation afin que je puisse être porteur à Prague de messages forts de la communauté française de l'enseignement supérieur.

Mais, au-delà de la seule dimension internationale, je crois que la démarche que je vous propose permet de mettre en perspective les enjeux et de conduire une approche globale, centrée sur le parcours étudiant et susceptible de mieux répondre à la diversité des besoins de formation supérieure.

*

Conclusion de la deuxième partie : une approche globale

Les besoins de formation se diversifient de plus en plus : nouveaux publics, nouvelles demandes, nouveaux contenus, nouvelles méthodes. Je viens d'illustrer ces propos en vous parlant de mobilité des étudiants, de formations pluridisciplinaires, de professionnalisation, de formation continue et des techniques d'information et de communication.

Chacun de ces sujets ne doit pas être traité séparément. Il faut conserver la vision d'ensemble d'une offre de formation supérieure suffisamment adaptable pour répondre à la diversité des besoins.

Un système modulaire organisé en crédits et une gestion efficace des parcours étudiants, combinés l'un avec l'autre, permettent à mon sens de *résoudre ce qui peut apparaître comme la quadrature du cercle* : traiter la diversité dans le respect de la cohérence nationale des formations et des diplômes.

On voit bien que des agencements intelligents de modules peuvent construire, si nécessaire, des formations adaptées à des situations très diverses.

Il est clair que des parcours modulaires permettent une autre gestion du temps de formation pour la formation initiale comme pour la formation continue.

De même, quand nous observons les universités étrangères, nous voyons bien que celles qui sont le plus en pointe dans le domaine de l'utilisation des nouvelles technologies et de l'enseignement à distance sont celles qui ont une offre modulaire validable et traductible en crédits.

Cette vision globale, cette vision intégrant l'ensemble des nouveaux besoins tels que je les perçois, c'est celle-là que je vous propose. Il est essentiel de répondre à ces nouveaux besoins dans l'université. Si nous ne le faisons pas, cela se fera hors de l'université.

Au fond, il s'agit de construire une offre de formation supérieure suffisamment souple et un système accueillant facilement les retours en formation et maîtrisant toute la palette des méthodes de formation.

Cette ambition, il me semble qu'elle est à notre portée, mais pas à n'importe quelles conditions. C'est ce que je souhaite maintenant préciser.

TROISIÈME PARTIE

La mise en application

I. les conditions de la réussite de la réforme :

Pour ma part, je vois quatre conditions essentielles.

1. Le caractère national du diplôme :

D'abord le respect absolu du diplôme national. Il n'est évidemment pas question de remettre en question ce principe fondateur de tout notre enseignement supérieur. En clair, cela veut dire que l'État doit continuer à fixer le cadre dans lequel les établissements proposent leurs filières de formation, que ces propositions doivent faire l'objet d'une évaluation nationale portant sur leur pertinence et leur qualité et qu'*in fine*, après avis du CNESER, l'acte juridique d'habilitation — c'est-à-dire d'autorisation à délivrer les diplômes — est pris par le ministre. Ces règles fondamentales sont, à mes yeux, intangibles. Je ne serai pas le ministre qui les fragilisera et, au contraire, je veux les conforter.

2. La cohérence des parcours proposés :

En deuxième lieu, le principe de cohérence. Le système que je vous propose, ce n'est pas le « supermarché », ni sous l'aspect marchand — je crois avoir été clair — ni sous la forme d'un dispositif où l'étudiant accumulerait, sans contrainte et sans règles, des modules sans liens entre eux. Il faut que les parcours soient définis par les équipes pédagogiques avec une part *d'individualisation maîtrisée.* Ce sont donc des parcours cohérents, organisés dans un objectif précis de formation, qui seront proposés au choix de l'étudiant.

Ainsi, au début des études supérieures, on peut avoir affaire à des étudiants qui savent exactement ce qu'ils veulent, à d'autres qui — sans avoir de difficultés d'apprentissage — hésitent sur leur orientation, à d'autres enfin qui sont en graves difficultés. On voit bien que le traitement ne peut être exactement le même. *Des parcours adaptés,* sous contrôle des enseignants, peuvent à coup sûr permettre d'améliorer la situation actuelle et donner tout leur sens aux mesures que j'ai annoncées cet automne. Je vous propose d'aller dans cette direction tout en souhaitant une démarche pragmatique, compte tenu du nombre d'étudiants concernés. C'est pourquoi les établissements devront préciser ce qui est possible et définir, par un accompagnement adéquat des étudiants, des parcours qui, d'une part, prennent en compte la réalité des étudiants, l'état de maturation de leurs projets et, d'autre part, *s'inscrivent dans des progressions cohérentes et diplômantes.*

À l'autre extrémité du spectre, *entre la licence et le master,* il y a *probablement lieu de réfléchir à l'évolution de notre système actuel* : une année de maîtrise puis un choix entre DEA et DESS. Des *filières modulaires de deux ans pourraient permettre une orientation plus progressive soit vers le cursus long* (DEA, doctorat), soit vers l'insertion professionnelle au niveau master. Elles pourraient offrir plus facilement à l'étudiant la possibilité de « s'essayer » tant aux pratiques de la recherche qu'au projet professionnel et de mieux s'approprier ainsi les conditions de son orientation et de son insertion future.

Ce ne sont là que des illustrations, mais je voudrais dire aussi que le principe de cohérence des parcours n'interdit nullement d'intégrer à la formation *l'acquisition de compétences désormais indispensables à tout diplômé : la maîtrise des langues vivantes étrangères et celle des techniques de l'information et de la communication.* Permettez-moi enfin d'ajouter — vous auriez regretté que je ne le fasse point — que le principe de cohérence n'interdit pas non plus l'ouverture artistique et culturelle.

Je n'ignore pas que tout cela soulève des questions complexes. C'est précisément pourquoi nous souhaitons que la communauté universitaire y réfléchisse collectivement.

3. La validation de tous les acquis :

En troisième lieu, je voudrais insister sur les questions de validation et de certification. Les établissements d'enseignement supérieur sont en même temps des institutions de formation et des institutions de certification. C'est l'une des caractéristiques de l'enseignement supérieur, partout dans le monde. Il forme et il diplôme. Cependant, aujourd'hui, avec la mobilité internationale, avec les aller-retour entre formation et vie professionnelle, avec le développement de la vie associative, des initiatives citoyennes et des pratiques artistiques et culturelles, il faut admettre que multiples sont les lieux où l'on acquiert des connaissances et des compétences du niveau de l'enseignement supérieur. Ces acquis de l'expérience doivent pouvoir être validés dans l'enseignement supérieur.

Vous le savez, le projet de loi de modernisation sociale qui a été adopté en première lecture à l'Assemblée nationale élargit le champ de cette validation d'acquis à l'ensemble du système français de formation. Pour l'enseignement supérieur spécifiquement, il prend en compte les acquis de la mobilité internationale. Je souhaite — je vous le dis fortement — que les établissements d'enseignement supérieur de l'éducation nationale restent aux *avant-postes* dans cette affaire comme cela a toujours été le cas avec la *loi Savary* de *1984 et la loi de 1992 que j'ai eu le privilège de faire adopter*. Il me semble évident qu'un système modulaire facilitera de façon considérable les possibilités de validation d'acquis. Ainsi la validation s'étendra à toutes les formes d'étude en France (mobilité inter-établissements) ou à l'étranger (mobilité internationale). Les points pourront être attribués par une *prise en compte généralisée des acquis*, qu'ils soient issus de l'expérience professionnelle ou qu'ils résultent des périodes d'études effectuées en France ou à l'étranger. *Le système facilitera d'autre part la délivrance de diplômes bi-nationaux.*

4. L'implication et la créativité des équipes enseignantes :

Enfin, la démarche que je vous présente aujourd'hui est *un acte de confiance dans les équipes enseignantes*. Tout repose là-dessus. Les enseignants du supérieur ont un métier dont je n'ignore rien des difficultés : accueillir en première année un public étudiant de plus en plus hétérogène et former au plus haut niveau les étudiants de troisième cycle. Être en même temps les acteurs de la démocratisation et les créateurs des nouveaux savoirs. Dans cet esprit, j'ai souhaité qu'une réflexion s'engage pour mieux prendre en compte *la diversité des missions qui sont confiées aux enseignants-chercheurs* et j'attends bientôt les conclusions de M. Esperret, président de l'université de Poitiers, à qui j'ai confié une mission de proposition sur les évolutions du métier.

Je souhaite élargir les marges d'initiative des équipes enseignantes. Vous-même au CNESER, vous avez eu à examiner des cursus pluridisciplinaires qui sortaient des cadres préétablis. Vous avez accepté que, par dérogation, le ministère procède à l'habilitation. Il faut que ce soit possible sans dérogation, de façon normale. En outre, l'appel d'offres « campus numériques », comme le concours sur la formation continue, ont été de grands succès. En matière internationale, les initiatives se développent partout. Les contrats conclus avec les établissements, sous l'égide de Francine Demichel, sont là pour prouver la vitalité pédagogique des établissements. Loin d'en avoir peur, il faut au contraire s'appuyer sur cette créativité pour que notre offre de formation diplômante soit la mieux adaptée à la demande sociale, pour que notre service public, dans le respect de ses traditions, reste à la pointe de la modernité.

II. La méthode

Encore une fois, ce que je vous propose d'abord c'est d'ouvrir un débat sur les objectifs. La séance d'aujourd'hui en est la première étape.

Trouvez-vous ce débat opportun ? La problématique est-elle bien posée dans le texte qui vous a été adressé et dans l'intervention que je fais devant vous ?

Pour que vous puissiez vous prononcer en connaissance de cause, je pense utile de préciser encore quelques points.

1. Le domaine d'application :

À mon sens, le débat doit concerner l'ensemble de notre enseignement supérieur et, en premier lieu, la part qui est placée sous ma responsabilité : formations universitaires y compris IUT, mais aussi BTS, mais aussi filières d'ingénieurs.

Au-delà, il doit aussi embrasser les secteurs de l'enseignement supérieur qui sont placés sous la tutelle d'autres ministres (agriculture, industrie). C'est pourquoi j'envisage de proposer aux autres départements ministériels de s'associer à cette vaste réflexion.

Bien entendu, cela implique que l'ensemble des instances compétentes pour tel ou tel secteur de formation se saisisse des questions soulevées. Je pense, par exemple, à la commission des titres d'ingénieurs ou aux commissions pédagogiques nationales des IUT. Mais, comme vous le savez, il y en a beaucoup d'autres.

2. L'élaboration d'un texte-cadre :

L'objectif que je fixe à cette phase de réflexion collective est d'être en mesure de proposer au CNESER, au début de l'été, un texte-cadre autorisant les établissements à présenter à l'habilitation leur offre de formation sous forme de semestre et de modules créditables.

En ce sens, je ne propose pas une nouvelle réforme au sens des réformes de 92 ou de 97. Je ne suggère pas d'abroger les textes existants et d'en élaborer de nouveaux. Nous pourrions laisser, pendant une période déterminée, le système actuel coexister avec le nouveau. C'est ainsi qu'ont procédé les Allemands. Je crois qu'ils ont eu raison : cela permet à la fois d'expérimenter et de donner aux établissements le temps nécessaire.

Je voudrais ici faire une observation générale. Nos textes réglementaires pédagogiques présentent une palette très diverse. Du plus précis, sur les contenus et les volumes, au plus général, se limitant aux objectifs. Par exemple le texte sur les DESS est très succinct; quant aux formations d'ingénieurs, cela va encore plus loin puisqu'il n'y a en la matière aucun texte réglementaire les définissant. J'en déduis que ce n'est pas le degré de précision du texte réglementaire qui fait le caractère national d'un diplôme et assure sa reconnaissance tant au plan académique qu'au plan professionnel, c'est la procédure par laquelle l'État y apporte sa garantie. Cela est vrai pour les universités comme pour les écoles supérieures quelles qu'elles soient.

Bien entendu, le texte-cadre qui autoriserait les établissements à expérimenter doit fixer les conditions de l'expérimentation et préciser en quelque sorte le cahier des charges.

Quelles modalités de construction des cursus ? Quels intitulés de diplômes ? Quelles modalités de contrôle ? etc.

Autant de questions qui doivent être cadrées pour assurer la cohérence d'ensemble et la lisibilité de notre système. Le texte qui vous a été diffusé propose des pistes.

En tout état de cause, le débat qui s'ouvre doit permettre de définir librement et ouvertement ces conditions. Je n'ai pas d'*a priori* sauf sur deux principes :

— garantir l'adaptation du système français à la construction de l'espace européen, tout en préservant voire en renforçant sa qualité et ses valeurs ;

— garantir que le nouveau système n'engendrera pas des inégalités entre les étudiants qui ont le « code » et ceux qui ne l'ont pas, mais au contraire réduira ces inégalités, ces discriminations par un dispositif d'accompagnement le plus efficace possible.

3. Une capacité d'initiative élargie, mais une évaluation renforcée :

Je voudrais enfin préciser un dernier point. Il est clair que la démarche que je propose, la confiance que je place dans les établissements et les équipes enseignantes renforcent leur capacité d'initiative.

Mais, en matière de politique des formations supérieures — je vous le dis —, il ne peut y avoir plus d'autonomie pédagogique que s'il y a plus d'évaluation. Autant je suis prêt à libérer l'initiative des universités de la contrainte de contrôles que l'on a dit parfois tatillons, autant cela ne sera possible que si de véritables pratiques d'évaluation se développent dans les établissements d'une part, au niveau national d'autre part. C'est ce que j'ai proposé lors du colloque annuel tenu à Lille le mois dernier par la Conférence des présidents d'universités.

L'approche globale que je vous propose permet de le faire et d'améliorer ce que nous appelons « la procédure d'habilitation ». Il me semble en effet possible dans un grand secteur de formation d'une université d'examiner globalement l'offre de parcours, sa cohérence et sa qualité. Après tout, c'est la même équipe enseignante qui enseigne de la première année des études supérieures jusqu'au doctorat. Cet examen d'ensemble me semble préférable à l'approche diplôme par diplôme. Mais cela ne prend tout son sens que si, d'abord, au niveau de l'établissement, de véritables stratégies de formation sont définies et une évaluation quantitative et qualitative des pratiques et des résultats est menée associant l'ensemble des acteurs et donc les étudiants, mais également, s'il y a lieu, les partenaires, en particulier, professionnels.

Quant au niveau national, il convient, à mon sens, que s'approfondissent également les méthodologies d'évaluation en alliant davantage analyse des cursus pré-licence et post-licence, cohérence globale et prise en compte des résultats. En la matière, les travaux conduits par le Comité national d'évaluation, les pratiques des autres pays peuvent apporter des éclairages dont il ne faut pas se priver. La conférence de Salamanque a montré toute l'actualité de ces questions.

Une telle évolution renforcera fondamentalement et la politique contractuelle et le principe du diplôme national. Plus d'évaluation, loin de l'affaiblir, conforte le service public.

J'ai dit récemment, parlant de notre démocratie, qu'il y avait un paradoxe français : plus les politiques nationales sont fortement dessinées, plus s'épanouissent les initiatives. Ce propos s'applique parfaitement à l'enseignement supérieur.

4. L'organisation du débat :

Afin d'aboutir cet été à la publication du texte-cadre que je propose, il convient que chacun se mette à l'ouvrage. Le débat doit être conduit dans les établissements et sur le plan national. À cette fin, le texte d'orientation comme mon intervention d'aujourd'hui seront diffusés dès demain dans tous les établissements d'enseignement supérieur de l'éducation nationale afin que des discussions s'instaurent selon les formes qui apparaîtront les plus appropriées. Je demande à la CPU d'une part, à la CDEFI d'autre part d'en assurer la synthèse. Parallèlement, je me réserve la possibilité de saisir les instances compétentes dans tel ou tel domaine, par exemple celles que j'ai citées précédemment : la CTI et les CPN.

De votre côté, je ne doute pas que vous mènerez au sein

de chacune de vos organisations les réflexions nécessaires sur toutes les questions que la démarche permet d'aborder.

Je confie à Francine Demichel, directrice de l'enseignement supérieur, le soin de recueillir toutes les propositions issues de vos réflexions comme de celles des conférences d'établissements. Si nécessaire, des rencontres associant toutes les parties prenantes seront organisées avec l'appui de mon cabinet.

Je ne souhaite pas aujourd'hui définir au-delà les formes d'organisation, mais je reste ouvert à toute suggestion.

En tous les cas, mon objectif demeure l'ouverture de ces nouvelles possibilités par un texte-cadre pris dès cette année. Il faut que ce texte autorise les établissements à expérimenter et à élargir ce que nombre d'entre eux ont d'ores et déjà engagé avec les programmes ERASMUS / SOCRATES.

5. Le calendrier de l'application :

Dans la mesure où certains établissements auraient déjà organisé leurs formations ou, du moins, certaines d'entre elles en semestres et en modules créditables — par exemple dans le cadre des programmes européens —, je ne vois pour ma part aucun inconvénient à les autoriser dès la rentrée 2001 à étendre ou à généraliser le nouveau dispositif.

En quelque sorte, cela concernerait les secteurs de formation déjà prêts ou, en tous les cas, ceux qui pourront facilement s'adapter au cadrage que nous élaborerons.

Pour les autres, j'avais songé initialement à une période d'adaptation progressive de cinq ans ; le contexte européen m'invite à proposer aux universités d'affirmer leur dynamisme en allant plus vite : il m'apparaît souhaitable que le dispositif puisse être généralisé d'ici 3 ans.

*

Conclusion

Voilà, Mesdames et Messieurs, ce que je souhaitais aujourd'hui vous dire. Les questions que je viens d'aborder n'épuisent pas l'ensemble des sujets qui concernent l'université. J'évoquerai, dans les prochaines semaines, les évolutions du métier d'enseignant-chercheur, le problème des méthodes pédagogiques, l'exécution du plan U3M, la vie étudiante, l'encadrement, la recherche, les nouvelles technologies, etc.

Les étudiants nous invitent à entreprendre « une révolution pédagogique ». Je comprends ce qu'ils veulent dire et — même si je ne reprends pas le vocabulaire — je veux répondre à leurs attentes par une rénovation pédagogique permanente. J'y tiens d'autant plus qu'ils ont montré à Göteborg leur capacité — avec, naturellement, les objectifs spécifiques qui sont les leurs — à s'approprier l'ambition de la construction de l'espace européen de l'enseignement supérieur.

Mesdames et Messieurs,

Avec l'accroissement des effectifs étudiants depuis 15 ans, l'université a subi un choc auquel aucun autre service public n'a eu à répondre. Elle a su le faire et démontré ses capacités d'adaptation. J'observe d'ailleurs que les critiques à son endroit se font désormais timides ; mieux, de plus en plus, on entend louer les qualités d'imagination, de réponse à l'imprévu dont font preuve ses diplômés.

Il faut donner à l'université et à l'ensemble de l'enseignement supérieur le plus large espace pour développer sa force créatrice dans un contrat renouvelé avec l'État et, au-delà, avec la nation tout entière.

ANNEXE 20

République Française

Ministère de l'éducation nationale

Le Ministre

Madame la Présidente, Monsieur le Président,
Madame la Directrice, Monsieur le Directeur d'IUFM,

Durant les deux années que je viens de passer au ministère de l'éducation nationale, j'ai souhaité qu'un des chantiers prioritaires soit celui de la rénovation de la formation des maîtres. Des progrès notables ont été réalisés. Des textes ont été publiés ; je ne les rappellerai pas ici. Je vous remercie de l'aide que les uns et les autres vous m'avez apportée pour étudier puis mettre en œuvre les réformes nécessaires.

Je souhaiterais que vous puissiez en tirer toutes les conséquences. Et si je m'adresse à la fois aux présidents d'universités et aux directeurs d'IUFM, c'est que, pour mener à bien la formation des maîtres (qui doit commencer pour les étudiants en amont de l'entrée à l'IUFM), les IUFM ont besoin des universités et les universités ont besoin des IUFM.

L'arrêté concernant le cursus licence est désormais publié. Il doit permettre aux universités de prévoir, parmi les parcours diversifiés, un cursus défini par une discipline générale et une mention « métiers de l'enseignement » (culture générale dans les disciplines, stages, etc.).

C'est là un premier axe de la collaboration nécessaire entre universités et IUFM.

La préparation aux concours est de la responsabilité des IUFM. Je rappelle que j'ai demandé que soient accueillis dans ces préparations l'ensemble des étudiants candidats pour la première fois à un concours du second degré (et ce, à partir de la rentrée 2003 ou au plus tard, en cas d'empêchement majeur, à la rentrée 2004). C'est là un engagement que j'ai pris auprès des étudiants.

Cette décision d'ouvrir le plus largement possible les accès à la préparation des concours nécessitera, dans un certain nombre de cas, la collaboration entre universités et IUFM, sur le plan logistique ou pédagogique.

À partir de la rentrée 2004, l'écrit du concours de professeur des écoles aura lieu dès le 1er trimestre de l'année universitaire. Cela impliquera une collaboration active entre IUFM et universités. Les universités seront conduites, dans certaines académies, à aider les IUFM dans la préparation de l'écrit : elles possèdent les infrastructures permettant d'accueillir de très grands groupes. Leurs enseignants peuvent, par convention, collaborer à la préparation du concours.

Les universités devront aussi — elles s'y sont déjà engagées — accueillir en janvier les étudiants non reçus à l'écrit, pour leur permettre d'effectuer un semestre de formation (préparation à l'écrit de l'année suivante, semestre du cursus master, réorientation vers la vie professionnelle grâce à des stages en entreprise, enseignements professionnalisés, etc.)

Dans cet esprit, j'ai demandé que les cartes d'inscription à l'IUFM qui sont données aux étudiants portent la mention de l'université de rattachement. Les étudiants de l'IUFM bénéficieront ainsi de tous les services de l'université ; ils pourront rejoindre celle-ci en cours d'année.

Enfin j'ai décidé qu'un jury universitaire comportant des enseignants de l'IUFM attribuerait, sous certaines conditions, un master professionnel aux professeurs ayant suivi avec succès l'ensemble de leur formation. J'invite donc les universités et les IUFM à passer une convention déterminant la nature des formations complémentaires (ne devant pas dépasser l'équivalent de 20 crédits) qui permettront à tout nouveau professeur de devenir titulaire du master professionnel. Je vous demande de faire connaître ce dispositif à tous les étudiants dès leur entrée à l'université.

Pour terminer je vous demande de bien vouloir informer tous les étudiants des débouchés nombreux que va proposer l'éducation nationale dans les prochaines années. La création de 33 000 emplois inscrits dans le plan de programmation 2001-2003 et les départs en retraite prévisibles pour les prochaines années conduiront en effet à recruter, entre 2001-2005, 75 000 nouveaux enseignants pour le premier degré et 90 000 pour le second. Ajoutés aux recrutements d'enseignants-chercheurs, ce sont près de 200 000 professeurs qui rejoindront le service public de l'enseignement.

Cet effort sans précédent de recrutement s'est traduit, dès 2001, par une augmentation en deux ans de 20 % des postes offerts dans le premier degré et de 30 % dans le second. L'année prochaine, 13 000 emplois de professeurs des écoles et 19 000 emplois de professeurs des lycées et collèges seront proposés aux concours externes de recrutement. Cette politique devra être poursuivie résolument pour que l'avenir soit préparé dans des conditions qui permettent de garantir le remplacement des générations et la qualité des recrutements.

Je sais pouvoir compter sur vous pour qu'une formation de haut niveau soit assurée à l'intention de tous ces jeunes gens et jeunes filles qui souhaitent s'orienter vers le métier difficile mais exaltant de professeur des écoles, des collèges ou des lycées.

Je forme des vœux pour que toutes vos initiatives et toutes vos entreprises obtiennent tout le succès qu'elles méritent et vous prie d'agréer, Madame la Présidente, Monsieur le Président, Madame la Directrice, Monsieur le Directeur, l'expression de ma très grande estime et de mes sentiments les plus chaleureux.

Jack Lang

ANNEXE 21

Présentation du plan pluriannuel pour l'éducation nationale par Jack Lang

Point de presse du 15 novembre 2000

Depuis vingt ans, le système éducatif français a connu un développement très significatif : grâce à une importante progression de ses moyens, aux réformes conduites du premier degré à l'enseignement supérieur, il a permis à un nombre fortement croissant d'élèves et d'étudiants la poursuite d'études prolongées, dans le second degré puis dans l'enseignement supérieur, et assuré une amélioration généralisée de la réussite des uns comme des autres.

Les objectifs affichés par la loi d'orientation de l'éducation adoptée en juillet 1989 n'ont, pour autant, pas été totalement atteints : l'effort de démocratisation de notre enseignement doit être accentué pour que s'instaure une véritable égalité des chances.

Au surplus, l'ouverture grandissante de notre société sur le monde, l'émergence des nouvelles technologies de l'information et de la communication, l'explosion des connaissances scientifiques suscitent une demande accrue d'accès aux savoirs et à la formation et appellent notre système éducatif à se hausser à un plus haut degré d'exigence encore.

Plus que jamais, le service public de l'éducation nationale apparaît comme le garant d'une démocratie vivante, de l'équilibre social de notre pays, de sa prospérité et de son rayonnement futurs.

*

1. Un acte politique

Le plan pluriannuel qu'engage le gouvernement n'est pas un simple exercice de programmation budgétaire. C'est, au sens propre, un acte politique, tout ensemble acte de foi dans le service public de l'éducation nationale et acte de prévision et de maîtrise du futur.

Alors que nombre des grands pays développés baissent la garde et réduisent leur soutien à leur système éducatif, la France doit être fière de poursuivre sa marche en avant. Le plan pluriannuel intervient en effet à un moment charnière. Nous sortons de dix ans au cours desquels le système éducatif s'est démocratisé, mais où sévissaient une sévère crise économique et sociale et la persistance de fortes inégalités. Nous entrons dans une époque nouvelle, placée sous un autre signe :

— le retour de la croissance va entraîner un retour progressif au plein emploi, qui risque de révéler, si l'on n'y prend garde, une pénurie de cadres et de personnels qualifiés ;

— les nouvelles technologies prennent une importance croissante dans les métiers et dans la vie quotidienne et doivent donc s'inscrire au cœur des apprentissages, tous cycles et niveaux de formation confondus ;

— les corps enseignants et non enseignants de l'éducation nationale sont appelés, au cours des dix années qui viennent, à se renouveler pour moitié.

Ces transformations, pour certaines déjà engagées, exigent un effort de prévision et d'organisation de l'avenir.

Un acte de conviction et d'engagement :

Plus que jamais, notre ambition est de former des citoyens éduqués et éclairés. Alors que la mondialisation nivelle les exigences et tend à imposer un *imperium* culturel unique, la France revendique sa singularité et son originalité.

Le plan pluriannuel est en outre la garantie des progrès et du développement futurs de notre pays. Le gouvernement marque sa conviction que le capital humain est la plus grande de nos richesses, qu'il faut en explorer tous les gisements, que le premier investissement auquel doit procéder une grande nation est l'investissement dans l'intelligence. C'est lui qui donne à la société son élan et son ferment.

Un acte de prévision et de maîtrise :

Le gouvernement entend prendre à bras-le-corps l'avenir du système éducatif en se fixant un horizon, en s'engageant sur une continuité des efforts indépendamment des caprices de la conjoncture politique et économique. Il se donne ainsi pour la première fois le moyen de remédier au mal chronique de nos finances publiques : des budgets en dent de scie, des coups d'accordéon dans l'effort financier accompli par la collectivité. Transformer l'éducation nationale réclame la sécurité dans la programmation des moyens. Il s'agit donc de se projeter vers le futur en l'organisant, de ne pas se laisser gouverner par la conjoncture mais de gouverner l'avenir autant qu'il est possible.

2. Une démarche nouvelle

La démarche suivie est, à cet égard, inédite : jamais, ni en France ni dans les grandes démocraties occidentales, l'État n'avait élaboré un plan pluriannuel de programmation de ses moyens en personnel et de ses recrutements. Les efforts de programmation n'avaient jusqu'à présent porté que sur les investissements (notamment en matière militaire). Si l'on excepte la tentative inaboutie du « nouveau contrat pour l'école », de François Bayrou, l'unique plan pluriannuel élaboré, de mémoire récente, pour l'éducation nationale était, faut-il le rappeler, un plan négatif de quelque 5 000 suppressions de postes, arrêté par le gouvernement Juppé en 1996 : appliqué en 1997, il a donné lieu à la suppression de 500 emplois de professeurs des écoles et de 2 200 emplois de stagiaires du premier degré.

3. Une ambition : l'école républicaine de l'exigence

Le plan pluriannuel poursuit deux objectifs primordiaux, inséparables et complémentaires.

Une exigence d'égalité : résorber les inégalités sociales et géographiques :

Des progrès importants ont été accomplis depuis les années 1960. Les pourcentages de collégiens poursuivant des études au lycée puis accédant à l'enseignement supérieur, qui pouvaient varier du simple au double selon les académies, au début des années 1970, tendent partout à s'aligner sur des niveaux historiquement jamais atteints. Du chemin reste néanmoins à parcourir.

Le gouvernement s'engage notamment, au cours des trois années qui viennent, à résorber les inégalités de dotation qui subsistent entre les académies, cet effort étant conduit en toute clarté en liaison avec les diverses instances de concertation.

Une exigence de qualité : assurer une réussite de haut niveau pour chacun :

La démocratisation de notre système éducatif a été le trait le plus marquant des dix années écoulées. La société réclame aujoud'hui de hauts niveaux de qualification. Les années qui s'ouvrent doivent donc être celles de l'excellence.

Favoriser la réussite de tous les élèves, c'est, en premier lieu, s'attacher à ce que les élèves les plus fragiles fassent l'objet des efforts les plus attentifs. L'objectif, posé par la loi d'orientation de 1989, de faire disparaître les sorties sans qualification doit être réaffirmé : d'ici cinq ans, aucun élève ne doit quitter le système éducatif sans une qualification minimale.

Plus largement, nous ne parviendrons à la réussite de tous que par une reconnaissance de la diversité des talents, des aspirations et des vocations. Toutes les voies de l'excellence doivent être encouragées et développées, voies professionnelle, technologique et générale.

Le plan pluriannuel doit donc permettre de concrétiser les changements que cette haute ambition appelle, de l'école à l'université :

— pour l'enseignement scolaire, les modes d'élaboration et le contenu des programmes doivent être profondément rénovés; la lutte contre l'échec scolaire dans le premier degré et au collège doit être renforcée; la formation des maîtres doit être repensée ; l'innovation doit se voir encouragée à tous les niveaux ;

— pour l'enseignement supérieur, les premiers cycles doivent être réorganisés, sur le plan des méthodes comme sur celui des contenus ; les grandes filières disciplinaires appellent toutes une rénovation ; l'ouverture internationale doit être favorisée, dans toutes ses dimensions.

4. Deux plans en un

Le contenu du plan est nouveau autant que la méthode choisie. Il s'agit en effet de deux plans pluriannuels en un : un plan de programmation des créations d'emplois ; un plan de programmation des recrutements.

A) Une programmation des créations d'emplois : 33 600 nouveaux emplois en trois ans :

Une logique purement comptable, que certains semblent appeler de leurs vœux, et que la précédente majorité a cru bon d'appliquer, dans le dernier budget qu'il lui est revenu de faire adopter, voudrait que la diminution annoncée des effectifs d'élèves et d'étudiants conduise à une diminution du nombre des enseignants. C'est ainsi que certains préconisent la suppression de 780 emplois de professeur des écoles et de 3 800 enseignants du second degré entre 2000 et 2003 [1].

Le plan pluriannuel s'inscrit dans une logique diamétralement opposée. Il entend ne pas tirer prétexte de la baisse démographique pour réduire l'effort consenti par la collectivité nationale, mais, au contraire, introduire des moyens supplémentaires dans notre système éducatif afin d'en permettre la transformation.

Concrètement, le plan va comporter, sur trois ans (2001-2003)

Pour le premier degré, 8 825 emplois :

— 3 200 emplois nouveaux de professeurs des écoles ;

— 5 625 emplois de stagiaires.

On crée donc en trois ans plus d'emplois que le premier

1. Pour accompagner la diminution attendue de 18 000 élèves du premier degré et de 50 000 élèves du second degré.

degré qu'au cours des dix années écoulées, alors que le premier degré n'avait connu aucune création d'emploi depuis 1993 et que 700 suppressions d'emplois de professeurs des écoles et 2 200 de stagiaires (qui ont négativement pesé sur les recrutements ultérieurs) avaient même été réalisées par le dernier gouvernement de droite au budget 1997 (cf. *supra*). Ces créations d'emplois permettront de limiter rigoureusement, au cours de la période, le recours, si souvent décrié, aux listes complémentaires pour pourvoir des postes d'enseignants du premier degré devenant vacants en cours d'année.

Pour le second degré, 19 575 emplois :

— 5 900 emplois nouveaux d'enseignants du second degré, soit, en trois ans, plus que la totalité des emplois créés dans ce secteur en huit ans, à une époque où les effectifs scolarisés dans les collèges et les lycées étaient en forte croissance. Après 900 créations nettes d'emplois d'enseignants du second degré et 1 000 emplois créés par transformation de crédits réservés aux heures supplémentaires au budget 2001, les années 2002 et 2003 verront une accélération de l'effort, avec respectivement 1 000 et 1 000 créations nettes, complétées par deux fois 1 000 emplois créés par transformations d'heures supplémentaires;

— 9 000 emplois créés par transformation de crédits de rémunération d'enseignants non titulaires, destinés à permettre la titularisation de professeurs contractuels;
— 4 675 emplois d'ATOSS, soit plus, en trois ans, que tous les emplois créés dans ce secteur depuis 1993.

Pour l'enseignement supérieur, 5 600 emplois :

— 2 600 emplois d'enseignants, l'effort inscrit au projet de loi de finances 2001 s'amplifiant au cours des années 2002 et 2003;
— 3 000 emplois d'IATOSS, soit un effort triennal sans équivalent depuis le début des années 1990.

L'enseignement supérieur présente, d'ailleurs, une heureuse singularité, puisqu'il fait simultanément l'objet d'une triple programmation : celle, portant sur les emplois et les recrutements, du plan pluriannuel; celle, portant sur les investissements, du plan Université du troisième millénaire (U3M).

B) Une dynamique de la programmation des recrutements :

Le gouvernement s'engage pour la première fois dans la programmation des recrutements inscrite dans la loi d'orientation de 1989 mais jamais réalisée. Il s'agit de créer une véritable dynamique du recrutement, en anticipant sur les importants renouvellements que vont connaître les différents corps de fonctionnaires de l'éducation nationale au cours des années qui viennent, et en prenant notamment en compte les nombreux départs à la retraite d'ores et déjà prévus, les très importantes créations d'emplois que prévoit le plan et la situation de certaines disciplines qui accusent ou accuseront des déficits. Une fois engagée, cette dynamique a vocation à se prolonger au-delà de la durée du plan pluriannuel.

L'horizon qui est ouvert, le mouvement qui est lancé doivent encourager les jeunes diplômés et les étudiants qui entament aujourd'hui leurs cursus de formation supérieure à se tourner vers les métiers de l'enseignement, dans lesquels ils vont trouver, au travers du plan pluriannuel, l'assurance de débouchés et de carrières à la hauteur de leurs ambitions. La hausse programmée de recrutements doit nous permettre d'attirer vers les métiers de l'enseignement les meilleurs étudiants et de diversifier les origines sociales de nos futurs professeurs.

D'ici à la fin de l'année, le ministère de l'éducation nationale publiera, avec les ouvertures des concours 2001, ses perspectives chiffrées et concrètes de recrutement à trois et cinq ans pour ses principaux corps de fonctionnaires, enseignants et non enseignants.

Une cellule permanente de réflexion associant les organisations représentatives des personnels sera mise en place afin d'étudier, à moyen terme, l'évolution des viviers de recrutement et leur adéquation aux besoins prévisibles du système éducatif : il en va de la transparence que souhaite introduire le gouvernement dans la gestion et la programmation de l'emploi public et de la nécessité d'assurer une expression démocratique à l'ensemble des partenaires.

On peut d'ores et déjà souligner les éléments suivants :

— *Dans le premier degré,* le temps de la baisse des recrutements (– 11,5 % de postes au concours externe de professeurs des écoles entre 1994 et 1997) est révolu.

Il est décidé d'augmenter le nombre de postes mis au concours de 22 % au moins entre 2000 et 2003 et de 30 % en tout entre 2000 et 2005. En cinq ans, le ministère de l'éducation nationale se propose de recruter 62 000 nouveaux enseignants du premier degré, contre 46 000 au cours de la période 1996-2000. Cette programmation volontaire et maîtrisée aura notamment pour effet de réduire rapidement le recours aux listes complémentaires, qui concerne aujourd'hui près de 5 500 personnes par an.

— *Dans les corps enseignants du second degré*, la politique du ministère de l'éducation nationale marquera une rupture très nette avec celle des années écoulées.

Le gouvernement décide de mettre 88 000 postes au concours entre 2001 et 2005 pour le recrutement d'enseignants nouveaux. Ces recrutements sont destinés à pourvoir les quelque 6 000 nouveaux emplois inscrits au plan pluriannuel ainsi que les postes devenus vacants du fait des départs à la retraite et à corriger les difficultés actuellement constatées dans un certain nombre de disciplines. Il va de soi que ces chiffres se trouveront augmentés du nombre des emplois éventuellement créés au-delà de 2003.

Ces 88 000 recrutements correspondent à une augmentation des postes offerts aux concours externes de 25 % entre 2000 et 2003 et de 50 % entre 2000 et 2005 : de 13 590 postes offerts aux concours externes en 2000, on passera à près de 15 000 dès 2001, plus de 16 000 en 2003 et à 22 000 à partir de 2005. Rappelons, pour bien souligner le caractère novateur de cet effort, que le nombre de postes offerts au recrutement aux concours externes d'enseignants a diminué de 23 % entre 1994 et 1997 et à nouveau de 20 % entre 1997 et 2000. Sur la période 2001-2005, en outre, 37 000 postes seront offerts pour la promotion interne et pour la résorption de la précarité.

Premier et second degrés confondus, plus de 185 000 enseignants seront recrutés au cours des cinq prochaines années.

— *Pour les IATOSS*, nous avons décidé d'assurer une progression de 45 % du nombre de postes mis au concours, avec une augmentation exceptionnelle, pour la filière sanitaire et sociale, de 126 %.

— *Pour les enseignants chercheurs du supérieur*, près de 3 600 postes seront mis au concours au cours de chacune des trois années du plan, contre 3 200 en 2000. Cette progression s'inscrit dans la logique de la programmation de la gestion des emplois scientifiques menée en coordination avec le ministère de la recherche. Elle ne tient pas compte de la politique qu'il revient aux universités de conduire pour mettre au concours des emplois d'enseignants qui servent aujourd'hui à la rémunération de personnels non permanents (enseignants invités, attachés temporaires d'enseignement et de recherche). La pyramide des âges des enseignants de l'enseignement supérieur est, en outre, sensiblement différente de celle des enseignants des premier et second degrés : l'augmentation des recrutements d'enseignants chercheurs entre 2001 et 2005 n'est donc pas liée à des départs nombreux à la retraite, qui ne se produiront qu'au cours des années suivantes.

La programmation des recrutements permet également de garantir l'effectivité de la mise en œuvre du protocole Sapin relatif à la résorption de la précarité, dont les effets se prolongent jusqu'en 2005. Au cours des cinq années 2001-2005, plus de 20 000 postes seront mis au recrutement des concours réservés et des examens professionnels pour les enseignants non titulaires du second degré. Les 9 000 emplois budgétaires créés, entre 2000 et 2003, par transformation de crédits de rémunération d'enseignants non titulaires seront notamment utilisés à cet effet. Ainsi une partie très significative de l'intégration d'enseignants non titulaires sera effectuée par transformation de ces crédits. Les ATOSS du second degré se verront ouvrir au moins 10 000 possibilités de titularisation entre 2001 et 2005, et ceux de l'enseignement supérieur 4 000 sur la même période. Le nombre des emplois réservés aux personnels non titulaires rémunérés sur ressources propres des établissements sera arrêté une fois achevé l'examen particulier de la situation de chaque établissement.

*

Les engagements du plan pluriannuel ne portent que sur la programmation des créations d'emplois et sur celle des recrutements. Ils ne préjugent en rien des arbitrages qui seront rendus, pour les deux budgets 2002 et 2003, en matière de mesures en faveur des personnels, de crédits pédagogiques et de fonctionnement, de crédits d'aide sociale et d'intervention ou encore de crédits d'investissement.

Le mouvement qu'enclenche le plan pluriannuel a vocation à se prolonger au cours de la décennie qui commence. La fin du plan, en 2003, ne constituera pas un aboutissement mais un point d'étape, pour envisager de nouvelles pistes d'action.

TABLE DES MATIÈRES

4. Une école rassemblée autour des valeurs de laïcité, de respect et de solidarité

5. Une école orientée vers le futur

Deuxième partie

LE SENS D'UNE ACTION

ANNEXES

COLLECTION FOLIO

Dernières parutions

3653. Jérôme Garcin	*Barbara, claire de nuit.*
3654. Jacques Lacarrière	*La légende d'Alexandre.*
3655. Susan Minot	*Crépuscule.*
3656. Erik Orsenna	*Portrait d'un homme heureux.*
3657. Manuel Rivas	*Le crayon du charpentier.*
3658. Diderot	*Les Deux Amis de Bourbonne.*
3659. Stendhal	*Lucien Leuwen.*
3660. Alessandro Baricco	*Constellations.*
3661. Pierre Charras	*Comédien.*
3662. François Nourissier	*Un petit bourgeois.*
3663. Gérard de Cortanze	*Hemingway à Cuba.*
3664. Gérard de Cortanze	*J. M. G. Le Clézio.*
3665. Laurence Cossé	*Le Mobilier national.*
3666. Olivier Frébourg	*Maupassant, le clandestin.*
3667. J.M.G. Le Clézio	*Cœur brûle* et autres romances.
3668. Jean Meckert	*Les coups.*
3669. Marie Nimier	*La Nouvelle Pornographie.*
3670. Isaac B. Singer	*Ombres sur l'Hudson.*
3671. Guy Goffette	*Elle, par bonheur, et toujours nue.*
3672. Victor Hugo	*Théâtre en liberté.*
3673. Pascale Lismonde	*Les arts à l'école. Le Plan de Jack Lang et Catherine Tasca.*
3674. Collectif	*« Il y aura une fois ». Une anthologie du Surréalisme.*
3675. Antoine Audouard	*Adieu, mon unique.*
3676. Jeanne Benameur	*Les Demeurées.*
3677. Patrick Chamoiseau	*Écrire en pays dominé.*
3678. Erri De Luca	*Trois chevaux.*
3679. Timothy Findley	*Pilgrim.*
3680. Christian Garcin	*Le vol du pigeon voyageur.*
3681. William Golding	*Trilogie maritime, 1. Rites de passage.*

3682. William Golding — *Trilogie maritime, 2. Coup de semonce.*
3683. William Golding — *Trilogie maritime, 3. La cuirasse de feu.*
3684. Jean-Noël Pancrazi — *Renée Camps.*
3686. Jean-Jacques Schuhl — *Ingrid Caven.*
3687. *Positif,* revue de cinéma — *Alain Resnais.*
3688. Collectif — *L'amour du cinéma. 50 ans de la revue* Positif.
3689. Alexandre Dumas — *Pauline.*
3690. Le Tasse — *Jérusalem libérée.*
3691. Roberto Calasso — *la ruine de Kasch.*
3692. Karen Blixen — *L'éternelle histoire.*
3693. Julio Cortázar — *L'homme à l'affût.*
3694. Roald Dahl — *L'invité.*
3695. Jack Kerouac — *Le vagabond américain en voie de disparition.*
3696. Lao-tseu — *Tao-tö king.*
3697. Pierre Magnan — *L'arbre.*
3698. Marquis de Sade — *Ernestine. Nouvelle suédoise.*
3699. Michel Tournier — *Lieux dits.*
3700. Paul Verlaine — *Chansons pour elle* et autres poèmes érotiques.
3701. Collectif — *«Ma chère maman...»*
3702. Junichirô Tanizaki — *Journal d'un vieux fou.*
3703. Théophile Gautier — *Le capitaine Fracassse.*
3704. Alfred Jarry — *Ubu roi.*
3705. Guy de Maupassant — *Mont-Oriol.*
3706. Voltaire — *Micromégas. L'Ingénu.*
3707. Émile Zola — *Nana.*
3708. Émile Zola — *Le Ventre de Paris.*
3709. Pierre Assouline — *Double vie.*
3710. Alessandro Baricco — *Océan mer.*
3711. Jonathan Coe — *Les Nains de la Mort.*
3712. Annie Ernaux — *Se perdre.*
3713. Marie Ferranti — *La fuite aux Agriates.*
3714. Norman Mailer — *Le Combat du siècle.*
3715. Michel Mohrt — *Tombeau de La Rouërie.*
3716. Pierre Pelot — *Avant la fin du ciel.*
3718. Zoé Valdès — *Le pied de mon père.*
3719. Jules Verne — *Le beau Danube jaune.*

3720. Pierre Moinot — *Le matin vient et aussi la nuit.*
3721. Emmanuel Moses — *Valse noire.*
3722. Maupassant — *Les Sœurs Rondoli* et autres nouvelles.
3723. Martin Amis — *Money, money.*
3724. Gérard de Cortanze — *Une chambre à Turin.*
3725. Catherine Cusset — *La haine de la famille.*
3726. Pierre Drachline — *Une enfance à perpétuité.*
3727. Jean-Paul Kauffmann — *La Lutte avec l'Ange.*
3728. Ian McEwan — *Amsterdam.*
3729. Patrick Poivre d'Arvor — *L'Irrésolu.*
3730. Jorge Semprun — *Le mort qu'il faut.*
3731. Gilbert Sinoué — *Des jours et des nuits.*
3732. Olivier Todd — *André Malraux. Une vie.*
3733. Christophe de Ponfilly — *Massoud l'Afghan.*
3734. Thomas Gunzig — *Mort d'un parfait bilingue.*
3735. Émile Zola — *Paris.*
3736. Félicien Marceau — *Capri petite île.*
3737. Jérôme Garcin — *C'était tous les jours tempête.*
3738. Pascale Kramer — *Les Vivants.*
3739. Jacques Lacarrière — *Au cœur des mythologies.*
3740. Camille Laurens — *Dans ces bras-là.*
3741. Camille Laurens — *Index.*
3742. Hugo Marsan — *Place du Bonheur.*
3743. Joseph Conrad — *Jeunesse.*
3744. Nathalie Rheims — *Lettre d'une amoureuse morte.*
3745. Bernard Schlink — *Amours en fuite.*
3746. Lao She — *La cage entrebâillée.*
3747. Philippe Sollers — *La Divine Comédie.*
3748. François Nourissier — *Le musée de l'Homme.*
3749. Norman Spinrad — *Les miroirs de l'esprit.*
3750. Collodi — *Les Aventures de Pinocchio.*
3751. Joanne Harris — *Vin de bohème.*
3752. Kenzaburô Ôé — *Gibier d'élevage.*
3753. Rudyard Kipling — *La marque de la Bête.*
3754. Michel Déon — *Une affiche bleue et blanche.*
3755. Hervé Guibert — *La chair fraîche.*
3756. Philippe Sollers — *Liberté du XVIIIème.*
3757. Guillaume Apollinaire — *Les Exploits d'un jeune don Juan.*

3758. William Faulkner	*Une rose pour Emily* et autres nouvelles.
3759. Romain Gary	*Une page d'histoire.*
3760. Mario Vargas Llosa	*Les chiots.*
3761. Philippe Delerm	*Le Portique.*
3762. Anita Desai	*Le jeûne et le festin.*
3763. Gilles Leroy	*Soleil noir.*
3764. Antonia Logue	*Double cœur.*
3765. Yukio Mishima	*La musique.*
3766. Patrick Modiano	*La Petite Bijou.*
3767. Pascal Quignard	*La leçon de musique.*
3768. Jean-Marie Rouart	*Une jeunesse à l'ombre de la lumière.*
3769. Jean Rouaud	*La désincarnation.*
3770. Anne Wiazemsky	*Aux quatre coins du monde.*
3771. Lajos Zilahy	*Le siècle écarlate. Les Dukay.*
3772. Patrick McGrath	*Spider.*
3773. Henry James	*Le Banc de la désolation.*
3774. Katherine Mansfield	*La Garden-Party* et autres nouvelles.
3775. Denis Diderot	*Supplément au Voyage de Bougainville.*
3776. Pierre Hebey	*Les passions modérées.*
3777. Ian McEwan	*L'Innocent.*
3778. Thomas Sanchez	*Le Jour des Abeilles.*
3779. Federico Zeri	*J'avoue m'être trompé. Fragments d'une autobiographie.*
3780. François Nourissier	*Bratislava.*
3781. François Nourissier	*Roman volé.*
3782. Simone de Saint-Exupéry	*Cinq enfants dans un parc.*
3783. Richard Wright	*Une faim d'égalité.*
3784. Philippe Claudel	*J'abandonne.*
3785. Collectif	*« Leurs yeux se rencontrèrent... ». Les plus belles premières rencontres de la littérature.*
3786. Serge Brussolo	*« Trajets et itinéraires de l'oubli ».*
3787. James M. Cain	*Faux en écritures.*
3788. Albert Camus	*Jonas ou l'artiste au travail* suivi de *La pierre qui pousse.*

3789. Witold Gombrovicz	*Le festin chez la comtesse Fritouille* et autres nouvelles.
3790. Ernest Hemingway	*L'étrange contrée.*
3791. E. T. A Hoffmann	*Le Vase d'or.*
3792. J. M. G. Le Clezio	*Peuple du ciel* suivi de *Les Bergers.*
3793. Michel de Montaigne	*De la vanité.*
3794 Luigi Pirandello	*Première nuit et autres nouvelles.*
3795. Laure Adler	*À ce soir.*
3796. Martin Amis	*Réussir.*
3797. Martin Amis	*Poupées crevées.*
3798. Pierre Autin-Grenier	*Je ne suis pas un héros.*
3799. Marie Darrieussecq	*Bref séjour chez les vivants.*
3800. Benoît Duteurtre	*Tout doit disparaître.*
3801. Carl Friedman	*Mon père couleur de nuit.*
3802. Witold Gombrowicz	*Souvenirs de Pologne.*
3803. Michel Mohrt	*Les Nomades.*
3804. Louis Nucéra	*Les Contes du Lapin Agile.*
3805. Shan Sa	*La joueuse de go.*
3806. Philippe Sollers	*Éloge de l'infini.*
3807. Paule Constant	*Un monde à l'usage des Demoiselles.*
3808. Honoré de Balzac	*Un début dans la vie.*
3809. Christian Bobin	*Ressusciter.*
3810. Christian Bobin	*La lumière du monde.*
3811. Pierre Bordage	*L'Évangile du Serpent.*
3812. Raphaël Confiant	*Brin d'amour.*
3813. Guy Goffette	*Un été autour du cou.*
3814. Mary Gordon	*La petite mort.*
3815. Angela Huth	*Folle passion.*
3816. Régis Jauffret	*Promenade.*
3817. Jean d'Ormesson	*Voyez comme on danse.*
3818. Marina Picasso	*Grand-père.*
3819. Alix de Saint-André	*Papa est au Panthéon.*
3820. Urs Widmer	*L'homme que ma mère a aimé.*
3821. George Eliot	*Le Moulin sur la Floss.*
3822. Jérôme Garcin	*Perspectives cavalières.*
3823. Frédéric Beigbeder	*Dernier inventaire avant liquidation.*
3824. Hector Bianciotti	*Une passion en toutes Lettres.*

3825. Maxim Biller — *24 heures dans la vie de Mordechaï Wind.*
3826. Philippe Delerm — *La cinquième saison.*
3827. Hervé Guibert — *Le mausolée des amants.*
3828. Jhumpa Lahiri — *L'interprète des maladies.*
3829. Albert Memmi — *Portrait d'un Juif.*
3830. Arto Paasilinna — *La douce empoisonneuse.*
3831. Pierre Pelot — *Ceux qui parlent au bord de la pierre (Sous le vent du monde, V).*
3832. W.G Sebald — *Les émigrants.*
3833. W.G Sebald — *Les Anneaux de Saturne.*
3834. Junichirô Tanizaki — *La clef.*
3835. Cardinal de Retz — *Mémoires.*
3836. Driss Chraïbi — *Le Monde à côté.*
3837. Maryse Condé — *La Belle Créole.*
3838. Michel del Castillo — *Les étoiles froides.*
3839. Aïssa Lached-Boukachache — *Plaidoyer pour les justes.*
3840. Orhan Pamuk — *Mon nom est Rouge.*
3841. Edwy Plenel — *Secrets de jeunesse.*
3842. W. G. Sebald — *Vertiges.*
3843. Lucienne Sinzelle — *Mon Malagar.*
3844. Zadie Smith — *Sourires de loup.*
3845. Philippe Sollers — *Mystérieux Mozart.*
3846. Julie Wolkenstein — *Colloque sentimental.*
3847. Anton Tchékhov — *La Steppe. Salle 6. L'Évêque.*
3848. Alessandro Baricco — *Châteaux de la colère.*
3849. Pietro Citati — *Portraits de femmes.*
3850. Collectif — *Les Nouveaux Puritains.*
3851. Maurice G. Dantec — *Laboratoire de catastrophe générale.*
3852. Bo Fowler — *Scepticisme & Cie.*
3853. Ernest Hemingway — *Le jardin d'Éden.*
3854. Philippe Labro — *Je connais gens de toutes sortes.*
3855. Jean-Marie Laclavetine — *Le pouvoir des fleurs.*
3856. Adrian C. Louis — *Indiens de tout poil et autres créatures.*
3857. Henri Pourrat — *Le Trésor des contes.*
3858. Lao She — *L'enfant du Nouvel An.*

3859.	Montesquieu	*Lettres Persanes.*
3860.	André Beucler	*Gueule d'Amour.*
3861.	Pierre Bordage	*L'Évangile du Serpent.*
3862.	Edgar Allan Poe	*Aventure sans pareille d'un certain Hans Pfaal.*
3863.	Georges Simenon	*L'énigme de la* Marie-Galante.
3864.	Collectif	*Il pleut des étoiles...*
3865.	Martin Amis	*L'état de L'Angleterre.*
3866.	Larry Brown	*92 jours.*
3867.	Shûsaku Endô	*Le dernier souper.*
3868.	Cesare Pavese	*Terre d'exil.*
3869.	Bernhard Schlink	*La circoncision.*
3870.	Voltaire	*Traité sur la Tolérance.*
3871.	Isaac B. Singer	*La destruction de Kreshev.*
3872.	L'Arioste	*Roland furieux I.*
3873.	L'Arioste	*Roland furieux II.*
3874.	Tonino Benacquista	*Quelqu'un d'autre.*
3875.	Joseph Connolly	*Drôle de bazar.*
3876.	William Faulkner	*Le docteur Martino.*
3877.	Luc Lang	*Les Indiens.*
3878.	Ian McEwan	*Un bonheur de rencontre.*
3879.	Pier Paolo Pasolini	*Actes impurs.*
3880.	Patrice Robin	*Les muscles.*
3881.	José Miguel Roig	*Souviens-toi, Schopenhauer.*
3882.	José Sarney	*Saraminda.*
3883.	Gilbert Sinoué	*À mon fils à l'aube du troisième millénaire.*
3884.	Hitonari Tsuji	*La lumière du détroit.*
3885.	Maupassant	*Le Père Milon.*
3886.	Alexandre Jardin	*Mademoiselle Liberté.*
3887.	Daniel Prévost	*Coco belles-nattes.*
3888.	François Bott	*Radiguet. L'enfant avec une canne.*
3889.	Voltaire	*Candide ou l'Optimisme.*
3890.	Robert L. Stevenson	*L'Étrange Cas du docteur Jekyll et de M. Hyde.*
3891.	Daniel Boulanger	*Talbard.*
3892.	Carlos Fuentes	*Les années avec Laura Díaz.*
3894.	André Dhôtel	*Idylles.*
3895.	André Dhôtel	*L'azur.*
3896.	Ponfilly	*Scoops.*

Composition Firmin-Didot.
Impression Bussière Camedan Imprimeries
à Saint-Amand (Cher),
le 12 septembre 2003.
Dépôt légal : septembre 2003.
Numéro d'imprimeur : 34192-033363/1.
ISBN : 2-07-042924-5./Imprimé en France.

122860